Doutor Arrowsmith

Doutor Arrowsmith

Sinclair Lewis

Tradução de
Lúcia Helena de Seixas Brito

Título original em inglês: Arrowsmith
Copyright © 1925 by Houghton Mifflin Harcourt Publishing Company.
Copyright © renewed 1952 by Michael Lewis.

Amarilys é um selo editorial Manole.

Editor-gestor: Walter Luiz Coutinho
Editor: Enrico Giglio
Produção editorial: Luiz Pereira
Preparação: Vivian Milano
Revisão: Mariana Tiemi Kavashita
Editoração eletrônica: Anna Yue
Capa: Axel Sande / Gabinete de Artes

Dados Internacionais de Catalogação na Publicação (CIP)
(Câmara Brasileira do Livro, SP, Brasil)

Lewis, Sinclair, 1885-1951.
  Doutor Arrowsmith / Sinclair Lewis ; tradução de Lúcia Helena de Seixas Brito. -- Barueri, SP: Amarilys, 2016.

  Título original: Arrowsmith
  ISBN 978-85-204-4200-5

  1. Ficção norte-americana I. Título.

16-00575   CDD-813

Índices para catálogo sistemático:
  1. Ficção : Literatura norte-americana   813

Todos os direitos reservados.
Nenhuma parte deste livro poderá ser reproduzida, por qualquer processo, sem a permissão expressa dos editores.
É proibida a reprodução por Xerox.

A Editora Manole é afiliada à ABDR – Associação Brasileira de Direitos Reprográficos.

Edição brasileira – 2016

Editora Manole Ltda.
Av. Ceci, 672 – Tamboré
06460-120 – Barueri – SP – Brasil
Tel.: (11) 4196-6000 – Fax: (11) 4196-6021
www.amarilyseditora.com.br | info@amarilyseditora.com.br

Impresso no Brasil | *Printed in Brazil*

Para o Dr. Paul H. De Kruif, a quem devo não apenas a maior parte das informações médicas e bacteriológicas presentes nesta história, mas também a ajuda na idealização da própria fábula em si – pela sua compreensão acerca dos personagens como pessoas vivas, por sua filosofia como cientista. Com este agradecimento, quero registrar nossos meses de companheirismo no trabalho deste livro, nos Estados Unidos, nas Índias Ocidentais, no Panamá, em Londres e em Fontainebleau. Quisera eu poder reproduzir nossas conversas ao longo do dia, e as tardes no laboratório, os restaurantes à noite e o deque à alvorada durante nossa viagem a vapor pelos portos tropicais.

CAPÍTULO I

A carroça, que meneava por entre bosques e pântanos da região descampada de Ohio, era conduzida por uma garota maltrapilha de catorze anos. Os ocupantes da carroça haviam sepultado a mãe da menina ao lado do rio conhecido pelo belo nome de Monongahela e a própria filha lhe cobrira a cova com torrões de grama. O pai, acometido pela febre, estava deitado encolhido sobre o chão da caçamba e, ao lado dele, brincavam os irmãos e as irmãs da garota – crianças sujas, esfarrapadas, alegres.

A menina estancou o veículo em uma bifurcação do caminho de relva, e o homem doente falou, com a voz trêmula:

— Emmy, é melhor ir para aquele lado, na direção de Cincinnati. Acredito que se pudermos encontrar seu tio Ed, ele nos receberá.

— Ninguém vai nos receber — disse ela. — Vamos continuar até onde pudermos chegar. Vamos para oeste! Existe por lá uma porção de coisas novas que eu pretendo ver!

Ela cozinhou o jantar, colocou as crianças na cama e sentou-se sozinha junto ao fogo.

Essa menina era a bisavó de Martin Arrowsmith.

II

Sentado, de pernas cruzadas, na cadeira de exames do consultório de Doc Vickerson, um rapaz lia o *Anatomia de Gray*. O nome dele era Martin Arrowsmith, oriundo de Elk Mills, no estado de Winnemac.

A população de Winnemac (que no ano de 1897 não passava de um antiquado vilarejo com suas casas de tijolos vermelhos, recendendo a maçã) suspeitava que aquela cadeira ajustável, de couro marrom, que Doc Vickerson utilizava tanto para procedimentos simples quanto para as raras extrações de dentes e as frequentes horas de repouso, fora, no início de sua existência, uma cadeira de barbeiro. Imperava também no local a profunda convicção de que no passado seu proprietário respondera pela denominação de Dr. Vickerson; contudo, já havia muitos anos que ele passara a ser conhecido apenas como Doc – um homem cheio de caspa e muito menos flexível do que a cadeira.

Martin era filho de J. J. Arrowsmith, o gerente do Bazar de Confecções Nova York. Como consequência de puro atrevimento e muita obstinação, ele se tornara, já aos catorze anos, um assistente informal (e incontestavelmente não remunerado) de Doc. E quando este saía para atender a chamados da população, o rapaz tornava-se responsável pelo consultório – muito embora ninguém jamais tivesse sido capaz de compreender que responsabilidade era essa. Ele era um garoto delgado e não muito alto. Seus cabelos, assim como os olhos inquietos, eram escuros, e sua pele era incomumente clara. Esse contraste lhe conferia um ar de ardente volubilidade. O formato anguloso da cabeça e a razoável largura dos ombros asseguravam o aspecto viril de sua figura, eliminando qualquer possível traço de feminilidade e daquela sorumbática timidez que os jovens cavalheiros do mundo das artes denominam sensibilidade. Quando ele erguia a cabeça para escutar, sua característica expressão de autoridade e independência ficava evidenciada pelo movimento de elevação e involuntário tremor da sobrancelha direita, ligeiramente mais alta do que a esquerda, deixando entrever um espírito combativo – um olhar de impertinente interrogação que costumava incomodar seus professores e o superintendente da Escola Dominical.

A exemplo da maioria das pessoas que habitavam Elk Mills antes da imigração eslavo-italiana, Martin era um típico representante da raça pura anglo-saxônica americana, ou seja, o resultado da combinação das etnias germânica, francesa, escocesa, irlandesa, provavelmente um pouco da espanhola, decerto uma pequena dose das cepas agrupadas como "judeus" e uma grande porção do grupo étnico inglês que, por sua vez, advém da mistura de bretão, celta, fenício, romano, germânico, dinamarquês e sueco primitivos.

Não se pode afirmar com certeza que o impulso de Martin, ao se unir a Doc Vickerson, fosse pautado pelo pleno e virtuoso desejo de se tornar um grande médico. Ele de fato admirava a equipe do doutor por seu ofício de fazer curativos em contusões provocadas por pedras, dissecar esquilos e explicar as surpreendentes e misteriosas questões contidas na fisiologia, mas, ao mesmo tempo, não era completamente imune à ambição de exercer tal glória no seio desse grupo, do mesmo modo que dela desfrutava o filho do ministro episcopal, um indivíduo capaz de fumar um charuto inteiro sem sofrer as inconveniências das náuseas. Assim sendo, nessa tarde, Martin se entregou com determinação à leitura da seção sobre o sistema linfático e, à medida que balbuciava as palavras longas e incompreensíveis, provocava um zumbido que tornava ainda mais soporífero aquele recinto poeirento.

Das três salas ocupadas por Doc Vickerson, essa era a mais importante. Situada sobre o Bazar de Confecções Nova York, ela tinha vista para a Rua Principal. Em um dos lados do recinto ficava a imunda sala de espera e no outro, o quarto de Doc, um viúvo idoso que não dava a mínima importância àquilo que denominava "minúcias femininas". Desse modo, o quarto, com sua escrivaninha bamba e suas cobertas bolorentas, só via sinal de limpeza quando dos raros ataques de higienização sofridos por Martin.

A sala principal desempenhava, ao mesmo tempo, o papel de escritório de negócios, sala de consulta, centro cirúrgico, sala de estar, covil de jogos de pôquer e depósito de armas de fogo e apetrechos de pescaria. Apoiado em uma parede de reboco marrom ficava um armário de coleções zoológicas e curiosidades médicas e, ao lado dele, o objeto mais assustador e fascinante nunca antes visto naquele mundo pueril de Elk Mills – um esqueleto com um lúgubre dente de ouro. À noite, quando Doc estava ausente, Martin aproveitava para engrandecer seu prestígio entre os membros da equipe. Ele os conduzia através da indescritível escuridão e acendia um fósforo de enxofre dentro da mandíbula do esqueleto.

Preso na parede, via-se um quadro esmaltado sobre o qual se apoiava um pequeno peixe empalhado – ambos trabalhos de confecção caseira. Ao lado do forno enferrujado, uma caixa de serragem descansava em cima de um oleado pegajoso, com as fibras puídas. Na mesma mesa gasta pelo uso ficava uma pilha de notas relativas a débitos de "devedores caloteiros", de quem Doc vivia prometendo exigir pagamento imediato, mas de quem jamais, em hipótese alguma, agora ou no futuro, iria receber. Para o laborioso doutor, em se tratando daquela cidade murmurante, um ou dois anos, uma ou duas décadas, um ou dois séculos significavam a mesma coisa.

No canto mais insalubre, ficava uma pia de ferro fundido, usada com mais frequência para a lavagem dos pratos sujos de ovos do café da manhã do que para esterilização dos instrumentos. Em sua borda descansavam um tubo de ensaio e um anzol quebrados, um frasco de pílulas esquecido e sem identificação, um tacão com pregos nas pontas, uma bituca de cigarro amassada e um bisturi enferrujado fincado em uma batata.

A desoladora falta de esmero que dominava toda a sala era a alma e o símbolo de Doc Vickerson. Tanto mais excitante do que a monótona pilha de caixas de sapato do Bazar Nova York, ela representava um chamariz de questionamentos e aventuras para Martin Arrowsmith.

III

O garoto levantou a cabeça e ergueu sua indagativa sobrancelha. Da escada, vinha o som dos passos desajeitados de Doc Vickerson. Ele estava sóbrio! Martin não teria necessidade de ajudá-lo a se deitar.

Contudo, o fato de Doc passar primeiro pelo corredor antes de ir para seu quarto era um mau sinal. O garoto escutou atentamente. Ele ouviu quando o outro abriu a parte de baixo do lavatório, onde mantinha suas garrafas de rum da Jamaica. Depois de um longo gorgolejo, o invisível doutor guardou a garrafa e fechou a porta, chutando-a com determinação. Apenas um drinque; as coisas ainda estavam sob controle. Se o homem entrasse imediatamente na sala de consultas, Martin estaria a salvo. Mas ele permaneceu no quarto. Martin suspirou quando ouviu as portas do lavatório serem apressadamente abertas outra vez e escutou o som de mais um trago – e depois um terceiro.

O andar de Doc denotava mais entusiasmo quando ele entrou no escritório – uma massa humana cinzenta com uma massa de bigodes cinzentos; uma forma vasta, irreal e indefinida, como se fosse uma nuvem assumindo momentaneamente a forma de um homem. Em uma rápida investida, como a de alguém que deseja evitar uma discussão a respeito de seu ato de transgressão, Doc se dirigiu resmungando, com passos curtos e desajeitados, até a cadeira de sua escrivaninha.

— O que você faz aqui, meu jovem? O quê? Eu sabia que o gato iria arranjar confusão se eu deixasse a porta destrancada.

Ele parou de falar e sorriu, para demonstrar que estava gracejando – as pessoas costumavam interpretar mal o humor de Doc. Depois, retomou seu discurso em tom mais sério, esquecendo algumas vezes qual era o assunto de que falava:

— Lendo o velho Gray? Muito bem! São apenas três os livros da biblioteca de um médico: *Anatomia de Gray*, a Bíblia e Shakespeare. Estude. Você pode se tornar um grande doutor. Estabeleça-se em Zenith e ganhe 5 mil dólares por ano – tanto quanto um senador dos Estados Unidos! Estabeleça uma meta audaciosa. Não deixe as coisas lhe escorrerem pelos dedos. Pratique. Faça uma faculdade antes de ir para a escola de medicina. Estude. Química, latim. Adquira conhecimentos! Eu trabalho duro... não tenho filhos, não tenho ninguém. Sou apenas um velho bêbado. Mas você... médico proeminente. Ganhe 5 mil dólares por ano...

"A esposa de Murray tem endocardite. Não consigo fazer nada por ela. Precisa é de alguém que lhe segure a mão. A estrada está uma desgraça. O canal transbordou... tudo inundado. Maldito azar...

"Endocardite e...

"Pratique. É isso o que você precisa fazer. Os fundamentos. Saber química, biologia. Eu nunca soube. A senhora do reverendo Jones pensa que tem úlcera gástrica. Precisa se operar na cidade. Úlcera... que diabos! Ela e o reverendo comem demais...

"Por que não consertam aquele canal? Também não seja um bêbado inveterado como eu. Aprenda a ciência básica. Vou explicar."

Muito embora o rapaz fosse um jovem como tantos outros do vilarejo, dado a atirar pedra em gatos e brincar de pega-pega, ficou inebriado com a ideia da caça ao tesouro, que assomava em sua mente à medida que Doc se esforçava para transmitir seu ponto de vista a respeito do orgulho de aprender, da universalidade da biologia, da triunfal exatidão da química. O doutor não passava de um homem velho, gordo, sujo e sem virtudes. Sua gramática era duvidosa, seu vocabulário assustador e as referências que fazia ao rival, o bom Dr. Needham, eram verdadeiramente chocantes. No entanto, ele evocava em Martin a imagem de substâncias químicas que explodiam com excessivo barulho e mau cheiro, e de pequenos animais visíveis apenas em um microscópio – aqueles que os olhos de nenhum garoto de Elk Mills jamais contemplaram.

A voz de Doc ia aos poucos se tornando mais pastosa. Ele estava afundado em sua cadeira, com os olhos embaçados e a boca frouxa. Martin pediu-lhe que fosse para a cama, mas o doutor insistiu:

— Não preciso de cochilo. Não mesmo. Agora me escute. Você não gosta, mas... sou um velho. Vou compartilhar com você tudo o que aprendi. Mostrar as coleções. O único museu de toda a região. Um pioneiro da ciência.

Centenas de vezes Martin havia se entregado com submissão à observação dos espécimes guardados na estante coberta de verniz marrom descascado: os besouros e os pedaços de mica; o embrião de um bezerro de duas cabeças; os cálculos biliares removidos de uma respeitável senhora, cujo nome Doc citava entusiasticamente a todos os visitantes. O doutor estacou diante da caixa, agitando seu enorme e trêmulo dedo indicador.

— Veja aquela borboleta. O nome é *Porthesia chrysorrhoea*. O Dr. Needham não seria capaz de lhe contar isso! Ele não sabe o nome que se dá às borboletas! Não se importa se você pratica ou não. Você se lembra daquele nome agora?

Em seguida ele se voltou para Martin e falou:

— Você está prestando atenção? Está interessado? *Sim*? Oh, diabos! Ninguém se importa em conhecer meu museu... uma pessoa sequer. Só um em toda a região, mas... sou mesmo um velho fracassado.

— É muito bem organizado! Sinceramente! — declarou Martin.

— Olhe aqui! Olhe aqui! Está vendo isso? Na garrafa? É um apêndice. Fui o primeiro nesse lugar a retirar um. Eu consegui! O velho Doc Vickerson fez a primeira apendicectomia nesse istmo do bosque. Pode acreditar! E o primeiro museu também. Não é muito grande, mas... é um começo. Não joguei dinheiro fora como o Dr. Needham. Eu comecei a primeira coleção... fui eu que comecei!

Ele desmoronou em cima da cadeira, lamentando-se.

— Você está certo. Vou dormir. Estou exausto.

Todavia, quando Martin o ajudou a ficar em pé, ele se desvencilhou, alcançou com esforço sua escrivaninha e olhou para trás vacilante.

— Preciso lhe dar uma coisa... começar o seu treinamento. Não se esqueça do velho homem. Será que alguém se lembrará dele?

Doc tinha nas mãos sua venerada lupa que durante anos usara no estudo das plantas. Ele observou Martin enfiar a lente no bolso, suspirou, tentou dizer alguma coisa mais e, em silêncio, caminhou com passos trôpegos na direção de seu quarto.

CAPÍTULO 2

O estado de Winnemac faz fronteira com Michigan, Ohio, Illinois e Indiana, e a exemplo deles, tem metade de seu território no lado leste e metade no centro-oeste. Os vilarejos, com seus tijolos e sicômoros, a indústria florescente e sua tradição que remonta à Guerra da Independência, conferem a Winnemac um quê de Nova Inglaterra. Zenith, a maior cidade do estado, foi fundada em 1792. Mas Winnemac é uma típica região do centro-oeste, com suas plantações de milho e trigo, seus estábulos e silos vermelhos e, ao contrário da antiga Zenith, a fundação da maioria dos condados só ocorreu a partir de 1860.

A Universidade de Winnemac fica localizada em Mohalis, a 24 quilômetros de Zenith. Doze mil estudantes frequentam o lugar. Comparado a esse prodígio, Oxford é uma pequena escola teológica, e Harvard, um seleto estabelecimento de ensino para jovens cavalheiros. A Universidade tem um campo de beisebol com cobertura de vidro; seus edifícios são enormes. Ela emprega centenas de jovens doutores em filosofia que ministram cursos rápidos de sânscrito, navegação, contabilidade, óptica, engenharia sanitária, poesia provençal, universo tarifário, plantio de nabo, projeto de automóveis, história de Voronej, estilo literário de Matthew Arnold, diagnóstico da *myohypertrophia kymoparalytica* e publicidade para lojas de departamento. Seu reitor é o mais eficaz captador de fundos e o mais eloquente orador nos colóquios pós-jantar em todo o território dos Estados Unidos. E Winnemac foi a primeira instituição de ensino no mundo a oferecer cursos de extensão por meio do rádio.

Ela não é uma escola de homens ricos e esnobes, devotada a tolices aprazíveis. Ao contrário, Winnemac é propriedade da população do estado; e o que esse povo deseja (ou talvez seja convencido de que deseja) é uma usina capaz de talhar homens e mulheres que virão a ser responsáveis pela condução da vida moral da sociedade, jogarão cartas, dirigirão bons automóveis, serão empreendedores em seus negócios e, vez ou outra, farão menção a livros, muito embora não se espere que lhes sobre tempo para lê-los. Ela é uma Fábrica Ford de Motores, e se seus produtos diferem um pouco do esperado, são logo padronizados por meio de peças perfeitamente intercambiáveis. O número de alunos e a influência da Universidade de Winnemac aumentam dia a dia. É de se esperar que em 1950 ela terá operado uma renovação total da civilização mundial, tornando-a maior, mais ativa e mais virtuosa.

II

Em 1904, quando Martin Arrowsmith estava iniciando seu curso de Artes e Ciências, em preparação para a entrada na escola de medicina, Winnemac tinha apenas 5 mil alunos e, contudo, já se distinguia por seu marcante arrojo.

Na época, Martin contava vinte e um anos. Sua tez ainda se afigurava pálida, em especial devido ao contraste com os cabelos negros e sedosos. Todavia, o jovem era um corredor respeitado, desempenhava satisfatoriamente a função de central no jogo de basquetebol e revelava-se um feroz jogador de hóquei. As colegas comentavam à boca pequena que ele "parecia muito romântico", mas como isso se passou antes da invenção do sexo e da era dos saraus de afagos, elas se limitavam a fazer tais observações à distância, e o rapaz não sabia que poderia ter sido um herói das aventuras amorosas. A despeito de seu caráter voluntarioso, ele era tímido e, embora não desconhecesse por completo o território das carícias, não fazia delas um ofício. Martin andava na companhia de homens, cujo orgulho viril consistia em fumar asquerosos cachimbos feitos de sabugo de milho e vestir pulôveres imundos.

A Universidade passara a ser seu mundo. Para ele, Elk Mills simplesmente não existia. Doc Vickerson estava morto, enterrado e esquecido. O pai e a mãe de Martin haviam falecido e o dinheiro que para ele deixaram chegava apenas para o custeio de seus cursos de artes e medicina. A vida do rapaz girava em torno da química, da física e da expectativa pela biologia do ano seguinte.

O professor Edward Edwards, chefe do departamento de química, aquele que todos chamavam de "Duplo", era o ídolo de Martin. Edwards tinha um vasto conhecimento a respeito da história da química. Além disso, sabia ler árabe e deixava furiosos os seus colegas de profissão ao afirmar que todas as pesquisas por eles realizadas já haviam sido antevistas pelos árabes. O professor Edwards nunca se dedicara pessoalmente às pesquisas. Ele se sentava diante da lareira, acariciando seu cão pastor e rindo em silêncio por trás da barba.

Nessa noite, Duplo estava oferecendo uma de suas reservadas e populares "reuniões em casa". Refestelado em uma cadeira Morris de veludo cotelê marrom, ele se comportava como um discreto gracejador que, por um lado, divertia Martin e meia dúzia de outros jovens químicos fanáticos e, por outro, provocava o Dr. Norman Brumfit, o professor de inglês. Imperavam no recinto a cordialidade, a cerveja e Brumfit.

No corpo docente de toda universidade precisa haver um Homem Indômito, que proporcione excitação e comoção em salas de conferência apinhadas de espectadores. Também Winnemac, a despeito de ser uma instituição de robusta integridade, não fugia a essa regra. Seu Homem Indômito chamava-se Norman Brumfit, e tinha plena permissão para se referir a si mesmo como imoral, agnóstico e socialista, observada a condição de que todos soubessem que ele não deixava de ser imaculado, presbiteriano e republicano. O Dr. Brumfit encontrava-se em plena forma nessa noite. Ele asseverou que todas as vezes que um homem demonstrava genialidade, podia-se provar que em suas veias corria sangue judeu. A exemplo de todas as discussões sobre judaísmo levadas a efeito em Winnemac, essa também acabou conduzindo à menção do nome de Max Gottlieb, professor de bacteriologia da escola de medicina.

Na figura do professor Gottlieb residia o mistério da Universidade. Todos sabiam que ele era judeu, que nascera e fora educado na Alemanha e que seu trabalho sobre imunologia lhe conferira fama no Ocidente e na Europa. Gottlieb raramente saía da pequenina casa marrom onde residia, exceto para retornar ao laboratório. Apesar de que poucos estudantes, além daqueles que foram e eram seus alunos, fossem capazes de reconhecê-lo, todos já haviam ouvido falar de seu alto, esguio e sombrio alheamento. Circulavam no campus milhares de histórias a respeito do docente. Acreditava-se que ele era filho de um príncipe alemão e possuía grande fortuna; e que só se sujeitava a levar o mesmo estilo de vida comedido dos demais professores porque estava realizando experimentos assustadores e caros demais, os quais provavelmente tinham alguma relação com sacrifício humano. De acordo com a voz corrente, ele era capaz de criar vida em laboratório; tinha capacidade de conversar com os macacos nos quais aplicava vacinas; fora expulso da Alemanha por ser considerado um adorador de demônios ou um anarquista; e todas as noites, ao jantar, bebia secretamente champanhe verdadeiro.

Segundo a tradição, os membros do corpo docente não falavam sobre seus colegas nas conversas com os estudantes. Todavia, Max Gottlieb não podia ser considerado colega de ninguém. Ele era tão impessoal quanto o vento gelado do nordeste. O Dr. Brumfit falou com voz de matraca:

— Eu suponho que tenho o espírito suficientemente aberto no que diz respeito às afirmações da ciência, mas não consigo entender um homem como Gottlieb. Estou disposto a acreditar que ele sabe tudo acerca das forças materiais, no entanto, surpreende-me o fato de que possa ser cego no tocante às forças vitais que criam todas as outras. Ele diz que o conhecimento não tem valor a menos que seja demonstrado por meio de uma sucessão de números. Sendo assim, quando um de vocês, alunos brilhantes, puder tomar o gênio de um Ben Jonson e aferi-lo com uma régua, então eu admitirei que nós, indivíduos das letras, com nossas crenças indubitavelmente despropositadas na beleza, na lealdade e num mundo de sonhos, estamos na trilha errada!

Martin Arrowsmith não entendia com precisão o significado de todo esse palavrório, mas, simplesmente, não se incomodava. Ele ficou aliviado quando, por detrás de um excesso de barba e fumaça, o professor Edwards se manifestou dizendo "Oh, diabos!" e mudou o foco da conversa até então centrada em Brumfit. Usualmente, o Duplo teria sugerido, com simpática malícia, que Gottlieb não passava de um "desmancha-prazeres", um homem cujo tempo era dedicado à tarefa de derrubar as teorias de outros homens, em vez de desenvolver as próprias ideias. Contudo, movido por sua aversão a *playboys* literários como Brumfit, nessa noite ele exaltou o esforço longo, solitário e fracassado de Gottlieb no sentido de sintetizar uma antitoxina, bem como o diabólico prazer deste em contestar a própria argumentação, do mesmo modo que contestaria as de Ehrlich ou de *Sir* Almroth Wright. O professor Edwards discorreu sobre o eminente livro de Gottlieb, *Imunologia*, que fora lido por sete dentre os nove homens de todo o mundo capazes de compreendê-lo.

No final da reunião foram servidas as elogiadas rosquinhas preparadas pela sra. Edwards. Martin percorreu a pé, naquela noite nublada de primavera, a distância até o alojamento onde morava. As considerações sobre Gottlieb haviam provocado nele uma excitação totalmente destituída de sentido, povoando seus pensamentos com conjecturas acerca daquele trabalho noturno e solitário que esse professor, com a mente concentrada no objeto de estudo e indiferente ao sucesso acadêmico e às aulas adaptadas ao entendimento e à satisfação da maioria, realizava em um laboratório. Até onde lhe era dado lembrar, ele nunca tinha visto Gottlieb, mas sabia que o laboratório do mestre ficava no edifício principal da escola de medicina. Martin desviou então seu caminho e dirigiu-se para o distante campus da medicina. As poucas pessoas com quem cruzou andavam apressadas, embaladas pelos temores da meia-noite. Ele entrou na sombra do edifício de anatomia, um prédio austero como as casernas e silencioso como os mortos que habitavam a sala de dissecações. Logo adiante estava a estrutura compacta do edifício principal da escola da medicina, uma massa rígida e enevoada, encimada por torres, no alto de cuja parede escura, podia-se ver uma única luz. Repentinamente, Martin teve um sobressalto. A luz se apagara, como se um aflito observador estivesse tentando se esconder dele.

Dois minutos depois, apareceu nos degraus de pedra do edifício principal, debaixo da lâmpada elétrica, uma figura alta, austera, reservada e só. Suas faces morenas eram muito magras; o nariz, proeminente e fino. Ao contrário do que fazem indivíduos afeiçoados à reclusão do lar quando se veem surpreendidos pela noite, o homem não se apressou. Estava alheio ao mundo. Seus olhos se voltaram na direção de Martin e enxergaram através dele. Depois, foi embora, balbuciando algumas palavras para si mesmo; os ombros encurvados, as longas mãos entrelaçadas nas costas, perdido nas sombras – era ele próprio uma sombra.

O homem usava um avental puído, que evocava a figura de um professor sem muitos recursos. No entanto, na imagem gravada na mente de Martin, ele estava envolto em uma capa de veludo negro e ostentava uma estrela de prata em seu peito.

III

Em seu primeiro dia na escola de medicina, Martin Arrowsmith sentia-se em elevado estado de superioridade. A condição de estudante de medicina lhe conferia um estranho poder de fascinar, poder este estimulado pela crença de que médicos conhecem segredos, horrores e perversidades arrebatadoras. Indivíduos de outros departamentos costumam invadir o quarto desses estudantes, a fim de perscrutar os livros por eles usados. Ademais, o fato de ser um bacharel com formação nas ciências básicas, era mais um motivo para reforçar seu sentimento de superioridade em relação aos colegas da escola de medicina, a maioria dos quais possuía nada além de um diploma de ensino médio, acrescido talvez de um ano de estudo em uma obscura faculdade luterana de dez salas localizada no meio dos campos de milho.

Apesar de todo esse orgulho, Martin estava nervoso. Ele se imaginava realizando uma cirurgia, fazendo uma incisão errada e fatal. E com um medo mais macabro e imediato, ele pensava na sala de dissecações e no pétreo e implacável edifício de anatomia. Martin havia escutado estudantes mais velhos comentarem os horrores do local. Eles falavam sobre cadáveres pendurados por meio de ganchos em um abominável tanque de salmoura, dentro do porão escuro, como se fossem uma sucessão de frutas sinistras; sobre Henry, o zelador, que todos acreditavam ser o responsável por retirar os corpos do tanque para lhes injetar chumbo incandescente nas veias e fazer-lhes uma reprimenda enquanto os enfiava no ascensor.

O dia de outono irradiava um frescor de pradaria, mas Martin estava indiferente a isso. Ele entrou apressado no saguão cor de ardósia do edifício principal, subiu as escadas até o escritório de Max Gottlieb e seguiu em frente sem prestar atenção aos estudantes que por ali passavam, limitando-

-se a resmungar ininteligíveis palavras de desculpa quando com eles trombava no caminho. Aquele era um momento prodigioso: ele iria se especializar em bacteriologia, descobrir novos e fascinantes micro-organismos patogênicos. O professor Gottlieb iria identificar nele um gênio, torná-lo seu assistente, fazer profecias acerca de seu futuro... Martin parou vacilante diante do laboratório particular do professor – um recinto pequeno e bem arrumado, com estantes de tubos de ensaio tapados por chumaços de algodão dispostas sobre a bancada; um lugar despido de qualquer traço de magia ou deslumbramento, exceto por uma banheira de temperatura constante dotada de um complicado termômetro e de bulbos elétricos. Ele esperou até que outro aluno, gaguejante e embasbacado, terminasse sua conversa com Gottlieb. O mestre estava sentado sombrio, esguio e impassível em sua escrivaninha, dentro de um pequeno compartimento do escritório. Então, Martin precipitou-se para dentro.

Se na enevoada noite de abril, Gottlieb parecera uma tão figura quimérica como um cavaleiro envolto em um manto, ele era agora um irritadiço homem de meia-idade. Olhando de perto, Martin podia ver as rugas em volta dos olhos de falcão. O professor havia voltado para sua escrivaninha, sobre a qual havia pilhas de cadernos de anotação ensebados, folhas de cálculos e um diagrama extraordinariamente preciso com curvas descendentes vermelhas e verdes que desapareciam ao atingir o zero. Os cálculos eram meticulosos, detalhados e primorosamente claros – e meticulosas eram as mãos delgadas do cientista entre os papéis. Ele levantou os olhos e falou com um sutil sotaque alemão. A pronúncia errônea das palavras perdeu força em comparação com o estranho tom caloroso da sua voz.

— Muito bem? Sim?

— Oh, professor Gottlieb! Meu nome é Arrowsmith. Sou calouro de medicina. Bacharel em ciências humanas de Winnemac. Eu gostaria demais de cursar bacteriologia neste ano em vez do próximo. Já estudei muita coisa de química...

— Não! Você ainda não está pronto.

— Eu sei que posso fazer isso agora. Tenho certeza.

— Os deuses colocam em minhas mãos dois tipos de aluno. O primeiro, eles descarregam em cima de mim como um saco de batatas. Não gosto de batatas, e elas nunca parecem ter grande afeição por minha pessoa. Mas eu as recebo e ensino a elas como matar pacientes. Os do outro tipo (raro demais!), por alguma razão que não consigo entender com muita clareza, parecem ter um sutil desejo de se tornar cientistas, de trabalhar com percevejos e cometer erros. Estes... ah, estes sim! Eu os agarro, eu faço prognósticos e imediatamente ensino a eles a suprema lição da ciência, que é: esperar e duvidar. Das batatas, não exijo nada. Já dos tolos como você, que julgam poder aprender alguma coisa comigo, eu exijo tudo. Não. Você é muito jovem. Volte aqui no próximo ano.

— Mas acredite... com minha química...
— Você já teve físico-química?
— Não, senhor. Mas me saí muito bem na orgânica.
— Química orgânica! Química imprecisa! Química fedorenta! Química de farmácia! A físico-química é poder, é exatidão, é vida. Mas a química orgânica... é negócio para lavadores de potes. Não! Você é muito jovem ainda. Volte aqui no próximo ano.

Gottlieb foi enfático. Seus dedos indicaram a Martin a direção da porta e o garoto se retirou apressado, sem ousar questionar. Arrasado, ele saiu furtivamente. No campus, encontrou o jovial historiador da química, o Duplo Edwards, e rogou a ele:

— Diga-me, professor, a química orgânica tem algum valor para um médico?
— Valor? Ora, ela busca descobrir drogas que aliviam a dor! Produz a tinta que dá polimento à casa em que você vive; tinge o vestido daquela que você ama... e talvez, nesses tempos degenerados, também seus lábios de cereja! Posso saber quem é o demônio que andou difamando minha química orgânica?
— Ninguém. Eu estava apenas refletindo.

Martin resmungou e tomou o rumo do conjunto residencial para estudantes da faculdade onde, sentindo-se triste e ofendido, devorou uma enorme *banana split* e uma barra de chocolate com amêndoas, enquanto meditava: "Quero fazer bacteriologia. Quero conhecer a fundo essa coisa das doenças. Vou estudar um pouco de físico-química e mostrar para o velho Gottlieb... maldito Gottlieb! Algum dia vou descobrir o agente causador do câncer ou de outras doenças, e então ele vai me olhar com cara de idiota!

Oh, Deus, espero não passar mal na primeira vez que eu entrar na sala de dissecações... Quero fazer bacteriologia... agora!".

Voltou-lhe à mente a face sarcástica de Gottlieb, e ele sentiu e temeu a ativa malevolência de seu caráter. Em seguida, lembrou-se das rugas e viu Max Gottlieb não como um gênio, mas sim como um homem que tem dores de cabeça, que não está imune ao cansaço e que podia ser amado.

Ele se perguntou: "Será que o Duplo Edwards sabe tanto quanto eu imagino que ele sabe? O que é a Verdade?".

IV

Martin estava apreensivo em seu primeiro dia de dissecações. Ele não conseguia olhar para as faces rígidas e frias dos emaciados seres cinzentos que jaziam sobre as mesas de madeira. No entanto, esses velhos seres relegados ao esquecimento eram tão impessoais, que depois de dois dias, a exemplo dos outros estudantes, Martin já os chamava de "Billy", "Ike" ou "o Pastor" e olhava para eles com a mesma naturalidade com que tratara os animais nas aulas de biologia. A própria sala de dissecações era também impessoal: piso sólido de cimento, paredes de argamassa rígida entre janelas de vidro aramado. Martin abominava o odor forte do formaldeído e outros cheiros sutis que pareciam persegui-lo quando saía daquele ambiente. Mas ele fumava cigarros para esquecê-los e, após uma semana, já estava examinando artérias com uma alegria juvenil e inteiramente profana.

Seu parceiro de dissecações era o reverendo Ira Hinkley, conhecido dentro da turma por um nome ao mesmo tempo semelhante e diferente.

Ira estudava para se tornar um médico missionário. Ele tinha 29 anos de idade e era formado pela Faculdade Cristã de Pottsburg e pela Escola da Bíblia e das Missões de Santificação. O reverendo, um homem forte e quase tão grande quanto um bezerro (e nenhum bezerro jamais conseguiu bramir de maneira tão potente), fora no passado jogador de futebol americano. Ele era um cristão vibrante e feliz, um otimista brincalhão que dissipava pecados e dúvidas com sua alegria; um puritano ditoso que pregava, com irritante determinação, a doutrina de sua insignificante seita religiosa, a Irmandade da Santificação, cujos membros se permitiam, para ter uma bonita igreja, um comportamento quase tão abominável quanto a devassidão dos jogadores de carta.

Martin notou que já não fazia qualquer distinção entre uma máquina e "Billy", o cadáver com que eles estavam trabalhando – um homem idoso e franzino, com o corpo coberto de manchas e um rosto petrificado e imaturo, sobre o qual restavam fios curtos de uma barba ruiva e horrível. Tal constatação ajudava a abater ainda mais sua já débil crença na natureza divina e na imortalidade dos homens. Ele podia guardar seus questionamentos apenas para si, remoendo-os demoradamente enquanto dissecava os nervos do mutilado antebraço, porém, Ira Hinkley não o deixava em paz. Ira acreditava em sua capacidade de, até mesmo em estudantes de medicina, despertar a um elevado estado de beatitude, o que para ele significava entoar hinos extraordinariamente longos e desagradáveis em uma capela da Irmandade da Santificação.

— Mart, meu filho — troou a voz de Ira. —, você percebe que por meio dessa tarefa, que muitos podem considerar sórdida, nós estamos aprendendo coisas que nos capacitarão a curar o corpo e confortar a alma de um sem-número de camaradas infelizes e perdidos?

— Ora, almas! Ainda não encontrei uma sequer no velho Billy. Você acredita de verdade nessa bobagem?

Ira cerrou os punhos e franziu o cenho para, em seguida, dar um tapa um tanto desconcertado nas costas de Martin e disparar com uma sonora risada.

— Irmão, você precisa se esforçar muito mais para conseguir tirar Ira do sério! Você pensa que tem um bocado dessas fantasiosas incertezas modernas, mas está enganado. O que o perturba não passa de mera indigestão, e o remédio é exercício e fé. Venha para a ACM[1] e eu o levarei para nadar e rezarei junto com você. Ora, seu pobre agnosticozinho magricela! Você tem aqui a grande chance de conhecer a obra do Todo Poderoso e, no entanto, limita-se a pensar que é um espertalhão de verdade. Anime-se, jovem Arrowsmith. Você não tem ideia de como soa engraçado para um camarada que conquistou a serena fé!

---

1 "Associação Cristã de Moços", ou *Young Men's Christian Association* (Y.M.C.A.).

Para deleite de Clif Clawson, o zombador da turma, que estava trabalhando na mesa ao lado, Ira deu um tapa nas costas de Martin, fez-lhe um longo afago na cabeça e, bem-humorado, retomou o trabalho, deixando o parceiro sozinho com a própria irritação.

V

No tempo de faculdade, Martin havia sido um "proscrito" – ele não tomou parte de uma tal sociedade secreta da Letra Grega. Fora "instado", mas se ressentira da arrogância da aristocracia das grandes cidades. Agora que a maioria de seus companheiros das Humanidades já partira para escritórios de seguro, faculdades de direito e bancos, ele estava sozinho, e se sentia tentado por um convite da Digamma Pi, a principal fraternidade médica.

Digamma Pi era um animado pensionato que oferecia preços baixos e uma mesa de bilhar. À noite, o local transpirava um burburinho agitado e agradável, acompanhado do som de vozes que entoavam "Quando eu morrer não me enterre de modo algum". No entanto, os Digamnianos ganharam durante três anos o prêmio máximo nos discursos de formatura e a Medalha Hugh Loizeau de Cirurgia Experimental. Nesse outono, eles aceitaram como membro Ira Hinkley, pois o local se tornara conhecido por sua devassidão (comentava-se que garotas eram contrabandeadas para dentro das dependências na calada da noite) e nenhum grupo de que fizesse parte o reverendo sr. Hinkley poderia ser tomado pelo reitor como imoral, o que se traduzia em uma importante vantagem, já que eles pretendiam continuar sendo confortavelmente imorais.

Martin prezava a independência proporcionada por seu quarto solitário. Na fraternidade, raquetes de tênis, calças e opiniões eram compartilhadas entre todos. Quando Ira descobriu que Martin estava hesitante, insistiu:

— Oh, vamos lá! Os Digamnianos precisam de você. Conheço bem seu empenho nos estudos... e digo uma coisa... que bela chance você vai ter para influenciar positivamente Os Companheiros.

(Em todas as ocasiões, Ira se referia a seus colegas de classe como Os Companheiros, e frequentemente empregava esse termo em suas pregações na ACM.)

— Não tenho intenção de influenciar ninguém. Quero apenas aprender o ofício de doutor e ganhar 6 mil dólares por ano.

— Meu rapaz, se ao menos você tivesse ideia de como parece idiota quando tenta ser cínico! Quando você chegar à minha idade, compreenderá que a glória de ser um médico está em ensinar às pessoas ideais elevados e, ao mesmo tempo, mitigar a dor de seus corpos torturados.

— Suponha, então, que eles não desejem a espécie de ideais elevados que eu tenho a oferecer.

— Mart, serei eu obrigado a parar e orar com você?

— Não, Hinkley! Desista! Acredite... de todos os cristãos que já conheci, você é o mais abominável. Fico surpreso com sua capacidade de derrotar qualquer um da turma, e só de imaginar como você vai oprimir os pobres pagãos quando se tornar um missionário, como forçará as crianças a colocarem calções até aos joelhos e casará todos os amantes felizes com a pessoa errada, sinto vontade de gritar!

A perspectiva de trocar a proteção de seu recanto pelo apadrinhamento do reverendo Sr. Hinkley era intolerável para Martin. Assim sendo, foi só depois da eleição de Angus Duer para o Digamma Pi que ele aceitou se tornar membro da fraternidade.

Duer era um dos poucos entre os colegas de faculdade de Martin que fora junto com ele para a escola de medicina de Winnemac. O rapaz havia sido orador da turma. Ele era um indivíduo calado e bastante atraente. Tinha rosto anguloso e cabelos encaracolados – um jovem que nunca desperdiçava tempo, tampouco um bom estímulo. Tal era a perfeição de seu trabalho na biologia e na química, que um cirurgião de Chicago lhe prometera colocação em sua clínica. Martin comparava Angus Duer com uma lâmina de barbear em uma manhã de janeiro: sentia por ele ódio, desconforto e cobiça. Martin sabia que Duer estivera ocupado demais em passar nos exames de biologia e, portanto, não lhe sobrara tempo para refletir e assimilar os conceitos dessa disciplina de forma mais ampla. Ele sabia também que Duer era um químico astucioso, um aluno que se limitava a completar com todo esmero e prontidão os experimentos exigidos no curso e nunca se aventurava a desenvolver novos experimentos, os quais, fazendo-o adentrar o enigmático território das dúvidas, poderiam tanto conduzi-lo à glória como ao fracasso. Martin estava convencido de que a fria eficiência de Duer tinha o objetivo único de impressionar os professores. No entanto, o homem se destacava tão austero dentro de um grupo de alunos incapazes de concluir seus trabalhos de laboratório, bem como de refletir ou fazer qualquer outra coisa, exceto fumar cachimbo e assistir aos treinos de futebol, que Martin o amava e odiava; e acabou seguindo-o quase docilmente até Digamma Pi.

Martin, Ira Hinkley, Angus Duer, o "Adiposo" Pfaff e Clif Clawson (o carnudo e zombeteiro integrante da turma) fizeram juntos sua iniciação na Digamma Pi. Foi uma cerimônia ruidosa e bastante penosa, que envolveu até mesmo cheirar *Ferula assa-foetida*. O rito deixara Martin entediado, mas provocara em Adiposo Pfaff um medo tão grande e sufocante, que ele se pôs a emitir grunhidos.

Dentre todos os novos calouros, o Adiposo era o que mais se ajustava ao perfil de Digamma Pi, pois a própria natureza o talhara para ser uma piada – ele mais parecia uma garrafa de água quente inflada. Era um perfeito imbecil, acreditava em tudo, não sabia e não conseguia memorizar coisa alguma e, embalado por uma extrema ansiedade, perdoava todos aqueles que dedicavam as horas de descanso a lhe pregar peças. Os colegas o convenciam de que emplastros de mostarda eram excelentes para resfriados e, solicitamente, reuniam-se em torno dele, fixavam-lhe enormes emplastros nas costas e depois, com a mesma demonstração de desvelo, removiam-no. Certa vez, antes de Adiposo sair em um domingo para jantar na casa de uma prima em Zenith, os outros esconderam em seu novo e imaculado lenço de seda a orelha de um cadáver. Na hora do jantar, em uma demonstração de afetação, ele puxou o lenço...

Todas as noites, quando o Adiposo se recolhia para dormir, tinha que retirar da cama uma coleção de objetos que seus solícitos colegas haviam enfiado entre os lençóis – sabonetes, despertadores, peixes. Ele era a pessoa certa a quem vender coisas inúteis. Clif Clawson, que mesclava animados trambiques em suas brincadeiras, vendera por quatro dólares para Adiposo uma *História da Medicina* que ele havia comprado de segunda mão por dois, e embora o tolo nunca o tivesse lido e jamais se poderia imaginar que o leria, o simples fato de possuir o ensebado volume fazia-o sentir um sábio. Contudo, a maior contribuição de Adiposo para a Digamma Pi era sua crença no espiritualismo. Ele zanzava pelo pensionato aterrorizado pela visão de espíritos, os quais costumava ver com frequência emergindo durante a noite das janelas da sala de dissecações. Os colegas cuidavam para que sempre houvesse muitos deles esvoaçando pelas paredes da fraternidade.

VI

Digamma Pi fora instalada em uma residência construída nos dias prósperos do ano 1885. A sala de estar parecia ter sido recentemente varrida por um ciclone. Além de mesas marcadas por talhos de faca, cadeiras tipo Morris quebradas e tapetes esfarrapados que se espalhavam por todos os cantos, havia pilhas de livros sem a lombada, sapatos de hóquei, boinas e bitucas de cigarro. Na parte de cima, ficavam dormitórios semelhantes a cabines de terceira classe, com acomodação para quatro homens em beliches de ferro.

Crânios serrados serviam de cinzeiro para os digamnianos, os quais, enquanto se vestiam, aproveitavam para estudar os diagramas de anatomia pendurados nas paredes dos aposentos. No dormitório de Martin existia um esqueleto completo que ele e seus companheiros de quarto haviam, de bom grado, adquirido a prestações de um simpático e afável vendedor que trabalhara em uma casa de suprimentos cirúrgicos de Zenith. Ele deu charutos para os rapazes, contou-lhes histórias sobre órgãos genitais e urinários e encorajou-os, dizendo que seriam muito bem-sucedidos na medicina... Mais tarde, o vendedor viria a ser menos amigável.

Martin dividia o quarto com Clif Clawson, além do Adiposo Pfaff e de um estudante sisudo do segundo ano, chamado Irving Watters.

Qualquer psicólogo que desejasse usar em suas apresentações um homem perfeitamente normal não encontraria melhor exemplar do que Irving Watters, um sujeito constante e cautelosamente estólido, sorridente e afável. Se, porventura, deixava de empregar algum clichê, era apenas porque ainda não o ouvira. Com exceção das noites de sábado, Watters sempre acatava os princípios morais. Ele aceitava como legítima a Igreja Episcopal, mas não a assim denominada Igreja Alta. Acreditava na Constituição, no Darwinismo, nos exercícios sistemáticos no ginásio e no gênio do reitor da Universidade.

Dentre todos eles, Martin tinha maior afinidade com Clif Clawson, que era o palhaço da casa da fraternidade – um rapaz habituado a soltar gargalhadas estridentes, a sapatear e cantar canções incompreensíveis e até mesmo tocar trombeta. No entanto, era um companheiro agradável e leal. Desse modo, em virtude de sua aversão por Ira Hinkley, de seu temor por Angus Duer, da pena que sentia pelo Adiposo Pfaff e da antipatia pela amável estupidez de Irving Watters, Martin se aproximou do atroador Clif como se tivesse nele encontrado alguma coisa viva e desafiadora. Pelo menos, real – tão real quanto um campo lavrado, um monte de estrume fumegante. Era Clif quem lutava boxe com Martin, e quem, a despeito de sua disposição em permanecer sentado durante horas, fumando e roncando, em extravagante ociosidade, podia ser persuadido a fazer longas caminhadas de até oito quilômetros.

E foi Clif quem arriscou a vida ao atirar grãos de feijão assados no reverendo Ira Hinkley quando este, certa noite, durante o jantar, estava firme e gentilmente disciplinador. Na sala de dissecações, a satisfação de Ira em relação às ideias de Martin que não foram aceitas na Faculdade Cristã de Pottsburg era extremamente irritante; contudo, na casa da fraternidade, ele se revelava um moralista implacável. Ira nunca se cansava de tentar pôr um fim ao comportamento profano de seus colegas. Depois de três anos em um time de futebol americano nos confins distantes da civilização, ele ainda acreditava, com inabalável otimismo, que seria capaz de corrigir os rapazes, repreendendo-os com voz estridente como a de uma professora de escola dominical ou com a mesma delicadeza de um elefante.

Ira também tinha estatísticas sobre uma Vida Imaculada.

Ele possuía muitas estatísticas, cuja procedência não levava em consideração. Números divulgados nos jornais diários, nos relatórios de recenseamento ou na coluna de miscelâneas do Arauto da Santificação tinham todos a mesma importância. Certa vez, na mesa do jantar, proclamou:

— Clif, fico surpreso em ver como um sujeito brilhante como você pode andar por aí chupando esse velho cachimbo. Nunca lhe ocorreu que quase 67,9% das mulheres que vão para a mesa de cirurgia têm um marido fumante de tabaco?

— E que diabos eles deveriam fumar? — questionou Clif.

— De onde você tirou esses números? — indagou Martin.

— Eles foram divulgados em uma convenção médica realizada na Filadélfia em 1902 — respondeu Ira. — Decerto, não vou imaginar que poderá fazer qualquer diferença para um bando de sabichões imbecis como vocês, se algum dia se casarem com uma mulher radiante e arruinarem a vida dela por causa de seus vícios. É isso mesmo... continuem assim... bando de machos requintados e valentes! Um pobre pregador fracote como eu não ousaria uma atitude arrojada como fumar cachimbos!

Ira saiu triunfante da sala e Martin resmungou:

— O Ira me faz ter vontade de deixar a medicina e me tornar um honesto fabricante de arreios.

— Caramba, Mart, deixe disso! — reclamou o Adiposo Pfaff. — Você não deve esculhambar o Ira desse jeito. Ele é terrivelmente sincero.

— Sincero? Diabos! Como uma barata!

E assim, eles continuaram o falatório, observados em silêncio por Angus Duer, cujo ar de superioridade deixava Martin nervoso. Nos estudos preparatórios para a profissão com a qual ele sonhara durante toda a vida, Martin só encontrava irritação e vazio, bem como uma serena sabedoria. Ele não via um caminho claro que conduzisse à Verdade, mas sim milhares de caminhos para milhares de verdades longínquas e incertas.

CAPÍTULO 3

John A. Robertshaw, mais exatamente John Aldington Robertshaw, professor de fisiologia da escola de medicina, era um tanto surdo, e o único mestre da Universidade de Winnemac que ainda usava bigode. Ele viera de Back Bay e fazia questão que todos o soubessem, pois muito se orgulhava de sua origem. Junto com outros três brâmanes, o professor Robertshaw criou em Mohalis uma colônia de nativos de Boston que defendiam a suavidade determinada e o decoro da luz sombreada. Em todas as ocasiões, costumava comentar:

— Quando eu estudava com Ludwig na Alemanha...

Ele estava sempre absorto demais em sua própria retidão para prestar atenção individualmente em cada aluno, razão pela qual Clif Clawson e os outros jovens tecnicamente conhecidos como "causadores de problemas" aguardavam com ansiedade as aulas de fisiologia do professor.

Essas aulas aconteciam em um anfiteatro cujas cadeiras ficavam dispostas em um arco pronunciado o bastante para impedir que o mestre visualizasse simultaneamente as duas extremidades. Assim sendo, enquanto o Dr. Robertshaw, sem parar de discorrer sobre a circulação sanguínea, voltava-se para o lado direito a fim de identificar quem era o agente gerador daquele ignominioso som de buzina, na ponta oposta Clif Clawson se levantava para imitá-lo, fazendo com os braços o movimento de uma serra e cofiando uma imaginária suíça. Certa vez, Clif tivera a petulância de jogar um tijolo dentro da pia que ficava ao lado do estrado no exato momento em que o Dr. Robertshaw estava prestes a atingir o clímax do assunto sobre os efeitos das bandas de instrumentos de percussão na intensidade dos reflexos involuntários.

Martin estivera lendo os trabalhos científicos de Max Gottlieb (tanto quanto aquele atoleiro de símbolos matemáticos lhe permitia ler) e, a partir deles, se convencera de que os experimentos deveriam lidar com os fundamentos da vida e da morte, com a natureza das infecções bacterianas e com a química das reações corporais. Quando o professor Robertshaw discorria animadamente sobre pequenos experimentos meticulosos, experimentos padronizados e ingênuos, Martin ficava inquieto. Na faculdade, ele havia se convencido de que a ciência da versificação e as redações em latim eram futilidades, e esperava ansiosamente encontrar no estudo da medicina o esclarecimento intelectual. Agora, tomado por um estado de melancólica preocupação em virtude de sua irracionalidade, ele percebia que estava nutrindo o mesmo desprezo pelos métodos empíricos do Dr. Robertshaw – e pela maior parte do trabalho desenvolvido na anatomia.

O próprio professor de anatomia, Dr. Oliver O. Stout era, por si só, uma verdadeira anatomia; um diagrama de dissecção; um fino emaranhado de nervos, vasos sanguíneos e ossos, recobertos de pele. Stout possuía um conhecimento vasto e preciso. Com sua voz seca, era capaz de repetir mais fatos acerca do pequeno dedo do pé esquerdo do que alguém pudesse imaginar que qualquer pessoa se interessaria em aprender.

Nenhuma das discussões ocorridas na mesa de jantar da Digamma Pi era mais veemente do que os eternos debates sobre a importância que a memorização dos termos da anatomia poderia ter para qualquer médico normal e decente, que ganha polpudos honorários e não tem interesse pela leitura de trabalhos científicos em associações médicas. Contudo, independentemente da opinião que defendiam, todos se esfalfavam para aprender as listas de nomes que capacitam um homem a passar nos exames e se tornar uma pessoa instruída, com um valor de mercado na casa dos cinco dólares por hora. Sábios desconhecidos haviam inventado rimas que facilitavam a memorização. Durante o jantar, com os trinta digamnianos plagiadores sentados ao redor de uma mesa longa e sarapintada, devorando ensopado de moluscos e feijão, acompanhado de bolinhos de bacalhau e bolo de banana, os calouros repetiam fervorosamente os versos enunciados por um veterano:

no Topo mais alto do Olimpo
Um Alemão de Orelha adiposa encontrou o Ópio

Desse modo, por meio de associação com as letras iniciais, eles aprendiam o nome dos doze nervos cranianos: troclear, olfativo, abducente, óptico, oculomotor e assim por diante. Para os digamnianos esse era o poema mais nobre do mundo, versos cuja lembrança ainda sobreviveria durante muitos anos depois de começarem a praticar a medicina, muito embora os nomes dos nervos fossem completamente esquecidos.

II

Nas palestras de anatomia do Dr. Stout, não havia desordem, mas em sua sala de dissecações grassavam as brincadeiras. A mais moderada delas consistia em introduzir um foguete em um cadáver, com o qual duas imaculadas e desditosas colegas estavam trabalhando. O verdadeiro deleite no decorrer do primeiro ano na escola foi o incidente de Clif Clawson com o pâncreas.

Como era simpático entre os colegas, Clif fora eleito representante da classe para o período daquele ano. Ele jamais deixou de cumprimentar qualquer companheiro com quem cruzasse no saguão do Edifício Principal, dizendo em altos brados, "Como está funcionando seu apêndice nesta manhã?", ou talvez, "Aceite, velho piolhento, minha mais sublime saudação". Com estrondoso recato ele presidia as reuniões da turma (enfadonhas reuniões, cujo objetivo era denunciar a proposta de deixar os "caras da Universidade A&M do Texas" utilizarem as quadras de tênis do lado norte). Contudo, no resguardo de sua vida privada, Clif era bem menos honorável.

O incidente vexaminoso aconteceu durante a apresentação do campus ao Conselho de Regentes. Eram banqueiros, industriais e pastores de igrejas poderosas, e exerciam a função de chefes supremos da Universidade. Diante deles, até mesmo o reitor se curvava. Nada lhes proporcionava uma emoção mais arrebatadora do que a sala de dissecações da escola de medicina. Os clérigos faziam uma pregação de cunho moral, tratando dos efeitos do álcool sobre os indigentes, e os banqueiros falavam da falta de consideração pelas contas de poupança, demonstrada por aquela espécie de homens que teimam em acabar como cadáveres. No meio do *tour*, conduzido pelo Dr. Stout e o secretário da Universidade (o carregador de sombrinhas), o mais contundente e pedagógico de todos os banqueiros parou ao lado da mesa de dissecação de Clif Clawson, segurando respeitosamente atrás do corpo seu chapéu-coco, dentro do qual Clif jogou um pâncreas.

Ora, um pâncreas, esse órgão úmido e repugnante, não é algo que alguém se sentiria satisfeito em encontrar dentro de seu chapéu novo. Portanto, quando o banqueiro deparou com a coisa, atirou o chapéu no chão e declarou que os alunos de Winnemac eram uns demônios. O Dr. Stout e o secretário tentaram contornar a situação. Eles limparam o chapéu e asseguraram ao regente que quem ousara colocar um pâncreas no chapéu de um banqueiro não ficaria sem o devido castigo.

O Dr. Stout convocou Clif, na qualidade de representante dos calouros. Ele parecia pesaroso. O Dr. Stout reuniu a turma, lamentou que um cidadão de Winnemac pudesse colocar um pâncreas no chapéu de um banqueiro e exigiu que o delinquente tivesse a hombridade de se apresentar e assumir seu ato.

Lamentavelmente, o reverendo Ira Hinkley, que estava sentado entre Martin e Angus Duer, tinha visto Clif jogar o órgão, e não perdeu a oportunidade de falar entre dentes:

— Isso é ultrajante! Vou denunciar Clawson, mesmo sendo ele meu irmão fraterno.

— Deixe disso. Você não quer que ele seja expulso, quer? — protestou Martin.

— Ele merece ser!

Angus Duer revirou-se em sua cadeira, olhou para Ira e sugeriu:

— Você poderia fazer a gentileza de calar a boca?

E como Ira se submeteu, Angus passou a ser alvo de admiração e ódio ainda maiores por parte de Martin.

III

Quando estava abatido pela dúvida em relação à razão de sua presença naquele lugar, obrigado a escutar as preleções do professor Robertshaw, repetir versos acerca de alemães com orelhas adiposas, estudando para se tornar um médico, como o Adiposo Pfaff e Irving Watters, Martin encontrava alívio naquilo que ele considerava perversões. Na verdade, eram pequeninos atos de libertinagem que raramente iam muito além do excesso de cerveja na adjacente cidade de Zenith ou dos sorrisos de uma jovem trabalhadora de fábrica desfilando nas sórdidas avenidas periféricas. No entanto, com sua dignidade vigorosa, seu contentamento em uma mente esclarecida, tais atos posteriormente pareciam para ele deploráveis.

Era na companhia de Clif Clawson que Martin se sentia mais seguro. Qualquer que fosse a quantidade de cerveja ingerida, Clif nunca ficava mais perturbado do que em seu estado normal. O humor de Martin oscilava em função da vivacidade de Cliff, enquanto o de Cliff dependia das conjecturas de Martin. Quando eles se sentavam na sala dos fundos, diante de uma mesa em que reluziam círculos de copos de cerveja, Clif brandia as mãos e balbuciava:

— Você é o único que me entende, Mart. Você sabe que apesar de toda a intemperança e de todo o falatório sobre sucesso financeiro que eu despejo sobre esses grandes sujeitos como o Ira Stinkley, estou farto demais de comercialismos e tão entediado quanto você.

— Sei disso. Pode apostar — concordou Martin, movido pela ternura provocada pelo álcool. — Somos iguais. Oh, meu Deus! Você entende... Um cara indolente como o Irving Watters ou um ambicioso sem piedade como o Angus Duer... e para completar, o velho Gottlieb! Ideal de pesquisa! Nunca se contente com o que *parece* verdadeiro! Sujeito solitário... Não está nem aí para nada. Pretensioso como um capitão na ponte de comando... Trabalho a noite inteira... Só o que importa é chegar ao fundo das questões!

— É isso aí! Também acho. Vamos beber mais uma? Vá você buscar! — falou Clif Clawson.

Zenith, com suas tavernas, ficava a cerca de 24 quilômetros de Mohalis e da Universidade de Winnemac – meia hora de viagem em um dos enormes e ribombantes bondes de aço que faziam o trajeto interurbano. E era para Zenith que os alunos da medicina se dirigiam em suas incursões. O simples fato de alguém mencionar "uma ida à cidade na noite passada" provocava piscadelas e olhares lascivos. No entanto, Angus Duer levou Martin a descobrir uma nova Zenith.

Na hora do jantar, Duer fez-lhe um convite inesperado:

— Venha comigo assistir a um concerto na cidade.

A despeito de toda sua presumida superioridade em relação à turma, Martin era ilimitadamente ignorante quanto a literatura, pintura e música, e o fato de o pacífico e ganancioso Angus Duer gastar seu tempo ouvindo concertos de violino causava-lhe imenso assombro. O jovem descobriu que Duer nutria um interesse especial por dois compositores, provavelmente alemães, de nome Bach e Beethoven, e que ele próprio ainda não havia desvendado todos os caminhos que o mundo reservava. No trajeto interurbano, Dauer tornou-se menos circunspecto, e revelou:

— Meu camarada, se eu não tivesse nascido para escavar entranhas, eu teria sido um grande músico! Esta noite, vou mostrar a você o Paraíso!

Martin se percebeu em uma barafunda de pequenas cadeiras entre amplos arcos dourados; de damas educadas, porém recriminadoras, com seus programas sobre o colo; de músicos desprovidos de romantismo, que produziam sons desagradáveis em um recinto situado abaixo. Por fim, ele acabou descobrindo ali uma beleza incompreensível que lhe trouxe à memória a imagem de colinas e densas florestas, levando-o a se tornar subitamente prolixo e encetar um discurso exultante e enfadonho.

— Eu vou ter tudo isso – a fama de Max Gottlieb (isto é, a habilidade dele) e também as músicas encantadoras e as mulheres fascinantes. Céus! Vou realizar coisas incríveis. E conhecer o mundo... essa peça não terminará jamais?

IV

Foi uma semana depois do concerto que Martin redescobriu Madeline Fox.

Ele a conhecera na faculdade. Madeline era uma garota bonita e obstinada, de faces coradas e cheia de vida. Para todos os efeitos, o objetivo dela era cursar a pós-graduação em inglês, mas, na verdade, ela apenas não queria voltar para casa. Madeline se considerava uma exímia jogadora de tênis, esporte que praticava com grande vitalidade, tacadas instáveis e acentuada falta de direção. Ela se dizia profunda conhecedora de literatura – os afortunados a quem concedia sua aprovação eram Hardy, Meredith, Howells e Thackeray, nenhum dos quais estivera entre suas leituras nos últimos cinco anos. A garota via em Martin alguns defeitos, os quais costumava censurar com certa frequência, como o fato de ele não apreciar Howells, de vestir camisas de flanela e ser incapaz de ajudá-la a descer do bonde nos mesmos moldes dos heróis de ficção. No tempo de faculdade, eles foram muitas vezes juntos a bailes, embora Martin se revelasse um dançarino mais animado do que competente e, por esse motivo, suas parceiras costumavam encontrar dificuldade em identificar os passos que ele estava tentando dar. Martin apreciava a beleza esbelta, bem como o vigor de Madeline, e entendia que o ativo desenvolvimento intelectual da garota tornava-a de alguma forma "adequada para ele". Ao longo desse ano, ele quase não a encontrara e, quando se via sozinho, tarde da noite, sempre pensava nela e planejava lhe telefonar, mas nunca chegou a fazê-lo de fato. Agora, no entanto, ao se ver assaltado por dúvidas a respeito da medicina, desejou ardentemente a solidariedade afável de Madeline e então, em uma tarde de domingo de primavera, levou-a para uma caminhada ao longo do Rio Chaloosa.

Das ribanceiras do rio, a campina se estendia em exuberantes colinas sinuosas. Nos extensos campos de cevada, nas pastagens acidentadas, nos carvalhos atrofiados e nas bétulas radiantes havia o espírito aventureiro das fronteiras e, como jovens habitantes das planícies, eles caminharam pelas costas íngremes e segredaram um ao outro que iriam conquistar o mundo.

Martin se queixou:

— Esses malditos médicos...

— Ora, Martin, você acha que "maldito" é uma palavra correta? — questionou Madeline.

Ele de fato a considerava uma palavra muito correta e sempre útil para um trabalhador ocupado, mas o sorriso da garota era cativante demais.

— Bem... esses infelizes estudiosos... não estão tentando aprender ciência. Para eles é simplesmente um negócio. Só querem obter o conhecimento que vai se reverter em dinheiro. Eles não falam em salvar vidas, apenas em "casos perdidos"... dólares perdidos! E tampouco se importam em perder casos, a menos que sejam operações sensacionais que vão se converter em publicidade! Esses sujeitos me dão náuseas! Quantos deles você acha que estão interessados no trabalho que Ehrlich está desenvolvendo na Alemanha ou talvez no que Max Gottlieb está fazendo aqui agora mesmo? Gottlieb acabou de testar um terrível efeito adverso da teoria de Wright sobre a opsonina.

— Verdade?

— Sim! Eu diria que sim. E você acha que algum médico se abalou por isso? Decerto que não! Eles dizem "A ciência está de fato correta em seus métodos. Ela ajuda os doutores a tratarem seus pacientes". Mas, logo em seguida, começam a discutir se terão melhores condições de ganhar mais dinheiro em uma cidade grande ou em um vilarejo, e se é mais conveniente para um jovem médico fazer o papel de bom companheiro e observar as regras ou entrar para uma igreja e assumir a aparência de sério? Você precisa ouvir o Irve Watters. Ele pensa o seguinte: o indivíduo que faz progressos na medicina é aquele que conhece suas patologias? Oh, não! O pássaro que vence é o que estabelece seu consultório em uma esquina no lado nordeste, próximo a um ponto de entroncamento de bondes e tem um número de telefone que os pacientes conseguem lembrar com facilidade! É verdade! Ele disse isso! Eu juro que quando me formar serei médico de um navio. Assim, a gente conhece o mundo e, pelo menos, não fica correndo para cima e para baixo, tentando roubar pacientes de algum rival que tem o consultório em outro deque.

— Sim, eu sei. É terrível perceber como as pessoas não têm ideal algum em relação a seu trabalho. São muitos os estudantes de inglês que visam apenas a ganhar dinheiro ministrando aulas, em vez de, assim como eu, buscar o aprofundamento dos conhecimentos acadêmicos.

Era perturbadora para Martin a ideia de que Madeline pudesse se considerar uma pessoa quase tão superior quanto ele, mas ainda mais perturbador foi perceber o entusiasmo com que ela falou:

— Ao mesmo tempo, Martin, devemos ser práticos, não é verdade? Pense em quanto dinheiro... ou melhor, que ascensão social e quanto poder um médico bem-sucedido consegue por fazer o bem. Muito mais do que um desses cientistas improdutivos e sem método que não sabem o que se passa pelo mundo. Tome o exemplo de um cirurgião como o Dr. Loizeau. Ele vai para o hospital em um carro magnífico, dirigido por um *chauffeur* uniformizado, e todos os pacientes simplesmente o idolatram. Do outro lado, você tem Max Gottlieb... um dia desses, alguém me chamou a atenção quando ele passava e eu pude ver o estado lastimável de seu velho terno e dos cabelos, que certamente mereciam um bom corte.

Martin se voltou contra ela, com fúria, estatísticas, vitupérios, fervor religioso e metáforas confusas. Eles se sentaram em uma velha cerca torta da estrada de ferro, onde, sobre os brilhantes arbustos banhados pelo sol, zuniam os primeiros insetos da primavera. Em meio àquela tempestuosa reação, incitada pelo fanatismo de Martin, ela perdeu seu delicado refinamento e interveio:

— Sim, agora eu entendo... Eu entendo... — falou com voz estridente, sem contudo explicar o que entendia. E continuou — Oh, você possui mesmo uma mente aguçada e uma admirável... admirável integridade.

— Nossa! Você pensa mesmo assim?

— Com certeza! É isso o que eu penso, e estou certa de que seu futuro será extraordinário. E fico feliz por você não se deixar levar pelo espírito mercantil como os outros. Não importa o que lhe digam!

Martin observou que, além de ter um espírito raro e compreensivo, Madeline era também uma mulher excepcionalmente desejável – pele fresca e rosada, olhos ternos e uma encantadora angulosidade formada entre os ombros e a lateral do corpo. No caminho de volta, ele percebeu que, sem sombra de dúvidas, ela era a companheira que o completava – sob a orientação dele, Madeline aprenderia a estabelecer a distinção entre "ideais" vagos e a sólida autoridade da ciência. Os dois pararam junto à ribanceira e ficaram contemplando o barrento Chaloosa. Naquele dia de primavera, ramos da vegetação boiavam sobre as águas revoltas do rio que corria em uma porção ocidental do território. Martin suspirava por Madeline. Ele lamentou seus fortuitos romances de estudante e assumiu a determinação de ser um jovem virtuoso e extremamente aplicado, para poder "merecê-la" de fato.

— Oh, Madeline — lamentou-se Martin —, você é tão cruelmente encantadora!

Ela olhou para ele, deixando transparecer certa timidez.

Martin segurou-lhe a mão e, movido por uma emoção incontrolável, tentou beijá-la. Foi um beijo desajeitado. Ele conseguiu apenas encostar os lábios na ponta do queixo da garota, enquanto ela se debatia e suplicava "Oh, não!".

No caminho de volta para Mohalis, que percorreram vagarosamente, eles pareciam não lembrar do incidente ocorrido e conversaram com voz doce e suave. Ela agora escutava pacientemente enquanto ele reclamava do professor Robertshaw e o comparava a um fonógrafo; e ele, por sua vez, ouvia as observações dela sobre a superficialidade e a vulgaridade do Dr. Norman Brumfit, aquele jovial professor de inglês. Ao chegarem ao alojamento de Madeline, ela suspirou e disse:

— Eu gostaria de poder convidá-lo para entrar, mas já está quase na hora do jantar e... você vai aparecer um dia desses?

— Pode apostar que vou — respondeu Martin, seguindo as regras dos discursos amorosos vigentes na Universidade de Winnemac.

Tomado por um profundo sentimento de paixão, ele correu para seu alojamento. No meio da noite, deitado na parte de cima do beliche, Martin via os olhos dela (ora impertinentes, ora reprovadores, ora cálidos e cheios de confiança nele) e pensava: "Eu a amo! Eu a *amo*! Vou telefonar para ela... Será que terei coragem de ligar logo às oito da manhã?".

Contudo, às oito da manhã ele estava absorto demais no estudo do aparelho lacrimal, para pensar nos olhos de uma garota. Antes de ser tragado pela frenética rotina de estudos para os exames do final do ano, Martin viu Madeline apenas uma vez, e foi sob os holofotes do alpendre do alojamento dela, apinhado de alunas, almofadas vermelhas e marshmallows.

V

Por ocasião dos exames, aqueles indivíduos pertinazes que fazem da busca pela sabedoria seu principal objetivo, tinham oportunidade de conhecer o valor da fraternidade Digamma Pi. Diversas gerações de digamnianos dedicaram-se à tarefa de reunir as folhas dos testes e as entesouraram no sagrado Livro das Arguições. Os que possuíam inclinação para minúcias haviam examinado todo o volume e marcado com caneta vermelha os problemas mais frequentemente apresentados no decorrer do ano. Os calouros se comprimiam em um círculo em torno de Ira Hinkley na sala de estar da Digamma Pi, enquanto ele lia em voz alta as questões com as quais havia maior probabilidade de se depararem. Esforçando-se para dar a resposta certa antes que Angus Duer a encontrasse no livro-texto e lesse para todos ouvirem, os rapazes se contorciam, agarravam os cabelos, coçavam o queixo, mordiam os dedos e batiam na testa.

Além de todo esse sofrimento, precisavam ainda ajudar o Adiposo Pfaff.

Ele fora reprovado na prova de anatomia do meio do ano e tinha que passar por uma arguição especial antes de poder fazer os exames finais. Na Digamma Pi, todos lhe dedicavam certo carinho: o Adiposo era fraco, o Adiposo era crédulo, o Adiposo era estúpido; no entanto, os garotos tinham por ele a mesma exasperada afeição que poderiam ter por um motor de segunda mão ou um cachorro enlameado. Como se o estivessem empurrando através da porta de um alçapão, todos se esforçavam para prepará-lo e fazê-lo passar nos exames. Eles arfavam, gemiam e se lastimavam no decurso do trabalho... e o Adiposo arfava e se lastimava junto com eles.

Na noite que antecedeu ao exame especial, os companheiros o mantiveram nessa maratona de estudos até cerca de duas da manhã, valendo-se de todos os recursos para mantê-lo atento: toalhas molhadas, café preto, preces e blasfêmias. Eles repetiram listas e mais listas para o Adiposo, brandiram os punhos diante de seu rosto redondo e vermelho e gritaram: "Maldição! Você vai conseguir *lembrar* que a válvula bicúspide e a válvula mitral são a MESMA coisa e NÃO coisas diferentes?". Eles corriam pela sala com as mãos erguidas, repetindo em tom de lamento, "Será que ele nunca vai conseguir lembrar nada sobre nada?", para, em seguida, tentar remediar a censura, advertindo com calma fictícia, "De nada serve se angustiar, Adiposo. Fique tranquilo e ouça bem o que vamos dizer, ok?", e emendavam persuasivamente, "tente lembrar *uma* coisa, de qualquer maneira!".

Depois conduziram o Adiposo cuidadosamente para a cama. Ele estava tão empanturrado de fatos, que ao menor empurrão poderia cuspi-los todos.

Ao acordar, às sete da manhã, com os olhos vermelhos e os lábios trêmulos, ele já havia esquecido tudo o que aprendera.

— Não há o que fazer — declarou o presidente da Digamma Pi. — Ele vai ter que usar uma cola e correr o risco de ser pego com ela. Essa é a minha opinião. Ontem eu fiz uma cola para ele. Ficou excelente. Ela cobre parte considerável das questões... desse jeito ele vai conseguir.

Até mesmo o reverendo Ira Hinkley, depois de ter presenciado os horrores da noite anterior, fez vistas grossas para o delito. Mas Adiposo protestou.

— Poxa, não gosto de trapaças. Não acredito que um sujeito incapaz de passar nos exames possa receber permissão para praticar a medicina. Foi isso o que meu pai falou.

Os rapazes fizeram o Adiposo engolir mais café e, mediante a orientação de Clif Clawson, que não sabia exatamente que efeito poderia advir, mas estava ansioso por saber, ministraram a ele um comprimido de brometo de potássio. O presidente da Digamma agarrou o garoto com firmeza e rosnou:

— Vou enfiar essa cola em seu bolso. Preste bastante atenção! No bolso de cima do casaco, atrás do lenço.

— Não vou usar isso. Pouco me importa se eu não passar — choramingou o Adiposo.

— Tudo bem, mas deixe-a aí. Quem sabe você consegue assimilar alguma informação por osmose... só Deus sabe!

O presidente sacudiu-o pelo cabelo e elevou o tom da voz, deixando transparecer toda a calamidade da vigília, do café preto e dos esforços desesperançados da noite anterior.

— Só Deus sabe por que você não consegue enfiar isso na cabeça! — lamentou ele.

Os rapazes limparam a poeira dos ombros de Adiposo, fizeram-no ficar em pé e empurraram-no pela porta rumo ao edifício da anatomia. Eles permaneceram ali observando a figura que se afastava – um balão sobre pernas, uma linguiça em calças de camurça.

— Não é inacreditável que ele prefira ser honesto? — admirou-se Clif Clawson.

— Bem, se ele de fato for, será melhor nós subirmos para arrumar suas malas... e essa velha fraternidade jamais terá outro trouxa como o Adiposo — falou o presidente, em tom de pesar.

Eles viram quando o rapaz parou, puxou o lenço do bolsinho, assoou pesaroso o nariz e se deparou com uma longa e fina tira de papel. Viram-no olhar para o papel com o cenho franzido, tamborilar os dedos sobre ele por um momento, começar a ler o que ali estava escrito, enfiá-lo de volta no bolso e retomar seu caminho com passos mais decididos.

Depois, dançaram de mãos dadas ao redor da sala de estar da fraternidade, assegurando confiantemente uns aos outros: "Ele vai usá-lo; ele vai passar... ou estará acabado!".

E Adiposo conseguiu passar.

VI

As inquietantes dúvidas de Martin incomodavam a fraternidade Digamma Pi muito mais do que as imbecilidades de Adiposo, a estridência de Clif Clawson, a voz irritante de Angus Duer ou a inconveniência do reverendo Ira Hinkley.

Durante o tenso período de estudos que precedeu os exames, Martin se mostrou particularmente irritado com a assertiva corrente, que estabelecia "contar apenas com contratos médicos e esterilizadores da melhor qualidade – não para usá-los, mas para impressionar seus pacientes". Em uníssono, os digamnianos sugeriam a ele:

— Digamos que, se você não gostar da maneira como estudamos medicina, teremos imenso prazer em fazer uma vaquinha e mandá-lo de volta para Elk Mills, onde não será perturbado por nós, sujeitos incultos e mercantilistas. Veja bem! Não impomos a você nosso método de trabalho. De onde então você tirou essa ideia de que pode nos impor o seu? Ora, deixe disso... faça o favor!

Angus Duer complementou, com ácida docilidade:

— Vamos admitir que somos meros carpinteiros e você, um competente pesquisador. Contudo, existem muitas outras coisas com as quais você precisará lidar quando concluir o estudo das ciências. Qual é seu conhecimento a respeito de arquitetura? Como estão seus verbos do francês? Quantos romances importantes você já leu? Quem foi o soberano do Império Austro-Húngaro?

— Não finjo saber todas as coisas — reagiu Martin. —, mas sei o que um homem como Max Gottlieb representa. Ele conhece o método correto, e todos esses professores incompetentes e exibicionistas não passam de curandeiros. Você pensa que Gottlieb não tem religião, não é, Hinkley? Pois bem, o trabalho que ele realiza no laboratório é em si mesmo uma oração. Vocês, idiotas, não conseguem perceber o que significa a presença de um homem como aquele nesta escola, um homem que se dedica ao desenvolvimento de novos conceitos de vida! Vocês não...

Clif Clawson interrompeu, com a boca aberta em um enorme bocejo, e ironizou:

— Orando no laboratório! Ora bolas, deixarei que tirem minhas calças se o padre Gottlieb me pegar rezando durante as aulas práticas de bacteriologia!

— Ouçam aqui, seus malditos! — reagiu Martin. — Vocês são daqueles para quem a prática da medicina nada mais é do fazer diagnósticos baseados em adivinhação, mas aqui existe um homem...

E assim, aquela doce elucubração sobre os fatos se estendeu por horas a fio.

Quando os outros já haviam se recolhido para suas camas e o quarto se transformara em uma confusão de roupas jogadas por toda parte e rapazes exaustos roncando em beliches de ferro, Martin se sentou, apreensivo, diante de uma longa mesa de pinho, toda lascada. Angus Duer se aproximou sem ser notado, reclamando:

— Olhe aqui, meu velho! Já estamos cansados de suas críticas. Se você acha que nosso jeito de estudar medicina é podre e se considera tão malditamente honesto, por que não vai embora daqui?

Angus saiu, deixando Martin às voltas com sua inquietação, "Ele está certo. O que preciso fazer é calar a boca ou ir embora. Será que é mesmo essa a minha intenção? O que eu quero *de fato*? O que *devo* fazer?".

VII

A dedicação de Angus Duer aos estudos e seu irrepreensível respeito às boas maneiras eram afrontados pelo inconveniente comportamento de Clif: sua cantoria obscena, suas conversas ruidosas, sua predileção por jogar coisas na sopa dos outros e sua deprimente incapacidade para manter as mãos limpas. A despeito de um aparente equilíbrio emocional, Duer estava tão apreensivo quanto Martin no período de extrema sobrecarga mental que antecedia os exames e, certa noite, diante dos berros de Clif na hora do jantar, ele falou, irritado:

— Você poderia ter a gentileza de não fazer tanto barulho?

— Vou fazer todo o maldito barulho que eu bem entender! — retrucou Clif; e um acirrado confronto se instalou.

Clif passou a fazer tanto estardalhaço depois disso, que acabou se cansando do próprio barulho. Ele era ruidoso na sala de estar, no banheiro e, com certo sacrifício, permanecia acordado ao deitar, fingindo estar roncando. Se Duer estivesse quieto e mergulhado nos livros, Clif não se dava por vencido. Ele encarava o colega com olhos de um magistrado e o intimidava. Privadamente, Clif se queixava com Martin. Dizia ele:

— Sujeito dos infernos! Ele age como se eu fosse um verme. A solução é muito simples. Um de nós vai ter que sair da fraternidade... e não serei eu!

Clif ficou furioso e fez muito espalhafato, mas foi ele quem acabou deixando Digamma Pi. Na saída, disse que os digamnianos não passavam de um "bando de vagabundos", que nem sequer tinham à sua disposição um jogo de pôquer decente. No entanto, isso nada mais era do que uma fuga. Ele não conseguia encarar os olhos severos de Angus Duer. E Martin acompanhou-o, renunciando também à fraternidade e planejando dividir com ele um quarto no outono seguinte.

A impetuosidade de Clif irritava Martin, da mesma forma que irritava Duer. Clif não tinha limites. Quando não estava contando histórias sórdidas, ficava questionando e pedindo explicações, "Quanto você pagou por esse sapato? Me faz pensar que é um Vanderbilt!" ou "Foi você que eu vi caminhando junto com aquela Madeline Fox? Que diabos você está pensando?". Martin, no entanto, sentia-se estranho no meio daqueles rapazes civilizados, diligentes e simpáticos da Digamma Pi, em cujas faces via apenas prescrições, esterilizadores brancos e luzidios, elegantes automóveis conversíveis e consultórios identificados por placas de vidro com letras douradas penduradas sobre a porta. Ele preferia a solidão primitiva, pois no ano seguinte estaria trabalhando com Max Gottlieb e não devia ser incomodado.

Martin passou aquele verão na companhia de um grupo que fazia instalação de linhas telefônicas em Montana.

Ele trabalhou como montador de linhas de comunicação, e sua tarefa consistia em subir nos postes, enterrar a ponta da corrente dentro do pinho macio e argênteo, puxar o fio para cima, prendê-lo aos isolantes de vidro e descer, para depois recomeçar em outro poste.

A equipe cobria cerca de oito quilômetros por dia e à noite se refugiava em pequenos vilarejos insalubres e enfadonhos. Na hora de se recolherem, simplesmente tiravam os sapatos e se enrolavam em um dos cobertores usados nas selas dos cavalos. Martin vestia macacão e uma camisa de flanela, e mais parecia um trabalhador da lavoura. Ao escalar postes ao longo de todo o dia, ele respirava fundo, desprovido de preocupação, até que, em determinada ocasião, vivenciou um fato extraordinário.

Martin estava no alto de um poste quando, repentinamente e sem razão aparente, seus olhos se abriram e, como se saído de um sono profundo, ele tomou consciência da vastidão da pradaria e da suave carícia dos raios de sol sobre as pastagens, sobre os cavalos (mansos, fortes e amistosos), e também sobre o trigo em processo de amadurecimento e as faces coradas de seus jocosos companheiros. Ele viu que as cotovias voavam felizes sobre a campina e os melros brilhavam como pequenas poças de água. E, por fim, percebeu que a força vital do sol dava vida à própria vida. Imaginou que os muitos Angus Duers e Irving Watterses eram rígidos homens de negócio. E daí? "Eu estou aqui!", regozijou-se ele.

O grupo era tão saudável e simples quanto o vento do oeste. Os rapazes não tinham espécie alguma de ostentação e, embora lidassem com equipamentos elétricos, não aprendiam, ao contrário dos médicos, uma série de termos científicos, tampouco assumiam diante dos fazendeiros a pose de cientistas. Eles riam com facilidade e se mostravam satisfeitos em ser como eram. Na companhia deles, Martin conseguia esquecer sua estirpe nobre. Ele nutria pelos colegas uma afeição que jamais sentira por ninguém na Universidade, com exceção de Max Gottlieb.

Martin carregava um livro em sua mochila, *Imunologia*, de Gottlieb, e costumava ler meia página antes de mergulhar nas fórmulas químicas. Algumas vezes, aos domingos ou nos dias de chuva, tentava ler o livro e ansiava por estar no laboratório. Ocasionalmente pensava em Madeline Fox e, em sua devastadora solidão, percebia o quanto sentia falta da garota. Contudo, as semanas se sucediam, renovando o vigor e a tranquilidade e, quando ele acordava em um estábulo, sentindo o cheiro doce do feno, dos cavalos e das pradarias que emanavam o som do canto das cotovias e se estendiam até bem perto do coração desses vilarejos degradados, Martin se preocupava apenas com o trabalho e as caminhadas do dia, rumo ao oeste, na direção do pôr do sol.

E assim eles seguiram por meio dos trigais de Montana (vastos domínios de trigo em um campo radiante), e percorreram as pastagens e o deserto de artemísias. Subitamente, observando uma nuvem obstinada, Martin se deu conta de que contemplava as montanhas.

Por fim, ele estava em um trem – a turma do serviço de telefonia já era coisa do passado e seu pensamento só tinha lugar para Madeline Fox, Clif Clawson, Angus Duer e Max Gottlieb.

CAPÍTULO 4

O professor Max Gottlieb estava prestes a matar um porquinho-da-
-índia por meio de inoculação da bactéria do antraz e, com isso, a turma
de bacteriologia estava agitada.

Eles haviam estudado os tipos de bactérias, manipulado placas de Petri e anéis de platina, além de orgulhosamente cultivado as inofensivas culturas vermelhas de *Bacillus prodigiosus* em fatias de batata. Agora, haviam chegado aos micro-organismos patogênicos e injetariam mercúrio em um animal vivo com o objetivo de levá-lo a desenvolver a acrodinia. Os dois porquinhos-da-índia, com seus olhinhos semelhantes a contas de vidro, tiritando dentro de um béquer, estariam rígidos e mortos dali a dois dias.

A excitação de Martin vinha acompanhada de grande ansiedade. Ele ria e observava, com desdém profissional, como eram tolos os leigos que visitavam o laboratório e acreditavam na possibilidade de micróbios sanguinários provenientes das misteriosas centrífugas, das bancadas e do próprio ar poderem saltar sobre eles. Martin, no entanto, tinha consciência de que os tubos de ensaio fechados com tufos de algodão, colocados sobre a mesa do demonstrador entre a cuba de instrumentos e o frasco de dicloreto, continham milhões de bactérias de antraz extremamente letais.

Postados a certa distância, os alunos observavam atentamente. Com a natural habilidade técnica, a segura rapidez que conferia dignidade ao mais sutil movimento de suas mãos, o Dr. Gottlieb cortou os pelos da barriga de uma cobaia que o assistente segurava. Em seguida, ensaboou o local com uma escova de mão, escanhoou-o e passou sobre ele uma pincelada de iodo.

(Durante todo o tempo, Max Gottlieb deixou o pensamento mergulhar em reminiscências do passado. Ele lembrou a ânsia de seus primeiros alunos na época em que tinha acabado de retornar de uma experiência prática na qual trabalhara com Koch e Pasteur. Ele era, então, recém-saído das rodas regadas a enormes canecas de cerveja, na companhia de seus *Korpsbrüder*, reuniões normalmente embaladas por discussões ferozes. Belos tempos de arrebatamento! *Die goldene Zeit*! Suas primeiras turmas nos Estados Unidos, no Queen City College, se deslumbraram com as sensacionais descobertas no campo da bacteriologia. Os alunos se aglomeravam ao redor dele com profundo respeito – todos ansiavam avidamente pelo saber. Agora, ao contrário, a turma não passava de gentalha. Gottlieb os observava – o Adiposo Pfaff na fileira da frente, um rosto inexpressivo e vazio, como uma maçaneta de porta; as meninas, por sua vez, sensíveis e assustadas. Só Martin Arrowsmith e Angus Duer revelavam sinais claros de inteligência. As lembranças do professor resvalaram para um pálido amanhecer em Munique – o céu azulado, uma ponte, uma garota à espera e o som de uma música.)

Ele afundou as mãos na solução de dicloreto e depois as sacudiu – um balanço rápido, com os dedos voltados para baixo, como os de um pianista sobre as teclas. Em seguida, pegou uma agulha subcutânea na cuba de instrumentos e levantou o tubo de ensaio. Sua voz fluiu indolentemente, com o marcante sotaque alemão na pronúncia das vogais e dos ininteligíveis Ws.

— Esta, cavalheiros, é uma cultura de *Bacillus anthracis* mantida em solução há 24 horas. Os senhores notarão (com certeza já devem ter notado) que no fundo do agitador há um algodão, uma providência necessária para evitar que o tubo se quebre. Não recomendo que quebrem tubos contendo a bactéria antraz e deixem as mãos entrar em contato com a cultura. Os senhores *poderão* simplesmente contrair os furúnculos do antraz...

Um estremecimento percorreu a espinha de todos os presentes.

Empregando seu dedo mínimo, Gottlieb puxou com tal destreza o tampão de algodão, que os futuros médicos, aqueles que haviam se queixado que "Bacteriologia é uma porcaria; exames de urina e de sangue são tudo o que você precisa saber das aulas de laboratório", agora lhe concediam certa dose do mesmo tipo de respeito que tinham por um homem capaz de fazer truques de cartas ou remover um apêndice em sete minutos. Ele agitou a boca do tubo sobre a chama do bico de Bunsen, dizendo em tom monótono:

— Todas as vezes que os senhores tirarem o tampão de um tubo, aqueçam-no sobre a chama. Façam disso uma norma. É uma exigência da técnica... e a técnica, cavalheiros, é o princípio de toda ciência... mas também, o aspecto menos sabido da ciência.

A classe estava impaciente. Por que ele não andava logo com isso; não partia para o almejado e temível momento de inoculação da cobaia?

(E Max Gottlieb, olhando para o outro porquinho-da-índia, que estava preso em um béquer, pensou consigo mesmo: "Inocente infeliz! Por que razão eu tenho que matá-lo para ensinar a esses *Dummköpfe*? Seria melhor fazer de cobaia aquele jovem gordalhão".)

Ele introduziu a seringa dentro do tubo, puxou o êmbolo com toda destreza, usando o dedo indicador, e disse:

— Tomem meio c.c. da cultura. Existem duas espécies de médico: aqueles para quem c.c. significa centímetro cúbico e os que entendem c.c. como composto catártico. Os da segunda espécie são mais prósperos.

(Contudo, o delicado sotaque, a sardônica afabilidade, a sibilação na pronúncia dos Ss e a articulação dos Ds, que se transformavam em amorfos e espinhosos Ts, não permitem que se explicite a essência dessa asserção.)

O assistente ficou ao lado dele, segurando o porquinho-da-índia. Gottlieb levantou com a pinça a pele da barriga do animalzinho e nela introduziu, com um movimento rápido, a agulha subcutânea. O porquinho guinchou brevemente, teve uma ligeira contração muscular e as alunas estremeceram. Os dedos experientes de Gottlieb sabiam identificar quando a parede da cavidade peritoneal já tinha sido atingida. Ele puxou de volta o êmbolo da seringa e disse em voz baixa:

— Logo este pobre animal estará morto como Moisés.

Os alunos se entreolharam apreensivos.

— Alguns dos senhores poderão pensar que isso não tem importância. Alguns, a exemplo de Bernard Shaw, pensarão que eu sou um carrasco dos mais monstruosos, porque permaneço impassível diante disso. E outros, simplesmente não pensarão. Essa diversidade de concepções é o que torna a vida interessante.

Enquanto o assistente introduzia um fino anel na orelha da cobaia, para identificá-la, e a recolocava no béquer, Gottlieb registrou em um caderno de anotações o peso do animal, juntamente com o horário da inoculação e a idade da cultura de bactéria. Em seguida, reproduziu essas notas no quadro negro com sua caligrafia minuciosa e murmurou:

— Cavalheiros, a parte mais importante da vida não é viver, senão refletir sobre ela. E a parte mais importante da experimentação não é executar um experimento, mas sim tomar notas (notas MUITO acuradas) a tinta. Disseram-me que um extraordinário número de pessoas espertas se julgam capazes de manter as anotações na própria cabeça, mas não raras vezes tive oportunidade de observar, com certa satisfação, que tais pessoas não possuem uma cabeça na qual possam guardar suas notas. Isso é muito bom, porque desse modo o mundo nunca verá tais resultados e a ciência não ficará entulhada com eles. Vou agora inocular a segunda cobaia e, depois, a classe será dispensada. Ficarei exultante se, antes da próxima aula de laboratório, os senhores lerem *Mario, o Epicúrio*, de Walter Pater, e do texto deduzirem a calma que constituiu o segredo da perícia de um trabalho em laboratório.

II

Enquanto desciam alvoroçadamente para o saguão, Angus Duer comentou com um irmão digamniano:

— Gottlieb é um velho estúpido e sem imaginação. Ele fica preso aqui em vez de sair mundo afora e sentir o sabor da luta. Mas certamente é um velho habilidoso. Tem uma técnica admiravelmente boa. Ele poderia ter-se tornado um cirurgião de primeira linha e ganhar 50 mil dólares por ano. Mas do jeito que é, suponho que não consiga um centavo além de 4 mil!

Ira Hinkley caminhava sozinho, atormentado por suas inquietações. Ele era um homem extraordinariamente gentil; um pastor corpulento e desajeitado. Aceitava respeitosamente todas as coisas que seus professores lhe diziam, sem se importar se elas eram contraditórias em relação a tudo o mais. No entanto, não podia admitir essa matança de animais – sentia aversão pelo ato. Por meio de uma associação de fatos não muito nítida, sua memória evocou uma experiência ocorrida no domingo anterior, quando, na pobre capela em que agora costumava fazer pregações, ele exaltara o sacrifício dos mártires, e todos haviam cantado o sangue das ovelhas – a fonte cheia do sangue que escorrera das veias de Emanuel. Mas as lembranças foram aos poucos desvanecendo e Hinkley se arrastou até a Digamma Pi, imerso na névoa de sua lastimosa meditação.

Clif Clawson, caminhando ao lado do Adiposo Pfaff, falou em voz alta:

— Caramba, como o velho porquinho se contraiu quando Pai Gottlieb enfiou aquela agulha!

E o Adiposo suplicou:

— Por favor! Pare com isso!

Martin Arrowsmith, por sua vez, viu-se reproduzindo o mesmo experimento e, como lembrou dos dedos infalíveis de Gottlieb, sua mão se curvou para imitar a do mestre.

III

Gradativamente, foi-se acentuando o estado de letargia dos porquinhos-da-índia. Ao longo de dois dias, eles se debateram, convulsionaram e acabaram morrendo. Apossados por uma dramática expectativa, os alunos voltaram a se reunir para assistir à necropsia. Na mesa do demonstrador havia uma bandeja de madeira com marcas profundas dos percevejos, que desde muitos anos eram usados para prender cadáveres. As cobaias (rígidas e com os pelos eriçados) estavam dentro de um frasco de vidro. A classe tentou lembrar como eram os animaizinhos quando circulavam por ali alegres, mordiscando a comida. O assistente esticou um deles, prendendo-o com as tachinhas. Gottlieb pincelou a barriga da cobaia com um chumaço de algodão embebido em lisol, fez uma incisão desde o abdome até o pescoço e cauterizou o coração com uma espátula incandescente – os alunos estremeceram ao escutar o som da carne crestada. Como um sacerdote de diabólicos mistérios, ele extraiu com uma pipeta o sangue enegrecido. O assistente preparou lâminas de vidro para visualização no microscópio, besuntando-as com um fragmento dos pulmões dilatados, do baço, dos rins e do fígado. Em seguida, essas lâminas foram entregues à classe para serem examinadas. Os estudantes, que haviam aprendido a olhar através do microscópio sem fechar um dos olhos, sentiam-se orgulhosos e profissionais e todos eles falavam sobre o prazer experimentado quando, ao girarem o parafuso de cobre para ajustar o foco, as células se destacaram nítidas dentro da mancha turva da lâmina que tinham diante de si, permitindo, enfim, a identificação do bacilo. Mas naquele dia a turma estava apreensiva, pois Gottlieb permanecera no laboratório – sempre atento, sempre espreitando atrás dos alunos sem dizer uma só palavra e observando o descarte dos restos dos porquinhos. E, ao longo das bancadas, ouvia-se um rumor nervoso sobre um antigo estudante que morrera vítima de uma infecção por antraz contraída no laboratório.

IV

Durante aqueles dias Martin experimentou uma satisfação ímpar, como o entusiasmo de um inflamado jogo de hóquei, a serenidade de uma pradaria, o atordoamento causado por uma música grandiosa e a percepção da criação. Ele acordava cedo, refletia alegremente sobre o dia e se apressava a chegar ao trabalho – cego e dedicado.

O tumulto do laboratório de bacteriologia se traduzia em êxtase para ele – os alunos em mangas de camisa, filtrando uma geleia de nutrientes com os dedos grudentos devido ao contato com as folhas enrugadas de gelatina; ou aquecendo substâncias em uma autoclave semelhante a um obuseiro de prata. Para Martin, o rugido das chamas dos bicos de Bunsen debaixo dos fornos de ar quente e o vapor dos esterilizadores Arnold, que subiam em espiral até as vigas e embaçavam as janelas, eram de fato uma fascinante atividade. Mas as fileiras de tubos de ensaio cheios de soro aquoso e tapados com chumaços de algodão chamuscados cor de café, o fino anel de platina inclinado sobre um reluzente erlenmeyer, as fantásticas estantes de compridos tubos de ensaio misteriosamente conectados a frascos e uma garrafa manchada com a rica cor de violeta da genciana eram a viva expressão das coisas mais radiosas do mundo.

Martin começara, provavelmente em uma juvenil imitação de Gottlieb, a trabalhar sozinho no laboratório durante as noites. A longa sala estava mergulhada em uma profunda escuridão – com exceção da camisa do lampião que luzia atrás do microscópio. O feixe de luz se refletia no polido tubo metálico e lançava centelhas luminosas sobre os cabelos negros do rapaz, curvado em cima da lente do aparelho. Ele se dedicava ao estudo do protozoário tripanossoma encontrado em um morcego – uma roseta de oito ramos tingida com azul de metileno policrômico; um aglomerado de organismos tão delicados quanto o narciso, com seus núcleos cor de púrpura, as células azul-claras e os finos filamentos dos flagelos. Martin estava bastante excitado e um tanto orgulhoso. Ele tingira as bactérias com perfeição e sabia que não era fácil tingir uma roseta sem danificar o formato de pétalas. De repente, um barulho na escuridão, o passo fatigado de Max Gottlieb... e a mão deste pousou no ombro de Martin. Em silêncio, o jovem ergueu a cabeça e empurrou o microscópio na direção do professor. Inclinando-se, com uma bituca de cigarro no canto da boca (a fumaça teria embotado os olhos de qualquer ser humano), Gottlieb perscrutou a preparação.

Ele ajustou a luz do lampião, movendo-a alguns milímetros, e comentou admirado:

— Magnífico! Você tem habilidade. A ciência é uma arte... para poucos. Vocês, americanos, tantos entre vocês, são tão cheios de ideias, mas não têm paciência com a bela monotonia do trabalho demorado. Eu vejo agora, e tenho também observado no laboratório, que você talvez esteja em condições de testar o triponossoma da doença do sono. Eles são muito, muito intrigantes... e também muito, muito difíceis de se manipular. É uma enfermidade bastante interessante. Em alguns vilarejos na África, cinquenta por cento das pessoas sofrem dessa doença... que é invariavelmente fatal. Sim... acredito que você pode trabalhar com os bacilos.

Para Martin, isso significava colocar seu batalhão em campo.

— Vou comer um pequeno sanduíche em meu quarto à meia-noite — falou Gottlieb. — Se você por acaso ficar trabalhando até tarde, terei imenso prazer que venha comer comigo.

Hesitante, Martin cruzou o saguão à meia-noite, em direção ao imaculado laboratório de Gottlieb. Na bancada havia café e alguns sanduíches – curiosamente pequenos e deliciosos, porém estranhos para o paladar do refeitório frequentado pelo rapaz.

À medida que Gottlieb falava, Clif foi sendo gradativamente reduzido a nada e Angus Duer passou a ser apenas um alpinista irracional. O professor evocou laboratórios de Londres, jantares nas noites geladas em Estocolmo, caminhadas na Colina do Píncio, com o pôr do sol atrás da Basílica de São Pedro e recordou ainda perigos extremos e a repugnância avassaladora de aventais sujos de excreções quando de uma epidemia em Marselha. Como se Martin fosse um contemporâneo seu, ele deixou de lado a reserva e falou sobre si mesmo e sua família.

O primo que era coronel no Uruguai, mais o outro primo (um rabino), que fora torturado em um massacre em Moscou. A esposa doente – provavelmente um câncer. Os três filhos – a mais moça, Miriam, era uma exímia musicista, mas o garoto, que tinha quatorze anos, causava-lhe preocupação; era insolente e não estudava. Ele, Gottlieb, havia trabalhado durante anos na síntese de anticorpos, mas agora se encontrava em um beco sem saída; e em Mohalis ninguém se interessava, ninguém o instigava; apesar disso, ele estava vivendo momentos prazerosos, devorando a teoria sobre a opsonina, e isso o alegrava.

— Não, tudo o que tenho feito é ser antipático para com as pessoas que exigem muito, mas sonho em qualquer dia fazer descobertas inquestionáveis. E... não! Não chega a cinco, em cinco anos, o número de vezes que eu tive alunos realmente capazes de compreender a perícia, a precisão; alunos com aptidão para elaborar hipóteses engenhosas. Acredito que, talvez, você seja um deles. Se eu puder ajudá-lo... Quem dera!

"Não creio que você será um bom médico. Bons médicos são notáveis... quase sempre artistas. Mas o negócio que praticam... esse não é para indivíduos solitários como nós, que se dedicam ao trabalho em laboratório. Eu me formei em medicina. Foi em Heidelberg... em 1875... santo Deus! Não consegui me interessar muito por imobilização de pernas e exame de línguas. Eu era um seguidor do jovem Helmholtz... um falador desenfreado! Tentei fazer pesquisas sobre a física do som... me saí muito mal, inacreditavelmente. Mas aprendi que nesse vale de lágrimas nada é certo, com exceção do método quantitativo. Fui químico... um requintado produtor de mau-cheiro! E depois veio a biologia... e problemas de sobra. Foi muito bom. Descobri uma coisa ou duas. E se em alguns momentos me sinto um exilado... frio... fui uma vez obrigado a deixar a Alemanha, por ter-me recusado a cantar *Die Wacht am Rhein* e tentado matar um capitão da cavalaria... sujeito robusto... tive que estrangulá-lo. Estou me vangloriando, você percebe? Mas, trinta anos atrás, fui um camarada folgazão! Ah! E como!

"Há, no entanto, um problema colocado por um bacteriologista realista. Por que deveríamos destruir esses agentes patogênicos? Temos de fato plena certeza quando damos importância a esses... jovens estudantes destituídos de beleza, que frequentam a ACM, cantam *jingles* e usam bonés com iniciais gravadas... valerá a pena protegê-los do elegante *Bacillus typhosus*, com seus admiráveis flagelos? Certa vez perguntei ao reitor Silva se não seria melhor soltar os micro-organismos patogênicos no mundo e assim solucionar todas as questões econômicas. Mas ele não deu atenção para meu método. Concordo... é mais velho do que eu. Ouvi dizer que também costuma oferecer jantares dos quais participam bispos e juízes, todos elegantemente vestidos. Ele devia saber mais do que sabe um judeu alemão que adora o Pai Nietzche, o Pai Schopenhauer (maldito seja, como tinha uma mente teleológica!), o Pai Koch, o Pai Pasteur, o Irmão Jacques Loeb e o Irmão Arrhenius. Ah! Estou falando asneiras. Vamos examinar sua lâmina e, então... boa noite!"

Depois de deixar Gottlieb em sua sombria casinhola marrom, um homem com expressão tão reticente como se o jantar da meia-noite e toda aquela conversa desconexa nunca tivesse acontecido, Martin correu para casa completamente extasiado.

CAPÍTULO 5

Muito embora a vida de Martin naquele momento se resumisse à bacteriologia, a Universidade estabelecia que ele deveria também estudar patologia, higiene, anatomia cirúrgica e outros assuntos suficientes para saturar até mesmo um gênio.

Clif Clawson e ele compartilhavam um quarto amplo, com paredes cobertas de papel florido, pilhas de roupas sujas, camas de ferro e escarradeiras. Eles preparavam o próprio café da manhã e jantavam picadinho de carne no Vagão dos Peregrinos ou na Estalagem das Gotas de Orvalho. Às vezes, Clif se mostrava irritadiço. Ele detestava janelas abertas, reclamava de meias sujas, era absolutamente incapaz de falar alguma coisa com franqueza e, quando Martin estava estudando, costumava cantarolar "Alguns morrem de diabetes". O rapaz sentia necessidade de ser engraçado e comentava: "De acordo com seu conceito de organização podemos agora nos alimentar nos horários tradicionais?"; ou ainda: "Que tal engolir sofregamente algumas calorias?". No entanto, ele despertava em Martin um fascínio que não podia ser atribuído apenas à jovialidade, mas também à sua astúcia e obscura coragem. Clif era muito mais do que a simples soma de seus muitos atributos individuais.

No prazeroso envolvimento com seu trabalho de laboratório, Martin quase não pensava nos novos companheiros da Digamma Pi. Vez ou outra, ele tornava públicas suas críticas, declarando diante de todos que o reverendo Ira Hinkley era um policial do vilarejo; Irving Watters, um encanador, e Angus Duer, um sujeito capaz de pisar sobre a cabeça da própria avó para alcançar o sucesso. Em relação ao Adiposo Pfaff, advertia que a administração de cuidados médicos a seres humanos indefesos por um idiota como ele equivalia a um ato criminoso. Contudo, na maioria das vezes, Martin ignorava a todos e deixava de lado os comentários ferinos. Na ocasião em que conheceu os primeiros triunfos em bacteriologia e se deu conta do quão ínfimo era seu conhecimento, assumiu uma postura curiosamente humilde.

Se no relacionamento com os colegas ele ficou menos irritante, durante as aulas passou a aborrecer mais. Ele aprendera com Gottlieb o estratagema de usar a palavra "controle" em referência a uma pessoa, a um animal ou a um componente químico quando deixados sem tratamento no decorrer de um experimento, para servir de padrão para comparação. Quando um médico se vangloriava do próprio sucesso com certa droga ou dispositivo elétrico, Gottlieb sempre questionava, bufando: "Onde estava seu controle? Quantos casos você manteve sob condições idênticas e quantos deles não receberam tratamento?".

Era só o que Martin agora sabia pronunciar: "Controle, controle, controle; onde está seu controle, onde está seu controle?", estimulando na grande maioria de seus companheiros, e em alguns de seus professores, o desejo de linchá-lo.

Martin era particularmente azucrinante quando se tratava de farmacologia.

O professor dessa disciplina, Dr. Lloyd Davidson, que gozava de grande popularidade, poderia ter sido um ilustre comerciante. Com ele, um futuro médico aprendia que a mais importante de todas as providências era administrar a droga apropriada para um determinado paciente, em especial quando não se pode descobrir o que ele tem. Os alunos escutavam com entusiasmo suas preleções e memorizavam suas veneráveis cento e cinquenta prescrições favoritas – o professor sentia-se orgulhoso de haver agora cinquenta a mais do que seu predecessor exigira.

Todavia, Martin era rebelde. Ele questionava publicamente:

— Dr. Davidson, como eles sabem que o ictiol é bom para erisipelas? Não seria essa substância apenas peixes fósseis em decomposição? Não seria igual ao pó de múmia e à matéria retirada da orelha de animaizinhos, que se costumava ministrar antigamente?

— Como eles sabem? Ora, meu jovem amigo recriminador, porque milhares de médicos usaram essa substância durante anos e observaram a melhora de seus pacientes. É assim que eles sabem!

— Mas, honestamente, doutor, a melhora dos pacientes não poderia ter acontecido de qualquer maneira? Não teria sido talvez uma correlação coincidente? Por acaso eles realizaram alguma vez testes em um amplo conjunto de pacientes, com controles?

— Provavelmente não. E até que um gênio como o senhor consiga reunir algumas centenas de pessoas com casos idênticos de erisipela, é muito provável que tal condição nunca seja submetida a teste. Enquanto isso, acredito que os demais cavalheiros, que, ao contrário do sr. Arrowsmith, decerto carecem de profundos conhecimentos científicos e da capacidade de usar convenientes termos técnicos como "controle", simplesmente continuarão a usar o ictiol, em conformidade com minha humilde orientação.

Mas Martin insistiu:

— Por favor, Dr. Davidson, de que serve então decorar todas essas prescrições? Nós esqueceremos a maior parte delas e, além do mais, sempre é possível consultar o livro.

O professor cerrou os lábios e disse em seguida:

— Arrowsmith, abomino ter que responder a um homem da sua idade como se falasse com um garotinho de três anos, mas acredito que não me resta outra alternativa. Portanto, o senhor irá aprender as propriedades das drogas e o conteúdo das prescrições *porque estou dizendo que assim deve ser*! Em respeito ao tempo dos outros alunos desta classe, quero que o senhor saiba que minhas instruções devem ser acatadas não em razão de minha humilde autoridade, mas, sim, porque elas refletem conclusões a que homens sábios – homens mais sábios e, certamente, um pouco mais velhos do que o senhor, meu amigo – chegaram ao longo de muitas eras. Contudo, como não tenho intenção de me abandonar a extravagantes arroubos de retórica e eloquência, vou me limitar a dizer que o senhor acatará, estudará e memorizará, porque estou dizendo que o faça!

Martin considerou desistir do curso de medicina e se especializar em bacteriologia. Ele tentou confidenciar suas dúvidas a Clif, mas o colega de quarto já não tinha mais disposição para ouvi-lo, de modo que ele voltou, então, a procurar a enérgica e graciosa Madeline Fox.

II

Madeline se mostrou totalmente compreensiva e ponderada. Por que ele não concluía primeiro o curso de medicina para depois pensar no que desejava fazer?

Os dois caminharam, patinaram, esquiaram e foram assistir à peça da Companhia de Artes Dramáticas da Universidade. A sra. Fox, mãe de Madeline, que ficara viúva, viera morar com a filha, e elas passaram a ocupar um apartamento no último andar de um dos pequenos edifícios que começavam a substituir as enormes casas antigas de madeira, que até então dominavam a paisagem de Mohalis. O apartamento era repleto de literatura e objetos decorativos: um Buda de bronze oriundo de Chicago, um epitáfio de Shakespeare copiado pelo processo de fricção, uma coleção de Anatole France traduzida, uma fotografia da Catedral de Colônia, uma mesa de chá feita de vime, sobre a qual descansava um samovar cuja operação ninguém na Universidade conseguia compreender, e um álbum de cartões postais guardados como lembrança. A mãe de Madeline herdara do falecido marido o título de duquesa de Main Street. Era uma mulher majestosa, de cabelos grisalhos, e frequentava a Igreja Metodista. Em Mohalis, ficava desorientada com a tagarelice dos estudantes. Ela ansiava voltar para sua cidade natal, para as festas da igreja e as reuniões do clube das mulheres – neste ano, no entanto, elas estavam estudando pedagogia, e a sra. Fox repudiava a ideia de se privar de todas as informações a respeito dos rumos da Universidade.

Tendo uma casa e uma dama de companhia, Madeline começou a "promover entretenimentos". Eram festas com café, bolo de chocolate, salada de frango e jogos de palavras. Ela convidava Martin, mas ele era zeloso demais com suas noites – as cativantes noites de pesquisa. O primeiro acontecimento com que Madeline conseguiu atraí-lo foi a sua grande festa de Ano Novo, no mês de janeiro. Eles "criaram anúncios" idealizados representando imagens de publicidade; dançaram ao som de um fonógrafo e não tiveram que degustar a ceia segurando os pratos no colo, pois havia mesinhas guarnecidas com excesso de toalhinhas rendadas.

Martin Arrowsmith não estava habituado a toda essa elegância. A despeito do mau-humor, já que aceitara ir à festa a contragosto, ele ficou impressionado com a ceia e os vestidos das jovens mulheres. Ao dançar, percebeu o quanto era desajeitado e invejou a habilidade dos mais velhos de bailar uma nova valsa chamada "Boston". Não houve uma só expressão de intrepidez, graça e mestria que, tão logo por ele assimilada e convertida em fato nos níveis conscientes de seu espírito, tenha conseguido escapar à força de sua cobiça. Se o desejo de desfrutar de bens materiais pouco o estimulou, ele se sentia ávido por toda sorte de habilidade.

O deslumbramento relutante do rapaz com todas as pessoas presentes foi ofuscado, no entanto, pela admiração que Madeline nele despertara. Quando a conhecera, ela era uma garota informal, que usava jaquetas e se dedicava a atividades ao ar livre. Agora ele tinha diante de si uma Madeline requintada e formal, elegantemente vestida de seda amarela. Ao mesmo tempo em que intimidava seus convidados com uma exuberante aparência de alegria, ela representava para Martin um fenômeno de diplomacia e serenidade. O momento exigia que Madeline tivesse tato, porque o Dr. Norman Brumfit também comparecera, e uma das características do doutor era se comportar de maneira excêntrica e inconveniente nas festas. Ele causava constrangimento à sra. Fox ao fingir que a beijava; cantava certas canções extremamente impróprias do repertório dos negros escravizados, conhecidas como *Spiritual Songs*, que continham a palavra inferno; afirmava perante um grupo de garotas da pós-graduação que os casos amorosos de George Sand podiam talvez ser parcialmente justificados pela influência que eles exerciam sobre homens talentosos. Diante do olhar escandalizado das moças, ele empertigava ligeiramente o corpo e seus óculos brilhavam.

Madeline se incumbiu de prestar atenção no doutor. Ela lhe dirigia galanteios e, em certo momento, falou:

— Dr. Brumfit, o senhor possui uma vasta e extraordinária rede de conhecimentos. Algumas vezes nas aulas de inglês, deixa-me simplesmente abismada, mas em outras ocasiões o senhor não passa de um garotinho mau, de modo que não consigo suportar quando o vejo importunando as garotas. O senhor pode me ajudar a trazer o suco de frutas. Sim, isso o senhor pode fazer.

Martin a contemplava encantado e sentia brotar uma intensa aversão por Brumfit, por ele ter o privilégio de desaparecer na companhia de Madeline dentro da minúscula cozinha do apartamento. Madeline! Ela era a única pessoa que o compreendia! Ali, onde todos a cercavam e a quem Dr. Brumfit lançava sorrisos com ternura quase conjugal, ela era muito preciosa, alguma coisa de que Martin jamais poderia prescindir.

Com o pretexto de ajudá-la a arrumar as mesas, Martin conseguiu um momento a sós com ela e sussurrou-lhe:

— Céus! Você é encantadora!

— Fico feliz que me ache pelo menos um pouquinho atraente — ela, a flor adorada por todos, concedeu-lhe a primazia.

— Posso vir visitá-la amanhã à noite?

— Bem, eu... Talvez.

III

Não se pode dizer nesta biografia deste jovem rapaz – longe de ser um herói, que se via como um buscador da verdade e, no entanto, tropeçou e retrocedeu a vida inteira, atolando-se em todos os óbvios pântanos – que suas intenções em relação a Madeline Fox pudessem ser chamadas de "honradas". Martin não era um Don Juan, mas um pobre estudante de medicina que tinha diante de si longos anos de espera até poder começar a ganhar o próprio sustento. Certamente não pensava em propor casamento à garota. E a exemplo da maioria dos rapazes pobres e cheios de ardor em casos como esse, Martin também desejava tudo o que pudesse conseguir.

Ele percorreu apressado o caminho até o apartamento dela, levando consigo a expectativa de uma aventura. Em sua mente, via retratada uma garota terna e amorosa. Podia sentir as mãos dela acariciando seu queixo. Então, fez a si mesmo uma advertência: "Não seja tolo! Provavelmente nada vai acontecer. Não conte tudo como certo, para depois se decepcionar. Pode ser que ela simplesmente dê um chute na sua bunda por alguma coisa errada que você fez na festa. Vai ver até que ela está dormindo e torcendo para você não aparecer. Vá devagar!". Mas, na verdade, Martin não acreditou nem por um segundo sequer nas ponderações feitas por sua insegurança.

Ele tocou a campainha, viu-a abrir a porta e seguiu-a pelo modesto vestíbulo, ansioso por segurar as suas mãos. Na sala de estar feericamente clara, Martin encontrou a mãe de Madeline, rígida como uma pirâmide, com o olhar imutável como um inverno sem sol.

Mas, decerto, a mãe gentilmente sairia, deixando livre para ele o caminho da conquista.

A mãe ali permaneceu.

De acordo com o costume vigente em Mohalis, quando um rapaz visita uma garota, ele deve se despedir até as 22 horas. No entanto, das vinte horas até às 23h15, Martin duelou com a sra. Fox, falando com ela em dois idiomas – uma audível conversa banal que carregava um protesto mudo e furioso – enquanto observava Madeline, que, sentada ao lado, estava encantadora. Em uma linguagem igualmente reticente, a sra. Fox se limitou a responder ao que o jovem dizia. Eles conversaram sobre o tempo, sobre a Universidade e sobre o serviço de bondes até Zenith. A crescente hostilidade entre os dois foi tomando conta do ambiente.

— Sim, sem dúvida... Acredito que algum dia haverá um carro a cada vinte minutos — disse ele, circunspecto.

("Maldita, por que não vai dormir? Anime-se, Martin! Ela está terminando o tricô. Não! Maldição! Outro novelo de lã?")

— Oh, sim, tenho certeza de que eles precisam oferecer um serviço melhor — concordou a sra. Fox.

("Meu rapaz, não sei muita coisa a seu respeito, mas não acredito que você seja a pessoa certa para sair com Madeline. De qualquer modo, já é hora de você ir para casa.")

— Oh, sim, certamente. Serviços muito melhores.

("Eu sei que já passou da hora de ir embora. Sei que a senhora sabe disso. Mas pouco me importa!")

Parecia impossível que a sra. Fox conseguisse desistir dessa obstinada persistência. Martin lançou mão do poder do pensamento, da força de vontade e do hipnotismo. Mas, quando finalmente se levantou, derrotado, ela ainda continuava imperturbável no mesmo lugar. A despedida foi pouco calorosa. Madeline acompanhou-o até a porta e, durante um emocionante interlúdio de meio minuto, ele esteve a sós com ela.

— Eu queria tanto... queria tanto falar com você!

— Eu sei. Sinto muito. Qualquer dia! — murmurou ela.

Martin beijou-a. Foi um beijo agitado e muito doce.

IV

Houve uma enorme sucessão de festas: festa à fantasia, festa dos patins, festa do trenó e uma festa literária, cuja convidada de honra foi uma senhora jornalista que escrevia para a coluna social do jornal *Advocate-Times*, de Zenith. Madeline se entregou à farra de entretenimentos prazerosos, porém, extremamente cansativos, enquanto Martin a acompanhava, obediente e queimando em fogo lento. Na ocasião da elaboração dos convites para a festa literária, ela não conseguiu encontrar um número suficiente de rapazes, e Martin, então, arrastou consigo o raivoso Clif Clawson, que o acompanhou resmungando "Este é o pior bando de pardais em que já me meti", mas evitou aborrecer a preciosa Madeline – ele a ouvira chamar Martin de "Martykins", o apelido de que ela gostava. Aquilo era de fato muito valioso, pois Clif passou a chamar Martin de Martykins e pediu aos outros que fizessem o mesmo. Irving Watters e o Adiposo Pfaff também chamavam Martin de Martykins. Quando Martin quis ir dormir, Clif grasnou como um corvo:

— Caramba! Você vai acabar casando com essa garota. Ela é uma franco-atiradora. É capaz de atingir um jovem doutor esperto a noventa passos. Ah...! Um belo destino aguarda a sua ciência depois que aquela mulherzinha o agarrar pela garganta... Ela é um desses pássaros literários. Sabe tudo sobre literatura, talvez só lhe falte saber ler... Hoje ela não é assim tão feia. Mas vai ficar gorda como a mãe.

Martin comentou somente o necessário e concluiu:

— Madeline é a única garota da pós-graduação que tem alguma iniciativa. As outras se limitam a sentar por aí e conversar... Ela organiza as melhores festas.

— Alguma festa dos beijos?

— Olhe aqui, para início de conversa, já estou perdendo a paciência! Nós somos dois sujeitos rudes, mas Madeline Fox... ela é de alguma forma igual ao Angus Duer. Eu sei bem o que falta para nós: música, literatura... e, sim, roupas decentes também. Afinal, que mal há em se vestir bem?

— Mas é exatamente isso o que estou dizendo! Ela vai embonecar você como um príncipe Albert – camisa engomada e sempre pronto a diagnosticar todas as coisas como "viuvice" de rico. Como você pôde se apaixonar por aquela dama ardilosa? *Onde está seu controle?*

A contestação de Clif despertou em Martin não apenas um astucioso e ganancioso interesse por Madeline, mas também uma espantosa convicção de que desejava ardentemente se casar com ela.

V

Poucas mulheres conseguem ficar muito tempo sem tentar *lapidar* seus homens – e *lapidar*, nesse caso, significa transformar uma pessoa, independentemente de como ela for, em algo diferente. Garotas como Madeline Fox – mulheres jovens, dotadas de extraordinária sensibilidade para as artes, mas que não as têm como profissão – não podem ser impedidas de *lapidar* por mais de um dia de cada vez. No momento em que o arrebatado Martin demonstrou que estava subjugado pelo encanto da garota, ela investiu sobre ele com renovada e imperiosa determinação, criticando suas roupas (as calças de veludo cotelê, os colarinhos flácidos, o excêntrico chapéu velho de feltro cinza) e também o seu vocabulário e sua predileção por ficções. A maneira superficial com que ela dizia "Ora, decerto todo mundo sabe que Emerson foi um grande pensador" deixava-o muito irritado, em especial pelo acentuado contraste com a sombria paciência de Gottlieb.

— Oh, deixe-me em paz! — reagia Martin. — Você é a joia mais encantadora que Deus colocou na face da Terra, quando se limita a falar sobre coisas que conhece. Agora quando resolve despejar suas ideias de política e quimioterapia... um inferno! Deixe de me perseguir! Mas acho que você está certa na questão das gírias. Vou deixar de lado todo esse lixo, como "encher o bucho" e tal. Mas me nego a vestir um colarinho engomado! Isso nunca!

Ele não a teria jamais pedido em casamento, não fosse aquela noite de primavera na cobertura do edifício.

Madeline usava como jardim a laje superior do edifício onde morava, e lá havia colocado um vaso de gerânios e um banco de ferro fundido, como aqueles outrora vistos nos cemitérios. Lá ela pendurara duas lanternas de estilo japonês, em frangalhos, que pendiam tortas de seu suporte. A garota costumava falar com escárnio a respeito dos outros habitantes do prédio, que na opinião dela eram "tão prosaicos e convencionais, que nunca subiam até esse gracioso esconderijo". Ela comparava seu refúgio ao telhado de um palácio mouro, a um pátio espanhol, a um jardim japonês, a um "antigo e deleitante jardim de estilo provençal". Para Martin, no entanto, o lugar não passava de um telhado plano. Naquela noite de abril, quando chegou para visitar Madeline e a mãe da garota lhe disse choramingando que ela estava no telhado, ele vinha movido por uma vaga disposição para brigar.

Enquanto subia penosamente os degraus da escada em caracol que levava até a cobertura, Martin foi resmungando consigo mesmo: "Malditas lanternas japonesas. Prefiro olhar para pedaços de fígado".

Madeline estava sentada no fúnebre banco de ferro, tinha o queixo apoiado nas mãos e parecia desanimada. Pela primeira vez, ela não o recebeu com festivo entusiasmo, limitando-se a cumprimentá-lo com um evasivo "olá". Martin se sentiu culpado por desdenhar do lugar. Ele percebeu, de repente, o quanto havia de patético na pretensão de Madeline em fingir que aquela área coberta de papel revestido de alcatrão e com trilhas feitas de ripas fosse um jardim resplandecente. Sentando-se ao lado dela, falou em tom estridente:

— Veja só! Muito chique essa nova faixa de esteira que você colocou!

— Que nada! Ela é horrorosa! — respondeu Madeline, voltando-se para ele, lamentando-se. — Oh, Martin, estou tão cansada de mim esta noite! Vivo tentando fazer com que acreditem que sou outra pessoa. Mas nada disso é verdade! Sou uma farsa!

— O que é isso, meu bem?

— Ora, um monte de coisas. O Dr. Brumfit, aquele sujeito arrogante, tem razão. Ele foi sincero quando me disse que se eu não estudar com afinco, vou ter que deixar a pós-graduação. Ele me chamou de preguiçosa e disse que se eu não concluir o doutorado, não vou conseguir ensinar inglês em nenhuma escola famosa, e que seria melhor eu arranjar um emprego desses, porque não parece que alguém pretenda pedir a pobre Madeline em casamento.

Com o braço sobre o ombro dela, Martin declarou:

— Pois eu sei quem...

— Não, Martin! Não estou tentando comover você. Estou sendo muito honesta. Não sou uma boa garota, Martin. Eu digo a todo mundo que sou inteligente, mas sei que não é verdade. Também não acho que as pessoas acreditem. Provavelmente riem de mim assim que viro as costas!

— É claro que ninguém faz uma coisa dessas! Se fizessem... Se eu visse alguém querendo rir...

— Você está sendo muito doce e carinhoso, mas eu não mereço. A poética Madeline. Com seu vocabulário *refinado*! Eu sou... eu sou... Oh, Martin, não passo de um joguete desprezível! Sou de fato tudo aquilo que seu amigo Clif pensa de mim. Não! Não precisa me dizer nada. Eu sei o que ele pensa. Vou ser obrigada a ir para casa com minha mãe... e não suporto esse ideia, meu bem! Não vou voltar! Aquele vilarejo! Nunca acontece coisa alguma! Aquelas velhas solteironas mexeriqueiras e aqueles velhos abomináveis sempre fazendo as mesmas brincadeiras. Não voltarei!

A cabeça de Madeline estava encostada no braço de Martin, e ela chorava copiosamente. Ele lhe acariciou os cabelos, não movido pelo desejo, mas, sim, por um profundo sentimento de ternura. Então sussurrou-lhe:

— Meu bem! Ouso dizer que estou muito perto de me apaixonar por você. Nós vamos casar e... Me dê apenas mais um par de anos para que eu conclua o curso e mais alguns para que eu faça residência no hospital, então casaremos e... Valha-me Deus! Com você me ajudando, chegarei ao topo do mundo! Serei um grande cirurgião! Vamos ter tudo o que quisermos!

— Meu querido, seja sensato. Não quero afastar você de seu trabalho científico.

— Bem... Eu gostaria de continuar com *alguma* pesquisa. Mas não sou apenas um rato de laboratório. Batalhar pela vida... Desbravar meu caminho... Competir com homens de verdade em uma luta de verdade! Se eu não for capaz de fazer algum trabalho científico junto com isso, então não sirvo para nada. É certo que enquanto eu estiver com Gottlieb quero aproveitar tudo o que puder, mas depois... Oh, Madeline!

Então, toda a racionalidade se perdeu, ofuscada pela proximidade dela.

VI

Martin temia a conversa com a sra. Fox. Sentia-se inseguro quanto às exigências que ela pudesse fazer. Conjecturava ele: "Meu jovem, como você espera sustentar minha Maddy?"; "Sua linguagem é grosseira". No entanto, a senhora apenas tomou-lhe a mão e falou, chorosa:

— Espero que você e minha criança sejam felizes. Ela é uma menina muito querida e afável, mesmo quando, às vezes, se mostra volúvel. E sei que você é um rapaz simpático, carinhoso e trabalhador. Vou rezar pela felicidade de vocês. Ah...! Como vou rezar! Vocês jovens não parecem levar a sério as orações, mas se soubessem como já me ajudaram! Sim, vou rezar pela doce felicidade de vocês!

A sra. Fox estava chorando. Ela beijou a testa de Martin com os lábios murchos, macios e delicados de uma mulher idosa, e ele quase chorou junto.

Ao se despedir, Madeline sussurrou em seu ouvido:

— Menino, eu não me importo nem um pouco, mas minha mãe adoraria se nós fôssemos à igreja com ela. Você acha que pode fazer isso? Só uma vez?

E então o mundo e o profano Clif Clawson assistiram estupefatos ao espetáculo de Martin em roupas reluzentes e apertadas, com um aflitivo colarinho de linho e uma gravata que foi amarrada com grande dificuldade, acompanhar a sra. Fox e a casta e tagarela Madeline à Igreja Metodista de Mohalis, para ouvir a pregação do reverendo Dr. Myron Schwab sobre "O único caminho para a honradez".

Eles passaram pelo reverendo Ira Hinkley, e este observou com perversa satisfação o cativeiro de Martin.

VII

Apesar de toda a sua devoção à concepção pessimista de Max Gottlieb a respeito do intelecto humano, Martin acreditava que o progresso era algo possível, que os eventos continham certo significado, que as pessoas eram capazes de aprender alguma coisa e que se Madeline havia admitido sua condição de mulher jovem, comum e passível de ocasionalmente cometer erros, então ela estava salva. Ele ficou espantado quando a garota começou a *lapidá-lo* mais abertamente do que nunca. Madeline reclamava de sua vulgaridade e daquilo que denominava falta de ambição.

— Você interpreta como sinal de inteligência esse seu sentimento de superioridade. Às vezes eu me pergunto se não é apenas indolência. Você gosta de sonhar acordado com essa história de laboratórios. Por que deveria ser poupado do trabalho de memorizar farmacologia e outras coisas mais? Todos os outros são obrigados a fazer isso. Não... não vou lhe dar um beijo. Quero que você cresça e ouça a razão.

Furioso com a aporrinhação de Madeline, ávido por lhe beijar os lábios e receber dela um sorriso de perdão, Martin acabou se enredando em um vertiginoso turbilhão, dentro do qual permaneceu até o final do semestre.

Uma semana antes dos exames, tentando passar 24 horas do dia fazendo amor com Madeline, 24 horas estudando para as provas e 24 horas no laboratório de bacteriologia, Martin prometeu a Clif que passaria junto com ele as férias de verão, trabalhando como garçom em um hotel canadense. À noite, ele encontrou Madeline e caminhou na companhia dela pelos pomares de cereja da Estação de Agricultura Experimental.

— Você sabe bem o que eu penso sobre aquele repugnante Clif Clawson — reclamou ela. — Mas não me parece que você esteja interessado em ouvir minha opinião sobre ele.

— Já ouvi a sua opinião, minha amada — Martin se mostrava pragmático e não muito satisfeito.

— Muito bem, pois vou lhe dizer agora mesmo qual é minha opinião sobre o trabalho de garçom. Até o fim da vida não vou conseguir entender por que você não arranja um trabalho de férias digno, em vez de sujar as mãos lavando pratos. Por que você não trabalha em um jornal, onde terá que se vestir decentemente e se relacionar com pessoas refinadas?

— É isso mesmo! Posso talvez editar o jornal. Mas já que você tocou no assunto, saiba que não vou trabalhar de modo algum nesse verão. De qualquer forma, é uma coisa idiota. Vou jogar golfe e usar um traje a rigor todas as noites em Newport.

— Não faria mal algum! Eu tenho muito respeito por um trabalho honesto, como diz Burns. Mas servir mesas! Ora, Mart, por que você tem tanto orgulho de ser um sujeito rude? Deixe de ser rude por um minuto ao menos. Escute o burburinho da noite. Sinta o aroma das cerejeiras em flor... Ou talvez um cientista brilhante como você, que é tão superior às pessoas comuns, seja ilustre demais para o perfume das flores de cereja.

— Bem, com exceção do fato de que as flores das cerejeiras já feneceram há várias semanas, você está absolutamente certa.

— Ah... Feneceram! Elas podem ter murchado, mas você poderia ter a bondade de me dizer o que aquela coisa pálida faz ali em cima?

— Vou dizer. A mim parece a camisa de um homem que vive de salário mínimo.

— Martin Arrowsmith, se você imagina, por um minuto sequer, que eu algum dia me casarei com um sujeito espertinho, vulgar, rude, egoísta, desenterrador de micróbios...

— E se você pensa que eu vou me casar com uma dama ranzinza que fica o dia todo a me dar ordens e a me criticar...

Eles se ofenderam mutuamente; tinham prazer em fazer isso. E se separaram para sempre – por duas vezes se separaram para sempre. Na segunda vez, de forma muito dura, nas proximidades da casa da fraternidade onde os estudantes estavam entoando canções de amor ao ritmo de um banjo.

Depois de dez dias sem ter voltado a ver Madeline, Martin partiu junto com Clif para as Florestas do Norte e, atormentado pela tristeza de perdê-la, pelo desejo de lhe tocar a pele macia e saudoso da disposição dela em ouvi-lo, foi muito pequena sua excitação diante da possibilidade de, no ano seguinte, vir a ser o líder da turma de bacteriologia e o indicado por Max Gottlieb para a função de aluno assistente.

CAPÍTULO 6

Os garçons do Hotel de Nokomis, localizado entre os pinheirais de Ontário, eram todos estudantes universitários e não tinham permissão para frequentar os bailes realizados no hotel. Eles se limitavam a entrar e roubar as garotas mais atraentes de seus idosos pretendentes, que se vestiam com calças de flanela branca. A jornada diária de trabalho desses garçons era de apenas sete horas, e durante o restante do dia eles pescavam, nadavam e faziam longas caminhadas pelas veredas cobertas de sombras. Ao retornar a Mohalis, Martin estava mais sereno e sua paixão por Madeline ganhara novo ímpeto.

Inicialmente os dois trocaram, a cada quinze dias, cartas educadas e cheias de arrependimento, mas logo elas começaram a ser diárias e cada vez mais apaixonadas. Madeline tinha sido obrigada a ir passar o verão em sua cidade natal, próxima à fronteira de Ohio com Winnemac. Era uma cidade maior e mais ensolarada do que a Elk Mills de Martin, mas também mais árida, devido à presença de pequenas fábricas. Em um enorme e sincero manuscrito de página inteira, ela lhe confessou em tom melancólico:

"Talvez nunca mais voltemos a nos ver, mas quero muito que você saiba do grande apreço que tenho por todas as conversas que tivemos sobre ciência, ideais, educação... Eu me lembro delas com saudades quando ouço esses indivíduos insípidos e antiquados falarem 'Oh, que coisa desagradável!' sobre seus automóveis, sobre o salário que pagam a suas empregadas e outros assuntos assim. Você me proporcionou tanta coisa!... Mas acho que eu também lhe proporcionei algo. Não é possível que eu esteja sempre errada, não é verdade?"

Ao ler a carta, Martin lamentou em silêncio: "Minha querida, minha garotinha! 'Não é possível que eu esteja sempre errada!' Pobre criança, pobre criança querida!".

No meio do verão, os dois já haviam reatado o compromisso e, embora Martin tivesse ficado um tanto encantado por uma operadora de caixa – uma jovem professora de um colégio em Wisconsin, risonha e dotada de belos tornozelos –, ele ansiava tanto pelo reencontro com Madeline, que passava longas horas sonhando acordado em desistir do trabalho e voltar voando para os carinhos dela.

O retorno de trem foi torturantemente lento. Martin desembarcou em Mohalis consumido pela ânsia de ver a namorada. Vinte minutos mais tarde, os dois já se abraçavam na sala de estar da casa de Madeline. Passaram-se, no entanto, não mais do que outros vinte minutos e ela começou a zombar de Clif Clawson, de pescarias e de todos os professores de colégio. Logo depois, para irritação dele, a garota se rendeu às lágrimas.

II

O primeiro ano de Martin na escola de medicina foi uma estonteante sequência de atividades. Assistir, pela manhã, a palestras sobre diagnóstico físico, cirurgia, neurologia, obstetrícia e ginecologia, e, pela tarde, aulas práticas no hospital. Ele supervisionava a preparação de amostras e a esterilização de vidraria para Gottlieb, ensinava a uma nova turma o uso do microscópio, do filtro e da autoclave, lia de quando em quando uma página de alemão ou francês científico e encontrava-se constantemente com Madeline. Para dar conta de tudo isso, o rapaz se entregou a uma correria vertiginosa e, no auge dela, deu início à sua primeira pesquisa original – seu primeiro poema, sua primeira escalada de inexploradas montanhas.

Martin havia imunizado ratos contra febre tifoide e acreditava que os microrganismos causadores da doença deveriam morrer quando misturados ao soro retirado de animais semelhantes imunes. Para sua decepção, percebeu que os agentes patogênicos cresciam tranquilamente. Ele ficou muito perturbado e convencido de que empregara uma técnica equivocada. Repetiu o experimento incansavelmente, trabalhando até tarde da noite e acordando com os primeiros raios da aurora para estudar suas anotações. (Muito embora a caligrafia de Martin nas cartas para Madeline fosse um verdadeiro garrancho, nas anotações do laboratório ela era muito bem feita.) Quando teve certeza de que a Natureza persistia em atuar de forma contrária à esperada, ele foi, envergonhado e com sentimento de culpa, protestar com Gottlieb.

— Estas bactérias dos infernos deveriam morrer em contato com o soro imune, mas não morrem! Deve haver alguma coisa errada com as teorias.

— Meu jovem, você está se colocando contra a ciência? — chiou o professor, agitando os papéis sobre sua mesa. — Ora! Você se sente competente o suficiente para atacar os dogmas da imunologia?

— Sinto muito, senhor. Não posso deixar de pensar assim. Eis aqui meus protocolos. Honestamente, refiz o experimento infinitas vezes e o resultado é sempre o mesmo, como o senhor pode ver. Só consigo compreender o que eu observo.

— Eu dou a você, meu caro, minha benção episcopal! O caminho está certo! Observe com atenção. Se aquilo que você constatar for uma violência contra todas as corretas concepções da ciência, então jogue tudo no lixo! Estou muito satisfeito, Martin. Mas agora descubra o *porquê*, o princípio subjacente à sua descoberta.

Costumeiramente, Gottlieb o chamava de "Arrowsmith" ou de "você". Quando estava furioso, empregava o tratamento "doutor", não só em relação a Martin, como também aos demais alunos. Apenas em momentos muito especiais ele o chamava pelo nome, "Martin". Por isso, o rapaz saiu dali alegre e saltitante, para tentar encontrar (sem ter nunca conseguido) o *porquê* de tudo aquilo.

III

Gottlieb havia mandado Martin para o enorme Hospital Geral de Zenith, com a tarefa de obter uma amostra da bactéria meningocócica de um paciente, cujo caso era bastante intrigante. O entediado profissional que cuidava da recepção – interessado apenas em registrar nome, endereço comercial e religião dos pacientes, sem a menor preocupação em saber se alguém morreu, se alguém cuspiu no belo linóleo azul e branco ou se alguém estava ali para coletar meningococos, desde que os endereços estivessem devidamente registrados –, dirigiu-se a Martin com desmedida arrogância e o orientou a subir até a Enfermaria D. Na esperança de ser confundido com um médico e assim parecer importante, ele percorreu compridos corredores, passando por uma infinidade de quartos, de dentro dos quais espreitavam velhas senhoras de rosto amarelado e camisola de algodão macio, sentadas em suas camas. Por fim, porém, ele conseguiu apenas se sentir extraordinariamente envergonhado.

Martin passou por diversas enfermeiras, limitando-se a fazer um ligeiro aceno de cabeça, como julgava que costumassem fazer cirurgiões jovens e brilhantes, no momento em que estão prestes a entrar na sala de cirurgia. Ele estava tão concentrado em incorporar essa imagem, que acabou se perdendo, indo parar em uma ala na qual só havia suítes privativas. Já se atrasara demais. Não havia mais tempo para causar boa impressão. Assim como todo homem, ele odiava demonstrar ignorância e ser obrigado a pedir informações, de modo que com muita má vontade parou na porta de um quarto no qual uma enfermeira estagiária esfregava o chão.

Era uma estagiária pequenina e esguia, enfiada em um grosseiro vestido de brim azul, com um enorme avental branco e um turbante enrolado na cabeça, preso com um elástico – um uniforme tão imundo quanto a água de limpeza contida no balde que ela carregava. A moça olhou para cima com a alerta impertinência de um esquilo.

— Enfermeira — falou ele. —, estou procurando a Enfermaria D.

— Está? — indagou ela com indiferença.

— Sim, estou! Se eu puder interromper seu trabalho...

— Não faz mal. A maldita superintendente das enfermeiras me colocou na limpeza, porque me pegou fumando um cigarro. Mas esfregar chão *jamais* foi nossa função. Ela é um velho demônio. Se encontrar uma criança como você vagando por aí, ela o arrastará para fora pelas orelhas.

— Minha cara jovem, pode ser de seu interesse saber que...

— Oh! "Minha cara jovem, pode ser...". Até parece meu velho professor falando... lá de onde eu morava.

A galhofa indolente da enfermeira, seu modo de tratá-lo, como se eles fossem duas crianças mostrando a língua uma para a outra em uma estação ferroviária, começava a tirar do sério o diligente jovem assistente do professor Gottlieb.

— Eu sou o Dr. Arrowsmith — grunhiu ele. —, e fui informado de que até mesmo estagiários aprendem que o primeiro dever de um enfermeiro é ficar em pé ao falar com os médicos! Eu quero encontrar a Enfermaria D, para retirar uma cepa de – *isso pode interessar a você*! – um microrganismo muito perigoso. Então se você puder fazer o favor de me indicar o caminho!...

— Caramba, estou sendo espinafrada outra vez. Acho que não me dou bem com essa disciplina militar. Mas que seja! Vou ficar em pé — dizendo isso, ela se levantou, com movimentos rápidos e suaves como os de um gato. — Retorne aqui, vire à direita, depois à esquerda. Desculpe minha falta de educação. Mas se você viu em mim alguma das antigas regalias a médicos, às quais uma enfermeira deveria se sujeitar... Ora, doutor! Se é que você é um doutor...

— Não vejo por que eu deveria tentar convencer você! — retrucou Martin afastando-se, exasperado. A irritação com o dissimulado escárnio da enfermeira acompanhou-o em todo o trajeto até a Enfermaria D. Ele, um cientista eminente, não conseguia tolerar o ultraje daquela insolência por parte de uma estagiária tão vulgar – uma jovem franzina, que usava linguagem de baixo calão e provavelmente procedia do oeste. Martin repetiu sua reprimenda:

— Não acho que eu precise convencer você — ele estava orgulhoso de si mesmo pela altivez de sua postura e se imaginou relatando o evento a Madeline assim: "Eu apenas disse a ela com toda a tranquilidade 'Minha cara jovem, não creio que você seja a pessoa a quem eu deva explicar qual é a missão que me traz aqui'. Eu disse isso, e ela ficou pequenininha".

A imagem da jovem ainda não havia desvanecido da lembrança de Martin quando ele encontrou o interno encarregado de ajudá-lo a coletar o líquido espinhal do paciente. Ela continuava diante dele, provocativa, persistente. Martin tinha que vê-la novamente e lhe dizer: "Só uma pessoa muito melhor do que você, muito melhor do que todas as que eu já conheci, para insultar *a mim* dessa maneira, sem sofrer consequências!", pensava o modesto jovem cientista.

Martin havia voltado correndo para onde encontrara a moça, e os dois se entreolharam. Foi então que ele se deu conta de que ainda não terminara de elaborar as coisas arrasadoras que desejava dizer a ela. A garota interrompera a limpeza do chão e se levantara. Ela havia tirado o turbante, deixando soltos os sedosos cabelos cor de mel. Seus olhos eram azuis, e o rosto, pueril. Nada nela fazia lembrar uma serviçal. Ele conseguia imaginá-la deslizando pelas encostas de uma colina, deslumbrante sobre a relva.

— Desculpe, eu não tive intenção de ser rude — falou ela muito séria.
— É que aquela esfregação toda me deixa mal-humorada. Achei você bastante gentil e sinto muito ter ferido seus sentimentos, mas você parece mesmo muito jovem para ser um médico.
— Não sou. Ainda estou estudando medicina. Eu estava só querendo me exibir.
— Eu também!

Martin sentiu nascer instantaneamente uma relação de total camaradagem com ela, uma relação livre das barreiras e da dissimulação que caracterizavam suas desavenças com Madeline. Ele sabia que essa garota pertencia a uma categoria de pessoas como a dele. Ela podia ser vulgar, brincalhona e extrovertida, mas também sabia ser galante, rir diante de trapaças e tinha capacidade de demonstrar uma lealdade descontraída e natural demais para parecer heroica. Durante a conversa, a voz de Martin era alegre, embora só dissesse coisas como:

— Acho pesado demais esse treinamento de enfermeira.
— Não é tão terrível assim. É apenas tão promissor quanto ser uma escrava doméstica. É assim que chamamos em Dakota.
— Você é de Dakota?
— Eu venho da cidade mais empreendedora de todo o estado de Dakota do Norte, com 362 habitantes. Chama-se Wheatsylvania. Você estuda na escola de medicina da Universidade?

Para uma enfermeira que passasse por ali, os dois jovens pareceriam envolvidos em assuntos do hospital. Martin estava em pé junto à porta, e a garota, ao lado do balde de limpeza. Ela havia recolocado o volumoso turbante, que escondia seus cabelos brilhantes.

— Sim, estou no primeiro ano, em Mohalis. Mas, não sei... Penso que não tenho perfil de médico. Gosto do laboratório. Acho que vou ser bacteriologista e gerar controvérsias em relação a algumas tolas teorias de imunologia. Também não concordo com a forma que os médicos agem.
— Fico feliz em saber disso. É o que acontece aqui. Você precisa ouvir como alguns médicos tratam seus pacientes, com a mesma doçura de um

velho bichano. Agora com as enfermeiras... gritam o tempo todo. Nos laboratórios as coisas parecem ser mais autênticas. Não imagino que você possa enganar uma bactéria. Afinal, o que são meras bactérias?

— É... Me parecem mais verdadeiras. Como você se chama?

— Eu? Oh, é um nome muito idiota: Leora Tozer.

— Qual é o problema? Leora é bonito.

O som de pássaros se acasalando, de botões de flores desabrochando no ar sereno da primavera, do latido de cachorros sonolentos no meio da noite – quem saberia descrever tais ruídos sem transformá-los em algo banal? Pois tão natural, tão convencional, tão jovialmente inculta, tão bela e autêntica quanto esses sons casuais foi a conversa de Martin e Leora durante um apaixonado interlúdio de meia hora, em que cada um deles encontrou no outro uma parte de seu próprio ser, da qual sempre sentiram vagamente falta, descoberta agora com estarrecedora alegria. Eles tagarelaram como se fossem o herói e a heroína de uma história conturbada, como trabalhadores de uma loja de doces, como camponeses cheios de saúde, como um príncipe e uma princesa. Se ouvidas isoladamente, as palavras proferidas soavam tolas e inconsequentes. No entanto, quando tomadas em conjunto transmitiam tanta sabedoria e essência quanto a correnteza das águas do mar ou o murmúrio dos ventos.

Martin contou a Leora sobre sua admiração por Max Gottlieb e sua notável destreza como jogador de hóquei. Contou também que havia cruzado a Dakota do Norte, de onde ela viera, de trem. Leora confidenciou a ele que "adorava" teatro de variedades, que seu pai, Andrew Jackson Tozer, nascera no leste – o que se entendia por Illinois – e que ela não se interessava muito pela enfermagem. Leora não nutria grandes ambições pessoais: o que a levara até aquele lugar fora apenas seu gosto por aventura. Ela insinuou, com encantador ar de lamento, que não gozava de popularidade junto ao responsável pela supervisão das enfermeiras, dizendo que tentava ser prudente, mas, sem que percebesse, via-se algumas vezes envolvida em fugas ou em rebeliões. Não havia nada de heroico na história da garota, contudo a tranquilidade com que foi contada deu a Martin a impressão de uma exultante coragem.

Ele interrompeu a conversa com um pedido urgente:

— Quando você pode sair do hospital para jantarmos? Hoje à noite?

— Hein?!
— Por favor!
— Está bem.
— Quando eu posso vir buscar você?
— Você acha que eu devo... Ok, às dezenove horas.

No caminho de volta para Mohalis, Martin passou por momentos de raiva e de júbilo. Ele se considerava um idiota por fazer aquela longa viagem até Zenith duas vezes em um mesmo dia; lembrou que estava noivo de uma garota chamada Madeline Fox; afligiu-se com a questão da infidelidade; assegurou a si mesmo que Leora não passava de um simulacro de enfermeira, uma jovem tão iletrada quanto uma ajudante de cozinha e tão insolente quanto um vendedor de jornais. Diversas vezes ele tomou e reconsiderou a decisão de telefonar para ela e se livrar do compromisso.

Quando faltavam quinze minutos para as dezenove horas, Martin já havia chegado novamente ao hospital.

Tomado por um intenso pânico, ainda teve que esperar durante vinte minutos em uma sala de recepção semelhante à de um agente funerário. O que estava fazendo ali? Provavelmente a garota seria um tédio total durante todo o jantar. Será que ele conseguiria reconhecê-la em roupas comuns? De repente, Martin levantou-se de um salto. Leora estava parada na porta. O tenebroso uniforme azul desaparecera, dando lugar a uma túnica de talhe reto, como as de princesas, que descia da altura do altivo pescoço, passava pelos seios jovens e macios e chegava até os pés, conferindo a ela o aspecto de uma criatura pueril, esguia e graciosa. Martin achou natural segurar o braço dela no seu enquanto saíam do hospital. Ela caminhou ao lado dele com passos pequenos que faziam lembrar os de uma dançarina e, embora olhasse para o rapaz com segurança, estava mais encabulada do que se mostrara na dignidade de seu trabalho.

— Feliz por eu ter vindo? — indagou ele.

Leora ponderou por um momento antes de responder – um estratagema de que ela costumava lançar mão mesmo quando se tratava de questões óbvias. Em seguida, admitiu com seriedade – a seriedade de uma criança, não a solene gravidade de um político ou de um diretor:

— Sim, estou feliz. Tive medo de que você fosse embora e ficasse com raiva de mim por eu ser mal-educada. Quero lhe pedir desculpas. Gostei muito de saber que você é tão louco por bacteriologia. Eu acho que também sou um pouco. Os estagiários aqui... eles incomodam demais, são uns... uns *chatos*, com seus estetoscópios modernos e sua novíssima dignidade. Oh!... — ela imprimiu um tom de extrema gravidade à voz e continuou — Caramba!... Sim, estou feliz que você tenha vindo. Sou uma idiota por admitir isso?

— Você é muito encantadora por admitir.

Martin estava um pouco atordoado com a proximidade da garota e apertou a mão dela contra seu braço.

— Você não vai ficar pensando que eu admito intimidade com todo médico ou estudante de medicina, não é mesmo?

— Leora! E você não pense que eu tento sair com todas as garotas bonitas que encontro! Eu gostei... Eu senti que, de algum modo, nós dois podemos ser bons amigos. Você concorda? Podemos?

— Não sei. Vamos ver. Onde vamos jantar?

— No Grande Hotel.

— Ah, não! Não vamos não! É caro demais. A não ser que você seja muito rico. E não é o caso. Estou certa?

— Não sou. Meu dinheiro dá apenas para bancar o curso de medicina. Mas eu quero...

— Vamos ao Bijou. É um lugar muito agradável... e barato.

Martin se lembrou da grande frequência com que Madeline Fox dava a entender, em seus comentários suspirosos, o quanto ansiava pelas comidas saborosas que ela imaginava que fossem servidas no Grande Hotel, o hotel mais majestoso de Zenith. Contudo, essa foi a última vez em que ele pensou em Madeline naquela noite, pois estava fascinado por Leora. Ele encontrou na filha de Andrew Jackson Tozer descontração, ausência de preconceito e franqueza surpreendentes. Ela era feminina e fácil de contentar. Nunca se mostrava interessada em *lapidar* e raramente ficava chocada. Não era coquete, tampouco indiferente. Na verdade, de todas as garotas que Martin conhecera até então, Leora era a primeira com quem ele conseguia conversar sem se sentir embaraçado. Não se pode dizer com certeza se ela teve chance de falar alguma coisa, pois Martin deu vazão a todos os seus segredos de discípulo de Gottlieb. Para Madeline, o professor era um velho perverso, que escarnecia do caráter sagrado do matrimônio e dos lírios de Páscoa. Para Clif, ele não passava de um sujeito fastidioso. Já Leora enchia-se de emoção enquanto Martin batia sobre a mesa e citava o ídolo: "Até o presente momento, a maioria das pesquisas, mesmo os trabalhos de Ehrlich, tem sido conduzida de acordo com o princípio da tentativa e erro – o método empírico, por meio do qual procura-se estabelecer uma lei geral que rege um grupo de fenômenos, de forma que se possa prever o que acontecerá".

A entonação da voz de Martin traduzia sua reverência. Ele fez a citação fitando Leora com o olhar fixo, quase selvagem. Depois continuou:

— Você percebe que para ele todos esses pesquisadores, indivíduos que não passam de meros escavadores de detalhes, de verdadeiros autômatos alvoroçados em uma pilha de estrume, merecem o mesmo tipo de consideração que médicos materialistas? Você entendeu o que ele diz? Entendeu?

— Sim... acho que sim. De qualquer modo, entendi seu entusiasmo por ele. Mas, por favor, não me intimide desse jeito!

— Eu estava intimidando você? Não foi minha intenção! É que quando começo a pensar que a maioria desses malditos professores sequer sabe o que Gottlieb pretende...

Martin estava distante outra vez, e Leora não conseguia compreender que tipo de relação existia entre a síntese de anticorpos e o trabalho de Arrhenius, mas, mesmo assim, ao contrário de Madeline Fox com suas gentis admoestações corretivas, ela ficou escutando serenamente, sentindo prazer em observar o fervor do rapaz.

Leora precisou lembrar a Martin que às 22 horas ela deveria estar de volta ao hospital.

— Falei demais! Nossa! Espero não ter entediado você — disse ele, abruptamente.

— Eu gostei muito!

— E eu fui tão técnico, tão espalhafatoso! Ora, *sou* um idiota!

— Fico feliz que você confie em mim. Não sou "aplicada" e não tenho inteligência, ou seja lá o que for, mas fico muito feliz quando os homens pensam que sou suficientemente inteligente para ouvir o que eles de fato pensam e... Boa noite!

Os dois jantaram juntos duas vezes em duas semanas e, durante esse período, Martin viu sua leal noiva apenas duas vezes, Madeline, embora tivesse recebido telefonemas dela.

Martin acabou conhecendo toda a história da vida de Leora. A tia-avó dela, acamada em Zenith, era a desculpa usada por ela para ir fazer tão longe seu estágio hospitalar. A pequena aldeia de Wheatsylvania, na Dakota do Norte – uma rua de choupanas e, ao fundo, celeiros vermelhos com esteiras de transportar grãos. O pai, Andrew Jackson Tozer, por vezes conhecido como *Jackass*[1] Tozer, era proprietário do banco, da leiteria e de um silo, sendo, portanto, a pessoa mais importante da cidade. Um homem piedoso nas orações das noites de quarta-feira e muito preocupado com cada centavo que dava à Leora ou à mãe dela. Bert Tozer, o irmão da garota, era um sujeito de dentes de esquilo, óculos de aro dourado sobre as orelhas e funcionário polivalente no banco do pai, onde respondia pelo caixa e por todas as demais funções. Leora também falou sobre as refeições de salada de galinha e café na Igreja United Brethren, sobre os fazendeiros luteranos alemães que cantavam antigos hinos teutônicos, sobre os holandeses, os boêmios e os poloneses. Ao redor do vilarejo, o trigo da vida, coberto por uma abóbada de carregadas nuvens. Martin vislumbrava a imagem de Leora, sempre uma "criança singular", que executava submissamente as monótonas tarefas domésticas, mas era movida por uma sólida convicção de que algum dia encontraria um jovem com quem, em qualquer condição, fosse ela de riqueza ou de pobreza, iria contemplar as cores do mundo.

Quando ela chegou ao fim da hesitante exposição dos anos de sua infância, Martin chorou.

— Minha querida, você não precisa me contar sua história. Desde o começo já sei como você é. Nunca a deixarei ir embora, não importa o que aconteça. Você vai se casar comigo...

E aquele restaurante ruidoso testemunhou um diálogo sem palavras: apenas mãos dadas e uma reveladora troca de olhares. As primeiras palavras de Leora foram:

— Eu quero chamar você de "destemido". Não me pergunte por que. Não sei dizer. Você é o oposto disso... tanto quanto é possível ser. Mas, de alguma forma, "destemido" define você para mim. Oh, meu querido... Gosto muito de você!

---

[1] No inglês, algo como "imbecil". (N.T.)

Martin retornou para casa compromissado com duas garotas ao mesmo tempo.

IV

Ele havia prometido se encontrar com Madeline na manhã seguinte.

De acordo com todos os cânones de um comportamento respeitável, Martin deveria estar se sentindo como um cachorro desprezível e, de fato, tentava se convencer disso, porém sem sucesso. Ele pensava no patético entusiasmo de Madeline com seu "deleitante jardim em estilo provençal"; nos livros de poesia, cuja capa de couro macio ela afagava afetuosamente com a ponta dos dedos; na gravata que ela comprara para ele; no orgulho que ela sentia quando os cabelos dele estavam penteados como o dos heróis engomados das ilustrações de revistas. Martin se lamentava por não ter respeitado os preceitos da fidelidade, mas todo o desassossego se desfazia quando confrontada com a solidez de sua relação com Leora. O companheirismo dessa união havia libertado a alma do rapaz. Mesmo quando, seguindo a cartilha defendida por Madeline, ele tentava atribuir um caráter depreciativo a certos aspectos do modo de ser de Leora, dizendo a si mesmo que ela era uma jovem trivial, que provavelmente mascava chiclete em ambiente privado e descuidava das unhas em público. No entanto, essa trivialidade da garota encontrava eco em sua própria trivialidade, era legítima como ambição ou reverência, um alicerce natural para o espírito alegre dela, bem como para a inquieta curiosidade científica dele.

Naquele fatal dia seguinte, Martin não conseguiu se concentrar nas atividades do laboratório. Por duas vezes Gottlieb precisou cobrar dele a preparação de um novo lote de agentes, e o professor costumava ser com seus alunos favoritos um tirano muito mais severo do que era com o restante da turma de estudantes. Ele falou com rispidez:

— Arrowsmith, você é um idiota! Deus meu, será que terei que passar a vida toda lidando com *Dummköpfe*? Não posso estar sempre sozinho, Martin! Será que você vai me decepcionar? Já faz três dias que não o vejo empenhado no trabalho.

Martin saiu resmungando: "Como eu adoro aquele homem!". Com o espírito imerso em total confusão, enumerou os estratagemas de Madeline, bem como as implicâncias, o egocentrismo e a completa ignorância da garota. Ele adquiriu tal consciência da própria dignidade, que percebeu nitidamente a necessidade de colocar um ponto-final no relacionamento dos dois, imputando a ela a responsabilidade pelo fim. À noite, foi encontrá-la preparado não só para explodir em resposta à primeira reclamação que ela fizesse – e perdoá-la no final –, mas também para romper o compromisso e tornar a vida absolutamente simples outra vez.

Madeline não fez reclamações. Limitou-se a correr ao encontro dele e dizer:

— Querido, como você está abatido! Seus olhos demonstram muito cansaço. Você esteve trabalhando demais? Fiquei muito chateada com sua ausência nesta semana. Desse jeito você vai acabar se matando. Pense em todos os anos que ainda estão por vir e nas muitas coisas magníficas que você ainda poderá fazer. Não, não fale! Quero que descanse. Mamãe foi ao cinema. Sente-se aqui. Vou ajeitar essas almofadas para você ficar confortável. Apenas recoste-se e durma, se quiser. Vou ler para você *The Crock of Gold*. Sei que vai gostar.

Martin estava determinado a não apreciar a história e, como provavelmente naquele momento carecesse de qualquer senso de humor, não se pode dizer se gostou ou não. Contudo, a alteridade do texto estimulou-o e, embora a voz de Madeline, se comparada com a preguiçosa suavidade da de Leora, soasse esganiçada e áspera, ela lia com tal paixão, que ele se sentiu envergonhado de sua intenção de machucá-la. O rapaz percebeu que era Madeline quem, com toda a sua afetação, comportava-se como criança, e que a independente e destemida Leora, essa sim era uma pessoa madura e senhora de um mundo real. As censuras com que planejara terminar com Madeline se dissiparam.

Subitamente ela posou-se ao lado dele, falando em tom de súplica:

— Eu me senti tão triste e sozinha sem você a semana toda!

E assim, Martin se tornou um traidor de duas mulheres. Era Leora quem fazia seus sentimentos entrarem em ebulição. Era ela a mulher com quem ele gostaria de estar trocando carícias naquele momento. Mas foi Madeline quem se apossou de todo o desejo que o consumia. Quando ela murmurou, choramingando, "Estou tão feliz por você se sentir feliz de estar aqui", ele foi incapaz de dizer qualquer coisa. Martin desejava falar sobre Leora, gritar o nome dela, exaltá-la como a mulher de sua vida. No entanto, se limitou a balbuciar algumas palavras lisonjeiras totalmente sem paixão. Ele observou que Madeline era uma mulher jovem e formosa, uma competente estudiosa do idioma inglês. Mas, deixando-a atônita de desapontamento diante de sua manifestação de indiferença, ele foi embora às 22 horas. Martin conseguira finalmente – com muito sucesso – se sentir um cachorro desprezível.

Em seguida, foi correndo procurar Clif Clawson, a quem ainda não falara nada sobre Leora, pois temia ser alvo de escárnio do colega. A calma com que Martin entrou no quarto que compartilhava com o colega proporcionou-lhe um agradável sentimento de satisfação consigo mesmo. Clif estava sentado, com o corpo recostado e os pés descalços, apoiados em sua mesa de estudo. Ele lia uma história de Sherlock Holmes, cujo livro descansava sobre um volumoso exemplar de medicina de Osler, leitura a que ele pretendia se dedicar depois.

— Clif! Poxa, preciso beber alguma coisa. Estou podre de cansaço. Vamos tomar algo na Taberna do Barney.

— Você fala como quem tem várias línguas e deixou a velocidade da fala por conta do rombencéfalo, que compreende o cerebelo e a medula oblongada.

— Ora, deixe de ser engraçadinho! Não estou com disposição para isso.

— Ah, o garoto andou se desentendendo com a cândida Madelinezinha! Por acaso ela ofendeu o ranzinza Martykins? Tudo bem. Eu fico quieto. Vamos lá! Aos drinques!

No caminho, Clif contou três novas histórias (indecentes e um tanto mentirosas) sobre o professor Robertshaw e quase conseguiu levantar o ânimo de Martin. A Taberna do Barney funcionava como uma sala de bilhar, uma loja de tabaco e também um bar clandestino, já que Mohalis era um local onde não era permitida a venda de bebidas alcoólicas. Clif e Barney, um rapaz de mão peluda, se cumprimentaram com toda a pompa e imponência.

— Que as benções da noite desçam sobre você, Barney. Que sua circulação prossiga sem obstruções, em especial no ramo carpal dorsal da artéria ulnar, em deferência à qual o camarada Prof. Dr. Egbert Arrowsmith e eu iremos alegremente brindar com outra garrafa daquela renomada poção de morango fermentado.

— Caramba, Clif, desta vez você caprichou no palavrório! Quando você for médico, se algum dia eu precisar amputar um braço, vou aparecer por aqui e deixar você mostrar o que sabe. Vejam, cavalheiros, poção de morango fermentado saindo!

A sala da frente da Taberna do Barney poderia ser tema de um quadro impressionista, no qual uma mesa de bilhar, pilhas de cigarros, barras de chocolate, cartas de baralho e jornais esportivos cor-de-rosa se misturavam, formando um verdadeiro caos. A sala dos fundos, no entanto, era mais organizada: caixas de doces e de refrigerantes levemente aromatizados, um refrigerador grande e duas pequenas mesas com cadeiras quebradas. Barney encheu dois copos com o líquido de uma garrafa, em cujo rótulo se lia "Soda de Gengibre". O líquido era, na verdade, um uísque puro, forte e repugnante. Clif e Martin pegaram os copos e foram se sentar em uma mesa no canto. O efeito da bebida se fez sentir quase imediatamente. As confusas amarguras de Martin logo se converteram em otimismo. Para Clif, ele contou que pretendia escrever um livro falando a respeito de idealismo, mas o que queria mesmo era encontrar um meio inteligente de resolver o problema de seu duplo relacionamento. E encontrou uma saída: levaria Leora e Madeline para almoçar e contaria a elas a realidade dos fatos. Assim poderia ver qual das duas realmente o amava. Martin ficou exultante com a solução encontrada e tomou outro uísque para comemorar. Em seguida, dando vazão a seu entusiasmo, disse a Clif que o considerava um sujeito notável, e a Barney, que o julgava um benfeitor público. Então saiu cambaleante e se dirigiu à cabine telefônica que, para garantir a privacidade do usuário, era fechada.

No Hospital Geral de Zenith, o telefonema foi atendido pelo superintendente da noite, um homem frio e desconfiado, que questionou:

— Isso lá são horas de ligar para uma estagiária? Onze e meia da noite! Quem é você?

Martin reprimiu aquela que seria sua reação habitual – algo como "Vou dizer, seu maldito, quem sou eu!" – e explicou que falava em nome da tia-avó de Leora, uma pobre senhora inválida e muito doente, e perguntou se o superintendente conseguiria viver com a culpa pela morte de uma inocente senhora.

Quando Leora chegou ao telefone, o rapaz, sóbrio outra vez e sentindo-se como alguém que fugia das ameaças de um grupo de estranhos e que procurava se proteger na segurança da presença dela, foi logo falando:

— Leora? Minha Destemida. Venha me encontrar no saguão do Grande Hotel amanhã, às 12h30. Venha! É muito importante! Dê um jeito... Sua tia doente...

— Tudo bem, meu querido. Boa noite! — foi tudo o que ela disse.

Levou alguns minutos até que alguém atendesse a ligação no apartamento de Madeline. Então, ele ouviu a voz da sra. Fox, sonolenta e trêmula:

— Sim?

— É o Martin.

— Quem? Quem é? O que significa isso? Você ligou para a residência da família Fox.

— Sim, sim! Aqui é o Martin Arrowsmith, sra. Fox.

— Oh... meu querido! O telefone me acordou de um sono tão profundo que não consegui entender o que você estava dizendo. Fiquei tão assustada! Pensei que poderia ser um telegrama ou algo parecido. Imaginei que talvez alguma coisa tivesse acontecido com o irmão de Maddy. O que você quer, meu querido? Espero que não tenha ocorrido nenhum problema!

Martin foi subjugado pela confiança nele depositada por aquela senhora e pela afeição dela, que, naquele momento, se sentia desorientada como se estivesse em uma terra estranha, para onde fora arrastada. Todo o desembaraço produzido pelo uísque desapareceu, e Martin sentiu, melancolicamente, a vida pesando sobre seus ombros outra vez. Envergonhado, suspirou e afirmou que nada havia acontecido. Desculpou-se por ligar tão tarde e pediu para falar apenas um minuto com Madeline, que veio eufórica atendê-lo.

— Nossa! O que houve, meu querido? Espero que esteja tudo bem! Que coisa! Você acabou de sair daqui...

— Ouça, minha querida. Esqueci de dizer uma coisa a você. Há alguém em Zenith que gostaria que você conhecesse.

— Quem é ele?

— Você saberá amanhã. Escute, quero que venha me encontrar... Venha me encontrar na hora do almoço. Eu vou... — ele imprimiu à voz um grave tom de jocosidade. — Vou gastar uma fortuna em um fantástico almoço no Grande Hotel!

— Oh, que gentil!

— Quero que você me encontre no interurbano das 11h40 na Praça da Universidade. Você pode?

— Oh, eu adoraria, mas combinei com a May Harmon às onze horas e não gostaria de desmarcar. Prometi ir com ela às compras. A May quer comprar um tipo de sapato que dê para usar com crepe da China cor-de--rosa e também para andar por aí. Nós pensamos em talvez ir almoçar no Ye Kollege Karavanserai. Também planejei mais ou menos de ir ao cinema com ela ou com mais alguém. Mamãe disse que o novo filme que está em exibição, Alaska, é simplesmente incrível! Ela assistiu hoje à noite, e eu pensei que poderia vê-lo antes de sair de cartaz. Apesar de que – só Deus sabe! – eu deveria vir direto para casa e estudar, em vez de ir a algum lugar.

— Madeline, agora escute! É muito importante. Você não confia em mim? Você irá ou não?

— Ora, claro que eu confio em você, meu querido. Tudo bem então, tentarei ir. Às 11h40?

— Isso.

— Na Praça da Universidade? Ou na Livraria do Bluthman?

— Na *Praça da Universidade*!

O tom gentil do "confio em você" e a hesitação com que ela afirmou "tentarei ir" conflitavam na mente de Martin enquanto ele saía, apressado, daquele sufocante cubículo para ir novamente ao encontro de Clif.

— Qual é o motivo dessa tristeza toda? — perguntou Clif.— A esposa morreu? Ou os Giants ganharam a nona? Barney, nosso garoto errante da noite está parecendo uma necropsia. Traga para ele outra dose daquela poção de morango fermentado. Rápido! Olhe aqui, doutor, acho melhor você chamar um médico.

— Ora, cale a boca! — foi tudo o que Martin conseguiu dizer, e, mesmo assim, sem a menor convicção. Antes do telefonema, ele estava um tanto cheio de vivacidade: havia elogiado as jogadas de Clif no bilhar e chamado Barney de "velho *Cimex lectularius*", também conhecido como "percevejo". Agora, no entanto, enquanto o devoto Clif o provocava, ele permanecia sentado, meditativo, limitando-se a resmungar (com certa dose de autossatisfação):

— Se vocês soubessem de todos os problemas que eu tenho, de toda a amaldiçoada confusão em que um sujeito pode se meter, *ficariam* de boca calada!

Clif se mostrou preocupado.

— Olhe aqui, velho otário. Se você se meteu em alguma dívida, darei um jeito de arranjar o dinheiro. Ou será que você andou um pouco depressa demais com a Madeline?

— Essa sua mente suja me dá náuseas! Eu não mereço sequer tocar na mão de Madeline. A ela não devo nada além de respeito.

— E quer que eu acredite nisso? Tudo bem, se você diz que é assim... Caramba, eu queria poder ajudar com *alguma coisa*. Vamos lá, tome outro gole! Depressa, Barney!

Depois de diversos drinques, Martin mergulhou em um estado de melancólica insensatez e, para evitar que o amigo arranjasse encrenca – como de fato pretendia – com três robustos estudantes do segundo ano, Clif solicitamente carregou-o de volta para casa. Quando acordou na manhã seguinte, com a cabeça estourando, Martin estava bastante ciente de que na hora do almoço teria que encarar Leora e Madeline.

V

O trajeto de meia hora até Zenith na companhia de Madeline pareceu para Martin algo evidentemente opressor, como uma nuvem de tornado. Ele tinha não só que superar cada minuto que passava ao lado dela, um após o outro, como também enfrentar a ameaça dos outros trinta que estavam por vir. Enquanto maquinava uma diplomática observação para fazer dali a dois minutos, o rapaz ainda conseguia escutar o desajeitado comentário que fizera dois minutos antes. Ele empregou todos os estratagemas ao seu alcance para impedir que a atenção de Madeline se voltasse para o "grande amigo" com quem iriam se encontrar em breve. Tentando demonstrar uma alegria que não sentia, descreveu a noitada na Taberna do Barney e, sem sucesso, procurou ser engraçado. A menção ao episódio da noite anterior suscitou um sermão por parte de Madeline sobre os malefícios das bebidas alcoólicas e do relacionamento com pessoas imorais, o que trouxe a ele certo alívio por alguns momentos. Todavia, não poderia continuar lançando mão de subterfúgios por muito tempo.

— Quem é esse amigo que nós vamos encontrar? Por que você está fazendo tanto mistério sobre ele? Oh, Martin! Isso é uma brincadeira? Nós não vamos encontrar ninguém? Era só um pretexto que você arranjou para despistar a mamãe e irmos sozinhos tomar um drinque no Grande Hotel? Oh, que divertido! Eu sempre quis almoçar no Grande Hotel. Decerto que acho aquilo tudo um exagero, mas mesmo assim é majestoso e... Acertei, meu querido?

— Não! Há alguém, sim. Vamos encontrar uma pessoa, está bem?

— Então por que você não me diz quem é ele? Ora, Martin! Você me deixa impaciente!

— Muito bem, vou lhe contar. Não é *ele*, e sim *ela*.

— Ah!

— É... bem, você sabe que meu trabalho me obriga a frequentar hospitais, e uma das enfermeiras do Hospital Geral de Zenith me prestou uma tremenda ajuda.

A respiração de Martin estava ofegante. Seus olhos ardiam. Já que não poderia evitar a tortura do almoço que se aproximava, ele se perguntava por que tentar fugir de seu castigo.

— Existe lá nesse hospital uma enfermeira, em especial, que é incrível. Ela aprendeu muita coisa a respeito de cuidados com os doentes e me ensinou um monte de boas táticas. E parece ser uma garota muito legal... Srta. Tozer. O nome dela é... Acho que o primeiro nome é Lee, ou algo assim. Uma pessoa muito... O pai dela é um dos homens mais importantes de Dakota do Norte. Riquíssimo! Um grande banqueiro. Imagino que ela tenha escolhido ser enfermeira só para dar sua contribuição na luta por mundo melhor — a voz de Martin havia adquirido o tom de poética sublimação que era típico de Madeline. — Acho que vocês duas vão gostar de se conhecer. Você se lembra de seu comentário sobre como existem poucas garotas em Mohalis que realmente têm... têm ideais?

— Sim — o olhar de Madeline estava distante e, o que quer que ela tenha visto, não a agradou. — Terei muito prazer em conhecê-la. Decerto que sim! Qualquer *amiga* sua... Ora, Mart! Espero que não seja um flerte. Espero que você não tenha uma amizade estreita demais com todas essas enfermeiras. Não sei nada a respeito, sem dúvida, mas as pessoas vivem dizendo que algumas delas costumam ser caçadoras de homens.

— Pois bem. Saiba então que Leora não é!

— Sim, estou certa que não, mas... Oh, Martykins! Você não seria tolo de se deixar envolver por essas enfermeiras, não é? E isso é para seu próprio bem. Elas levam tanta vantagem! Pobre Madeline... Ela não teria permissão para andar por aí em quartos de homens aprendendo... coisas. E você se acha tão conhecedor das motivações humanas, Mart! Mas, honestamente, acho que qualquer mulher astuta consegue enredar você com os dedos.

— Ora, imagino que sou capaz de me cuidar!

— Oh, quero dizer... Não quero... Espero de fato que essa tal Tozer... Tenho certeza de que vou gostar dela. Se você gosta... Mas sou eu seu verdadeiro amor, não é verdade? Sempre!

Madeline, a virtuosa, ignorou todos os passantes quando segurou a mão de Martin. Ela parecia tão intimidada, que a raiva dele pelos comentários que ela fizera sobre Leora havia se transformado em pena. Instintivamente, a garota cravou o polegar nas costas da mão dele, que tentava se mostrar afetuoso enquanto afirmava:

— Certamente, certamente... Caramba! Que loucura... Cuidado! Aquele velho mascate do outro lado do corredor está olhando para nós.

Quaisquer que fossem os atos de infidelidade que viesse algum dia a cometer, Martin já havia recebido a adequada punição antes mesmo de chegarem ao Grande Hotel.

Em 1907, esse hotel era o melhor de Zenith e costumava ser comparado pelos vendedores ambulantes a outros luxuosos hotéis, como o Parker House, o Palmer House e o West Hotel. Desde então, fora desbancado pela altiva modéstia do Hotel Thornleigh. Agora seu piso xadrez estava emporcalhado e todo o extravagante dourado desbotara. Sobre as pesadas cadeiras de couro misturavam-se costuras rasgadas, cinzas de charutos baratos e comerciantes de cavalos. Contudo, nos dias áureos, ele fora uma imponente hospedaria no caminho entre Chicago e Pittsburgo – um palácio oriental, cuja entrada era formada por uma infinidade de arcos mouros de ladrilho. Uma claraboia em tom de verde, rosa, pérola e âmbar, situada na altura do sétimo pavimento, encimava o saguão de mármore preto e branco, em cujas laterais se projetavam galerias de ferro dourado.

Os dois encontraram Leora no saguão – pequenina, sentada em um enorme sofá que circundava um pilar. Serena e imóvel, ela se limitou a fixar os olhos em Madeline. Martin percebeu que Leora estava estranhamente descuidada – palavras dele. Não importava para o rapaz a deselegância com que ela prendera os cabelos cor de mel debaixo do chapéu preto – um chapéu banal em forma de cogumelo –, mas ele notou e ficou aborrecido com o contraste que a suavidade da sarja azul vestida por Madeline criava em relação à blusa de Leora, cujo terceiro botão estava aberto, à saia justa e à deplorável jaqueta marrom que ela usava. O ressentimento não era contra Leora. Esquadrinhando as duas – não com a arrogância de um macho soberbo que analisa os objetos de sua preferência, mas com certa ansiedade –, Martin se sentia mais irritado do que nunca com Madeline. O fato de ela estar vestida com mais elegância era para ele uma afronta. Sua afeição se apressou em envolver, agasalhar e proteger Leora.

Durante todo o tempo, ele se mostrou inábil e confuso:

— Acho que vocês, garotas, precisam se conhecer. Srta. Fox, quero lhe apresentar a srta. Tozer. Uma pequena formalidade... Cachorro de sorte, que tem duas rainhas de Sabá!

Em seguida, falou para si mesmo: "Oh, inferno!".

Enquanto as duas trocavam algumas frases sem sentido, ele as conduziu até o famoso salão de jantar do Grande Hotel. O local exibia uma profusão de lustres dourados, cadeiras com tecido vermelho, pesada prataria e serventes negros de idade avançada trajando coletes em tons de verde e dourado. Nas paredes circundantes, paisagens de Pompéia, Veneza, Lago de Como e Versalhes.

— Que sala majestosa! — falou Leora, com voz melodiosa.

Madeline olhou como se tivesse pensado em dizer a mesma coisa com palavras mais longas, então examinou os afrescos outra vez e exclamou:

— Bem, ela é bastante ampla...

Martin, muito agoniado, estava fazendo o pedido. Ele havia reservado rigorosamente quatro dólares para a ocasião, incluindo a gorjeta, e seu padrão de boa comida determinava que os quatro dólares deveriam ser gastos até o último centavo. Enquanto, com a terrível figura do garçom postada às suas costas, perguntava-se o que poderia ser "Purê Saint Germain", Madeline tomara as rédeas da situação e iniciara a conversa, entoando com assombrosa polidez:

— O sr. Arrowsmith me contou que você é enfermeira, srta. Tozer.

— Sim, um tipo de enfermeira.

— Você acha interessante a profissão?

— Bem... sim. Sim, acho interessante.

— Imagino que aliviar o sofrimento alheio deva ser uma coisa extraordinária, sem dúvida. Meu trabalho... Estou concluindo o doutorado em inglês — ela falou como se estivesse sendo agraciada com o título de condessa. — É bastante árido e abstrato. Preciso aprofundar os conhecimentos sobre o desenvolvimento do idioma e outras coisas assim. Mas, com sua formação prática, imagino que deva achar tudo isso uma grande estupidez.

— Sim, deve ser... Não! Deve ser muito interessante.

— Você é natural de Zenith, senhorita... Tozer?

— Não. Eu sou de uma pequena cidade, ou melhor, nem chega a ser uma cidade. Fica em Dakota do Norte.

— Oh, Dakota do Norte!

— Sim. No lado oeste.

— Ah, sim! Você vai ficar aqui no leste por algum tempo? — foi exatamente isso que um primo de Nova York, muito ressentido, disse certa vez a Madeline.

— Bem... não. Sim, acho que posso ficar por aqui um bom tempo.

— Você acha que... você gosta daqui?

— Oh, sim. É um lugar muito agradável. Essas cidades grandes... muita coisa para ver.

— Grande? Bem, suponho que depende do ponto de vista, *não é* mesmo? Sempre penso em Nova York como uma cidade grande, mas você deve considerar interessante o contraste com Dakota do Norte, não?

— Bem, sem dúvida é diferente.

— Diga-me como é Dakota do Norte. Sempre tive curiosidade em relação a esses estados do oeste — foi a segunda expressão que Madeline emprestou de seu primo. — Qual é a impressão geral que causa em você?

— Acho que não entendi exatamente o que você quer dizer.

— Quero dizer, o impacto geral. A *impressão*.

— Bem, lá existe muito trigo e muito nabo.

— Eu quis dizer... Imagino que vocês todos sejam terrivelmente vigorosos e dinâmicos, em comparação com nós aqui do leste.

— Sim, é possível.

— Você já conheceu muitas pessoas em Zenith?

— Não. Não *tantas*.

— Você conhece o Dr. Birchall, que opera no hospital em que você trabalha? É um homem muito simpático, mas não é um bom cirurgião, embora tenha um extraordinário talento. Ele canta ma-gis-tral-men-te bem e vem de uma família agradabilíssima.

— Não, acho que não o conheço — respondeu Leora, com voz lânguida.

— Oh, você precisa conhecê-lo! Joga tênis como ninguém. É magnífico, muito habilidoso. Ele sempre participa de todas essas partidas milionárias de Royal Ridge. Tremendamente inteligente!

Nesse momento, Martin interrompeu a conversa pela primeira vez.

— Inteligente? Dr. Birchall? Ele simplesmente não tem miolos, ou o que quer que seja.

— Minha criança querida, não falei "inteligente" nesse sentido!

Martin permaneceu ali, sozinho e impotente, enquanto Madeline, mais esplendorosa do que nunca, se voltava outra vez para Leora, querendo saber se ela conhecia um tal advogado especialista em legislação societária, ou uma famosa garota que acabara de debutar na vida social, ou ainda aquela chapelaria ou aquele tal clube. Madeline falava com desenvoltura a respeito de pessoas conhecidas pelo qualificativo de "Os Caciques da Sociedade de Zenith" e de personalidades como os Cowxes, os Van Antrims e os Dodsworths, que apareciam diariamente nas colunas sociais do *Advogate-Times*. Martin estava perplexo com tanta familiaridade e se lembrou de um baile beneficente em Zenith, em cuja ocasião ele não percebera toda essa intimidade da garota com a aristocracia. Sem dúvida alguma, Leora jamais ouvira falar dessa elite, tampouco tivera oportunidade de frequentar tais concertos, palestras e recitais, nos quais aparentemente Madeline passava as suas noites transbordantes de magnificiência.

Madeline fez com os ombros um gesto de indiferença e continuou:

— Bem... Suponho que, convivendo com médicos e todas as pessoas fascinantes que circulam pelo hospital, qualquer palestra deve ser extremamente maçante para você.

Ela deixou Leora de lado, olhou maternalmente para Martin e perguntou:

— Você ainda pretende trabalhar mais um pouco para matar essa sua sede de curiosidade em relação aos coelhos?

Ele estava sério e, desde que agisse rápido, podia agora levar adiante o seu intento.

— Madeline! Eu trouxe vocês duas aqui, porque... Não sei se vocês simpatizaram uma com a outra ou não, mas espero que sim, porque eu... Não estou procurando me desculpar... Não posso evitar. Estou comprometido com vocês duas e quero saber se...

Madeline levantou-se bruscamente, mais altiva e refinada do que nunca. Ela apenas olhou para os dois e foi embora sem dizer uma só palavra. Logo em seguida, retornou, tocou no ombro de Leora e, serenamente, beijou-a.

— Querida — falou ela. —, tenho muita pena, porque você acabou de arranjar um problema! Pobre menina!

Dito isso, empertigou os ombros e saiu outra vez.

Sentindo-se subjugado e muito assustado, Martin não conseguia olhar para Leora.

De repente, sentiu a mão dela pousar sobre a sua. Ele levantou os olhos e viu no rosto da jovem um sorriso franco e zombeteiro.

— Destemido, saiba que jamais desistirei de você. Imagino que *ela* esteja certa quando o chama de mau. Acho mesmo que sou tola... petulante. Mas você é meu! E estou avisando que não adianta se envolver com outra pessoa novamente. Eu seria capaz de arrancar os olhos dela! Só não fique convencido demais, ok? Imagino que você seja bastante egocêntrico, mas não me importo. Você é meu!

Martin falou muitas coisas belas acerca da trivialidade inerente ao temperamento dos dois.

Ela ponderou:

— Sinto que nós somos mais próximos do que você e *ela*. Talvez, por poder me intimidar, você goste mais de mim. Eu corro atrás de você e *ela* nunca correria. Também sei que seu trabalho é mais importante do que eu, talvez até mais importante do que você mesmo. Mas sou estúpida e comum, e *ela* não é. Eu simplesmente o adoro, adoro demais – só Deus pode dizer por que, mas é assim –, enquanto *ela* tem juízo suficiente para fazer com que você *a* adore e corra atrás *dela*.

— Não, Leora! Juro que não tem sentido essa sua ideia de eu poder bancar o valentão com você. Juro que não! Não penso assim. Minha adorada, não suponha *nunca* que ela é mais brilhante do que você. Ela é muito eloquente, mas... Vamos parar de falar dela! Eu encontrei você! Minha vida está começando!

CAPÍTULO 7

A diferença entre o relacionamento que Martin mantinha com Madeline e o que agora o unia a Leora era a mesma existente entre um duelo efusivo e uma serena camaradagem. Desde a primeira noite em que saíram para jantar, nasceu em cada um dos dois uma forte dependência em relação à lealdade e à afeição do outro, e certos detalhes da existência de cada um deles estabeleceram ali uma ligação para sempre. Acima de tudo, o arrebatamento de Martin por Leora não perdera a vitalidade. Ele estava sempre fazendo descobertas a respeito das concepções de vida que ela incubava secretamente dentro de sua cabecinha, ao mesmo tempo em que ela soltava círculos de fumaça com cigarros e sorria em silêncio. Martin ansiava ter a seu lado a Leora mulher. Ela o incendiava por dentro e, com uma paixão alegre e franca, satisfazia-lhe os desejos. Com a outra Leora, a não sexual, ele falava mais honestamente do que com Gottlieb ou com seu próprio atormentado ser. Ela, com um pueril aceno de cabeça ou com uma eventual palavra, o encorajava a ir em frente com suas progressivas ambições e indignações.

II

A fraternidade Digamma Pi estava realizando um baile, e os médicos, que cochichavam ansiosamente uns com os outros, já tinham total consciência de que, diante do crescente cosmopolitismo da Universidade de Winnemac, esperava-se que eles vestissem o símbolo da respeitabilidade, conhecido como "traje a rigor". Na solitária e afobada ocasião em que Martin usara trajes de noite, ele os alugara no bazar do time da Universidade, mas agora que ia apresentar Leora ao mundo, como seu orgulho e sua flor, era necessário que comprasse tais vestimentas. Como dois velhinhos, absortos um no outro, explorando com hesitação as novas e inóspitas ruas da cidade em que vivem seus alienados filhos, Martin e Leora adentraram a fantástica magnificência de lugares como Benzon, Hanley e Koch, as mais imponentes lojas de departamento de Zenith. Leora se sentia intimidada diante das luminosas caixas de mogno e chapas de vidro, dos chapéus de ópera e cachecóis acetinados e dos macios culotes de cavalgar. No momento em que Martin vestiu um smoking e saiu do provador para ouvir a opinião dela, trajando uma camisa de colarinho amassado um tanto rústica e uma longa gravata marrom por detrás do curto colete do traje, ela aproveitou que o atendente havia se afastado em busca de colarinhos engomados e falou em tom de lamento:

— Por Deus, Destemido! Você é majestoso demais para mim! Sequer consigo pensar nas minhas roupas. Agora você vai ficar tão elegante que eu não vou mais ter a menor chance com você.

Ele quase a beijou.

Ao retornar, o atendente falou com voz melodiosa:

— Eu creio, madame, que a senhora vai achar seu marido muito atraente com esses colarinhos engomados.

Enquanto o atendente procurava gravatas, Martin a beijou, e ela suspirou:

— Caramba, você é uma dessas pessoas que progridem sempre. Nunca imaginei que eu teria que estar à altura de um homem vestido com smoking e colarinho engomado. Bem, não ficarei atrás!

III

Para o baile da Digamma, o salão do depósito de armas da universidade foi decorado com esmero. Nas paredes de tijolo havia uma profusão de crisântemos de papel, bandeiras, caveiras de gesso e bisturis de madeira com cerca de um metro de comprimento.

Nos seis anos que passara em Mohalis, Martin havia comparecido a poucos bailes, embora a excitação dos flertes fosse o principal deleite daquela universidade frequentada por alunos de ambos os sexos. Quando adentrou o salão trazendo ao seu lado uma Leora timidamente corajosa, dentro de um vestido azul de crepe da China confeccionado em estilo indefinido, ele não se importou se dançaria apenas uma música com ela, mas desejou ardentemente que os homens presentes se aglomerassem ao redor dela, admirassem-na e lhe dessem boas-vindas. Todavia, o excesso de vaidade o impedia de apresentar Leora a todos, por receio de parecer que estava pedindo aos amigos para dançar com ela. Dessa forma, os dois permaneceram sozinhos, debaixo da galeria, contemplando desconsoladamente a vastidão do assoalho, enquanto distantes deles circulavam como relâmpagos os casais que dançavam — belos, formidáveis, atraentes. Leora e Martin haviam assegurado um ao outro que smoking e colete preto estariam à altura da exigência de uma festa de estudantes, como expunham as lojas Benson, Hanley e Koch em seu *Manual do vestuário apropriado para cavalheiros*. Martin, porém, sentiu-se miseravelmente humilhado diante dos voluptuosos coletes brancos dos outros rapazes. Para completar, quando Angus Duer, aquele protótipo de cirurgião famoso, entrou, desdenhoso como um galgo, com suas luvas brancas — as peças mais brancas, mais arrogantemente brancas na face da Terra —, Martin se viu na condição de um adolescente desajeitado.

— Venha, *vamos* dançar — disse ele a Leora, como se desafiasse a todos os Angus Duers da festa.

Martin desejava acima de tudo ir para casa.

A dança não lhe proporcionou muito prazer, embora Leora bailasse com facilidade, e ele, não tão mal assim. Nem mesmo o fato de tê-la nos braços trouxe algum alento, pois ele simplesmente não conseguia acreditar que a tinha tão perto de si. Enquanto dançavam, Martin avistou Duer em meio ao esplendor de um grupo de lindas garotas e distintas mulheres que rodeavam o notável Dr. Silva, reitor da escola de medicina. Angus aparentava extrema descontração e saiu rodopiando ao som de uma valsa com a mais bela das garotas daquele grupo — deslizando, balançando, demostrando toda a sua destreza. Martin tentou odiá-lo, ver nele um pateta, mas logo se lembrou de que, no dia anterior, Duer fora eleito para integrar a sociedade honorífica de Sigma Xi.

Leora e Martin deixaram furtivamente o salão e retornaram para seu refúgio, o recanto seguro debaixo da galeria, onde estavam antes. Enquanto tentava se mostrar indiferente e despreocupado, exibindo suas roupas novas, Martin estava, na verdade, se remoendo por dentro e amaldiçoando os rapazes que por eles passavam alegremente acompanhados por suas garotas e ignoravam a presença de sua Leora.

— Ainda não chegou muita gente — falou Martin, deixando transparecer certa inquietação. — Não vai demorar para que apareçam, e então vamos ter muitas danças.

— Ah, não me importo.

Ele pensou: "Oh, Deus! Será que não vai aparecer ninguém para conversar com esta pobre criança?". Ficou aborrecido ao perceber o quanto carecia de popularidade entre os dançarinos da escola de medicina e desejou veementemente que Clif Clawson estivesse presente. Clif gostava de todos os tipos de reuniões, porém não tinha como bancar roupas de gala. Martin, então, encheu-se de satisfação quando, ao olhar para a amada, notou que Irving Watters, o exemplo de conformidade profissional, caminhava na direção deles. Entretanto, para sua decepção, Watters passou direto, limitando-se a fazer um rápido aceno de cabeça. Por três vezes a esperança de Martin se acendeu para se apagar logo em seguida, e agora até mesmo seu orgulho o abandonara. Se pelo menos Leora pudesse se alegrar...

Ele conjecturou: "Eu pouco me importaria se ela ficasse atraída pelo galanteador mais tagarela de toda a universidade e me deixasse de lado a noite toda. Faço qualquer coisa para que ela se divirta! Se eu conseguisse aliciar o Duer... Não, isso não dá para suportar... Rastejar pr'aquele esnobe imundo! Ora, pois eu vou mesmo assim!".

Caminhando a passos lentos, Adiposo Pfaff acabava de chegar. Martin se lançou na frente dele e falou afetuosamente:

— Olá, meu velho Adiposo! Sozinho esta noite? Venha conhecer minha amiga, srta. Tozer.

Pelos olhos bulbiformes do Adiposo, podia-se notar que ele aprovara as bochechas e os cabelos cor de âmbar de Leora. Ele se dirigiu à garota de forma tão lisonjeira, que Martin teve vontade de beijá-lo:

— Muito prazer! Está começando uma música... Posso ter a honra?

Não havia ocorrido a Martin, no entanto, que ele permaneceria sozinho até o final da dança. Apoiado em um pilar, deixou-se levar pela vaidade de se sentir um verdadeiro altruísta. Ele também não havia reparado que bem a seu lado estavam sentadas muitas garotas desacompanhadas esperando um convite para dançar.

Martin observou quando o Adiposo apresentou Leora a um par de digamnianos que não passavam de meras figuras decorativas. Um deles pediu a ela que lhe concedesse a próxima dança. Dali em diante, foram tantos os convites que Leora não teve como atender a todos. A excitação de Martin arrefeceu, dando lugar à insegurança. Ele passou a achar que ela dançava muito colada ao parceiro, demonstrando excessiva dose de entusiasmo. Depois da quinta dança, a agitação tomou conta do rapaz. Pensava ele: "Maldição! *Ela está* se divertindo! Será que não teve tempo de perceber que eu estou parado aqui sozinho? E, além de tudo, segurando seu xale? É... Bom para ela! Na verdade, eu queria mesmo era dançar um pouquinho também. Olhe só o jeito dela, sorrindo, toda derretida pr'aquele idiota do Brindle Morgan... Aquele... Aquele sujeito maldito! Ah, pois saiba que nós vamos ter uma conversinha, minha jovem! E aqueles miseráveis... Tentando arrancá-la de mim! A única pessoa que já amei na vida! Só porque eles dançam melhor que eu... E vêm com essa cantilena tola. E essa maldita orquestra tocando essa maldita música picante... E Leora se derretendo toda diante de tantos elogios baratos... Você e eu vamos ter um pequeno e amável acerto de contas, senhorita!".

Quando Leora retornou, assediada por três ridículos estudantes, Martin se limitou a lhe dizer:

— Oh, não se *preocupe comigo*!

— Então é isso o que você quer? Pois saiba que terá!

Leora voltou-se para Martin sem se importar com os observadores, pois, ao contrário de Madeline, não se prendia a certas formalidades. Quando a música voltou a tocar, depois de uma longa e tensa espera, durante a qual ele ficou a fitá-la com olhar furioso, e ela a balbuciar alguma coisa sobre o assoalho, o tamanho do salão e seus "colegas almofadinhas", Martin lhe esticou os braços para que dançassem.

— Não — reagiu Leora. —, quero conversar com você.

Ela o puxou até um canto e desatou a falar:

— Destemido, esta é a última vez que vou tolerar esse seu olhar de ciúmes. Ah, eu sei! Olhe aqui, se é para ficarmos juntos – e vamos ficar –, saiba que vou dançar com tantos homens quantos eu quiser e serei tão tola com eles quanto eu decidir ser. Em jantares e todas aquelas coisas... Acho que sempre vou me fechar como uma ostra... Pura falta do que falar. Mas adoro dançar e vou fazer exatamente o que gosto. Se você conseguisse enxergar, um pouquinho que fosse, veria que a única pessoa em quem eu quero ficar pendurada é você, ninguém mais! Sou sua! Por completo! Não me importa quantas tolices você faça... E sei que serão muitas. Assim, quando quiser se deixar consumir pelo ciúme outra vez, trate de se livrar dele. Você não fica com vergonha de si mesmo?

— Eu não estava com ciúmes. ok... Estava sim. Mas não consigo evitar. Te amo demais. Eu poderia ser um companheiro mais amável, não é verdade?... Se nunca sentisse ciúmes.

— Tudo bem. Mas tente não demonstrar. Agora vamos terminar essa dança.

Martin tornara-se um escravo.

IV

Na Universidade de Winnemac, considerava-se imoral prolongar os bailes até depois da meia-noite, de modo que àquela hora os convidados se aglomeravam na Cafeteria Imperial. Em dias normais, o lugar costumava fechar perto das vinte horas, mas, nessa noite, já era uma da madrugada e ainda permanecia aberta, envolta em uma atmosfera de licenciosa alegria. O Adiposo Pfaff dançava giga, outro estudante, bem-humorado, pendurou um guardanapo no braço e fingia ser um garçom e, apesar da desaprovação geral, uma garota fumava um cigarro.

Postado junto à porta, Clif Clawson esperava por Martin e Leora. Ele vestia seu conhecido terno cinza reluzente, com uma camisa azul de flanela.

Clif se considerava uma autoridade, a cujo crivo todos os amigos de Martin deviam ser submetidos. Ele ainda não conhecera Leora. Martin lhe havia confidenciado seu duplo compromisso e explicara que Leora era, inquestionavelmente, a mulher mais graciosa existente sobre a face da Terra. No entanto, quando anteriormente falara sobre Madeline, ele já havia empregado os mesmos adjetivos laudatórios e esgotado toda a paciência de Clif. O amigo, portanto, não deu ouvidos à descrição feita por Martin e estava preparado para não gostar de Leora e ver nela outra sereia da moralidade.

Clif a observava com condescendente hostilidade e cochichou para Martin, pelas costas da garota:

— Bem apessoada a criança. Acho que ela... O que há de errado com ela?

Eles foram buscar sanduíches, café e um bolo mosaico no longo balcão da cafeteria. Quando retornaram, Clif falou com aspereza:

— Bem, é realmente extraordinário que um par de cabotinos em trajes de gala como vocês coloquem em risco sua reputação para ficar junto comigo no meio de toda essa gente de classe. Caramba, me dói no fundo da alma saber que perdi os seletos prazeres de uma noite com o Ansioso Duer e seus companheiros para ficar jogando um mísero pôquer, em que papai usou de toda a sua habilidade para arrancar $6,10 dos vagabundos e mal-educados ali reunidos. Muito bem, Leory, suponho que você e o Martykins já pensaram sobre toda essa coisa de jogo de polo, Monte Carlo e por aí vai.

Leora tinha uma imensa capacidade de aceitar as pessoas como elas são. Enquanto Clif esperava, olhando-a maliciosamente de soslaio, ela ficou em silêncio, examinando o recheio de um sanduíche de frango. Por fim, falou:

— Uhum...

— Por Deus! Pensei que você ia fazer como o Mart e jogar na minha cara aquela coisa de "se você é um jagunço, não vejo por que acha que deve se vangloriar disso"!

Clif acabou se transformando em uma companhia jovial e, para os padrões dele, incomumente quieto. Na condição de ex-trabalhador de lavoura, ex-livreiro e ex-mecânico, sua situação financeira era bastante acanhada, mas, ao mesmo tempo, tinha um forte desejo de ser brilhante – desejo este que o levava a se esconder atrás de um simulado orgulho da pobreza, de um orgulho de ser desagradável. No entanto, Leora agora parecia trazer à tona toda a fanfarronice do rapaz, e ele logo começou a gostar dela, tão depressa quanto acontecera com Martin. Dali em diante, puseram-se a conversar alegremente. Martin se sentia propenso a demonstrar complacência por toda a humanidade, incluindo Angus Duer, que, naquele momento, compartilhava com o Dr. Silva e suas luzidias mulheres uma mesa num canto da cafeteria. Sem qualquer intenção premeditada, Martin levantou-se de um salto e correu em direção a eles. Com a mão estendida, ele bradou:

— Angus, meu velho! Quero cumprimentá-lo pelo Sigma Xi. Foi de fato um grande feito!

Duer observou a mão estendida de Martin como se fosse um objeto conhecido, cuja finalidade, no entanto, ele agora não conseguia recordar. Ele segurou a mão de Martin e balançou-a com certa hesitação. Ele não virou as costas nem se comportou com descortesia. Foi muito pior do que isso: mostrou-se resignado.

— Bem... boa sorte — falou Martin, frio e vacilante.

— Muito simpático de sua parte. Obrigado.

Martin retornou para junto de Leora e Clif e relatou a eles o incidente como se tivesse sido uma grande tragédia. Os dois concordaram que Angus Duer precisava de uma lição. Enquanto falavam, Duer passou por eles, andando atrás do Dr. Silva e sua trupe, e fez um aceno de cabeça para Martin. Este, pretendendo se mostrar nobre e maduro, encarou-o e sustentou o olhar.

Ao se despedir, Clif segurou a mão de Leora e lhe disse:

— Querida, tenho grande consideração pelo Mart e certa vez senti medo de que aquela velha criança se amarrasse a pessoas que poderiam torná-lo um sujeito afetado e bajulador. Eu sou um sujeito afetado e bajulador. Sei menos sobre medicina do que o prof. Robertshaw, mas este trouxa aqui tem um pouco de discernimento, e fico muito feliz que Martin esteja saindo com uma garota que é como a gente. Ora, veja só eu aqui atropelando as coisas! Mas... Caramba, saiba de uma coisa... Espero que não se importe se o tio Clif disser que gostou à beça de você!

O relógio já marcava quase quatro horas quando Martin retornou, depois de levar Leora para casa. Ele chegou e se atirou na cama, mas não conseguiu pegar no sono. A indiferença de Angus Duer o feria – era um insulto, que não se dirigia só contra ele, mas, de alguma forma, também contra Leora. Logo sua raiva pueril se transformou em uma preocupação mais sombria. Não seria Duer, a despeito de todo o esnobismo e toda a superficialidade, dotado de algo de que ele, Martin, também carecia? E Clif, com seu humor de cachorrinho, sua linguagem própria de um camponês histriônico e suas suspeitas de que maneiras educadas nada mais são do que sinônimo de hipocrisia, não encararia a vida com excessiva falta de seriedade? Não possuiria Duer grande habilidade em controlar e conduzir sua pequena e complexa mente? Não seria o comportamento humano regido por um conjunto de técnicas, claras e precisas – a exemplo do que acontecia com os experimentos de laboratório de Gottlieb –, versus as mãos rechonchudas e desajeitadas de Ira Hinkley? Ou esse inquérito todo não passaria de uma traição de si mesmo, uma rendição aos padrões afetados do próprio Duer?

Martin estava tão exausto que, por detrás das pálpebras fechadas ainda chamejavam faíscas. Sua mente desnorteada revisitou cada uma das frases que ele havia dito ou escutado naquela noite, até que seu corpo convoluto foi envolvido por uma frenética agitação.

V

Quando percorria o campus da medicina no dia seguinte, tomado por uma intensa irritação, Martin cruzou inesperadamente com Angus e sentiu-se embaraçado e abalado por um incontrolável sentimento de culpa, como o de alguém que pegou emprestado algum dinheiro e sabe que não irá pagar. Em um gesto mecânico, Martin deixou escapar uma saudação:

— Olá — falou. Em seguida, reduziu a voz a um sussurro, fechou o cenho e deu um passo em falso.

— Olá, Mart — respondeu Angus, que se mostrava desalentadoramente sereno. — Lembra que nós conversamos na noite passada? Quando eu estava indo embora, ocorreu-me que você parecia um pouco zangado. Fiquei me perguntando se, por acaso, dei a impressão de ser rude. Sinto muito se foi isso. O fato é que eu estava com uma tremenda dor de cabeça. Olhe, tenho quatro ingressos da peça *As It Listeth* para a próxima sexta-feira. Elenco original de Nova York! Quer assistir? Notei que você dançou com uma garota bonita. Imagino que ela poderia gostar de ir junto conosco... E trazer alguns amigos, quem sabe?

— Poxa... caramba! Vou ligar para ela. Legal demais você nos convidar.

Mas foi só na melancólica hora do crepúsculo, depois que Leora aceitou o convite e se comprometeu a levar uma enfermeira estagiária chamada Nelly Byers, que Martin começou a remoer suas inseguranças: "Será que ele estava mesmo com dor de cabeça na noite passada?"; "Quem terá dado os ingressos a ele?"; "Por que ele não convidou a filha do Dr. Silva para ir junto com a gente? Será que pensa que Leora é alguma prostituta que arranjei por aí?"; "É... Ele nunca cria intrigas com ninguém. Parece que quer manter amizade com todos nós só para depois lhe encaminharmos pacientes de cirurgia, quando formos meros clínicos gerais e ele, o Grande e Único Cirurgião."; "Por que eu me rastejei tão docilmente para ele?"; "Pouco me importa. Se Leora se divertir... Quanto a mim, estou me lixando para esse burburinho todo. E, na verdade, não é tão ruim assim ver mulheres bonitas, com roupas elegantes, e estar vestido tão bem quanto os outros. Oh, já *não sei* de mais nada!".

VI

Em Zenith, uma cidade localizada quase no centro-oeste do estado, a apresentação de uma peça "com o elenco original de Nova York" era um acontecimento – de que tipo de peça se tratava, não vinha ao caso. O Teatro Dodsworth estava magnífico, com toda a aristocracia das grandes casas de Royal Ridge. Leora e Nelly Byers contemplavam admiradas os representantes da nata da sociedade – graduados de Yale, Harvard e Princeton, advogados e banqueiros, fabricantes de automóveis e herdeiros de grandes propriedades, virtuosos do golfe e confrades de Nova York –, indivíduos que, acompanhados de suas estridentes e iluminadas esposas, ocupavam as primeiras fileiras. A srta. Byers apontou os Dodsworths, aos quais o periódico *Town Topics* fazia referências frequentes.

Leora e a srta. Byers se divertiram quando o herói da peça recusou o cargo de governador. Martin ficou inquieto, porque a heroína era mais bonita do que Leora. E Angus Duer – que tentava se mostrar um entendido a respeito de peças teatrais, sem que na verdade tivesse assistido a mais do que meia dúzia em toda a sua vida – assumia que o cenário que representava "O acampamento de Jack Vanduzen nas montanhas de Adirondack: o pôr do sol, o dia seguinte" estava verdadeiramente fantástico.

Martin estava firmemente determinado a ser agradável. A ceia seria por conta dele, e isso era tudo. A srta. Byers demonstrou preocupação devido ao fato de precisarem estar de volta ao hospital até às 23h45, mas Leora rechaçou o desassossego da amiga, dizendo com toda calma:

— Oh, não se preocupe. Entraremos sutilmente por uma janela. Estando lá pela manhã, o Velho Gato não terá como provar que chegamos tarde.

Balançando a cabeça em sinal de desaprovação a essa iniquidade, a srta. Byers correu para pegar um bonde, enquanto Leora, Angus e Martin caminhavam até o Café Alt Nuremberg, dispostos a se deliciar com cerveja, sanduíches de queijo suíço e aforismos alemães sobre a bebida e armaduras de papel machê.

Angus ficou estudando Leora durante um longo tempo. Ele olhava dela para Martin e observava a troca de olhares afetuosos entre os dois, sem conseguir compreender por que um rapaz jovem e sagaz escolheria como companheira uma garota que não tinha condições de fazê-lo crescer na escala social. Também era inconcebível para ele que existisse entre Leora e Martin esse tipo de paixão adolescente. Angus concluiu que ela era convenientemente frágil. Lançou, então, a Martin um olhar malicioso e se entregou com ousadia à tarefa de conquistá-la para si.

— Espero que você tenha gostado da peça — disse ele a Leora, com ares de superioridade.

— Oh, sim...

— Por Júpiter, como invejo vocês dois! Eu entendo por que as garotas daqui se derretem pelo Martin, por esses seus olhos românticos e não por um caxias como eu. Só me resta continuar trabalhando, sem ter uma pessoa sequer que se importe comigo. Acho que mereço mesmo isso, por ser acanhado e desprovido de atrativos para as mulheres.

Leora reagiu em tom de desafio:

— Uma pessoa que diz isso não é acanhada. Ela, na verdade, menospreza as mulheres.

— Menosprezar as mulheres? Ora, criança! Eu desejo muito ser um Don Juan, mas não sei como. Você me ensinaria?

A voz assepticamente precisa de Angus havia adquirido um tom de acalanto. Ele se concentrou em Leora da mesma forma que se concentraria na dissecação de um porquinho-da-índia. Ela sorria para Martin de quando em quando, como se quisesse dizer: "Não fique com ciúmes, seu idiota. Não tenho o menor interesse nesse hipnotizador presunçoso". Apesar disso, Leora se sentia perturbada pela enganosa confiança de Angus, pela complacência com que ele a olhava nos olhos, pela sagacidade e reticência do rapaz.

Martin se contorcia de ciúmes. De repente, ele deu voz às suas angústias e argumentou que Leora precisava ir embora, que ela precisava mesmo ir embora, porque a frequência dos bondes era irregular depois da meia-noite e, se assim fosse, eles teriam que percorrer ruas estreitas e vazias para levá-la até o hospital. Angus e Leora mantiveram uma conversa tensa, enquanto Martin espreitava ao lado, calado, carrancudo e orgulhoso de seu mau-humor. Atravessando apressadamente o beco de uma garagem, eles saíram diante da compacta estrutura do Hospital Geral de Zenith – um único bloco, cinco pavimentos de janelas lúgubres, com algumas raras pinceladas de luz. Não havia por ali viva alma. O primeiro andar ficava a apenas um metro e meio do solo, e eles ergueram Leora até o peitoril de pedra de uma janela semiaberta que dava para um corredor. Ela escorregou para dentro, dizendo:

— Boa noite! Obrigada!

Martin se sentia vazio e insatisfeito. O ar da noite estava impregnado de uma gélida melancolia. Subitamente, uma luz tremulou em uma janela acima deles e ouviu-se o grito de uma mulher, que se extinguiu em gemidos. O rapaz sentiu a tragédia da despedida: na fugacidade da vida, ele poderia perder em apenas um momento a presença viva de Leora.

— Vou atrás dela. Vou ver se entrou em segurança — falou Martin a Angus.

O gume gelado do peitoril de pedra feriu suas mãos, mas ele deu um impulso com o corpo, empurrou o joelho para cima e passou rastejando através da janela. Diante dele, no corredor assoalhado de cortiça e iluminado apenas por um pequenino globo elétrico, Leora andava, sorrateiramente, na direção de um lance de escada. Martin a seguiu, na ponta dos pés, e ela deu um grito breve e agudo quando ele a segurou pelo braço.

— Precisamos nos despedir de um jeito melhor do que aquele "boa noite"! — murmurou Martin. — Com o maldito Duer...

— Pssss! Eles me matam se pegam você aqui. Você quer que eu seja demitida?

— Você se importaria, se isso acontecesse por minha causa?

— Sim! Não... Bem, mas provavelmente eles também expulsariam você da escola de medicina, meu rapaz. Se...

Enquanto acariciava o braço de Leora, Martin sentiu nas mãos o tremor de ansiedade que a percorria. Ela observou atentamente o corredor e, na imaginação excitada do rapaz, surgiram sombras furtivas e olhos que os espreitavam pelas portas. Leora suspirou e depois falou, decidida:

— Não podemos conversar aqui. Vamos fugir para o meu quarto. Minhas colegas estão fora esta semana. Esconda-se aqui. Eu chamarei você se não houver ninguém na escada.

Martin seguiu Leora até o andar de cima e, esbaforido, entrou por uma porta branca. Após fechá-la, emocionou-se ao observar o acanhado refúgio, com camas dobráveis, fotografias cheias de recordações de casa e roupas de cama delicadamente amassadas. Ele a abraçou, mas ela o afastou com as mãos e lhe falou baixinho:

— Você estava com ciúmes outra vez! Como pode desconfiar assim de mim? Com aquele idiota! As mulheres não gostam dele? Elas não teriam a menor chance! Sujeito presunçoso demais! E você ainda fica com ciúmes?!

— Eu não estava... bem, estava sim, mas... Não dava para ficar sentado lá, rindo como uma hiena, com ele entre nós dois, quando o que eu queria mesmo era beijar você! Tudo bem! Acho que sempre vou ser ciumento. É você que precisa acreditar em mim. Não sou descontraído... nunca serei. Acredite em mim.

A intensa paixão do beijo febril a que eles se entregaram parecia uma forma de compensar a hora enfadonha que haviam passado na companhia de Angus. Eles se esqueceram de que o superintendente das enfermeiras poderia irromper dentro do quarto a qualquer instante. Esqueceram também que Angus estava esperando lá fora. "Dane-se o Angus! Que vá embora para casa!", foi a única coisa em que Martin pensou quando fechou os olhos e sentiu sua solidão desvanecer.

— Boa noite, meu amor. Meu eterno amor — despediu-se Martin, cheio de alegria.

Na inerte fantasmagoria do saguão do hospital, ele riu ao imaginar que Angus deveria ter ficado muito irritado e ido embora. No entanto, viu através da janela que o colega estava cochilando, aconchegado nos degraus de pedra lá embaixo. Logo que pisou do lado de fora, Martin assobiou, mas logo se arrependeu e fez silêncio. Ele notou um homem grandalhão, vestindo o que lhe pareceu um uniforme de porteiro, que, ao sair da sombra, gritou:

— Eu o apanhei! Entre de novo no hospital e vamos ver o que vai lhe acontecer!

Os dois se aproximaram. Martin estava resistindo, mas sentiu-se sufocar quando o vigia o agarrou. O ar ficara impregnado pela fetidez de roupas sujas, de pele malcheirosa por falta de banho. Martin chutou-lhe as canelas, atingiu a massa rochosa e vermelha que eram as bochechas do homem e tentou lhe torcer o braço. Em seguida, conseguiu se soltar e começou a fugir, mas parou de repente. A luta, em seu contraste com a extrema doçura de Leora, deixara-o furioso. Enraivecido, ele encarou o vigia.

Angus, que acabara de acordar, chegou perto subitamente e falou, em tom de repugnância:

— Oh, deixe disso! Vamos embora daqui. Por que sujar as mãos com uma escória desse tipo?

A voz do vigia retumbou:

— Ah, é? Eu sou uma escória? Pois você vai ver!

Ele agarrou Angus pelo pescoço e deu-lhe uma bofetada.

Debaixo da sonolenta luz da rua, Martin viu um homem enlouquecer. Não era o insensível Angus Duer que encarava o guarda, mas, sim, um assassino. Angus tinha o olhar terrível de um assassino, olhos nos quais até mesmo a mais inocente das pessoas poderia ler um aviso de morte. Arfante, Angus se limitou a murmurar:

— Ele ousou tocar em mim!

Saído não se sabe de onde, um canivete apareceu na mão do rapaz, que saltou sobre o vigia com a firme determinação de lhe cortar o pescoço.

Quando tentava apartá-los, Martin escutou a batida surda do cassetete de um guarda-noturno sobre o pavimento. Martin era magro, mas reuniu forças e se lançou sobre os dois. Depois de, prudentemente, atingir o vigia atrás da orelha esquerda, agarrou o pulso de Angus e arrastou-o para longe dali. Fugindo desenfreadamente, eles passaram por uma viela e atravessaram um pátio, conseguindo chegar à via pública no exato momento em que as luzes e o som metálico das rodas de um bonde da noite anunciavam que ele virava a esquina. Os dois correram ao lado do veículo, saltaram sobre o estribo e finalmente estavam a salvo.

Angus permaneceu na parte de trás do bonde, soluçando.

— Meu Deus, o que eu queria era matar aquele sujeito! Ele colocou aquelas mãos nojentas em mim! Martin, não me deixe sair daqui, senão eu seria capaz de voltar até lá. Quando eu era criança, certa vez tentei matar um colega. Oh, Deus! Eu queria ter cortado a garganta daquele porco imundo!

Quando o bonde chegou ao centro da cidade, Martin persuadiu Angus:

— Na Avenida Oberlin há uma lanchonete que fica aberta a noite toda. Podemos ir até lá para jogar um pouco de conversa fora. Venha! Vou ajudar a levantar seu moral.

Angus estava trôpego e inseguro – logo ele, o sempre precavido. Martin conduziu-o ao estabelecimento onde, entre frascos de molho de tomate, os dois tomaram uísque puro em canecas cor de granito. Angus encostou a cabeça no braço do colega e, indiferente aos olhares das pessoas que estavam no local, soluçou e bebeu até ficar totalmente embriagado. Martin levou-o para casa e, mais tarde, no aconchego de seu quarto, ao som do ronco de Clif, ele se deu conta do quão incrível tinha sido a noite, mais incrível ainda por causa de Angus Duer. "Bem, de agora em diante ele vai ser um bom amigo. Para sempre! Muito bom!", pensou Martin.

Na manhã seguinte, no saguão do Edifício de Anatomia, Martin viu Angus e correu ao encontro dele. O outro falou irritado:

— Você estava terrivelmente embriagado na noite passada, Arrowsmith. Se não é capaz de controlar melhor o quanto bebe, é preferível que se abstenha por completo.

E continuou seu caminho, lúcido e imperturbável.

CAPÍTULO 8

O trabalho de Martin – ajudar o Dr. Max Gottlieb, orientar os estudantes de bacteriologia, assistir a apresentações no hospital e a palestras – se estendia por dezesseis implacáveis horas por dia. Em segredo, apropriava-se de algumas eventuais noites e as dedicava ao desenvolvimento de pesquisas inéditas ou ao exame minucioso de palavras excitantes que compunham os textos de publicações francesas e alemãs sobre bacteriologia. De quando em quando, ele se dirigia cheio de vaidade à casa de Gottlieb, onde, pendurados na parede revestida de papel marrom desbotado pela chuva, havia desenhos de Blake e um retrato assinado de Koch. O restante de sua rotina, porém, era pura tortura.

Neurologia, obstetrícia, clínica médica, diagnósticos – sempre algumas páginas a mais do que ele conseguia dar conta antes de cair no sono em sua bamba mesa de estudo; memorização de termos relacionados à ginecologia e à oftalmologia, até o ponto de saturação de sua mente; monótonas tardes passadas no hospital, em meio a alunos que assistiam atarantados a preleções sobre clínica médica feitas por professores exasperados e exaustos; árduas exigências das cirurgias em cachorros, as quais Angus Duer dominava com irritável perfeição.

Martin admirava o professor de clínica médica, T. J. H. Silva, um homenzinho roliço, com um pequeno bigode em forma de lua crescente, conhecido como "Pai" Silva. Ele também exercia o cargo de reitor da faculdade de medicina. Silva cultuava *Sir* William Osler como se cultua um deus; a arte da cura solidária era sua religião e a precisão de um diagnóstico, seu patriotismo. Ele era para Elk Mills um Doc Vickerson mais sábio e sóbrio, além de mais confiante. Mas a veneração de Martin pelo reitor Silva encontrava um contrapeso em sua aversão ao Dr. Roscoe Geake, professor de otorrinolaringologia.

Roscoe Geake era um mascate e teria sido bem-sucedido no mercado de petróleo. Como otorrinolaringologista, ele acreditava que as amígdalas humanas nada mais eram do que uma caixa preta para os especialistas. Um médico que não removesse as amígdalas de seus pacientes estaria negligenciando de forma abominável e ignorante sua saúde e seu bem-estar no futuro – a saúde e o bem-estar do próprio médico. Quanto ao septo nasal, Roscoe Geake defendia com determinação que a remoção desse órgão não faria mal algum a qualquer paciente e que, se o mais detalhado exame não conseguisse identificar coisa alguma em relação ao nariz e à garganta do indivíduo sob seus cuidados, exceto que ele fumava em demasia, um repouso forçado após a cirurgia seria, de qualquer forma, muito bom. Geake condenava a recomendação "deixar a cargo da natureza", que para ele era uma hipocrisia. Costumava dizer: "Ora, um homem próspero gosta de receber atenção! E demonstra não ter consideração por seus médicos especialistas, a menos que permita ser operado de quando em quando – apenas uma pequena cirurgia, não muito dolorida". O professor realizava anualmente uma palestra, na qual, perdendo-se em conjecturas muito além da otorrinolaringologia, avaliava toda a medicina e explicava a agradecidos médicos, como Irving Watters, o método indicado para se auferir honorários justos:

— Conhecimento é o ponto fundamental no mundo médico, mas ele de nada serve se não puder ser vendido e, para tanto, vocês precisam, em primeiro lugar, impor a sua personalidade no círculo de pessoas que possuem dinheiro. Independentemente de um paciente ser um novo ou antigo amigo, vocês devem sempre lançar mão de sua *habilidade de vendedor* ao lidar com ele. Esclareçam ao paciente, bem como aos preocupados e ansiosos familiares, o trabalho árduo e a atenção que vocês estão dedicando ao caso, fazendo-os, desse modo, sentirem o quanto os honorários cobrados são irrisórios diante de todo o cuidado dispensado. Assim, quando apresentarem a conta ao paciente, ele não a interpretará erroneamente, tampouco a descartará com um chute.

II

Até então, Martin não fazia a menor ideia da serena amplidão que a mente poderia ter. Ele era, sem a menor sombra de dúvida, um jovem espalhafatoso e um tanto estridente. Além do mais, não conhecia nobres momentos em que percebesse sua posição em relação ao restante do mundo – se é que de fato conseguia ter consciência da existência de um mundo além de seu próprio umbigo. Seu amigo Clif era grosseiro, a amada Leora, rústica – embora imponente –, e ele próprio gastava muita energia numa frenética agitação de grande perplexidade diante das coisas obscuras que o cercavam. Se ainda não havia amadurecido, tinha ao menos os pés no chão, odiava ostentação, usava as próprias mãos e buscava verdades absolutas com uma curiosidade insaciável.

Em raras ocasiões, tomava consciência da comicidade da vida e, durante algumas sublimes horas, libertava-se de toda a tensão que consumia seus admiradores. Assim foram as horas que precederam as férias de fim de ano, quando Roscoe Geake havia conquistado a glória.

Foi anunciado no *Diário de Winnemac* que o Dr. Geake fora indicado para assumir a vice-presidência da Nova Ideia, uma empresa de Jersey City que comercializava mobiliário e instrumentos da área médica. Para tanto, o doutor deixaria a cadeira de otorrinolaringologia da faculdade e, para comemorar sua grande realização, ele reuniu toda a escola de medicina e deu uma última palestra sobre "A arte e a ciência de equipar o consultório de um médico".

Geake era uma pessoa metodicamente perfeita – usava óculos e demonstrava entusiasmo e afeição por seus semelhantes. Radiante, ele se dirigiu aos solícitos estudantes bradando:

— Cavalheiros, o problema com um considerável número de doutores, até mesmo com os fabulosos pioneiros de outrora, que atravessando pântanos e tempestades, enfrentando geladas rajadas de vento no inverno e o implacável calor do verão, seguiram adiante para levar ânimo e lenimento a tanta gente humilde deste mundo, é que também eles – esses velhos Nestores – não raro se veem presos a uma rotina monótona, da qual dificilmente encontram meios de se libertar. Agora que estou deixando esse campo em que labutei tão ditosamente durante tanto tempo, quero pedir a cada um dos senhores que leiam, antes de iniciarem a prática da medicina, não apenas Rosenau, Howell e Gray, mas também – como preparação para se tornarem aquilo que todo cidadão de bem deve ser, isto é, homens pragmáticos – um pequeno e valioso manual de psicologia moderna intitulado *Como dinamizar a arte de vender*, de autoria de Grosvenor A. Bibby. Por fim, cavalheiros, deixo para os senhores minha derradeira mensagem: o homem de valor não é apenas aquele que aceita as coisas com um sorriso, mas também aquele que é formado em filosofia – filosofia *prática* – e que, em vez passar a vida sonhando e falando de "ética" – muito embora ela seja magnífica – e "caridade" – sem dúvida uma gloriosa virtude –, nunca se esquece de que, infelizmente, o mundo julga um homem pela soma de dinheiro que ele é capaz de amealhar. Os bacharéis da Universidade de Hard Knocks julgam um médico segundo os mesmos parâmetros que utilizam para julgar um homem de negócios, ou seja, não só por seus alegados "nobres ideais", mas sim pela quantidade de energia que eles despendem para colocar em prática esses ideais e fazê-los gerar lucro! Considerando a questão de um ponto de vista científico, não negligenciem o fato de que, nesses tempos de nova psicologia, a impressão que a competência adequadamente remunerada causa a um paciente tem tanta importância quanto as drogas que os senhores lhe ministram ou as cirurgias a que ele concorda se submeter. No exato instante em que um indivíduo começa a perceber que outras pessoas apreciam e recompensam a habilidade dos senhores, ele precisa se sentir subordinado a essa aptidão para recobrar a saúde.

"Nada é mais eficiente para despertar no paciente esse impulso do que possuir um consultório capaz de, logo à entrada, passar a ele a impressão de que será devidamente curado. Pouco importa se um médico estudou na Alemanha, em Munique, em Baltimore ou Rochester. Pouco importa também se ele tem toda a ciência ao alcance dos dedos, desde que consiga diagnosticar com rapidez e considerável grau de precisão as enfermidades mais obscuras, ou que possua a técnica cirúrgica de um Mayo, um Crile, um Blake, um Ochsner ou um Cushing. Um médico cujo consultório é velho e sujo, com cadeiras gastas pelo uso e um amontoado de revistas de segunda mão, não desperta confiança no paciente. Este irá oferecer resistência ao tratamento e o médico encontrará dificuldades em convencê-lo e em receber remuneração adequada.

"Para penetrar profundamente essa questão e examinar os fundamentos da filosofia e da estética do mobiliário de um consultório, existem hoje duas escolas antagônicas, que me atrevo a nomear de Escola da Tapeçaria e Escola Asséptica, de modo a convenientemente distingui-las. Ambas possuem méritos. A primeira defende que cadeiras de sala de espera luxuosas, quadros elegantes pintados à mão, estante de livros repleta da melhor literatura do mundo em volumes ricamente encadernados, jarros de vidro lapidado e palmeiras plantadas em vasos, produzem uma impressão de opulência da mais plena habilidade e do mais absoluto conhecimento. A Escola Asséptica, por sua vez, sustenta que o paciente deseja, na verdade, encontrar uma aparência de escrupulosa higiene que só pode ser transmitida por um ambiente em que, além de pinturas japonesas sobre paredes cinzas, existam cadeiras e mesas brancas, tanto na sala de espera como no interior do consultório.

"No entanto, cavalheiros, parece-me óbvio – tão óbvio que me pergunto como tal conclusão não veio à tona antes – que a sala de recepção ideal é o resultado de uma combinação das propostas das duas escolas! Tenham seus vasos de palmeiras e quadros formosos – para um médico pragmático eles constituem algo tão necessário quanto seus equipamentos de trabalho, como um esterilizador ou um medidor de pressão arterial. Contudo, tanto quanto possível, mantenham um ambiente alvo que transmita a sensação de limpeza e reflitam sobre as combinações de cores que os senhores poderão utilizar, ou suas esposas, se elas tiverem abençoados dotes artísticos: almofadas em ricos tons de dourado ou vermelho sobre uma poltrona Morris esmaltada com o mais puro branco; um forro de laca branca para o assoalho com apenas uma borda em delicado tom de rosa; exemplares recentes e em ótimo estado de revistas caras, com belas capas artísticas, depositadas sobre uma mesa branca. Cavalheiros, esses são os preceitos da criativa arte de vender que desejo ensinar aos senhores. Este é o evangelho que espero disseminar em meu novo empreendimento, a empresa de equipamentos Nova Ideia de Jersey City, onde ficarei muito feliz em recebê-los e apertar as mãos de cada um dos senhores, no momento em que julgarem conveniente."

III

Enquanto enfrentava o frenesi de seus exames de fim de ano, Martin sentia uma necessidade ainda maior da presença de Leora. Ela recebera um chamado de sua casa em Dakota, pedindo que voltasse para ficar junto da mãe adoentada, e talvez permanecesse lá por alguns meses. Mas o rapaz precisava – ou imaginava precisar – vê-la todos os dias e, desse modo, acabava dormindo talvez menos de quatro horas por noite. A bordo do trem interurbano, corria ao encontro de Leora. Durante o trajeto, enquanto se afiava nos estudos para os exames, Martin pensava nos estagiários joviais e nos pacientes do sexo masculino com quem Leora convivia no hospital, e isso despertava nele sentimentos conflitantes, pois, se por um lado ficava furioso, por outro, censurava-se pelo fato de ser tão primitivo. Para vê-la no hospital, Martin era obrigado a esperar cerca de quatro horas no saguão ou ficar caminhando a esmo pelas ruas cobertas de neve, até que Leora conseguisse sair sorrateiramente por uma janela e encontrá-lo do lado de fora. Quando estavam juntos, eles se desligavam do mundo. Leora tinha o dom da sinceridade e demonstrava francamente sua paixão. Ela zombava de Martin e o azucrinava, porém era terna e destemida.

O rapaz se sentira terrivelmente só ao se despedir da namorada na estação de trem.

As provas escritas de Martin foram satisfatórias, mas desprovidas de profundidade nas respostas das questões, com exceção das de bacteriologia e clínica médica. Esgotado, ele retornou ao laboratório para o período de férias.

Até então, Martin demonstrara mais emoção do que resultados efetivos em suas insignificantes e inovadoras pesquisas. Gottlieb aguardava com paciência.

— Esse sistema educacional... é notável. Tudo o que nós atulhamos dentro dos alunos... nem Koch e dois *dieners* poderiam aprender. Não se preocupe com a pesquisa, Martin. Ainda vamos realizá-la.

Gottlieb esperava que Martin operasse um milagre e obtivesse algum resultado no decorrer de seus quinze dias de férias, mas este não conseguia mais raciocinar. Ele trabalhou no laboratório, passou todo o tempo polindo a vidraria e, quando extraiu as culturas das cobaias, suas anotações ainda estavam incompletas.

A reação de Gottlieb foi imediata e impiedosa.

— *Was gibt es dann?** O Você chama isso de anotações? Será que toda vez que eu elogio um homem ele resolve parar de trabalhar? Você por acaso se considera algum Theobald Smith, ou um Novy, e acha que pode se sentar aí e ficar meditando? Você tem a aptidão de um Pfaff!

Pela primeira vez, Martin recebeu uma crítica sem reconhecer humildemente suas falhas e, quando Gottlieb saiu pisando duro como um grão--duque, balbuciou para si mesmo: "Droga, eu estava apenas descansando um pouco. Diabos! Quase todos os alunos vão passar férias em casas elegantes, com bailes, homens importantes e tantas coisas mais. Se Leora estivesse aqui, quem sabe pelo menos fôssemos a um concerto hoje à noite".

Com uma expressão rancorosa, Martin pegou seu boné – um objeto amorfo, de aparência questionável – e saiu em busca de Clif Clawson, cujas férias se dividiam entre dormir e jogar pôquer na Taberna do Barney, planejando ir se embriagar no centro da cidade. A concretização desse plano foi um sucesso tão retumbante que voltou a se repetir durante todas as férias, sempre que ele pensava nas torturantes engrenagens travadas daquele trabalho sem inspiração e se lembrava de que apenas Gottlieb e Leora o prendiam ali. No final de janeiro, passado o período de férias, Martin descobriu que o uísque o libertava do frenesi do trabalho e da angústia da solidão, mas depois o traía e o deixava ainda mais fatigado e sozinho. Subitamente, sentiu-se um velho; mas lembrou a si mesmo de que tinha apenas 24 anos, era estudante, e que a verdadeira labuta ainda não começara de fato. Clif era seu refúgio; Clif admirava Leora e o ouviria cobri-la de elogios.

Entretanto, Clif e Martin foram surpreendidos pela desventura do Dia do Fundador.

IV

O dia 30 de janeiro, aniversário do falecido Dr. Warburton Stonedge, fundador da Escola de Medicina de Winnemac, era celebrado todos os anos com um banquete banhado a fraternalismos e discursos, mas absoluta-

---

* "O que é isto?", em alemão. (N.E.)

mente carente de álcool. Todo o corpo docente reservava para o evento seus mais calorosos comentários, e esperava-se que todos os estudantes estivessem presentes.

Neste ano, a cerimônia foi realizada na Universidade, em um amplo salão da ACM, um recinto compatível em tudo com os princípios morais da instituição: paredes forradas de papel vermelho, retratos de alunos com suas elegantes suíças – alunos que se dedicavam à carreira de missionários – e longas caixas delgadas de pinho que visavam representar vigas de carvalho expostas. Os membros do corpo docente se aglomeravam em torno dos convidados famosos, como o Dr. Rouncefield, cirurgião de Chicago, um médico de Omaha, especialista em diabetes, e outro, de Pittsburgh, especialista em clínica médica. Os mestres tentavam aparentar alegria e descontração, mas estavam esgotados e nervosos depois de quatro meses de intensa atividade acadêmica. Ao redor de seus olhos cansados, viam-se marcas de rugas. Todos trajavam terno, em sua maioria mal passados. Exibindo uma aparência de interessantes homens das ciências, eles empregavam palavras como "flebarteriectasia" e "hepatocolangioenterostomia" e perguntavam aos convidados:

— Quer dizer então que os senhores acabaram de voltar de Rochester? O que... O que Charley e Will estão fazendo na ortopedia?

No fundo, porém, sentiam-se famintos e deprimidos. Já passava das 19h30, e eles estavam habituados a jantar às 18h30.

No momento em que essa falsa boa disposição de todos atingiu o auge, adentrou o recinto um homem de barba negra, sobrancelha farta e olhos arregalados, que podiam ser interpretados tanto como genialidade quanto como loucura. Ele trajava um imponente e hostil peitilho engomado. Com uma voz proeminente, na qual se percebia certo sotaque alemão, perguntou pelo Dr. Silva e se embrenhou no grupo que estava junto ao reitor, como uma fragata entre barcos de pesca.

— Quem diabos é aquele sujeito? — perguntou Martin.

— Vamos chegar mais perto e descobrir — sugeriu Clif. E eles se juntaram à crescente massa de curiosos reunidos em torno do reitor Silva e do indivíduo misterioso, que foi apresentado como Dr. Benoni Carr, farmacologista.

Clif e Martin escutaram quando, para assombro dos professores assistentes, cujas atividades se limitavam às estreitas fronteiras da escola, o Dr. Carr vangloriou-se de ter trabalhado na Alemanha junto com Schmiedeberg, em um projeto de separação do di-hidroxipentametileno diamina, e também citou outros êxitos recentes da ciência, como as possibilidades da quimioterapia, a cura imediata da doença do sono e o advento da era da cura científica.

— Embora eu tenha nascido na América, tenho a vantagem de falar alemão desde criança e, desse modo, talvez poder entender melhor o trabalho do meu caro amigo Ehrlich. Eu estava presente quando ele recebeu uma condecoração de Sua Alteza Imperial, o *Kaiser*. Meu velho e querido Ehrlich... Parecia uma criança!

Nessa época, a faculdade contava com um ativo grupo de germanófilos – o que curiosamente mudou entre 1914 e 1915. Tais indivíduos se curvaram diante daquele poço de erudição. Angus Duer se esqueceu de que era Angus Duer, e Martin escutou com grande excitação. Benoni Carr possuía a mesma personalidade marcante que caracterizava Gottlieb, bem como o desdém deste por professores produzidos em série e o ar de grandeza com que encarava Mohalis como um lugar provinciano. No entanto, ao contrário de Gottlieb, ele não demonstrava uma nervosa suscetibilidade. Martin desejou que Gottlieb estivesse presente e ficou se perguntando se os dois gigantes entrariam em conflito.

Dr. Carr foi conduzido à mesa dos palestrantes, ao lado do reitor. Martin ficou impressionado ao ver o eminente farmacologista – depois de uma estarrecida inspeção do frango fermentado e da malfeita salada que constituíam a maior parte do cardápio do jantar – despejar o conteúdo de um enorme frasco de prata em seu copo de água – procedimento que repetiu diversas vezes. A partir de então, Dr. Carr se transformou em um indivíduo tempestuoso. Inclinou-se na frente de dois homens para dar um tapa no ombro do reitor. Contradisse os que estavam a seu lado. Cantou uma estrofe de *De partida, rumo ao inculto Missouri*.

Durante o jantar, poucos eventos foram tão meticulosamente observados pelos estudantes quanto as maneiras do Dr. Benoni Carr.

Após uma hora de constrangido deleite, no momento em que o reitor Silva se levantou para anunciar os palestrantes, Carr se ergueu desajeitadamente e bradou:

— Nada de discursos! Só os tolos fazem discursos. Homens sábios cantam canções: "Iupi! Oh, tiro-liro-lê, oh, tiro-liro-lê, tiro-liro-lê, uma dama!". Vocês professores são uns trouxas!

O reitor Silva foi obrigado a implorar que Dr. Carr se contivesse e, depois, com a assistência de dois professores e de um jogador de futebol americano, conduziu-o para fora da sala. No silêncio daquele prazeroso espanto, Clif dirigiu-se a Martin, falando com os dentes cerrados:

— Veja só o que eu arranjei para mim! E o miserável prometeu ficar sóbrio!

— Hein?!

— Eu devia saber que ele ia acabar tomando todas e dando com a língua nos dentes. Mas... Quem sabe o reitor me poupe do inferno!

Clif explicou a Martin que o verdadeiro nome do Dr. Benoni Carr era Benno Karkowski. Ele se formara em uma escola de medicina cujo curso tinha a duração de apenas dois anos. Havia lido muita coisa, mas nunca estivera na Europa. Karkowski já havia sido palestrante em eventos médicos e também exercercido a profissão de pedicuro, médium, professor de esoterismo e diretor de sanatórios dedicados à recreação de mulheres neuróticas. Clif o conhecera em Zenith, em certa ocasião na qual os dois estavam embriagados. Fora o próprio Clif quem levara ao conhecimento do reitor Silva que o famoso farmacologista, em seu caminho de volta da Europa, permaneceria em Zenith por alguns dias e talvez aceitasse um convite...

O reitor havia agradecido efusivamente a Clif.

O banquete terminou cedo, e a meritória preleção do Dr. Rouncefield sobre esterilização de catguts não recebeu a menor atenção.

Clif permaneceu sentado, com ares de preocupação. Ficou escutando as observações de Martin e reconheceu que o amigo estava certo. Como tinha um jeito especial de lidar com as mulheres – quando se dignava a fazer esforços nesse sentido –, ele foi, no dia seguinte, sondar a secretária do reitor e conseguiu descobrir o destino que o esperava. Acontecera uma reunião de um comitê de docentes, e a culpa pelo ultraje de Benoni Carr fora atribuída a Clif. O reitor expôs que não conseguia conceber a profusão de despautérios que haviam passado pela cabeça de Clif para que ele fizesse uma coisa daquelas, mas decidiu não convocá-lo de imediato a comparecer em sua sala. Ele o faria enfrentar a tortura da espera primeiro, para depois puni-lo em público.

— Adeus, sonhado diploma de médico! Droga! Mas também nunca me importei muito com esse negócio de ser doutor. Quer saber? Serei um vendedor de títulos — queixou-se ele para Martin.

Depois, foi procurar o reitor para lhe comunicar sua decisão.

— Reitor Silva, estou aqui para comunicar ao senhor que decidi ir embora da escola de medicina. Fui convidado a assumir um belo emprego... em Chicago. Aliás, de qualquer forma, não aprovo sua maneira de conduzir o curso. Excesso de memorização e falta quase absoluta do verdadeiro espírito da ciência. Boa sorte, doutor. Até logo.

— Ma-ma-ma... — balbuciou o reitor Silva.

Clif mudou-se para Zenith, e Martin, por ter ficado sozinho, trocou o quarto duplo na ala da frente de seu alojamento por um no corredor dos fundos. Na desolada solidão daquele estreito covil, lamentava sua sorte. Ele passava horas a fio observando um terreno vazio, no qual um anúncio de carne de porco com feijão, todo rasgado, balançava em um painel pendente. Ele via os olhos de Leora e escutava as repousantes zombarias de Clif. O silêncio era pesado demais para que ele conseguisse suportar.

CAPÍTULO 9

No final da tarde de um dia de fevereiro, a lamúria persistente da buzina de um motor levou Martin até a janela do laboratório. Ele olhou para baixo e avistou um magnífico automóvel cor de creme, com formas harmoniosas e enormes faróis. Aos poucos, percebeu que o motorista, um jovem que trajava uma jaqueta cor de café, um jovial boné quadriculado e um irresistível cachecol, era ninguém mais, ninguém menos, do que Clif Clawson. E estava lhe acenando.

Martin desceu apressadamente e, ao se aproximar, o amigo lhe perguntou exultante de satisfação:

— Olá, garoto! O que acha do veículo? Você sabe dizer do que é feito esse traje? Casimira escocesa! Pode acreditar! Titio Clif faturou aí um trabalho de 25 dólares por semana, *mais comissões*, para vender carros. Rapaz, não sei por que perdi tempo naquela velha Escola de Medicina. Eu sou capaz de vender qualquer coisa para qualquer pessoa. Em um ano, estarei ganhando oitenta dólares por semana. Venha para essa também, meu velho! Vou levá-lo para a turma dos *grandes* e surpreender você com o mais saboroso repasto que seu descarnado organismo jamais experimentou.

A velocidade de sessenta por hora que Clif atingiu com o veículo no percurso até Zenith era, em 1908, absolutamente inimaginável. Martin descobriu ali um novo Clif. Ele estava mais ruidoso do que nunca, mas também mais seguro e radiante, fazendo planos para faturar, em um futuro próximo, vastas somas de dinheiro. Seu cabelo, outrora espesso e gorduroso na frente e propenso a formar um emaranhado grudento na parte de trás, agora estava liso e macio, e sua face havia adquirido um tom rosado, proporcionado por periódicas massagens. Rangendo os freios, Clif estacionou diante do fabuloso Grande Hotel. Antes de sair do automóvel, trocou as manoplas de forte cor amarela por um par de luvas cinza com costuras em preto. Ao adentrar o hotel, imediatamente as retirou enquanto desfilava pelo saguão. Ele chamou de "meu docinho" a jovem da chapeleira e, na porta do salão onde eram servidas as refeições, dirigiu-se ao *maître* e disse:

— Olá, Gus! Como vai, meu jovem? Como está se sentindo esta noite? Como está o famosíssimo mordomo? Gus, este é o Dr. Arrowsmith. Sempre que ele vier aqui, meu garoto, quero que você puxe uma cadeira e lhe proporcione o mais atencioso serviço. Sirva tudo o que ele pedir. Caso ele esteja falido, coloque na minha conta. Agora, Gus, arranje uma agradável mesinha para duas pessoas, com privacidade e água quente e fria. Nós gostaríamos também, Gustavus, de ter sua indicação quanto a ostras e *hors d'oeuvres* e a tudo o que for digno do banquete de um mecenas.

— Sim, senhor! Agora mesmo, sr. Clawson — murmurou o *maître*.

Clif sussurrou para Martin:

— Em duas semanas conquistei esse tratamento! Observe como eu fumo!

Enquanto Clif estava fazendo o pedido, um homem, que já revelava os primeiros sinais de calvície e acumulara alguns quilos a mais, se aproximou da mesa. Ele tinha a aparência de um diligente viajante que gostava de voltar para seu bangalô suburbano todas as noites de sábado. Seus óculos sem aro, colocados no meio do rosto redondo e liso, conferia-lhe um aspecto de inocência. O homem olhou em volta como se desejasse ter a companhia de alguém para jantar. Clif, sem conseguir se conter, levantou-se, deu um tapinha no cotovelo do indivíduo e retumbou:

— Que surpresa, Babski, meu velho! Você tem companhia para o jantar? Junte-se à Liga dos Cavalheiros Folgazões.

— Certo. É um prazer! Minha esposa está fora da cidade — explicou o homem.

— Este aqui é o Dr. Arrowsmith. Mart, cumprimente George F. Babbitt, o afamado rei do mercado imobiliário de Zenith. O sr. Babbitt acabou de comemorar seu 34º aniversário adquirindo deste criado sua primeira máquina a gasolina. Espero que continue sempre assim.

No que dizia respeito a Clif e ao sr. Babbitt, a conversa transcorreu solta e despreocupada. Quando Martin se juntou a eles para falar de coquetéis, cerveja Saint Louis e uísque com soda, descobriu em Clif a pessoa mais generosa do mundo, e no sr. Babbitt, uma agradável companhia.

Clif falou sobre sua certeza de vir a assumir a presidência de uma fábrica de automóveis – aparentemente a considerável formação que recebera na Escola de Medicina exercia importante influência nesse aspecto –, e o sr. Babbitt confidenciou:

— Vocês, rapazes, são muito mais novos do que eu – uns oito, dez anos – e não aprenderam ainda – como eu já aprendi – que a grande satisfação da vida reside nos *ideais*, nos *serviços* e em uma *carreira pública*. E agora, cá entre nós e os mourões do portão, minha popularidade não advém do mercado imobiliário, mas, sim, da oratória. Podem acreditar! Certa vez eu pensei em estudar direito e me dedicar à política. Mas, prestem atenção, que isso fique só entre nós: recentemente me afiliei a alguns dos jovens políticos republicanos que vêm adquirindo grande proeminência. É fato que um sujeito precisa começar de forma modesta, mas posso dizer – que isso fique *em segredo* – que espero concorrer ao cargo de vereador no próximo outono. Esse é praticamente um primeiro passo rumo à cadeira de prefeito e, então, à de governador. Se a carreira me servir, não há impedimentos para que em dez ou doze anos, digamos entre 1918 e 1920, eu tenha a honra de representar nosso distinto estado de Winnemac em Washington D.C.!

Na presença de um Napoleão como Clif e de um Gladstone como George F. Babbitt, Martin tomou consciência do quanto carecia de poder e aptidão para os negócios. Tal constatação provocou nele uma forte inquietação quando retornou para Mohalis. A dureza em que vivia raramente o incomodava, mas agora suas roupas surradas e seu quarto minúsculo passaram a ser, em comparação com o pródigo bem-estar de Clif, um retrato da vergonha.

II

Uma longa carta de Leora, na qual ela insinuava a provável impossibilidade de retornar a Zenith, fez com que Martin se sentisse ainda mais solitário. Ele não via razão de ser em nada do que fazia. E, nesse estado de total apatia, divagava no laboratório durante uma aula expositiva de bacteriologia elementar no momento em que Gottlieb lhe ordenou que fosse buscar, no subsolo, seis cobaias macho para inoculação. Gottlieb vinha trabalhando dezoito horas por dia em novos experimentos. Ele estava excitado e mal-humorado, e suas ordens mais pareciam insultos. Quando Martin retornou com ar sonhador, trazendo seis fêmeas em vez de seis machos, o professor protestou aos gritos:

— Você é o pior de todos os idiotas que já estiveram neste laboratório!

Os alunos do segundo ano, que estavam sentados no vão do anfiteatro e não haviam se esquecido das reprimendas que haviam ouvido de Martin, deram risadinhas abafadas, provocando no rapaz um ataque de fúria:

— Muito bem! Não tinha entendido o que o senhor falou. Além do mais, esta é a primeira vez que cometo um erro. Então não vou admitir que o senhor fale comigo dessa forma!

— Você vai acatar a qualquer coisa que eu disser, seu incapaz! Pegue seu chapéu e retire-se!

— O senhor quer dizer que estou despedido da função de assistente?

— Fico feliz em saber que você tem inteligência suficiente para entender isso, a despeito de minha pronúncia lamentável.

Martin se retirou no mesmo instante. Gottlieb subitamente olhou desconcertado para ele e deu um passo na direção do rapaz para tentar detê-lo, enquanto a classe – aquele bando de animaizinhos sorridentes – se deliciava, esperando mais. No entanto, Gottlieb encolheu os ombros, causando neles enorme terror com seu olhar penetrante, ordenou ao menos desajeitado que fosse buscar as cobaias e continuou com seus afazeres, curiosamente sereno.

Enquanto isso, Martin, exasperado, bebia na espelunca do Barney a primeira de uma série de doses de uísque, que acabara por levá-lo a vagar sozinho pela cidade durante toda a noite. A cada drinque, ele admitia que eram grandes as chances de se tornar um ébrio, porém vangloriava-se de não se importar com o fato. Estivesse Leora em um lugar mais próximo do que Wheatsylvania, a quase 2 mil quilômetros dali, ele voaria ao encontro dela em busca de salvação. No dia seguinte, ainda trôpego e depois de já ter tomado um drinque na tentativa de encontrar ânimo para enfrentar a manhã, Martin recebeu um bilhete do reitor Silva, convocando-o a comparecer imediatamente em seu gabinete.

O reitor lhe fez a seguinte preleção:

— Arrowsmith, você tem sido, nos últimos tempos, tema de discussões no Conselho da faculdade. Com exceção de uma ou duas disciplinas – na minha não encontrei motivos para recriminação –, você tem demonstrado grande falta de atenção. Suas notas estão boas, mas poderiam ser muito melhores. Além de tudo, recentemente você tem bebido muito e tem sido visto em locais de péssima reputação. Mais ainda, tem estado em companhia de um indivíduo que fez afrontas a mim, ao Fundador, aos nossos convidados e a toda a comunidade universitária. Diversos professores se queixaram de sua atitude de superioridade em fazer pouco das aulas diante de toda a classe. O Dr. Gottlieb, no entanto, até aqui assumiu em todas as ocasiões a sua defesa. Ele sempre afirmou categoricamente que você é um verdadeiro talento da ciência investigativa. Na noite passada, entretanto, o professor admitiu que tem sido alvo de certa impertinência de sua parte. Assim sendo, a menos que você inaugure rapidamente uma nova fase de vida, meu jovem, serei obrigado a suspendê-lo pelo resto do ano. Se tal medida não surtir efeito, terei que convidá-lo a se retirar da instituição. E penso que um começo para recuperar sua humildade, meu rapaz, já que você parece ter um orgulho do demônio, seria ir procurar o Dr. Gottlieb e iniciar sua redenção pedindo-lhe desculpas.

O uísque respondeu no lugar de Martin:

— Quero que se dane! Jamais pedirei desculpas! Ele que vá para o inferno! Eu dei minha vida a ele... e é isso que recebo em troca!

— Você está sendo absolutamente injusto com o Dr. Gottlieb. Ele apenas...

— Certo. Ele apenas me decepcionou. Quero que espere no inferno por minhas desculpas! Depois de ter trabalhado tanto para ele! E quanto a Clif Clawson, que o senhor insinua ter insultado quem quer que seja, saiba que ele fez apenas uma brincadeira. O senhor é que lhe arrancou o couro cabeludo! Fico feliz que ele tenha feito o que fez.

Martin esperou, então, ouvir as palavras que colocariam um ponto final em sua carreira científica.

O homenzinho – aquele homenzinho rosado e rechonchudo – olhou fixamente para Martin, sussurrou alguma coisa com os dentes cerrados e falou com a mais absoluta tranquilidade:

— Arrowsmith, sem dúvida alguma eu poderia expulsá-lo neste exato momento, mas acredito que você possui tutano. Portanto, abro mão de deixá-lo ir. No entanto, é claro que você está suspenso. Pelo menos até que caia em si e venha se desculpar comigo e com o Dr. Gottlieb — até então o reitor falara em tom paternal e quase conseguira fazer Martin se arrepender. — E quanto a Clawson, a "brincadeira" relativa à pessoa de Benoni Carr – não entendo por que nunca havia cruzado com esse sujeito, acho que eu estava ocupado demais –, a "brincadeira", como você a chama, foi uma atitude típica de um idiota, um canalha, e até que você tenha condições de perceber esse fato, não acredito que estará pronto para retornar ao nosso convívio.

— Certo — foi o que Martin se limitou a dizer antes de sair da sala.

Ele se sentia extremamente desgostoso consigo mesmo. A verdadeira tragédia para ele residia no fato de que, embora Gottlieb o tivesse traído e colocado um fim em sua carreira e em sua possibilidade de se tornar um mestre na ciência e se casar com Leora, ele ainda idolatrava o homem.

Com exceção da proprietária da hospedaria em que morava, Martin não se despediu de ninguém em Mohalis. Simplesmente fez as malas. Era uma mala modesta: ele empacotou em uma desajeitada sacola de imitação de couro livros, anotações, um terno puído, suas exíguas roupas de cama e a única peça gloriosa que possuía: seu traje de noite. E se lembrou, com lágrimas de bêbado nos olhos, do dia em que comprara o smoking.

O dinheiro de Martin, oriundo da minúscula propriedade do pai, chegava até ele por meio de cheques bimestrais do banco de Elk Mills. Naquele momento, restavam a ele apenas seis dólares.

Em Zenith, Martin deixou sua mala na estação do trem interurbano e saiu à procura de Clif. Encontrou-o exercitando sua eloquência ao exibir um carro fúnebre cinza perolado a um agente funerário embriagado de cerveja, que se mostrava alegremente interessado no veículo. Martin esperou sentado, com o corpo curvado e retorcido, no estribo de aço de uma limusine. Os olhares curiosos dos outros vendedores e das estenógrafas o aborreciam, mas sua apatia era grande demais para que tal aborrecimento chegasse a tirá-lo do sério.

Clif, assim que pôde, correu ao encontro dele e falou, tropeçando nas palavras:

— Veja só! Como está o garoto? Vamos sair e tomar um pequeno drinque?

— Eu poderia mesmo tomar um.

Martin tinha consciência de que Clif o estava observando. Ao entrarem no bar do Grande Hotel, com seus quadros de adoráveis, porém distraídas damas, seus espelhos e seu espesso balcão de mármore ao longo do bar de mogno, ele disparou:

— Bem, também consegui. O reitor Silva me expulsou, por uma total estupidez. Vou vagabundear um pouco por aí e depois procurar um trabalho qualquer. Por Deus, como estou cansado e nervoso! Diga, você pode me emprestar algum dinheiro?

— Pode contar com isso! Até mesmo tudo o que eu tenho. De quanto você precisa?

— Imagino que vou precisar de uns cem dólares. Com essa quantia posso ficar à deriva por aí durante um bom tempo.

— Caramba! Não tenho tudo isso, mas acho que posso emprestar do escritório. Fique sentado aqui nesta mesa e espere por mim.

Não se sabe como Clif arranjou os cem dólares, mas o fato é que, depois de quinze minutos, ele estava de volta. Os dois foram jantar, e Martin tomou uísque em excesso. Clif levou-o para seu próprio alojamento – que na verdade era bem menos elegante do que as roupas que ele usava –, enfiou-o debaixo de um banho frio, para que recobrasse a consciência, e colocou-o na cama. Na manhã seguinte, Clif disse que poderia arrumar um trabalho para o amigo, mas Martin recusou a ajuda e partiu de Zenith na hora do almoço, pegando o trem que ia para o norte.

Ainda há nos Estados Unidos, resultante dos dias de pioneirismo da nação, um animado grupo de párias de jovens nômades e maltrapilhos que perambulam sem propósito algum de um estado a outro, de uma gangue a outra, movidos apenas pela sede de vagar ao sabor dos ventos. Eles usam camisas pretas de cetim e carregam trouxas com seus pertences. Não vivem em constante condição de mendigos, pois têm sua cidade natal, à qual silenciosamente retornam para trabalhar durante um ano – ou uma semana – em uma fábrica qualquer ou na manutenção de uma seção da estrada de ferro. Depois, também silenciosamente, desaparecem outra vez. À noite, esses indivíduos se aglomeram em vagões para fumantes e se sentam em silêncio nos bancos de estações imundas. Conhecem todo o país e, no entanto, sobre eles não se sabe nada, pois nas centenas de cidades por onde passam, frequentam apenas agências de empregos, tabernas abertas durante a noite toda, antros e escabrosas pensões. E foi nesse mundo de *voyageurs* em que Martin desapareceu. Entregue de corpo e alma à bebida, apenas parcialmente consciente do destino a que se dirigia e do que desejava, perseguido pela lembrança de Leora, de Clif e das mãos ágeis de Gottlieb, ele fugia em segredo de Zenith para a cidade de Sparta, atravessando Ohio e indo para o norte, na direção de Michigan e a oeste de Illinois. Em sua mente imperava o caos, e ele nunca conseguia se lembrar de onde tinha estado. Sabe-se que, certa vez, trabalhou como vendedor de água gaseificada em uma farmácia de Minnemagantic. De outra feita, labutou por uma semana como lavador de pratos em um fétido restaurante ordinário. Ele viajou sem destino, embarcando em trens de carga, em vagões postais ou andando a pé. Entre os companheiros nômades era conhecido como "Magrela", o mais mal-humorado e inquieto de todo o grupo.

Depois de algum tempo, sua louca jornada ao sabor dos ventos começou a indicar certa orientação. Ele foi instintivamente para o oeste, cruzando a extensa pradaria em direção ao anoitecer. E lá, Leora o esperava. Durante um dia ou dois, Martin se absteve de beber. Ele acordou sentindo-se um sujeito diferente do "Magrela" vagabundo e doente – era outra vez o antigo Martin Arrowsmith. Então, com a mente lúcida, pensou consigo mesmo: "O que me impede de voltar? Talvez tudo isso não tenha sido assim tão ruim para mim. Eu estava trabalhando duro demais, me sentia muito nervoso e irritado. Simplesmente explodi! Como será que... O que terá acontecido com minhas cobaias? Será que eles me permitirão fazer pesquisas novamente?".

No entanto, não seria possível retornar para a universidade sem antes se encontrar com Leora. A necessidade que sentia de vê-la se convertera em obsessão, uma obsessão que tornava absurdas e sem valor todas as outras coisas. Valendo-se de artimanhas um tanto misteriosas, ele havia economizado a maior parte dos cem dólares emprestados por Clif. Ao longo de sua trajetória, levara uma vida quase de mendigo, tendo sobrevivido à base de guisados gordurosos e pão de soda, pelos quais pagava com aquilo que ia ganhando onde trabalhava durante a jornada. Repentinamente, em um dia qualquer, numa cidade qualquer de Wisconsin, Martin dirigiu-se à estação, comprou uma passagem para Wheatsylvania, que ficava na Dakota do Norte, e enviou um telegrama a Leora, no qual dizia: "Chego 14h43 amanhã, quarta-feira. Destemido".

III

Martin atravessou Mississippi e entrou em Minnesota. Em Saint Paul, trocou de trem e rodou por vastas regiões tempestuosas, cobertas de neve e cortadas por finas linhas de cercas de arame. Sentia-se dono do próprio nariz, livre dos campos acanhados de Winnemac e Ohio, livre da tensão nervosa de tantas noitadas de estudo e de embriaguez. Ele relembrou os dias em que trabalhou na montagem de linhas de comunicação em Montana e deixou-se embalar por aquela despreocupada sensação de paz. O pôr do Sol tingia o horizonte de escarlate e, à noite, quando desceu do asfixiante vagão do trem e caminhou pela plataforma de Sauk Centre, inalou o ar gelado e contemplou a vastidão das estrelas solitárias do inverno. O leque formado pela aurora boreal intimidava e glorificava o céu. Martin retornou para o vagão, revigorado pela energia daquela destemida terra. Mergulhado em um sono breve e sufocante, sua cabeça oscilava ao sabor do movimento do trem, e ele murmurou alguma coisa. Depois, esparramou-se à vontade em uma cadeira e conversou com amistosos companheiros de vida errante. No restaurante de uma estação, bebeu café amargo e comeu generosos pedaços de pão de trigo sarraceno. E assim, fazendo baldeações em cidades anônimas, chegou, por fim, ao subúrbio de Wheatsylvania, em que se destacavam na paisagem pequenos galpões, dois celeiros para armazenagem de trigo, um curral, um tanque de combustível e a caixa d'água vermelha de uma estação de trem, cuja plataforma era coberta de lama. Encostada em uma parede na estação, ridícula dentro de um enorme casaco de pele de guaxinim, estava Leora. Em pé no vestíbulo do vagão, tremendo por causa do vento frio, Martin deve ter parecido um tanto maluco quando olhou para ela. Leora lhe ergueu as duas mãos abertas, às quais um par de luvas vermelhas conferia um aspecto pueril. Ele desceu correndo, jogou sua desengonçada bagagem na plataforma e, indiferentes à presença de camponeses, que observavam boquiabertos, cobertos de peludos agasalhos, os dois se entregaram a um longo beijo.

Anos mais tarde, na tórrida hora do meio de um dia qualquer, Martin viria a se lembrar do frescor das faces de Leora fustigadas por aquele vento gelado.

O trem acabara de partir da minúscula estação e ainda se podia ouvir o rangido das rodas sobre os trilhos. Enquanto o comboio permaneceu estacionado ao lado da plataforma, como se fosse uma parede escura, serviu de anteparo para Martin e Leora; mas, de repente, a luz refletida pelos campos cobertos de neve espargiu seus raios sobre eles, deixando-os expostos e constrangidos.

— O que... O que aconteceu? — perguntou ela, agitada. — Nenhuma carta sua. Fiquei tão preocupada!

— Andei por aí, bebendo muito. O reitor me suspendeu... Fui insolente com os professores. Você se importa?

— Claro que não. Se era sua vontade...

— Vim para casar com você.

— Não sei como, meu querido, mas... tudo bem. Vamos ter uma bela discussão com papai — Leora riu. — Ele fica sempre muito surpreso e magoado quando acontece alguma coisa não planejada. Será legal ter você junto comigo para enfrentar essa briga, porque você não era obrigado a saber que ele deseja sempre planejar tudo para todas as pessoas e... Oh, Destemido, fiquei tão sozinha longe de você! Na verdade, mamãe não está nem um pouco doente, mas eles continuam me prendendo aqui. Acho provável que alguém tenha advertido papai de que o povo andava dizendo por aí que ele devia estar falido e que, por isso, sua filhinha foi obrigada a ir embora para estudar enfermagem... Ele ainda não tinha se preocupado com isso. Andrew Jackson Tozer leva algum tempo para se preocupar com qualquer coisa. Oh, Destemido! Você está aqui!

Depois da algazarra e da aglomeração dentro dos trens, o vilarejo parecia completamente vazio para Martin. Ele poderia percorrer o perímetro de toda a Wheatsylvania em não mais do que dez minutos. Provavelmente Leora conseguia distinguir todos os edifícios entre si – ela parecia perceber a diferença entre o prédio do armazém geral de Norblom e o da Frazier & Lamb. Para Martin, todavia, os dois barracões de madeira com dois pavimentos, que surgiam à beira da larga avenida principal, eram inexpressivos e sem importância. Então, quando dobraram a esquina onde se localizava a loja de alimentos e utensílios, Leora falou:

— Olhe lá a minha casa, no final do próximo quarteirão!

E Martin, paralisado por tanto embaraço, teve vontade de desistir. Ele sentiu uma tempestade se aproximando: o sr. Tozer acusando-o de ser um fracassado que desejava arruinar a vida de Leora, e a sra. Tozer banhada em lágrimas.

— Diga... diga... Você falou com eles sobre mim? — perguntou Martin, gaguejando.

— Sim... Mais ou menos. Eu disse que você era o prodígio da escola de Medicina e que nós pretendíamos nos casar quando você terminasse o internato. E então, quando chegou seu telegrama, eles quiseram saber por que você estava vindo, por que o telegrama vinha de Wisconsin, que cor de gravata você estava usando quando mandou o telegrama... Mas não consegui fazê-los entender como eu não sabia. Eles conversaram bastante sobre isso. Sempre conversam sobre todas as coisas durante o jantar. Solenes. Oh, Destemido! Eles praguejam e fazem promessas na hora das refeições.

Martin estava em pânico. Os pais de Leora, até então apenas figuras divertidas de uma história, tornaram-se opressivamente reais à vista daquela ampla casa marrom com alpendre. Uma grande janela de placas de vidro com moldura colorida havia sido recentemente colocada na parede, como sinal de prosperidade, e a garagem era nova e dominava a frente da casa.

Ele seguiu Leora, preparado para enfrentar uma reação violenta por parte de seus pais. A sra. Tozer abriu a porta e encarou-o com expressão melancólica – era uma mulher magra, debilitada e macambúzia. Ela o cumprimentou com uma ligeira inclinação de cabeça, como se a presença de Martin fosse não tão inoportuna quanto injustificada e suspeita.

— Você levará o sr. Arrowsmith ao quarto dele, Ory, ou devo eu mesma levá-lo? — perguntou a sra. Tozer com voz fraca.

A casa, como tantas outras do mesmo tipo, possuía um grande fonógrafo; porém, nenhum livro. E se havia quadros, como seria de se esperar, Martin não se recordava deles. A cama em seu quarto era pesada e cheia de protuberâncias, mas coberta por uma colcha com adornos recatados. Uma bacia e um jarro florido repousavam sobre uma toalha, na qual se destacavam a figura de carneiros, sapos e lírios d'água, além de um provérbio religioso – tudo bordado num mesmo tom de vermelho.

Ele demorou tanto quanto pode para desfazer a mala – que não precisava ser desfeita – e hesitou antes de descer a escada. A sala de estar estava vazia e cheirava a lenha e a almofadas de bálsamo. Então, saída não se sabe de onde, surgiu a sra. Tozer – inquieta com a presença dele e procurando alguma coisa gentil para dizer.

— Foi confortável sua viagem de trem?
— Oh, sim, foi confortável... Isto é, o trem estava bastante cheio.
— Oh, estava muito cheio?
— Sim. Havia muita gente viajando.
— É mesmo? Eu imagino que sim. Algumas vezes eu me pergunto para onde toda essa gente que vive viajando pode estar indo. O frio estava muito intenso nas cidades? Em Minneapolis e Saint Paul?
— Sim, fez bastante frio.
— Oh, então estava frio?

A sra. Tozer se mostrava um tanto taciturna e também fazia grande esforço para parecer educada. Martin se sentiu como se fosse um ladrão que a anfitriã imaginava ser um hóspede e desejou intensamente saber onde estaria Leora. Ela logo apareceu, muito serena, trazendo café e um maravilhoso bolo suíço de café, repleto de uvas-passas e coberto por uma brilhante camada de açúcar mascavo. A chegada de Leora conseguiu quebrar com o exagero de formalidade, e eles conversavam quase sem embaraço sobre o intenso frio do inverno e o valor dos Fords quando, em meio a todo esse deleite, entrou o sr. Andrew Jackson Tozer, e o excesso de protocolo tomou conta outra vez do ambiente.

O sr. Tozer, um homem esguio, comum e envelhecido pelo sol, assim como a esposa, também observou Martin atentamente, mas permaneceu em silêncio e pareceu inquieto. Ele costumava se sentir intimidado com tudo aquilo que não pertencesse ao seu universo de coisas familiares, como o celeiro de grãos, a leiteria, o minúsculo banco, a Igreja United Brethren e o veículo que conduzia com toda a cautela. Não causava surpresa o fato de ter conquistado tantos bens, que o galgavam a uma condição de homem quase rico, pois ele não aceitava menos do que o natural e adequado para Andrew Jackson Tozer.

Ele deu a entender que desejava conhecer certas particularidades da vida de Martin: se ele tinha o hábito de beber, se já conquistara algum sucesso na carreira e como conseguira deixar as urbanidades de Winnemac para chegar até ali – os Tozers nasceram em Illinois, mas logo na infância haviam se mudado para Dakota, e consideravam Wisconsin a mais distante e perigosa faixa de terra da parte oriental do país. Eles estavam sendo tão inexpressivos e tão assustadoramente polidos, que Martin, protelando a resposta, conseguiu evitar a continuidade de tais assuntos desagradáveis. O rapaz procurou causar nos pais de Leora a impressão de ser um médico jovem e diligente, que em pouco tempo estaria ganhando uma expressiva soma de dinheiro, suficiente para o sustento da filha deles. No entanto, quando começava a dominar a tensão e, mais relaxado, ia se recostar na cadeira, foi surpreendido pela chegada do irmão da garota.

Era Bert Tozer, mais precisamente, Albert R. Tozer. Além de ser responsável pelo caixa, respondia também pela vice-presidência do Banco Estadual de Wheatsylvania, exercia as funções de auditor e vice-presidente da Companhia Tozer de Armazenagem de Grãos e de tesoureiro e vice-presidente da Leiteria Estrela. Albert não aparentava ter sido minimamente afetado pela hesitação com que seus pais conversavam com Martin. Ele era um homem de negócios moderno e muito articulado. Tinha dentes protuberantes e seus óculos ficavam presos a uma corrente de ouro ligada a um elegante gancho atrás da orelha esquerda. Bert acreditava na necessidade de estímulo ao desenvolvimento da cidade, de organização de rodovias para os automóveis e também na importância dos escoteiros, do beisebol e da organização operária Trabalhadores Industriais do Mundo. O que mais lamentava era o fato de, até então, Wheatsylvania ser pequena demais para comportar uma ACM ou um Clube do Comércio. Retraída ao lado dele, estava sua noiva, a srta. Ada Quist, filha do dono do armazém de utensílios e alimentos da cidade. O nariz da moça era aguçado, mas não tão aguçado quanto sua voz ou o ar de desconfiança com que ela olhava para Martin.

— Esse é Arrowsmith? — perguntou Bert. — Hum! Bem, espero que esteja contente de estar aqui neste território de Deus!

— Sim, estou bem.

— O problema com os estados do leste é que faltam a eles talento e espaço para crescer. Você precisa conhecer uma verdadeira colheita de Dakota! Mas, me diga, por que está fora da escola nesta época do ano?

— Bem...

— Conheço tudo a respeito de calendários escolares. Cursei administração em Grand Forks. Por que você está fora agora?

— Peguei umas pequenas férias.

— Leora diz que você e ela estão pensando em se casar.

— Nós...

— Você tem algum dinheiro além do que paga a faculdade?

— Não. Nenhum.

— Que coisa! Como pretende sustentar uma esposa?

— Eu imagino que algum dia começarei a praticar a medicina.

— Algum dia! Então de nada serve falar em assumir um compromisso antes de ter condições de sustentar uma esposa, você não acha?

A srta. Ada Quist interrompeu o noivo, dizendo:

— Foi isso... Foi isso o que eu *disse* a você, Ory! — ela parecia falar tanto com o nariz pontudo quanto com a boca em forma de botão. — Se Bert e eu podemos esperar, acho que outros casais também podem!

A sra. Tozer queixou-se:

— Não seja tão rude com o sr. Arrowsmith, Bert. Tenho certeza de que ele deseja fazer a coisa certa.

— Não estou sendo rude! Apenas sensato. Se o papai e a senhora tomassem conta das coisas em vez de ficar por aí discutindo, eu não precisaria meter o nariz na vida de ninguém. Não concordo com essa história de interferir nos atos de outras pessoas, nem de elas interferirem nos meus. Meu lema é: "Viva e deixe viver, cada um que tome conta do próprio nariz". E foi exatamente isso o que eu disse, um dia desses, ao Alec Ingleblad, quando eu estava lá fazendo a barba e ele tentou zombar do fato de nós possuirmos muitas hipotecas... E vocês agora querem me censurar por eu não concordar que um sujeito sobre o qual nada se sabe venha se intrometer na vida da *minha irmã*, antes que eu descubra alguma coisa sobre as perspectivas dele!

Leora retrucou com voz suave e cantada:

— Bert, meu querido, o autoritarismo está fazendo você perder o discernimento mais uma vez.

— Sim... E você, Ory — gritou Bert. —, não se esqueça que graças a mim livrou-se de um casamento com Sam Petchek, dois anos atrás!

Bert continuou, afirmando, com exemplos e ilustrações, que ela era inconsequente e, quanto à enfermagem... *Enfermagem!*

Leora argumentou que aquele era o jeito de Bert e tentou explicar para Martin o caso de Sam Petchek – o que nunca foi de fato explicado.

Ada Quist acusou Leora de ser insensível quanto à possibilidade de magoar seus pais e arruinar a carreira de Bert.

Martin retrucou, dizendo:

— Olhem aqui, eu... — mas nunca chegou a concluir a frase.

O sr. e a sra. Tozer pediram calma a todos e tentaram não levar em conta as palavras de Bert. Mas, de fato, era verdade o que ele dissera. Os dois deviam ser sensatos e pensar que o sr. Arrowsmith ainda não tinha condições de sustentar uma esposa.

A conversa se estendeu até às 21h30, horário em que, segundo o sr. Tozer, todos já deveriam estar na cama. Exceto por uma discussão de cinco minutos com o objetivo de decidir se a srta. Ada Quist deveria ou não ficar para a ceia e por um debate sobre o teor de sal da carne enlatada, a polêmica da existência ou não de um compromisso de noivado entre Leora e Martin foi ferrenha. Todas as pessoas interessadas, obviamente com exceção do casal, decidiram que eles não estavam noivos. Na hora de deitar, Bert conduziu Martin até o andar de cima da casa e deliberou que os enamorados não deveriam trocar um beijo de boa noite. Ele procurou ser amigável, sentou-se na beira da cama de Martin, observou desdenhosamente a maltrapilha bagagem do rapaz e quis saber detalhes sobre seus parentes, sua religião, suas concepções políticas e sua opinião em relação aos horrores dos jogos de carta e dos bailes. Lá permaneceu até às 21h57, quando o sr. Tozer reclamou na sala de estar:

— Você pretende ficar aí em cima e tagarelar durante a noite toda, Bert?

No dia seguinte, na hora do café da manhã, todos esperavam que Martin fosse permanecer mais uma noite na casa, pois havia lugar de sobra.

Bert determinou que ele deveria ir ao centro da cidade às dez horas para conhecer o banco, a leiteria e o celeiro de trigo da família.

No entanto, quando deu o horário combinado, Martin e Leora já se encontravam no trem com destino ao leste. Eles desembarcaram em Leopolis, sede do condado, uma grande cidade com 4 mil habitantes, onde existia um edifício de três andares. Às 13h, estavam casados. Um pastor luterano alemão realizou a cerimônia em seu gabinete, que não passava de um amplo vazio que circundava um forno de madeira enferrujado. As sonolentas testemunhas – a esposa do pastor e um alemão idoso que estivera varrendo as calçadas – sentaram-se em caixotes de madeira. Foi só quando tomaram o trem para retornar a Wheatsylvania naquela tarde, que os dois conseguiram se livrar do fantasma da apreensão que os perseguiu ao longo de todo o dia. No fétido vagão do trem, aconchegados um no outro, com as mãos entrelaçadas e ingenuamente livres do alheamento que a ostentação das cerimônias de casamento algumas vezes gera entre os amantes, eles se perguntaram entre suspiros: "E agora, o que nós vamos fazer? O que *nós vamos* fazer?".

O casal foi recebido na estação de Wheatsylvania por toda a família de Leora, que não conseguia esconder seu estado de intenso frenesi.

Bert suspeitara de uma fuga e, na tentativa de encontrá-los, havia feito chamadas telefônicas interurbanas para meia dúzia de cidades. Quando conseguiu contato com o escrevente do condado, a licença de casamento acabara de ser concedida. O fato de o escrevente ter afirmado que, sendo Martin e Leora maiores de idade, não havia nada que ele pudesse fazer – acrescentando comentários como "não me importa a mínima quem está falando! Sou eu que mando nesta repartição!" –, só serviu para inflamar a fúria de Bert.

Ele havia se dirigido à estação com a firme determinação de dar uma reprimenda em Martin e fazer dele um sujeito correto, do mesmo modo que ele, Bert Tozer, era um sujeito correto. E, isso, sem perder tempo.

A noite na casa dos Tozers foi terrivelmente desagradável.

O sr. Tozer declarou, com todas as letras, que Martin havia assumido responsabilidades.

Banhada em lágrimas, a sra. Tozer expressou sua apreensão, dizendo que gostaria de acreditar que Ory não tivesse sido obrigada, por certas razões, a se casar.

Bert afirmou que, se fosse esse o caso, mataria Martin.

Ada Quist também se manifestou, falando que agora Ory podia perceber a consequência do orgulho e da arrogância de espalhar aos quatro ventos que iria embora para sua velha Zenith.

O sr. Tozer reconheceu que havia, de qualquer maneira, uma coisa positiva nisso tudo: Ory entenderia por si mesma que eles não podiam mais permitir que ela voltasse para a escola de enfermagem e se metesse em mais dificuldades.

De quando em quando, Martin fazia observações com o intuito de se mostrar um jovem de bons princípios, um excelente bacteriologista e um homem capaz de tomar conta de *sua* esposa. Contudo, exceto Leora, ninguém mais lhe dava ouvidos.

Enquanto o sr. Tozer protestava: "Não seja duro demais com o rapaz!", Bert continuava, em tom de ameaça, dizendo que gostaria de saber se Martin *imaginara*, mesmo que por alguns segundos, que obteria um centavo sequer dos Tozers pelo simples fato de ter se intrometido onde não fora chamado. Bert desejava *esclarecer* de vez essa questão – isso era tudo o que ele queria *saber*!

Leora limitou-se a observá-los, voltando sua pequenina cabeça ora para um, ora para outro. Em determinado momento, ela chegou a apertar a mão de Martin. No instante em que o conflito atingiu seu ponto de maior exaltação, e os olhos de Martin começavam a exibir certo brilho de fúria, ela tirou de uma misteriosa bolsa um pacote de cigarros de péssima qualidade e acendeu um. Nenhum dos Tozers tinha conhecimento desse vício de Leora. O que quer que pensassem a respeito da vida sexual da garota, de sua infidelidade à Irmandade Unida e de sua total irresponsabilidade, eles jamais suspeitaram de que ela fosse capaz de cometer uma obscenidade como ato de fumar. Todos se voltaram contra ela, e Martin respirou profundamente, tentando se controlar.

Durante essa veemente manifestação de protesto de Leora, o sr. Tozer chegou, de certo modo, a uma decisão. Ele poderia deixar, algumas vezes, o comando por conta de Bert, pois o considerava sensato, apesar de ligeiramente inconveniente e incapaz de compreender "o valor total de um dólar" – para o sr. Tozer, era $1,90; para o progressista Bert, apenas pouco mais $1,50. Gentilmente, o chefe da família fez conhecer suas vontades.

Todos deveriam acabar com aquele "atrito". Ninguém possuía provas de que Martin fosse de fato nocivo para Ory. Eles deviam esperar para ver. Martin deveria retornar imediatamente para a Escola de Medicina, agiria como um bom garoto e concluiria os estudos o mais brevemente possível, de forma a ter condições de começar a ganhar dinheiro. Ory permaneceria em casa e também se comportaria como uma boa garota e, certamente, jamais voltaria a agir como uma *mulher indigna*, que fuma cigarros. Nesse ínterim, Martin e Leora não teriam qualquer tipo de relacionamento – a sra. Tozer olhou embaraçada, e Ada Quist, avidamente atenta, fez menção de ficar ruborizada. Uma vez por semana, os dois se corresponderiam por carta, nada mais do que isso. Eles não deveriam, em hipótese alguma, agir como se fossem casados, até que o próprio sr. Tozer lhes desse permissão.

— Então? — perguntou ele.

Sem a menor sombra de dúvida, Martin teria que desafiá-los para conseguir sair noite adentro com sua noiva nos braços. Parecia faltar tão pouco para a graduação e o começo de sua prática médica... E então ele teria Leora só para si – eternamente. Pelo bem dela, ele precisava agir com sensatez: retornar aos estudos e ser *pragmático*. Os ideais de Gottlieb a respeito da ciência? Laboratórios? Pesquisas? Puras tolices!

— Tudo bem — aquiesceu Martin.

Não lhe ocorreu, no entanto, que a abstenção de amor já teria início naquela mesma noite. Ele só se deu conta disso quando, sorridente por causa da digna sensação de honradez que a decisão de ser prudente lhe inspirava, ao estender as mãos para Leora, ouviu o sr. Tozer dizer:

— Ory, você vai agora mesmo para a cama – no seu quarto!

E essa foi a noite de núpcias de Martin: revirando-se em sua cama, a cerca de nove metros de Leora.

Em certo momento, depois de todos terem ido dormir, Martin ouviu uma porta se abrir e estremeceu ao imaginar que Leora poderia estar indo encontrá-lo. Tenso, esperou alguns instantes, mas ela não chegou. Ele espiou pela porta, determinado a descobrir onde ficava o quarto de sua esposa e, subitamente, o profundo rancor que sentia em relação ao cunhado ganhou mais força. Desempenhando um papel de sentinela, Bert caminhava de um lado para o outro no corredor. Fosse ele um sujeito de aspecto menos respeitável, Martin o teria matado. Contudo, não conseguia encarar aquela face com dentes protuberantes que estampava uma ridícula aparência de honradez. Ele recuou e decidiu, na manhã seguinte, amaldiçoar a todos e ir embora com Leora. Mas a desoladora badalada das três da madrugada levou-o a refletir que a garota provavelmente passaria fome em sua companhia. Sentiu-se, então, um sujeito desonrado, que, com toda certeza, se tornaria um escravo da bebida. Em sua mente martelavam pensamentos desesperados: "Pobre criança! Não vou arruinar a vida dela. Meu Deus, mas eu a amo tanto! Vou embora e me entregarei novamente ao trabalho. Será que conseguirei suportar?".

Essa foi a noite e o enfadonho amanhecer das núpcias de Martin.

Três dias depois, ele estava a caminho do gabinete do sr. Silva, reitor da Escola de Medicina de Winnemac.

CAPÍTULO 10

A secretária do reitor Silva não conseguiu esconder a satisfação quando avistou Martin. Ela esperou com muita atenção e ansiedade para ouvir o que ele tinha a dizer. No entanto, o rapaz se limitou a pedir docemente:

— Por favor, eu poderia falar com o reitor?

E aguardou, humilde, na fileira de cadeiras de carvalho debaixo do calendário farmacêutico da companhia Dawson Hunziker.

Ao atravessar solenemente a porta de vidro fosco e adentrar o gabinete do reitor, Martin se viu diante do olhar ameaçador do Dr. Silva. Sentado, o homenzinho aparentava ser bem maior, tão protuberante era a sua cabeça e tão vasto era seu bigode roliço.

— E então, senhor? — perguntou o reitor.

Martin fez um apelo emocionado:

— Eu gostaria de retomar minhas atividades... Se o senhor permitir. Eu lhe peço desculpas e também me desculparei com o Dr. Gottlieb. No entanto, para ser muito honesto, não posso me colocar contra Clif Clawson.

O Dr. Silva, sem conseguir se conter, levantou-se de sua cadeira parecendo muito irritado. Será que Martin não era mais bem-vindo ali? Não haveria em parte alguma um lugar para ele? O rapaz não tinha mais como lutar. Falta-lhe coragem. Depois da fastidiosa viagem, de conter seu ímpeto de irromper contra os Tozers, estava cansado demais. Realmente exausto! Ele conseguiu apenas lançar um melancólico olhar para o reitor.

O homenzinho soltou um risinho abafado e falou:

— Não se preocupe, rapaz. Está tudo certo! Estamos felizes por você ter voltado. Não se incomode em pedir desculpas! Eu queria apenas que você fizesse qualquer coisa capaz de inspirar ânimo à sua vida. É muito bom tê-lo de volta! Sempre acreditei em você, mas cheguei a pensar que talvez nós não o veríamos mais. Velho desajeitado!

Martin não teve forças para conter as lágrimas e os soluços. Ele se sentia só e fragilizado demais. O Dr. Silva procurou acalmá-lo:

— Vamos passar por cima de tudo e descobrir onde residia o problema. O que eu posso fazer? Compreenda Martin, a coisa mais importante para mim em toda a minha vida é ajudar a conceder ao mundo tantos bons médicos e grandes curadores quanto eu for capaz. O que aconteceu que deixou você com os nervos assim tão abalados? Onde você esteve?

Quando Martin contou sobre Leora e o casamento. Silva suspirou:

— Estou fascinado! Ela me parece uma garota extraordinária! Precisamos fazer o possível para que você realize o internato no Hospital Geral de Zenith daqui a um ano e tenha condições de sustentá-la adequadamente.

Martin se recordava com que frequência e austeridade Gottlieb costumava escarnecer daquilo que chamava de "casamentos felizes" ou "sinos de prisão". Ao sair do gabinete do reitor, havia se convertido em discípulo do Dr. Silva. Estudaria freneticamente. A brilhante insanidade do gênio de Max Gottlieb havia se desvanecido para ele.

II

Leora escreveu uma carta para Martin contando que fora expulsa da escola de enfermagem por conta do excesso de faltas e do casamento. Ela suspeitava que seu pai havia comunicado o matrimônio às autoridades do hospital. Em seguida, ela dava a entender que encomendara secretamente um livro de taquigrafia e, com o pretexto de ajudar Bert, estava escrevendo essa carta na máquina de datilografia do banco. Ela esperava que, no próximo outono, pudesse se juntar a Martin e ganhar o próprio sustento como estenógrafa.

Certa vez, ele considerou a hipótese de abandonar a medicina, arranjar um emprego qualquer e mandar buscá-la, mas Leora não concordou.

Embora em nome de Leora e de seu novo deus, o reitor Silva, Martin tivesse se convertido em um homem austero, que não se permitia chegar perto de uísque e devorava com fúria impassível os livros de medicina, ele se sentia constantemente mergulhado em um vazio e louco de desejo por Leora. Sempre que voltava ao seu alojamento, acelerava o passo ao se aproximar do último bloco, na esperança de encontrar alguma carta dela. De súbito, engendrou um plano. Ele já conhecia o sabor da vergonha – uma última dose desse sentimento de ultraje não faria qualquer diferença. Martin, então, planejou correr ao encontro de Leora nas férias de Páscoa, com o firme propósito de obrigar o sr. Tozer a sustentá-la enquanto ela estudasse estenografia em Zenith. Desse modo, poderia tê-la ao seu lado ao longo de todo o último ano. Quando seu cheque bimestral chegou de Elk Mills, Martin devolveu a Clif os cem dólares que tomara emprestado e fez um balanço minucioso de suas finanças. Se não comprasse o terno que tanto necessitava, conseguiria colocar em prática seu plano. Assim, durante mais de um mês, Martin fez apenas duas refeições diárias, que consistiam unicamente em pão, manteiga e café. Ele passou a lavar as roupas de cama na banheira e, exceto nas raras ocasiões em que se entregava delirantemente a esse delicioso prazer, nunca fumava.

O retorno a Wheatsylvania foi como a primeira viagem até o lugar, a não ser pelo fato de que falou menos com seus errantes companheiros e, ao longo de todo o trajeto, entre cochilos inquietos nas cadeiras de estofado vermelho dos vagões, estudou volumosos livros de ginecologia e de clínica médica. Martin havia escrito algumas instruções para Leora, de modo que ele a encontrou na periferia de Wheatsylvania e os dois tiveram um breve momento para conversar e trocar ardentes beijos.

No entanto, as notícias não demoravam a se espalhar em Wheatsylvania. A população nutria certo interesse pela vida alheia, e os olhos dos cidadãos, cuja existência Martin ignorava, haviam-no seguido desde sua chegada no vilarejo. Quando os dois pombinhos se avizinharam da montanha de ossos que era o castelo dos ogros Tozers, o pai e o irmão de Leora já estavam os esperando, furiosos. O velho Andrew Jackson recebeu-os aos gritos. Ele declarou que até seria concebível o desatino que levou Martin a fugir da faculdade pela primeira vez, "mas esgueirar-se furtivamente uma segunda vez é de fato uma rematada insanidade". Diante de tal reprimenda, Martin e Leora sorriram, confiantes.

Bert pensou: "Por Deus, senhor, isso é demais!". Ele estivera lendo romances, então disse:

— Eu me recuso a empregar palavras profanas, mas quando você aparece aqui de novo para perturbar a paz de minha irmã, a única coisa que posso dizer é que, por Deus, senhor, isso é condenável demais!

Martin olhou pensativo através da janela e observou três pessoas que caminhavam pela rua lamacenta lá fora. Todas as três olhavam para a casa dos Tozers com um interesse cheio de curiosidade. Então falou energicamente:

— Sr. Tozer, tenho trabalhado muito e todas as coisas estão caminhando bem. Contudo, decidi que não quero viver longe de minha esposa e, portanto, vim para levá-la comigo. De acordo com a lei, o senhor não pode me impedir. Preciso admitir, sem qualquer subterfúgio, que, enquanto eu estiver na Universidade, não terei recursos para sustentá-la. Entretanto, ela vai estudar estenografia e, em poucos meses, terá condições de se sustentar por conta própria. Até que isso seja possível, espero que o senhor seja suficientemente generoso e envie dinheiro para ajudá-la.

— Isso é demais! — protestou o sr. Tozer.

Bert continuou:

— Não satisfeito em arruinar a vida da garota, o sujeito ainda vem exigir que nós a sustentemos no lugar dele!

— Tudo bem. Que seja então como vocês desejam. A longo prazo, seria melhor para todos – para mim, para ela e para vocês – se eu concluísse o curso de medicina e tivesse uma profissão. Mas, já que vocês não aceitam dar a ela meios de subsistência para que fique junto de mim, simplesmente abandonarei a escola e arranjarei um trabalho. Ah... E sou eu quem vai sustentá-la, certo? Resta apenas dizer que nunca mais voltarão a vê-la. Se vocês preferem continuar fazendo esse papel de mesquinhos, nós partiremos no trem noturno para a Costa e assim tudo estará terminado!

Pela primeira vez em suas muitas discussões com os Tozer, Martin foi melodramático. Ele sacudiu o punho no nariz de Bert e ameaçou:

— E se você tentar nos impedir, Deus o ajude a conter as boas risadas que esta cidade vai dar da sua cara! Está bem assim, Leora? Você está pronta para vir comigo... Para sempre?

— Sim! — respondeu ela.

Todos discutiram longamente o assunto. O sr. Tozer e Bert assumiram uma atitude defensiva. Alegaram que não aceitavam ser ameaçados por ninguém, acusaram Martin de ser um *aventureiro* e disseram não entender como Leora podia ter certeza de que o rapaz não pretendia viver às custas do dinheiro que eles enviassem a ela. No final, acabaram por se render às circunstâncias e admitiram que aquele Martin novo e maduro e aquela Leora nova e sensata estavam prontos para abandonar todas as regras que haviam sido estabelecidas e permanecerem juntos.

O sr. Tozer chorou bastante e prometeu enviar para a filha setenta dólares por mês até que ela estivesse preparada para assumir um trabalho.

Na estação de Wheatsylvania, olhando pela janela do trem, Martin percebeu que Andrew Jackson Tozer, aquele homem de olhos ansiosos e lábios contraídos, amava de fato a filha e estava chorando a partida dela.

III

Martin arranjou um quarto para Leora na erodida franja norte de Zenith, quilômetros mais perto de Mohalis e da Universidade do que o hospital em que ela estava antes. Era um recinto quadrado, em branco e azul, com cadeiras manchadas, porém confortáveis. O lugar dava vista para um terreno descampado e aberto, coberto de restolho, em cuja porção mais distante brilhavam os trilhos da estrada de ferro. A senhoria era uma alemã rechonchuda, uma mulher de bons sentimentos, capaz de detectar no ar o cheiro de romance. Não se pode afirmar com certeza se ela algum dia acreditou que os dois eram realmente casados.

O baú com os pertences de Leora havia chegado. Os livros de estenografia foram perfeitamente dispostos sobre uma pequena mesa em seu quarto, e os chinelos de feltro cor-de-rosa, colocados debaixo da cama de ferro branco. Martin ficou ao lado dela na frente da janela, enlouquecido pelo orgulho de sabê-la toda sua. Subitamente, sentiu-se tão fraco e cansado que o misterioso cimento que mantinha suas células unidas pareceu se dissolver, e ele percebeu que estava desabando. No entanto, mantendo os joelhos rigidamente retos, a cabeça erguida e os lábios cerrados contra os dentes com toda a força, ele se controlou e gritou:

— Nosso primeiro lar!

O fato de estar junto de Leora, tranquilo, sem ninguém que os perturbasse, traduzia-se em tal excitação e júbilo que extrapolavam os limites de qualquer moderação.

Aquele quarto comum irradiava uma luz especial. As resistentes ervas daninhas e a grama irregular da terra devastada onde a casa ficava resplandeciam sob o sol de abril. Os pardais cantavam.

— Sim! — concordou Leora, expressando-se pela voz e, logo em seguida, por lábios famintos.

IV

Leora frequentava a Universidade de Administração Empresarial e Finanças de Zenith, cujo nome indicava tratar-se de uma escola grande, de qualidade questionável, para estenógrafos, escriturários e outros filhos de Zenith, tais como cervejeiros e políticos, que não tinham capacidade para entrar nem mesmo nas universidades estaduais. Todos os dias, ela percorria alegremente o caminho até a linha do trem – uma figura esmerada e pueril, com seus cadernos e seus lápis bem apontados – e desaparecia no meio da multidão de estudantes. Seis meses depois, Leora já tinha adquirido conhecimento de estenografia suficiente para conseguir uma vaga em um escritório de seguros.

Até o fim da graduação de Martin, os dois permaneceram naquele quarto – um lar cada vez mais querido. Ninguém curtia o ambiente doméstico com mais intensidade do que esse casal de aves de arribação. Pelo menos duas noites por semana, Martin vinha correndo de Mohalis para ficar ali. Leora sabia exatamente como estar ao lado dele sem atrapalhá-lo, sem exigir atenção, de forma que, enquanto estava mergulhado nos livros – como nunca antes fizera quando partilhara da companhia do ruidoso, farfalhante e pigarroso Clif –, ele podia ter sempre a cálida e semiconsciente percepção da presença dela. Algumas vezes, no meio da noite, enquanto estudava, no exato momento em que sentia os primeiros sinais de fome, Martin descobria que uma magia silenciosa fizera surgir um prato de sanduíches junto a seu cotovelo. O fato de não colocar em palavras sua afeição não significava que ele não a amasse. Leora lhe dava segurança. Ela criou em torno dele uma barreira de proteção contra o mundo que tanto o esmagara.

Nas caminhadas que faziam na hora do jantar e nos dissolutos – porém deliciosamente generosos – quinze minutos antes do café da manhã, quando os dois se sentavam na beirada da cama enrolados em uma manta e fumavam um obsceno cigarro, Martin explicava a Leora o seu trabalho, e ela, depois de terminar os próprios estudos, esforçava-se para ler qualquer um dos livros dele que não estivesse sendo usado. Apesar de não conhecer as especificidades da medicina e também não aprender muita coisa com essas leituras, ela ainda assim conseguia compreender, talvez até melhor do que Angus Duer, a filosofia de Martin e a base do trabalho por ele desenvolvido. Ele, embora tivesse tomado a firme resolução de se tornar um médico pragmático e rico e já não visse em Gottlieb um deus e, no laboratório, um santuário, ainda levava consigo resquícios do espírito daquele mestre. Martin não se contentava em ficar apenas no nível dos detalhes. Sentia-se sempre compelido a esmiuçar os pormenores das listas de termos técnicos, para descobrir as causas de todas as enfermidades e tentar identificar regras gerais que pudessem introduzir no caos de sintomas heterogêneos e contraditórios a mesma ordem da química.

Nas noites de sábado, dirigiam-se solenemente ao cinema. Assistiam a filmes de um ou dois rolos com o caubói Billy Anderson e uma garota que, mais tarde, viria a se tornar famosa como Mary Pickford. No caminho de volta, indiferentes às outras pessoas que por eles passavam, discutiam, também solenemente, aquelas tramas irreais. Mas, quando passeavam nos campos aos domingos, com quatro sanduíches e uma garrafa de cerveja de gengibre nos bolsos puídos, deixavam de lado a seriedade, e Martin corria atrás de Leora, subindo e descendo colinas e barrancos, os dois felizes como crianças. Quando retornavam ao quarto dela no final do dia, ele vinha sempre com o firme propósito de tomar o trem noturno para Mohalis e poder estar de volta a seu trabalho na manhã seguinte. Leora admirava a intenção do marido, porém, Martin nunca tomava o trem. A tripulação do interurbano das seis da manhã da segunda-feira já estava acostumada com a figura de um jovem pálido e ágil, que se sentava encurvado em um banco da parte traseira do trem e devorava volumosos livros vermelhos, mastigando distraidamente abomináveis rosquinhas. Contudo, esse rapaz não aparentava o mesmo abatimento dos outros trabalhadores arrancados de suas camas ainda de madrugada, para enfrentar mais um dia cinzento e cansativo de trabalho. Ele parecia curiosamente determinado, curiosamente satisfeito.

Agora que estava livre, pelo menos em parte, da tirânica honestidade gottliebiana, da intolerável tensão de aprender dia a dia um volume de coisas que ele não sabia definir, da incansável investigação de causas, que, quanto mais penetrava camada abaixo de camada, mais parecia se distanciar dos princípios fundamentais, tudo se afigurava muito mais fácil para Martin. Era reconfortante a sensação de ter fugido do universo gelado de Gottlieb para adentrar o mundo amistoso do reitor Silva.

De quando em quando ele avistava Gottlieb no campus, e os dois trocavam um constrangido aceno de cabeça ao passarem apressados um pelo outro.

V

Martin não conseguia distinguir uma divisão nítida entre seu primeiro ano de faculdade e o último. Em decorrência do tempo que havia perdido, ele teve que permanecer em Mohalis durante todo o verão. O período de um ano e meio desde seu casamento até a graduação envolveu-o em um turbilhão no qual datas e estações se misturaram em uma barafunda só.

No momento em que, de acordo com palavras de todos, Martin "abandonou suas tolices e se entregou de corpo e alma ao trabalho", ele ganhou a admiração do Dr. Silva e de todos os *bons alunos*, especialmente Angus Duer e o reverendo Ira Hinkley. Nos anos anteriores, Martin sempre fizera questão de propagar seu descaso pela aprovação no curso e por aplausos concedidos por gente trivial, mas agora que fazia jus a isso, prezava cada conquista. Por mais que zombasse de sua condição, sentia-se gratificado quando Angus, que passava o verão como residente no Hospital Geral de Zenith e já ostentava a inatingível dignidade de um jovem cirurgião bem-sucedido, reconhecia-o como um dos seus.

Durante todo aquele escaldante verão, Martin e Leora se entregaram, arquejantes, à labuta. Quando se sentavam em seu refúgio, debruçados sobre os livros e sobre um generoso copo de cerveja, deixavam de lado todo o decoro de linguagem e de costumes esperado de um par romântico devotado à ciência e a um empreendimento insigne. Eles esqueciam o recato. Em seu comportamento casual, Leora começou a empregar certas palavras e monossílabos usados por antigos anglo-saxões, que seriam capazes de causar desalento a Angus Duer e Bert Tozer. Nas tardes de descanso, iam até um simulacro de Coney Island, um passeio barato, em que, nas margens de um lago fétido e coberto de espuma, devoravam solenemente seus sanduíches de salsicha e penosamente percorriam a pitoresca estrada de ferro.

O principal divertimento do casal era Clif Clawson, que nunca ficava sozinho ou calado por vontade própria, exceto quando dormia. É muito provável que o sucesso por ele conquistado na venda de automóveis tenha sido decorrente de sua predileção por conversas pomposas e sem fim, que pareciam ser imprescindíveis naquele tipo de ocupação. Não é possível afirmar com precisão quanto da atenção que dispensava a Martin e Leora era amizade e quanto derivava de seu medo de estar sozinho, mas, certamente, ele os entretinha e conseguia fazer com que se abrissem. Além do mais, nunca parecia ofendido pela grosseira relutância com que Martin algumas vezes o cumprimentava, como se o fato de fazê-lo o embaraçasse.

A chegada de Clif costumava ser anunciada pelo ronco do carro. Ele gritava de debaixo da janela do casal:

— Vamos lá, garotos! Saiam daí! Sacudam as penas! Vamos dar uma voltinha e nos refrescar. Depois comprarei alguma coisa para vocês comerem.

Clif não conseguia compreender por que Martin precisava trabalhar. Ele era capaz até mesmo de desculpar a ocasional grosseria do amigo ao demonstrar sua contrariedade em vê-lo. No entanto, depois que Martin havia se casado com Leora, revelava uma negligência total e egoísta em relação à necessidade que os outros pudessem ter de sua companhia. Ele vivia a rotina de uma assídua e feliz convivência com a esposa e se irritava com o invariável e transbordante humor de Clif. Era Leora quem se mostrava simpática. Embora já tivesse escutado muitas vezes as sete piadas que, sob variados disfarces, consistiam na totalidade das brincadeiras e da filosofia do rapaz, ela ainda conseguia prestar atenção durante horas enquanto ele se vangloriava de seu talento para as vendas. Leora tentava insistentemente lembrar a Martin que eles nunca iriam encontrar um amigo mais leal e generoso do que Clif.

Mas Clif acabou indo trabalhar em uma nova agência de automóveis em Nova York, e Martin e Leora ficaram, como nunca antes, na mais completa e venturosa dependência um do outro.

O último fator de preocupação do casal fora eliminado pela complacência do sr. Tozer. Ele agora demonstrava cordialidade em todas as suas cartas, por mais que ainda os aborrecesse com reprimendas paternais que acompanhavam todos os cheques enviados.

VI

Nenhuma das febris atividades do último ano do curso – neurologia e pediatria, obstetrícia prática, levantamento de fichas médicas nos hospitais, assistência em cirurgias, curativos de feridas e a necessidade de aprender a não demonstrar embaraço quando pacientes humildes o chamavam de "doutor" – era tão importante quanto a discussão sobre "o que eu farei depois de formado?".

"Será necessário fazer residência? Deveremos continuar trabalhando como clínicos gerais por toda a vida, ou batalhar para nos tornarmos especialistas? Quais são as especialidades mais atrativas, ou seja, as que garantem melhor remuneração? Deveremos nos estabelecer no campo ou permanecer na cidade? O que dizer da hipótese de ir para o oeste? E de entrar para a corporação médica do exército – continências, botas de cavalgar, mulheres bonitas, viagens?"

Essas dúvidas eram discutidas apressadamente nos corredores do edifício principal da Escola de Medicina, bem como no hospital e nas lanchonetes. Quando estava junto de Leora, Martin reexaminava todas as possibilidades e expunha suas ideias com muito conhecimento de causa. Quase todas as noites chegava a uma "conclusão", que ao amanhecer era outra vez substituída pela incerteza.

Certa feita, quando o Dr. Loizeau, professor de cirurgia, realizou uma operação diante de uma plateia da qual faziam parte diversos renomados médicos visitantes – apesar de sua figura branca e diminuta abrindo caminho entre a vida e a morte em uma dramática atuação mais parecesse a de um ator que retorna ao palco para receber os aplausos finais –, Martin saiu convicto de que nascera para ser um cirurgião. Ele concordou então com a opinião de Angus Duer, que acabara de ganhar a Medalha Hugh Loizeau de Cirurgia Experimental, de que quem operava era um leão, uma águia, um soldado entre os médicos. Angus era o único que sabia precisamente, sem a menor hesitação, o que faria após o internato: iria juntar-se a uma renomada clínica de Chicago, chefiada pelo Dr. Rouncefield, um eminente cirurgião de abdome. Ele afirmava sucintamente que, em cinco anos, estaria ganhando 20 mil dólares por ano como cirurgião.

Martin explicou tudo isso para Leora. Cirurgia. Drama. Destemor. Assistentes idólatras. Salvar vidas. Concepção científica de novas técnicas. Ganhar dinheiro – certamente sem ser mercantilista – e proporcionar a ela uma vida confortável, com viagens à Europa – os dois juntos na cinzenta Londres, nos cafés vienenses. Leora foi muito útil no papel de ouvinte atenta da oratória do marido. Ela concordou mansamente com tudo. E, na manhã seguinte, enquanto Martin se esforçava para provar que cirurgia era uma atividade podre e que a maioria dos cirurgiões não passava de bons marceneiros, ela manifestou um apoio mais afetuoso do que nunca.

Depois de Angus e do futuro missionário médico, Ira Hinkley, Adiposo Pfaff foi o primeiro a definir qual seria seu futuro. Ele iria abraçar a obstetrícia ou, de acordo com a denominação dada pelos estudantes de medicina a essa especialidade médica, um "apanhador de bebês". O Adiposo tinha alma de parteira. Ele se compadecia das mulheres no momento da ofegante agonia do parto – compadecia-se tão honestamente que quase chegava às lágrimas. Além disso, era magnânimo nas ocasiões em que tinha que esperar, nas quais sentava-se imóvel e tomava chá. Em seu primeiro caso de obstetrícia, num desolador quarto de hospital, enquanto o aluno que o acompanhava se mostrava nervoso durante a inquietante espera ao lado da cama da paciente, o Adiposo, ao sentir o peso do temor que a tomava, ansiara, como nunca antes ansiara em toda a sua precária – mas mesmo assim saudosa – vida, poder tomar para si as dores daquela pálida e desconhecida mulher, que se contorcia com dolorosos espasmos, de modo a poder aliviar-lhe o sofrimento.

Enquanto os outros iam encontrando seu rumo, frequentemente levados pelas circunstâncias e, muitas vezes, por influência dos parentes, Martin não achava resposta para suas dúvidas. Ele admirava a opinião do reitor Silva, segundo a qual os médicos deveriam prestar serviço imediato à humanidade, mas não conseguia esquecer as horas dedicadas ao trabalho no laboratório. Na etapa final de seu último ano de curso, fazia-se imprescindível uma decisão, e Martin foi influenciado por uma preleção do reitor Silva, na qual ele condenou o excesso de especialização e traçou o retrato de um velho médico notável da zona rural – pastor e pai de sua gente, um homem que conservava a lucidez debaixo da vastidão dos céus e a quem o autocontrole garantia serenidade. Contribuíram também para a decisão de

Martin, cartas pressurosas do sr. Tozer, em que suplicava para que ele se estabelecesse em Wheatsylvania.

O sr. Tozer aparentemente amava a filha e, relativamente, tinha certo afeto por Martin. Queria-os, portanto, perto de si. Segundo ele, Wheatsylvania era um "bom lugar". Lá viviam honestos fazendeiros escandinavos, holandeses, alemães e boêmios, que nunca deixavam de pagar suas contas. O médico mais próximo era Hesselink, de Groningen, que situava-se a cerca de quinze quilômetros de distância, e Hesselink tinha mais trabalho do que podia dar conta. Se Martin e Leora decidissem ir para lá, o sr. Tozer se comprometia a ajudar o genro a montar uma clínica – ele se propunha até mesmo a lhe enviar um cheque de quando em quando, durante o período de internato no hospital.

Todos os recursos financeiros de Martin estavam praticamente esgotados. Angus Duer e ele haviam sido indicados para uma vaga no Hospital Geral de Zenith, onde Martin teria oportunidade de receber um treinamento de qualidade incomparável. Contudo, durante o primeiro ano de internato, o hospital oferecia a seus internos apenas alojamento e refeições, de modo que Martin temia não poder aceitar a indicação. A oferta do sr. Tozer deixou-o animado. Todas as noites, ele e Leora conversavam sobre a liberdade do oeste, sobre os corações bondosos e as mãos amigas dos pioneiros, sobre o heroísmo e a compaixão dos médicos que atuavam nas regiões além dos limites das cidades. A perspectiva de uma vida nesses moldes era estimulante, e eles acabaram chegando a uma decisão final.

Iriam viver em Wheatsylvania.

Se as pesquisas e a sublime curiosidade de Gottlieb ainda exercem certa sedução sobre Martin, também o animava a possibilidade de, como médico da zona rural, seguir o exemplo do Dr. Robert Koch. Ele montaria para si um pequeno laboratório e não se permitiria ser um jogador de cartas, tampouco um caçador de patos. Com o espírito embalado por esses projetos, Martin terminou o ano e, em sua formatura, parecia um tanto afobado dentro da beca e do capelo. Angus concluiu o curso como primeiro da classe, e Martin, em sétimo lugar. Sua despedida de Mohalis foi banhada a lamentos e muita cerveja. Ele encontrou um quarto para Leora nas proximidades do hospital e se tornou, até o fim do internato, o Dr. Martin L. Arrowsmith, clínico geral no Hospital Geral de Zenith.

CAPÍTULO 11

A fábrica de caixotes de Boardman estava em chamas e toda a população do sul de Zenith estava agitada diante daquele brilho intenso que se refletia nas nuvens baixas e pesadas, bem como do cheiro de madeira queimada e das sirenes dos dispositivos de alarme de incêndio. Ao longo de quilômetros a oeste da fábrica, pequenas casas de madeira estavam sob ameaça, e mulheres cobertas de xales e homens com cabelos desgrenhados, trajando calças sobre camisolões de dormir, saíam das camas aos trambolhões e corriam paras as ruas geladas, enchendo a noite com um tropel de passos.

Demonstrando uma calma profissional, bombeiros, cuja cabeça era protegida por capacetes, alimentavam as máquinas de bombear. Policiais andavam de um lado a outro na frente da multidão, agitando seus cassetetes e gritando: "Para trás, você aí!". O cordão de isolamento tinha que ser respeitado. Apenas o proprietário da fábrica e os repórteres tinham permissão para ultrapassá-lo. Um operário com olhar desvairado foi parado pelo sargento da polícia.

— Minhas ferramentas estão lá dentro! — gritou ele.
— Isso não muda nada! — berrou o sargento. — *Ninguém* pode transpor esta linha!

Porém, alguém a transpôs. Eles escutaram a sirene incessante, furiosa e desafiadora de uma ambulância que se aproximava a toda velocidade. Sem que houvesse a necessidade de qualquer ordem, a multidão abriu espaço e, por meio dele, quase resvalando nas pessoas, passou um enorme veículo cinza. Na parte traseira, altivo em seu uniforme branco, sentado indiferente em um banco estreito, estava O Doutor – Martin Arrowsmith.

A multidão o contemplou com admiração; o policial se adiantou apressado para recebê-lo.

— Onde está o policial que se feriu? — foi logo perguntando.

— Lá naquele abrigo — gritou o sargento, correndo ao lado da ambulância.

— Chegue mais perto. Ignore a fumaça! — Martin ordenou ao motorista.

Um tenente da corporação dos bombeiros conduziu-os até uma pilha de serragem sobre a qual estava encolhido um jovem, já inconsciente, com as faces lívidas e frias.

— Ele respirou uma grande quantidade de fumaça da madeira verde e tombou. Bom rapaz! É um caso perdido? — indagou o tenente com voz suplicante.

Martin ajoelhou-se ao lado do moço, tomou-lhe o pulso, auscultou-lhe a respiração. Em seguida, abriu bruscamente uma maleta preta, aplicou no jovem uma injeção hipodérmica de estricnina e colocou-lhe perto do nariz um pequeno frasco de amoníaco.

— Ele vai recobrar os sentidos. E vocês dois, corram já para a ambulância!

O sargento e o mais novo estagiário da patrulha saíram juntos apressadamente, e juntos eles balbuciaram: "Tudo bem, Doc".

O principal repórter do *Advocate-Times* aproximou-se de Martin. Ele tinha apenas 29 anos de idade, mas era o mais velho e talvez o mais cínico indivíduo do mundo. Ao longo de sua carreira, já entrevistara senadores e descobrira fraudes em sociedades beneficentes, e até mesmo em lutas de boxe profissionais. Tinha finas rugas na lateral dos olhos, fumava cigarros Bull Durham incessantemente e tinha pouca consideração pela honra dos homens e pela virtude das mulheres. No entanto, em relação a Martin – ou, pelo menos, ao Doutor – ele fora educado.

— Ele vai sair dessa, Doc? — perguntou com sua voz anasalada.

— Creio que sim. Asfixia. O coração ainda está batendo.

Martin gritou as últimas palavras já no degrau da parte de trás da ambulância, enquanto, bamboleante e aos solavancos, ela atravessava o pátio da fábrica coberto por espessa fumaça e avançava na direção da multidão, que se retraía. O doutor e o motorista eram os donos e comandantes da cidade. Eles ignoravam a sinalização de trânsito e não davam importância às pessoas que retornavam dos teatros e cinemas e salpicavam as ruas abertas à frente daquele ligeiro capô cor de cinza: "Saiam do caminho!". O oficial responsável pelo trânsito ouviu o som agudo da sirene quando eles se aproximaram, velozes como o Expresso da Meia-Noite, e fez recuar o povo ruidoso que se amontoava na esquina das ruas Chickasaw e Twentieth. Comprimidas contra o meio-fio, sob a ameaça de cavalos que empinavam e carros que davam marcha à ré, as pessoas viram a ambulância avançar com ímpeto, gemendo, carregando em seu interior O Doutor, que se segurava em uma alça e balançava livremente em seu banquinho inseguro.

No hospital, o recepcionista gritou:

— Ferimento de tiro no Caramanchão, Doc!

— Tudo bem. Deixe-me tomar alguma coisa — respondeu Martin, placidamente.

A caminho de seu aposento, ele passou ao lado da porta aberta do laboratório do hospital e avistou as bancadas cheias de sulcos e as fileiras inertes de frascos e tubos de ensaio.

— Ufa! Essas coisas! Viver enfiado num laboratório! Essa outra vida é que é real — exultou-se, sem se permitir ver a figura de Max Gottlieb, que lá estava, tão esquelético, tão cansado, tão paciente.

II

Os seis residentes do Hospital de Zenith, incluindo Martin e Angus Duer, viviam em um quarto comprido e escuro, com seis camas de acampamento e seis escrivaninhas entulhadas de fotografias, gravatas e meias que careciam de um bom cerzimento. Sentados em suas camas, eles entabulavam longas discussões, fazendo comparações entre cirurgia e clínica médica, planejando os jantares de que pretendiam desfrutar nas noites de folga e explicando a Martin, na condição de único homem casado do grupo, as virtudes de diversas enfermeiras por quem cada um deles se apaixonara.

Martin achava a rotina do hospital um tanto monótona. Embora já tivesse adquirido o "andar do residente" e atravessasse com passos rápidos aquele corredor, levando o estetoscópio em evidência dentro do bolso, não desenvolvera (nem podia desenvolver) a conduta médica indispensável no atendimento ao paciente em seus leitos. Ele se compadecia dos doentes – sofredores, pálidos, machucados. Eram seres humanos e não uma massa de sombria dor, mas depois da terceira vez que tratara uma ferida, já se considerava satisfeito e queria partir para novas experiências. Ainda assim, o trabalho externo nas ambulâncias era infinitamente estimulante para seu orgulho.

O Doutor, e apenas Ele, tinha alguma segurança à noite naquele cortiço que chamavam de "o Caramanchão". Sua maleta preta era o passaporte. Os policiais o saudavam, as prostitutas se curvavam diante dele sem fazer zombaria, os vigias dos bares diziam "noite, Doc" e afastavam os homens do vão das portas para deixá-lo passar. Martin tinha consciência de seu poder – a primeira vez na vida em que se sentia poderoso. E se deixou embarcar em uma aventura incessante.

Ele tirara de uma espelunca o presidente de um banco, ajudara a família a manter incógnita a vergonha e, com tremenda irritação, recusara o suborno que lhe ofereceram. Mais tarde, quando pensou no jantar que poderia ter tido junto com Leora, arrependeu-se de não ter aceitado. Martin irrompera dentro de quartos de hotel exalando gás e ressuscitara aspirantes a suicida. Bebera rum de Trinidad com um congressista que defendia a proibição da bebida. Atendera policiais atacados por grevistas e grevistas atacados por policiais. Trabalhara como assistente em uma cirurgia abdominal de emergência às três e meia da madrugada. A sala de operações, com paredes brancas de azulejo, chão de mosaico branco e claraboia de vidro fosco, parecia revestida de gelo iluminado pelo fogo, e as grandes luminárias faziam brilhar as bandejas de vidro contendo o instrumental e os pequenos bisturis cruéis. O cirurgião, que vestia um longo avental branco e um gorro também branco, bem como luvas de borracha cor de laranja, fez rapidamente uma incisão no quadrado de pele amarelada exposto entre toalhas, cortando as camadas de gordura – e Martin observara, imóvel, os primeiros sinais do sangue que ameaçadoramente começava a fluir pelo corte. Um mês depois, quando da enchente do rio Chaloosa, ele trabalhara durante 76 horas, com intervalos de meia hora de sono em uma ambulância ou na mesa de um posto policial.

Martin desembarcara de um barco em um local que fora o segundo pavimento de uma casa e trouxe à vida um bebê no andar de cima. Ele enfaixara cabeças e braços de uma fila de homens, mas o que lhe valera a glória fora o feito temerário de ter enfrentado a nado uma inundação para salvar cinco crianças que se equilibravam apavoradas sobre um banco de igreja. Seu nome ocupou as principais manchetes dos jornais. E quando ele retornou, para beijar Leora e ter doze horas de sono, foi com amargo desdém e espírito de autodefesa que se deitou e pensou nas pesquisas.

"Gottlieb, aquele pobre vasculhador velho e quixotesco! Eu queria vê-lo nadar naquela correnteza!", cochichava o Dr. Arrowsmith para Martin, em tom de zombaria.

Contudo, quando se via sozinho em seu plantão noturno, era obrigado a encarar a personalidade que ele tivera medo de revelar, e sentia-se abater pela saudade do laboratório, da excitação de novas descobertas, das investigações que penetravam muito abaixo da superfície e iam muito além daquele momento. Lembrava-se também com nostalgia da busca de leis fundamentais que o cientista (não obstante as descreva de maneira blasfematória e coloquial) elevava acima da categoria de remédio temporário, do mesmo modo que os religiosos elevam a natureza e a terrível glória de Deus acima das aprazíveis virtudes banais. Toda essa melancolia era acompanhada por um intenso sentimento de inveja de outros que poderiam progredir nas pesquisas (e deixá-lo para trás), cada vez mais confiantes na técnica, mais amplamente conscientes dos fenômenos da química biológica, mais profundamente ousados na explicação de leis nas quais os pioneiros haviam resvalado e cujos segredos haviam apenas deixado entrever.

No segundo ano do internato, quando a excitação provocada por incêndios, enchentes e assassinatos se tornou tão rotineira quanto as atividades de um escriturário, quando já sabia como são estranhamente poucas as formas pelas quais os seres humanos conseguem se machucar e machucar seus semelhantes, quando passou a ser meramente desgastante viver de acordo com a presunção de ser O Doutor, Martin tentou satisfazer e, quem sabe, também exterminar seu indesculpável desejo científico e cedeu ao impulso de se intrometer no laboratório do hospital e tentar estabelecer correlações dentro das contagens sanguíneas de anemias perniciosas. Essa bisbilhotice com as substâncias utilizadas nas pesquisas guardava riscos. Em meio ao atropelo das operações, ele começou a imaginar a arrebatadora quietude do laboratório. Em conversa com Leora, confessou:

— Se é pra eu me estabelecer em Wheatsylvania e arranjar um meio de ganhar a vida... acho melhor acabar com isso... e... por Deus, é o que vou fazer!

O reitor Silva sempre participava de reuniões no hospital. Certa noite, ele passou pelo saguão no momento em que Leora, na saída do escritório onde trabalhava como estenógrafa, viera encontrar Martin para irem jantar. O rapaz fez as apresentações e o homenzinho, segurando as mãos da moça, murmurou alguma coisa e falou com voz estridente:

— Vocês me dariam o prazer de sua companhia para o jantar? Minha esposa me abandonou. Sou um homem solitário, um misantropo.

Ele deu alguns passos entre os dois, roliço e feliz. Martin e o reitor não se comportavam como aluno e professor, mas sim como dois médicos, pois o Dr. Silva era um pedagogo que ainda conseguia se interessar por um homem que não se ajoelhava a seus pés. Ele conduziu o faminto casal até um restaurante e, em um recanto isolado, habilmente os saciou com carne de ganso assado e canecas de cerveja.

O Dr. Silva concentrou sua atenção em Leora, mas a conversa girou em torno de Martin.

— Seu marido precisa se tornar um mestre da arte de curar, e não um apanhador de migalhas como esses indivíduos que vivem em laboratórios.

— Mas Gottlieb não é um apanhador de migalhas — protestou Martin.

— Nã-ã-ã-o-o. Mas... há uma diferença entre os deuses de cada pessoa. Os de Gottlieb são os cínicos, os destruidores... os pessimistas, vulgarmente conhecidos pelo nome de Diderot, Voltaire e Elser... grandes homens, excelentes trabalhadores... entretanto, trata-se de homens cujo divertimento residia mais na destruição das teorias de outros do que na criação de suas próprias teorias. Os meus deuses, no entanto, são os homens que empregam as descobertas dos deuses de Gottlieb em prol da humanidade... fazem delas instrumentos de preservação da vida humana!

"São dignos de todo reconhecimento os homens que inventaram as tintas e as telas, mas a glória maior cabe aos Rafaeis e Holbeins, porque eles utilizaram essas invenções! Laennec e Osler... estes são os homens! É tudo muito simples... essa história de pesquisa pura – a mera procura da verdade, sem vínculos com qualquer espécie de mercantilismo ou pretensões de conquistar a fama! O que importa é chegar ao âmago, ignorando consequências e usos práticos. Mas, pense bem... se levarmos essa ideia ao extremo, você percebe que um homem poderia encontrar justificativas para o fato de passar os dias fazendo nada mais além de contar os paralelepípedos da Avenida Warehouse, de torturar pessoas com o único intuito de vê-las gritar, e então escarnecer de um homem que faz milhões de seres humanos se sentirem bem e felizes?

"Não, não! Este rapaz, sra. Arrowsmith, o Martin, é um sujeito apaixonado e não um burro de carga. Ele precisa se apaixonar pela luta em prol do bem da espécie humana. Seu marido escolheu a profissão mais sublime do mundo, mas ele é um anjo rebelde, indeciso e adepto da experimentação. Você precisa segurá-lo e não permitir que o mundo seja privado dos benefícios da paixão que o move."

Depois dessa solene preleção, Pai Silva levou-os para assistir a uma comédia musical e se sentou entre os dois. Ficou dando palmadinhas no ombro de Martin e no braço de Leora e riu-se a valer quando um comediante enfiou o pé em um balde de cal. Com a volubilidade da meia-noite, Martin e Leora declararam atabalhoadamente a afeição por ele e divisaram em sua aventura de Wheatsylvania a glória e a salvação.

Poucos dias antes do término da residência de Martin e da partida para Dakota do Norte, eles encontraram Gottlieb na rua.

Já fazia mais de um ano desde a última vez em que Martin o vira. E Leora ainda não tivera oportunidade de conhecê-lo. O mestre parecia preocupado e adoentado. Enquanto Martin hesitava, sem saber se o cumprimentava com um aceno de cabeça, Gottlieb parou.

— Como estão as coisas, Martin? — indagou ele, cordialmente, ao mesmo tempo em que seus olhos diziam "Por que você nunca vem me ver?".

O rapaz balbuciou algumas palavras ininteligíveis e, logo que Gottlieb se foi, esforçou-se por dominar seu desejo de correr atrás dele, e continuou caminhando, com o corpo arqueado como se sentisse dores.

Leora estava perguntando:

— É esse o professor Gottlieb, sobre quem você sempre fala?

— Sim. O que você achou dele?

— Eu não... sabe, Destemido, ele é o homem mais extraordinário que já vi! Não sei como cheguei a essa conclusão, mas ele é! O Dr. Silva é um encanto, mas esse aí é um grande homem! Eu gostaria... gostaria que nós pudéssemos encontrá-lo de novo. É o único homem por quem eu deixaria você, se ele quisesse. Ele é tão... Parece uma espada, um cérebro em movimento. Oh, Destemido... ele me pareceu tão infeliz... Senti vontade de chorar. Eu seria capaz de lhe engraxar os sapatos!

— Meu Deus! Eu também.

Mas o atropelo da partida de Zenith, a excitação da mudança para Wheatsylvania, a competição renhida de seus exames estaduais e o sentimento de dignidade de ter se tornado um clínico relegaram Gottlieb ao esquecimento. E na pradaria de Dakota, naquele radiante dia de junho, com cotovias empoleiradas em todos os moirões, Martin iniciou seu trabalho.

CAPÍTULO 12

No momento em que Martin o encontrou na rua, Gottlieb estava arruinado.

Max Gottlieb era judeu alemão, nascido na Saxônia em 1850. Ele havia se formado em medicina em Heidelberg, mas nunca se interessara pela prática da profissão. Era um seguidor de Helmholtz e compreendera, por meio de pesquisas sobre a física do som realizadas na juventude, a necessidade do método quantitativo nas ciências médicas. Foi então que as descobertas de Koch o levaram para a biologia. Trabalhador sempre esmerado e meticuloso, um organizador de extensas tabelas de números, um homem sempre atento à presença de variáveis incontroláveis, um crítico feroz daquilo que considerava negligência, mentira ou afetação, um profissional nunca compreensível demais com a estupidez bem intencionada. Gottlieb trabalhou nos laboratórios de Koch e Pasteur, seguiu as primeiras instruções de Pearson na biométrica, bebeu cerveja e escreveu cartas ácidas; viajou para Itália, Inglaterra e Escandinávia e, casualmente, no prazo de dois dias, do mesmo modo que teria comprado um casaco ou contratado uma governanta, casou-se com a paciente e silenciosa filha de um comerciante gentio.

Depois, começou uma série de experimentos – muito importantes, carentes de dramaticidade, muito longos e excepcionalmente pouco reconhecidos. Anteriormente, em 1881, havia trabalhado na busca da confirmação dos resultados de Pasteur sobre imunização de galinhas contra a cólera e, para encontrar alívio e passatempo, dedicou-se à separação de enzimas em uma levedura. Alguns anos mais tarde, esbanjando descuidada e alegremente a diminuta herança que o pai, um banqueiro de menor importância, havia lhe deixado, ele analisou com espírito crítico a teoria das doenças causadas pela ptomaína e investigou os mecanismos de atenuação da virulência dos micro-organismos. Isso rendeu a Gottlieb uma pequena fama. Talvez tenha sido excessivamente cauteloso, mas, mais do que o demônio e a fome, odiava homens que se precipitavam na busca de notoriedade.

Embora se envolvesse muito pouco com a política, que considerava a mais repetitiva e menos científica das atividades humanas, seu patriotismo alemão era suficientemente forte para levá-lo a odiar os *Junkers*. Quando jovem, tivera um par de brigas com subalternos agitadores e chegou a passar uma semana na cadeia. Discriminação contra os judeus era algo que o tirava do sério. Com muita tristeza, aos quarenta anos mudou-se para os Estados Unidos, país que, julgava ele, nunca iria aderir ao militarismo, tampouco tornar-se antissemita. Na América, Gottlieb trabalhou inicialmente no Laboratório Hoagland, no Brooklyn, e depois na Universidade Queen City, na qual exerceu a função de professor de bacteriologia.

Nessa instituição, desenvolveu sua primeira pesquisa a respeito das reações toxina-antitoxina. Foi ele quem trouxe a público a proposição de que os anticorpos, com exceção da antitoxina, não tinham qualquer relação com o estado de imunidade de um animal e, enquanto sofria uma raivosa condenação por parte daqueles que constituíam o pequeno mas frenético mundo da ciência, trabalhava tranquila e impetuosamente com as teorias de Yersin e Marmorek sobre o soro.

O sonho mais caro a Gottlieb, naquela época e durante muitos anos de torturante dedicação à pesquisa, foi a produção artificial de antitoxinas, ou seja, a produção *in vitro*. Certa vez já estava preparado para publicar seu trabalho, mas suspendeu peremptoriamente a publicação após descobrir um erro. Era um homem solitário. Não parecia haver ninguém em Queen City que o considerasse outra coisa que não um judeu excêntrico que pegava micróbios pelas minúsculas caudas e os observava com voluptuosidade – decididamente um trabalho incompatível com um homem de estatura elevada, em um tempo no qual os heróis construíam pontes, testavam carruagens sem cavalos, produziam o primeiro dos novos e poéticos anúncios publicitários e vendiam quilômetros de tecidos de algodão e milhares de charutos.

Em 1899, Gottlieb foi chamado pela Universidade de Winnemac para assumir o posto de professor de bacteriologia na escola de medicina, e lá trabalhou como um mouro durante doze anos. Ele nunca falou sobre resultados do tipo denominado "prático"; também nunca abriu mão de combater as conclusões *post hoc propter hoc*[1], que ainda hoje compõem a maior parte da doutrina médica; jamais deixou de ser odiado pelos colegas, os quais pessoalmente o tratavam com respeito e se sujeitavam contrafeitos à sua sagacidade, mas que nos círculos privados o chamavam de mefistofélico, diabólico, desmancha-prazeres, pessimista, crítico destrutivo, cínico petulante, cientista salafrário carente de dignidade e seriedade, intelectual esnobe, pacifista, anarquista, ateu e judeu. Eles diziam, com toda razão, que Gottlieb era de tal modo devotado à ciência pura e à arte pela arte, que preferia ver as pessoas morrerem ao serem submetidas à terapia correta, do que serem curadas pelo tratamento errado. Do altar que ergueu para a humanidade, ele desejava expulsar todos os seres humanos comuns.

Em um dinâmico universo científico no qual pessoas realmente talentosas publicavam cinco vezes por ano, ele não chegou a publicar mais do que 25 trabalhos no período de trinta anos. Todos eles primorosamente acabados e facilmente reproduzidos e verificados pelos mais questionáveis dos críticos.

Em Mohalis, Gottlieb tinha à sua disposição amplas instalações para trabalhar, bem como excelentes assistentes, vidraria ilimitada, vasta quantidade de porquinhos-da-índia e um número suficiente de macacos, o que ele recebeu com satisfação. Contudo, o ciclo de aulas o entediava e a ausência de amigos compreensivos era motivo de tristeza. Ele sempre procurava alguém com quem pudesse conversar livre e despreocupadamente. Quando refletia a respeito da exaltação de médicos encorajados por meio da ignorância, de inventores que não passavam de pensadores engrandecidos, seu lado humano não podia deixar de experimentar um sentimento

---

1   Expressão latina que pode ser traduzida, de maneira livre e literal, como "após isso – por causa disso". Transmite a ideia de que dois eventos sequenciais estão conectados por uma ligação de causa e efeito. (N.E.)

de raiva pela notoriedade que a América não lhe conferira (nem mesmo Mohalis) e se lamentar de maneira muito pouco nobre.

Gottlieb nunca jantara na companhia de uma duquesa; nunca recebera um prêmio; nunca fora entrevistado; nunca produzira qualquer coisa que o público conseguisse entender; tampouco experimentara, depois de um amor de adolescente, qualquer sentimento que pessoas magnânimas pudessem chamar de romântico. Era, de fato, um autêntico cientista.

E um dos grandes benfeitores da humanidade. Jamais, em tempo algum, haverá qualquer iniciativa no sentido de debelar uma grande epidemia ou uma infecção insignificante sem que a influência das pesquisas de Max Gottlieb não seja sentida, pois seu trabalho não se limitara a etiquetar e elegantemente classificar bactérias e protozoários. Muito pelo contrário, seu propósito primeiro sempre fora a descoberta da química e das leis básicas que regem a existência e a destruição desses micro-organismos, leis estas em sua maioria desconhecidas após toda uma geração de ativos biólogos. No entanto, estavam certos aqueles que o classificavam de "pessimista", pois esse homem, que tanto quanto muitos outros será o veículo motivador da redução de doenças infecciosas a quase zero, sempre duvidou que a atenuação de doenças infecciosas tivesse qualquer valor.

Gottlieb imaginava que meia dúzia de gerações praticamente livres de epidemias produziriam uma raça com imunidade natural tão baixa que uma grande praga, ressurgindo subitamente quase do zero e cobrindo a terra como uma nuvem sufocante, devastaria todo o mundo (esse era um debate internacional, no qual ele fora acompanhado por poucos e demonizado por muitos) e, portanto, as medidas destinadas a salvar vidas, às quais emprestara sua genialidade, acabariam por ser a destruição da humanidade.

Ele pensava que se a ciência e a higiene pública eliminassem de fato a tuberculose e as outras grandes pragas, o mundo certamente ficaria superlotado e se tornaria um matadouro universal, entulhado de escravos. Desse modo, desapareceriam a beleza, a tranquilidade e a sabedoria, em uma frenética corrida contra a fome, pela preservação da vida. Contudo, essas especulações nunca refrearam seu trabalho. Se no futuro o mundo se tornasse superpopuloso, esse mundo deveria buscar no controle da natalidade ou outros recursos uma forma de solucionar seus problemas. Talvez assim viesse a ser, refletia ele. Entretanto, mesmo essa gota de saudável otimismo não estava presente em suas dúvidas finais, pois ele não acreditava em todo o progresso do intelecto e das emoções dos homens, e duvidava, acima de tudo, da superioridade da divina espécie humana em relação aos alegres cães, à infalibilidade dos graciosos gatos, aos imorais, serenos e ímpios cavalos e às gaivotas que elegantemente se expõem ao perigo.

Enquanto médicos charlatães, fabricantes de medicamentos patenteados, vendedores de goma de mascar e nobres sacerdotes da publicidade viviam em casas enormes cuidadas por serviçais e levavam sua sacrossanta pessoa a passear em limusines, Max Gottlieb vivia em uma cabana muito pequena, cuja pintura carecia de renovação, e dirigia-se a seu laboratório pedalando uma antiga e estridente bicicleta. Ele mesmo raramente reclamava, pois não era tão despropositado (em geral) a ponto de, além de liberdade, exigir os frutos da escravização popular.

— Ora — disse ele certa vez para Martin —, deveria o mundo me pagar por algo que eu quero fazer e eles não querem?

Enquanto na casa de Gottlieb havia apenas uma cadeira confortável, em sua mesa repousavam cartas longas, íntimas e respeitosas dos homens notáveis da França, Alemanha, Itália e Dinamarca e de cientistas que a Grã-Bretanha tanto prezava, a ponto de lhes conceder títulos quase tão nobres quanto os que oferecia a fabricantes de bebidas e de cigarros e aos proprietários de jornais obscenos.

Todavia, a pobreza o impedia de realizar seu desejo de passar um dia de verão às margens do Reno ou do plácido Sena, sentado debaixo dos álamos, em uma mesa, sobre cuja toalha xadrez houvesse pão, queijo, vinho e cerejas escuras – aquelas antigas e sagradas singelezas que todo o mundo conhece.

II

A esposa de Max Gottlieb era gorda, muda e se movimentava com lentidão. Aos sessenta anos, ainda não adquirira fluência no inglês e falava um alemão típico dos burgueses da cidade pequena, aqueles que pagam suas dívidas, comem em excesso e ficam vermelhos. Se, por um lado, o professor não lhe fazia confidências e à mesa se perdia em longas meditações, esquecendo-a de lado, por outro não a tratava com impaciência nem grosseria e dependia dela para arrumar a casa e aquecer sua antiquada camisola de dormir. Nos últimos tempos ela não andava muito bem de saúde. Mas, apesar da indisposição causada pelas náuseas e a má digestão, continuava dando conta de seu trabalho. Sempre se ouvia o ruído de seus chinelos velhos se arrastando pela casa.

O casal tinha três filhos, todos nascidos quando Gottlieb já havia passado dos 38 anos. Miriam, a caçula, era uma criança cheia de energia. Ela possuía certa inclinação para o piano e, enquanto sentia uma particular preferência pelas composições de Beethoven, odiava o gênero musical "ragtime", popular nos Estados Unidos naquela época. Miriam tinha uma irmã mais velha, que não possuía qualquer traço distintivo, e um irmão, Robert Koch Gottlieb, um garoto causador de muita dor de cabeça. A despeito da preocupação com os custos, os pais o enviaram para uma escola requintada nas proximidades de Zenith, onde ele conheceu filhos de industriais e desenvolveu um gosto especial por automóveis velozes e roupas excêntricas, deixando completamente de lado os estudos. Em casa, Robert acusava o pai de ser um "sujeito avarento" e, quando Gottlieb procurava lhe mostrar que era na verdade um homem pobre, o menino retrucava, recriminando-o por gastar dinheiro secretamente com as pesquisas, apesar da alegada pobreza; completava dizendo que ele não tinha o direito de fazer o filho passar vergonha e deveria exigir que a amaldiçoada Universidade lhe provesse o material necessário.

III

Entre os alunos de Gottlieb, havia poucos que viam nele e em suas aulas qualquer coisa além de obstáculos a serem superados tão rapidamente quanto possível. Um desses era Martin Arrowsmith.

Apesar da severidade com que apontava os erros de Martin e da altivez com que aparentava ignorar a devoção do rapaz, o professor se interessava por Martin tanto quanto Martin se interessava por ele. O mestre fizera uma infinidade de planos. Se Martin de fato desejava sua ajuda (Gottlieb conseguia ser tão modesto nas relações pessoais quanto era egoísta e arrogante no ambiente de competição da ciência), ele faria da carreira do jovem a sua própria carreira. Enquanto Martin realizava suas insignificantes pesquisas originais, Gottlieb se rejubilava pelo desejo do rapaz de abandonar as convencionais (e convenientes) teorias sobre imunização e pelo arrebatado cuidado com que verificava os resultados. E quando, por razões desconhecidas, o jovem agia de forma negligente ou estava claramente bebendo demais e, sem dúvida alguma, entregando-se a algum disparatado caso pessoal, eram a dramática necessidade de amigos e o ardente respeito pela excelência no trabalho que levavam o professor a criticá-lo com rispidez. Quanto aos pedidos de desculpas exigidos pelo reitor Silva, ele não fazia a menor ideia, e teria tido um acesso de cólera...

Gottlieb esperava pelo retorno de Martin e se censurava: "Idiota! Ele tinha um talento notável. Você deveria saber que não se usa uma pá de platina para carregar carvão". Durante o tempo que conseguiu (enquanto Martin lavava pratos ou vagava em trens questionáveis entre cidades inimagináveis), ele postergou a contratação de um novo assistente. Então, toda a sua ânsia se converteu em fúria e Martin, que passou a ser para ele um traidor, fora expulso de seu pensamento.

IV

É possível que Max Gottlieb fosse um gênio, e certamente, a exemplo de todo gênio, também louco. De fato, no período em que Martin fizera o internato no Hospital de Zenith, Gottlieb tivera uma atitude mais disparatada do que qualquer uma das superstições das quais costumava zombar.

Ele tentara assumir o papel de um executivo, um reformador! Logo ele, o cínico, o anarquista, propôs-se a fundar uma instituição e mergulhou nisso com o espírito de uma solteirona que se dedica à organização de uma liga cujo propósito é evitar que garotos de tenra idade aprendam palavras impróprias.

Gottlieb imaginou que deveria existir neste mundo uma escola de medicina totalmente dedicada à ciência e pautada pelas normas da biologia e da química (disciplinas exatas e quantitativas), da qual fossem banidas as encenações e grande parte das intervenções cirúrgicas. Ele foi mais longe e concluiu que tal empreendimento deveria ser implantado na Universidade de Winnemac! O velho professor tentou ser pragmático a esse respeito; sim, foi extremamente pragmático e plausível!

Pensou ele: "Admito que nós não teremos condições de formar médicos para curar dores de barriga nas aldeias e... talvez médicos comuns sejam tão admiráveis quanto necessários. Mas já existem muitos deles por aí. E no lado prático da história, se vocês me concederem por vinte anos uma escola que se paute pela precisão e a cautela, nós poderemos chegar à cura do diabetes e, quem sabe, da tuberculose, do câncer e de todas essas formas de artrite que atacam os carpinteiros e são por eles chamadas de 'reumatismo'. Sem dúvida!".

Ele não desejava assumir o controle dessa tal escola, tampouco receber qualquer crédito por isso. Estava muito ocupado. Contudo, em um encontro na Academia Americana de Ciência, conheceu um certo Dr. Entwisle, um jovem fisiologista de Harvard, que daria um excelente reitor. Entwisle sentiu grande admiração por Gottlieb e revelou-lhe seu desejo de levá-lo para Harvard. Quando o velho professor descreveu sua concepção de uma nova espécie de escola de medicina, Entwiste mostrou-se entusiasmado.

— Não há nada que me desperte mais interesse do que ter a oportunidade de estar em um lugar como esse — falou ele com grande excitação, e Gottlieb retornou triunfante para Mohalis. Ele se sentia mais confiante do que nunca, porque recebera nessa ocasião um convite para assumir a reitoria da Universidade de West Chippewa, o qual recusara sarcasticamente.

Seja por excesso de ingenuidade ou de insanidade, o fato é que Gottlieb escreveu uma educada carta para o reitor Silva, propondo-lhe que renunciasse a seu cargo, seu trabalho, sua vida e cedesse o posto para um desconhecido professor de Harvard! Pai Silva era um sujeito gentil e cortês, um condizente discípulo de Osler, mas essa missiva inconcebível esgotou toda a sua paciência. Ele respondeu que, embora compreendesse o valor da pesquisa básica, estava ciente de que a escola de medicina pertencia ao povo do estado e sua tarefa era proporcionar a esse povo cuidados práticos e imediatos. Quanto a deixar seu cargo, o reitor afirmou que se algum dia viesse a acreditar que a escola poderia auferir benefícios com sua renúncia, ele sairia imediatamente, mas precisava de uma propositura mais legítima do que uma carta de um de seus subordinados!

A resposta de Gottlieb foi espirituosa e leviana. Ele recomendou que o povo do estado de Winnemac fosse para o inferno e questionou se esse povo simplório fazia jus a qualquer espécie de cuidado. Sem nenhuma justificativa plausível, pediu ao grande orador e patriota, Dr. Horace Greeley Truscott, presidente da Universidade, a cabeça do reitor Silva.

O presidente Truscott respondeu:

— Eu estou na verdade ocupado demais para levar em consideração conspirações quiméricas, embora engenhosas.

— Você está ocupado demais para pensar em qualquer coisa, exceto conceder títulos honorários a milionários, como pagamento por ginásios esportivos — contestou Gottlieb.

No dia seguinte, ele foi convocado para uma reunião especial do Conselho da Universidade. Na qualidade de chefe do departamento médico de bacteriologia, Gottlieb era membro desse organismo supremo e, quando adentrou a ampla sala do Conselho, com seu forro dourado, pesadas cortinas castanho-avermelhadas e os quadros sombrios de pioneiros, ele se dirigiu a seu assento habitual e lá permaneceu, refletindo sobre assuntos muito mais absorventes, indiferente ao grupo de participantes que cochichavam à sua volta.

— Por favor, professor Gottlieb, o senhor poderia sentar-se na naquela extremidade da mesa? — solicitou o presidente Truscott.

Nesse momento, Gottlieb tomou consciência das tensões. Ele percebeu que além dos sete membros do Conselho de Regentes, também estavam presentes os quatro que viviam em Zenith, ou nas proximidades dessa cidade, e viu que quem se sentava ao lado de Truscott não era o decano do departamento acadêmico, mas sim o reitor Silva. Acima de tudo, notou que, embora estivessem mergulhados na confusão de sua tagarelice, alheios ao que acontecia ao redor, todos eles o observavam.

O presidente Truscott anunciou:

— Cavalheiros, a finalidade dessa reunião do Conselho e dos regentes é discutir as acusações que pesam contra o professor Max Gottlieb, nomeado pelo digníssimo reitor e por mim mesmo.

Repentinamente, o semblante de Gottlieb pareceu mais velho.

— São as seguintes as acusações: deslealdade em relação ao reitor, ao presidente e aos regentes, bem como ao estado de Winnemac; desrespeito à reconhecida ética médica e acadêmica; egoísmo insano; ateísmo; persistente falta de colaboração com seus colegas; e uma incapacidade tal para compreender assuntos práticos, que torna temerária sua permanência na importante condução dos laboratórios e das aulas que a ele confiamos. Cavalheiros, vou agora provar cada um desses pontos, apresentando aos senhores uma carta dirigida pelo professor Gottlieb ao reitor Silva.

E ele comprovou as acusações.

O presidente do Conselho de Regentes sugeriu:

— Gottlieb, eu penso que o caminho mais simples seria você nos encaminhar seu pedido de demissão e permitir que possamos sair daqui com o espírito em paz, em vez de ter a desagradável...

— Me esconjurem se quiserem, mas não peço demissão coisa alguma! — reagiu Gottlieb, já em pé, e dominado pela fúria. — Como todos vocês têm mente de escolares, uma mente tão rasa quanto um campo de golfe, estão distorcendo minhas expressões (diga-se de passagem, expressões perfeitamente acuradas e impregnadas do mais sólido ideal revolucionário), que não visam obter para mim qualquer vantagem, e dando a elas a conotação de um subterfúgio que visa esconder o desejo de sorrateiramente me apropriar de cargos superiores. Pois a esses tolos cabe a responsabilidade de julgar a honra! — o longo dedo indicador do professor parecia um anzol que tentava alcançar a alma do presidente Truscott. — Não! Eu não renunciarei! Expulsem-me, se assim entenderem!

— Temo, então, que devemos lhe pedir para deixar esta sala enquanto procedemos à votação — determinou o presidente com uma voz suave demais para um homem tão corpulento, forte e enérgico.

Gottlieb tomou sua bicicleta e se dirigiu ao laboratório. Foi por meio de uma mensagem telefônica da autoritária escriturária do gabinete do presidente que ele recebeu a seguinte informação: "sua renúncia foi aceita".

Indignado com a situação, pensava o professor: "Despedir-me? Não podem fazer isso! Sou a principal celebridade, a única celebridade dessa escola de comerciantes!". Quando compreendeu que havia de fato sido despedido, sentiu-se envergonhado com a ideia de que dera a eles motivos para tanto. Contudo, o que mais o deixou consternado foi saber que uma tentativa de agir politicamente havia provocado a interrupção de um trabalho sagrado.

Ele precisava encontrar imediatamente um pouco de paz e um laboratório.

Os membros do Conselho perceberiam o desatino que haviam cometido quando soubessem que Harvard o chamara!

Ele ansiava por um convite das joviais Cambridge e Boston. Por que havia permanecido por tanto tempo na rude Mohalis? Gottlieb escreveu para o Dr. Entwisle, dando a entender que gostaria de receber uma proposta. Já fazia uma semana que ele esperava por um telegrama, quando chegou uma longa carta de Entwisle, na qual este admitia que fora precipitado demais em falar em nome do corpo docente de Harvard. Entwisle lhe apresentou os cumprimentos dos professores e usou a conjuntura do momento como desculpa por não ter condições de levá-lo de imediato a fazer parte da instituição, o que para todos seria uma grande honra.

Gottlieb escreveu então para a Universidade de West Chippewa, comunicando que, embora tardiamente, estava disposto a assumir a direção da escola de medicina. A resposta dizia que o cargo já estava preenchido, que eles não haviam apreciado o tom da última carta do professor e que não tinham "interesse em voltar a tratar do assunto".

Aos 61 anos de idade, Gottlieb havia poupado apenas umas poucas centenas de dólares – literalmente poucas centenas. A exemplo de qualquer assentador de tijolos desempregado, precisava encontrar um trabalho para não morrer de fome. Ele já não era aquele gênio contrariado por causa de uma criação interrompida, mas sim um miserável professor em desgraça.

Nesse estado de espírito, perambulou dentro de sua pequena casa marrom, folheando papéis, fitando a esposa, fitando quadros antigos, fitando o vazio. Ele ainda tinha pela frente um mês de aulas (os diretores haviam fixado a data da demissão para mais adiante), mas faltava-lhe estímulo para ir ao laboratório. Sentia-se indesejado e até mesmo em dúvida quanto à sua suposta infalibilidade. A antiga autoconfiança transformara-se em autopiedade, e o professor passava o tempo em uma ansiosa espera pela chegada das correspondências. Alguém entre aqueles que conheciam sua reputação, sua propositura de trabalho, certamente se prontificaria a ajudá-lo. Foram muitas as cartas cordiais tratando de pesquisa, porém, o tipo de indivíduo com quem ele se correspondia não estava bem informado a respeito do que se falava no colegiado das instituições e tampouco sabia de suas necessidades.

Depois da má sorte em Harvard e da reprimenda de West Chippewa, ele não podia procurar se aproximar das universidades e institutos de pesquisa, e era orgulhoso demais para escrever cartas suplicantes àqueles que o reverenciavam. Não... agiria como um homem de negócios! Candidatou-se então em uma agência de Chicago, especializada na contratação de professores, e recebeu uma resposta empolada, na qual se comprometiam a fazer uma prospecção e indagavam se ele tinha interesse em um cargo de professor de física e química em um colégio de subúrbio.

Antes que estivesse suficientemente recuperado do acesso de fúria para poder responder, o ambiente familiar foi abalado pela repentina agonia de sua esposa.

Havia alguns meses, ela vinha sofrendo com problemas de saúde. Gottlieb insistira para que um doutor fosse consultado, mas o medo irrefreável de que pudesse ouvir o diagnóstico de um câncer de estômago a impedia de procurar assistência médica, e àquela altura ela já começara a vomitar sangue e suplicava pela ajuda do marido. O Gottlieb que escarnecia dos credos da medicina e daqueles que costumava denominar "carpinteiros" e "traficantes de pílulas", esquecera tudo o que sabia sobre diagnósticos, e quando ele ou alguém de sua família se adoentava, pedia tão desesperadamente quanto qualquer leigo a presença de um médico do interior, aqueles para quem as doenças são pestes negras enviadas por demônios desconhecidos.

Com uma simplicidade inacreditável, ele considerou que, pelo fato de a desavença com Silva não ter sido de caráter pessoal, ainda existia a possibilidade de chamá-lo e, nesse caso, havia justificativa. Movido por um sentimento de excessiva bondade e rindo-se enquanto pensava: "Quando ele tem alguma coisa realmente importante, não corre atrás de Arrhenius ou Jacques Loeb, mas sim atrás de mim!", Silva atendeu ao chamado. O homem pequenino levou força moral à miserável cabana de Gottlieb, e este abaixou os olhos em sinal de confiança.

A sra. Gottlieb estava sofrendo. Silva ministrou a ela uma dose de morfina e, não sem sentir certa satisfação, soube que Gottlieb sequer conhecia a dose recomendada para o caso. O reitor examinou a doente – suas mãos rechonchudas tinham a mesma sensibilidade, senão a mesma precisão, dos dedos esqueléticos de Gottlieb. Ele esquadrinhou o ambiente abafado (a sombria cortina verde, o crucifixo sobre a pesada escrivaninha, o colorido de uma empregada recatadamente libidinosa) e ficou perturbado pela impressão de ter estado em tempos recentes naquele recinto. Então se lembrou. O cômodo era idêntico ao quarto lúgubre de um merceeiro alemão onde ele estivera durante uma consulta um mês antes.

Silva dirigiu-se a Gottlieb não como alguém que fala com um colega ou um inimigo, mas sim com um paciente que precisa ser confortado.

— Não imagino que exista algum tumor. Como você sabe, doutor, sem qualquer sombra de dúvida, é possível afirmar isso a partir das diferenças na forma da borda inferior das costelas e pela superfície abdominal durante uma respiração profunda.

— Oh, sim.

— Creio que você não precisa se preocupar. Mas é melhor nós a levarmos logo para o Hospital da Universidade, onde poderemos ministrar a ela um contraste e realizar um raio-X, com base no qual será possível verificar a existência do bacilo de Boas-Oppler.

Pesada e inerte, a esposa de Gottlieb foi carregada ao longo da escada da cabana. O marido permaneceu junto a ela, mas não havia como afirmar se ele a amava ou não; se era capaz de demonstrar uma afeição familiar comum. A necessidade de recorrer ao reitor Silva havia abalado sua opinião sobre a própria sabedoria. Era a afronta final, um ultraje mais sutil e enervante do que a proposta de dar aulas de química para crianças. Quando se sentou junto ao leito da esposa, sua face sombria estava pálida e as rugas profundas que marcavam aquela máscara poderiam revelar tanto uma expressão de tristeza, quanto uma expressão de medo... Tampouco se sabe que significado teve para ele, durante os longos anos de segurança e reclusão, o crucifixo da mulher, aquele que Silva observara furtivamente no gabinete – um espalhafatoso crucifixo de gesso sobre uma caixa coberta de conchas douradas.

Silva fez o diagnóstico de uma provável úlcera gástrica e receitou um tratamento à base de refeições leves e frequentes. Ela apresentou sensível melhora, mas permaneceu no hospital por quatro semanas. Durante esse período, Gottlieb se perguntava: "Estarão os médicos nos enganando? Será na verdade um câncer, que Eles, em seu místico ofício, estão escondendo de mim, um sujeito que não sabe nada?".

Roubado da reconfortante e silenciosa presença da qual tanto dependera ao longo de suas exaustivas noites, Gottlieb se atormentava por causa das filhas e se desesperava com o barulho que elas faziam ao estudar piano e com a incapacidade que tinham de coordenar o trabalho da desmazelada empregada. Quando elas se recolhiam ao leito, sentava-se sozinho e imóvel sob a pálida luz de um abajur e nem sequer lia um livro. Estava desnorteado. Seu altivo ego mais parecia um barão usurpador caído nas mãos de escravos rebeldes – curvado sob o peso de uma carga obscena, os olhos outrora orgulhosos, agora cheios de remelas e carregados de paciente desespero, a mão justiceira amputada e moscas libidinosas se rastejando sobre o pulso coberto de úlceras.

Foi exatamente nessa época que encontrou Martin e Leora em uma rua de Zenith.

Ele não olhou para trás ao passar por eles, mas durante toda aquela tarde pensou demoradamente no casal. "Aquela garota... pode ter sido ela quem roubou Martin de mim... da ciência! Não! Ele estava certo. Pode-se ver o que acontece com um tolo como eu!"

No dia seguinte à alegre partida de Martin e Leora para Wheatsylvania, Gottlieb foi a Chicago procurar a agência de professores.

A firma era administrada por um sujeito dinâmico que fora no passado superintendente escolar do condado. Ele não demonstrou grande interesse, em consequência do que Gottlieb perdeu a paciência e disparou:

— Seu trabalho é encontrar colocação para professores ou você se limita a enviar circulares só para se divertir? Você examinou meu currículo? Sabe quem eu sou?

O agente rosnou:

— Sim, nós sabemos quem você é, certo? Eu não estava ciente quando escrevi a você, mas... parece-me que sua experiência como homem de laboratório é muito boa; todavia, não vejo que tenha produzido qualquer coisa minimamente útil do ponto de vista da medicina. Nós esperávamos lhe oferecer uma oportunidade que você, nem qualquer outra pessoa, jamais teve. John Edtooth, o magnata do petróleo de Oklahoma, decidiu fundar uma universidade que, em matéria de instalações, dotação orçamentária e singularidade suplantará tudo o que até hoje foi realizado em termos de educação – o maior ginásio do mundo, no qual atuará como treinador de beisebol um ex-atleta do New York Giant! Pensamos que talvez pudéssemos lhe oferecer a cadeira de bacteriologia ou de fisiologia (imaginamos que, estudando bastante, você poderia ministrar essa disciplina também).

Mas realizamos algumas consultas junto a uns bons amigos que temos nas cercanias de Winnemac e descobrimos que você não tem condições de assumir um cargo que envolva real responsabilidade. Caramba! Eles o demitiram por total incompetência! Mas agora que já recebeu uma merecida lição... você se julga capaz de ministrar higiene prática na Universidade de Edtooth?

Gottlieb estava tão furioso que até se esqueceu de falar em inglês e gritou suas imprecações com voz áspera e seca, empregando termos de uma gíria escolar em alemão. Foi uma cena hilariante para o escriturário e a estenógrafa, que se riram a valer. Ao sair daquele lugar, Max Gottlieb caminhou vagarosamente, sem rumo definido. De seus olhos escorriam lágrimas senis.

CAPÍTULO 13

Pessoa alguma dentro do mundo médico jamais amaldiçoou com tanta veemência o mercantilismo de certas grandes empresas do ramo farmacêutico — em especial, a Dawson T. Hunziker & Co. Inc., de Pittsburgh — quanto Gottlieb. A Hunziker era uma casa antiga e respeitável que lidava exclusivamente com médicos de distinta reputação – ou quase exclusivamente com médicos de distinta reputação. A empresa fornecia excelentes antitoxinas contra difteria e tétano, bem como o mais puro dos preparados oficiais, em frascos de vidro marrom, modestamente pomposos e etiquetados com rótulos simples, de aparência oficial. Gottlieb os acusara anteriormente de produzir vacinas de qualidade duvidosa, mas ainda assim retornou de Chicago para escrever a Dawson Hunziker dizendo que já não tinha interesse em lecionar e desejava trabalhar para eles em meio período, com a condição de lhe permitirem usar o laboratório no restante do dia para realização de pesquisas de provável importância.

Depois de enviada a carta, Gottlieb se entregou à rabugice. Certamente não estava em pleno uso de seu juízo perfeito. Resmungava ele: "Educação! O maior ginásio do mundo! Incapaz de assumir responsabilidades! Ensinar é coisa que não posso mais fazer, mas Hunziker terá motivos para rir de mim. Falei a verdade sobre ele e terei que... Meu bom Deus! O que vou fazer?".

Enquanto as filhas observavam assustadas por entre as portas o estado de silencioso delírio que tomara conta de seu pai, ele sentiu sua esperança se esvair.

O telefone tocou e Gottlieb não o atendeu. Ao som irritante do terceiro toque, tirou o fone do gancho e resmungou:

— Sim, sim... quem está falando?

Uma voz indiferente e anasalada respondeu:

— Estou falando com M. C. Gottlieb?

— Sim. Sou o Dr. Gottlieb!

— Muito bem, imagino que seja com o senhor. Vou completar a ligação... Longa distância.

E então:

— Professor Gottlieb? Aqui fala Dawson Hunziker. De Pittsburgh. Meu caro colega, ficaremos encantados em tê-lo como parceiro de nossa equipe.

— Eu... mas...

— Sei que você fez críticas à indústria farmacêutica... Nós costumamos ler todos os recortes de jornais! Mas acreditamos que quando você se juntar a nós e compreender melhor o verdadeiro espírito da velha empresa, ficará entusiasmado. A propósito... espero não estar interrompendo alguma atividade importante.

E, desse modo, a algumas centenas de quilômetros dali, sentado na remendada cadeira de descanso no gabinete azul e dourado de sua residência em Sewickley, Hunziker falou com Max Gottlieb, que respondeu com voz áspera em um último e desesperado esforço para manter a dignidade:

— Não, assim está bem.

— Então... teremos grande satisfação em lhe oferecer 5 mil dólares por ano, inicialmente, e concordamos com o arranjo de meio período. Nós lhe proporcionaremos tudo o que for necessário no tocante a espaço, técnicos e materiais, e daremos total autonomia para que você realize seu trabalho e organize tudo aquilo que lhe parecer importante. Nossa única exigência é que no caso de uma eventual descoberta de qualquer soro que possa ter real valor para a sociedade, nós tenhamos o privilégio para sua fabricação... e não ficaremos aborrecidos se virmos a perder dinheiro com a empreitada. Gostamos de ganhar dinheiro, desde que honestamente; porém, nosso principal objetivo é servir à humanidade. Decerto, se o soro for financeiramente compensador, teremos prazer em também lhe conceder uma generosa comissão. Agora, vamos aos detalhes práticos...

II

Gottlieb, aquele que odiava com plácida virulência todos os ritos religiosos, tinha um hábito de certa conotação religiosa.

Ele sempre se ajoelhava junto à cama e deixava que a mente voasse livremente. Era um ritual bastante semelhante a uma oração, embora certamente não houvesse qualquer invocação ou consciência de um Ser Supremo – que não o próprio Max Gottlieb. Nessa noite, com a tensão da face amenizada pelas rugas, ele se ajoelhou e pensou: "Eu era um verdadeiro asno quando amaldiçoava os mercantilistas! Este comerciante tem os pés fincados no solo. O pior dos vendedores é muito mais autêntico do que qualquer professor amedrontado! Bons jantares! Liberdade! Não precisar ensinar para imbecis! *Du Heiliger!*".

Contudo, ele não tinha um contrato formal com Dawson Hunziker.

A Dawson Hunziker Company veiculou anúncios de página inteira nos periódicos médicos, a maioria dos quais em estilo extravagante e refinado, comunicando que o professor Max Gottlieb, um dos mais destacados imunologistas do mundo, passara a integrar a equipe da empresa.

Em sua clínica de Chicago, um tal Dr. Rouncefield deu um sorriso galhofeiro e exclamou: "Isso é o que acontece com esses intelectuais arrogantes. Perdoem-me por parecer que me divirto".

Nos laboratórios de Ehrlich e Roux, Bordet e *Sir* David Bruce, homens enlutados se lamentavam: "Como o velho Max Gottlieb teve a coragem de se juntar àquele maldito vendedor ambulante de pílulas? Por que não veio nos procurar? Bem... se ele não queria... *Voilà!* Está morto".

No vilarejo de Wheatsylvania, na Dakota do Norte, um jovem doutor queixou-se para sua esposa:

— De todas as pessoas deste mundo! Eu não posso acreditar! Max Gottlieb se rendendo àqueles trapaceiros!

— Pouco me importa — comentou sua esposa. — Ele deve ter tido alguma razão para fazer isso. Eu já disse a você, que o deixaria para...

— Tudo bem — respondeu ele suspirando —, dar e perdoar. Aprendi muito com Gottlieb e sou grato por... Meu Deus, Leora! Eu preferia que ele não tivesse agido assim!

E Max Gottlieb, com seus três filhos e a esposa pálida e vagarosa, estava chegando à estação de Pittsburg, levando a reboque uma surrada sacola de vime, uma trouxa de imigrante e uma maleta de mão de Bond Street. Quando ainda no trem, ele contemplou a paisagem em que se destacavam ao alto os penhascos inexpugnáveis e abaixo o esplendor do rio coberto de névoa, e nesse instante sentiu seu coração rejuvenescer. Ali imperava um ardente espírito de aventura, e não a terra insípida e as mentes rasas de Winnemac. Na entrada da estação, todos os taxis, enegrecidos pelo tempo, pareciam-lhe radiantes, e ele tomou seu caminho, movido pela determinação de um conquistador.

III

Ao chegar ao edifício da Dawson Hunziker, Gottlieb encontrou laboratórios com os quais jamais sonhara. Como assistentes ele tinha, em vez de alunos, um especialista que também já lecionara bacteriologia, além de três técnicos diligentes, sendo que um deles possuía formação alemã. O professor foi recebido com calorosa manifestação de apoio no gabinete particular de Hunziker, espaço que fazia lembrar uma pequena catedral. Hunziker era um homem calvo com ares de executivo de negócios, cujos olhos, por trás de um par de óculos de tartaruga, expressavam, no entanto, compassividade. Ele se levantou de sua escrivaninha em estilo jacobeano, ofereceu a Gottlieb um charuto Havana e lhe disse que estavam ansiosos por sua chegada.

Na enorme sala de refeições da equipe, Gottlieb conheceu um grupo numeroso de jovens e competentes químicos e biólogos, que o receberam com reverência. O professor sentiu simpatia por eles. Falavam muito a respeito de dinheiro e do quanto essa nova solução de quinina deveria vender, e especulavam acerca de quando seus salários seriam aumentados; mesmo assim eram isentos de toda aquela arrogância característica dos professores universitários. Na época da juventude, Max, que sempre usava uma boina inclinada sobre a cabeça, fora um rapaz alegre. Agora, nas discussões veementes, sua risada se fazia ouvir outra vez.

A saúde da esposa parecia melhor. A filha Miriam encontrou um excelente professor de piano e, naquele outono, o menino Robert matriculou-

-se na faculdade. Eles tinham uma casa espaçosa, embora decrépita; a desobrigação em relação à fastidiosa e repetitiva rotina anual de aulas proporcionava-lhe grande alívio e jamais em toda a sua vida Gottlieb trabalhara tão satisfeito. Com exceção de umas poucas idas ao teatro e a salas de concerto, ele só se interessava por aquilo que acontecia dentro de seu laboratório.

Já haviam se passado seis meses quando Max Gottlieb percebeu que suas colocações zombeteiras contra o mercantilismo dos jovens técnicos especialistas na verdade os incomodavam. Os rapazes estavam cansados de seu fervor matemático e alguns, que o consideravam um velho enfadonho, referiam-se a ele como um judeu, atitude que o magoou, pois ele prezava o relacionamento descontraído com os colegas de trabalho. O professor começou então a fazer perguntas e a esquadrinhar o edifício da Hunziger, do qual até então conhecera apenas os laboratórios, um ou dois corredores, a sala de refeições e o gabinete de Hunziger.

A despeito de sua distração e espírito pouco prático, Gottlieb teria dado um excelente Sherlock Holmes – se é que qualquer pessoa capaz de ser um excelente Sherlock Holmes desejasse se tornar um detetive. Em busca da realidade, a mente de Gottlieb perscrutava além das aparências, e isso o levou a descobrir que a Dawson Hunziker Company era muito daquilo que ele anteriormente afirmara. A empresa de fato produzia excelentes antitoxinas e preparados de caráter científico, mas estavam também produzindo um novo "remédio contra o câncer", fabricado a partir da orquídea – remédio recomendado com pompa e circunstância, mas que custava o equivalente a um monte de lama. E vendiam para diversas companhias do setor de beleza feminina milhões de frascos de um creme para a pele, que era anunciado em cartazes espalhados pela cidade e assegurava proporcionar à tez de um índio canadense a mesma alvura da de um anjo. Cada frasco desse tesouro custava seis centavos para ser produzido e era vendido no balcão a um dólar. Ademais, nunca se associava o nome da Dawson Hunziker com o produto.

Depois de vinte anos de tentativas, foi nessa ocasião que Gottlieb conseguiu realizar sua obra-prima. Ele produziu antitoxinas em tubos de ensaio, o que abria caminho para a imunização contra certas doenças, sem a tediosa tarefa de produzir o soro por meio da inoculação de animais. O feito era na verdade uma revolução (A Revolução) da imunologia... se ele estivesse certo.

Gottlieb revelou sua descoberta em um jantar, para o qual Hunziker havia convidado um general, um diretor de faculdade e um pioneiro da aviação. Fora um evento alegre, regado a um admirável vinho branco – o primeiro vinho alemão autêntico que Gottlieb bebia depois de muitos anos. Ele ficou girando afetuosamente nas mãos o esguio copo verde. Então, despertou de seus devaneios; sentiu-se animado e exigente. Recebeu calorosos aplausos e durante uma hora ocupou o lugar de grande cientista. Entre todos os presentes, Hunziker fora o mais generoso em seus elogios, e Gottlieb se perguntava se não teria sido por obra de um plano ardiloso de alguém que esse homem calvo acabara se imiscuindo com comerciantes de embelezadores.

Hunziker chamou-o em seu gabinete no dia seguinte. Tais convocações costumavam de fato obedecer a padrões refinados (a menos que se tratasse de uma mera estenógrafa). Ele enviou um secretário vestido com um lustroso casaco matutino, que apresentou os cumprimentos do sr. Hunziker a um Dr. Gottlieb muito menos lustroso, e comunicou, com a delicadeza de um botão de lírio que, se não lhe fosse inconveniente e não lhe causasse o menor prejuízo aos experimentos, o sr. Hunziker teria imenso prazer em recebê-lo em seu gabinete às 15h15.

Quando Gottlieb entrou, com passos preguiçosos, Hunziker fez sinal para que a secretária saísse e puxou uma cadeira espanhola de espaldar alto.

— Passei metade da noite acordado pensando acerca de sua descoberta, Dr. Gottlieb. Conversei com o diretor técnico e com o gerente de vendas e concluímos que é chegada a hora de agir. Decidimos patentear seu método de sintetização de anticorpos e colocá-lo imediatamente no mercado em grande quantidade, com o suporte de uma maciça campanha publicitária. Não faremos um circo, o senhor bem sabe... apenas uma campanha dentro dos mais estritos padrões éticos. Começaremos com o soro contra a difteria. Por falar nisso... quando o senhor receber seu próximo cheque, perceberá que elevamos seus honorários para 7 mil ao ano.

Nesse momento, Hunziker falava como um enorme bichano ronronante, enquanto Gottlieb mantinha-se calado.

— Não preciso dizer, meu caro colega, que se houver a demanda que estou prevendo, você receberá vultosas comissões!

Hunziker recostou-se na cadeira e sua expressão parecia dizer "Que tal a glória, meu rapaz?".

Gottlieb respondeu em tom nervoso:

— Não aprovo o patenteamento de processos de produção de vacinas. Eles devem ser abertos para todos os laboratórios. E também sou veementemente contra a produção prematura e até mesmo contra campanhas publicitárias. Creio que estou certo em minhas conclusões, mas preciso verificar minha técnica e talvez aperfeiçoá-la... para ter *certeza*. Depois disso, penso que não haverá empecilhos para a produção comercial; porém, deve ser feita em quantidades muito, muito pequenas e desde que seja mantida uma concorrência justa com outros, sem registro de patentes, mas apenas como se fosse um brinquedinho para ser vendido no Natal!

— Posso entender seu ponto de vista, meu caro colega. Pessoalmente, eu gostaria muito de poder passar minha vida produzindo descobertas científicas de valor inestimável, sem considerar qualquer condição de lucro. No entanto, nós temos deveres em relação aos acionistas da Dawson Hunziker Company, que esperam ver seu investimento dar frutos. Você compreende que eles investiram em nossas ações tudo o que possuíam (e muitos deles são pobres viúvas e órfãos)? E nós precisamos cumprir a parte que nos cabe! Estou de mãos atadas. Não passo de um humilde servo desses acionistas. Por outro lado... creio que fomos bastante corretos consigo, Dr. Gottlieb, e lhe demos total liberdade. E pretendemos continuar agindo desse modo. Ora, homem! Você ficará rico, será um dos nossos! Não gosto de fazer exigências, mas nesse aspecto é meu dever insistir, e espero que você comece o mais rapidamente possível a produzir...

Gottlieb estava com 62 anos. A derrota em Winnemac abalara de certa forma sua coragem... e não havia um contrato formal entre ele e a Hunziker.

O professor fez um protesto vacilante, mas quando se arrastou de volta ao laboratório, pareceu-lhe impossível deixar esse santuário e encarar o mundo assassino e truculento, e quase tão impossível tolerar uma imitação barata e ineficiente de sua antitoxina. Naquele momento, começou então a pôr em prática uma estratégia sórdida, a qual seu antigo orgulho teria considerado inconcebível. Ele passou a cometer equívocos e a postergar os anúncios e a produção até que estivesse em condições de "esclarecer alguns pontos". Enquanto isso, semana após semana, Hunziker se tornava cada vez mais ameaçador. Nesse ínterim, o professor se preparou para o desastre. Ele mudou sua família para uma casa menor e abriu mão de tudo o que fosse supérfluo, até mesmo o tabaco.

Como parte das medidas de economia, reduziu a mesada que dava ao filho.

Robert era um rapaz moreno, de ombros largos, muito tempestuoso e arrogante naquelas situações em que não há razão para arrogância. Ele tratava com desdém as garotas pálidas e sem brilho que almejavam conquistá-lo. Enquanto o pai encarava seu sangue judeu com orgulhoso e, ao mesmo tempo, amável sarcasmo, o garoto propalou junto aos colegas da faculdade que descendia de uma linhagem alemã pura e provavelmente nobre. Ele era bem recebido (ou melhor, mais ou menos bem recebido) entre os associados de um clube de campo para prática de motociclismo e jogos de pôquer e, portanto, precisava ter dinheiro. Gottlieb deu pela falta de vinte dólares que estavam em sua escrivaninha. Ele, que ridicularizava a honra tradicional, tinha a honra, bem como a altivez, de um velho fidalgo selvagem. Um novo tormento tornou ainda mais forte a permanente amargura que representava o fato de ter que ludibriar Hunziger. Ele encarou Robert e perguntou:

— Meu garoto, você tirou o dinheiro de minha escrivaninha?

Poucos jovens conseguiriam encarar destemidamente aquele aguçado nariz de falcão e a raiva intensa que fazia saltar veias de sangue em seus olhos encovados. Robert gaguejou e, por fim, acabou falando:

— Sim, tirei! E preciso de mais ainda! Preciso comprar algumas roupas e outras coisas. A culpa é sua. Você me leva pra treinar junto com garotos que têm todo o dinheiro do mundo e espera que eu me vista como um mendigo?

— Roubando...

— Ora bolas! O que é roubar? Você vive fazendo troça desses pregadores que falam sobre pecado, verdade, honestidade e todas essas expressões que de tanto serem usadas já não têm significado algum e... pouco me importa! Daws Hunziker, o filho do velho Hunziker, me contou que seu pai lhe disse que você poderia ser um milionário e, no entanto... veja só... Nos mantém amarrados... Mamãe doente... Pois saiba que em Mohalis mamãe costumava me dar alguns dólares toda semana sem que você soubesse. Chega! Estou cansado! Se você pretende que eu use farrapos, vou largar a faculdade!

Gottlieb não conseguiu se conter, mas naquela explosão de raiva deixou entrever certa insegurança. Restou-lhe a dúvida, que o acompanhou ao longo das duas semanas seguintes, quanto à atitude que seu filho tomaria e àquela que caberia a ele tomar.

Então, de modo tão silencioso que só pôde ser notado enquanto retornavam do cemitério, a esposa de Gottlieb faleceu, e, na semana subsequente, a filha fugiu com um sujeito desprezível que vivia de jogatinas.

Gottlieb ficou sozinho e passava todo o tempo mergulhado em leituras sucessivas do Livro de Jó e suspirando: "Na verdade o Senhor feriu a mim e ao meu lar". Quando Robert entrava, balbuciando que se comportaria bem, o velho pai limitava-se a ignorá-lo. Entretanto, por mais que repetisse as fábulas de seus pais, não conseguia acreditar nelas, tampouco se curvar de medo diante do Deus da Ira, ou alcançar paz permitindo que Henziker conspurcasse sua descoberta.

Ele finalmente levantou e se dirigiu em silêncio a seu laboratório. Os experimentos continuaram com o mesmo desvelo de sempre e, exceto pelo fato de ter deixado de fazer as refeições no salão, os assistentes não perceberam mudanças em seu comportamento. O professor passou a frequentar um restaurante abjeto situado a algumas quadras dali, onde podia economizar trinta centavos por dia.

IV

E da névoa que toldava as pessoas à sua volta, emergiu Miriam.

Ela tinha dezoito anos – a mais nova dos irmãos. Era atarracada e carecia de traços graciosos, com exceção de sua boca macia. A garota sempre se orgulhara do pai e compreendia as misteriosas e ilógicas compulsões da ciência, mas, até aquele momento, quando ele passara a caminhar com passos pesados e a falar raramente, limitava-se a reverenciá-lo. Então, abandonou as aulas de piano, dispensou a empregada, estudou livros de culinária e começou a preparar para o pai os pratos saborosos e gordurosos que ele tanto apreciava. Sua amargura era nunca ter aprendido alemão, pois ele agora se expressava de quando em quando no idioma de sua meninice.

Gottlieb a observou e, após um longo momento, exclamou:

— Então! Um está comigo. Você conseguiria suportar a pobreza se eu fosse embora... para ensinar química em um colégio?

— Sim. Sem dúvida. Talvez eu pudesse tocar piano em uma sala de cinema.

Provavelmente ele não teria tomado essa atitude se não contasse com a lealdade da filha, mas o fato é que na ocasião seguinte em que Dawson Hunziker entrou no laboratório dizendo em tom enérgico, "Agora olhe aqui. Já esperamos muito tempo. Precisamos colocar logo seu produto no mercado", Gottlieb respondeu:

— Não! Se você esperar até que eu tenha concluído tudo... Talvez um ano, quem sabe três... Pode ser que tenha o produto. Mas não antes de eu ter plena certeza. Não!

Hunziker saiu soltando fumaça e Gottlieb se preparou para a sentença final.

Foi aí que chegou-lhe às mãos o cartão de um tal Dr. A. DeWitt Tubbs, diretor do Instituto de Biologia McGurk, de Nova York.

Gottlieb conhecia Tubbs. Ele nunca estivera no Instituto McGurk, mas considerava-o, ao lado do Rockefeller e do McCormick, a mais sólida e independente organização do país no plano da pesquisa em ciência pura; e se algum dia tivesse imaginado um laboratório celestial, no qual cientistas notáveis pudessem se dedicar por toda a vida a uma pesquisa feliz e totalmente carente de espírito prático, ele teria percebido uma possibilidade em McGurk. O professor sentiu moderada exultação por ter sido procurado pelo diretor do instituto.

O Dr. A. DeWitt Tubbs era um sujeito peludo, como um cão *terrier* escocês. O pelo lhe cobria todo o corpo, com exceção do nariz, das têmporas e das palmas de suas mãos pequenas. A plumagem, entretanto, não lhe conferia aspecto cômico, mas sim de dignidade. Seus olhos eram sérios, o andar determinado e a voz cantada tinha um tom solene.

— Dr. Gottlieb, é um grande prazer. Ouvi falar de seus trabalhos na Academia de Ciências, mas, para meu prejuízo, até o dia de hoje eu não tinha tido a oportunidade de conhecê-lo.

Gottlieb tentou não demonstrar seu embaraço.

Tubbs olhou para os assistentes, como um conspirador em um jogo político, e sugeriu:

— Podemos conversar...

Gottlieb conduziu-o até seu gabinete, que dava vista para um vasto emaranhado de trilhos e vagões de carga. Lá, Tubbs falou:

— Chegou até nós, por um curioso acaso, que você está em vias de confirmar sua mais importante descoberta. Quando soubemos que havia deixado o trabalho acadêmico, todos nós questionamos sua decisão de entrar para o setor de comércio. Gostaríamos que tivesse vindo nos procurar.

— E vocês me teriam recebido? Eu não precisaria então ter vindo para cá?

— Naturalmente! Agora... pelo que ouvimos dizer, você não está interessado no lado comercial da questão, e isso nos levou a conjecturar se haveria como persuadi-lo a se juntar à McGurk. Portanto, tomei um trem e cá estou. Nós ficaríamos absolutamente encantados em tê-lo como membro do instituto e chefe do Departamento de Bacteriologia e Imunologia. O sr. McGurk e eu visamos única e exclusivamente ao desenvolvimento da ciência. E você decerto terá absoluta liberdade para decidir quais pesquisas devem ser realizadas. Quanto a nós, cuidaremos de lhe disponibilizar todo o pessoal e o material que possa ser obtido ao redor do mundo. No tocante a salário... permita que eu vá direto ao ponto, pois meu trem parte dentro de uma hora. Não creio que nós tenhamos condições de fazer frente aos emolumentos que o pessoal de Hunziker pode lhe pagar, mas... podemos chegar a 10 mil dólares ao ano...

— Oh, meu Deus... não fale de dinheiro! Estarei com vocês em Nova York dentro de uma semana. Veja — acrescentou Gottlieb —, não há um contrato que me prenda aqui!

CAPÍTULO 14

Durante toda a tarde eles viajaram em uma carroça sacolejante, atravessando as extensas ondulações da pradaria. Não havia barreira para aquela jornada errante, nem lagos ou montanhas, tampouco cidades pontilhadas de fábricas. E a brisa fluía ao redor, espalhando o calor dos raios de sol.

Martin gritou para Leora:

— Eu sinto como se toda a poeirenta Zenith e as fibras de algodão do hospital tivessem sido eliminadas de meus pulmões. Dakota! Região de homens verdadeiros! Fronteiras. Oportunidades. A América!

Rebentos de galinhas nativas se erguiam da campina pantanosa. Enquanto observava a movimentação deles em meio ao trigal, seu espírito impregnado de luz era parte integrante daquela terra. E ele se sentia quase totalmente liberto da impaciência que o importunara desde a partida de Wheatsylvania.

— Se vocês forem dar uma volta, não se esqueçam de que o jantar é às seis horas em ponto — dissera a sra. Tozer, sorrindo, para tornar mais doces suas palavras.

Na rua principal, o sr. Tozer acenou para eles e bradou:

— Estejam de volta às seis. O jantar é às seis em ponto.

Bert Tozer saiu do banco, como um professor de colégio rural que deixa saltitante uma escola de turma única, e cacarejou:

— Vejam lá, rapazes... não se esqueçam de estar de volta às seis horas para o jantar, ou o velho terá um ataque. Ele vai esperá-los para o jantar às seis em ponto, e quando diz seis horas *em ponto*, ele quer dizer seis horas *em ponto* e não 18h05!

— Sabe de uma coisa? — observou Leora. — É engraçado, porque em meus 22 anos de Wheatsylvania, eu me lembro de três diferentes ocasiões em que o jantar foi servido sete minutos depois das seis. Vamos sair daqui, Destemido. Eu me pergunto... será que estamos sendo sábios em viver com a família e fazer economia?

Antes que eles tivessem ultrapassado os estreitos limites de Wheatsylvania, cruzaram com Ada Quist, a futura sra. Bert Tozer, e escutaram sua voz cortante, que perturbou a serenidade do ar e declarou:

— É melhor estarem de volta às seis.

Martin tentou ser valente e falou para Leora:

— Caramba! Voltaremos quando nós bem entendermos!

Porém, os dois sentiam pesar na alma o temor em relação àquelas vozes ruidosas. E a ordem "Estejam de volta às seis!" se impôs além de qualquer perspectiva de aproveitar a brisa. Então, chicotearam o cavalo e chegaram onze minutos antes das seis, no exato instante em que o sr. Tozer retornava da leiteria, trinta segundos mais tarde do que o habitual.

— Fico feliz de tê-los conosco — falou ele. — Apressem-se agora e coloquem o cavalo no estábulo da cocheira. O jantar é às seis... em ponto!

Martin conseguiu encarar a situação de forma a parecer familiar quando anunciou à mesa do jantar:

— Fizemos um belo passeio. Acho que vou gostar disso aqui. Muito bem... Andei perambulando por aí um dia e meio e agora tenho que trabalhar. Em primeiro lugar, preciso encontrar um local para meu consultório. Onde há algum lugar desocupado, sr. Tozer?

A sra. Tozer interrompeu, dizendo em tom radiante:

— Oh, tenho uma bela ideia, Martin. Por que não arrumamos um consultório lá fora... no estábulo? Seria muito conveniente para a casa... você chegaria no horário das refeições, além do que... se a menina estiver ausente e Ory e eu formos visitar o Círculo do Bordado, você poderia tomar conta da casa.

— No estábulo?

— Ora... no velho quarto dos arreios. Ele é parcialmente coberto, e nós poderíamos forrar as paredes com papel de alcatrão ou mesmo com fibra de madeira.

— Sra. Tozer, que diabo de trabalho a senhora pensa que eu pretendo fazer? Não sou um empregado de cocheira, tampouco uma criança que procura um lugar pra colocar seus ovos de passarinho! Estou pensando em abrir um consultório médico!

Bert colocou as coisas em termos mais simples:

— Mas você ainda não é um médico. Está apenas começando a pôr os pés na profissão.

— Sou sim um diabo de um médico competente! Desculpe-me por praguejar, sra. Tozer, mas... caramba! Passei noites no hospital, tive centenas de vidas em minhas mãos! Eu pretendo...

— Olhe aqui, Mart — declarou Bertie. — Como somos nós que colocamos o dinheiro... não quero parecer pão-duro, mas... afinal, um dólar é um dólar, não é mesmo? Se nós fornecemos o material, temos o direito de decidir a melhor forma de usá-lo.

O sr. Tozer olhou pensativo e comentou em tom desesperançado:

— É assim. Não faz sentido correr riscos, já que os fazendeiros condenados cobram o que bem entendem pelo trigo e o creme e, depois, voltam deliberadamente para o trabalho, e sequer pagam os juros por aquilo que tomaram emprestado. Eu garanto que não vale mais a pena investir em hipotecas. Não faz sentido aplicar dinheiro em coisas inúteis. Não faz diferença você cuidar de uma dor de garganta ou de ouvidos em um pequeno consultório simples ou em um lugar estúpido todo arrumado como um salão de Moorhead. Mamãe vai providenciar pra você um canto confortável no celeiro...

Leora interrompeu esbravejando:

— Olhe aqui, papai. Quero que o senhor nos empreste mil dólares agora mesmo, para usarmos da maneira que acharmos mais conveniente — a reação de Leora causou forte impressão. — Nós pagaremos ao senhor seis por cento... não... pagaremos cinco. Isso já é suficiente.

— Mas as hipotecas rendem seis, sete e até oito! — retrucou Bert.

— Cinco é o bastante! E queremos também autonomia para decidir como usar o dinheiro... quer seja pra montar um consultório ou o que bem entendermos fazer.

O sr. Tozer começou a falar:

— Esta é uma forma tola de...

E Bert se adiantou e concluiu:

— Ory, você está louca! Eu sei que vamos ter que emprestar algum dinheiro a vocês, mas vamos liberá-lo aos poucos e vocês terão que acatar nossas recomendações...

Nesse momento, Leora se levantou e falou em tom ameaçador:

— Ou vocês fazem o que estou dizendo (exatamente como estou dizendo), ou Mart e eu pegaremos o primeiro trem e retornaremos pra Zenith. E saibam que não estou brincando! Inúmeras oportunidades se abrirão lá pra ele... e com um belo salário. Assim, não teremos que depender de ninguém!

A conversa se estendeu por longo tempo e seu teor não fugiu muito do que já foi dito até aqui. Em determinado momento, Leora subiu apressada a escada para fazer as malas; em outro, ela e Martin ficaram em pé, balançando os guardanapos enquanto brandiam os pulsos cerrados. A encenação geral não ficou nada a dever a Laocoonte[1].

Leora ganhou.

Eles então se entregaram à mais amena das discussões.

— Você trouxe a sua bagagem do depósito? — perguntou o sr. Tozer.

— Não é prudente deixá-la guardada lá ao custo de 25 centavos por dia! — exasperou-se Bert.

— Peguei-a esta manhã — confirmou Martin.

— Ah... é mesmo! Martin mandou buscá-la esta manhã — concordou a sra. Tozer.

— Você mandou buscá-la, em vez de trazê-la você mesmo? — questionou o sr. Tozer, indignado.

— Não. O camarada que cuida da madeireira trouxe-a para mim — respondeu Martin.

— Pelo bom Deus, você poderia muito bem tê-la rebocado com o carrinho de mão e, assim, economizado 25 centavos! — censurou Bert.

— Mas um médico precisa manter sua dignidade — rebateu Leora.

---

1 Personagem da mitologia grega atacado por duas serpentes de Tênedos, enviadas por Apolo. Provável referência à expressiva escultura de mármore *Laocoonte e seus filhos*, redescoberta em Roma no século XVI. (N.E)

— Ora, dignidade... que disparate! Há mais dignidade em empurrar um carrinho de pedreiro do que fumar esses cigarros imundos o tempo todo!

— Muito bem, de qualquer modo... onde você colocou a bagagem? — quis saber o sr. Tozer.

— Lá em cima, no nosso quarto — respondeu Martin.

— Onde você acha que seria melhor colocar o baú depois que ele tirar suas coisas? — perguntou o sr. Tozer para sua esposa. — Pois o sótão está abarrotado.

— Acho que Martin poderia colocar o baú lá.

— E por que não no celeiro?

— Oh! Não um baú novinho em folha como aquele!

— E qual é o problema em relação ao celeiro? — questionou Bert — Tudo lá é limpo e seco. Parece-me um absurdo desperdiçar todo aquele espaço agora que vocês tomaram a decisão de não instalar lá o estimado consultório do doutor!

— Bertie — interviu Leora —, eu sei o que vamos fazer. Parece que você só consegue pensar no celeiro. Por que então não muda seu velho banco para lá e deixa o edifício do banco para o Martin montar o consultório?

— Existe uma grande diferença...

— Pois não faz sentido vocês dois ficarem aí se exibindo e tentando parecer espertos — protestou o sr. Tozer. — Por acaso alguma vez vocês viram sua mãe e eu discutirmos desse jeito? Quando você pretende desfazer sua bagagem, Martin? — o sr. Tozer era capaz de pensar em celeiros e também em baús, mas não conseguia pensar em duas coisas tão complicadas ao mesmo tempo.

— Posso desfazê-la hoje à noite, se isso fizer alguma diferença...

— Bem... não acredito que faça alguma diferença, mas quando você começa a *fazer* uma coisa...

— Ora, que diferença faz se ele...

— Se ele procurar um consultório, em vez de se instalar no celeiro, então terá todos os domingos do mês pra desarrumar as malas e...

— Oh, pelo bom Deus! Vou fazer isso hoje à noite...

— E creio que podemos colocar o baú no sótão...

— Já disse que está totalmente abarrotado...
— Vamos dar uma olhada depois do jantar...
— Pois saibam que quando tentei colocar lá aquele bote de caçar patos...

Provavelmente Martin se conteve e não gritou, mas ouviu internamente seu grito. A terra livre e varonil estava a léguas de distância e foi esquecida durante muitos anos.

II

A procura por um consultório consumiu uma infinidade de diplomacia e discussões, que abrilhantaram três refeições por dia, todos os dias. (Não que a procura pelo consultório fosse o único assunto tratado pelos Tozers. Eles se intrometiam em todos os momentos do dia de Martin – comentavam sua digestão, sua correspondência, suas caminhadas; alertavam que seus sapatos necessitavam de conserto e queriam saber se ele já os tinha levado ao sapateiro da fazenda.)

Desde o início, o sr. Tozer já havia decidido qual seria o consultório perfeito. Os Norbloms moravam na parte de cima de um armazém geral que possuíam, e o sr. Tozer sabia que a família estava pensando em se mudar. Na verdade, não havia nada que acontecesse ou estivesse por acontecer em Wheatsylvania que o sr. Tozer não soubesse. A sra. Norblom se cansara do trabalho de arrumação da casa e desejava ir morar na pensão da sra. Beeson. Ela escolhera o quarto da frente, situado no corredor superior, à direita de quem subia a escada, aquele que tinha paredes de gesso e um lindo forninho que a sra. Beeson comprara de Otto Krag por sete dólares e 35 centavos, ou melhor, sete e um quarto.

Eles foram visitar os Norbloms e o sr. Tozer sugeriu que "seria interessante para o doutor instalar-se na parte de cima do armazém, se os Norbloms estivessem pensando em fazer alguma mudança...".

Os Norbloms se entreolharam, cautelosos (uma troca de olhares própria dos escandinavos), e murmuraram que não sabiam, mas que, sem qualquer sombra de dúvida, esse era o mais conveniente local da cidade. O sr. Norblom admitiu que se, contrariando todas as previsões, eles algum dia decidissem mudar dali, provavelmente pediriam 25 dólares por mês pelo apartamento – sem o mobiliário.

O sr. Tozer saiu daquela conferência internacional tão astuciosamente satisfeito quanto qualquer Secretário Tozer de Washington ou *Lord* Tozer de Londres:

— Perfeito! Perfeito! Fizemos com que ele assumisse um compromisso! Vinte e cinco foi o que disse. Isso significa que, quando chegar a hora, vamos lhe oferecer dezoito e fechar o negócio por $21,75. Se soubermos controlá-lo cuidadosamente e lhe dermos tempo para confabular com a sra. Beeson e acertar com ela a hospedagem na pensão, nós o faremos chegar exatamente aonde queremos!

— Mas... se os Norbloms não se decidirem, podemos pensar em outra alternativa — sugeriu Martin. — Há algumas salas vazias atrás do escritório da redação do *Eagle*.

— O quê!? Procurar outra coisa depois de dar motivos para os Norbloms acreditarem que estamos interessados, e criar assim inimigos pelo resto da vida? Agora é hora de começar a formar a clínica, não é mesmo? Eu não censuraria nem um pouco os Norbloms se eles se revoltassem por você passá-los para trás. Aqui não é Zenith, onde, gritando, pode-se resolver todas as coisas em questão de minutos!

Durante duas semanas, tempo em que os Norbloms se torturaram para chegar a uma decisão sobre aquilo que há muito já haviam decidido, Martin ficou esperando, impossibilitado de começar a trabalhar. Enquanto não conseguisse abrir um consultório autorizado e reconhecível, a maior parte dos habitantes do vilarejo não veria nele um médico competente, mas sim "aquele genro de Andy Tozer". Nesse período de quinze dias, ele foi chamado uma única vez: para cuidar da dor de cabeça da srta. Agnes Ingleblad, tia e governanta de Alex Ingleblad, o barbeiro. Martin sentiu-se exultante, até que Bert Tozer explicou:

— Quer dizer então que a srta. Agnes o chamou? Ela vive caçando um médico. Não tem doença alguma, mas está sempre experimentando a mais nova sensação. Na última vez, foi um camarada que apareceu por aqui em um Ford, vendendo pílulas e linimentos. Na anterior, um curandeiro maluco surgiu na Oficina Metalúrgica do Holandês e então, como em um passe de mágica, ela foi curada de uma osteopatia – eles curam uma porção de indivíduos, cuja enfermidade vocês, médicos tradicionais, não conseguem identificar, não é verdade?

Martin respondeu que não concordava.

— Ora, vocês, médicos! — Bert se expressou de um modo bastante jocoso, pois sabia como ninguém se mostrar alegre e espirituoso. — Vocês são todos iguais, especialmente depois que saem da escola e pensam que sabem tudo. Vocês não veem benefícios na quiropraxia com correias elétricas nem na ortopedia ou coisas do gênero, porque deixam de ganhar bons dólares que acabam indo para as mãos dos profissionais que realizam essas práticas.

Eis então que o Dr. Martin Arrowsmith, aquele que em certa ocasião enfurecera Angus Duer e Irving Watters com seu sarcasmo acerca dos padrões adotados na prática da medicina, encarou o abominável risinho de Bert Tozer e defendeu a benevolência e o conhecimento científico de todos os médicos, assim como fez saber que jamais um medicamento foi prescrito de maneira vã e nenhuma operação foi realizada sem que houvesse uma necessidade premente (pelo menos no tocante aos médicos formados em Winnemac).

Ele agora encontrava Bert com muita frequência, pois se instalava no banco, com comichão nos dedos, esperando ser chamado para atender algum caso. Ada Quist sempre aparecia por lá e Bert deixava de lado seus cálculos para se mostrar reservado diante dela:

— Você precisa ser cuidadosa com tudo quando o doutor está aqui, inclusive com aquilo que passa pela sua cabeça, Ade. Ele andou me contando o muito que sabe a respeito de neurologia e de toda aquela coisa relacionada à leitura da mente. Não é mesmo, Mart? Fiquei tão assustado que até troquei a combinação do cofre.

— Ahhh! — exclamou Ada. — Ele pode até enganar algumas pessoas, mas não a mim. Qualquer um consegue aprender coisas nos livros, mas na hora de praticar... daí a história é outra! Pois vou lhe dizer, Mart... se você tiver um décimo da esperteza do velho Dr. Winter de Leopolis, será capaz de viver muito mais do que eu espero!

Os dois ressaltaram que, na posição de alguém para quem a formação recebida em Zenith justificava ser um sujeito "tão esperto a ponto de poder empinar o nariz para pobres lavradores emporcalhados", a gravata de Martin estava muito mal arrumada.

Na mesa do jantar, Bert repetiu todos os seus gracejos sarcásticos, bem como alguns dos de Ada.

— Você não deve tratar o rapaz com tanta severidade, mas foi mesmo sagaz a observação sobre a gravata... acho que Mart se considera um sabichão — cacarejou o sr. Tozer.

Depois do jantar, Leora puxou Martin para um canto e lhe perguntou:

— Querido, você consegue suportar isso? Tão logo seja possível, nós teremos nossa casa. Ou então... vamos fugir?

— Nossa! Por Deus, vou aturar!

— Hum. Pode ser. Querido, quando você atacar o Bert, seja cauteloso... eles são capazes de te enforcar!

Martin caminhou a passos lentos até a varanda da frente, determinado a visitar as salas atrás do escritório do *Eagles*. Sem contar com um refúgio onde pudesse se proteger de Bert, seria difícil aguentar mais uma semana. Ele aguardava ansiosamente por uma decisão dos Norbloms, muito embora visse nas duas figuras assustadoras e imortais pessoas que, na condição de inimigos, poderiam até mesmo chegar a triturá-lo. Prodigiosos deuses lançavam sombras sobre Wheatsylvania, o único mundo de que tinham consciência.

Naquela triste luminosidade do crepúsculo, ele reparou que um homem caminhava, com andar vacilante, pelo calçamento diante da casa, e o observava. Era um tal de Wise, um judeu russo conhecido no vilarejo como "Wise, o Polaco". Em sua cabana nas proximidades da estrada de ferro, ele vendia ações das minas de prata e da indústria automobilística e transacionava no mercado de compra e venda de terras agrícolas, cavalos e couro de rato silvestre. O homem se dirigiu a Martin:

— O senhor é o Doc?

— Eu mesmo!

Martin se entusiasmou. Seria um paciente?

— Sabe, eu gostaria que o senhor viesse dar uma caminhada comigo. Quero conversar sobre algumas coisas. Ou melhor, venha até minha casa experimentar uns novos charutos que eu consegui — ele enfatizou a palavra "charutos". A exemplo de Mohalis, Dakota do Norte também era teoricamente estéril.

O convite soou agradável para Martin, pois já havia um bom tempo que só trabalhava e não bebia nada.

A cabana de Wise, uma estrutura de pavimento único, razoavelmente bem construída, ficava situada a meia quadra da rua principal. Entre a casa (cercada por pinheiros que exalavam uma fragrância agradável, em contraposição ao cheiro fétido da velha fumaça de cachimbo) e o vasto campo de trigo havia apenas os trilhos da estrada de ferro. Wise, um homem franzino e reservado, que inspirava pouca confiança, piscou os olhos e murmurou:

— O senhor acha que aguentaria um gole de um excelente uísque de Kentucky?

— Bem... eu não iria reclamar!

Wise abaixou a rala cortina da janela e retirou de uma gaveta empenada da escrivaninha uma garrafa, em cuja boca os dois beberam, limpando-a com a palma da mão ao revezarem-na entre si. Subitamente, Wise falou:

— Olhe aqui, Doc. O senhor não é como esses caipiras; o senhor compreende que algumas vezes um camarada se mete em negócios tortuosos com os quais não pretendia se envolver. Muito bem, para encurtar a história... eu acho que vendi um número excessivo de ações das minas e agora eles virão atrás de mim. Assim, preciso ir embora... droga! Eu esperava que desta vez pudesse me estabelecer por um par de anos. Bem... soube que o senhor está procurando um local para montar seu consultório. Este lugar serial ideal. Ideal! Duas salas na parte de trás, além desta aqui. Eu alugarei para o senhor, com mobília e todo o resto, por quinze dólares ao mês, se o senhor me pagar um ano adiantado. Fique tranquilo! Não é um embuste, não. Seu cunhado está informado a respeito de meu direito de propriedade.

Martin tentou falar como um homem de negócios, afinal de contas, não era ele um jovem doutor que muito em breve estaria fazendo investimentos financeiros, um dos mais prósperos cidadãos de Wheatsylvania? Em seguida, retornou para casa e sob o lustre da sala de estar, com suas margaridas verdes sobre vidro cor-de-rosa, os Tozers escutaram atentamente seu relato. Bert se inclinou para a frente, boquiaberto e objetou:

— Você estará seguro alugando-a por um ano, mas não é essa a questão.

— Decerto que não! Hostilizar os Norbloms justo agora que eles já estão quase decididos a alugar para você o espaço deles? Depois de todo o trabalho que eu tive! Creio que você não pretende fazer isso comigo, não é? — resmungou o sr. Tozer.

Eles ficaram discutindo o assunto até cerca de dez horas, mas Martin estava decidido e no dia seguinte fechou negócio com o aluguel da cabana de Wise.

Pela primeira vez em toda a vida, ele tinha um lugar totalmente seu e de Leora.

Movido pelo orgulho da posse, o doutor via naquele imóvel a mais nobre construção existente sobre a face da Terra. Todas as pedras, as ervas daninhas e as maçanetas de porta pareciam-lhe especiais e encantadoras. Na hora do pôr do sol, ele se sentava no alpendre dos fundos (uma plataforma interessante, em estado ainda razoavelmente íntegro) e observava o campo que, cruzando a fina faixa da linha férrea, espalhava-se desde o chamejante horizonte até os seus pés. De repente Leora estava ao seu lado, abraçando-lhe o pescoço, e ele louvou todas as glórias do futuro que tinha diante de si.

— Sabe o que eu achei na cozinha? Uma magnífica broca velha, ainda não muito enferrujada... posso pegar uma caixa e fazer uma estante de tubos de ensaio... só minha!

CAPÍTULO 15

Sem fazer quaisquer observações profanas sobre "vendedores ambulantes de medicamentos", as quais muito aborreciam a turma da Diagamma Pi, Martin estudou o elegante catálogo da empresa New Idea de Jersey City, que comercializava instrumentos e mobiliário. Sobre a capa verde brilhante, destacavam-se, em vermelho e preto, três retratos: o do presidente, um homem gorducho e muito espirituoso, que tinha especial predileção por jovens médicos; o do gerente geral, um indivíduo ilustrado, de aspecto cadavérico, que certamente dedicava seus dias e suas noites de trabalho ao avanço da ciência; e o do vice-presidente, um antigo preceptor de Martin, Dr. Roscoe Geake, que exibia, por trás de seus óculos, um peculiar semblante muito alegre e prospectivo. A capa também trazia, em um espaço surpreendentemente exíguo, algumas linhas poéticas que inspiravam uma promessa auspiciosa:

> Doutor, não se deixe confundir por sujeitos sem iniciativa. Não há razões para que você não possua equipamentos capazes de impressionar seus pacientes, bem como de facilitar sua prática médica e lhe proporcionar distinção e riqueza. Todos os suprimentos de primeira classe, aqueles que estabelecem a diferença entre os líderes da profissão e os mascates, estão agora ao seu alcance, por meio do célebre sistema financeiro da New Idea: "Apenas uma pequena parcela de entrada e o restante totalmente isento de qualquer encargo – pago com os ganhos crescentes que os aparatos da New Idea lhe proporcionarão!".

Em cima, na margem de uma grinalda de louros, vinha o desafio, escrito em letras jônicas:

Não entoe a glória de soldados, exploradores ou estadistas, pois quem pode alcançar o médico – sábio, heroico e livre da ganância comum? Cavalheiros, nós humildemente os saudamos e aqui lhe oferecemos o mais definitivo catálogo, jamais apresentado por nenhuma casa de suprimentos médicos.

A capa posterior, muito embora menos gloriosa com sua tonalidade de verde e vermelho, também causava impacto. Ela apresentava ilustrações do equipamento Bindledorf de amigdalectomia e de um estojo elétrico, com os dizeres:

Doutor, você está encaminhando seus pacientes a especialistas para extração das amídalas, ou a sanatórios para tratamentos de choque, etc.? Nesse caso, estará perdendo a oportunidade de se mostrar um dos mais poderosos no domínio dos avanços da medicina em sua cidade, além de deixar de auferir valiosos honorários. Você não DESEJA ser um médico de primeira linha? Eis aqui a chave da questão.

Os equipamentos Bindledorf não são apenas úteis, mas também primorosamente BELOS. Eles embelezam e conferem classe a qualquer consultório. Nós garantimos que a instalação de um equipamento Bindledorf e de um estojo eletroterapêutico panaceático da New Idea (veja detalhes nas páginas 34 e 97) proporcionará a você a elevação de sua receita, que passará do patamar de mil para o de 10 mil anuais e, de quebra, dará a seus pacientes mais satisfação do que o mais meticuloso dos tratamentos.

Quando se fizerem ouvir os sinais do Grande Chamado, Doutor, e chegar a hora de você usufruir de sua recompensa, será que lhe bastarão um colossal funeral maçônico e homenagens de pacientes agradecidos, no caso de não lhe restarem condições de suprir as necessidades das crianças e de sua fiel esposa, aquela que partilhou consigo todas as atribulações da vida?

Você pode atravessar as nevascas e o calor do verão, penetrar o vale dos sofrimentos sobre o qual pairam sombras de cor purpúrea e, na luta pela vida de seus pacientes, enfrentar os sombrios poderes da escuridão; contudo, sem a ajuda do Moderno Progresso, resultante do uso de um equipamento Bindledorf de amigdalectomia e do estojo eletroterapêutico panaceático da New Idea, dispositivos obtidos através do pagamento de uma pequena parcela de entrada e o restante nas mais simples condições conhecidas em toda a história da medicina, esse heroísmo de pouca valia lhe será!

II

Martin deixou de lado toda essa poesia ditada pela paixão, pois sua opinião sobre poesia assemelhava-se à sua opinião sobre estojos eletroterapêuticos. Porém, no calor do entusiasmo, encomendou uma pequena bancada de aço, um esterilizador, frascos, tubos de ensaio e um equipamento esmaltado de branco e dotado de alavancas e engrenagens fabulosas, que o transformavam de cadeira de exames em mesa cirúrgica. Ele suspirava sobre a figura de uma centrífuga, enquanto Leora admirava o "estonteante conjunto de sete peças para a sala de recepção, confeccionado em carvalho enegrecido e estofado em genuíno couro sintético Longware de Barcelona, que conferirá ao seu consultório o mesmo padrão de classe e distinção do consultório de qualquer especialista de primeira linha de Nova York".

— Ora... deixe que se sentem em cadeiras comuns — grunhiu Martin.

A sra. Tozer encontrou no sótão um número suficiente de cadeiras surradas para a recepção e uma estante antiga que, depois de devidamente recoberta por Leora em papel cor-de-rosa com franjas, transformou-se em um nobre armário de instrumentos. Enquanto a cadeira de exames não chegava, Martin precisaria utilizar o divã encarquilhado de Wise e, para tanto, Leora forrou-o com oleado branco. Na parte de trás do pequenino edifício havia dois cubículos que anteriormente funcionavam como um quarto e uma cozinha. Martin converteu-os em sala de consultas e laboratório. Assobiando alegremente, ele serrou prateleiras para acomodar a vidraria e transformou o forno de um fogão a querosene jogado no lixo em estufa destinada à esterilização da vidraria.

— Mas compreenda, Lee, não vou me envolver com nenhuma pesquisa científica. Já superei tudo isso.

Leora limitou-se a sorrir inocentemente. Enquanto ele trabalhava, ela se sentava sobre a grama nativa, com as mãos apoiadas nos tornozelos, aspirando a brisa da campina. Mas a cada quinze minutos, precisava entrar e observá-lo com admiração.

Na hora do jantar, o sr. Tozer chegou em casa trazendo consigo um pacote, e ele foi aberto pela família ao som de murmúrios. Depois do jantar, Martin e Leora correram para o consultório, levando o novo tesouro e o fixaram no lugar. Tratava-se de uma placa de vidro na qual se lia, gravado em letras douradas, o nome "Dr. M. Arrowsmith". Abraçados e soltando gritinhos de alegria, os dois ficaram observando o objeto. Numa expressão de profundo respeito, Martin sussurrou:

— Nossa! Mal posso acreditar!

Os dois se sentaram no alpendre da parte de trás, exultantes por se sentirem libertos do jugo dos Tozers. Um trem de carga passava pela estrada de ferro e o som metálico do atrito das rodas sobre os trilhos repercutiu no ar. De dentro da máquina, um bombeiro acenou para eles, e da plataforma do vagão vermelho, um guarda-freios repetiu o gesto. Após a passagem do trem, com exceção do cricrilar dos grilos e do coaxar de um sapo distante, tudo se tornou silêncio.

— Nunca fui tão feliz — murmurou Martin.

III

Ele trouxera consigo de Zenith um estojo cirúrgico Ochsner e, ao ajeitar os instrumentos no lugar, ficou admirando a lâmina fina, cortante e brilhante do bisturi, bem como o objeto resistente para secionamento de tendões e a delicada curvatura das agulhas. No meio das peças havia um fórceps dentário. Pai Silva costumava advertir os alunos, dizendo, "Não se esqueçam de que o médico rural precisa ser também dentista e, decerto, sacerdote, advogado de família, ferreiro, chofer e engenheiro de estradas; e se suas mãos forem imaculadas demais para essas funções, procurem se estabelecer em uma bonita sala de espera perto de uma linha de bonde". E o primeiro paciente que procurou Martin no novo consultório, o segundo em Wheatsylvania, foi Nils Krag, o carpinteiro. Ele estava com um dente ulcerado e gritava de dor. Isso aconteceu uma semana antes da colocação do letreiro de vidro e, rejubilante, Martin falou para Leora:

— Já começamos! Você os verá chegando aqui aos montões!

No entanto, a previsão não se confirmou. Durante dez dias, Martin ajustou a estufa e permaneceu sentado em sua cadeira, lendo e tentando parecer ocupado. A alegria inicial se transformou em impaciência, e ele sentia vontade de gritar em virtude de tanta quietude, tanta inatividade.

No final de certo dia, consumido por total melancolia, ele já se preparava para ir embora quando entrou no consultório, batendo os pés, um agricultor sueco grisalho, que foi logo se queixando:

— Doc, enfiei um anzol de peixe no dedão e agora ele está todo inchado.

Para Arrowsmith, o interno do Hospital Geral de Zenith, cuja clínica ambulatorial tratava centenas de pacientes por dia, o enfaixamento de uma mão teria sido menos importante do que acender um cigarro. Todavia, para o Dr. Arrowsmith de Wheatsylvania essa era uma operação frenética, e o agricultor, uma pessoa extraordinária e encantadora demais. Martin apertou-lhe a mão esquerda com determinação e gaguejou:

— Escute bem, se houver alguma coisa, basta me telefonar... Basta telefonar para mim.

Para Martin, já havia passado por lá um fluxo de pacientes que se mostraram agradavelmente surpreendidos, cujo número justificava a única coisa que ele e Leora desejavam ardentemente, aquilo sobre o que os dois cochichavam durante a noite: a compra de um automóvel que lhe permitisse atender às chamadas rurais.

Eles tinham visto o carro na loja do Frazier.

Era um Ford de cinco anos atrás, com estofamento rasgado, um motor ensebado e molas feitas por um ferreiro que nunca antes na vida confeccionara molas. Além do estampido do motor a gás da leiteria, o som mais conhecido em Wheatsylvania era o que fazia a porta do Ford de Frazier quando se fechava. Ele a batia com determinação ao chegar à loja e habitualmente repetia a ação outras três vezes antes de chegar em casa.

Mas, apesar do estado do veículo, depois que Martin e Leora o adquiriram, junto com três pneus novos e uma buzina, ele se transformou para os dois em motivo de grande satisfação – era o objeto mais espetacular do mundo. Era completamente deles e podiam ir para onde quisessem, no momento que assim decidissem.

Durante o verão que passara em um hotel canadense, Martin aprendera a dirigir uma caminhonete Ford, mas para Leora essa era a primeira empreitada. Foram tantas as recomendações feitas por Bert, que ela se recusara a dirigir o veículo da família. Na primeira vez que Leora se sentou na frente da direção e movimentou com seus pequenos dedos o acelerador manual, sentindo nas próprias mãos todo o poder da máquina, como uma feitiçaria que lhe permitia se deslocar com a rapidez que desejasse (dentro de determinados limites), ela foi tomada pela sensação de superar as fronteiras da força humana e sentiu que poderia voar como um ganso selvagem – então, em uma faixa de areia, deixou a máquina morrer.

Martin passou a ser o motorista demoníaco do vilarejo. Andar de automóvel com ele, que parecia acelerar nas esquinas para tornar a viagem mais interessante, implicava sentar-se com o chapéu nas mãos e os olhos fechados, aguardando a morte iminente. À vista de qualquer coisa que surgisse à frente de seu caminho, desde outro carro até um cãozinho indefeso, Martin era tomado por tal estado de frenesi que só se aplacava se ele acelerasse e ultrapassasse o objeto. O vilarejo se prostrava em adoração. Diziam os habitantes: "O jovem Doc é mesmo exímio ao volante". Eles esperavam, com deleitante interesse, ouvir a notícia de sua morte. É possível que metade da primeira dúzia de pacientes a entrar no consultório do Dr. Arrowsmith o tenha feito como sinal de reverência ao motorista... os demais, porque não havia nada sério e ele estava mais próximo do que o Dr. Hesselink, de Gronigen.

IV

Junto com os primeiros admiradores, ele conquistou os primeiros inimigos.

Quando encontrava na rua com os Norbloms (e em Wheatsylvania era difícil não encontrar todos os dias com todas as pessoas nas ruas), eles o encaravam com olhar penetrante. Ele então hostilizava Pete Yeska.

Pete administrava aquilo que denominava "drogaria". O estabelecimento era dedicado à venda de doces, água gaseificada, remédios patenteados, papel mata-moscas, revistas, máquinas de lavar roupas e acessórios para veículos Ford, mas mesmo assim o proprietário teria morrido de fome se não trabalhasse também como agente postal. Ele se dizia um farmacêutico licenciado, porém, aviava tão mal as receitas que Martin foi obrigado a irromper dentro da loja e fazê-lo humildemente se lembrar de sua obrigação.

— Vocês, doutores novatos, me deixam doente — falava Pete. — Eu já aviava prescrições médicas quando você ainda usava fraldas. O antigo doutor que atendia aqui encaminhava todas as receitas para mim. Considero que meu método de fazer as coisas está certo, e não penso em modificá-lo por sua causa ou de qualquer outro doutorzinho inexperiente.

Daquele dia em diante, Martin teve que começar a comprar as drogas em Saint Paul e passar a preparar os próprios comprimidos e unguentos. Assim, seu pequeno consultório ficou entulhado, e ele olhava com certa sensação de saudade para os tubos de ensaio raramente usados e para a poeira que se acumulava na redoma de vidro do microscópio. Enquanto isso, Pete Yeska se juntou aos cochichos dos Norbloms: "Esse novo doutor não sabe nada. Quem ficar doente faz melhor indo procurar Hesselink".

V

A semana fora tão vazia e ociosa que, ao escutar a campainha do telefone tocar às três horas da manhã na casa dos Tozers, Martin correu para atender, como se estivesse aguardando uma mensagem de amor.

Uma voz rouca e vacilante anunciou:

— Eu quero falar com o doutor.

— Sim... Sou eu o doutor.

— Aqui é Henry Novak. Estou a seis quilômetros a nordeste da estrada de Leopolis. Minha garotinha, Mary, está com uma terrível dor de garganta. Penso que pode ser crupe. O semblante dela está péssimo e... o senhor pode vir imediatamente?

— Com certeza. Estarei logo aí.

Eram apenas seis quilômetros. Ele poderia percorrê-los em oito minutos.

Martin vestiu-se rapidamente e colocou sua desgastada gravata marrom, enquanto Leora não escondia a alegria por esse primeiro chamado noturno. Ele girou com violência a manivela do Ford, passou pela estação fazendo um barulho ruidoso e tomou a direção dos campos de trigo. No momento em que o velocímetro marcava nove quilômetros e meio, ao reduzir a velocidade para visualizar nas caixas de correio o nome do proprietário, percebeu que estava perdido. Ele tomou a entrada de automóveis de uma fazenda e parou debaixo de um salgueiro, com os faróis dianteiros iluminando uma pilha de latas de leite amassadas, rodas quebradas de máquina de ceifar, toras de lenha e varas de pescar feitas de bambu. Um estranho cachorro peludo saiu latindo ferozmente do celeiro e se pôs a saltar contra o veículo.

Uma cabeça desgrenhada apareceu na janela do térreo e gritou com sotaque escandinavo:

— O que o senhor deseja?
—Sou o doutor. Onde mora Henry Novak?
— Oh! O doutor! Dr. Hesselink?
— Não. Dr. Arrowsmith.
— Ah! Dr. Arrowsmith de Wheatsylvania? Hum... o senhor está bem perto. Retorne cerca de um quilômetro e meio e vire à direita na escola de tijolos. A casa de Henry fica aproximadamente quarenta estacas adiante... é uma com um silo de cimento. Há alguém doente por lá?
— Sim, sim... a garotinha está com crupe. Obrigado...
— Mantenha-se à direita. Não tem como errar.

Provavelmente ninguém que já escutou a lúgubre advertência "não tem como errar" deixou de chegar ao destino.

Martin fez a manobra com o veículo e passou raspando por um pedaço de tronco de árvore. Ele subiu a estrada fazendo muito barulho, virou na esquina contrária à da escola de tijolos, avançou cerca de um quilômetro ao longo de uma trilha lodacenta entre os pastos e parou em uma casa de fazenda. No surpreendente silêncio que se seguiu, ouvia-se o som do gado se alimentando, e um cavalo branco, assustado na escuridão, ergueu a cabeça para contemplar Martin. Ele despertou os habitantes da casa com o grasnado selvagem de sua buzina e foi despachado de volta para o campo pelo grito irado do agricultor:

— Quem está aí? Eu tenho uma espingarda!

Já haviam se passado quarenta minutos desde o telefonema, quando Martin entrou de novo na via acidentada e avistou no degrau da porta, iluminado pela luz da lamparina, um homem encurvado que chamou:

— Doutor? Eu sou Novak.

Martin encontrou a criança em um quarto recém-acabado, com paredes caiadas de branco e madeira de pinho envernizada. A espantosa claridade do recinto, um recente prolongamento da casa da fazenda, era quebrada apenas por uma cama de ferro, uma cadeira de espaldar reto, uma estampa de Sant'Ana e um abajur sem quebra-luz, colocado sobre uma frágil mesinha. Uma mulher de espáduas largas estava ajoelhada ao lado da cama. Quando ela ergueu o rosto úmido e molhado, Novak lhe implorou:

— Não chore mais. Ele já está aqui!

E virando-se para Martin, acrescentou:

— A pequena está muito mal, mas fizemos por ela tudo o que pudemos. Na noite passada e nesta também, nós lhe demos bastante água e a trouxemos aqui para o nosso quarto.

Mary era uma criança de sete ou oito anos. Martin encontrou-a já com os lábios e a ponta dos dedos arroxeados, e não havia rubor nas faces. No esforço para soltar o ar dos pulmões, ela se contorcia horrivelmente e expelia saliva com pequenas manchas acinzentadas. Martin se mostrou preocupado quando tomou nas mãos seu termômetro clínico e balançou-o com ar profissional.

Ele concluiu que se tratava de difteria ou crupe de laringe. Provavelmente difteria. Não havia tempo para exames bacteriológicos, culturas e qualquer precisão dependente de um exame demorado. Silva, o curandeiro, assumiu o controle, superando o perfeccionismo insensível de Gottlieb. Nervoso, Martin inclinou-se sobre a criança deitada naquela cama desgrenhada, tentando, absorto, tomar-lhe o pulso. Ele se sentia impotente sem os equipamentos do Hospital de Zenith, sem a ajuda das enfermeiras e os conselhos seguros de Angus Duer. Subitamente, adquiriu consciência de um profundo respeito pelos solitários médicos rurais.

Era necessário tomar uma decisão irrevogável e talvez arriscada. Ele empregaria a antitoxina diftérica, mas certamente não teria como obtê-la na drogaria de Pete Yeska, em Wheatsylvania.

Leopolis?

— Ande depressa e ligue pra Blassner, o farmacêutico de Leopolis — pediu Martin para Novak, tentando demonstrar a maior calma possível. Ele imaginou Blassner dirigindo em meio à escuridão da noite, trazendo respeitosamente a antitoxina para O Doutor. Enquanto Novak esgoelava na sala de jantar para se fazer escutar através da linha telefônica da fazenda, Martin observava a criança e esperava... Esperava... E a sra. Novak esperava que ele fizesse milagres. A agitação e o arquejo rouco da criança tornaram-se insuportáveis e o brilho ofuscante das paredes e dos traços de pálida madeira amarela deixaram-no sonolento, como se estivesse hipnotizado. Era muito tarde para qualquer outro procedimento que não fosse o uso da antitoxina ou uma traqueotomia. Deveria ele operar a criança e abrir uma passagem na traqueia para que ela pudesse respirar? Martin ficava em pé e era tomado pela inquietação; depois mergulhava na sonolência e se agitava para permanecer acordado. Ele precisava fazer alguma coisa, precisava dar uma satisfação para a mãe que bocejava ajoelhada ali do lado e começava a revelar sinais de desconfiança no olhar.

— Pegue alguns panos quentes... toalhas e guardanapos... e enrole em volta do pescoço dela. Peço a Deus que ele consiga completar aquela ligação! — murmurou Martin em desespero.

Quando a sra. Novak, arrastando seus grossos chinelos, chegou com os panos aquecidos, o marido dela apareceu muito pálido, dizendo:

— Ninguém dorme na drogaria e a linha da casa de Blassner está quebrada.

— Então escutem. Temo que isso possa ser muito sério. Preciso da antitoxina. Vou buscá-la em Leopolis. Vocês, mantenham essas compressas quentes e... que falta faz aqui um vaporizador! O quarto precisa de umidade. Existe aí um fogareiro a álcool? Deixem um pouco de água fervendo. Não usem medicamentos. Retornarei rapidamente.

Martin percorreu em 37 minutos os cerca de quarenta quilômetros até Leopolis, sem reduzir a velocidade uma vez sequer no cruzamento com outras estradas. Ele desafiou as curvas e as raízes de árvores que brotavam no meio da via, muito embora um ponto negro em seu espírito temesse o estouro de um pneu ou um desvio. A velocidade e o abandono de qualquer forma de cautela fizeram-no experimentar extrema exultação e ele agradeceu por estar sozinho no ar frio da noite, depois da tensão causada pela atenta observação da sra. Novak. Permanecia aberta em sua mente a página do Osler sobre difteria e a exata imagem das palavras: "Em casos graves a primeira dose deve ser de 8 mil...". Não. Oh, sim... "de 10 a 15 mil unidades".

Martin recuperou a autoconfiança e agradeceu ao deus da ciência pela antitoxina e pelo motor a gasolina. Aquela era uma corrida contra a morte.

Ele pensou exultante: "Vou conseguir... Vou vencer a doença e salvar aquela criança!".

Ao se aproximar de uma cancela, arremessou o veículo na direção da linha férrea, ignorando a possibilidade de se chocar com um trem. Ele tomou consciência de um silvo voraz, viu as luzes que deslizavam sobre o trilho e brecou. A pouco mais de trinta centímetros de suas rodas dianteiras, passou como um vulcão voador o Expresso de Seattle. O homem da caldeira estava abastecendo-a com carvão, e mesmo na tênue claridade do amanhecer, era assustador o brilho da fornalha logo abaixo dos anéis de fumaça. O espectro desapareceu instantaneamente e Martin ficou sentado, sentindo o tremor lhe percorrer o corpo todo. Suas mãos não conseguiam segurar a pequena roda do volante e seu pé tremia sobre o freio como na dança de São Vito.

— Foi por muito pouco! — murmurou ele, e pensou na viúva Leora abandonada aos cuidados dos Tozers.

Todavia, a visão da pequena Novak, debatendo-se para respirar, sobrepujou todo o resto.

— Inferno! Deixei o motor morrer! — resmungou. Ele debruçou sobre a lateral, rodou a manivela e saiu em disparada na direção de Leopolis.

Em relação ao distrito de Crynssen, Leopolis, com seus 4 mil habitantes, era uma metrópole. Contudo, na tensa quietude do alvorecer, mais parecia um pequeno cemitério – a extensão arenosa da rua principal e as lojas modestas, solitárias como choupanas. Ele encontrou um local com movimento – no sombrio escritório do Hotel Dakota, o atendente da noite estava jogando pôquer com o motorista do ônibus e o policial da cidade.

Eles ficaram perplexos diante da entrada impetuosa de Martin.

— Sou o Dr. Arrowsmith, de Wheatsylvania. Há uma criança morrendo de difteria. Onde mora Blassner? Pule no meu carro e me mostre.

O policial era um homem velho e esguio. Seu colete sobrava sobre a camisa sem colarinho, as calças formavam pregas, os olhos revelavam determinação. Ele conduziu Martin até a casa do farmacêutico, bateu à porta e então, em pé, com o rosto magro e peludo erguido sob a luz da fria manhã, ele gritou:

— Ed! Olá, Ed! Saia aqui fora!

Ed Blassner apareceu resmungando na janela do andar superior. Para ele, a morte e doutores furiosos não eram novidade alguma. Enquanto vestia a calça e o casaco, podia-se ouvi-lo conversando com a sonolenta esposa sobre o infortúnio dos farmacêuticos e sobre seu desejo de se mudar para Los Angeles e se tornar proprietário de terras. Mas ele tinha em sua loja a antitoxina da difteria e dezesseis minutos depois de escapar de ser morto por um trem, Martin voltava a toda velocidade para a residência de Henry Novak.

VI

A criança ainda estava viva quando ele entrou apressadamente na casa.

Durante todo o trajeto de volta, a visão do corpo frio e rijo da menina morta não o abandonou. Ele gritou "Graças a Deus!" e determinou que lhe trouxessem água quente. Martin já não era aquele médico inexperiente e envergonhado, mas sim um doutor sábio e corajoso que vencera a corrida contra a morte e via seu poder refletido nos olhos humildes e na inquieta obediência do sr. Novak.

Rápida e calmamente, ele aplicou a antitoxina por meio de uma injeção intravenosa e ficou aguardando.

De início, a respiração da criança não sofreu alteração e ela continuou engasgando no esforço de expelir o ar. Seguiu-se um gorgolejo, uma luta desesperada na qual a face da menina enegreceu e ela permaneceu imóvel. Martin observou, incrédulo. Vagarosamente, o olhar dos Novaks foi adquirindo uma expressão ameaçadora e eles ergueram as mãos trêmulas na frente dos lábios em sinal de incredulidade. E vagarosamente perceberam que a filha estava morta.

No hospital, a morte se tornara para Martin um evento corriqueiro e natural. Ele contara a Angus Duer que ouvira enfermeiras dizendo umas às outras, com certa dose de alegria: "Pois é, o 57 acabou de falecer". No entanto, naquele momento na casa dos Novaks, ele desejava fazer o impossível. Ela *não poderia* estar morta. Alguma coisa deveria ser feita... e durante todo o tempo ele lamentava consigo mesmo: "Eu devia tê-la operado... eu devia". O pensamento se instalara em sua mente com tanta obstinação, que ele não se deu conta de que a sra. Novak gritava:

— Ela está morta? Morta?

Martin fez que sim com a cabeça, sem coragem de encarar a mulher.

— Você matou minha filha com aquela agulha! E nem mesmo nos disse para que pudéssemos chamar um sacerdote!

Ele se arrastou para fora, deixando atrás de si a dor e os lamentos do homem e da mulher, e tomou a direção de casa com o coração arrasado. Ao longo do caminho foi pensando: "Nunca mais praticarei a medicina".

— Estou acabado — falou ele para Leora. — Não sirvo para nada. Eu deveria tê-la operado. Não vou conseguir encarar as pessoas quando elas souberem disso. Estou acabado. Vou procurar trabalho em um laboratório... no Dawson Hunziker ou em outro lugar qualquer.

Foi bastante benéfica a aspereza com que ela protestou:

— Você é o sujeito mais presunçoso que já existiu! Por acaso você se considera o único médico que já perdeu um paciente? Eu sei que você fez tudo o que podia ser feito.

Mas no dia seguinte, ele continuava se torturando, e mais ainda quando o sr. Tozer lamuriou-se à mesa do jantar:

— Henry Novak e a esposa estiveram na cidade hoje. Eles disseram que você devia ter salvado a menina. Por que então não analisou melhor o caso e encontrou alguma forma de curá-la? Devia ter tentado. Isso tudo é ruim, porque os Novaks têm muita influência no meio desses fazendeiros fortes e esbeltos.

Depois de uma noite, durante a qual estava cansado demais para conseguir pegar no sono, Martin subitamente tomou o automóvel e foi para Leopolis.

Ele ouvira os Tozers tecerem louvores quase sagrados ao Dr. Adam Winter, de Leopolis, um homem na casa dos setenta anos, que fora um médico pioneiro no distrito de Crynssen. E foi em busca desse sábio que Martin partiu. Ao longo do caminho, a imagem de sua melodramática corrida contra a morte não lhe saía da cabeça, e ele pensava nela com muita raiva e profundo escárnio. E assim, bastante fatigado, entrou na poeirenta rua principal da cidade. O consultório do Dr. Winter ficava em cima de uma mercearia, em um longo "bloco" de pavimentos de tijolos vermelhos reluzentes, arrematados por um beiral em estilo egípcio, feito de estanho. A penumbra do largo corredor era um bálsamo depois de todo o calor e da incandescência da pradaria. Antes de entrar na sala de consultas, Martin precisou esperar até que o Dr. Winter, um senhor grisalho e dono de uma simpática voz grave, terminasse de atender a três respeitáveis pacientes.

Não é possível afirmar que a qualidade da cadeira de exames pudesse ser considerada superior à daquela outrora usada por Doc Vickerson de Elk Mills, e a esterilização parecia ser realizada em um lavatório de mãos. No entanto, havia em dos cantos um estojo de eletroterapia com mais eletrodos e almofadas do que Martin jamais vira em toda a sua vida.

Ele relatou a história dos Novaks e Winter bradou:

— Ora, doutor, você não só fez tudo o que poderia fazer como foi além. A única coisa que lhe digo é que, na próxima vez que se vir diante de um caso crucial, é melhor que chame algum médico mais velho e lhe peça a opinião. Não que você precise desse conselho, mas isso tem um impacto perante a família, pois divide a responsabilidade e evita que eles saiam por aí fazendo críticas. Ah! Sempre tenho a honra de ser chamado por alguns de meus colegas mais jovens. Espere um pouco! Vou telefonar para o editor do *Gazette* e fornecer a ele uns dados sobre o caso.

Depois de concluído o telefonema, o Dr. Winter esfregou as mãos com entusiasmo e apontou para seu estojo de eletroterapia.

— Já possui um desses? Você deve ter, meu rapaz. Eu o uso com muita frequência, exceto no caso de doentes que não têm nada a ver com isso. Mas... você se surpreenderia se soubesse o quanto ele impressiona o povo. Bem, doutor... seja bem-vindo a Crynssen. É casado? Apareça qualquer domingo à tarde com sua esposa para jantar conosco. A sra. Winter ficará realmente encantada em conhecê-los. E se algum dia eu puder ajudá-lo com uma consulta... cobro pouca coisa além de meus honorários habituais. E causa ótima impressão discutir o caso com um homem mais velho...

A caminho de casa, Martin se entregou a uma jactância vã e perversa. Dizia ele para seus botões: "Pois eu vou continuar na luta, podem apostar! Na pior das hipóteses, nunca serei tão ruim quanto esse velho fanhoso e barganhador de honorários!".

Duas semanas mais tarde, o *Wheatsylvania Eagle*, um jornaleco ensebado de quatro páginas, relatou o seguinte:

Nosso contemporâneo, o empreendedor *Gazette* de Leopolis, publicou na semana passada os seguintes dizeres a respeito de um de nossos concidadãos, a quem recentemente demos as boas-vindas.

"Fomos informados por nosso valioso pioneiro, o Dr. Adam Winter, que o Dr. M. Arrowsmith está recebendo de toda a comunidade médica do Vale do Rio Pony os mais efusivos cumprimentos pela coragem e iniciativa recentemente demonstradas, além de seu talento para a ciência. E não há nenhuma ocupação ou profissão cujos membros sejam capazes de exprimir seu apreço pelas virtudes uns dos outros de maneira mais altruística do que entre os senhores médicos.

"Ao ser chamado à localidade de Delft, aqui nas proximidades, para atender a filhinha do conhecido agricultor Henry Norwalk, ele encontrou a criança quase morta em virtude de uma difteria e fez uma tentativa desesperada de salvá-la, tendo para tanto saído pessoalmente em busca da necessária antitoxina na drogaria de Blassner, nosso conhecido farmacêutico, que tinha disponível um novo suprimento da droga. O doutor foi e voltou dirigindo seu veículo a gasolina, cobrindo assim uma distância total de 76 quilômetros em 79 minutos.

"Felizmente, Joe Colby, nosso policial sempre alerta, estava a serviço e ajudou o Dr. Arrowsmith a encontrar a residência do sr. Blassner, na avenida Red River, e este senhor pulou da cama e se apressou a entregar ao doutor o produto procurado. Entretanto, lamentavelmente o estado da criança já era crítico demais para que houvesse chance de cura. Mas são, sem dúvida alguma, esses episódios de coragem e presteza, bem como de conhecimento, que fazem da profissão médica uma das grandes bênçãos da humanidade."

Duas horas após a publicação desse artigo, a srta. Agnes Ingleblad chegou ao consultório para outra discussão sobre suas doenças não existentes, e dois dias mais tarde, Henry Novak apareceu, dizendo orgulhosamente:

— Bem, Doc, todos nós fizemos tudo o que foi possível por nossa pobre garotinha, mas acredito que esperei tempo demais pra chamar o senhor. O coração da mulher está terrivelmente dilacerado. Nós dois lemos aquele artigo no *Eagle* sobre o caso e o mostramos também para o sacerdote. Sabe, Doc, eu gostaria que o senhor desse uma olhada no meu pé. Sinto uma espécie de dor reumática no tornozelo.

CAPÍTULO 16

Depois de um ano de prática da medicina em Wheatsylvania, Martin transformara-se em um médico rural discreto, porém não perdera o entusiasmo. No verão, Leora e ele faziam piquenique às margens do rio Pony e nadavam com muito barulho, esparramação de água e falta de decoro. Durante o outono ele ia caçar patos na companhia de Bert Tozer, que era um sujeito quase tolerável quando se postava na hora do pôr do sol em uma passagem entre dois pântanos. No inverno, que isolava o vilarejo em um deserto branco de neve, eles faziam corridas de trenó, jogavam partidas de cartas e se "socializavam" nas igrejas.

Sempre que o rebanho de Martin o procurava em busca de ajuda, as necessidades que os moviam e uma resignada obediência faziam deles criaturas cativantes. Uma ou duas vezes o doutor perdeu a paciência com a exagerada explicação de jovens aldeões dando conta de que ele possuía menos idade do que poderia ter. Outras duas vezes, exagerou nas doses de uísque em reuniões de pôquer na sala dos fundos da Cooperativa. No entanto, era considerado confiável, capaz e honesto. Em termos gerais, ele tinha um prestígio razoavelmente menor do que Alec Ingleblad, o barbeiro; era menos próspero do que Nils Krag, o carpinteiro; e menos interessante para seus vizinhos do que o garagista Finnish.

Foi então que um acidente e um engano tornaram-no famoso em um raio de vinte quilômetros dali.

Era primavera e ele fora pescar. Ao passar nas proximidades de uma casa de fazenda, uma mulher correu-lhe ao encontro gritando que seu bebê engolira um dedal e estava se asfixiando. O conjunto cirúrgico à disposição de Martin se limitava a um canivete. Ele afiou a lâmina na pedra de afiar do agricultor, esterilizou-a na chaleira, operou a garganta da criança e salvou-lhe a vida.

Todos os jornais do Vale do Rio Pony estamparam um parágrafo sobre o caso, e antes que a sensação perdesse a força ele curou a srta. Agnes Ingleblad de seu desejo de ser curada.

Era meia-noite quando Martin foi chamado para atendê-la, e encontrou-a com as mãos frias e a circulação fraca. Depois de percorrer estradas lamacentas para chegar até lá, ele estava entorpecido pelo sono, e acabou ministrando à paciente uma overdose de estricnina. O choque provocou um estímulo de tal proporção, que ela se convenceu de que estava curada. A transformação foi tão violenta que a fez mais interessante do que era enquanto se comportava como uma inválida – nos últimos tempos as pessoas davam pouca atenção para os sintomas da srta. Agnes. Ela saiu pela redondeza enaltecendo Martin, e por toda parte o povo passou a comentar: "Ouvi dizer que entre todos os médicos com quem Agnes se consultou, esse Doc Arrowsmith foi o único que conseguiu lhe fazer algum bem".

Martin formou uma clientela pequena e permanente, mas de maneira alguma extraordinária. Leora e ele se mudaram da casa dos Tozers para uma casinha de campo exclusivamente do casal. O novo lar tinha uma sala de estar e jantar, na qual havia um fogão niquelado sobre um linóleo novo, reluzente e bem cheiroso e uma cristaleira de carvalho dourada sobre a qual repousava um porta-fósforos – uma lembrança do lago Minnetonka. Martin comprou um pequeno aparelho de raio-X da marca Roentgen e se tornou diretor do Banco Tozer. As atividades ocupavam todo o seu dia e faziam-no sentir saudades dos tempos das pesquisas científicas, que nunca existiram. E Leora suspirava:

— É cruel ser casada. Na verdade, eu até esperava ter que perambular atrás de você estrada afora, mas nunca pensei que fosse me transformar em um esteio da comunidade. Bem... sou preguiçosa demais para sair por aí procurando um novo marido. Mas quero que saiba uma coisa: quando você se tornar o superintendente da Escola Dominical, não imagine que eu vá tocar órgão e sorrir das piadinhas engraçadas que você fará porque Willy não conseguiu aprender sua preciosa lição.

II

E assim, Martin passou a ser um homem respeitável.

No outono de 1912, quando os srs. Debs, Roosevelt, Wilson e Taft faziam campanha para a presidência e Martin Arrowsmith já morava em Wheatsylvania havia um ano e meio, Bert Tozer se tornou um proeminente exortador. Ele retornou cheio de ideias na cabeça de uma convenção estadual de um grupo denominado Modernos Lenhadores da América. Diversas cidades tinham enviado à convenção delegações de exortadores e o vilarejo de Groningen realizou uma procissão de cinco automóveis, em cada um dos quais havia uma enorme flâmula em que se lia: "Gronigen a favor dos homens brancos e da sujeira negra".

Bert chegou clamando que todos os automóveis da cidade deveriam carregar uma flâmula de Wheatsylvania. Ele comprara trinta delas e as colocara em promoção no banco, a 75 centavos cada. A todos que entravam no estabelecimento, Bert explicava tratar-se exatamente do preço de custo, o que superava em onze centavos a verdade. Ele chegou apressado na casa de Martin, exigindo que ele fosse o primeiro a ostentar a flâmula.

— Eu não quero essas coisas idiotas tremulando em meu carro — protestou Martin. — De qualquer maneira, qual é o objetivo?

— Ora, qual é o *objetivo*? Fazer a propaganda de sua própria cidade, é claro!

— E o que existe lá para ser propagandeado? Você pensa que pendurando um farrapo empoeirado atrás de uma lata velha de segunda-mão vai fazer estranhos acreditarem que Wheatsylvania é uma metrópole como Nova York ou Jimtown?

— Você nunca foi um sujeito patriota! Pois saiba de uma coisa, Mart... se você não pendurar uma faixa, vou fazer com que todos na cidade percebam isso.

Enquanto as outras latas velhas do vilarejo anunciavam ao mundo (ou, pelo menos, dentro de alguns quilômetros quadrados do mundo) que Wheatsylvania era a "cidade maravilhosa da área central de Dakota do Norte", o barulhento Ford de Martin permanecia desnudo, dando motivos para que seu inimigo Norblom comentasse: "Gosto de sujeitos que têm espírito cívico e apreço pelo lugar de onde tiram seu sustento", despertando assim a revolta da população, que começou a questionar a fama de operador de milagres de que Martin fora investido.

III

Ele tinha amigos íntimos (o barbeiro, o editor do *Eagle*, o garagista) com quem conversava animadamente sobre as caçadas e a colheita, e também jogava pôquer. Talvez tivesse uma proximidade excessiva com esses indivíduos. No distrito de Crynssen defendia-se o direito de todo jovem profissional poder tomar um drinque de quando em quando, desde que ele o fizesse em segredo e compensasse seu ato, demonstrando apreço pelos clérigos da vizinhança. Martin, no entanto, pouco falava com os clérigos e nunca escondeu seu trato com a bebida e com o jogo.

Quando se sentia entediado com as preleções do padre da igreja Irmandade Unida a respeito das doutrinas, bem como da iniquidade dos filmes e do escandaloso salário dos pastores, não era por ser ele um jovem distante e muito melindroso, mas sim porque encontrava mais interesse nos comentários maliciosos do garagista sobre a arte de lembrar as apostas iniciais no pôquer.

Existiam em todo o estado jogadores de cartas afamados. Eram homens de aparência rude, que andavam sem casaco e mascavam tabaco, indivíduos cujo comentário mais longo se limitava a um "eu passo" e que se divertiam pilhando os condescendentes vendedores ambulantes, que viviam cobertos de ouro. Quando corriam notícias acerca de uma "grande jogada", os jogadores do distrito saíam em silêncio e se dirigiam ao "trabalho" – o representante das máquinas de costura de Leopolis, o agente funerário do Bosque de Vanderheide, o contrabandista de Saint Luke e o gorducho vermelho de Melody, sujeito que não tinha uma profissão conhecida.

Dizia-se por todo o vale que, movidos pelo sentimento de gratidão, certa vez jogaram durante 72 horas ininterruptas no escritório da garagem de Wheatsylvania. O local fora antigamente uma cocheira e estava entulhado de mantas e chicotes, e o cheiro de cavalos se misturava com o vapor de gasolina.

Os jogadores chegavam e iam embora, algumas vezes dormiam no chão por uma ou duas horas, mas nunca havia menos do que quatro deles no jogo. O fedor de cigarros fracos e baratos, assim como de charutos fortes e também baratos pairava sobre a mesa como um espírito maligno. Sobre o chão se esparramavam bitucas, palitos de fósforo, cartas de baralho velhas e garrafas de uísque. Entre os valentes guerreiros estavam Martin, o barbeiro Alec Ingleblad e um engenheiro da estrada de ferro. Eles vestiam camisas de flanela sem paletó e permaneciam sentados por horas a fio, embaralhando as cartas com o olhar malicioso e despreocupado.

Quando Bert Tozer soube do caso, temeu pela boa fama de Wheatsylvania e fez intrigas sobre Martin, queixando-se a todo mundo que os modos depravados do cunhado haviam esgotado sua paciência. Aconteceu então que, enquanto Martin desfrutava do auge de sua prosperidade e boa reputação como médico, corriam insinuações de que ele tinha o vício do jogo, era um "homem dado à bebida" e que nunca frequentava a igreja. E todos os devotos se deleitavam em lamentar: "É triste demais ver um jovem decente como aquele se entregar aos cachorros".

Martin era um sujeito não apenas impaciente, mas, na mesma medida, também obstinado. Ele se ressentia das saudações bem intencionadas, como: "Você deve deixar uns goles para nós bebermos, Doc" ou "Imagino que esteja ocupado demais com o jogo de pôquer para ir para casa e cuidar da mulher". Ele agiu com uma absurda e infantil falta de tato quando escutou Norblom comentar com o carteiro: "Um sujeito que se diz médico só porque teve sorte com aquela idiota da Agnes Ingleblad, não sairia por aí bebendo e se desgraçando...".

Martin parou e indagou:

— Norblom! Você está falando de mim?

O lojista se virou vagarosamente e riu:

— Tenho coisas mais importantes a fazer do que falar sobre você.

Enquanto Martin se afastava, ouviu risadas.

Ele tentou se convencer de que os habitantes do vilarejo eram generosos e que esses mexericos, inevitáveis em um pequeno povoado no qual o evento mais fascinante do ano era o piquenique de 4 de julho na Escola Dominical Irmandade Unida, denotavam, em parte, uma carinhosa demonstração de interesse. Contudo, não conseguia deixar de sentir um incessante desconforto diante dos intermináveis e ensandecidos comentários que eles faziam sobre tudo. Para Martin, parecia que até mesmo a palavra mais despretensiosa dita na sala de consultas seria ampliada e reproduzida de ouvido em ouvido por todas as estradas do país.

Ele gostava de falar sobre pescaria com o barbeiro e não compartilhava da fixação geral pela meteorologia. Porém, com exceção de Leora, não havia ninguém com quem pudesse conversar sobre seu trabalho. Angus Duer era um sujeito frio, mas estava sempre muito bem informado a respeito das novidades em termos de técnicas cirúrgicas e mostrava-se um mordaz debatedor. Martin compreendeu que se não lutasse, não apenas acabaria se rendendo a uma covarde moralidade sob a pressão do vilarejo, como também se limitaria a uma rotina de prescrições e aplicação de curativos.

Talvez o Dr. Hesselink, de Groningen, pudesse despertar-lhe o ânimo.

Martin estivera uma única vez com Hesselink, mas ouvia por toda parte relatos dando conta de que ele era o médico mais honesto em todo o vale. Movido por um impulso, tomou o carro e foi visitá-lo.

O Dr. Hesselink era um homem alto, corado, de ombros largos, na casa dos quarenta anos. Podia-se perceber imediatamente que ele agia sempre com muita cautela e não temia coisa alguma, muito embora carecesse bastante de imaginação. Ele recebeu Martin sem demonstrar grande entusiasmo e seu semblante dizia: "Muito bem, o que você deseja? Sou um homem ocupado!".

— Doutor — falou Martin —, o senhor considera difícil acompanhar os desenvolvimentos da área médica?

— Não. Basta ler os periódicos médicos.

— Sim... Mas o senhor... Caramba, não quero parecer sentimental, mas... o senhor não acha que sem manter contato com os notáveis, sua mente se torna preguiçosa... um pouco sem inspiração?

— Não! Encontro inspiração suficiente em tentar ajudar os doentes.

Internamente, Martin protestava: "Tudo bem. Se você não deseja ser amigável, então vá para o inferno!". No entanto, insistiu novamente:

— Eu sei. Mas, além do frenesi das atividades e da ampliação do conhecimento médico, como ter prazer na profissão se não se tem tempo para nada exceto a prática rotineira de atender a uma porção de lavradores?

— Arrowsmith, posso estar sendo injusto com você, mas vejo entre os jovens médicos muitos que se sentem superiores aos lavradores – homens que na verdade cumprem seu ofício melhor do que vocês, médicos, cumprem o seu. Talvez lhe passe pela cabeça que a possibilidade de desenvolvimento depende de se estar em uma cidade cheia de bibliotecas, conferências médicas e tudo o mais. Porém, acho que não existe qualquer impedimento para que alguém estude em casa! Você considera sua formação muito melhor do que a desses homens rústicos, mas observei que usa com muita frequência expressões como "caramba" e coisas desse tipo. Quão abundante é a sua leitura? Quanto a mim, estou plenamente satisfeito. Meus pacientes me pagam honorários que me permitem viver muito bem, além de apreciarem meu trabalho e concederem-me a honra de ser eleito para o conselho da escola. Acho que muitos desses bons homens do campo pensam de forma mais objetiva e cabal do que os almofadinhas que encontro na cidade. Bem! Não vejo motivos para você se sentir superior e nem solitário!

— Inferno, não me sinto! — explodiu Martin.

No caminho de volta, ele se enraiveceu ao lembrar da superioridade com que Hesselink falara sobre não se sentir superior. Contudo, pensamentos inquietantes lhe tomaram conta da mente. Na verdade, sua formação fora incompleta – possuía um diploma de curso superior, mas não sabia coisa alguma sobre economia, história, música ou artes. Com exceção da apressada preparação para os exames, ele jamais lera poesias, salvo as de Robert Service. E os únicos textos que lia atualmente, além dos artigos médicos, eram as notícias sobre beisebol, informações sobre assassinatos publicadas nos jornais de Minneapolis e as histórias do Oeste Selvagem editadas nas revistas.

Martin relembrou as "conversas inteligentes" que agora, no deserto de Wheatsylvania, acreditava ter mantido em Mohalis. Ele se lembrou de que Clif Clawson considerava pretencioso o emprego de frases que não fossem tão coloquiais e obscenas quanto as expressões usadas pelos caminhoneiros, e também que seu próprio discurso só diferia do de Clif quanto ao fato de ser menos fantástico e menos original. Martin não conseguia relembrar nada mais que estivesse acima do nível de conversas da barbearia de Alec Ingleblad, exceto a filosofia de Max Gottlieb, assim como as esporádicas reprimendas de Angus Duer, uma dentre dez digressões de Madeline Fox e os conselhos do Pai Silva.

Ele voltou para casa tomado de um profundo ódio por Hesselink, porém não sentia por si mesmo qualquer forma de estima. Foi depressa ao encontro de Leora e anunciou "vamos estudar, nem que seja para nos matarmos", com o que ela concordou placidamente. Martin se lançou de corpo e alma ao empreendimento, como fizera anteriormente com a bacteriologia.

Ele lia em voz alta para Leora textos da história europeia, e ela se mostrava interessada ou, pelo menos, indulgente. Depois de tomar emprestado do editor do vilarejo um volume de Conrad, começou a se sentir, ao passar de automóvel pelas estradas da campina, como se estivesse atravessando as aldeias da floresta – chapéus de abas largas, orquídeas, templos abandonados de divindades obscenas com cara de cachorro, rios secretos com cicatrizes deixadas pelo sol. Martin tinha consciência de seu vocabulário medíocre e não se pode dizer que de uma hora para outra tenha adquirido notável capacidade de articulação, muito embora seja bem possível que, nas longas noites de frenética leitura junto a Leora, ele tenha avançado alguns passos na direção do trágico encantamento do mundo de Max Gottlieb – algumas vezes encantador, em outras, trágico.

Mas o fato de ter se tornado novamente um estudante não lhe proporcionou a mesma satisfação que ao Dr. Hesselink.

IV

Gustaf Sondelius estava de volta aos Estados Unidos.

Na escola de medicina, Martin lera trabalhos de Sondelius, o soldado da ciência. Sondelius possuía uma formação sólida e extensa, mas era um homem rico e excêntrico e não labutava em laboratórios, tampouco tinha um escritório decente, um lar e uma esposa coberta de rendas. Ele percorria o mundo combatendo epidemias, fundando instituições e proferindo discursos inconvenientes, além de experimentar novos drinques. Era sueco de nascimento, alemão por formação, um pouco de tudo na linguagem, e frequentava clubes em Londres, Paris, Washington e Nova York. Em Batoum e Fuchau, em Milão e no protetorado de Bechuanalândia, em Antofagasta e no Cabo Romanzoff, não havia quem não falasse dele. Em *Doenças Tropicais*, Manson cita o admirável método de Sondelius para exterminar ratos com gás de ácido cianídrico e o jornal *The Sketch* mencionou, certa vez, seu abominável sistema no jogo de bacará.

Gustaf Sondelius propagava aos quatro ventos que a maioria das doenças poderia e deveria ser erradicada. De acordo com ele, a tuberculose, o câncer, a febre tifoide, a peste bubônica e a gripe eram um exército invasor contra o qual o mundo precisava se mobilizar – literalmente –, e acrescentava que as autoridades responsáveis pela saúde pública deviam tomar o lugar dos generais e dos reis do petróleo. Sondelius estava realizando um circuito de palestras nos Estados Unidos e suas afirmações enfáticas eram publicadas por toda a imprensa do país.

Martin mostrava desdém pela maioria dos artigos de jornais que tratavam de ciência e saúde; porém, a veemência de Sondelius envolveu-o e, sem que atinasse, ele se viu de repente convertido – e essa conversão foi importante para ele.

Ele dizia a si mesmo que, muito embora trabalhasse para curar as doenças, era essencialmente um homem de negócios, um concorrente do Dr. Winter, de Leopolis e do Dr. Hesselink, de Groningen. Pensava também que estes dois, a despeito de serem honestos, tinham o propósito primeiro de ganhar dinheiro e colocavam a honestidade e a cura em um patamar secundário. Entendia que para eles, livrar-se de doenças evitáveis e gerar uma população saudável seria a pior coisa do mundo, e que todos os médicos dessa estirpe deveriam ser substituídos por agentes da saúde pública.

A exemplo de todos os agnósticos convictos, Martin era um homem religioso. Desde o fim de sua veneração por Gottlieb, ele procurara inconscientemente uma nova paixão, e a encontrara agora na figura da guerra às doenças defendida por Gustaf Sondelius. De repente, passou a ser tão irritante com seus pacientes quanto o fora anteriormente com a turma da Digamma Pi.

Ele avisou os agricultores de Delft que eles não tinham o direito de contrair tanta tuberculose.

Tal declaração gerou uma grande revolta, porque nenhum dos direitos garantidos pela lei aos cidadãos americanos era tão bem estabelecido, ou mais frequentemente posto em prática, do que o privilégio de ficar doente. A população comentava em tom de irritação: "Quem ele pensa que é? Nós o chamamos pra medicar, e não para dar ordens. Ora, pois o maldito idiota não teve a coragem de nos mandar queimar nossas casas!? Disse que estaríamos cometendo um crime se tivéssemos tuberculose aqui! Ninguém vai falar comigo desse jeito. Não admito!".

Tudo ficou evidente para Martin – muito evidente. A nação deveria, sem perda de tempo, fazer dos melhores médicos funcionários autocratas e não havia o que discutir. Quanto ao método empregado para transformar funcionários em perfeitos executivos e como persuadir o povo a obedecê--los, ele não tinha qualquer sugestão, apenas se limitava a acreditar que seria possível. À mesa do café da manhã, Martin resmungou:

— Outro dia inútil, só escrevendo receitas para dores de barriga que nunca deveriam acontecer! Se pelo menos eu pudesse entrar na grande batalha junto com homens como Sondelius! Isso tudo me cansa demais!

Leora murmurou:

— Sim, meu querido. Prometo que serei boazinha e não terei dores de barriga, tuberculose e nem outras doenças. Mas, por favor, não me faça preleções!

Mesmo estando irritado, ele foi gentil, porque Leora esperava um bebê.

V

O nascimento seria dentro de cinco meses e Martin prometeu ao filho por nascer tudo o que não tivera.

— Ele vai ter uma educação de verdade! — vangloriava-se quando se sentavam no alpendre para admirar o crepúsculo dos dias de primavera. — Vai aprender literatura e todas essas coisas. Não fizemos muito por nós mesmos e aqui estamos, presos nessa encruzilhada estreita e limitada pelo resto de nossa vida... mas acho que fomos um pouco além de nossos pais e ele irá muito além de nós.

Apesar de todo o entusiasmo, Martin estava preocupado. Leora tinha muito enjoo matutino e arrastava-se pela casa até a hora do almoço, com os cabelos desgrenhados e o rosto fundo e muito pálido. Ele se descobriu uma espécie de empregada que chegava em casa para ajudar, lavar os pratos e varrer a calçada da frente. Todas as noites, Martin lia para ela, mas agora não história ou Henry James, mas sim "A sra. Wiggs do Canteiro de Couve", que ambos julgavam um conto muito interessante. Ele se colocava no chão, ao lado do encardido sofá de segunda mão no qual ela sentava seu corpo debilitado, e segurando-lhe a mão, divagava:

— Caramba, nós... Não, não quero dizer "caramba". Bem... o que *se pode* dizer, se não "caramba"? De qualquer modo, um dia ainda teremos uma poupança que será suficiente para passarmos algum tempo na Itália e outros lugares desse tipo. Conhecer todas aquelas antigas ruas estreitas e os velhos castelos! Deve existir uma infinidade dessas fortalezas com centenas de anos ou até bem mais! E nós vamos levar o garoto... Mesmo que venha a ser uma garota... que se dane! E ele aprenderá a falar italiano, francês e todas as línguas que os nativos desses lugares falam... e deixará a mãe e o pai muito orgulhosos! Ah, seremos um vaidoso casal de velhos passarinhos! Nunca tivemos mais moral do que um coelho... nenhum de nós... e provavelmente quando chegarmos aos setenta anos, sentaremos nos degraus da escada, fumando cachimbo e rindo-nos em silêncio de todas as pessoas respeitáveis que passarem pela rua... e contaremos um ao outro histórias escandalosas sobre essa gente, até o dia em que resolverem tomar satisfações conosco e com nosso garoto... Ele vai usar um chapéu-coco e ter um chofer... e não terá coragem de nos reconhecer!

Acostumado agora a exibir a falsa animação do médico, ele gritava quando ela estava lívida e atormentada com a indignidade dos enjoos matutinos:

— Vamos lá, garota... está tudo bem! Se você não se sentisse enjoada não estaria gestando um bebê saudável. É assim com todo mundo.

Martin permanecia ali deitado, mas angustiado só de imaginar que ela pudesse morrer. Se isso acontecesse, ele sentia que morreria junto. Sem a companhia de Leora, não lhe restaria mais nada a fazer, nenhum lugar aonde pudesse ir. De que valeria ter todo o mundo diante de si se não pudesse mostrá-lo a ela, se ela não estivesse mais lá?

Ele condenava a natureza por sua forma ardilosa de, por meio de todas as sedutoras artimanhas do luar, de pernas cândidas e uma lancinante solidão, ludibriar os seres humanos, levando-os a conceber bebês, para depois transformar o nascimento em algo tão cruel, ignominioso e devastador quanto fosse possível. Ele passou a tratar com descortesia e indelicadeza os pacientes que o chamavam na zona rural, pois não podia se afastar das necessidades de Leora, contudo, era condescendente com o sofrimento dessa gente, como nunca antes tinha sido.

Os enjoos matinais de Leora se converteram em vômitos funestos. Subitamente, enquanto uma agonia desumana a dilacerava por dentro, ele mandou chamar o Dr. Hesselink, e numa tarde terrível, quando a janela daquele quarto que rescendia a iodo deixava entrever do lado de fora as campinas exuberantes cobertas pelas cores da primavera, eles tiraram dela o bebê – morto.

Tivesse sido possível, ele poderia então ter compreendido o sucesso de Hesselink e teria notado a gravidade, o sortilégio, a compaixão e a certeza que levavam as pessoas a lhe confiar sua vida. O doutor naquele momento não parecia frio nem culpado, apenas um irmão mais velho e compassivo. Martin não via nada. Ele não era um médico. Não passava de um garoto apavorado, menos útil para Hesselink do que a mais estólida das enfermeiras.

Quando teve certeza de que Leora se recuperaria, Martin sentou-se na cama ao lado dela, tentando persuadi-la:

— Agora precisamos nos convencer de que nunca poderemos ter um bebê... Então eu quero... Ah, não sirvo pra nada! Tenho um gênio mau. Mas quero ser tudo para você!

Ela sussurrou tão baixinho que ele mal pôde ouvir:

— Ele ia ser um bebê tão doce. Eu sei... eu o vi tantas vezes! Eu sabia que ele ia ser igualzinho a você, quando você era bebê — ela tentou dar um sorriso. — Talvez eu o quisesse porque achava que poderia controlá-lo. Nunca tive ninguém para quem eu pudesse dar ordens. Então, se não posso ter um bebê de verdade, terei que educar você, fazer de você um grande homem, um homem que todos irão admirar, como Sondelius... Oh, querido, fiquei tão preocupada, porque você estava preocupado...

Martin beijou-a, e os dois permaneceram juntos durante horas, silentes naquele momento em que a luz do crepúsculo se espraiava sobre a campina – eternamente tolerantes.

CAPÍTULO 17

O Dr. Coughlin, de Leopolis, era um homem muito cordial. Ostentava um bigode ruivo e possuía um Maxwell que, embora naquele mês de maio tivesse completado três anos e seu polimento fosse bastante deplorável, o proprietário acreditava ser superior em beleza e velocidade a qualquer veículo existente em Dakota.

O doutor chegou em casa exultante, carregou nas costas o mais novo de seus três filhos e comentou com a esposa:

— Tessie, tive uma ideia fenomenal.

— Sim, e está com um hálito também fenomenal. Eu queria mesmo era que você parasse de experimentar a bebida daquela velha garrafa de São Frumêncio que tem na drogaria!

— Deixe disso, mulher! Escute!

— Não vou escutar! — disse ela, e beijou-o afetuosamente — Nem pense em irmos de automóvel para Los Angeles no verão. É longe demais, principalmente com aqueles fedelhos gritando.

— Tudo bem, tudo bem. Mas vamos fazer as malas e viajar uma semana pelo estado. Pode ser amanhã ou depois de amanhã. Não há nada que me impeça, exceto aquele caso de obstetrícia, mas vou passá-lo para o Winter.

— Está bem. Podemos experimentar as novas garrafas térmicas!

O Dr. Coughlin, sua senhora e as crianças partiram às quatro da manhã. No início da viagem, a organização no interior do carro seguia os padrões normais e não chamava a atenção de quem o observasse; porém, depois de três dias, quem do veículo se aproximasse na estrada plana e sem curvas, que se estendia por quilômetros através do vasto trigal, veria o doutor em seu terno cáqui, com óculos de aros de tartaruga e chapéu de linho branco, e a esposa de blusa de flanela verde e chapéu rendado, dentro de uma pequena confusão. Ao ultrapassar o veículo, notava-se uma garrafa de água envolta em lona egípcia, terra nas rodas e nos para-lamas, uma pá, duas crianças mais velhas que se debruçavam perigosamente para fora e mostravam a língua para quem passasse, fraldas de bebê penduradas em um varal improvisado sobre o bagageiro, um exemplar rasgado do *Snappy Stories*, sete pirulitos, uma alavanca, uma vara de pescar e uma barraca enrolada.

A impressão final ficava por conta de dois grandes adesivos nos quais se lia: "Leopolis, Dakota do Norte" e "Desculpem-nos pela poeira".

Ao longo do caminho, os Coughlins experimentaram aventuras deleitantes. Em certa oportunidade ficaram atolados em um buraco de lama e foram retirados do veículo pelo doutor por meio de uma ponte feita com pedaços de cerca, o que gerou estridente algazarra na família. Em outra ocasião, a ignição do carro deixou de funcionar e, enquanto aguardavam a chegada de um mecânico chamado pelo telefone, visitaram uma fazenda de laticínios, na qual a ordenha era realizada por uma máquina elétrica. Ao longo do caminho, os horizontes dos Coughlins foram se ampliando, e eles descobriram as maravilhas do grande mundo: o cinema de Roundup, cuja orquestra consistia não apenas de um piano, mas também de um violino; a fazenda de raposas pretas em Melody; e a torre de água de Severance, considerada a mais alta em toda Dakota do Norte.

O Dr. Coughlin costumava, segundo suas palavras, "fazer visitas informais para passar o dia com os médicos". Em Saint Luke, ele tinha no Dr. Tromp um amigo íntimo – pelo menos, haviam se encontrado duas vezes nas reuniões anuais da Associação Médica do Vale do Rio Pony. Quando comentou com Tromp que tinham considerado muito ruim a qualidade dos hotéis, este pareceu inquieto e prudente, e suspirou:

— Se minha esposa pudesse dar um jeito, eu gostaria de convidá-los para passar esta noite conosco.

— Oh, não queremos incomodá-los. Não seria mesmo um transtorno? — falou Coughlin.

Depois que a sra. Tromp superou o desejo de chamar o marido de lado e fazer observações inaudíveis, porém, determinantes, e depois que o mais velho dos filhos do casal aprendeu que "não é gentil da parte de um jovem cavalheiro enxotar os convidados que vieram de longe... muito longe", todos ficaram muito felizes. As sras. Coughlin e Tromp lamentaram o custo do sabão e da manteiga e trocaram receitas de pêssego em conserva, enquanto os homens, sentados na beirada do alpendre, com as pernas cruzadas, balançavam eloquentemente seus charutos e se abandonavam ao êxtase de uma conversa de cunho profissional.

— Diga, doutor, o que você acha da clientela?

(Foi Coughlin quem falou – ou talvez tenha sido Tromp.)

— Bem... são bons pacientes. Esses alemães pagam honorários fabulosos. Nunca mando a eles uma conta, mas quando terminam sua colheita aparecem aqui e dizem: "Quanto lhe devo, doutor?".

— Sim, os alemães são bons pagadores.

— Sem dúvida são. Não existem muitos caloteiros entre eles.

— Isso é fato. Diga-me, doutor, como você lida com os casos de icterícia?

— Bem... vou lhe contar, doutor. Se for um caso persistente, normalmente ministro cloreto de amônia.

— Verdade? Eu costumava ministrar cloreto de amônia, mas li um dia desses no periódico da Associação dos Médicos um artigo no qual um colega afirmava não fazer bem.

— É mesmo? Ora, ora! Não vejo desse modo. Enfim... diga-me, doutor, você se considera capaz de conseguir muita coisa no tratamento da asma?

— Preste atenção, doutor, vou lhe confidenciar uma coisa. O que vou contar pode lhe parecer engraçado, mas acredito que pulmão de raposa é muito bom para asma... e tuberculose também. Falei isso a um colega de Sioux que é especialista em pulmões, e ele riu na minha cara, dizendo que minha afirmação nada tinha de científica. E eu lhe disse: "Científica... Pros infernos! Ora... não sei se essa é ou não a última palavra em termos de ciência, mas obtenho resultados e o que me importa é obter resultados!". Depois acrescentei: "Pois saiba que um médico rural pode não ter uma porção de títulos precedendo seu nome, mas ele vê uma enorme quantidade de coisas misteriosas que não consegue explicar, e para mim, a maioria desses malditos autointitulados cientistas tem muito a aprender com os despretensiosos médicos do campo".

— Sim, isso é fato. Quanto a mim, preferiria ficar aqui no campo, poder caçar de vez em quando e levar uma vida mais tranquila do que a dos sabichões das cidades. Certa vez imaginei me tornar um especialista em raio-X (há um lugar em Nova York onde você pode fazer todo o curso em oito semanas) e talvez me estabelecer em Butte ou Sioux Falls, mas percebi que mesmo ganhando de 8 a 10 mil dólares por ano, isso seria pouco mais do que 3 mil aqui e... afinal de contas, um camarada não pode esquecer seu dever para com os pacientes antigos.

— É mesmo assim... diga, doutor, que tipo de sujeito é aquele tal de McMinturn que atua lá na sua região?

— Bem, não gosto de criticar meus colegas médicos e imagino que ele seja bem intencionado, mas... que isso fique só entre nós dois... ele faz muitas suposições atrapalhadas. Veja o que acontece conosco: nós tratamos *cientificamente* nossos casos em vez de jogar com a sorte e apenas confiar em experiências e improvisações. Mas McMinturn não tem conhecimento suficiente. Além do mais, aquela esposa dele é um problema! Ela tem a língua mais ferina de toda a redondeza. E os métodos que emprega para arrebanhar clientela para Mac! Enfim... acho que esse é o jeito deles de fazer negócios!

— O velho Winter continua clinicando?

— Oh, sim! De muitas maneiras. Você o conhece bem. Certamente está uns vinte anos atrasado, mas é muito solícito. Manteve uma pobre mulher na cama por seis semanas a mais do que ela precisava. Fazia-lhe visitas duas vezes ao dia e ficava ali proseando... absolutamente desnecessário.

— Eu suponho que o Silzer seja seu maior concorrente, não é, doutor?

— Não acredite nisso, doutor! Ele não está formando a clientela que quer fazer os outros acreditarem que está. O problema com o Silzer é a precipitação. Ele sai por aí falando demais, gosta de ouvir a própria voz. A propósito... você já teve oportunidade de conhecer esse novo camarada, o Arrowsmith? Ele já está estabelecido aqui em Wheatsylvania há cerca de dois anos.

— Não, mas ouvi dizer que é um jovem brilhante.

— Sim. Dizem que é um homem inteligente... muito bem informado. Eu soube também que a esposa dele é uma jovenzinha bastante perspicaz.

— Fiquei sabendo que Arrowsmith acerta muito nos diagnósticos, mas... gosta de se embriagar.

— É o que dizem. Uma desonra para um camarada que vem rapidamente galgando o sucesso. Eu gosto de tomar um traguinho de vez em quando, mas um alcoólatra! Imagine o que pode acontecer se ele estiver bêbado e for chamado para atender alguém! Um colega daqueles lados disse que Arrowsmith se dedica muito às leituras e ao estudo, mas é um livre-pensador... não frequenta a igreja.

— É mesmo? Hum... comete um grande erro o doutor que não se identifica com alguma sólida corrente religiosa, quer ele acredite ou não. Um sacerdote e um pregador podem abrir para você as portas de uma infinidade de negócios.

— Com toda certeza! Mas... esse colega contou que Arrowsmith vivia discutindo com os pregadores, e dissera a um certo reverendo que todo mundo deveria ler o tal imunologista Max Gottlieb e um tal de Jacques Loeb. Sabe, esse colega também contou... bem, não me lembro exatamente o que era... mas Arrowsmith se dizia capaz de criar peixes vivos a partir de elementos químicos.

— Que coisa! Pois aí está! Esse é o tipo de alucinação a que estão sujeitos esses colegas que vivem no laboratório, a menos que tenham certa dose de prática clínica para mantê-los equilibrados. Bem... se Arrowsmith se deixa encantar por esse tipo de sujeito, não surpreende o fato de as pessoas não confiarem nele.

II

Bert Tozer lamuriou-se:

— Mart, o que você andou fazendo para o Dr. Coughlin, de Leopolis? Ouvi dizer que ele anda por aí classificando você de bêbado inveterado e coisas desse tipo.

— Verdade? Parece que as pessoas não têm outra coisa a fazer senão se preocupar com a vida dos outros, não é mesmo?

— Fique certo de que pela sua vida elas se interessam, sim. Por isso eu lhe digo que você deve abandonar o pôquer e o álcool. Você não me vê precisando me *embriagar*, vê?

Mais desolado do que nunca, Martin sentia que o condado todo o observava. Ele não era ávido por elogios, não tinha orgulho em se perceber competente, no entanto, por mais que lutasse com determinação, via-se sempre fora da cena médica de Wheatsylvania, clinicando a duras penas por anos a fio na zona rural.

De repente, sem que tivesse planejado, e deixando de lado sua admiração por Sondelius e as batalhas pela saúde, e o prazer que lhe proporcionava o laboratório, ele se viu frente a um problema de pesquisa.

III

O agente patológico *Clostridium chauvoei* havia contaminado o gado no distrito de Crynssen. O veterinário do estado fora chamado e a vacina de Dawson Hunziker aplicada, mas a doença continuava a se alastrar. Martin escutou os lamentos dos agricultores e observou que o gado infectado não apresentava inflamações nem elevação na temperatura. Ele suspeitou então que a vacina de Hunziker tivesse quantidade insuficiente de micro-organismos vivos e saiu entusiasmado à busca de hipóteses.

Apelando para uma requisição falsa, obteve um suprimento da vacina e realizou testes em seu abafado laboratório. Ele foi obrigado a construir por conta própria o equipamento para desenvolvimento de culturas anaeróbicas, e nesse ponto lhe serviu o aprendizado com Gottlieb, que costumava dizer: "Um homem incapaz de criar um filtro com palitos de dente, se necessário for, fará melhor se comprar seus resultados junto com seu equipamento chique". Com uma grande jarra de suco de frutas e um tubo soldado, Martin construiu seu artefato.

Quando teve plena certeza de que a vacina não continha micro-organismos *Clostridium chauvoei* vivos, ficou muito mais exultante do que ficaria se tivesse descoberto que o bom Sr. Dawson Hunziker estava produzindo vacinas honestas.

Sem arranjar desculpas e menos entusiasmado, isolou a bactéria a partir do material retirado do gado doente e preparou sua própria vacina. O trabalho consumiu um longo tempo, durante o qual ele não negligenciou seus pacientes, mas certamente deixou de comparecer aos jogos de pôquer. Leora e ele se alimentavam de sanduíches todas as noites e corriam em seguida para o laboratório, onde os aguardavam as culturas a serem aquecidas na banheira improvisada – uma antiga e gotejante panela de cozinhar mingau de aveia e uma lamparina a álcool. O mesmo Martin que se mostrara impaciente com Hesselink, tinha agora uma paciência infinita enquanto esperava os resultados. Ele assobiava e cantarolava e, desde as dezenove horas até a meia-noite, o tempo passava voando. Leora, com o cenho franzido e a língua no canto da boca, aguardava como um pequeno cão de guarda.

Depois de três tentativas, com dois insucessos despropositados, Martin obteve uma vacina que atendeu às suas expectativas, e injetou-a então em um rebanho acometido pela doença. A bactéria parou de se desenvolver, o que representou o desfecho bem-sucedido das buscas, e ele encaminhou para o veterinário do estado suas anotações juntamente com o suprimento de vacinas. Para os outros, a história não terminou aí. Os veterinários do condado acusaram Martin de se intrometer em um assunto que não lhe dizia respeito, pois só a eles cabia o direito de salvar ou matar o gado. Os médicos divulgaram uma nota de desabono para manifestar sua desaprovação. Dizia ela: "Esse é o tipo de procedimento condenável que degrada a dignidade da profissão. Acusamos Arrowsmith de ser um médico que repudia as doutrinas da classe e busca apenas obter notoriedade. Ele não é nada mais do que isso. Tomem nota de nossas palavras: um dia desses vocês acabarão sabendo que, em vez de se ater a práticas regulares e decentes, ele abriu um sanatório cujos princípios são pautados pelo charlatanismo!".

Martin comentou com Leora:

— Para o inferno com a dignidade! Se eu fosse dono de minha vida, estaria fazendo pesquisa... não essa coisa fria e sem objetivos de Gottlieb, mas um trabalho prático de verdade. E então alguns camaradas como Sondelius adotariam meus resultados e os enfiariam garganta abaixo das pessoas... e eu curaria essa gente toda, junto com seu gado e seus gatinhos malhados, quer eles quisessem ou não!

Com esse estado de humor, ele leu em um jornal de Minneapolis um anúncio colocado entre a meia coluna sobre o casamento do campeão dos pesos médios e três linhas dedicadas ao linchamento de um agitador da causa operária. Dizia ele:

Gustave Sundelius, notória autoridade na prevenção do cólera, proferirá na noite da próxima sexta-feira uma palestra sobre "Os paladinos da saúde", na escola de verão da Universidade.

Exultante, Martin entrou correndo em casa e foi logo dizendo:

— Lee! Sondeluis vai dar uma palestra em Minneapolis. Eu vou assistir! Veja só! Nós vamos ouvi-lo e depois nos divertir!

— Não, você vai sozinho. Será bom se afastar da cidade e da família e de mim por um tempo. Irei encontrá-lo no outono. Estou falando sério! Se eu não estiver junto, pode ser que você consiga ter uma longa conversa com o Dr. Sondelius.

— Será uma bela oportunidade! Os médicos da cidade grande e as autoridades de saúde do estado o cercarão como uma barreira, mas eu vou assim mesmo!

IV

A campina estava quente e o trigal parecia crepitar sob o vento brando e saturado que ele batia sobre. Martin se sentia confinado depois de horas de uma viagem lenta e enfadonha. Ele dormitava, fumava, meditava e prometeu a si mesmo: "Vou esquecer a medicina e todas essas coisas. Vou me levantar e conversar com alguém no carro dos fumantes; e dizer que sou vendedor de sapatos".

E foi o que fez. Para sua infelicidade, o interlocutor era um verdadeiro comerciante de sapatos e se interessou em saber para qual empresa Martin trabalhava. Com isso, ele acabou retornando para seu vagão tomado por um renovado sentimento de inquietação. Quando chegou a Minneapolis no meio da tarde, antes mesmo de procurar um hotel, mas não antes de tomar aquele copo de cerveja que imaginara ao longo dos 160 quilômetros da viagem, ele correu até a Universidade e tentou obter um ingresso para a palestra de Sondelius.

Martin planejara informalmente uma agradável primeira noite de liberdade e dissipação. Em algum lugar, deveria encontrar a companhia de notáveis que poderiam vir em seu socorro com boas risadas, conversas e muitos drinques (sem exagero, é claro) e tomar rapidamente um automóvel para o Lago Minnetonka com o objetivo de dar um mergulho noturno. Ele começou a busca por colegas ao beber uns drinques no bar do hotel e depois ao jantar em um restaurante da Avenida Hennepin. Mas ninguém percebeu sua presença, ninguém pareceu desejar uma companhia. Ele estava sozinho e sentia a falta de Leora. Todo o estado de graça inicial, toda a sua firme e sincera ânsia por uma farra se degeneraram em sonolência.

Enquanto rolava de um lado a outro na cama do hotel, ele lamuriava: "Provavelmente a palestra do Sondelius será uma droga. Talvez ele não passe de mais um Roscoe Geake".

V

Em uma noite abafada, estudantes aproximavam-se negligentemente da porta do auditório, examinavam o modesto pôster de Sondelius e se afastavam a passos lentos. Meio indeciso, Martin pensou em ir embora junto com eles, mas acabou entrando, e seu semblante revelava certa irritação. Alunos, professores e outros homens, que poderiam ser doutores ou diretores de escola, lotavam um terço da capacidade do salão. Ele se sentou nos fundos e, enquanto se abanava com o chapéu, deixou-se dominar por um sentimento de aversão pelo homem de suíças sentado na mesma fileira e por uma forte desconfiança em relação a Sondelius. Quanto a si próprio, não tinha qualquer opinião formada.

De repente, o ambiente ficou carregado de vitalidade. Pelo corredor principal, fazendo grande estardalhaço e acompanhado por uma pessoa pequenina e espalhafatosa que pouco lhe valia, desceu um homem de sorriso largo, amplas sobrancelhas e cabelos cacheados que mais pareciam um monte de palha. Ali estava um cão terra-nova. Martin se empertigou na poltrona. Ele ganhara forças até mesmo para suportar a presença do sujeito de suíças ao seu lado. Nesse momento, como se entoasse uma monótona canção sueca, Sondelius começou a falar. Sua voz revelava um sotaque também sueco:

— A profissão médica pode ter um único desejo: destruir a profissão médica. Quanto aos leigos, podem ter certeza de uma única coisa: nove décimos do que eles sabem sobre saúde não são exatos, e com o outro décimo, não sabem o que fazer. De acordo com o que Butler revela em *Erewhon* (o suíno roubou de mim também essa ideia, talvez trinta anos antes de eu tê-la concebido), o único crime passível de enforcamento que uma pessoa pode perpetrar é ser acometida pela tuberculose.

— Hum-um-um! — grunhiram os espectadores, sem saber se a declaração visava divertir, ofender, aborrecer ou edificar.

Sondelius era um galhofeiro e falava muito alto, mas sabia encantar. Acompanhando sua exposição, Martin contemplou os heróis da febre amarela – Reed, Agramonte, Carroll e Lazear; com ele, aterrissou em um porto mexicano silenciado pela praga e esfomeado debaixo do virulento sol; com ele, cavalgou pelas trilhas das montanhas até uma cidade da colina apodrecida pela febre tifoide; com ele, em um pachorrento mês de agosto, quando bebês eram esqueletos ressequidos, lutou contra uma esperança petrificada sob a espada entorpecida da lei.

O jovem deu asas a uma aspiração ardente: "Isso é o que eu quero fazer! Não apenas remendar uma porção de corpos fatigados, mas criar um novo mundo! Caramba, eu o seguiria até através do fogo! E o modo com que ele condena os pessimistas que criticam os resultados na saúde pública! Se eu pudesse pelo menos encontrá-lo e falar com ele por alguns minutos...".

Após a palestra, Martin ainda permaneceu ali. Algumas pessoas se acercaram de Sondelius no palco; algumas lhe apertaram as mãos e outras fizeram perguntas. Um médico se mostrou preocupado e questionou:

— Mas não haveria perigo de clínicas gratuitas e todas essas coisas descambarem para o socialismo?

Martin aguardou até que Sondelius estivesse sozinho. Um servente estava fechando as janelas com toda determinação, deixando claro que o evento acabara. Sondelius olhou ao redor e seu semblante fez parecer a Martin que o Grande Homem era solitário. Ele então cumprimentou o palestrante com um aperto de mãos e propôs:

— Se nenhum compromisso o aguarda, senhor, eu gostaria de convidá-lo para... para...

Sondelius agigantou-se diante dele em uma expressão de transbordante alegria e falou em voz alta:

— Para tomar um drinque? Bem... acho que sim. O que você achou da piada desta noite sobre o cachorro e a pulga? Será que eles gostaram?

— Sem dúvida alguma! Aposto que sim.

O guerreiro, aquele que estivera falando acerca de alimentar 5 mil tártaros, de receber um certificado concedido por uma universidade chinesa, e recusar uma condecoração de um monarca dos Balcãs, olhou afetuosamente para seu grupo de um discípulo e indagou:

— Você acha mesmo que sim? Eles de fato gostaram? A noite está tão quente, e eu tenho dado nove palestras por semana... Des Moines, Fort Dodge, LaCrosse, Elgin, Joliet (ele pronunciou Zo-li-ey) e... nem lembro onde mais. Estava tudo bem então? Você tem certeza?

— Simplesmente fantástico! Eles devoraram suas palavras! Eu nunca presenciei algo tão extraordinário em toda a minha vida. Honestamente!

Exultante, o profeta falou:

— Venha! Vou lhe pagar um drinque. Na qualidade de higienista, eu combato o álcool. Em quantidade excessiva ele é quase tão pernicioso quanto o café, ou mesmo a mistura de refrigerante com sorvete. Mas, sendo alguém que gosta de conversar, penso que um belo uísque com água gaseificada é um excelente solvente para a idiotice humana. Há algum lugar agradável onde se possa tomar uma *pilsen* aqui em Detroit? Oh, não... onde estou mesmo? Ah! Minneapolis?

— Sei que há uma boa cervejaria. E podemos tomar o bonde logo ali.

Sondelius olhou para ele com ar espantado e respondeu:

— Tenho um táxi me esperando.

Martin sentiu-se embaraçado diante desse luxo e, no veículo, tentou pensar o que seria adequado dizer para uma celebridade.

— Diga-me, doutor, nas cidades da Europa existem conselhos de saúde pública?

Sondelius ignorou a pergunta e comentou:

— Você está vendo aquela garota ali? Que tornozelos! Que ombros magníficos! Nessa cervejaria servem uma boa cerveja? Eles têm algum conhaque aceitável? Você conhece o conhaque Courvoisier 1865? Ufa... palestras! Juro que vou desistir disso. Além de tudo, usar terno em uma noite como esta! Eu acredito em todas as coisas que falo em minhas palestras, mas agora vamos deixar de lado a seriedade e vamos beber... vamos cantar "Der Graf von Luxemburg", vamos separar garotas sedutoras de seus acompanhantes, vamos falar sobre o júbilo de "Die Meistersinger", que só eu aprecio!

Na cervejaria, o extraordinário Sondelius discorreu sobre o Cosmos Club, sobre a pesquisa de Halle acerca da mortalidade infantil, sobre a plausibilidade de se misturar licor beneditino e aguardente de maçã e sobre Biarritz, Lorde Haldane, George Gissing, o método de Doane-Buckley para análise de leite e *homard thermidor*. A exemplo do que se costuma fazer em relação a indivíduos notáveis ou pessoas com quem se encontra no exterior, Martin procurava achar uma conexão entre si e Sondelius. Ele poderia ter dito: "Acho que conheci um homem que conhece o senhor" ou "Tive o prazer de ler todos os seus artigos", mas acabou perguntando:

— O senhor já teve a oportunidade de conhecer dois grandes homens da escola de medicina de Winnemac, onde estudei... o reitor Silva e Max Gottlieb?

— Silva? Não me lembro. Mas Gottlieb... você o conhece? Ah! — Sondelius balançou seus braços fortes — O maior de todos! O verdadeiro espírito da ciência! Tive o prazer de conversar com ele em McGurk. Creio que não se sentaria aqui falando em altos brados como eu! Perto dele sou um palhaço de circo! Ele toma todas as minhas afirmações sobre epidemiologia e mostra que sou um idiota! Ha, ha, ha! — Ele sorriu e se pôs a denunciar as tabela de preço elevadas.

Cada assunto vinha acompanhado de sua bebida apropriada. Sondelius era um bebedor fantástico. Tinha o estômago forrado de zinco. Ele misturava cerveja, uísque, café preto e um líquido que o garçom assegurara ser absinto.

— Devo me deitar à meia-noite — lamentou o doutor —, mas interromper uma boa conversa é um pecado capital. É só me tentar um pouco... sou facilmente tentado! Mas preciso de cinco horas de sono. Imprescindível! Amanhã à noite tenho uma palestra em... é algum lugar em Iowa. Agora que já passei dos cinquenta, não consigo mais ficar bem só com três horas, como antes, mas descobri tantas coisas novas e gostaria de falar sobre elas.

Ele se mostrava mais eloquente do que nunca e, de repente, pareceu irritado. Um homem de expressão grosseira, sentado na mesa ao lado, os escutava e observava atentamente, e se ria deles. Sondelius deixou de lado o soro Haffkine contra o cólera e falou enraivecido:

— Se aquele sujeito continuar me encarando vou até lá e o mato! Agora que já tenho certa idade, sou um homem de paz, mas não suporto olhares fixos sobre mim. Vou tomar satisfações com ele e lhe dar um sopapo!

Enquanto os garçons corriam para acudir, Sondelius atirou-se com ímpeto na direção do homem e ameaçou-o com seus punhos enormes. Depois, deteve-se, apertou-lhe efusivamente as mãos e trouxe-o até a mesa onde estava Martin.

— Este é um dos meus concidadãos... de Gottenborg. Ele é carpinteiro. Sente-se, Nilsson. Sente-se e tome um drinque conosco. Aqui! Garçom!

O carpinteiro era um socialista, um adventista sueco do Sétimo Dia, além de questionador feroz e apaixonado apreciador de aguardente de batatas. Ele acusou Sondelius de ser aristocrata e Martin de ignorar os princípios econômicos. Quanto ao garçom, criticou-o pelo conhaque servido. Sondelius, Martin e o garçom retrucaram com vigor, e a conversa tomou um rumo surpreendente. Passado pouco tempo, eles deixaram a cervejaria e se apertaram no táxi que continuava na espera. O veículo tremeu com a veemência do debate ali travado. Martin nunca conseguiu entender o itinerário que seguiram. É possível que toda a história tenha sido fruto de um sonho seu. Ora parecia a ele que estavam dentro de uma taverna em uma rua extensa que podia ser a Avenida University; ora em um bar na direção sul da Avenida Washington, em cujo interior dormiam três vagabundos; ora na casa do carpinteiro, onde um homem enigmático preparou café para eles.

Onde quer que estivessem, estavam, ao mesmo tempo, em Moscou, Curaçau e Murwillumbah. O carpinteiro criava estados comunistas, enquanto Sondelius declarava enfaticamente que não se importava em trabalhar sob comando socialista ou sob as ordens de um imperador, desde que pudesse colaborar para o bem-estar das pessoas, bem como erradicar a tuberculose e exterminar o câncer logo aos primeiros sinais.

Às quatro eles se separaram, jurando, entre lágrimas, voltar a se encontrar em Minnesota ou Estocolmo, no Rio ou nos mares do sul, e Martin partiu para Wheatsylvania decidido a colocar um fim em todo aquele despropósito de permitir que as pessoas adoecessem.

Foi assim que o grande deus Sondelius matou o reitor Silva, da mesma forma que antes o reitor Silva matara Max Gottlieb, Gottlieb matara o "Duplo" Edwards (o químico brincalhão), Edwards matara Doc Vickerson e este matara o filho do ministro, que possuía um trapézio de verdade em seu celeiro.

CAPÍTULO 18

O Dr. Woestijne, de Vanderheide's Grove, atuava nas horas vagas como superintendente de Saúde do distrito de Crynssen, por cujo ofício não tinha grande interesse em virtude do salário pouco atrativo. Quando Martin surgiu, oferecendo-se para fazer todo o trabalho pela metade da remuneração, Woestijne aceitou com satisfação, assegurando a ele que o exercício daquela ocupação teria efeito marcante sobre sua clínica particular.

De fato, foi o que aconteceu – a função quase levou à ruína total sua carreira médica particular.

Martin nunca fora oficialmente nomeado, mas assinava o nome de Woestijne nos documentos (grafando-o das mais diferentes formas, dependendo do estado de espírito do momento), e o Conselho de Comissários do distrito reconhecia seu limitado poder. Todavia, a situação como um todo deixava entrever indícios de ilegalidade.

Foi consideravelmente pequena a dose de ciência e menor ainda a de heroísmo no furor inicial com que ele exerceu a função de oficial da saúde, porém bastante acentuada era a exasperação no trato com seus concidadãos. Martin se intrometia nos quintais, acusava a Sra. Beeson de fumegar barris de cinzas, o Sr. Norblom, de empilhar estrume nas ruas, e imputava ao conselho escolar a responsabilidade pela ventilação insuficiente da escola e pelo ensinamento falho no tocante à maneira correta de escovação dos dentes. Se os cidadãos anteriormente já haviam se mostrado apreensivos com certos aspectos do comportamento do jovem doutor, como a falta de religião, a devassidão moral e a carência de espírito patriótico no que dizia respeito aos símbolos locais, ao se verem forçados a abandonar sua confortável e, provavelmente, vantajosa sujeira, explodiram.

Martin era honesto e espantosamente zeloso, mas se por um lado tinha a inocência de uma pomba, por outro, faltava-lhe a sagacidade de uma serpente. Ele não os fez compreender sua missão, ou melhor, pouco tentou levá-los a compreendê-la. Sua autoridade, na qualidade de *alter ego* de Woestijne era imponente no papel, mas débil nas ações, e não tinha qualquer valor contra a inflexibilidade que ele estimulava.

Da espionagem do lixo, Martin passou para o drama da infecção.

A comunidade de Delft via-se constantemente acossada por uma epidemia de febre tifoide que atravessava fases de abrandamento e reaparição. Os habitantes do vilarejo acreditavam que a fonte era uma tribo de posseiros estabelecida a cerca de dez quilômetros acima do córrego, e consideravam a hipótese de linchar os causadores do mal como forma de protesto, o que, além de tudo, representava uma interessante alternativa para a eliminação da lavoura de trigo desses intrusos. Quando Martin insistiu que depois de percorrer dez quilômetros as águas do córrego estariam livres de qualquer impureza e que, portanto, os posseiros não seriam a causa do problema, foi incriminado por todos.

— Que bela coisa é esse sujeito. Sai espalhando por aí que devemos ter mais precauções com a saúde! Pois vamos mostrar onde estão os cachorros dos infernos que devem ser eliminados... esses imigrantes clandestinos... e ele não faz nada de útil além de propalar o tal efeito germicida ou seja lá o que for... —comentava Kaes, o comprador de trigo do celeiro de Delft.

Percorrendo o condado na velocidade de um relâmpago e não negligenciando, mas certamente também não ampliando sua clientela, Martin mapeou todos os casos recentes de febre tifoide dentro de um raio de oito quilômetros de Delft. Ele analisou as rotas das entregas de leite e gêneros alimentícios e descobriu que a maioria das ocorrências surgiu após as visitas de uma costureira itinerante, uma solteirona virtuosa, de hábitos higiênicos um tanto duvidosos. Quatro anos antes, a mulher fora acometida pela doença.

— Ela é um vetor crônico do bacilo, e precisa ser examinada — declarou Martin.

Encontrou-a costurando na casa de um agricultor que fazia pregações.

Com tímida atitude de indignação, a mulher se recusou a ser examinada; e depois da saída de Martin, pôs-se a lamentar o insulto, enquanto o pregador, postado no degrau da porta, amaldiçoava o médico. Este retornou na companhia de um oficial de polícia do condado, que prendeu a costureira e a confinou na enfermaria de isolamento do abrigo municipal para agricultores pobres. Nos dejetos da mulher, Martin encontrou milhares de bacilos da doença.

A frágil e decorosa costureira não estava à vontade naquela enfermaria toda forrada de branco, e se sentia envergonhada e assustada. A pobre e gentil solteirona de olhos claros sempre fora muito querida. Ela costumava dar presentes para os bebês, ajudava as sobrecarregadas esposas dos agricultores a preparar o jantar e cantava para as crianças com sua voz fina de papagaio. Martin foi alvo de muitos impropérios por persegui-la. As pessoas aventavam a hipótese de ir libertá-la daquela prisão e criticavam o médico, falando:

— Ele não ousaria prendê-la se ela não fosse tão pobre.

Martin se inquietava. Ele visitava a costureira no abrigo municipal e tentava fazê-la compreender que não havia outro local onde pudesse colocá-la. Nas visitas, levava-lhe revistas e doces, mas era firme quanto à decisão de não permitir que ela fosse embora. Ele estava convencido de que a mulher havia causado pelo menos uma centena de casos de febre tifoide, que resultaram em nove mortes.

O condado zombava da afirmação do jovem doutor. Causar a doença depois de ela já estar curada havia quatro anos? Os comissários e o Conselho de Saúde do distrito foram procurar o Dr. Hesselink, no município ao lado. O doutor concordou com a opinião de Martin e com os mapas por ele elaborados. Desse dia em diante, todas as reuniões dos comissários passaram a ser uma tremenda batalha e ninguém sabia dizer com certeza se Martin devia ser destruído ou entronizado.

Leora salvou o marido e a costureira.

— Por que não fazer uma vaquinha e encaminhá-la para um grande hospital onde ela poderá ser tratada ou ficar internada se não houver cura? — perguntou Leora.

A costureira foi para um sanatório, e acabou cordialmente esquecida por todos pelo resto de sua vida. Quanto a Martin, os cidadãos diziam:

— Ele é competente demais e conhece muito bem seu ofício.

Hesselink procurou o jovem médico para lhe informar:

— Você se saiu muito bem desta vez, Arrowsmith. Fico feliz em saber que está se estabelecendo nos negócios.

Martin ficou um tanto envaidecido e imediatamente começou a se dedicar a uma nova e colossal epidemia. Ele deu a sorte de se ver diante de um caso de varíola e de diversas suspeitas da doença. Algumas delas ocorriam na fronteira do condado de Mencken, que era domínio de Hesselink, e este zombou da conclusão de Martin.

— Provavelmente são meros casos de varicela, com uma única exceção. É muito raro haver ocorrências de varíola no verão, meu senhor — falou ele, com um risinho abafado, enquanto Martin percorria enlouquecidamente os dois distritos, proclamando o flagelo e implorando que todos se vacinassem. Gritava ele:

— Dentro de dez ou quinze dias isso aqui vai se transformar em um inferno geral!

Mas o vigário da igreja Irmandade Unida, que pregava nas capelas de Wheatsylvania e em dois outros vilarejos, era veementemente contrário a vacinações e fez pregações combatendo o procedimento. Os habitantes do local se alinharam ao vigário. Martin visitou cada uma das casas, suplicando às pessoas que se vacinassem, e se oferecendo para tratá-las de graça. Porém, como nunca ensinara essa gente a amá-lo, tampouco a considerá-lo um líder, foi vítima de questionamentos e de longos falatórios, segundo os quais ele não passava de um ébrio. Muito embora a única bebida mais forte que Martin tomara durante semanas tenha sido o café amargo preparado na zona rural, o povo cochichava dizendo que ele bebia todas as noites e que o ministro da Irmandade Unida logo subiria ao púlpito para criticá-lo em seu sermão.

Passaram-se os primeiros dez dias terríveis, depois chegou o décimo quinto, e ficou comprovado que todos os casos, com exceção de um único, eram de varicela. Hesselink ficou exultante e o vilarejo gritou aos quatro cantos, fazendo de Martin a chacota do local.

Ele se ressentiu apenas um pouco de todos as fofocas sobre sua perversidade e só nas noites em que a depressão o dominava, ocorria-lhe a ideia de abandonar o local. As risadas, contudo, deixavam-no furioso.

Leora o consolava, acariciando-o com mãos tranquilizadoras.

— Isso vai passar — dizia ela. Mas não passou.

Com a chegada do outono, o fato adquiriu a proporção de uma dessas epopeias burlescas que, em todo o mundo, os homens rústicos tanto adoram. De acordo com o que o povo alegremente relatava, Martin estivera bebendo durante uma semana e diagnosticara tudo (de cálculo biliar a catapora) como varíola. Segundo eles, o doutor declarara que qualquer criador de porcos morreria de varíola. Ao cumprimentá-lo, as pessoas riam-se em silêncio (sem intenção de ofender) e diziam:

— Tenho uma pústula no meu queixo, Doc. O que pode ser? Varíola?

Mais terrível do que a raiva eram as risadas do povo, e se elas despedaçavam tiranos, com igual satisfação perseguiam os santos e os sábios, e conspurcavam seus tesouros.

Quando a vizinhança foi de repente acometida por um verdadeiro surto de difteria e Martin titubeantemente defendeu o uso de antitoxina, metade da população se lembrou de sua incapacidade de salvar Mary Novak e a outra metade clamou:

— Ora, dê-nos um descanso! Você tem epidemias no cérebro!

A morte de diversas crianças, que poderia ter sido evitada, não os demoveu de sua epopeia burlesca.

Foi nessa ocasião que Martin chegou em casa e disse para Leora:

— Estou arrasado. Preciso ir embora. Não há nada mais que eu possa fazer aqui. Vai levar muitos anos até que eles voltem a ter confiança em mim. Essa gente é malditamente *cômica*. Vou procurar um trabalho de verdade: saúde pública.

— Que bom! Fico muito feliz! Você é bom demais para esse povo daqui. Nós encontraremos um lugar incrível onde todos valorizarão seu trabalho.

— Não! Isso não é justo. Eu aprendi um pouquinho e fracassei aqui. Eu hostilizei um número muito grande de pessoas. Não soube lidar com elas. Podíamos ficar... e eu ficaria... não fosse o fato de a vida ser tão curta e eu considerar que de alguma maneira sei trabalhar bem. Eu não queria ser um covarde e fugir... como se diz isso? Fugir da briga. Mas agora já não me importo! Por Deus, eu sei o que posso fazer! Gottlieb entendeu isso! E eu quero trabalhar. Vamos em frente, certo?

— Certo!

II

Martin lera no periódico da Associação Médica Americana que Gustaf Sondelius estava ministrando uma série de palestras em Harvard. Escreveu então para o doutor, perguntando se ele tinha conhecimento de algum edital convocando profissionais para um cargo na saúde pública. Em uma carta toda borrada e escrita em garranchos, Sondelius respondeu. Dizia ele que se lembrava com alegria das férias em Minneapolis, que discordava de Entwisle (de Harvard) sobre a natureza da metatrombina, que havia um excelente restaurante italiano em Boston e que procuraria junto a seus amigos da saúde pública informações acerca de uma vaga.

Dois dias depois, ele escreveu informando que o Dr. Almus Pickerbaugh, diretor do Departamento de Saúde Pública da cidade de Nautilus, em Iowa, estava procurando um assistente e provavelmente poderia fornecer detalhes.

Leora e Martin debruçaram-se sobre um guia da cidade.

— Caramba! Nautilus tem 69 mil habitantes! Em comparação aos 366 daqui... ou melhor, agora são 367, com o nascimento do bebê do Pete Yeska, que aquele porco sujo chamou Hesselink para fazer! Gente! Muita gente com quem conversar! Teatros, talvez concertos! Leora, seremos como um casalzinho de garotos saídos da escola!

Despertando enorme interesse do agente da estação, que também era operador de telégrafo, Martin enviou um telegrama solicitando detalhes.

A cópia mimeografada do formulário enviada a ele dizia que o Dr. Pickerbaugh procurava um assistente para atuar como único oficial médico em tempo integral (além dele mesmo), pois os médicos da clínica e da escola trabalhavam apenas em meio período, dedicando a outra metade do tempo ao atendimento de sua clientela particular. Esse assistente atuaria como epidemiologista e bacteriologista, além de gerente dos escriturários, das enfermeiras e dos inspetores leigos encarregados da leiteria e da higiene. O salário seria de 2.500 dólares – bem superior aos 1.500 ou 1.600 que Martin ganhava em Wheatsylvania.

Recomendações de pessoas ilibadas eram desejáveis.

Martin escreveu a Sondelius, ao Papai Silva e a Max Gottlieb, que agora se encontrava no Instituto McGurk de Nova York.

Logo depois, chegou uma carta do Dr. Pickerbaugh com o seguinte relato: "Recebi recomendações muito favoráveis do reitor Silva e do Dr. Sondelius a seu respeito. A carta de Max Gottlieb, contudo, é digna de nota: ele diz que você possui raras qualidades como homem de laboratório. Tenho grande prazer em lhe oferecer o cargo. Tenha a fineza de telegrafar".

Até então Martin não havia se dado conta de que estava indo embora de Wheatsylvania e deixando para trás o entediante e ranzinza Bert Tozer, a bisbilhotice de Pete Yeska e dos Norbloms, a superioridade do Dr. Hesselink, a malícia do Dr. Coughlin, a rotina que não lhe deixava tempo para seu empoeirado laboratório e a inevitabilidade de virar ao sul da estrada de Leopolis, em Two Mile Grove (como tantas e invariáveis vezes ele fizera), e seguir novamente aquela trilha exaustiva, monótona e inexorável. Ele estava trocando tudo isso pelas conquistas e o esplendor da grande cidade de Nautilus.

— Leora, lá vamos nós! Estamos de fato indo embora!

III

Bert Tozer disse:

— Poxa, você bem sabe que pode ser chamado de traidor, depois de tudo que fizemos por você... mesmo se devolvesse os mil dólares. Como pode deixar que outro doutor venha para cá e acabe com toda a influência da família?

Ada Quist declarou:

— Penso que se você não conseguiu ser aceito pelo povo daqui, encontrará certos percalços em uma cidade grande como Nautilus! Bem... Bert e eu vamos nos casar no próximo ano e, quando vocês dois fracassarem e voltarem para casa rastejando, eu suponho que seremos obrigados a cuidar de vocês. Será que conseguiremos alugar sua casa pelo mesmo valor? Ah, Bert, por que não ficamos então com o consultório do Mart? Faríamos economia... Desde o tempo de escola, eu sempre falei que você não seria capaz de suportar uma vida regular, Ory.

O Sr. Tozer falou:

— Simplesmente não consigo entender o por quê dessa decisão num momento em que as coisas estão indo tão bem! Ora, algum dia você vai ganhar 3 a 4 mil por ano. É só se aferrar a isso. Por acaso nós não o tratamos bem? Não gosto da ideia de minha menininha ir embora e me deixar sozinho, logo agora que estou ficando mais velho. E o Bert é tão irascível comigo e com a mãe! Você e Ory deviam escutar o que nós dizemos. Não há como acertar as coisas para ficar por aqui?

Pete Yeska afirmou:

— Doc, por pouco não perdi os sentidos quando soube que você está indo embora. É certo que nos desentendemos por causa dessa história de aviar as receitas, mas... por Deus! Estive até pensando em aparecer por aqui uma hora ou outra para lhe oferecer uma parceria e deixar que você administrasse a drogaria conforme bem entendesse. E... quem sabe, poderíamos adquirir a agência Buick e fazer um belo negócio. Estou de fato chateado por você nos deixar... Bem, retorne algum dia e iremos caçar patos e rir a valer daqueles disparates que você fez no caso da varíola. Jamais esquecerei! Um dia desses mesmo eu disse para a minha velha, quando ela teve dor de ouvido: "Você não está com varíola, não é, Bess?".

Já o Dr. Hesselink questionou:

— Doutor, é verdade o que eu ouvi falar? Você não está indo embora, está? Poxa, logo agora que nós dois estávamos começando a trazer a medicina para essas bandas, onde ela precisa ser praticada... então vim até aqui. Explique, então... nós o ofendemos? Sim... suponho que sim, mas isso não significa que não estimamos você. Num lugar pequeno como este ou Gronigen, é preciso criticar os vizinhos para fugir do ócio. Ora, doutor... fiquei observando seu progresso. Você começou como um filhote e foi se transformando em um médico de verdade... e logo agora quer ir embora? Você não imagina como eu me sinto!

Henry Novak também expressou sua opinião:

— Ora, doutor... você não vai *nos deixar*, não é mesmo? Temos um novo bebê a caminho, e outro dia eu falei para a minha mulher: "É muito bom termos um doutor que nos conta a verdade e não todas aquelas asneiras que costumava dizer o Doc Winter".

O comprador de trigo de Delft disse:

— Doc, será que eu ouvi direito? Você não está indo *embora*, não é? Um camarada me contou que você está nos deixando e eu disse a ele: "Não seja mais idiota do que o Senhor permite que você seja". Mas comecei a me preocupar sobre o assunto e vim até aqui. Doc, acho que eu falo demais. Fui contrário a você quando afirmou que a costureira estava espalhando a doença na ocasião da epidemia de febre tifoide, e então você mostrou que é bom. Se deseja ser senador, e se ficar aqui... tenho bastante influência, acredite-me. Irei à rua e suarei a camisa por você!

Alec Ingleblad declarou:

— Você é um rapaz de sorte!

Toda a população do vilarejo estava na estação quando Martin e Leora partiram para Nautilus.

Ao longo de uma centena de quilômetros sob o sol de outono, ele lamentou por deixar seus vizinhos.

— Sinto-me como se estivesse partindo e retornando. Não nos divertíamos, então, jogando cartas com os Fraziers? Sinto horror só em pensar na espécie de médico que pode chegar para cuidar deles! Juro que se algum charlatão se estabelecer por lá ou o Woestijne negligenciar o serviço de saúde outra vez, eu voltarei e acabarei com os dois! De qualquer maneira, pode ser divertido virar um senador.

Mas, quando a escuridão da noite ficou mais intensa e nada se via, com exceção dos globos amarelos do lampião pendurado no teto do longo vagão, eles avistaram adiante a grande Nautilus – as honrarias e as realizações, os contornos de um radiante modelo de cidade e os elogios de Sondelius... talvez até mesmo de Max Gottlieb.

CAPÍTULO 19

Na porção mais central da planície de solo negro de Iowa, banhada apenas por um riacho raso e inexpressivo, a cidade de Nautilus ardia sob o sol, agitava-se e reluzia. Ao longo de centenas de quilômetros, o milharal se elevava, formando uma densa mata de pés de milho organizados em fileiras que se repetiam sem variações. O estranho de corpo suado que caminhasse penosamente ao longo da estrada emparedada pela plantação se sentiria perdido e nervoso ao se dar conta do inexorável crescimento da vegetação ao redor.

Nautilus estava para Zenith assim como Zenith estava para Chicago.

Com uma população de 70 mil habitantes, ela era menor do que Zenith, mas não menos dinâmica. Havia um único hotel de porte comparável ao das dezenas que existiam em Zenith, porém, não poderia ser mais movimentado e fora construído de acordo com os mais extraordinários padrões de modernidade. A única verdadeira diferença entre Nautilus e Zenith residia no fato de que, embora as ruas de ambas fossem semelhantes, no caso de Nautilus, após se percorrer alguns quilômetros, essa semelhança deixava de existir.

A dificuldade em se definir suas características decorria de que ninguém era capaz de determinar se ela era um grande vilarejo ou uma cidade pequenina. Havia casas com chofer e coquetéis de Bacardi; contudo, nas noites de agosto, todos, exceto uns poucos cidadãos, sentavam-se em manga de camisa nos alpendres da frente. De frente para um edifício comercial de dez andares – no qual uma modesta revista da New Prose era editada por uma jovem que vivera durante cinco meses nos cafés de Montparnasse –, erguia-se uma velha mansão muito confortável, com árvores da família das aceráceas, uma fileira de Fords e vagões de carga que eram usados pelos agricultores em geral para vir à cidade.

Entre todos os estados, era Iowa o que possuía a terra mais rica, o mais baixo índice de analfabetismo, o maior percentual de brancos nativos e proprietários de automóveis e as cidades mais empreendedoras, nas quais a vida era pautada pelos mais estritos preceitos morais. E Nautilus era a mais típica das cidades de Iowa. Um a cada três indivíduos com idade superior a sessenta anos já havia passado um inverno na Califórnia, e, entre eles, estavam os campeões do jogo da ferradura de Pasadena e a mulher que apresentara o peru saboreado pela Srta. Mary Pickford, a princesa do cinema, em sua ceia de Natal do ano de 1912.

Nautilus se destacava por seus casarões com extensos gramados, e por uma impressionante quantidade de garagens e igrejas com pináculos imponentes. Os campos férteis se estendiam até os limites da cidade. As fábricas dispersas, os inumeráveis desvios da estrada de ferro e as casinhas recortadas dos trabalhadores ficavam quase que totalmente no meio do milharal. Nautilus produzia moinhos de vento feitos em aço, implementos agrícolas – entre os quais a renomada máquina de adubação da marca Daisy –, e produtos derivados do milho, como o famoso farelo de milho, muito presente na mesa do café da manhã. A cidade também fabricava tijolos, vendia gêneros alimentícios no atacado e era a sede da cooperativa de seguros Cornbelt.

Um de seus estabelecimentos menores, porém, mais antigos, era a faculdade cristã Mugford College, frequentada por 217 alunos, na qual trabalhavam dezesseis docentes, onze dos quais eram ministros da Igreja de Cristo. O conhecido Dr. Tom Bissex era treinador de futebol americano, diretor do setor de saúde e professor de higiene, química, física, francês e alemão. Os departamentos de estenografia e piano da faculdade eram conhecidos além das fronteiras de Nautilus e, certa vez, embora o fato tenha ocorrido já há alguns anos, a equipe de Mugford College derrotou o time de beisebol do Grinnell College por onze a cinco. A escola nunca tinha sido alvo de polêmicas em torno do ensino de biologia evolucionária – ela jamais ensinara biologia.

II

Martin deixou Leora no Sims House, um hotel que, embora antigo, era o segundo melhor de Nautilus. De lá foi se apresentar ao Dr. Pickerbaugh, diretor do Departamento de Saúde Pública.

A repartição ficava no andar térreo, na parte posterior do edifício da prefeitura – um cogumelo de pedra cinzento localizado em uma viela. Ao entrar na sombria recepção, ele foi cordialmente recebido pela estenógrafa e por duas enfermeiras visitantes. Em meio ao alvoroço das moças, que se desdobraram em perguntas, como "O senhor fez boa viagem, doutor? O Dr. Pickerbaugh não o esperava antes de amanhã, doutor. A sra. Arrowsmith veio consigo, doutor?", surgiu Pickerbaugh, proferindo saudações com sua voz de trovão.

O Dr. Almus Pickerbaugh tinha 48 anos de idade. Ele havia se formado no Mugford College e na escola de medicina de Wassau. Seu semblante tinha alguma semelhança com o do presidente Roosevelt (o mesmo rosto quadrado, o mesmo bigode ouriçado), e ele cultivava essa semelhança. Era um homem que nunca se limitava a conversar – ou falava euforicamente ou fazia discursos.

Ele recebeu Martin repetindo quatro vezes a saudação "Viva!", que expressou nos moldes de uma aclamação empregada por estudantes. Em seguida, mostrou ao jovem médico o departamento, levou-o até o escritório do diretor, ofereceu-lhe um charuto e rompeu o dique de um silêncio viril:

— Doutor, estou encantado em ter entre nós um homem com o pendor que o senhor tem para a ciência. Não que eu deva me considerar completamente carente dele. Na verdade, costumo reservar regularmente um período para as pesquisas científicas, pois sem uma dose delas, por menor que seja, mesmo o mais ardente defensor de métodos de preservação da saúde não conseguiria fazer algum progresso.

As frases iniciais sugeriam o começo de uma longa preleção. Martin acomodou-se em sua cadeira, indeciso quanto ao charuto, mas acabou decidindo que poderia ajudá-lo a parecer mais interessado.

— Quanto a mim, admito, é uma questão de temperamento. Sem qualquer intenção de dar voz a um mero enaltecimento pessoal, a verdade é que sempre esperei que os poderes superiores ainda pudessem me brindar com certa genialidade, de modo a me tornar, ao mesmo tempo, o Roosevelt e o Longfellow do notável e crescente movimento de âmbito mundial em defesa de medidas em prol da saúde pública (seu charuto está fraco demais, doutor?) ou talvez fosse melhor dizer o Kipling da saúde pública, em lugar do Longfellow, porque, a despeito das belas passagens e da atmosfera de elevado espírito moral do Sábio de Cambridge, sua poesia carece do ritmo e do ímpeto da de Kipling.

"Eu suponho que o senhor concorda comigo (ou virá a concordar quando tiver tido a oportunidade de conhecer o efeito de nosso trabalho sobre a cidade e o sucesso de nossa ação de convencimento sobre os benefícios de uma saúde melhor) quanto ao fato de que o mundo na verdade necessita de um líder inspirado, corajoso e extraordinário (digamos assim, um Billy Sunday do movimento), um homem que seja capaz de usar adequadamente o recurso do sensacionalismo e saiba despertar as pessoas de sua indolência. Algumas vezes os jornais (e posso apenas dizer que eles me lisonjeiam quando me comparam a Billy Sunday, o maior de todos os pregadores evangelistas e cristãos)... algumas vezes eles me acusam de ser espetacular demais. Ora! Se pelo menos conseguissem entender... o problema é que não consigo ser suficientemente espetacular! Mesmo assim, eu tento... tento. E veja bem... eis aqui um cartaz. Ele foi pintado por minha filha, Orchid, e a poesia é resultado de meu humilde esforço... e saiba que ele é citado por toda parte:

"Saúde não se alcança
Com discrição e evasivas.
Cantem então como um galo
Os fomentadores da vida salutar.

"E há uma outra coisa... essa de menor importância. Ela não tenta estimular princípios abstratos gerais, mas é surpreendente seu efeito sobre donas de casa negligentes. Sem qualquer sombra de dúvida, elas não negligenciam intencionalmente a saúde de suas crianças, apenas necessitam de orientações simples que transmitam um pouco de dinamismo. Desse modo, quando se deparam com um cartaz como este, são levadas a pensar.

"Por Deus, ferva as garrafas de leite ou
Compre ingresso para o Reino do Amanhã.

"Recebi, na minha maneira simples de ser, um belo reconhecimento por algumas dessas coisas, que na verdade não levo mais do que cinco minutos para colocar no papel. Qualquer dia desses, quando o senhor tiver tempo, dê uma passada de olhos neste volume de recortes – só para ver, doutor, o que o senhor poderá fazer se trouxer para o movimento métodos atualizados e científicos. Este aqui versa sobre uma palestra acerca de temperança, que proferi em Des Moines (veja, eu tinha aquele salão abarrotado, com as pessoas na ponta dos pés para conseguir acompanhar quando demonstrei por meios estatísticos que 93 por cento de toda a insanidade é causada por bebida alcoólica!)... o tema não está diretamente relacionado com a questão da saúde, mas apenas abre a oportunidade de se entrar em contato com todo o movimento em prol do bem-estar cívico."

O Dr. Pickerbaugh tomou nas mãos outro recorte de jornal no qual, acima de uma caricatura desenhada a tinta, que o retratava com uma enorme cabeça de bigode farto sobre um corpo pequenino, havia o título:

DOC PICKERBAUGH, O ESTANDARTE DA MOTIVAÇÃO
DA PARÓQUIA DE EVANGELINE, PROMOVE AQUI
O GRANDE MANIFESTO "VAMOS À IGREJA"

Ele examinou o recorte, e comentou:

— Foi um comício de primeira grandeza! Nós aumentamos em dezessete por cento a frequência na igreja! Oh, doutor, o senhor estudou em Winnemac e fez seu internato em Zenith, não é mesmo? Pois isso pode lhe interessar. Foi publicado no *Advocate-Times* de Zenith e escrito por Chum Frink, ele (o senhor certamente concordará comigo), que está, ao lado de Eddie Guest e Walt Mason, entre os melhores, pois são certamente os nossos poetas mais populares. Isso mostra que sempre se pode contar com o gosto literário do público americano. Meu velho Chum! Este aqui se refere à ocasião em que eu estive em Zenith para proferir uma palestra sobre "A moralidade da saúde" na convenção nacional da Escola Dominical Congregacional (por acaso, eu sou também um congregacionalista). Chum escreveu então este poema:

> "Zenith saúda com gritos de hurra
> O amigo Almus Pickerbaugh,
> O doutor poeta sempre pronto para a luta
> Que defende a saúde como a rocha de Gibraltar.
> Ele vive atolado em números, fatos e galhofas,
> Um velho destemido, o afortunado filho... de... um trabuco!"

Durante alguns instantes o exuberante Dr. Pickerbaugh se mostrou encabulado. Depois continuou.

— Talvez o fato de eu exibir isso por aí denote certa falta de modéstia de minha parte. Mas quando li um poema com tal originalidade e ritmo, quando encontrei uma obra de arte GE-NU-I-NA-MENTE tirada do bolso do colete como essa, então compreendi que, apesar de meus *jingles* servirem para alavancar a causa da saúde, não sou de modo algum um poeta. As criações de meu cérebro podem ensinar saneamento básico e cumprir seu humilde papel de salvar milhares de vidas muito caras, mas não têm a qualidade literária daquilo que Chum Frink produz. Definitivamente não! Eu acho que não passo de um simples cientista que trabalha em escritório.

"Mesmo assim, o senhor logo verá como uma dessas minhas iniciativas, pelo simples fato de conter boas risadas, um pouco de estímulo e alguma melodia, consegue dourar a pílula e levar pessoas descuidadas a pararem de cuspir nas calçadas, a encherem de oxigênio os pulmões nesse vasto espaço aberto concedido por Deus e levarem uma vida verdadeira e cheia de vigor. Para falar a verdade, creio que o senhor pode se interessar em passar a vista pelo primeiro número de uma pequena revista semestral que estou iniciando – fiquei sabendo por meio de fonte fidedigna que diversos editores de jornal irão fazer citações de seu conteúdo e, dessa maneira, levar adiante o cuidadoso trabalho, bem como estimular o progresso de minha publicação."

Ele entregou a Martin um panfleto intitulado *Migalhas de Pickerbaugh*.

Por meio de versos e aforismos, essas *Migalhas* recomendavam boa saúde, bons caminhos, bons negócios e um padrão único de moralidade. O Dr.

Pickerbaugh embasava suas prescrições com informações estatísticas tão impressionantes quanto as que o reverendo Ira Hinkley apresentara anteriormente na Digamma Pi. Martin se viu representado em um item cujo propósito era demonstrar que, entre as famílias divorciadas no ano de 1912 em Ontario, Tennessee e no sul de Wyoming, um assustador percentual de 53 por cento bebia diariamente pelo menos uma dose de uísque.

Antes que Martin tivesse absorvido essa advertência, Pickerbaugh arrancou-lhe as *Migalhas* das mãos e comentou em tom pueril:

— Oh, o senhor não vai querer continuar lendo minhas asneiras agora. Poderá fazê-lo em outra ocasião. Mas este segundo volume de meus recortes é capaz de interessá-lo. Eles apenas dão uma ideia daquilo que um camarada pode fazer.

Enquanto examinava os títulos no livro de recortes, Martin compreendeu que o Dr. Pickerbaugh era muito mais conhecido do que ele imaginara. O doutor aparecia como fundador do primeiro Rotary Club de Iowa, bem como superintendente da Escola Dominical Congregacional Jonathan Edwards de Nautilus, presidente do Moccasin Club (agremiação dedicada à prática de esqui e marchas), presidente do Clube de Boliche de West Side e do Bull Moose Roosevelt Club 1912. Ademais, era organizador e animador do piquenique que reunia membros dos Woodmen, Moose, Elks, Masons, Odd Fellows, Turnverein, Knights de Columbus, B'nai Birth e da ACM, e fora agraciado com prêmios por declamar o maior número de textos bíblicos, como também por ser o melhor dançarino da giga irlandesa no Sarau da Colheita promovido pela Turma de Estudos da Bíblia para Adultos, na Jonathan Edwards.

Martin leu que ele havia proferido no Century Club de Nautilus uma palestra intitulada "Uma viagem de um médico ianque através da velha Europa", e outra na Associação de Alunos do Mugford College, cujo título era "Procurado: treinador viril para o time de futebol do velho Mugford". Sua notabilidade, no entanto, não estava restrita à cidade de Nautilus, pois também fora dela a presença do doutor era saudada com grande alarido.

O Dr. Pickerbaugh fizera um pronunciamento no almoço semanal da Câmara de Comércio de Toledo, sobre o tema "Mais saúde – maior saldo bancário" e ministrara em um encontro da Assembleia Nacional de Bondes Interurbanos, realizado em Wichita, uma aula com o título "Máximas da saúde para condutores de bonde". Sete mil e seiscentos mecânicos de automóveis de Detroit escutaram seus comentários acerca de "Em primeiro lugar a saúde, segurança em segundo e bebida alcoólica absolutamente em lugar algum". E em uma grande convenção em Waterloo, ele ajudou a organizar o primeiro regimento de Iowa, formado por Homens Escrupulosos contra as Bebidas Alcoólicas.

Os artigos e editoriais a respeito do doutor publicados nos jornais, nos veículos de comunicação interna das empresas e em um periódico sobre contraceptivos eram acompanhados por fotografias nas quais ele aparecia ao lado da esposa rechonchuda e de suas oito filhas saltitantes, todos retratados ora em indumentárias do inverno canadense, entre neve e filetes de gelo pendentes das árvores, ora jogando tênis em um quintal, vestidos com roupas atléticas modestas e confortáveis e, outras vezes, em costumes de gênero desconhecido fritando toucinho defumado em um cenário cujo pano de fundo eram os pinheirais da região setentrional de Minnesota.

Martin sentiu um profundo desejo de sair dali e se recobrar.

Ele voltou caminhando para o Sims House. Enquanto andava, compreendeu que qualquer tipo de reforma defendida por Pickerbaugh era por si só razão suficiente para que um homem civilizado a ignorasse.

Depois de já ter se distanciado bastante, Martin caiu em si e amaldiçoou seu velho costume equivocado de se sentir superior às pessoas comuns. Fracasso. Deslealdade. Fora assim na escola de medicina, no consultório particular, em sua tirânica administração da saúde. E agora mais uma vez?

Ele argumentou consigo mesmo: "É exatamente toda essa vitalidade e essa vontade do Pickerbaugh que tornarão possível levar as descobertas científicas de Max Gottlieb até a grande maioria das pessoas. Pouco me importa a verborragia de Pickerbaugh nas convenções de superintendentes e outros idiotas da Escola Dominical, desde que ele me permita fazer meu trabalho no laboratório e na inspeção dos laticínios".

Com entusiasmo renovado, chegou radiante de alegria e confiança ao pobre e abafado quarto de hotel, onde Leora o esperava sentava em uma cadeira de balanço ao lado da janela.

— E então? — perguntou ela.

— Tudo bem. Ele me recebeu com bastante cordialidade. E nos convidou para jantar amanhã à noite.

— Como ele é?

— Tremendamente otimista. Ele se comunica com muita facilidade, e... ah... Leora! Será que vou me tornar de novo um amargo, mal-humorado, impopular e decadente fracassado?

Martin havia colocado a cabeça no colo dela e se agarrava à afeição da esposa, a única realidade em um mundo tomado por vozes de fantasmas.

III

E no momento em que as árvores balançavam debaixo da janela, embaladas pela brisa daquele início de crepúsculo, e os amáveis cidadãos de Nautilus, dirigindo seus Fords sacolejantes, já haviam chegado em casa para jantar, Leora reafirmou a Martin todo o seu amor por ele e conseguiu persuadi-lo de que o trabalho não seria prejudicado pelo exibicionismo de Pickerbaugh, e que, de qualquer modo, eles não haveriam de permanecer em Nautilus pelo resto da vida. Os dois desceram então para saborear um jantar nos moldes do velho hábito de Iowa. Havia bolinhos de milho e diversos pratinhos que despertaram o interesse dos dois, até então acostumados aos repastos preparados por Leora, com muito carinho e pouco sucesso. Após a refeição, alegres e bem-dispostos, eles foram ao cinema, de mãos dadas como namorados.

No dia seguinte, o Dr. Pickerbaugh estava ocupado e menos animado. Ele explicou a Martin alguns detalhes de seu trabalho.

Martin havia imaginado passar dias de êxtase no laboratório, livre da tarefa de curar dedos cortados e dores de ouvido, e tendo que dele se ausentar apenas para a batalha cotidiana com os industriais que desprezavam a regras sanitárias. Mas descobriu que, com exceção do fato de precisar fazer um pouco de tudo o que Pickerbaugh, a imprensa ou qualquer cidadão errante de Nautilus pudesse idealizar, não tinha como definir qual era verdadeiramente seu trabalho.

Ele devia acalmar eleitores volúveis que chegavam para se queixar de tudo, desde o cheiro do gás dos esgotos até as festas noturnas regadas a cerveja que os vizinhos promoviam. Além disso, esperava-se que desempenhasse outras tarefas como: ditar as correspondências do gabinete para a desconfiada estenógrafa, que não era uma simples operária, mas sim uma simpática garota dedicada a seu trabalho; fornecer anúncios para os jornais; comprar pelo menor preço possível clipes de prender papel, cera para o assoalho e espaço nos noticiários; prestar assistência, quando necessário, aos dois médicos que trabalhavam em meio período na clínica da cidade; orientar as enfermeiras e dois inspetores sanitários; fazer advertências à empresa encarregada pela remoção do lixo; prender (ou pelo menos repreender) todos os cidadãos acostumados a cuspir em locais públicos; dirigir o Ford para ir colar cartazes de identificação nas casas em que havia pessoas contaminadas por doenças infecciosas; e manter olhos conhecedores e implacáveis sobre tudo o que dissesse respeito a epidemias (desde Vladivostok até a Patagônia), com ações no sentido de impedir (por métodos não claramente definidos) que elas viessem a atingir e matar os proprietários de terra ou mesmo suspender as atividades comerciais em Nautilus.

Mas havia também um pouco de trabalho no laboratório: experimentos com o leite, testes de Wassermann para médicos particulares, produção de vacinas, e culturas para casos suspeitos de difteria.

— Acho que entendi. — falou Leora, enquanto eles se aprontavam para o jantar na casa de Pickerbaugh — Seu trabalho tomará em torno de 28 horas por dia, e o restante do tempo você poderá perfeitamente usar em suas pesquisas, a menos que alguém o venha interromper.

IV

A residência do casal Almus Pickerbaugh, no pontiagudo pináculo de West Side, era uma casa verdadeiramente antiquada – toda feita em madeira, com torres, balanços, redes de descanso, árvores frondosas em disposição bastante desordenada, um gramado bem estragado, um caramanchão muito úmido e um galpão com uma fileira de pontas de aço ao longo do espigão do telhado. Sobre o portão da frente lia-se a epígrafe: UNEEDAREST.

Martin e Leora foram recebidos em meio a copiosas saudações e um vaivém das filhas. As oito garotas, desde a encantadora Orchid, de dezenove anos, às gêmeas de cinco anos, surgiam de todos os lados em um turbilhão de amistosa curiosidade, tentando falar a uma só vez.

A anfitriã era uma mulher roliça, com ares de preocupada sinceridade. Em seu íntimo, travava uma batalha constante: por um lado a convicção de que tudo estava na mais perfeita ordem, e por outro, a consciência de que muitas coisas pareciam erradas. Ela beijou Leora, enquanto Pickerbaugh apertava efusivamente as mãos de Martin. O doutor costumava pressionar seu polegar nas costas da mão da pessoa que o cumprimentava, um gesto ao mesmo tempo extraordinariamente cordial e dolorido.

Ele logo monopolizou a atenção, até mesmo das filhas, com um discurso sobre o ninho familiar:

— Aqui vocês têm uma demonstração da saúde no lar. Olhe para estas garotas robustas, Arrowsmith! Nunca ficaram doentes, nem um só dia em toda a vida... praticamente. E embora a mãe tenha lá suas dores de cabeça, isso pode ser atribuído à pregressa negligência com sua dieta, pois enquanto o pai, o velho diácono (um respeitável cavalheiro da velha escola, se algum dia houve um), amigo de Nathaniel Mugford, a quem devemos, mais do que a qualquer outra pessoa, a fundação do Mugford College, e também a tradição de integridade e diligência responsáveis por nossa atual prosperidade... mas ele não tinha conhecimento de princípios de dieta ou higiene pública, e eu sempre pensei...

As filhas foram apresentadas como Orchid, Verbena, Daisy, Jonquil, Hibisca, Narcissa e as gêmeas, Arbuta e Gladiola.

A Sra. Pickerbaugh suspirou:

— Imagino que seria terrivelmente convencional chamá-las de minhas joias... eu detesto essas expressões convencionais que todos usam, vocês concordam? Mas isso é o que elas são de fato para a mãe. No entanto, o doutor e eu desejamos algumas vezes... decerto que quando começamos a dar a elas nomes de flores, tivemos que manter o padrão, mas se tivéssemos começado com a designação de joias... pensem nos nomes preciosos que adotaríamos, como Agate, Cameo, Sardonyx, Beryl, Topaz, Opal, Esmeralda e Chrysoprase... é Chrysoprase, não é? Ou talvez Chrysalis? Bem, muitas pessoas nos congratularam pelos nomes escolhidos. As meninas estão ficando bastante conhecidas... os retratos delas aparecem em tantos jornais! E temos uma equipe, Garotas Pickerbaugh do Beisebol, que é exclusivamente nossa. Só que agora o doutor precisa jogar no time, porque estou começando a ficar um pouco corpulenta.

Não fosse pela idade, seria impossível distingui-las. Eram todas fortes, loiras, bonitas, determinadas, musicais e não apenas puras, como veementemente imaculadas. Todas elas pertenciam à Escola Dominical Congregacional e à ACM ou ao Grupo de Escotismo para garotas. Todas gostavam de piqueniques e todas, com exceção das gêmeas de cinco anos, citavam praticamente sem erros as novas estatísticas demonstrativas dos malefícios das bebidas alcoólicas.

— De fato — falou o Dr. Pickerbaugh—, *nós* as consideramos uma surpreendente ninhada de coisinhas adoráveis.

— Sem dúvida alguma! — concordou Martin com voz trêmula.

— Mas o melhor de tudo é que elas estão capacitadas a me ajudar a divulgar a doutrina *mens sana in corpus sano*. A Sra. Pickerbaugh e eu as ensinamos a cantar juntas, tanto em casa como publicamente. Ao conjunto, nós denominamos Octeto Salutar.

— Verdade? — interviu Leora, quando percebeu que Martin não havia encontrado palavras para se expressar.

— Sim! E antes de seguir adiante com isso, espero tornar o nome Salutar amplamente conhecido em todos os cantos desta nação. E vocês verão bandos de jovens mulheres felizes espalhando por todos os lados sua mensagem sublime. Bandas Salutares! Belas e entusiastas jogadoras de basquetebol – garotas de mente pura! Eu garanto a vocês que *elas farão* os indolentes se mexer! Elas deixarão envergonhados os sujeitos imorais, os faladores sem compostura! Eu já elaborei um lema na forma de poema para as Bandas Salutares. Vocês gostariam de ouvi-lo?

"Mulheres jovens e encantadoras cativam com seu sorriso
Os beberrões, cuspidores e jogadores, afastando-os de atos abjetos.
Nossos pais e professores explicaram a razão da vida,
Assim, lutaremos contra as mentes daninhas.
Nós as cobriremos de vergonha e as afastaremos dos maus hábitos,
Podem apostar!
É melhor que se cuide, Sr. Indolente. Eu sou um Salutífero!

"Mas há uma causa ainda mais importante... e eu sou um dos primeiros a defendê-la. Trata-se de ter uma Secretaria da Saúde e da Higiene no gabinete em Washington..."

Carregados pelo vagalhão do longo discurso, eles foram arrastados para um estupendo jantar. E Pickerbaugh, repetindo calorosamente "Deixem disso... deixem disso... é claro que desejam mais... esta aqui é a mansão da hospitalidade!" saturou Martin e Leora de pato assado, batatas carameladas e tortinhas de carne moída, até o ponto em que os dois ficaram enjoados e com os olhos vidrados. Pickerbaugh, no entanto, não parecia se importar. Ao mesmo tempo em que trinchava e comia avidamente, ele continuou seu discurso e, de repente, a sala de jantar, toda decorada com velhos bufês de nogueira, imagens de Cristo pintadas por Hoffmann e quadros de vaqueiros produzidos por Remington, pareceu desaparecer, dando lugar a um palanque sobre o qual Pickerbaugh discursava ao lado de um cântaro de água.

Muitas vezes ele ultrapassou as fronteiras da realidade.

— Dr. Arrowsmith, eu lhe digo que nós somos homens de sorte por termos condições de ganhar a vida trabalhando honestamente em prol do bem-estar e da saúde do povo de uma cidade como esta. Eu poderia estar ganhando 8 ou 10 mil por ano em uma clínica particular, e disseram-me que esse ganho seria ainda maior se eu recorresse à arte dos anúncios, mas estou feliz e aqueles que me são caros estão felizes comigo, por receber um salário de 4 mil. Pense na satisfação de termos um trabalho que nos permite vender nada mais além de honestidade e decência e promover uma verdadeira fraternidade de homens!

Martin compreendeu perfeitamente o recado de Pickerbaugh, e a vergonha dessa tomada de consciência impediu-o de se levantar, pegar Leora pelo braço e tomar o primeiro trem de carga que partisse de Nautilus.

Após o jantar as irmãs mais jovens se aglomeraram em torno de Leora, e Martin teve que carregar as gêmeas no colo e lhes contar uma história. Elas pesavam bastante, mas não eram mais pesadas do que a tarefa de inventar um enredo. Antes de se retirar para dormir, o Octeto Salutar cantou o famoso Hino da Saúde (escrito pelo Dr. Almus Pickerbaugh), hino este que Martin viria a escutar em muitos dos animados e radiantes eventos públicos de Nautilus. A melodia fora emprestada do "Hino da batalha republicana", mas devido ao tom extraordinariamente enérgico e estridente das vozes das gêmeas, a canção adquiria característica toda própria:

Você procura felicidade ou riqueza?
Pela bandeira de sua pátria você cultiva a si mesmo,
Treina a mente, mantém limpas as ruas e cuida de sua saúde.
Então seguimos em frente.
Mente saudável em corpo limpo,
Mente saudável em corpo limpo,
Mente saudável em corpo limpo,
É o lema de todos.

A título de despedida na hora de dormir, as gêmeas recitaram, a exemplo do que haviam feito em tempos recentes no Festival Congregacional, um dos pequenos poemas do pai:

O que dizem os passarinhos
No parapeito ao romper do dia?
"Hurra pela saúde de Nautilus,
Para papai, mamãe e todos nós,
Hurra, hurra hurra!"

— Agora, minhas lindezas... para a cama! — falou a Sra. Pickerbaugh — A senhora não acha, Sra. Arrowsmith, que elas são atrizes natas? — continuou ela, dirigindo-se a Leora— Elas não se intimidam diante de nenhum tipo de espectador, e veja como se entregam à tarefa! Talvez não a Broadway, mas quem sabe teatros mais refinados de Nova York adorariam tê-las, e algum dia venham a nos procurar para tornar mais primorosas suas peças. E lá iremos nós!

Durante a ausência dela as outras apresentaram um breve programa musical.

Verbena, a segunda filha na escala de idade, tocou uma composição de Chaminade e o pai comentou:

— Sem dúvida, todos nós amamos música e a divulgamos entre os vizinhos, mas Verby é talvez o único verdadeiro gênio musical da família.

Entretanto, o espetáculo inesperado foi proporcionado pelo solo de trombeta de Orchid.

Martin não ousou olhar para Leora. Não que ele se sentisse superior a solos de trombeta, pois em Elk Mills, Wheatsylvania e, surpreendentemente, em vastas porções de Zenith, as mais virtuosas mulheres costumavam tocar solos de trombeta. Todavia, ele sentia como se estivesse em um hospício há dezenas de anos.

"Nunca estive tão embriagado em toda a minha vida. Eu queria poder tomar um gole e ficar sóbrio", pensou ele, e tramou um plano de fuga louco e completamente impraticável. Nesse momento, a Sra. Pickerbaugh retornou do quarto, deixando as gêmeas ainda a reclamar, e se preparou para tocar harpa.

Ao mesmo tempo em que tocava, essa mulher corpulenta e sem vida entregava-se a um profundo devaneio, e subitamente Martin viu nela a imagem de uma donzela jovial, pura e bela que se encantara pelo jovem e dinâmico estudante de medicina, Almus Pickerbaugh. A virtuosa senhora parecia ter sido uma garota autêntica do final dos anos oitenta ou noventa (a inocente e idílica era de Howells, quando os jovens rapazes eram puros, jogavam críquete e cantavam Rio Swanne); uma garota que se sentava no alpendre da frente, encantada pela suavidade dos lilases e esperando que, quando ela e Almus estivessem casados, pudessem ter um fogão niquelado e um filho que viesse a se tornar um missionário ou um milionário.

Pela primeira vez naquela noite, Martin conseguiu se expressar com respeitável cordialidade, quando disse:

— Gostei muito.

Ele se sentiu vitorioso e de alguma forma reabilitado. Contudo, a orgia da noite estava apenas começando.

O grupo se enteteve com jogos de palavras, coisa que Martin tanto detestava, e Leora se saiu de fato muito mal. Eles representaram charadas, nas quais Pickerbaugh era exímio. Foi realmente impagável a figura dele deitado no chão, trajando o casaco de peles da mulher – uma foca em um bloco de gelo. Então, Martin, Orchid e Hibisca (a menina de doze anos) tiveram que representar uma charada, e aconteceram algumas complicações.

A exemplo de suas irmãs mais novas, Orchid era dada a pequenas demonstrações de afeto, uma garota cheia de sorrisos, toques e pulinhos. No entanto, no alto de seus dezenove anos, já deixara de ser uma criança. Sem dúvida, mostrava-se tão pura e devotada aos romances imaculados e salutares quanto afirmava o pai (e ele o fazia com muita frequência), mas não era indiferente à presença de homens jovens, mesmo sendo eles casados.

A garota planejou representar por meio de um mendigo pedindo esmola com uma caixa cheia de milho a palavra *infortúnio*. Quando se dirigiram ao andar de cima para vestir as indumentárias, ela acariciou o braço de Martin, postou-se ao lado dele e murmurou:

— Oh, doutor, estou tão feliz por você ser o assistente de papai... um rapaz assim tão jovem e formoso! Desculpe-me... eu não queria ser desagradável. Mas falo sério... você parece tão esportivo. O outro diretor assistente... não diga nada ao papai... era um velho doente!

Não passaram despercebidos para Martin aqueles olhos castanhos e os serenos lábios virginais e, enquanto Orchid vestia seu confortável traje de mendigo, ele não pôde deixar de observar os tornozelos e os seios joviais da garota. Ela sorriu para Martin como alguém que já o conhecesse há longo tempo. E disse:

— Nós vamos mostrar a eles! Sei que você é um belo ator!

Na hora em que desceram apressados a escada, como ela não houvesse segurado no braço de Martin, ele segurou no dela e apertou-o levemente. A atitude o deixou sobressaltado e o fez afastar categoricamente a mão.

Desde que se casara, Martin se entregara de corpo e alma a Leora, como amante, companheiro e assistente. Até esse momento sua mais devastadora aventura fora uma olhada de relance para uma garota bonita em um trem. Mas a alegre e franca jovialidade de Orchid o perturbava. Ele queria se ver livre dela, mas também esperava não se distanciar completamente, e pela primeira vez em muitos anos, temeu o olhar de Leora.

Mais tarde Orchid fez proezas acrobáticas, com considerável distinção. Ela não usava espartilhos, adorava dançar e elogiava os feitos de Martin no jogo "Siga o mestre".

Todas as filhas de Pickerbaugh, exceto Orchid, foram despachadas para a cama, e o restante da festa se resumiu a uma "pequena e tranquila conversa a respeito da ciência, ao pé da lareira", conforme denominou o anfitrião. Ele fez suas observações sobre boas estradas, higiene na zona rural, ideais em política e métodos de arquivamento de documentos nos departamentos de saúde. Durante toda essa plácida hora (ou quem sabe tenha sido uma hora e meia), Martin percebeu que Orchid não tirava os olhos de seus cabelos, seu rosto, suas mãos, o que o levou repetidas vezes a acalentar e repelir a ideia do inocente deleite de ter entre as suas, aquelas mãos pequeninas da garota.

Martin também experimentou um horrível sentimento de culpa ao ver que Leora estava observando as atitudes dos dois. Com isso, não conseguiu aproveitar uma palavra sequer da preleção de Pickerbaugh sobre o valor dos desinfetantes. Quando o doutor lançou a profecia de que, dentro de quinze anos, Nautilus contaria com um departamento de saúde três vezes maior, tendo muitos médicos trabalhando em período integral junto com estagiários e, possivelmente, Martin no posto de diretor (o próprio Pickerbaugh teria nessa ocasião se distanciado para assumir misteriosas e interessantes atividades em um campo mais amplo), Martin se limitou a resmungar:

— Sim, isso será muito bom — mas, ao mesmo tempo, dizia para si "Maldita garota, eu preferia que ela não se mostrasse assim para mim".

Às 20h30, a fuga parecera para ele o mais sublime êxtase da vida. À meia-noite, despediu-se, tomado por nervosa hesitação.

Martin e Leora caminharam até o hotel. Livre do olhar de Orchid e animado pelo ar fresco, ele se esqueceu da jovenzinha e voltou a pensar na questão de seu trabalho em Nautilus.

— Meu Deus, não sei se serei capaz de fazer isso. Trabalhar sob as ordens desse balão aerostático, com suas tolas ideias sobre beberrões...

— Eles não são assim tão maus — protestou Leora.

— Maus? Ora, ele é provavelmente o pior poeta que já existiu e decerto sabe menos ainda a respeito de epidemiologia do que qualquer homem jamais foi capaz de aprender por si mesmo. E quando se trata de... como é que Clif Clawson costumava chamar? A propósito, o que será que foi feito de Clif? Há anos não tenho notícias dele... mas quando se trata dessa avassaladora domesticidade cristã... ora! Vamos procurar uma taverna e sentar junto com simpáticos e tranquilos salteadores.

— Para mim os poemas dele são bastante simpáticos — insistiu Leora.

— Simpáticos! Ora, até parece!

— Não é pior do que os palavrões que você está sempre falando! Mas a trombeta estridente daquela ridícula garota mais velha... ugh!

— Pois achei que ela é muito boa nisso!

— Martin, trombeta é um tipo de instrumento que ficaria bem para o meu irmão. Logo você! Assim tão superior quando se trata dos poemas do doutor, vai implicar porque eu falei "simpático"! Pois você é um sujeito tão atrasado quanto eu... talvez mais ainda!

— Leora! Eu nunca a vi mordida assim por alguma coisa! Você não consegue entender como é importante... um homem como Pickerbaugh torna a história da saúde pública simplesmente ridícula com aquele circo e toda a sua ignorância! Se ele dissesse que ar fresco é uma coisa boa, acho que eu e qualquer outra pessoa sensata fecharíamos nossas janelas em vez de abri-las. E veja como ele usa a palavra "ciência" naqueles versos estúpidos... isso é um sacrilégio!

— Muito bem, Sr. Martin Arrowsmith, se você quer *saber*, não vou mais suportar essas brincadeiras com a tal da Orchid! Você praticamente ficou acariciando-a na hora que desceram a escada, e depois olhou para ela com ar sonhador a noite toda! Pouco me importam seus xingamentos, seu mau humor e até mesmo sua mania de se embebedar, dentro do razoável, mas desde aquele almoço, com aquela tal de Fox, quando você falou "Eu espero que vocês não se importem, mas acabei de lembrar que estou comprometido com as duas"... saiba que você é meu e não aceitarei intrusas. Sou uma mulher das cavernas... e seria melhor você não se esquecer disso! E quanto à Orchid, com aquele sorriso afetado e aquela forma de acariciar os seus braços... e aqueles pés absurdamente grandes... Orchid! De orquídea ela não tem é nada! Não passa de uma solteirona!

— Pois se você quer saber, sequer me lembro qual das oito era ela.

— Ora! Então você esteve embevecido com todas elas... só pode ser isso. Que ela se dane! Bem, não vou me estender sobre isso. Quero apenas adverti-lo, está bem?

No hotel, depois de desistir de encontrar uma maneira sucinta, jovial e convincente de prometer que jamais flertaria com a Orchid, ele balbuciou:

— Se você não se importa, acho que vou descer e caminhar um pouco mais. Preciso pensar sobre essa história do departamento de saúde.

Martin se sentou no escritório do Sims House, um lugar especialmente sombrio depois da meia-noite e particularmente malcheiroso, e se perdeu em divagações.

"Aquele idiota do Pickerbaugh! Eu queria mesmo era ter dito a ele que nosso conhecimento sobre a epidemiologia da tuberculose é muito insignificante.

"Que seja... mas a Orchid! Que criança encantadora! Ela parece mesmo uma orquídea. Oh, não! É viçosa demais. Uma menina incrível para se ter por companhia. Uma doçura! E age como se eu fosse da idade dela e não um velho médico. Vou me comportar... vou me comportar... mas... quero beijá-la uma vez que seja. *Que maravilha!* Ela gosta de mim. Aqueles lábios doces... parecem botões de rosa!

"Pobre Leora. Nunca na vida fiquei tão perturbado. Ciumenta! Bem... ela tem razão para ser! Nenhuma mulher jamais ficou ao lado de um homem como ela... a doce Lee! Você não enxerga isso, sua boba? Mesmo se eu andasse por aí com bilhões de Orchids, só você seria minha eterna amada e ninguém mais além de você.

"Não posso sair por aí espalhando aquelas besteiras que o Octeto Salutar canta. Mesmo que servissem para instruir as pessoas, o que não é verdade. Acho que é preferível morrer do que viver para ouvir isso...

"Leora disse que eu era um 'sujeito atrasado demais'. Pois vou lhe dizer, minha jovem senhora, que sou um Bacharel em Humanidades, e você deve se lembrar muito bem da espécie de livro que esse sujeito atrasado estava lendo para você no inverno passado... Henry James e outros nomes assim e... ela está certa, sou mesmo um sujeito atrasado. Sei fazer pipetas e ágar, mas... algum dia quero viajar como Sondelius...

"Ah, Sondelius! Um Deus! Se eu trabalhasse para ele em vez de Pickerbaugh, seria de bom grado seu escravo...

"Será que ele também é um sujeito escroto?

"É isso mesmo que eu quero dizer... sujeito escroto! Que coisa horrível!

"Para o inferno! Vou usar o tipo de expressão que eu bem entender! Não sou um desses alpinistas sociais como o Angus. Veja o Sondelius, por exemplo. Ele também amaldiçoa e nem por isso deixa de conviver com todos aqueles camaradas intelectualizados...

"E estarei tão ocupado aqui em Nautilus que nem mesmo terei tempo para ler. É... acho que eles não estão acostumados a ler muito, mas deve haver um bocado desses homens ricos que conhecem tudo a respeito de casas requintadas. Roupas... teatros... todas essas coisas!

"Droga!"

Martin caminhou até uma van-lanchonete que permanecia aberta a noite inteira, e lá, melancólico, tomou um café. Ao lado dele, sentado junto a uma longa prateleira que servia de balcão, embaixo da nobre janela de vidro vermelho sobre a qual havia um retrato de George Washington, estava um policial que, mastigando um hambúrguer, perguntou:

— Você não é o novo médico que veio para ser assistente de Pickerbaugh? Eu vi você na Prefeitura.

— Sim, sou eu. Diga, o que a cidade acha de Pickerbaugh? O que você pensa dele? Fale honestamente, porque estou apenas chegando e... você entende, não é?

Segurando a colher dentro da xícara com seu polegar robusto, o policial tomou um gole do café e declarou, enquanto o engordurado e amistoso cozinheiro da lanchonete balançava a cabeça para demonstrar anuência:

— Muito bem. Se você deseja ouvir a verdade, ele é um pouco ruidoso demais, mas é um sujeito muito esperto. Certamente, sabe usar o inglês da rainha. Você já ouviu algum dos poemas dele? São incrivelmente brilhantes. Vou contar uma coisa: algumas pessoas dizem que Pickerbaugh fala muito, mas... cá entre nós, doutor, seria muito bom se ele apenas fiscalizasse o leite, o lixo e os dentes das crianças. No entanto, há uma porção de patetas descuidados e ignorantes que precisam aprender a manter as coisas limpas para não ficarem doentes e passarem para nós essas infecções. O velho Dr. Pickerbaugh é o garoto que enfia tal ideia na cabeça dos estúpidos!

"Sim, senhor, é um notável velho bobo... e não um indivíduo manhoso como alguns desses médicos. Veja... certo dia ele apareceu no piquenique da Saint Patrick, mesmo sendo um porco protestante, e se entendeu com o Padre Costello como se fossem dois velhos camaradas... e não é que o doutor brigou com um indivíduo que tinha a metade da idade, e quase o arremessou longe? Pode acreditar... deu uma corrida no sujeito, apesar do dinheiro que ele tinha! À força, todos gostam do doutor, e temos que rir do modo com que ele chega e nos induz a fazer uma porção de trabalho da saúde, que pela lei não somos obrigados a fazer... e isso em vez de criar uma montanha de leis idiotas. Pode acreditar! Ele é um sujeito fantástico."

— Estou vendo — concordou Martin, que, no caminho de volta para o hotel foi meditando:

"Mas imagine o que Gottlieb diria a respeito dele.

"Maldito Gottlieb! Malditas todas as pessoas, menos Leora!

"Não vou fracassar aqui como aconteceu em Wheatsylvania.

"Algum dia Pickerbaugh vai ter um cargo importante... Huh! Ele é o tipo de blefador folgazão que *sobe* na vida! De qualquer modo, vou aprender... e talvez criar aqui um excelente departamento da saúde.

"A Orchid disse que podemos patinar nesse inverno...

"*Maldita* Orchid!"

CAPÍTULO 20

Martin encontrou no Dr. Pickerbaugh um chefe muito generoso. Ele demonstrava sempre um ardente desejo de ver o jovem médico inventar e propalar as próprias causas e os próprios movimentos. O conhecimento científico do doutor era um tanto mais débil do que o das enfermeiras visitantes, mas ele tinha pouco ressentimento e exigia de Martin apenas a convicção de que uma mudança rápida e ruidosa de uma função para outra é o meio (e possivelmente o fim) do progresso.

Em uma casa em que moravam duas famílias, em Social Hill (que não era realmente uma colina, mas uma leve intumescência na planície), Martin e Leora ocuparam o andar superior. Os relvados que se estendiam indefinidamente, as ruas estreitas ladeadas por aceráceas e a alegria da libertação em relação aos fofoqueiros de Wheatsylvania guardavam certo prazer inocente.

Subitamente, eles se viram cortejados pela fina sociedade de Nautilus.

Alguns dias depois de chegarem à cidade, Martin foi chamado ao telefone e ouviu uma áspera voz masculina que desafiou:

— Alô, Martin. Aposto que você não sabe quem está falando!

O jovem doutor, que estava muito ocupado, controlou o desejo de dizer "Vá para o inferno!", mas limitou-se a murmurar, com a cordialidade adequada a um novo Diretor Assistente:

— Não, creio que não sei.

— Então tente adivinhar.

— Ah... Clif Clawson?

— Não! Parece-me que você está muito bem. Acho que vou dar outra chance. Vamos lá! Tente de novo!

A estenógrafa estava esperando para tomar nota das cartas, e Martin ainda não aprendera a ser impessoal e indiferente à presença dela. Ele disse então, com sensível aspereza:

— Imagino que seja o presidente Wilson. Olhe aqui...

— Muito bem, Mart, é o Irve Watters! O que você me diz disso?

Aparentemente o brincalhão esperava ouvir uma expressão de agradável surpresa, mas demorou uns dez segundos para Martin se lembrar da figura de Irving Watters: o estudante de medicina espantosamente normal, que acreditava no bem, na verdade, no lucro e que tanto o molestara na Digamma Pi. Ele respondeu da forma mais calorosa que conseguiu:

— Que bom... o que você está fazendo aqui, Irve?

— Ora, eu me estabeleci aqui. Vim para cá desde o internato. E tenho também uma boa clientela. Olhe, Mart, a Sra. Watters e eu gostaríamos que você e sua esposa... acredito que você esteja casado, acertei? Gostaríamos que viessem jantar em nossa casa amanhã à noite. E eu o colocarei a par do panorama local.

Temendo o patrocínio de Watters, Martin ganhou coragem para mentir com veemência:

— Sinto muito, muito mesmo... tenho um compromisso amanhã e na próxima noite também.

— Então venha almoçar comigo amanhã no clube Elks. E você e sua esposa poderão jantar conosco na noite de domingo.

Em um esforço desesperado, Martin respondeu:

— Não creio que eu consiga almoçar amanhã, mas... tudo bem, jantaremos com vocês no domingo.

Não existe nada mais calamitoso e desagradável do que a calorosa afeição de velhos amigos que nunca foram verdadeiramente amigos. O desalento de Martin por ser encontrado por Watters naquela cidade não diminuíra quando ele e Leora, não sem muita relutância, apareceram no domingo às 13h30 e se viram arrastados pelo furor de uma velha amizade de volta aos tempos da Digamma Pi.

A casa dos Watters era nova e decorada com uma profusão de móveis e vidros embutidos em armações de chumbo. Em três anos de prática da medicina, Irving havia melhorado bastante e, por mais inacreditável que pudesse parecer, estava casado. Ele ganhara alguns quilos e também um senso de infalibilidade, e havia aprendido muitas coisas novas sobre as quais se mostrou enfadonho. Pelo fato de ter-se formado um ano antes de Martin e casado com uma mulher quase rica, ele fazia por parecer tão amável e hospitaleiro, que despertava impulsos homicidas em seus interlocutores. Sua conversa girava em torno de aforismos e advertências:

— Se você permanecer por alguns anos no Departamento de Saúde Pública e procurar se cercar das pessoas certas, terá condições de formar aqui uma clientela muito lucrativa. Esta cidade é excelente... muito próspera... poucos caloteiros.

"Você precisa se associar ao clube de campo e praticar golfe. Lá estão as melhores oportunidades de conhecer cidadãos influentes. Foi lá que eu consegui alguns pacientes da elite.

"Pickerbaugh é um homem muito ativo e um excelente fomentador, mas tem certas ideias socialistas. Essas clínicas... as pessoas que as frequentam têm condições de pagar! É mesmo ultrajante! Reduzir o povo à miséria! O que eu vou dizer pode surpreendê-lo... você pensava de uma forma um pouco excêntrica quando estava na escola, mas não é o único que tem ideias próprias! Às vezes eu penso que seria melhor para a situação geral da saúde se simplesmente não existissem departamentos de saúde pública, porque eles acostumam as pessoas a procurar clínicas gratuitas em vez de médicos particulares, o que acaba reduzindo os ganhos dos médicos, bem como o número deles. No final das contas, restam poucos de nós para cuidar dos doentes.

"Imagino que hoje em dia você tenha superado aquelas suas ideias estranhas a respeito de ser pragmático... 'mercantilismo' é como você costumava chamar. Mas agora, com família para sustentar... se não o fizer, ninguém fará no seu lugar.

"Sempre que precisar de dicas certeiras sobre as pessoas daqui, é só me procurar. Pickerbaugh é um excêntrico; ele não lhe dará informações certas... as pessoas com quem você deve se associar são os bons, estáveis, conservadores e bem-sucedidos homens de negócio."

Então, chegou a vez da sra. Watters. Na qualidade de filha de um indivíduo próspero, ninguém mais do que o sr. S. A. Peaseley, o fabricante da máquina de adubação Daisy, ela foi substancial nos conselhos.

— Vocês ainda não têm filhos? — perguntou para Leora em tom de lamento — Oh, precisam ter! Irving e eu temos dois. Vocês não podem imaginar como são importantes para nós... e eles nos fazem sentir mais jovens.

Martin e Leora se entreolharam com expressão de pena.

Depois do jantar, Irving insistiu para que relembrassem os "bons tempos que passamos juntos na velha e querida universidade". Ele não aceitou desculpas.

— Você sempre quis que as pessoas o considerassem excêntrico, Mart. Fingia não ter qualquer espécie de devoção em relação à escola, mas eu sei muito bem... sei que estava apenas se exibindo. Você admira aquele velho lugar e nossos professores, tanto quanto qualquer um de nós. Acho que eu o conheço melhor do que você mesmo! Deixe disso... vamos fazer um brinde e cantar 'Winnemac, a mãe de todos os homens fortes'.

"Não seja tolo. Sei que você vai cantar", continuou Watters enquanto se dirigia até o piano e o abria com gestos firmes.

Depois de terem educadamente dado conta dos pedaços de galinha frita e de um tijolo de sorvete, entre provérbios, gorgolejos e recordações, Martin e Leora foram embora. Ao longo do caminho, deram vazão a certo sentimento de decepção:

— Para o Watters falar desse jeito, imagino que Pickerbaugh deva ser um santo. Começo a acreditar que ele seja suficientemente sensato para saber se preservar.

Em meio a toda essa angústia, os dois se esqueceram da inquietação causada por uma garota chamada Orchid.

II

Entre Pickerbaugh e Irving Watters, Martin acabou se ligando a muitas das causas, agremiações e associações, que floresciam em Nautilus, como a Câmara de Comércio, o Moccasin Club de esqui e marchas, o clube Elks, o Old Fellows e a sociedade médica da Paróquia de Evangeline. Ele resistiu, mas os dois lhe disseram, em alto e bom tom:

— Ora, meu garoto, se você pretende se tornar um funcionário público e sabe reconhecer, ainda que superficialmente, os esforços que eles fazem para recebê-lo aqui...

De repente, Leora e Martin, que antes haviam deplorado tanto a monotonia de Wheatsylvania, passaram a receber um número tão grande de convites, que agora lamentavam não poder passar uma noite na quietude de seu lar. Mas eles se adaptaram ao conforto da vida social, ao uso de roupas elegantes, bem como se habituaram a ir aos lugares sem sentir o desassossego de tensas expectativas. Os dois modernizaram seu modo grosseiro de dançar, aprenderam a jogar cartas (um tanto mal) e tênis (com certa perícia), e Martin, não por virtude ou bravura, mas simplesmente por uma questão de hábito, deixou de se incomodar com os falatórios.

Provavelmente ele e Leora nunca foram considerados intrusos por seus anfitriões, mas sim um jovem casal brilhante. Na qualidade de protegidos de Pickerbaugh, deviam se mostrar diligentes e empreendedores e, por outro lado, por contarem com a égide de Irving Watters, precisavam ser respeitáveis.

Watters, que vivia de tal maneira metido dentro da própria couraça, a ponto de não conseguir de forma alguma compreender o repúdio implícito nas constantes recusas de seus convites por parte de Martin, tomou o casal Arrowsmith pelas mãos e os manteve perto de si. Ele detectou certos traços de heterodoxia em Martin, e assim, fazendo-se valer de afetação, diligência e boa dose de sarcasmo, entregou-se à tarefa de encontrar salvação para o amigo. Frequentemente Irving procurava entreter seus convidados e chamava a atenção de Martin, dizendo:

— Venha cá, Mart! Conte-nos algumas de suas ideias malucas!

Seu zelo amistoso era insípido quando comparado ao de sua esposa. A Sra. Watters fora educada pelo pai e pelo marido para acreditar que era a última flor de todos os tempos, e então tomou para si a empreitada de emendar a má educação dos Arrowsmiths. Ela censurava os xingamentos de Martin, o fumo de Leora e o hábito dos dois de fazer apostas no jogo de cartas. Contudo, não se irritava, pois irritar-se significava admitir a existência de pessoas que não reconheciam sua soberania. Ela se limitava a dar ordens breves e bem-humoradas, e repreendia com um "Não seja tolo" dito em um tom de voz muito estridente, esperando, com isso, dar o assunto por encerrado.

Martin resmungava "Oh, Deus, entre Pickerbaugh e Irve é mais fácil se tornar um respeitável membro da sociedade do que continuar firme na batalha".

Mas a grande compulsão pela respeitabilidade representada pelas pessoas de Watters e Pickerbaugh não se comparava ao encantamento de se fazer escutar em Nautilus como nunca antes conseguira em Wheatsylvania, além de se saber admirado por Orchid.

III

Martin andara pesquisando um teste de precipitação para o diagnóstico da sífilis, teste este que prometia ser mais simples e rápido do que o de Wassermann. Seus dedos relaxados e a mente entorpecida já estavam se habituando ao ambiente do laboratório e às hipóteses apaixonadas, quando ele foi de lá arrancado para ajudar Pickerbaugh com a questão da propaganda. Martin foi persuadido a proferir na Conferência Livre das Tardes de Domingo, promovida pela Igreja Universal Estrela da Esperança, sua primeira palestra, que era intitulada "O que o laboratório ensina acerca de epidemias".

Ele não conseguiu se concentrar enquanto tentava preparar suas anotações e, na manhã do evento, ficou nervoso ao imaginar a coisa terrível que faria naquele dia. Quando chegou ao local do acontecimento, sentiu-se desesperado com o constrangimento que o dominou.

A aglomeração era grande: pessoas maduras e responsáveis. Ele estremeceu ao pensar "Vieram para me ouvir e eu não tenho uma maldita coisa sequer para dizer a eles!". Foi ainda maior sua sensação de ridículo ao se dar conta de que o público, que supostamente estava lá para ouvi-lo, não parecia perceber sua presença, e que o porteiro, postado junto ao portal bizantino, cumprimentava as pessoas com efusivos apertos de mão, dizendo: "Nas alas laterais superiores há bastante lugar disponível, meu jovem".

— Sou o palestrante da tarde.
— Oh, sim... sim, doutor. Use a entrada da Rua Bevis, por favor.

No saguão, ele foi recebido com muita adulação pelo pastor e outros três indivíduos com ares de intelectuais cristãos que usavam trajes informais.

Eles trocaram com Martin apertos de mãos, apresentaram-lhe algumas mulheres farfalhantes e permaneceram educadamente ao redor dele, esperando consternados ouvir alguma coisa inteligente. Então, incapaz de pronunciar uma palavra sequer e tomado por uma extrema sensação de dor e medo, foi conduzido através de uma porta em arco até o auditório. Milhares de rostos observavam sua contrita insignificância – rostos nas fileiras de bancos, rostos na galeria inferior, olhos que acompanhavam seus movimentos e pareciam céticos em relação a ele, olhos que percebiam a vacilação de seus calcanhares.

A agonia tornou-se ainda maior quando a plateia começou a rezar e cantar em honra dele.

O pastor e o presidente leigo da Conferência abriram a sessão com a devida demonstração de apreço. Enquanto Martin tremia e tentava parecer descontraído diante da massa que o observava, enquanto se sentia nu, exposto e desprotegido naquele palanque, o pastor fez o anúncio da realização do Jantar dos Missionários na terça-feira e do Clube de Marcha dos Meninos. Ele entoou um ou dois hinos breves (Martin se perguntava se deveria permanecer em pé ou sentar) e o presidente ergueu uma prece dizendo "que o nosso amigo, que hoje nos dirigirá a palavra, possa fazer chegar a todos sua mensagem". Durante a oração, Martin ficou sentado com a testa apoiada nas mãos, sentindo-se ao mesmo tempo ridículo e incapaz de manter o autocontrole. Pensava ele: "Imagino que esta seja a atitude apropriada... estão todos me encarando! Caramba, será que ele não vai acabar nunca? Droga, o que era mesmo que eu ia falar sobre fumigação? Oh, Deus, ele está terminando e agora é comigo!".

De qualquer modo, lá estava Martin, em pé ao lado da tribuna, apoiado nela para se sentir mais seguro. E parecia que de sua garganta saíam palavras sensatas. Os rostos embaçados ganharam nitidez e ele passou a enxergar as pessoas. Selecionou na plateia um senhor de idade, de aparência sagaz, e tentou fazê-lo se admirar e dar algumas risadas.

Ele divisou Leora, que estava sentada mais ao fundo. Ela fazia acenos de cabeça na tentativa de encorajá-lo. Então, ousou desviar o olhar da sucessão de rostos postados logo à sua frente e olhou de relance para a galeria...

O jovem que a plateia observava falava seriamente sobre soros e vacinas, mas enquanto sua voz pairava no ar, ele notou duas pernas com meia de seda que se destacavam na fileira da frente da galeria, e percebeu que pertenciam a Orchid Pickerbaugh. Lá estava a garota, fuzilando-o com expressão de admiração.

No final da palestra, Martin recebeu os aplausos mais efusivos de toda a sua vida (toda palestra é sempre gratificante quando encerrada por essa espécie de aprovação). O presidente disse as palavras mais lisonjeiras que ele já havia escutado, a plateia se retirou com a maior celeridade já observada e Martin deu por si segurando a mão de Orchid no saguão, enquanto ela dizia em tom de voz muito doce as coisas mais adoráveis que ele já escutara:

— Oh, Dr. Arrowsmith, você é extraordinário! Em sua maioria, esses palestrantes são velhos ultrapassados, mas você foi magnífico! Vou correndo para casa e contar ao papai. Ele ficará muito entusiasmado!

Só então ele percebeu que Leora estava no saguão e os observava com ares de esposa.

No caminho de casa, o silêncio dela foi eloquente.

— Então, você gostou da minha lenga-lenga? — perguntou Martin depois de um bom tempo de espera indignada.

— Sim, não foi ruim. Deve ter sido terrivelmente difícil falar para toda aquela gente estúpida.

— Estúpida? O que você quer dizer com "gente estúpida"? Eles me receberam muitíssimo bem. Foram encantadores.

— Ah, é? De qualquer modo, você não vai precisar continuar com esse falatório tolo, graças a Deus. Pickerbaugh gosta demais de ouvir a si mesmo para deixar que você tome o lugar dele com muita frequência.

— Não me importo com isso. Na verdade, acho até uma boa coisa ter que me apresentar publicamente de quando em quando. Faz a gente pensar com mais lucidez.

— Assim como esses políticos amáveis, simpáticos e lúcidos!

— Agora, olhe aqui, Lee! Decerto nós sabemos que seu marido é um vira-lata que não se sai bem fora do laboratório, mas acho que você devia fingir um pouco de entusiasmo pela primeira palestra que ele fez... a primeira em toda a vida... na qual se saiu muito bem.

— Ora, seu idiota, é claro que eu estava entusiasmada... aplaudi muito. Achei que você foi inteligente demais. Mas acontece que... há outras coisas em que você podia ser melhor. O que faremos hoje à noite? Comer um lanche frio em casa ou ir à cafeteria?

E assim, Martin foi reduzido de herói a marido e experimentou todo o prazer da falta de reconhecimento.

Durante a semana inteira ele meditou a respeito de suas afrontas, mas a chegada do inverno trouxera uma febre de jantares animados e enfadonhos, além de jogos de carta prudentemente solitários, e desse modo, a primeira noite que puderam passar em casa, a primeira oportunidade para uma discussão confortável a portas trancadas, foi na sexta-feira. Os dois se prepararam para o que ele anunciou como "retomar alguma leitura de verdade, por exemplo fisiologia e um pouco de seu companheiro Arnold Bennett – leitura agradável e tranquila". Mas a ocasião acabou se transformando em um momento de procura de novas notícias nos periódicos médicos.

Martin estava inquieto. Jogou de lado sua revista e indagou:

— O que você vai usar amanhã no piquenique de inverno de Pickerbaugh?

— Ah, não pensei... vou achar alguma roupa.

— Lee, quero perguntar uma coisa: por que diabos você disse que eu falei demais na casa do Dr. Strafford na noite passada? Eu sei que cometo muitos erros, mas não sabia que falar demais era um deles.

— Até hoje não era.

— Até hoje?

— Veja bem, Destemido Arrowsmith! Você andou fazendo beicinho como um fedelho mau durante toda a semana. O que está havendo de errado?

— Ora, eu... caramba, estou cansado! Todo mundo ficou tão entusiasmado com meu discurso na Estrela da Esperança... e aquela nota no *Morning Frontiersman*... e Pickerbaugh diz que a Orchid me acha um sujeito formidável... mas você nunca diz nada!

— Por acaso eu não aplaudi? Mas... a questão é que eu esperava que você não fosse continuar com essa baboseira idiota.

— Você esperava, não é? Pois deixe-me dizer uma coisa: *vou* continuar com isso, sim. Não vou falar um monte de coisas tolas. No último domingo tratei de ciência de verdade, e eles gostaram. Eu não sabia que não precisava ser piegas para manter a audiência. E você pode ajudar muito! Caramba! Durante 45 minutos eu falei sobre mais educação em saúde e apresentei ideias a respeito da importância do laboratório... não estou atrás de ser considerado um sujeito incrível, mas é muito bom saber que as pessoas vão escutar o que você tem a dizer, sem se intrometer como faziam em

Wheatsylvania. Saiba que vou continuar com isso que você educadamente chamou de baboseira idiota...

— Destemido, isso pode ser bom para algumas pessoas, mas não para você. Não sei como dizer... essa é a razão para eu não ter falado mais nada sobre sua palestra. Não sei dizer como fiquei espantada ao ouvir... logo você, que costumava zombar daquilo que considerava ser sentimentalismo. Pois foi chocante ouvir você falar com voz chorosa sobre as queridas criancinhas!

— Eu nunca disse isso... nunca usei essa frase e você bem sabe. Por Deus! *Você* fala sobre zombar! Pois deixe-me lhe dizer que o Movimento pela Saúde Pública, ao sanar prematuramente problemas das crianças, examinando seus olhos, suas amídalas e assim por diante, pode salvar milhares de vidas e preparar a próxima geração...

— Eu sei disso! Eu amo crianças muito mais do que você! O que não entendo é todo esse coquetismo ridículo...

— Ora, alguém tem que fazer isso. Não é possível trabalhar com as pessoas sem educá-las. Aí é onde o velho Pickerbaugh, mesmo sendo um imbecil, faz um belo trabalho com seus poemas e toda aquela baboseira. Provavelmente seria uma boa coisa se eu pudesse escrever assim... se eu pudesse aprender!

— São horríveis!

— Agora não consigo entender sua incoerência! Na outra noite você disse que eram simpáticos.

— Eu não preciso ser coerente. Sou uma simples mulher. Logo você, Martin Arrowsmith, teria que ser o primeiro a me dizer essas coisas. De qualquer modo, elas ficam bem para o Dr. Pickerbaugh, não para você. Seu lugar é no laboratório, descobrindo coisas em vez de fazer propaganda delas. Você lembra que certa vez, em Wheatsylvania, por uma questão de cinco minutos você quase passou a tomar parte de uma igreja para ser um cidadão respeitável? É sua pretensão continuar o resto da vida tropeçando na respeitabilidade para ter que ser resgatado de novo? Será que você nunca vai aprender que é um sujeito grosseirão?

— Por Deus! Você acha mesmo? E... qual foi mesmo o outro adorável qualificativo que você usou? Sou também a alma da minha alma, um maldito caipira do interior! Você me ajuda muito assim! Quando quero tornar minha vida decente e útil e deixar de sair por aí hostilizando as pessoas, você... logo aquela que devia acreditar em mim... é a primeira a me criticar!

— Quem sabe a Orchid Pickerbaugh pudesse ajudar mais.

— E provavelmente ela ajudaria! Acredite em mim, ela é um encanto e gostou de fato da minha palestra na igreja. E se você pensa que vou ficar aqui a noite toda escutando suas críticas ao meu trabalho e aos meus amigos... pois vou tomar um banho quente. Boa *noite*!

No banheiro, Martin percebeu o despropósito daquela discussão com Leora. Por quê? Se ela era a única pessoa no mundo, junto com Gottlieb, Sondelius e Clif Clawson... por onde andaria Clif? Ainda em Nova York? Clif nunca lhe mandara uma carta... Mas ele era um idiota de ter perdido o controle, mesmo sendo Leora tão teimosa, mesmo discordando de suas opiniões... será que ela não conseguia perceber que ele tinha o dom de influenciar as pessoas? Ninguém jamais o apoiaria como ela apoiou... e ele a amava...

Martin se enxugou com raiva e correu até Leora cheio de arrependimento. Eles disseram um ao outro que eram as pessoas mais sensatas do mundo, beijaram-se com impetuosidade, e ela disse:

— De qualquer forma, meu caro, não vou ajudar você a cometer tolices. Você não é um fomentador... é um caçador de mentiras, como o professor Gottlieb e seu velho Voltaire. Eles não podiam ser tratados com escárnio. Mas quem sabe fossem como você: sempre tentando se afastar da cansativa verdade, sempre esperando se estabelecer e ficar rico, sempre vendendo a alma ao demônio... para então trair o pobre demônio. Eu acho... — ela se sentou na cama, apertando as têmporas enquanto tentava concatenar as ideias — acho que você é diferente do professor Gottlieb. Ele nunca comete erros, tampouco desperdiça o tempo com...

— Ele desperdiçou tempo na fábrica de drogas de Hunziker, e tem o título de Doutor, não Professor... se é que ele *precisa* de um...

— Se Gottlieb foi trabalhar com Hunziker é porque tinha uma boa razão. Ele é um gênio e não poderia estar enganado. Ou será que poderia, mesmo ele? De qualquer modo, Destemido, você tropeça com muita frequência... precisa aprender. Vou dizer uma coisa: você aprende com seus erros malucos, mas eu fico um pouco cansada algumas vezes, cansada de ver você enfiar o pescoço em todas as armadilhas, como ser um maldito orador ou andar suspirando por sua Orchid.

— Caramba, por Deus! Vim aqui tentando fazer as pazes! É muito bom que *você* nunca cometa erros! Mas uma pessoa perfeita dentro de casa já é suficiente!

Ele entrou no banheiro e bateu a porta. Silêncio. Apenas uma voz suave dizendo: "Mart... *Destemido*!". Martin a ignorou. O orgulho lhe dizia que deveria ser duro com ela. E então adormeceu. Na hora do café da manhã, percebendo-o envergonhado e impaciente, Leora se limitou a dizer:

— Não quero discutir isso.

Contra a vontade, eles foram na tarde de domingo ao piquenique de inverno de Pickerbaugh.

IV

O Dr. Pickerbaugh era proprietário de uma pequena cabana de madeira em um rarefeito bosque de carvalhos entre as colinas ao norte de Nautilus. Alguns dos convidados, cobertos com chapéu de palha e trajando roupas azuis de lã, deslizavam em um trenó cujos sinos despertavam emoção e faziam as crianças saltar para correr ao lado deles.

O médico da escola, um homem solteirão, desmanchou-se em atenções para Leora. Por duas vezes agasalhou-a, e isso, para a sociedade de Nautilus, era quase um compromisso. Com ciúmes, Martin se voltou aberta e integralmente para Orchid.

Ele se interessou por Orchid não porque desejasse dar uma lição a Leora, mas sim por causa da rósea doçura da garota. Ela estava usando uma jaqueta de *tweed*, com um gorro e um cachecol muito vistoso, e vestia o primeiro calção até os joelhos que uma garota ousava exibir em Nautilus. Orchid deu uns tapinhas no joelho de Martin e enquanto escorregavam atrás do trenó em um perigoso tobogã, a menina segurou com firmeza na cintura dele.

Ela dizia "Dr. Martin" e ele a chamava afetuosamente de "Orchid".

Na cabana falava-se em descarregar. Martin e Orchid levaram juntos o cesto de comida, e juntos desceram colina abaixo sobre esquis. Quando os esquis se enroscaram, rolaram sem rumo, e no momento em que Orchid se agarrou a Martin, sem temor nem embaraço, pareceu a ele que na aspereza do *tweed* a menina ficava ainda mais macia e maravilhosa – os olhos destemidos, as bochechas que brilhavam enquanto ela as esfregava para limpar a camada de neve molhada... as pernas ágeis de um garoto esbelto, os ombros adoráveis que pretendiam parecer um menino robusto...

"Sou um tolo sentimental! Leora estava certa!", falou ele rispidamente para si mesmo. "Pensei que você possuísse alguma originalidade! Pobre e pequena Orchid! Ela ficaria chocada se soubesse o sujeito vil que você é!"

Mas ao lado, a pobre Orchid tentava persuadi-lo:

— Venha, Dr. Martin. Vamos rolar aquela ribanceira. Nós somos os únicos que têm alguma coragem.

— Isso é porque nós somos os únicos jovens.

— É você que é jovem demais. Eu sou muito velha. Vivo o tempo todo perdida em devaneios, enquanto você se entrega às suas epidemias e coisas assim.

Martin percebeu que Leora descia deslizando através de uma encosta distante na companhia do diabólico médico da escola. Poderia ser uma demonstração de despeito ou, quem sabe, um momento de distração, o que levava a esposa a largá-lo sozinho com Orchid. De qualquer modo, Martin deixou de falar com a garota como se ela fosse uma criança e ele uma pessoa plena de sabedoria – permitiu-se conversar despreocupadamente. Os dois correram até o penhasco mais alto e precipitaram-se escorregando pela vertente – um mergulho glorioso encosta abaixo, no fim do qual eles se engalfinharam na neve.

Depois, retornaram juntos para a cabana, e lá descobriram que os outros haviam saído. Orchid tirou o agasalho molhado e alisou com as mãos a blusa macia. Eles encontraram uma garrafa térmica com café quente e Martin olhou para a menina como se fosse beijá-la. O semblante de Orchid parecia dizer que ela não oporia resistência. Enquanto arranjavam a comida, falaram sussurrantes em uma espécie de intimidade proporcionada pela cumplicidade, e ela lhe disse baixinho, deixando evidente que ficaria feliz em estar com ele para sempre:

— Agora se apresse, seu preguiçoso, e coloque essas canecas naquela mesa velha.

Os dois não disseram nada que pudesse ser comprometedor, não se deram as mãos e, enquanto voltavam para casa na escuridão salpicada pelos brilhantes flocos de neve que caíam, embora estivessem sentados ombro a ombro, ele não colocou os braços em volta dela, exceto quando o trenó fazia a curva nas esquinas acentuadas. Toda a agitação de Martin devia-se possivelmente aos exercícios do dia. Nada aconteceu e ninguém parecia inquieto. Ao se separarem, a despedida foi animada e encorajadora.

Leora não fez qualquer comentário, muito embora durante um ou dois dias tivesse permanecido envolta em uma atmosfera de frieza cujo significado Martin não procurou desvendar.

CAPÍTULO 21

A comunidade de Nautilus foi uma das primeiras do país a desenvolver o hábito das Semanas Temáticas (cada semana tinha um significado simbólico). Tal hábito se disseminou de tal maneira que passaram a existir semanas tais como: a Semana Escolar, a da Ciência Cristã, a da Osteopatia e a dos Pinheirais da Geórgia.

Afinal, uma Semana não é apenas uma semana.

Se alguma entidade determinada, alerta, dinâmica e empreendedora, como uma igreja, uma câmara de comércio ou uma instituição de caridade, deseja ser mais próspera (o que significa ganhar mais dinheiro), ela recorre a um dos poucos espíritos ardorosos que administram qualquer cidade e institui uma Semana. Os procedimentos envolvem um mês de reuniões dos comitês e a publicação de uma centena de colunas de enaltecimento à organização na imprensa pública. Eles são então encerrados com um ou dois dias de atividades, ao longo dos quais pessoas dotadas de espírito atlético bajulam plateias desinteressadas que acorrem a igrejas ou teatros, e as garotas mais bonitas da cidade recebem a agradável permissão para conversar com rapazes estranhos nas esquinas, com a desculpa de entregar a eles distintivos de aparência extremamente deplorável em troca de pequenas somas, que tais estranhos imaginam ter o dever de pagar para que sejam incluídos no rol dos cavalheiros distintos.

A única variação são as Semanas nas quais o objetivo não é a imediata captação de fundos pela venda de distintivos, mas sim a divulgação de propagandas de cunho geral que visam trazer um volume maior de dinheiro a longo prazo.

Nautilus já havia promovido a Semana do Espírito Empreendedor, durante a qual um grupo de homens loquazes, que haviam sido agentes literários no passado e agora eram chamados Engenheiros da Eficiência, rodaram pela cidade dando orientações a comerciantes sobre como tomar dinheiro uns dos outros com mais agilidade. Nessa semana, o Dr. Almus Pickerbaugh fez uma preleção durante um encontro de orações intitulado "O Espírito Empreendedor de São Paulo, o Primeiro Fomentador". A cidade havia também promovido a Semana da Recepção Calorosa, período em que todos os cidadãos deviam falar diariamente com pelo menos três desconhecidos, e, desse modo, no decorrer dos dias, caixeiros viajantes, idosos e enfurecidos, receberam tapinhas nas costas dados por anônimos cordiais e cheios de vitalidade. Houve também outras Semanas Temáticas como a Semana da Casa Velha, a de Escrever para a Mãe, a Nós Queremos sua Fábrica em Nautilus, a Coma mais Milho, a Vá à Igreja, a do Exército da Salvação e a Tenha seu Próprio Automóvel.

Talvez a mais atrativa de todas tenha sido a Semana ACM, cujo propósito foi arrecadar 8 mil dólares destinados a financiar a construção de uma nova sede para a instituição.

No edifício antigo foram colocados avisos luminosos, que eram substituídos todos os dias e anunciavam: "Associe-se aos Companheiros nesta Marcha", "Apoie a Causa dos Moços" e "Acuda Com uma Moeda". O Dr. Pickerbaugh fez dezenove palestras em três dias, nas quais comparou os jovens da ACM aos cruzados, aos apóstolos e aos participantes das expedições do Dr. Cook, o desbravador que, segundo ele, fora o descobridor do Polo Norte. Orchid vendeu 319 distintivos ACM, sendo sete deles para o mesmo homem, um sujeito que depois se dirigiu a ela com comentários inconvenientes. A garota foi socorrida por uma secretária da ACM e só conseguiu se acalmar depois que a moça ficou um bom tempo segurando-lhe a mão.

Nenhuma organização tinha condições de rivalizar com Almus Pickerbaugh na instituição de Semanas.

Ele começou em janeiro com a Semana Bebês mais Saudáveis, um evento muito bem-sucedido. Contudo, foi tal o ardor daquelas que a seguiram, como a Semana do Fim da Bebida Alcoólica, a dos Dentes Fortes e a do Cuspir Nunca Mais, que as pessoas carentes do mesmo entusiasmo começaram a resmungar "Minha saúde está sendo arruinada por toda essa lamúria sobre saúde".

Durante a Semana da Limpeza, Pickerbaugh compôs e espalhou pela redondeza um novo poema:

> Germes chegam furtivamente
> E arruínam a saúde.
> Então ouça, meu amigo,
> Para golpear o inimigo,
> Basta chamar um indivíduo
> Que limpará o seu jardim.

A semana Acerte na Mosca, além da satisfação de entregar prêmios às crianças que conseguissem matar o maior número de moscas, proporcionou a ele a inspiração para compor mais alguns versos. Os cartazes proclamavam o seguinte:

> Venda seu martelo e compre uma buzina,
> Mas conserve o velho matador de moscas.
> Se você não quer doença em casa
> Então mate todas as moscas que encontrar!

Por acaso, a Ordem Fraternal das Águias estava promovendo uma convenção em Burlington naquela semana. Pickerbaugh aproveitou a oportunidade e enviou a eles um telegrama, no qual dizia:

> Mencionem o extermínio das moscas
> Na convenção das boas e velhas Águias.

Esses versos foram citados em 96 jornais diferentes, incluindo um do Alaska. Brandindo o recorte, Pickerbaugh explicou para Martin: "Agora você vê como um indivíduo pode divulgar a verdade, se souber fazer as coisas bem feitas?".

A semana intitulada Três Charutos por Dia, que Pickerbaugh lançou no meio do verão, não alcançou o sucesso esperado. Em parte, o malogro decorreu do fato de um humorista imprudente, que escrevia em um jornal local, ter questionado se o Dr. Pickerbaugh esperava mesmo que todas as criancinhas de colo fumassem três charutos por dia e, em parte, da reação dos fabricantes de charutos, que investiram contra o Departamento da Saúde com veementes observações sobre o senso comum. Também não foi totalmente satisfatória a Semana Tranque o Gato e Cuide do Cachorro.

Com todas essas Semanas, Pickerbaugh ainda tinha tempo para presidir o Programa Comitê da Convenção Estadual dos Oficiais e Organismos da Saúde.

Foi ele quem redigiu a circular enviada a todos os membros:

Irmãos e irmãs:
Vocês virão à Festa da Saúde? Será o mais animado evento que este velho planeta já viu. E será prático. Nós trataremos de todas essas esplendorosas generalidades e ouviremos o que têm a nos dizer homens sempre tão dispostos a falar, que, desse modo, na volta para casa poderemos levar conosco uma ideia ou duas.

Luther Botts, o famoso líder da comunidade de cantantes estará lá para imprimir Vitalidade e Vigor ao programa. O mestre, doutor e outras coisas mais, John F. Zeisser (reparta seu cabelo, Jack, para parecer mais belo, e as senhoras o adorarão) fará um par de comentários importantes. (Mexa-se, minha gente, a festa vai ser de arrebentar!) De tempos em tempos, se os freios aguentarem, nós nos movimentaremos (ou talvez, no infinitivo, vamos nos movimentar) daqui para lá e arrebatar um almoço com uma feroz faca de açougueiro.

Isso lhes parece um belo espetáculo? Sem dúvida sim! Agora é a sua vez, barbeiro. Vamos divulgar aqueles cartazes dizendo que você está chegando.

A carta divertiu a população e despertou muito entusiasmo. O Dr. Feesons, de Clinton, escreveu para Pickerbaugh, dizendo:

Imagino que foi em grande parte devido à sua pungente carta de convocação que nós conseguimos tal participação e, modéstia à parte, eu penso que podemos considerá-la a melhor convenção que este mundo já viu. Não pude deixar de rir de uma galinha velha, de Boston ou algum outro lugar, que saiu espalhando por aí que sua carta era "indecorosa"! Você consegue acreditar nisso? Creio que as pessoas são críticas demais e carecem de humor e, portanto, devem ser tratadas com o merecido desprezo. Malditos idiotas!

II

Martin ficou bastante animado durante a Semana Bebês mais Saudáveis. Leora e ele pesaram e examinaram diversos bebês, prescreveram dietas e, em cada uma dessas criancinhas, viam o filho que nunca poderiam ter. Mas quando chegou a Semana Vamos ter Mais Bebês, Martin mostrou-se mais questionador. Ele dizia acreditar no controle da natalidade e Pickerbaugh respondeu com citações teológicas e violência, justificando a opinião com o exemplo de suas oito beldades.

Também a Semana do Combate à Tuberculose não chegou a convencer Martin. Ele gostava de deixar as janelas abertas durante a noite e era avesso a homens que cuspiam secreções do tabaco nas calçadas, mas ficava irritado com as certamente atraentes e possivelmente saudáveis reformas que eram propostas com um frenesi sagrado e pautadas por estatísticas espúrias.

Pickerbaugh encarava como crítica à honestidade de suas cruzadas de combate às cuspidelas e ao ar viciado, toda forma de questionamento contra seus eloquentes números sobre a tuberculose ou qualquer insinuação de que a causa do declínio da doença pudesse ser o crescimento natural da imunidade e não a realização de tais empreitadas. Ele possuía uma susceptibilidade pessoal característica da maioria dos propagandistas e acreditava que sua sinceridade era justificativa suficiente para que as opiniões que defendia fossem consideradas corretas. Quem quer que exigisse dele maior precisão em suas declarações ou citasse o ditado de Raymond Pearl "Em se tratando de fatos científicos e objetivos, muito pouco é sabido sobre a causa do declínio da mortalidade pela tuberculose", era tido como um canalha que, na verdade, gostava de sujar as calçadas.

Martin se colocava de tal modo hostil às premissas de Pickerbaugh, que se tornou um sujeito antissocial. Ele ficava exultante em descobrir que, embora o índice de mortes por tuberculose tivesse sofrido acentuada queda no período durante o qual o doutor administrou Nautilus, ele também se reduziu na maioria dos vilarejos do distrito, locais onde não houve discursos contra cuspir nas calçadas ou campanhas do tipo Abra suas Janelas.

Para Martin, era alentador o fato de Pickerbaugh não esperar que ele tivesse um papel muito atuante nas campanhas públicas, mas sim que o substituísse no escritório por ocasião dessas iniciativas. Elas despertavam no jovem doutor pensamentos furiosos e confusos, que sempre o torturavam.

Toda vez que ele deixava transparecer alguma crítica, Pickerbaugh respondia:

— Qual é o problema se as minhas estatísticas não estiverem sempre corretas? Qual é o problema se minhas propagandas e minhas ações para levar divertimento ao público soam como vulgares para alguns indivíduos? Tudo isso faz bem. Tudo isso está do lado certo. Independentemente dos métodos empregados, se nós pudermos levar as pessoas a respirar mais ar fresco, a limpar os jardins e tomar menos álcool, terá valido a pena.

Para sua surpresa, Martin pensou consigo mesmo: "Isso realmente faz alguma diferença? Que importância tem a verdade clara, fria e hostil, a verdade de Max Gottlieb? Todo mundo diz: 'Você não deve falsear a verdade'. E todos ficam furiosos se você dá a entender que eles a estão falseando. Será que alguma outra coisa interessa além de amar, dormir, comer e ser bajulado?

"Creio que a verdade é importante para mim, mas nesse caso, não será a defesa da precisão científica simplesmente um passatempo meu, como é o jogo de golfe para outros homens? De qualquer modo, vou me manter ao lado de Pickerbaugh".

As atitudes de Irving Watters e de outros médicos que atacavam Pickerbaugh por medo de que suas ações fossem bem-sucedidas e eles viessem a ver seus ganhos reduzidos, impeliam Martin na direção da defesa de seu chefe. Mas o tempo todo o jovem médico se incomodava com as estatísticas sem controle.

Martin calculava que, de acordo com os números de Pickerbaugh sobre dentes estragados, falta de cuidado, tuberculose e outras sete doenças, todas as pessoas da cidade tinham 180 por cento de chance de morrer antes de atingir os dezesseis anos, mas ele era obrigado a concordar quando Pickerbaugh declarava: "Você percebe que 29 pessoas morreram no condado de Pickens, no Mississipi, só no último ano, e que todas elas poderiam ter sido salvas... sim, *salvas*... por um banho frio todos os dias?".

O doutor tinha o terrível hábito de recomendar banho frio, mesmo no inverno, muito embora ele devesse saber que, em um período de 22 anos, só em Milwaukee, dezenove homens com idade entre dezessete e 42 anos haviam morrido em consequência de banho frio.

Para Pickerbaugh, a existência de "variáveis" não tinha qualquer significado, uma palavra que Martin agora empregava de modo tão irritante quanto antes usara o termo "controle". O doutor não conseguia admitir a ideia de que temperatura, hereditariedade, profissão, solo, imunidade natural ou qualquer outra coisa, exceto as campanhas do departamento de saúde em defesa de mais limpeza e moralidade, pudessem ser fatores determinantes da saúde de uma pessoa.

Ele bradava aos quatro cantos: "Variáveis! Deixe isso para lá! Ora, todo homem esclarecido do serviço público *conhece* muito bem as causas das doenças – o que importa agora é agir contra elas".

Quando Martin procurava mostrar que eles certamente sabiam muito pouco acerca da vantagem do ar fresco em relação ao ar viciado nas escolas, bem como acerca dos perigos representados pela falta de higiene nas ruas, do real perigo do álcool, do valor das máscaras faciais na prevenção das epidemias de gripe e sobre a maioria das coisas que costumavam apregoar em suas campanhas, Pickerbaugh se limitava a ficar zangado. Nessas oportunidades, Martin dava asas ao desejo de renunciar, procurava Irving Watters mais uma vez e acabava retornando para o lado de Pickerbaugh com zelo renovado. Ele se sentia assim tão agitado e miserável como um jovem revolucionário que descobre a presunção de seus líderes.

Ele começou a questionar o que Pickerbaugh denominava "o valor prático demonstrado" de suas campanhas, tanto quanto a exatidão da biologia de seu chefe. Ele observou como, em sua grande maioria, os jornalistas se sentiam entediados por serem impelidos a divulgar uma nova salvação do mundo a cada quinze dias, e também como os homens nas ruas se mostravam enfastiados quando eram abordados pela 19ª garota bonita, em um período de vinte dias, exigindo que comprassem um distintivo para colaborar com uma associação da qual nunca tinham ouvido falar.

Mais desalentadora ainda, no entanto, era a nojenta busca da riqueza, que ele observava na mais ardente eloquência de Pickerbaugh.

Quando Martin sugeria que todo o leite deveria ser pasteurizado, que certos cortiços, sabidamente focos da tuberculose, deveriam ser queimados em vez de apenas fumigados de maneira absolutamente inútil, quando ele dava a entender que essas ações poderiam salvar muito mais vidas do que milhares de sermões e dez anos de paradas com garotinhas carregando faixas e se encharcando de chuva, Pickerbaugh se mostrava preocupado e dizia: "Não, não, Martin, não imagine que poderíamos fazer isso. Encontraríamos muita oposição por parte dos negociantes de leite e dos proprietários. Não conseguiremos nada nesse trabalho, a menos que tomemos cuidado para não molestar as pessoas".

Quando Pickerbaugh se dirigia às pessoas em uma igreja ou no círculo familiar, falava do "valor da saúde para a alegria da vida", mas quando o ambiente era o de um almoço de negócios, ele mudava o bordão para "o valor, que se traduz em bons dólares e centavos, de se ter trabalhadores saudáveis e sóbrios, portanto, capazes de produzir mais com o mesmo salário". Nas associações de pais, o doutor falava sobre "a economia nas contas médicas ao se tratar as crianças antes que os desajustes cheguem longe demais". Para os médicos, por outro lado, ele dava garantias de que os movimentos pela saúde pública iriam apenas desenvolver na população o hábito de visitar o consultório mais regularmente.

Quando conversava com Martin, Pickerbaugh discorria sobre aqueles que dizia serem seus mestres: Pasteur, George Washington, Victor Vaughan e Edison. Já ao solicitar de uma plateia formada pelos homens de negócio de Nautilus (no Rotary Club, na Câmara de Comércio e na associação dos atacadistas) a aprovação de mais fundos para seu departamento, ele os elevava à condição de mestres e senhores de toda a terra, e esses homens gorduchos, atrás de seus charutos, aceitavam o reinado a eles concedido.

Gradativamente, Martin ampliou seu campo de análise para além de Almus Pickerbaugh, e passou a escrutinar outros líderes, como comandantes de exércitos, imperadores, chefes da igreja e de universidades, e percebeu que, em sua maioria, eram também Pickerbaughs. Ele apregoou a si mesmo, como Max Gottlieb havia certa vez apregoado, a lealdade da discordância, a crença na dúvida, o evangelho de não propagar evangelhos, a sabedoria de admitir a provável ignorância em relação a si mesmo e a qualquer outra pessoa e o avanço expressivo de um movimento que avança muito devagar.

III

Uma centena de interrupções afastava Martin de seu laboratório. Ele era chamado à recepção do departamento para explicar a cidadãos enraivecidos por que a garagem ao lado da deles cheirava a gasolina. Em seguida, retornava ao seu cubículo para ditar cartas dirigidas a diretores de escola, tratando da questão dos consultórios dentários. Viajava de carro até Swede Hollow para verificar que tipo de atenção o inspetor de laticínios dedicava aos matadouros. Colocava em quarentena famílias residentes em favelas e, depois de tudo, refugiava-se no laboratório.

O espaço era adequado e possuía boa iluminação e um bom sortimento de material. O tempo de Martin era consumido com as culturas, os testes sanguíneos e os testes de Wassermanns solicitados pelos médicos particulares da cidade, mas o trabalho de certa forma lhe proporcionava algum sossego e, de quando em quando, ele podia se dedicar aos testes de precipitação que iriam no futuro substituir os de Wassermanns e torná-lo famoso.

Aparentemente, Pickerbaugh acreditava que essa pesquisa seria concluída em seis semanas. Já Martin, esperava poder terminá-la em dois anos. No entanto, com as constantes interrupções poderia vir a consumir dois séculos e, até lá, os Pickerbaughs da ciência teriam erradicado a sífilis e tornado o teste inútil.

Além das tarefas, Martin tinha que reservar um tempo para se dedicar ao entretenimento de Leora na incógnita cidade de Nautilus.

— Você consegue se manter ocupada o dia todo? — perguntava ele, em tom de incentivo — Há algum lugar onde você gostaria de ir esta noite?

Leora olhava para Martin com ar de suspeita, pois conseguia se divertir facilmente consigo mesma, assim como um gatinho, e ele nunca antes se preocupara com o divertimento dela.

IV

As filhas de Pickerbaugh entravam a toda hora no laboratório de Martin. As gêmeas quebravam tubos de ensaio e montavam cabaninhas de boneca com os papéis de filtro. Orchid fazia as inscrições nos cartazes especiais para as Semanas promovidas pelo pai e, segundo ela, o laboratório era o local mais tranquilo para se trabalhar. Sentado junto à sua bancada, o jovem doutor não conseguia deixar de se perturbar com a presença dela, cantarolando baixinho no canto da sala. Eles conversavam bastante e ele escutava com insensato entusiasmo opiniões que, fossem emitidas por Leora, certamente teriam sido agraciadas com a observação: "Esse maldito comentário é absolutamente idiota!".

Martin segurava contra a luz um tubo contendo sangue hemolisado e dividia sua atenção entre o líquido límpido, da cor do vinho tinto, e os tornozelos de Orchid, quando ela se inclinava sobre a mesa, absurdamente paciente, com o pincel na mão e as pernas cruzadas em um laço fantástico.

Sem pesar as consequências, Martin disse à garota:

— Diga-me uma coisa, querida. Imagine que você... imagine que uma criança como você se apaixonasse por um homem casado. O que você acha que ela deveria fazer? Tratá-lo bem ou se esquivar?

— Ah... esquivar-se dele! Não importa quanto ela pudesse sofrer. Mesmo que gostasse muito dele... muito mesmo. Porque, ainda que gostasse dele, não poderia machucar sua esposa.

— Mas suponha que a esposa não soubesse ou quem sabe não se importasse — ele havia deixado de lado o pretenso trabalho e estava em pé diante dela, com as mãos nos quadris e os olhos negros reclamando uma resposta.

— Bem... se ela não soubesse... mas não é assim. Eu acredito que os casamentos são verdadeiramente feitos no Céu, você não acha? Algum dia o príncipe encantado vai chegar... o amante perfeito... — ela era tão jovem, tinhas os lábios tão imaturos, tão doces! — ...certamente eu quero me guardar para ele. Eu destruiria tudo se fizesse brincadeira com o amor antes de meu herói chegar.

Contrariando as palavras, o sorriso dela, era uma carícia.

Martin se viu junto de Orchid, deixados à própria sorte em um campo deserto, e imaginou que ela se esquecera completamente de suas propaladas qualidades morais. A transformação que o dominou foi tão definitiva quanto uma conversão religiosa ou a chegada do insano delírio da guerra. Foi a transformação de uma envergonhada relutância em ser infiel à esposa para a determinação de obter tudo o que conseguisse. Ele começou a se ressentir das exigências de Leora, ela que sempre tivera seu mais profundo amor e agora queria ser também o alvo de todos os seus devaneios. E de fato reclamava essa prerrogativa. Ela raramente falava sobre Orchid, mas conseguia saber quando Martin passara a tarde com a menina (ou, pelo menos, assim imaginava ele). A maneira silenciosa com que examinava o marido fazia-o se sentir um criminoso. Ele, que nunca antes fora melífluo, agora mostrava-se profuso e caloroso ao lhe falar:

— Ficou em casa o dia todo? Podemos então dar uma saída depois do jantar e pegar um cinema. Ou, quem sabe, visitar alguém! Faço o que você quiser.

Martin percebeu o tom de bajulação da própria voz e odiou a si mesmo, pois sabia que Leora não costumava se deixar persuadir por lisonjas. Todas as vezes que mergulhava em meditações acerca da superioridade de suas verdades sobre as de Pickerbaugh, resmungava: "Que belo espécime é você, para opinar sobre verdades, seu mentiroso!".

Na realidade, ele se via assaltado por uma ansiedade muito grande. Esse era o alto preço que tinha que pagar por desejar os lábios de Orchid, mas nem por isso deixava de desejá-los.

No início do verão, dois meses antes da eclosão da Grande Guerra na Europa, Leora foi passar quinze dias com a família em Wheatsylvania. Na ocasião, ela falou:

— Destemido, não vou lhe fazer qualquer pergunta quando eu voltar, mas espero que você não esteja com o aspecto tão estúpido de ultimamente. Acho que essa florzinha, essa erva daninha, essa sua garota idiota não merece que nós dois briguemos. Sabe, Destemido... quero mesmo que você seja feliz, mas, a menos que eu morra um dia desses, não vou ser descartada como um boné velho. Estou avisando, ouviu? Agora, sobre as refeições. Deixei um pedido de quatro quilos por semana, e se você quiser fazer seu próprio jantar algumas vezes...

Depois que ela partiu, nada aconteceu de imediato, embora muita coisa estivesse sempre prestes a acontecer. Orchid tinha a curiosidade de uma mocinha quanto às coisas que um homem podia fazer, mas se satisfazia com pequeninas emoções.

Naquela manhã de junho, Martin jurou a si mesmo que a garota não passava de uma tolinha, um simples flerte, e que ele não tinha "a menor intenção de se aproximar". Não! À noite, iria telefonar para Irving Watters, ou ler, ou talvez dar uma caminhada com o dentista da clínica da escola.

Às 20h30, contudo, estava ele andando indolentemente na direção da casa da garota.

Se os velhos Pickerbaughs estivessem lá... Martin podia se imaginar dizendo: "Pensei em vir até aqui, doutor, para perguntar o que o senhor acha de...". Deixe disso! Achar o quê? Pickerbaugh nunca acha coisa alguma.

Ele viu Orchid nos degraus da escada da frente. Um rapaz de uns vinte anos (um tal de Charley, um escriturário) estava inclinado na direção dela.

— Olá! O seu pai está em casa? — perguntou Martin, com um ar de indiferença que o fez se orgulhar de si mesmo.

— Sinto muito, ele e mamãe não estarão de volta antes das 23 horas. Você não quer se sentar e tomar um pouco de ar fresco?

— Bem... — Martin se sentou, com determinação, e tentou entabular uma conversa sobre temas jovens, enquanto Charley se expressava, de acordo com a própria opinião, de modo compatível com a idade do maduro Dr. Arrowsmith e Orchid manifestava seu interesse articulando uns ruídos indistintos, uma arte na qual ela era mestre.

— Tem assistido a muitos jogos de beisebol? — perguntou Martin.

— Sim, todos que eu posso — respondeu Charley, que emendou —, como estão as coisas na Prefeitura? Cuidando de uma montanha de casos de varíola e todas essas doenças engraçadas?

— Ah, sim, muito ocupado — resmungou o velho Dr. Arrowsmith.

Ele não conseguia pensar em nada mais, pois, ao seu lado, Charley e Orchid conversavam sobre coisas das quais ele estava excluído, e seus risinhos enigmáticos faziam-no se sentir um século mais velho. Eram referências a Mamie e Earl, seguidas de um agressivo: "Isso mesmo... mas se você algum dia me vir dançando com ela, avise-me, está bem?". Em outro canto, Verbena Pickerbaugh se dirigia em voz alta a pessoas incógnitas, dizendo: "Agora você para!".

— Inferno! Não dá para aguentar isso! Vou embora para casa — murmurejou Martin. Mas no mesmo instante Charley gritou:

— Tudo bem, deixa disso. Vou dar uma volta sozinho.

Ele foi deixado ali junto com Orchid em meio a uma paz e um silêncio muito embaraçosos.

— É muito bom estar com alguém que tem capacidade pensante e não fica só querendo flertar, como o Charley — reclamou Orchid.

E Martin pensou: "Magnífico! Ela vai se comportar como uma boa garota. E eu já recobrei meu juízo. Vamos apenas conversar um pouco e eu irei para casa".

Orchid, que parecia ter chegado mais perto, sussurrou para ele:

— Eu estava me sentindo tão sozinha na companhia daquele garoto horrível que só fala gírias, até que escutei seus passos na calçada. No momento em que ouvi, eu sabia que era você.

Ele acariciou as mãos da garota. Quando as carícias estavam se tornando mais ardentes do que se poderia esperar de um assistente e amigo de seu pai, ela retirou a mão, cruzou-as sobre os joelhos e começou a falar.

Foi sempre assim, nas noites em que ele fugiu para o alpendre e a encontrou sozinha. Orchid era dez vezes mais imprevisível do que a maioria das mulheres complicadas e Martin, sem sequer desfrutar de nenhuma das alegrias de ser culpado, conseguia se sentir culpado em relação a Leora.

Enquanto Orchid falava, ele tentava descobrir até que ponto chegava a inteligência dela. Aparentemente, não era suficiente para lhe permitir frequentar uma pequena faculdade confessional do centro-oeste. No próximo outono, Verbena iria para a faculdade, mas Orchid, segundo ela mesma explicara, achava que deveria "permanecer em casa e ajudar mamãe a tomar conta das irmãzinhas".

Martin então pensou: "Isso significa que ela não tem capacidade nem mesmo para passar nos exames admissionais de Mugford!". Sua opinião, porém, ganhou repentinamente dimensões mais generosas. Foi no momento em que a menina falou com voz chorosa:

— Pobre de mim, provavelmente vou ficar para sempre em Nautilus, enquanto você... oh! Com todo o seu conhecimento e sua tremenda força de vontade, sei que vai conquistar o mundo!

— Besteira! Nunca conquistarei mundo algum, mas espero conseguir conceber algumas boas medidas de promoção da saúde. É verdade, Orchid querida, que você acha mesmo que eu tenho muita força de vontade?

A lua cheia ganhava vulto atrás das árvores e o insípido território de Pickerbaugh ficou enfeitiçado. A grama emaranhada tornou-se um jardim de rosas e a videira, o trono de Diana. A velha rede de dormir transformou-se em um tecido com franjas de prata e o mal-humorado pulverizador da relva em um chafariz. O mundo todo adquiriu o encanto do amor enfeitiçado pela lua. A pequena cidade, tão barulhenta e agitada durante o dia, como um bando de crianças, estava silenciosa e esquecida. Foram raras as oportunidades em que Martin se sentira inspirado a ponto de perceber a magia de uma hora perfeita, tão absorto vivia ele em irascíveis ponderações. Mas naquele momento, foi tomado prisioneiro de um incontrolável arrebatamento.

Ele segurou a mão imóvel de Orchid... e se sentiu sozinho sem Leora.

O beligerante Martin que havia conquistado Leora não pensara em romance naquela oportunidade, porque, a seu modo desajeitado, fora romântico. O Martin que, a exemplo de um guerreiro que regressa, seguira um perfume, capitulava e cobiçava uma garota sob a luz do luar, encarou de repente cheio de desejo aquele arroubo de fantasia e não foi de modo algum romântico.

O rapaz sentiu o dever de fazer amor, e puxou Orchid para junto de si. No entanto, quando ela falou entre suspiros "Não, por favor... não", faltou-lhe certa dose de crueldade ou convicção para ir em frente e, então, ele pensou novamente na lua. Ao mesmo tempo, porém, veio-lhe à cabeça a lembrança de que deveria estar no consultório na manhã seguinte, e conjecturou se conseguiria desapercebidamente espiar no relógio que horas eram. Conseguiu. Em seguida, curvou-se para dar na menina um beijo de boa-noite, o que, por algum motivo, fez de maneira muito sutil, e quando deu por si já estava a caminho de casa.

À medida que caminhava, Martin foi implacável consigo mesmo, sentindo-se convencido de que nunca em toda a vida, não obstante qualquer atitude impensada, poderia ter-se imaginado na condição de um larápio de amor, um espreitador rastejante que sequer se deu bem em sua atitude sorrateira, um sujeito menos afortunado do que qualquer escriturário que na calada da noite se vangloria com as virgens debaixo das aceráceas. Ele disse para si que Orchid era uma jovem tola, uma garota que vivia suspirando e falava arrastando os *emes* e os *ós*. No entanto, quando chegou em seu apartamento solitário, ansiou pela presença dela, pensou em maneiras miraculosas e absolutamente delirantes de atraí-la para lá naquela noite e foi para a cama clamando por ela: "Oh, Orchid...".

Talvez Martin tenha dado atenção demais ao luar e à mansidão dos dias de verão, pois muito subitamente, quando Orchid entrou certo dia no laboratório com seu jeito irrequieto e se empoleirou na bancada, deixando um pedaço das meias à mostra, ele se aproximou furtivamente, segurou-lhe os pulsos com toda firmeza e beijou-a como ela merecia ser beijada.

No mesmo instante, a sensação de poder foi substituída pelo medo, e ele a olhou com o semblante lívido. Ela encarou-o de frente, chocada, com os olhos arregalados e os lábios trêmulos.

— Oh! — foi a expressão que lhe saiu do fundo da alma.

Então, deixando transparecer intenso interesse e certa dose de satisfação, a garota falou:

— Oh, Martin! Meu querido... você acha que devia ter feito isso?

Ele a beijou novamente e ela se rendeu. Por um momento, todo o universo ao redor dos dois (laboratórios, pais, esposas e tradições) deu lugar à intensidade daquela união.

De repente, ela balbuciou:

— Eu sei que para muitas pessoas que vivem presas a convenções o que fizemos é errado, e talvez eu mesma tenha pensado assim em outros tempos, mas... estou muito, muito feliz de ser liberal! Sem dúvida, eu não deveria magoar a querida Leora ou fazer qualquer coisa *realmente* errada aos olhos do mundo, mas não é maravilhoso o fato de, com tantos burgueses por aí, nós podermos nos erguer acima deles e compreender o chamado que a resistência faz à resistência e... Mas agora eu preciso ir à reunião da ACM, pois há uma advogada de Nova York que vai nos falar a respeito da Carreira da Mulher Moderna.

Depois que Orchid saiu, Martin se viu como um amante exitoso e pensou "Eu a ganhei. Provavelmente nunca antes uma demonstração de triunfo foi tão hesitante e mal representada".

Naquela noite, quando jogava cartas na companhia de Irving Watters, do dentista da clínica da escola e de um jovem doutor da clínica da cidade, a campainha do telefone soou e uma voz excitada e açucarada lhe disse:

— Aqui é a Orchid. Você ficou feliz de eu ter ligado?

— Ah, sim... sim. Muito feliz! — Martin tentou parecer a um só tempo carinhosamente exultante, mas suficientemente impessoal para poder despistar os três doutores sorridentes que já estavam sem paletó e haviam bebido cerveja em excesso.

— Você vai fazer alguma coisa esta noite, Martin?

— Hum... tenho um grupo de amigos aqui para um joguinho de cartas.

— Ah! — a palavra foi dita em um lancinante tom de queixume — Ah, então você... fui uma tolinha de ligar, mas acontece que papai saiu e Verbena e os outros também estão fora... e a noite está tão agradável, que eu pensei... você acha que sou uma criancinha ridícula?

— Não... claro que não!

— Que bom que você vê assim. Eu abominaria se imaginasse que você me considera uma boboca por ter ligado. Você não acha isso, não é?

— Não... sem dúvida não. Olhe... preciso...

— Eu sei. Não queria atrapalhar, mas só que você dissesse se me considera uma tola por ter...

— Não! Honestamente! Não mesmo!

Três agitados minutos mais tarde, deploravelmente consciente dos risinhos masculinos atrás de si, ele saiu. Os jogadores de pôquer disseram todas as coisas que em Nautilus se podia dizer: "Oh, pequeno Don Juan!", "Pode apostar.... a esposa dele está fora por uma semana!", "Quem é ela, doutor? Vamos lá, seu unha-de-fome. Traga a moça aqui!" e "Ora, eu sei de quem se trata. É a pequena modista da Avenida Prairie".

No dia seguinte, na hora do almoço, ela ligou de uma farmácia para contar que ficara acordada a noite toda, e depois de uns minutos de hesitação declarou que eles deveriam sempre repetir aquilo, e pediu que ele a encontrasse na esquina da Rua Crimnis com a Avenida Missouri às vinte horas, para que pudessem conversar sobre o assunto.

Na parte da tarde, ela telefonou, alterando o encontro para as 20h30.

Às dezessete horas, ligou novamente, para lembrá-lo...

Naquele dia, o trabalho de Martin no laboratório limitou-se ao transplante de culturas. Por um lado, era um ser humano confuso demais para que conseguisse se sair bem como cientista, e por outro, pensava de maneira excessivamente fria para que se enquadrasse na categoria de macho pecador. E, nesse estado de espírito ele permaneceu o tempo todo, ansiando pelo seguro conforto da presença de Leora e pensando:

"Posso ir até onde eu quiser hoje à noite.

"Mas ela é uma desmiolada caçadora de homens.

"Que seja! Estou cansado de ser um filósofo que não serve para nada.

"Será que esses amantes afortunados que os romances e as poesias retratam se sentem tão deprimidos quanto eu?

"*Não vou* chegar à meia idade como um sujeito monogâmico e moralista! Isso é contra minha religião. Quero ser livre...

"Inferno! Essas almas livres que precisam ser escravas da liberdade são tão desagradáveis quanto seus papais sistemáticos. Sou natural, perfeita e suficientemente imoral para poder me dar ao luxo de ser moralista. Quero manter meu cérebro desimpedido para o trabalho, sem ser perturbado por minhas dóceis andanças por aí com o objetivo de beijar todas as garotas que eu puder.

"A Orchid é fácil demais. Abomino essa história de desistir de ser um pecador feliz, mas não vou estragar minha vida que era tão decente, dedicada apenas a Leora e ao meu trabalho. Deus ajuda qualquer homem que estima seu trabalho e sua esposa! Ele é assim forjado desde o início."

Às 20h30 Martin encontrou-se com Orchid e foi descortês e grosseiro. Ele se sentia igualmente enojado do galante Martin de dois dias atrás e do prosaico e cauteloso Martin dessa noite. No final, acabou voltando para casa desoladamente contemplativo, e passou a noite toda ansiando pela companhia de Orchid.

Uma semana depois, Leora retornou de Wheatsylvania.

Martin foi esperá-la na estação.

— Está tudo bem. — disse ele — Sinto-me com 107 anos de idade. Sou um jovem respeitável e virtuoso, e só Deus sabe como eu odiaria tudo isso, se não houvesse meu teste de precipitação e você... caramba, você sempre perde o tíquete da bagagem? Imagino que sou um mau exemplo para os outros, por desistir tão facilmente. Não, não, minha querida... você não vê que esta é a passagem que o condutor lhe deu?

CAPÍTULO 22

Naquele verão, Pickerbaugh pavimentara com gritos e apertos de mão o caminho que lhe permitiria realizar um breve passeio no estilo Chautauqua por Iowa, Nebraska e Kansas. Martin compreendeu que, embora ele parecesse um trapalhão desafortunadamente articulado e generoso em comparação a Gustaf Sondelius, estava também talhado a ser dez vezes mais conhecido nos Estados Unidos do que Sondelius jamais conseguiria ser, e mil vezes mais famoso do que Max Gottlieb.

Ele mantinha correspondência com muitos homens importantes, de aspecto niquelado e cujos retratos e sonoros aforismos apareciam nas revistas: eram homens da propaganda, que escreviam livros sobre disposição e otimismo; o editor da revista, que dizia aos funcionários como se tornar um Goethe ou um Stonewall Jackson, fazendo apenas cursos por correspondência e jamais chegando perto da cerveja destruidora da humanidade; e o sábio dos milharais que era ao mesmo tempo uma autoridade em finanças, paz, biologia, edição de textos, etnologia peruana, bem como no ofício de recompensar a boa oratória. Esses soberanos da intelectualidade reconheciam Pickerbaugh como um dos seus e lhe escreviam cartas brilhantes, em cujas respostas ele assinava "Pick" em tinta vermelha.

A revista *Onward March*, especializada em biografias de Homens Que Fizeram o Bem, havia publicado uma breve história da vida de Pickerbaugh, entre outras, cujos protagonistas eram o pastor que construiu com latas de estanho sua bela igreja neogótica, a dama que em sete anos impediu que 2.698 jovens operárias levassem uma vida de vergonha e o sapateiro de Oregon que aprendeu sozinho a ler sânscrito, finlandês e esperanto.

O cronista entoava: "Conheçam o velho Dr. Almus Pickerbaugh, o homem forte e viril que Chum Frink aclamou como 'o poeta-doutor que não teme a luta', o cientista que enaltece suas extraordinárias descobertas, mas que, na qualidade de antigo superintendente da escola dominical, censura os ateus chamados cientistas, aqueles que estão ameaçando os fundamentos de nossa religião e de nossas liberdades com sua arrogante zombaria em relação a tudo o que é nobre e aprimorado".

No momento em que Martin lia esse artigo e tentava compreender como ele fora publicado em uma renomada revista de Nova York, cuja tiragem chegava aos milhares de exemplares, Pickerbaugh o chamou.

— Mart — disse ele —, você se sente competente para administrar este departamento?

— Hein...?

— Você acha que consegue, sozinho, se opor aos interesses e manter uma cidade limpa?

— Como...?

— Porque parece que eu vou ser o próximo congressista representante deste distrito em Washington!

— É mesmo?

— Tudo indica que sim. Olhe, rapaz, vou levar para toda a nação a mensagem que tenho disseminado aqui em casa!

— Parabéns — foi o que Martin conseguiu dizer. Ele estava tão perplexo que até pareceu entusiasmado. Ainda lhe restava um pouco daquela convicção dos tempos de garoto, de que congressistas eram sujeitos inteligentes e importantes.

— Saí agora de uma reunião com alguns dos mais eminentes republicanos do distrito. Foi uma grande surpresa para mim. Ra, ra, ra, ra! Talvez eles me escolham, pois não têm outra pessoa para concorrer este ano. Ra, ra, ra, ra!

Martin também riu e a fisionomia de Pickerbaugh deu a entender que aquela não era a resposta esperada. Mas ele logo se refez e celebrou:

— Eu disse a eles: "Cavalheiros, preciso adverti-los de que não estou certo de possuir a rara qualificação necessária para um homem a quem será concedido o extraordinário privilégio de estabelecer em Washington as regras que irão orientar os passos de milhões de pessoas desta grande nação. No entanto, cavalheiros", continuei eu, "o impulso que me leva a considerar, com toda modéstia, essa inesperada e provavelmente imerecida honra é o fato de me parecer que, na verdade, o Congresso necessita de cientistas inovadores e capazes de planejar, bem como de homens de negócios genuinamente treinados para colocar em prática as melhorias demandadas por nossa comunidade e persuadir os garotos lá em Washington da premente e gritante necessidade de um secretário da Saúde que possa controlar por completo..."

E o fato é que, independentemente da opinião de Martin, os republicanos elegeram Pickerbaugh para o Congresso.

II

Enquanto o nobre doutor fazia campanha, Martin assumiu a direção do departamento e viu-se, logo no início de seu reinado, acusado de ser tirano e radical.

Não havia em Iowa uma leiteria mais eficiente e higiênica do que a do velho Klopchuk, situada nas cercanias de Nautilus. Ela era toda revestida de ladrilhos e contava com excelente sistema de drenagem e iluminação. As máquinas de ordenha eram perfeitas, as garrafas esterilizadas, e Klopchuk não opunha objeções à fiscalização dos inspetores e à realização de testes de tuberculina. Ele enfrentara os homens do sindicato dos laticínios e conseguira manter trabalhadores não sindicalizados, pagando salários superiores aos definidos pela categoria. Certa vez, quando Martin participou de uma reunião do Conselho Central dos Trabalhadores de Nautilus na qualidade de representante de Pickerbaugh, a secretária do conselho confessou que o objetivo maior do grupo era submeter à égide do sindicato a leiteria de Klopchuk, mas sabiam, no entanto, que isso seria muito improvável.

Era pequena a simpatia de Martin em relação à classe trabalhadora. A exemplo da maioria dos homens dedicados à vida em um laboratório, o jovem médico acreditava que o trabalho de tecer roupas ou manusear uma alavanca proporcionava menos satisfação aos operários do que as longas pesquisas ofereciam a ele, porque os primeiros pertenciam a uma raça inferior, nascidos preguiçosos e iníquos. A queixa dos sindicatos era o que faltava para convencê-lo de que, finalmente, havia encontrado a perfeição.

Martin costumava ir com frequência à leiteria de Klopchuk pela simples satisfação de observar o local. Todavia, notou algo que o perturbou: um dos trabalhadores apresentava uma persistente dor de garganta. Ele examinou-o e descobriu, por meio de culturas, que o homem era portador do estreptococos hemolítico. Tomado de pânico, o médico colheu material na leiteria e, após novas culturas, chegou à conclusão de que havia estreptococos nas tetas de três vacas.

Depois que Pickerbaugh realizou seu trabalho de salvaguardar a saúde da nação, visitando todas as pequenas cidades do distrito congregacional, e retornou para Nautilus, Martin insistiu na quarentena do trabalhador infectado e no fechamento da leiteria do Klopchuk até que toda a infeção tivesse sido debelada.

— Contrassenso! Por que isso? Aquele é o local mais limpo da cidade. — escarneceu Pickerbaugh — Por que arrumar problemas? Não há sinal algum de uma epidemia de estreptococos.

— Pois vai haver, inferno! Há três vacas contaminadas. Veja o que aconteceu em Boston e Baltimore recentemente. Pedi para o Klopchuk vir até aqui para conversarmos.

— Bem... você sabe que estou muito ocupado, mas...

Klopchuk chegou às onze horas, e para ele o caso era trágico. Nascido miserável na Polônia, passou fome em Nova York, trabalhou vinte horas por dia em Vermont, em Ohio e em Iowa, e conseguiu estabelecer seu belo empreendimento, a leiteria.

Encurvado, abatido, torcendo o chapéu nas mãos e prestes a chorar, ele protestou:

— Dr. Pickerbaugh, faço tudo o que os doutores dizem que é necessário. Eu conheço o negócio da indústria de laticínios! E agora chega esse jovem e diz que mato criancinhas com leite doente, só porque um de meus homens tem um resfriado! Essa é a minha vida. Prefiro me enforcar a distribuir uma gota sequer de leite ruim. O jovem médico tem alguma razão perversa. Investiguei por aí e descobri que ele é grande amigo do Conselho Central dos Trabalhadores. Até participa das reuniões! E eles querem acabar comigo!

A figura trêmula daquele velho senhor despertava compaixão em Martin, mas nunca antes ele fora acusado de traição e então reagiu com crueldade:

— O senhor pode até abrir um processo contra mim mais tarde, Dr. Pickerbaugh. Mas, por enquanto, eu sugiro que chame algum especialista para verificar meus resultados. Quem sabe o Long de Chicago, o Brent de Minneapolis ou outro profissional qualquer.

— Eu... eu... eu... — o Kipling e Billy Sunday da saúde parecia tão perturbado quanto Klopchuk— Estou certo de que nosso amigo aqui não teve qualquer intenção de acusar você, Mart. Ele está nervoso demais, naturalmente. Nós não podemos então apenas tratar o camarada infectado e deixar o resto como está?

— Tudo bem, se o senhor deseja disseminar uma terrível epidemia por aqui, logo agora no final de sua campanha!

— Você sabe muitíssimo bem que eu faria qualquer coisa para evitar... No entanto, quero que compreenda claramente que isso não tem nada a ver com minha campanha para o Congresso! É apenas porque tenho em relação à minha cidade o mais escrupuloso dever de protegê-la contra doenças, e a mais impávida disposição...

No final de seu discurso, Pickerbaugh telegrafou para o Dr. J. C. Long, o bacteriologista de Chicago.

Quando o Dr. Long chegou, parecia que havia feito a viagem de trem em uma caixa de gelo. Martin nunca antes vira um homem tão desprovido de toda a poesia e a filantropia características de Almus Pickerbaugh. Ele era esguio, preciso e despossuído de lábios e peito. Usava óculos e trazia o cabelo repartido no meio. O doutor escutou com frieza e indiferença a explicação de Pickerbaugh e o relato de Klopchuk. Em seguida, fez sua inspeção e declarou:

— O Dr. Arrowsmith parece conhecer perfeitamente seu ofício. Existe de fato perigo aqui. Eu aconselho o fechamento da leiteria. Meus honorários são de cem dólares. Obrigado. Não... não poderei ficar para o jantar. Preciso tomar o trem noturno.

Martin foi encontrar Leora em casa e contou aturdido:

— Aquele homem foi tão agradável quanto uma salada de pepinos. Mas, por Deus, Lee, a liberdade dele me incentivou a voltar para a pesquisa... ficar longe de todos esses filantropos que estão sempre ocupados demais em propalar seu amor pelas pessoas e acabam deixando que elas morram! Eu o abominei, mas... gostaria de saber o que Max Gottlieb está fazendo esta noite! O velho alemão ranzinza! Aposto... aposto que está ouvindo música ou coisa assim com algum grupo de intelectuais. Você não gostaria de encontrar o velho esquisito outra vez? Sabe? Apenas alguns minutos. Alguma vez já falei para você sobre a ocasião em que eu fiz uma bela tintura com os tripanossomos? Já contei?

Martin assumiu que o fechamento temporário da leiteria encerraria o assunto. Ele não compreendera o quanto Klopchuk havia ficado ofendido, e foi surpreendido pela reação de Irving Watters, o médico de Klopchuk, na primeira oportunidade em que os dois se encontraram. Reclamou Irving:

— De que serve ser alarmista, Mart?

O que Martin não sabia era que toda a população de Nautilus fora devidamente informada de que o camarada Arrowsmith era pago pelos bandidos do sindicato.

III

Dois meses antes, enquanto fazia a inspeção anual das fábricas, Martin encontrou Clay Tredgold, o presidente (por herança) da empresa Steel Windmill. Ele ouvira dizer que Tredgold, um homem de 45 anos de idade, muito refinado e de fala fácil, transitava todo garboso nas mais altas rodas da sociedade de Nautilus. Após a inspeção, Tredgold insistiu:

— Sente-se, doutor. Pegue um charuto e me fale sobre as condições sanitárias.

Martin estava cauteloso. Nos olhos afáveis de seu interlocutor havia um brilho sarcástico.

— O que você quer saber sobre as condições sanitárias?

— Ora, tudo.

— A única coisa que eu sei é que seus homens devem gostar muito de você. Verifiquei que são insuficientes os lavatórios no banheiro do segundo piso, mas todos os trabalhadores juram de pés juntos que você já está providenciando a colocação de outros. Se é assim tão grande a disposição deles em defendê-lo, a ponto de mentir contra os próprios interesses, você deve ser um bom chefe e, então, creio que deixarei as coisas como estão... até minha próxima inspeção! Bem... preciso me apressar.

Tredgold sorriu radiante.

— Meu caro, venho me esquivando de Pickerbaugh há três anos. Estou feliz por conhecer você. E penso realmente que preciso colocar mais alguns lavatórios... logo antes de sua próxima inspeção. Adeus!

Depois do caso de Klopchuk, Martin e Leora encontraram Clay Tredgold e a esposa (uma mulher magnificamente esguia) na frente do cinema.

— Aceita uma carona, doutor? — gritou Tredgold.

No caminho, ele sugeriu:

— Não sei se você faz campanha contra bebidas alcoólicas como o Pickerbaugh, mas se quiser, posso levá-lo até a minha casa e apresentá-lo ao mais nobre coquetel já inventado desde que o condado de Evangeline se tornou abstêmio. Que tal lhe parece?

— Há anos não ouço algo tão sensato — respondeu Martin.

A casa de Tredgold ficava localizada na colina mais alta de Ashford Grove (seis metros acima do nível da planície), que era a Back Bay de Nautilus. Tratava-se de uma estrutura em estilo colonial, com um jardim de inverno, um saguão com paredes brancas e uma sala de estar em tons de azul e prata. Martin tentou parecer indiferente e participar da conversa fiada da sra. Tredgold, mas essa era a casa mais refinada em que ele já tivera a oportunidade de entrar.

Enquanto Leora, sentada na beirada de uma cadeira, parecia pronta para levantar e ir embora, e a Sra. Tredgold, sentada em outra, fazia as vezes da anfitriã, Tredgold agitava a coqueteleira com floreios e se desmanchava em cortesias:

— Há quanto tempo você está aqui, doutor?

— Quase um ano.

— Experimente este... Sabe de uma coisa, surpreende-me que você seja um tipo diferente do Salvador Pickerbaugh.

Martin sentiu que deveria elogiar o chefe, mas, para a prazerosa perplexidade de Leora, levantou-se e recitou alguma coisa no mais perfeito estilo de Pickerbaugh:

— Prezados cavalheiros da empresa Steel Windmill, aquela que mais tem contribuído para a prosperidade de nossa comunidade. Embora eu compreenda que vocês estejam saindo impunes de todas as infrações às leis da saúde pública sem que o inspetor possa pegá-los, ainda assim desejo prestar um tributo a seu elevado respeito pelas condições sanitárias, bem como a seu patriotismo e aos coquetéis. Se eu tivesse um assistente mais diligente que o jovem Arrowsmith, eu me tornaria, com a permissão dos senhores, presidente dos Estados Unidos.

Tredgold bateu palmas e a sra. Tredgold afirmou:

— E é exatamente assim que o Dr. Pickerbaugh fala!

Leora e Martin não conseguiram esconder sua satisfação.

— Fico feliz em sabê-lo livre das armadilhas socialistas do Pickerbaugh — declarou Tredgold.

Esse pressuposto despertou em Martin uma reação de certo modo firme e defensiva:

— Oh, não me importa o quão socialista ele é, seja lá o que isso signifique. Desconheço os princípios do socialismo. Contudo, uma vez que fiz aqui uma imitação dele... e suponho que foi provavelmente uma atitude desleal... preciso dizer que não aprovo uma forma de oratória que é tão veemente a ponto de não deixar lugar para os fatos. Mas saiba de uma coisa, Tredgold, isso é em parte culpa de pessoas como as de sua Associação de Fabricantes. Vocês os estimulam a lançar mão de uma linguagem bombástica. Eu sou um homem de laboratório... pelo menos às vezes desejo ser... e gosto de lidar com números exatos.

— Pois eu também. Saí-me muito bem em matemática no Williams — retrucou Tredgold.

No mesmo instante, Martin e ele passaram a discutir sobre educação, amaldiçoando as universidades por produzirem formandos como se fossem salsichas. Martin deu por si falando com confiança a respeito de "variáveis" e Tredgold admitiu que assumira contra a vontade a fábrica de seus ancestrais, pois na verdade pretendia se especializar em astronomia.

Enquanto isso, Leora confidenciava à amistosa sra. Tredgold a vida de cautelosa economia que a esposa de um diretor assistente precisava levar, e esta última procurava, com sua voz afável, oferecer-lhe uma palavra de consolo:

— Eu sei. Fiquei em uma situação muito difícil depois que papai faleceu. Você já experimentou a costureirinha sueca da Criminins Street? Fica a duas portas da igreja católica. Ela é incrivelmente talentosa... e muito barateira.

Pela primeira vez desde que se casara, Martin havia encontrado uma casa na qual se sentia completamente feliz, e Leora encontrara em uma mulher, dona de descontraída sagacidade (característica que ela sempre temera e abominara), a primeira pessoa com quem tinha condições de conversar sobre tudo, desde Deus até o preço das toalhas. Elas podiam se mostrar autênticas sem se sentirem alvo de zombarias.

E então, à meia-noite, quando a atratividade da bacteriologia e dos jogos de toalhas já perdia seu poder de sedução, soou do lado de fora da casa o chiado agudo de uma buzina e, com passos pesados, entrou um gorducho muito corado que foi apresentado como Sr. Schlemihl, presidente da Companhia de Seguro Cornbelt de Nautilus.

Ele era ainda mais do que Clay Tredgold um autêntico representante da aristocracia de Ashford Grove, mas, ao contrário do que podia sugerir a figura postada como um invasor bárbaro naquela sala azul e prata, seus modos revelavam cordialidade:

— Prazer em conhecê-lo, doutor. Sabe de uma coisa, Clay, fico mesmo muito animado por você ter encontrado outro intelectual com quem vou poder falar abobrinhas. Quanto a mim, Arrowsmith, sou um pobre e velho vendedor de apólices de seguro. Clay vive me falando que não passo de um pateta ignorante. Como é, então, meu caro Clay, vai sair aí um coquetel ou não vai? Vi suas luzes acesas e entrei aqui para dizer que sujeito esperto você é! Vamos lá, *prepare isso*!

Tredgold se demorou na preparação do drinque, e, antes que tivesse acabado, o jovem Monte Mugford, bisneto do santificado Nathaniel Mugford, o homem de suíças que fundara o Mugford College, também chegou sem ser convidado. Ele ficou interessado na presença de Martin, achou-o muito humano, falou que o achara humano e deu o melhor de si para recuperar o atraso e tomar tantos coquetéis quantos conseguisse.

Assim aconteceu que às três horas da manhã Martin estava cantando diante de uma louvável plateia a balada que aprendera com Gustaf Sondelius:

    Ela tinha olhos negros e errantes,
    Seus cabelos pendiam em cachos,

Uma bela garota, uma garota honesta,
Mas do tipo devasso.

Às quatro, os Arrowsmiths haviam sido aceitos pelo mais ilustre grupo de Nautilus, e às 4h30 Clay Tredgold os levou para casa, dirigindo a uma velocidade nem lícita nem aprazível.

IV

Havia em Nautilus um clube de campo que era o eixo principal daquilo que se denominava sociedade, mas havia também uma classe formada por cerca de doze famílias da área de Ashford Grove que, embora frequentassem o clube de campo para jogar golfe, agiam como se fossem superiores aos demais jogadores. Esses cidadãos se mantinham fechados em seu círculo e se consideravam parte da sociedade de Chicago e não de Nautilus. Eles se entretinham uns aos outros e presumiam que eram todos bem-vindos a qualquer festa promovida por qualquer um deles, festas estas às quais nenhum indivíduo não pertencente ao grupo era convidado, com exceção de forasteiros de cidades maiores e sujeitos autônomos como Martin, que apareciam ocasionalmente. Essa turma formava uma pequena tropa unida em uma cidade incivilizada.

Os membros do grupo eram muito ricos. Um deles, Montgomery Mugford, conhecia algumas coisas a respeito de seu bisavô. Todos viviam em mansões de padrão imperial e também em casas de campo em estilo italiano, tão novas que os gramados estavam apenas começando a crescer. Possuíam automóveis espaçosos e grandes celeiros, nos quais não se guardava nada mais além de gim, uísque, vermute e algumas poucas garrafas sagradas de um tipo de champanhe excessivamente doce. Todos conheciam muito bem Nova York (cidade na qual se hospedavam no Saint Regis ou no Plaza, e onde se dedicavam às compras e à descoberta de pequenos restaurantes elegantes), e cinco dos doze casais já haviam viajado à Europa, tendo passado uma semana em Paris com o objetivo de visitar as galerias de arte e lugares excessivamente caros para turistas em Montmartre.

Martin e Leora viram-se recebidos no grupo como parentes pobres. Eles eram convidados a jantares musicais e almoços dominicais no clube de campo. Qualquer que fosse o evento, este sempre terminava em uma ida até algum lugar onde todos tomavam muitos drinques e insistiam para que Martin fizesse novamente "aquela imitação de Pickerbaugh".

Além de passeios de automóvel, bebidas e danças ao som de uma vitrola, a principal diversão do grupo eram os jogos de carta. Curiosamente, não havia flertes nesse jogo tão amoral. Eles conversavam com considerável liberdade a respeito de "sexo", mas todos se mostravam monogâmicos e felizes no casamento, ou talvez temerosos de aparentar serem infelizes no casamento. Depois de conhecê-los melhor, no entanto, Martin passou a escutar sussurros de maridos que aproveitavam seus "momentos" em Chicago ou de esposas que arranjavam rapazes jovens em Nova York, e percebeu um frenético desassossego debaixo daquela superior serenidade sexual.

Não se sabe se Martin algum dia enxergou verdadeiramente como um cavalheiro erudito aquele Clay Tredgold que se dedicava a tudo acerca de astronomia exceto estudá-la, ou se aceitou que Monte Mugford fosse um nobre descendente da aristocracia. Mas ele de fato admirava atributos emblemáticos do grupo, como os automóveis, os banhos de ducha, os trajes da Quinta Avenida, os calções de golfe confeccionados em *tweed* e as casas decoradas de maneira um tanto impessoal por jovens narcisistas de Chicago. O rapaz descobriu a existência de molhos e pratarias e começou a considerar que as roupas de Leora não deveriam ser simples abrigos adequados, mas sim uma expressão de elegância, e percebeu com certa irritação quão descuidada ela era.

Isolada em Nautilus, Leora raramente falava muito sobre si mesma e desenvolveu uma vida própria, muito intensa e calada. Ela tomava parte de um clube de jogos de carta e ia sozinha ao cinema, mas vivia ensimesmada com seu sonho de conhecer a França. Era um antigo desejo, misterioso no início – um segredo havia muito cultivado, mas repentinamente ela passou a suspirar:

— Destemido, a única coisa que eu quero, talvez daqui a dez anos, é visitar Touraine, Normandia e Carcassona. Você acha que conseguiremos?

Raras vezes Leora pedia alguma coisa, e ele ficou comovido e perplexo quando a viu imersa na leitura de livros sobre a Grã-Bretanha e debruçada sobre uma gramática simplificada de francês, ciciando "J'ay... j'aye... oh, droga!".

Martin respondeu com entusiasmo:

— Escute só, Lee, querida. Se você quer ir para a França... algum dia vamos desembarcar por lá com umas mochilas nas costas e explorar aquele velho país de ponta a ponta.

Em tom de gratidão, mas embalada por certa dúvida, ela acrescentou:

— Você sabe que se ficar entediado, Destemido, pode ir procurar um trabalho no Instituto Pasteur. Ah! Eu gostaria de passear, uma vez que fosse, entre paredes altas e empapeladas... e ir a um pequeno café... e ver passar os homens com seus cintos vermelhos engraçados e calças azuis largas. Você acha que poderíamos mesmo?

Leora era estranhamente popular dentro do grupo de Ashford Grove, embora carecesse daquilo que Martin denominava "elegância". Suas roupas sempre tinham pelo menos um botão faltando. A Sra. Tredgold, a mais amável e menos devota das mulheres, adotou-a por completo.

Nautilus sempre vira Clara Tredgold com certa reserva. A sra. Almus Pickerbaugh dizia que Clara "não toma parte em nenhum dos movimentos pela melhoria da cidade". Durante anos, ela pareceu se contentar em cultivar suas rosas, confeccionar seus extraordinários chapéus, besuntar as mãos com creme de amêndoas e ouvir as inadequadas histórias do marido – e durante anos, foi uma mulher solitária. Ela acabou identificando em Leora uma interessada informalidade igual à sua. As duas mulheres passavam as tardes sentadas no alpendre, lendo, fazendo as unhas e fumando cigarros – sem dizer nada, mas confiando uma na outra.

Leora nunca adquiriu uma intimidade tão grande com as outras mulheres do grupo, como a que tinha com Clara Tredgold, mas elas a admiravam, principalmente porque seus vícios hereges (o cigarro, a indolência, o gosto especial por hábil profanação) perturbavam a sra. Pickerbaugh e a sra. Irving Watters. O grupo aprovava toda sorte de atitudes não convencionais, com exceção daquelas de cunho econômico, que representavam uma ameaça à sua riqueza fácil. Leora tomava chá ou um coquetel na companhia da agitada jovem sra. Monte Mugford, que quatro anos antes fora a debutante mais esbelta que já se vira em Des Moines e agora abominava o fato de estar esperando o segundo bebê. E foi para Leora que a sra. Schlemihl, uma mulher que no ambiente público era brincalhona e parecia viver em paz com o porco que tinha por marido, desabafou:

— Se pelo menos aquele homem desistisse de me apalpar, me agarrar, babar em cima de mim! Odeio isto aqui! Vou passar o inverno em Nova York... sozinha!

O infantil Martin Arrowsmith, tão indigno da velha e silenciosa sabedoria de Leora, não estava satisfeito com a aceitação de sua esposa pelo grupo. Quando ela aparecia com um ilhós solto ou com o cabelo todo despenteado, ele se preocupava e a acusava de ser desmazelada, mas em seguida vinha o arrependimento.

— Por que você não pode tirar um tempinho para se botar atraente? Deus sabe que você não tem nada mais para fazer! Grande Jeosafá, será que não dá ao menos para pregar os botões?

Clara Tredgold, no entanto, levava na brincadeira o desmazelo da amiga.

— Leora, acho mesmo que você tem o dorso mais encantador... mas se importaria se eu prendesse uns alfinetes antes de os outros chegarem?

Certa vez, depois de uma festa que se estendeu até as duas da manhã, na qual a Sra. Schlemihl vestiu um novo traje do ateliê da Lucile e Jack Brundidge (durante o dia vice-presidente e gerente de vendas da empresa Maize Mealies) e dançou o que ele agressivamente chamou de polca finlandesa, Martin falou irritado para Leora, quando os dois voltavam para casa em um automóvel emprestado do Departamento de Saúde:

— Lee, por que cargas d'água você não consegue tomar um pouco de cuidado com o que veste? Esta manhã... ou melhor, ontem pela manhã, você ia consertar aquele vestido azul e, até onde eu posso perceber, não fez coisa alguma o dia todo, exceto ficar por aí lendo, para depois sair com este bordado todo surrado...

— Você quer parar o carro, por favor! — gritou Leora.

Ele parou, aturdido. Os faróis traseiros faziam parecer ridiculamente importantes a cerca de arame farpado, a serragem seca esparramada sobre chão e a desolada extensão da estrada de cascalhos.

Ela então exigiu:

— Você pretende que eu me torne uma beldade de harém? Eu poderia... poderia ser uma meretriz. Mas nunca me dei ao trabalho. Sabe, Destemido, não vou continuar brigando com você. Ou sou a esposa tola e desleixada que sou, ou não sou nada. O que você prefere? Quer uma princesa de verdade como a Clara Tredgold, ou eu, que não ligo a mínima para as coisas que nós fazemos ou para onde nós vamos, desde que seja para ficarmos juntos? Você se preocupa tanto! Estou cansada disso. Diga, então... qual é sua escolha?

— Não quero nada mais além de você. Mas... não dá para entender? Não sou só um sujeito ambicioso... eu quero ter para nós dois o mesmo nível daqueles com quem convivemos. Não vejo por que devemos ser inferiores a essa turma... em *nada*. Querida, com exceção de Clara, talvez eles não passem de escriturários ricos! Mas nós somos de fato sujeitos de sorte. A França que você tanto adora... qualquer dia iremos até lá, e o presidente do país nos receberá no terminal do Pacífico Norte! Por que vamos deixar que alguém faça as coisas melhor do que nós podemos? Técnica!

Eles conversaram durante uma hora naquele lugar sombrio, entre os hostis fios de arame farpado.

No dia seguinte, quando Orchid entrou no laboratório e suplicou, no tom melancólico característico da juventude, "Oh, Dr. Martin, nunca mais você vai voltar à minha casa?", ele a beijou com tal veemência e satisfação, que até mesmo uma mulher ousada se perceberia sem importância.

V

Martin compreendeu que provavelmente seria o próximo diretor do departamento. Pickerbaugh lhe havia dito:

— Seu trabalho é muito satisfatório. Há apenas uma coisa de que você carece, meu rapaz: entusiasmo para se unir ao povo e agir com estímulo, com vontade. Talvez isso aconteça quando você tiver mais responsabilidade.

Martin procurou encontrar contentamento e agir com estímulo e vontade, mas se sentia como um homem coagido a vestir calças amarelas bem justas para participar de uma cerimônia cívica.

"Caramba! Vou me colocar contrário a isso quando for Diretor", pensou ele irritado. "Eu gostaria de saber se existem pessoas que se tornam 'bem-sucedidas' e abominam isso! Bem... de qualquer modo, vou implantar no departamento um sistema adequado de estatística vital, antes que eles me peguem. Não vou me deixar abater! Lutarei! Alcançarei o sucesso!"

CAPÍTULO 23

Talvez tenha sido fruto de um ardente desejo de disseminar uma dose de estímulo tão poderosa que nenhum cidadão de Nautilus jamais ousasse ficar doente outra vez ou, quem sabe, o Dr. Pickerbaugh apenas desejasse fazer uma pequena propaganda com vistas a sua campanha ao Congresso. De qualquer maneira, a Feira da Saúde organizada pelo bom homem fora um sucesso estrondoso.

Ele havia conseguido uma dotação orçamentária adicional da Câmara de Vereadores, convencera todas as igrejas e associações a contribuir e obtivera dos jornais a promessa de publicar todos os dias três colunas de enaltecimento do evento.

Além do mais, o doutor alugara o já bastante dilapidado "tabernáculo" de madeira, em que o evangelista reverendo Billy Sunday havia em tempos recentes expurgado todos os pecados da comunidade, e providenciara alguns destaques originais. Os garotos escoteiros foram encarregados de fazer exercícios diários. Havia também uma tenda da União Cristã Feminina da Temperança, no seio de cuja entidade clérigos renomados e outros fisiologistas demonstravam os malefícios do álcool. Em uma tenda de bacteriologia, o relutante Martin (trajando um casaco branco muito simplório) realizava experimentos divertidos com tubos de ensaio. Uma dama de Chicago que pertencia ao movimento antinicotina matava um rato a cada meia hora, injetando no animal papel de cigarro triturado. As gêmeas Pickerbaugh, Arbuta e Gladiola, que já tinham seis anos de idade, ficaram incumbidas de demonstrar ao público a forma correta de escovação dos dentes, e de fato o fizeram, até que se depararam com um fazendeiro de sessenta anos a quem gentilmente perguntaram:

— O senhor escova os dentes todos os dias? — e o homem respondeu com sua voz de trovão:

— Não, mas vou dar todos os dias umas palmadinhas no traseiro de vocês... e vou começar agora mesmo.

Nenhuma dessas atrações, no entanto, fora tão emocionante quanto a Família Eugênica, que se ofereceu para apresentar (pela módica quantia de quarenta dólares ao dia) um exemplo dos benefícios das práticas saudáveis.

Todos os membros da família (pai, mãe e cinco filhos) eram muito belos e fortes, e recentemente haviam apresentado primorosos exercícios acrobáticos no Circuito Chautauqua. Nenhum deles tinha hábitos condenáveis como fumar, beber, cuspir nas calçadas, usar linguagem de baixo calão ou comer carne. Pickerbaugh os colocara na principal tenda do palanque, tenda esta que, certa vez, havia sido ocupada pelo reverendo Sunday.

Havia exposições rotineiras: tendas com diagramas, galhardetes e panfletos. O Octeto Salutar da família Pickerbaugh apresentara longos recitais e diariamente ocorriam palestras, a maioria das quais proferidas pelo próprio Pickerbaugh ou por um amigo deste, o Dr. Bissex, que além de treinador de futebol era também professor de higiene e muitos outros assuntos no Mugford College.

Uma dezena de celebridades, incluindo Gustaf Sondelius e o governador do estado, foram convidadas a participar e "transmitir sua mensagem". Aconteceu, contudo, para infelicidade geral, que nenhum deles parecia ter disponibilidade de tempo naquela semana.

A Feira da Saúde foi inaugurada com multidões e muito sucesso, mas um pequeno desentendimento ocorreu no primeiro dia. A Associação dos Panificadores havia se oposto veementemente a Pickerbaugh por causa de um panfleto exibido na tenda da dieta, no qual se lia "Torta demais causa piorreia". O anúncio irrefletido e inibidor da prosperidade fora desse modo imediatamente retirado e, desde então, todas as padarias da cidade passaram a divulgar a Feira.

Aparentemente, o único participante insatisfeito era Martin. Pickerbaugh preparara para ele um laboratório destinado a apresentações, o qual, com exceção da falta de água corrente e da proibição imposta pela legislação quanto ao uso de qualquer espécie de chama, reproduzia um ambiente de pesquisa semelhante a um de verdade. Durante todo o dia, ele despejava uma solução de tinta vermelha de um tubo de ensaio para outro, realizava com seu microscópio exames cuidadosos de coisa alguma e respondia a perguntas de pessoas que desejavam saber como matar bactérias adquiridas ao acaso.

Leora se apresentava como assistente do marido – muito encantadora e reservada, com seu uniforme de enfermeira, e muito irritante ao fazer gracejos quando ele praguejava baixinho. Os dois encontraram um amigo, o bombeiro que estava ali em serviço – uma pessoa extraordinária, que conhecia histórias sobre gatinhos em casas incendiadas e não se mostrava inclinado a fazer perguntas acerca de bacteriologia. Foi ele quem mostrou a Martin e Leora um local onde seria possível fumar em segurança. Atrás da exposição Limpeza e Prevenção de Incêndio, que consistia na miniatura de duas casas (uma Casa Imunda contendo setas vermelhas para mostrar os locais em que o fogo poderia começar e uma Casa Imaculada e extremamente polida), havia uma alcova com uma janela quebrada através da qual a fumaça dos cigarros seria levada embora. Uma dezena de vezes por dia, Martin, Leora e o entediado bombeiro se retiravam para esse santuário – e assim foi durante toda a semana.

Aconteceu também um outro contratempo. O sargento detetive, que fora à Feira com o único objetivo de assistir ao fascinante espetáculo da agonia do ratinho vítima da injeção de papel de cigarro moído, e não para fazer investigações, parou diante da tenda da Família Eugênica, coçou a cabeça, dirigiu-se apressado até o posto policial, retornou trazendo algumas fotografias e rosnou para Pickerbaugh:

— Hum... aquela Família Eugênica... não fuma, não bebe, não faz coisa alguma?

— Absolutamente! Observe a saúde perfeita que todos eles exibem.

— Hum... É melhor manter os olhos nessa gente. Não vou estragar sua demonstração, Doc. Todos nós da Prefeitura devemos nos manter unidos. Não vou botá-los para correr da cidade antes do fim da Feira, mas... aí está a Quadrilha dos Holton. O homem e a mulher não são casados, e apenas uma das crianças é filha deles. Estiveram presos por venderem bebida alcoólica para os índios, mas a especialidade da família, antes de entrarem para a educação, era a extorsão. Vou deixar um policial à paisana de prontidão para vigiá-los. Muito boa sua exposição, Doc. Deve dar a esta cidade uma lição duradoura acerca do valor de métodos atualizados de manutenção da saúde. Boa sorte! A propósito, doutor, o senhor já escolheu um secretário para quando o senhor assumir sua cadeira no Congresso? Tenho um sobrinho que é exímio estenógrafo – rapaz brilhante, que sabe como manter a boca fechada sobre coisas que não dizem respeito a ele. Vou mandá-lo para ter uma conversa com o senhor. Até logo.

Apesar das advertências do sargento, até o sábado Pickerbaugh não havia identificado nada de errado na conduta da Família Eugênica, com exceção do fato de o pai ter sido pego tomando um longo, gorgolejante e extasiado gole da bebida contida em uma garrafa, quando tentava aliviar a tensão de desempenhar publicamente o papel de sujeito saudável. Tudo transcorrera perfeitamente até então.

Nunca antes a Feira deixara uma lição tão virtuosa ou conquistara tanta notoriedade. Todos os jornais do distrito congressional publicaram colunas sobre ela, e todos os relatos, até mesmo aqueles estampados nos periódicos do Partido Democrata fizeram menções à campanha de Pickerbaugh.

Foi então que, chegado o sábado, o último dia da Feira, aconteceu a tragédia.

Caía uma chuva torrencial, o telhado gotejava sem trégua e a dama encarregada da Tenda da Moradia Saudável, dentro da qual também gotejava muita água, foi levada para casa com suspeita de pneumonia. Ao meio-dia, quando a Família Eugênica fazia sua demonstração de vigor perfeito, o filho mais novo foi acometido por um ataque epilético. E antes que a comoção geral tivesse fim, uma senhora antivivissecção, também proveniente de Chicago, acudiu apressada à tenda antinicotina da senhora conterrânea, no exato momento em que esta assassinava triunfantemente um ratinho.

Uma multidão se concentrou em volta das duas mulheres e do ratinho infeliz. A dama que se posicionava contra a vivissecção chamou a outra de assassina, miserável, herege e esta última a tudo resistiu, tendo se limitado a derramar algumas lágrimas e chamar a polícia. Porém, em determinado momento, a dama antivivissecção encerrou suas imprecações dizendo:

— E quanto à sua pretensão de saber tudo a respeito de ciência, saiba que você não é cientista coisa nenhuma!

A dama antinicotina soltou um grito agudo, saltou de seu palanque e investiu contra os cabelos da outra, declarando com veemência:

— Pois eu vou mostrar se conheço ou não tudo sobre ciência!

Pickerbaugh tentou apartá-las e Martin, que se encontrava de lado, muito satisfeito na companhia de Leora e de seu amigo bombeiro, não moveu uma palha sequer. As duas mulheres se voltaram contra Pickerbaugh, fazendo-lhe acusações. E depois que elas foram levadas, ele se tornou o alvo de milhares de risadas abafadas, correndo o indubitável perigo de jamais chegar ao Congresso.

Às duas da tarde, com a chuva já enfraquecida e a chegada da multidão que acorria após o almoço, a história das duas senhoras circulava de boca em boca e o bombeiro se retirou para trás da tenda da exposição Limpeza e Prevenção de Incêndio com a intenção de dar sua baforada de cada hora. Ele era um homenzinho muito infeliz e indolente e sonhava acordado com a serenidade do quartel do corpo de bombeiros e os infindáveis jogos de cartas. Absorto em seus pensamentos, deixou cair um palito de fósforo ainda aceso no alpendre dos fundos da tenda modelo Casa Imaculada. A Casa fora tão generosamente besuntada que mais parecia um graveto encharcado de querosene. As chamas não tardaram a se espalhar por todo o imenso e tenebroso Tabernáculo, que fora instantaneamente tomado por gritos histéricos. A multidão procurava desesperada chegar às saídas.

Naturalmente, a maioria das saídas originais do Tabernáculo havia sido obstruída por tendas. O pânico era geral e as crianças estavam sendo pisoteadas.

Almus Pickerbaugh não era covarde, tampouco indolente e, de repente, saído não se sabe de onde, marchou na direção do Tabernáculo à frente das oito filhas, entoando a canção "Dixie". Ele vinha com a cabeça erguida, tendo uma expressão hedionda estampada nos olhos e os braços abertos como quem fazia uma invocação. A multidão estancou no mesmo instante. Com a voz de um capitão de navio, ele os desenredou e conduziu com segurança para fora. Em seguida, projetou-se correndo na direção das chamas ferozes.

O fogo não atingira os edifícios encharcados de chuva. O bombeiro, junto com Martin e o chefe da Família Eugênica, combatia as chamas. Nada foi destruído, exceto a Casa Imaculada, e a multidão que fugira em agonia retornou maravilhada. Pickerbaugh era seu herói.

Em um prazo de duas horas, os jornais de Nautilus saíram com edições especiais, dando conta de que Pickerbaugh não apenas organizara a maior aula de saúde de que jamais se tivera notícia, como também, por sua coragem e capacidade de comando havia salvado da morte por esmagamento centenas de pessoas. Mais tarde, esta acabou se revelando a única notícia de fato acurada que se publicou em milhares de colunas de jornal a respeito do Dr. Pickerbaugh.

Quer fosse para participar da Feira, ver Pickerbaugh, presenciar a deleitante devastação de um desastre ou assistir a outra briga entre as damas, o fato é que metade da cidade se esforçou para entrar no Tabernáculo naquela noite e, quando Pickerbaugh subiu ao palanque para proferir sua palestra de encerramento, foi saudado com frenesi. No dia seguinte, ao sair a galope para sua última semana de campanha, ele havia se convertido no chefe supremo de todo o distrito.

II

O oponente do doutor era um advogadozinho rabugento, cuja força residia em sua prática rotineira. Ele fora senador pelo estado, vice-governador e juiz do condado. Mas foi o bordão democrata "Pickerbaugh, o Candidato Escolhido" que recebeu uma solene aclamação, fruto da admiração pelo herói da Feira da Saúde. Ele corria para todos os lados ao volante de seu automóvel, proclamando: "Não estou concorrendo porque desejo o cargo, mas sim porque busco a oportunidade de divulgar a toda a nação meus ideais de saúde". Por toda parte viam-se cartazes dizendo:

Para o Congresso
PICKERBAUGH
O médico poeta que não foge da briga

Elejam-no para um mandato
E ele aniquilará os gérmens em toda a nação.

Foram realizadas reuniões, às quais acorreram milhares de pessoas. Pickerbaugh foi pródigo e vago acerca de suas políticas. Sim, ele se opunha à entrada dos Estados Unidos na Guerra da Europa, mas assegurava veementemente que tudo faria e empregaria todo o poder de seu governo para pôr um fim a essa terrível calamidade. Sim, ele apoiava a elevação das tarifas, mas considerava que elas deveriam ser ajustadas de modo que os agricultores pudessem comprar tudo barato em seus distritos. Sim, ele advogava o aumento dos salários para todos os trabalhadores, mas se posicionava como uma rocha, um matacão, uma moraina em defesa da prosperidade de todos os industriais, os comerciantes e os proprietários de imóveis.

Enquanto ribombava essa campanha de grandes proporções, continuava em Nautilus outra menor e mais habilidosa, pela reeleição de um tal Sr. Pugh, o adorável chefe de Pickerbaugh, para a prefeitura. O Sr. Pugh sentava-se todo garboso em seu gabinete e era simpático e promitente para todos aqueles que o procuravam: sacerdotes, jogadores, veteranos do Grande Exército da República, agentes de circo, policiais e damas de razoável virtude – todos, exceto talvez os agitadores sociais, contra os quais ele defendia com determinação a cidade fortificada. Em seus discursos, Pickerbaugh recomendava Pugh devido à "inabalável integridade e pronta solidariedade com as quais havia patrocinado todos os movimentos pela prosperidade pública". E quando Pickerbaugh falou (com boa dose de honestidade) "Sr. prefeito, se eu for para o Congresso, o senhor precisa nomear Arrowsmith para meu posto. Ele não sabe nada sobre política, mas é incorruptível", Pugh lhe deu sua palavra e a perfeita harmonia imperou naquela casa. Ninguém se manifestou a respeito do sr. F. X. Jordan.

Jordan era um empreiteiro que guardava generoso interesse pela política. Pickerbaugh o chamava de trapaceiro, e na última vez em que Pugh fora eleito (com uma plataforma reformista, muito embora desde aquela ocasião o espírito de reforma tenha sido coagido a se portar bem e ser pragmático) tanto ele quanto Pickerbaugh acusaram Jordan de ser uma "força do mal". Mas o prefeito Pugh era tão bondoso que, na presente eleição, absteve-se de dizer qualquer coisa capaz de ferir os sentimentos do sr. Jordan e, em retribuição, só restou a este tecer comentários indulgentes a respeito do sr. Pugh para o povo que frequentava bares ilegais e casas de reputação duvidosa.

Na noite da eleição, Martin e Leora juntaram-se ao grupo que aguardava os resultados na residência dos Pickerbaughs. Eles estavam confiantes. Nunca antes Martin se alvoroçara por causa de política, mas, naquele momento, a atmosfera ao redor o deixava aflito – a inquieta simulação de indiferença por parte de Pickerbaugh, os relatos telefônicos da sede do jornal que diziam "Aqui é da Administração Municipal de Willow Grove – Pickerbaugh está liderando, por dois a um!" e a multidão que passava diante da casa gritando "Pickerbaugh, Pickerbaugh, Pickerbaugh!".

Às onze horas a vitória já era certa, e Martin, sentindo nas entranhas o peso de toda a sua insegurança, compreendeu que passava então a ser o novo diretor do Departamento de Saúde Pública, o homem responsável por 70 mil vidas.

Ele olhou melancolicamente na direção de Leora, e encontrou confiança no sorriso tranquilo da esposa.

Orchid mostrou-se a noite toda superficial e distante em relação a Martin e perturbadoramente tagarela e afetuosa para com Leora. Então, ela levou o rapaz até o alpendre dos fundos e lhe disse com os olhos embaçados e uma expressão lânguida e indefesa:

— Isso significa que estou indo embora para Washington... e você não se importa nem um pouco!

— Oh, querida criança! Não posso deixá-la ir embora! — respondeu ele trazendo-a para junto de si. E no caminho de volta para casa, os olhos de Orchid ocuparam seu pensamento, não deixando muito espaço para a ideia de se tornar Diretor.

De manhã Martin resmungou:

— Será que ninguém consegue aprender alguma coisa? Preciso eu tomar conta de mim mesmo e ainda fazer papel de idiota a vida toda? Será que as histórias nunca têm um fim?

Depois desse dia, ele não voltou a ver a menina, exceto no dia do embarque, na plataforma do trem.

Após a partida dos Pickerbaughs, Leora reagiu de forma surpreendente e confessou para o marido:

— Destemido, eu sei como você se sente por ter perdido sua Orchid. É como se sua juventude fosse embora. Ela é realmente um encanto. Eu consigo de fato avaliar o que você sente e me compadeço de sua amargura... isso é, levando-se em conta que você nunca mais a verá de novo.

III

Acima do anúncio dos *Milharais de Nautilus*, lia-se em letras garrafais a seguinte manchete:

ALMUS PICKERBAUGH VENCEU
Primeiro cientista já eleito para o Congresso

O companheiro de Darwin e Pasteur
Traz nova Vitalidade à Direção
Do Estado

A renúncia de Pickerbaugh deveria entrar em vigor de imediato. Conforme suas palavras, ele iria para Washington antes do início do mandato, pois pretendia estudar métodos legislativos e colocar em andamento sua propaganda para a criação de uma Secretaria Nacional da Saúde. Houve bastante disputa em torno da indicação de Martin para a cadeira do doutor. Klopchuk, o proprietário da fábrica de laticínios foi implacável; Irving Watters confidenciou aos médicos seus colegas que Martin provavelmente ampliaria o número de clínicas socialistas gratuitas; e F. X. Jordan apoiava um candidato próprio, um jovem médico, muito sensato. Coube ao grupo de Ashford Grove (Tredgold, Schlemihl e Monte Mugford) colocar um fim às discussões.

Martin procurou Tredgold para demonstrar sua preocupação:
— O povo deseja que eu assuma? Devo enfrentar Jordan ou cair fora?
Tredgold tentou acalmá-lo:
— Enfrentar? Enfrentar o quê? Eu detenho boa parcela das ações do banco que emprestou vultosas somas para o prefeito Pugh. Pode deixar isso comigo.

No dia seguinte, Martin foi nomeado. No entanto, o cargo a ele atribuído foi de diretor interino, com um salário de 3.500 dólares em vez de 4 mil.

Não lhe ocorreu, todavia, que havia sido colocado lá em decorrência daquilo que ele mesmo denominava "política desonesta".

O prefeito Pugh chamou-o a seu gabinete e lhe disse entre risinhos abafados:

— Doc, houve certa dose de oposição ao seu nome pelo fato de você ser ainda muito novo, mas também porque poucas pessoas o conhecem. Eu não tenho qualquer dúvida de que no futuro poderei promovê-lo para o cargo de diretor... se você se mostrar competente e for bem-visto pela população. Enquanto isso é melhor que evite tomar atitudes impulsivas. Procure-me para ouvir meus conselhos. Conheço melhor do que você essa cidade e as pessoas que realmente importam.

IV

O dia da partida de Pickerbaugh para Washington foi marcado por festividades. A Câmara de Comércio ofereceu no período do meio-dia às duas horas, a todos que compareceram ao Armory, um almoço à base de salsicha quente, rosquinhas e café, acompanhado de goma de mascar para as mulheres e, para os homens, charutos estilo Almofadinhas *Schweinehügel* fabricados em Nautilus.

O trem partiu às 15h55 e, para assombro de ingênuos passageiros que espiavam pelas janelas dos vagões, a estação estava apinhada com milhares de pessoas.

Na plataforma de trás, empoleirado sobre um caixote em equilíbrio precário, o prefeito Pugh proferiu um longo discurso. A Banda das Trombetas Prateadas de Nautilus executou três patrióticas seleções musicais e Pickerbaugh se postou com a família a seu lado. Enquanto observava a multidão, lágrimas escorriam de seus olhos.

— Pela primeira vez na vida — falou ele com a voz embargada —, sinto-me incapaz de fazer um discurso. Droga!. Não consigo pensar! Tudo o que sei dizer agora é: "Amo todos vocês. Estou infinitamente grato e farei tudo o que estiver ao meu alcance para representá-los com dignidade! Deus os abençoe!".

O trem entrou em movimento e Pickerbaugh ficou acenando até a composição desaparecer de vista.

Martin comentou com Leora:

— Ele é um sujeito incrível. Ele é... que nada! O mundo sempre permite que as pessoas se saiam bem com suas asneiras, só porque têm bom coração. E aqui ficamos nós como covardes, apenas olhando enquanto eles espalham por todo o país essa tempestade de vento. Ah, droga! Será que nada pode ser mais simples? Bem... vamos pro escritório. Vou começar a fazer as coisas honestamente e provar que está tudo errado.

CAPÍTULO 24

Não se pode dizer que Martin se revelou um sujeito habilidoso no tocante a organização, mas sob seu comando o Departamento de Saúde Pública sofreu uma transformação cabal. Ele escolheu como assistente o Dr. Rufus Ockford, um jovem muito dinâmico, recomendado pelo reitor Silva, de Winnemac. A rotina de trabalho, que envolvia examinar os bebês, determinar quarentenas e divulgar o placar antituberculose, transcorreu como antes.

A inspeção dos alimentos e da canalização hidráulica passou talvez a ser mais detalhada, porque Martin carecia da viva confiança de Pickerbaugh nos inspetores leigos designados para o trabalho, e chegou até mesmo a substituir um deles, o que causou considerável descontentamento na colônia de alemães do distrito de Homedale. O jovem diretor também passou a dedicar mais atenção ao combate a ratos e moscas, bem como às estatísticas populacionais, que ele encarava como algo mais importante do que um simples registro de nascimentos e mortes. Suas ideias a respeito do valor desses dados faziam rir os escriturários do departamento. Martin desejava estabelecer um acompanhamento estatístico dos efeitos de fatores como raça e ocupação, entre outros, sobre o índice de ocorrência das doenças.

A principal diferença era que Martin e Rufus Ockford tinham bastante tempo livre. Ele chegou à conclusão que, provavelmente, Pickerbaugh ocupava metade de seu dia buscando inspiração e sendo eloquente.

Um erro cometido por Martin foi nomear Ockford para trabalhar parte da semana na clínica de atendimento gratuito da cidade, que já contava com dois médicos em regime de meio período. A Sociedade Médica do distrito de Evangeline se enfureceu. Irving Watters aproximou-se da mesa de Martin em um restaurante para questioná-lo.

— Ouvi dizer que você ampliou a equipe da clínica — falou Watters.
— Sim.
— Você pensa em aumentá-la mais ainda?
— Poderia ser uma boa ideia.
— Pois olhe aqui, Mart. Como você bem sabe, a sra. Watters e eu fizemos tudo o que estava ao nosso alcance para que você e Leora fossem bem recebidos. Fiquei feliz em poder fazer alguma coisa por um companheiro da velha Winnemac. Mas, como você também deve saber muito bem, existem limites! Não que eu faça qualquer objeção a você oferecer uma clínica de atendimento gratuito. Só não sei de que vale tratar de graça a maldita, indolente e piolhenta classe pobre e impedir que essa gente engrosse a contabilidade dos médicos regulares. E, ao *mesmo tempo*, quando você se propõe a incentivar uma porção de sujeitos, em condições de pagar, a procurar tratamento sem custo, fere a integridade dos médicos desta cidade, aqueles que têm dedicado seu tempo (só Deus sabe quanto) à caridade...

A resposta de Martin não foi sábia, tampouco hábil. Disse ele:

— Irve, meu caro, vá para o inferno!

Depois daquele encontro, os dois não voltaram a se falar.

Martin conseguiu encontrar alguns momentos para mergulhar feliz nas práticas do laboratório, sem que isso interferisse com sua rotina de trabalho. No início, ele se limitou a realizar algumas experiências, mas subitamente estava em franca atividade, alheio a tudo à sua volta que não fossem os experimentos.

Trabalhou com culturas isoladas a partir de vários laticínios e também do material colhido de diversas pessoas. Seu foco principal era Klopchuk e o estreptococo. No final, ele acabou descobrindo, por acaso, que, quando comparado com o sangue de outros animais, o sangue das ovelhas continha uma abundante quantidade de hemolisina. Por que razão o estreptococo dissolvia os corpúsculos vermelhos do sangue de uma ovelha com mais facilidade do que os dos coelhos? É bem verdade que um ocupado bacteriologista do departamento da saúde não tem o direito de gastar o tempo pago com recursos públicos em meras curiosidades; contudo, o irresponsável espírito de cão farejador que existia no jovem diretor se sobrepôs ao do funcionário diligente.

Martin passou a negligenciar o exame de uma quantidade cada vez maior de escarro tuberculoso e se concentrou na busca de uma resposta para a questão da hemolisina, tentando fazer com que o estreptococo produzisse o veneno destruidor do sangue em culturas de 24 horas.

Foi um fracasso estrondoso e perturbador, e o jovem passou muito tempo entregue às suas reflexões. Ele experimentou usar uma cultura de seis horas. Depois lançou mão do recurso de misturar o fluido em suspensão de uma cultura centrifugada com a suspensão de corpúsculos vermelhos do sangue, colocando a mistura resultante na incubadora. Ao retornar, duas horas mais tarde, as células de sangue estavam dissolvidas.

Ele telefonou para Leora dizendo:

— Lee! Consegui alguma coisa! Você pode preparar uns sanduíches e vir passar a noite aqui?

— É claro — respondeu Leora.

Quando a esposa chegou, ele explicou a ela que sua descoberta fora acidental. Contou também que a maioria das descobertas científicas ocorria também acidentalmente e que nenhum pesquisador, por mais notável que fosse, poderia fazer qualquer coisa além de perceber o valor de seus resultados casuais.

Martin parecia maduro e um tanto irritado.

Leora sentou-se no canto, coçando o queixo, enquanto lia um periódico médico. De tempos em tempos ela reaquecia o café sobre a chama trêmula de um bico de Bunsen. Quando a equipe do escritório chegou pela manhã, deparou com algo que ocorrera apenas em raríssimas oportunidades sob o regime de Almus Pickerbaugh: o diretor do Departamento estava transplantando culturas e sua esposa dormia sobre uma mesa comprida.

Martin proclamou para o Dr. Ockford:

— Saia já daí Rufus e assuma o departamento por hoje... estou morto. Ah, e leve Leora para casa e frite uns ovos para ela... e traga para mim um sanduíche Denver do carrinho de lanches Sunset. Pode ser?

— Você manda, chefe — respondeu Ockford.

Martin repetiu seu experimento, fazendo testes da presença de hemolisina nas culturas depois de duas, quatro, seis, oito, dez, doze, catorze, dezesseis e dezoito horas de incubação, e descobriu que a produção máxima de hemolisina acontecia entre quatro e dez horas. Começou então a desenvolver a fórmula de produção – e ficou desolado. Irritou-se, esbravejou e trabalhou arduamente. Descobriu que sua matemática ainda precisava evoluir muito e que toda a sua ciência estava enferrujada. Ele gastou tempo com a química, sofreu com os cálculos e, aos poucos, começou a renuir seus resultados, acreditando que poderia elaborar um relatório para a *Gazeta das Doenças Infecciosas*.

Almus Pickerbaugh conseguia publicar artigos científicos com grande frequência. Esses trabalhos saíam no Periódico Médico Trimestral do Centro-Oeste, do qual ele era um dos catorze editores. O médico havia descoberto o micro-organismo da epilepsia e dois micro-organismos do câncer completamente diferentes. De um modo geral, ele levava cerca de quinze dias para chegar a uma descoberta, escrever o relatório, submetê-lo à aprovação dos editores e vê-lo aprovado. Martin carecia dessa admirável facilidade.

Ele fazia testes e mais testes e amaldiçoava os resultados. Mantinha Leora acordada e ensinava a ela como preparar as culturas, mas ficava irritado com as opiniões que a esposa dava a respeito das bases usadas para elaboração dessas culturas. O jovem doutor tratava as estenógrafas com agressividade e nem uma vez sequer o pastor da Igreja Congregacional, Jonathan Edwards, conseguiu levá-lo para falar em uma aula sobre a Bíblia. Apesar de tudo isso, meses se passaram e o artigo de Martin ainda não estava pronto.

O primeiro a protestar foi Sua Excelência, o prefeito. Ao tomar um atalho atrás da Prefeitura, às duas horas da madrugada, no retorno de um jogo de bacará extremamente agradável, no qual contou com a companhia de F. X. Jordan, o prefeito Pugh viu Martin colocando desconsoladamente os tubos de ensaio na incubadora, enquanto Leora fumava em um canto da sala. No dia seguinte, ele chamou Martin e expressou seu protesto.

— Doc, eu não desejo me intrometer em seu departamento, pois minha especialidade nunca foi a intromissão... mas certamente me surpreende que, depois de ser treinado por um fomentador tão dissuasivo como Pickerbaugh, você ainda não saiba que é uma maldita tolice gastar tanto tempo no laboratório, quando pode contratar um técnico de nível A1 por trinta dólares a semana. Você deveria era estar lisonjeando esses sentimentalistas que vivem criticando a administração. Saia para as ruas e fale nas igrejas e nos clubes. Ajude-me a levar adiante as ideias que nós defendemos.

Martin pensou consigo mesmo: "Talvez ele esteja certo, e eu seja um bacteriologista miserável. Provavelmente, nunca concluirei esse experimento. Minha função aqui é impedir que os mascadores de tabaco cuspam nas ruas. Teria eu o direito de gastar o dinheiro dos contribuintes em outra coisa?".

Mas naquela semana ele leu em um anúncio divulgado pelo Instituto de Biologia McGurk de Nova York que o Dr. Max Gottlieb havia sintetizado anticorpos *in vitro*.

Martin imaginou que o mal-humorado Gottlieb, em vez de sentir o prazer de seu triunfo, trancafiara-se no laboratório, amaldiçoando os jornais por publicarem relatos exagerados sobre seu trabalho. À medida que essa imagem se tornava mais nítida, o jovem médico sentiu-se como um oficial de segundo escalão perdido em uma ilha deserta enquanto seu destacamento saía para uma agradável guerra de fronteiras.

Então, a fúria de McCandless estourou.

II

A sra. McCandless começara sua carreira exercendo a função de "doméstica". Depois ela foi enfermeira, confidente e, por fim, esposa do inválido sr. McCandless, um merceeiro atacadista e proprietário de imóveis. Quando o marido faleceu, ela herdou todos os seus bens. Houve um processo judicial, sem dúvida alguma, mas a senhora tinha um excelente advogado.

Ela era uma mulher sombria, sem graça, insípida, suspeita e desprezível, e além de tudo ninfomaníaca. A sociedade de Nautilus não a acolheu em seu seio, mas, no embolorado sofá de sua abafada sala de estar, ela entretinha alguns homens casados, velhos, andrajosos e exaustos, bem como um jovem policial, a quem emprestava dinheiro frequentemente, e um político empreiteiro de nome F. X. Jordan.

A sra. McCandless possuía, em Swede Hollow, o mais infecto quarteirão de cortiços existente em Nautilus. Martin havia traçado um mapa da tuberculose nesses cortiços e, em conversas com o Dr. Ockford e Leora, classificava-os como buracos da morte. Ele desejava destruir essas residências populares, mas o poder policial do diretor de Saúde Pública carecia de contornos mais definidos. O poder de Pickerbaugh devia-se ao fato de ele nunca tê-lo empregado.

Martin apelou à corte em busca de uma decisão favorável à demolição dos cortiços de McCandless. O advogado da senhora atuava também como advogado de F. X. Jordan, e a mais eloquente testemunha contrária a Martin foi o Dr. Irving Watters. No entanto, devido à ausência de um juiz titular, aconteceu que o caso caiu nas mãos de um profissional desinformado e honesto, que anulou o embargo impetrado pelo advogado da sra. McCandless e instruiu o Departamento de Saúde Pública a empregar os métodos previstos nos decretos da cidade para casos de emergência.

Naquela noite, Martin reclamou para o jovem Ockford:

— Você não acha, Rufus, que a sra. McCandless e Jordan vão apelar nesse caso? Vamos nos livrar dos cortiços enquanto a lei está do nosso lado!

— Pode apostar, chefe. — falou Ockford — Mas nos resta a possibilidade de irmos clinicar em Oregon quando formos demitidos. Bem... de qualquer maneira podemos contar com nosso inspetor sanitário. O Jordan seduziu a irmã dele uns seis anos atrás.

Ao amanhecer, um bando jovial e arruaceiro conduzido por Martin e Ockford, todos trajando macacões azuis, invadiu os cortiços de McCandless, colocou na rua os inquilinos e começou a demolir as frágeis construções. Ao meio-dia, quando os advogados chegaram e os locatários já estavam acomodados em novos apartamentos confiscados por Martin, os demolidores atearam fogo nos pavimentos mais baixos e em meia hora não sobrava mais nada dos edifícios.

F. X. Jordan entrou em cena depois do almoço. Martin, que estava imundo, e Ockford, todo empoeirado, tomavam o café trazido por Leora.

— Muito bem, rapazes — falou Jordan —, vocês venceram desta vez. Mas, se algum dia precisarem fazer de novo essa coisa, usem dinamite para economizar um bocado de tempo. Gosto de vocês, garotos... e sinto muito pelo que tenho que fazer. Que os santos os ajudem, porque é só uma questão de tempo até eu ensiná-los a não brincar com uma serra circular.

III

Clay Tredgold admirou o incêndio amador e se rejubilou:

— Esplêndido! Vou apoiá-los em todas as ações do Departamento de Saúde Pública.

Martin não ficou muito satisfeito com a promessa, pois o grupo de Tredgold era um tanto exigente demais. Seus integrantes haviam chegado à conclusão de que, assim como eles, Martin e Leora gozavam de um espírito livre e divertido; e muito antes dos Arrowsmiths, com sua chegada a Nautilus, terem adquirido uma existência genuína, os rapazes já haviam decidido que o grupo detinha o monopólio de toda a liberdade e comicidade e, desse modo, esperava que o casal comparecesse a coquetéis e jogos de pôquer todas as noites de sábado e domingo. Eles não conseguiam compreender por que Martin se propunha a perder seu tempo no laboratório, labutando sobre algo denominado "estreptolisina", que nada tinha em comum com coquetéis, automóveis, moinhos de vento feitos de aço ou seguros.

Certa noite, por volta de quinze dias após a destruição dos cortiços de McCandless, já era bem tarde e Martin trabalhava no laboratório. Ele não estava realizando experimentos que pudessem divertir o grupo, como fazer com que colônias de bactérias turvassem um líquido ou as coisas mudassem de cor. O jovem médico encontrava-se sentado à escrivaninha, examinando tabelas de logaritmos. Leora permanecera em casa e ele resmungava consigo mesmo: "Droga! Por que ela tinha que ficar doente justamente hoje?".

Tredgold e Schemihl, acompanhados das respectivas esposas, estavam se dirigindo para a velha hospedaria Farmhouse. Os dois telefonaram para o apartamento de Martin e souberam que ele não se encontrava. Da viela atrás da Prefeitura, conseguiram espiar dentro do laboratório e o viram desconsolado e solitário.

Tredgold sugeriu:

— Vamos tirar o garoto de lá e animá-lo. Mas, antes, vamos correr até em casa, preparar uns coquetéis e trazer para surpreendê-lo.

Meia hora mais tarde, Tredgold entrou no laboratório fazendo um grande estardalhaço.

— Que bela forma de se passar uma enluarada noite de primavera, Arrowsmith! Deixe isso aí de lado... nós vamos sair para dançar um pouco. Pegue seu chapéu.

— Caramba, Clay! Eu gostaria, mas não posso... não mesmo! Preciso trabalhar... simplesmente preciso.

— Droga! Não seja idiota. Você tem trabalhado demais. Veja bem... veja só o que o papai trouxe. Seja sensato. Tome esse longo e delicioso coquetel e você verá as coisas sob um novo prisma.

Martin foi sensato até aquele instante, mas não mudou seu ponto de vista. Tredgold jamais aceitaria um "não" como resposta, mas ele continuou a recusar, no início afetuosamente, mas depois com mais aspereza e sarcasmo. Do lado de fora, Schlemihl apertou e manteve pressionado o botão da buzina, produzindo um som estrepitoso e irritante que fez Martin gritar:

— Por Deus! Vá embora e faça-o parar com esse barulho... me deixem sozinho! Já falei que preciso trabalhar!

Tredgold olhou-o fixamente durante alguns instantes, e depois falou:

— Vou sair sim, esteja certo! Não estou acostumado a impor meus favores às pessoas. Perdoe-me pela perturbação!

No momento em que Martin pesarosamente percebeu que devia se desculpar, o automóvel já havia partido. No dia seguinte, e ao longo de toda a semana, ele esperou pelo telefonema de Tredgold, e este esperou pelo de Martin. Os dois acabaram gerando em torno de si um círculo de antipatia. Leora e Clara Tredgold encontraram-se uma ou duas vezes, mas estavam constrangidas. Quinze dias depois, quando o mais proeminente médico da cidade criticou Martin durante um jantar na companhia dos Tredgolds, acusando-o de ser um jovem arrogante, de visão estreita, o casal Tredgold limitou-se a escutar e concordar.

Uma corrente de oposição a Martin ganhou força imediatamente.

Diversos médicos se colocaram contra o jovem diretor, não apenas por causa da ampliação das clínicas, mas também porque só raramente ele lhes solicitava ajuda – e nunca seus conselhos. O prefeito Pugh o considerava indelicado. Klopchuk e F. X. Jordan o chamavam de salafrário. Os jornalistas o desprezavam por sua excessiva reserva e grosseria ocasional. E o Grupo deixou de defendê-lo. Martin estava mais ou menos consciente de todas essas forças e imaginava que por trás delas negociantes de caráter questionável, vendedores de leite e sorvetes impuros, proprietários de cortiços imundos e lojas carentes de higiene, homens que sempre nutriram ódio por Pickerbaugh, mas temiam atacá-lo por causa de sua popularidade, estavam se juntando para destruir todo o Departamento de Saúde Pública. Nessas ocasiões, ele tinha consciência do valor de Pickerbaugh e sentia um amor patriótico pelo Departamento.

O prefeito Pugh deu a entender que ele poderia evitar problemas se entregasse sua renúncia. Mas Martin não iria renunciar, tampouco implorar o apoio dos cidadãos. Ele fazia seu trabalho e se sustentava na confiança de Leora, tentando ignorar os detratores. Contudo, não conseguiu.

Novas notícias e breves comentários sarcásticos no editorial exploravam sua tirania, ignorância e inexperiência. Uma senhora veio a falecer depois de um tratamento que recebeu na clínica, e o oficial responsável pela investigação sugeriu que a morte fora culpa do "filhote assistente de nosso todo poderoso chefe da saúde". Em algum lugar surgiu o cognome "Czar Juvenil", que foi firmemente colado à figura de Martin.

Nas conversas à boca pequena dentro das lanchonetes dos clubes, nas discussões da Associação de Pais e Mestres e em um protesto franco encaminhado ao prefeito, Martin era responsabilizado tanto pelo excesso de rigor como pela falta dele na inspeção do leite, e também pelo fato de permitir que o lixo não fosse recolhido ou de processar os coletores de lixo sobrecarregados de trabalho. E quando foi detectado um caso de varíola no distrito boêmio, a opinião corrente era de que o jovem doutor havia provocado o surgimento da doença.

Muito embora os cidadãos fossem vagos em relação à natureza da perversidade atribuída a Martin, uma vez perdida a confiança no médico, eles tomaram a questão como absoluta e definitiva, e se alegravam por isso. A população acolheu de bom grado um rumor aparentemente espontâneo de que ele havia traído seu benfeitor, o venerado Dr. Pickerbaugh, ao seduzir Orchid.

Em decorrência desse curioso sinal de imoralidade, todas as igrejas se voltaram contra Martin. O pastor da Igreja, Jonathan Edwards, proferiu um sermão sobre o pecado na classe alta, fazendo uma referência "àquele que, enquanto assume a posição de um czar e pretende salvaguardar a cidade contra perigos inteiramente imaginários, faz vistas grossas ao vício secreto que assoma de maneira desenfreada em locais duvidosos, aquele que se alia às forças do mal e aos criminosos que enriquecem às custas de trabalhadores honestos porém iludidos, aquele que não tem condições de se erguer como um homem viril entre todos os homens e dizer 'eu possuo mãos e coração limpos'".

É verdade que alguns dos maravilhados integrantes da congregação entenderam que as palavras tinham como alvo o prefeito Pugh e outros sugeriram que se elas referiam a F. X. Jordan. Contudo, os cidadãos mais perspicazes compreenderam que se tratava de um corajoso ataque ao monstruoso autor da traiçoeira libidinagem, o Dr. Arrowsmith.

Em toda a cidade, houve apenas dois ministros que saíram em defesa do jovem doutor: o padre Costello, da Igreja Católica Irlandesa, e o rabino Rovine. Os dois eram muito amigos e não tinham simpatia pelo pastor Jonathan Edwards – e costumavam até mesmo importunar os membros da congregação. Eles diziam: "O povo anda por aí fazendo comentários maldosos, com críticas ao nosso diretor da Saúde. Quem quer fazer acusações, que faça abertamente. Não dou ouvidos a insinuações covardes. E vou dizer uma coisa: esta cidade tem sorte de contar com um diretor da Saúde que é um homem honesto e que de fato sabe alguma coisa!".

Mas a congregação era pobre.

Martin percebeu que estava perdido e tentou avaliar sua impopularidade. Pensou ele: "Não se trata apenas da conspiração de Jordan, dos resmungos de Tredgold ou da voluntária submissão de Pugh. A culpa é só minha. Não posso sair por aí adulando as pessoas para obter a permissão de ajudá-las a ficar bem. E não vou dizer a elas que diabo de coisa importante é o meu trabalho... não vou dizer que sou o único capaz de salvar a vida de todos e impedir que morram agora mesmo. Me parece que uma autoridade em um estado democrático tem que fazer essas coisas. Pois eu não vou! Mas preciso pensar em algo, ou eles acabarão com o Departamento".

Martin teve uma inspiração. Se Pickerbaugh estivesse lá, por certo esmagaria ou apaziguaria afetuosamente a oposição. Ele se lembrou das palavras de despedida do médico: "Agora, meu rapaz, mesmo eu estando muito longe, lá em Washington, esse trabalho continuará tão próximo de meu coração como sempre esteve, e se você precisar de mim, basta chamar... eu deixarei tudo e virei".

O jovem diretor escreveu para o doutor contando que precisava muita de sua ajuda.

O bom e velho Pickerbaugh respondeu desculpando-se: "Não consigo lhe dizer como é grande minha tristeza de não poder me ausentar de Washington neste momento, mas estou certo de que seu zelo o leva a atribuir um peso exagerado à força da oposição. Escreva-me livremente a qualquer hora".

— Esta foi minha última tentativa. — falou Martin para Leora — Estou acabado. O prefeito Pugh vai me demitir tão logo retorne de sua excursão de pesca. Fracassei de novo, minha querida.

— Você não é um fracassado, e precisa comer um pouco dessa carne saborosa... o que faremos agora é dar um tempo até mudarmos. De qualquer modo... odeio ficar por muito tempo no mesmo lugar — declarou Leora.

— Não sei o que faremos. Talvez eu consiga um emprego com o Hunziker ou, quem sabe, podemos ir embora para Dakota e tentar juntar uma clientela. O que eu quero mesmo é me tornar um fazendeiro... comprar uma bela arma e botar todos os cristãos fervorosos para fora do lugar. Mas, enquanto isso, vou permanecer aqui. Ainda posso vencer... só dependo de um par de milagres e da intervenção divina. Oh, Deus, estou tão cansado! Você vai voltar para o laboratório comigo esta noite? Quer saber? Vou acabar cedo... antes das onze, talvez.

Martin havia concluído seu artigo baseado na pesquisa sobre a estreptolisina, e tirou um dia de descanso para ir até Chicago e conversar a esse respeito com um editor da *Gazeta das Doenças Infecciosas*. Quando deixou Nautilus, estava confuso. Antes, ele se sentira satisfeito pelo fato de estar livre de Wheatsylvania e a caminho da grande Nautilus. O tempo voltou atrás, o progresso não mais existia e ele se via preso em um emaranhado de futilidades.

O editor elogiou o artigo e aceitou-o, tendo sugerido apenas uma mudança. Enquanto esperava dar o horário do trem, Martin lembrou que Angus Dauer trabalhava em Chicago, na Clínica Rouncefield, uma organização particular, formada por médicos especialistas que compartilhavam custos e lucros.

A clínica ocupava catorze salas em um edifício de vinte andares, construído em mármore, ouro e rubis (pelo menos era assim que ele se afigurava na lembrança de Martin). A sala da recepção, diante de uma imensa lareira de pedra, mais se assemelhava à sala de estar de um magnata do petróleo, mas não era um local dedicado ao ócio. A jovem à porta pediu que ele informasse os sintomas e o endereço. Um mensageiro uniformizado entregou o nome a uma enfermeira que desapareceu nos consultórios da parte interior. Martin aguardou um quarto de hora pela chegada de Angus Duer, em uma sala de espera menor, mais suntuosa e ainda mais desconcertante. Ele estava tão impressionado que se teria entregado nas mãos de qualquer cirurgião da clínica para que fosse operado de qualquer doença que naquele momento eles pudessem imaginar.

Na escola de medicina e no Hospital Geral de Zenith, Angus Duer fora muito eficiente, mas agora era dez vezes mais seguro de si. Ele foi cordial e convidou Martin para saírem e tomarem uma xícara de chá, o que pareceu um convite automático e carente de sinceridade. Ao lado dele, Martin se sentia imaturo, grosseiro e incapaz.

Angus ganhou a confiança do rapaz ao ponderar:

— Irving Watters? Ele era um digamniano? Não estou certo de me lembrar dessa figura. Ah, sim... era um daqueles estúpidos que são a maldição de qualquer profissão.

Depois que Martin fez um breve relato da situação em Nautilus, Angus sugeriu:

— Você faria melhor se viesse trabalhar conosco aqui, na Rouncefield, como patologista. Dentro de algumas semanas, nosso patologista irá embora e você poderia fazer o trabalho dele. Seu salário é de 2.500 dólares por ano atualmente? Bem... creio que eu consiga chegar a 4.500, para começar, e algum dia você poderá vir a ser um sócio regular da clínica e participar de todos os lucros. Diga se lhe interessa. Rouncefield pediu que eu encontrasse alguém para o lugar.

Com essa carta na manga e movido por certa afeição por Angus, Martin retornou para Nautilus e entrou na guerra. Quando o prefeito Pugh voltou, ele não despediu o rapaz. Em vez disso, nomeou para o cargo de diretor titular um amigo de Pickerbaugh, Dr. Bissex, o treinador de futebol e diretor da saúde do Mugford College.

O Dr. Bissex começou demitindo Rufus Ockford, o que fez em apenas cinco minutos. Depois, saiu para discursar em uma reunião da ACM, de onde voltou apressado e propôs a Martin que renunciasse.

— Nem no inferno! — esbravejou Martin — Vamos lá, seja honesto, Bissex. Se você quer me demitir, então demita, mas deixe de subterfúgios. Eu não renunciarei, e se você me demitir vou levar a questão à justiça e... talvez eu consiga atrair um bocado de atenção sobre você, sua honra e Frank Jordan, para impedir que vocês ponham por terra todo o trabalho feito aqui.

— Como assim, doutor? Isso não é jeito de falar! Decerto eu não vou demiti-lo. — argumentou Bissex, com modos de quem fala com alunos incorrigíveis e jogadores de futebol indolentes — Fique conosco quanto tempo desejar. Acontece apenas que, em nome da economia, eu reduzi seu salário para oitocentos dólares ao ano!

— Tudo bem, reduza e vá para o inferno! — esbravejou Martin com veemência.

As palavras lhe pareceram particularmente adequadas e originais quando pronunciadas, mas tiveram uma conotação bastante diferente no momento em que ocorreu a ele e Leora que, em face do valor do aluguel fixado pelo contrato, eles não teriam a menor condição de viver com menos de mil dólares por ano.

Agora que estava livre das responsabilidades, Martin começou a criar seu próprio movimento de dissidência, com o objetivo de salvar o Departamento. Ele reuniu o rabino Rovine, o padre Costello, Ockford (que iria continuar clinicando na cidade), a secretária do Conselho Trabalhista, um banqueiro, que considerava Tredgold um "devasso", e o dentista da clínica da escola, um excelente sujeito.

— Com pessoas como essas a me respaldar, posso fazer alguma coisa. — falou ele para Leora, com ar exultante — Vou confiar nisso. Não quero ver o Departamento de Saúde Pública transformado em uma ACM. Bissex possui todo aquele sentimentalismo do Pickerbaugh sobre sua honestidade e seu dinamismo, mas posso derrotá-lo. Não sou um executivo, mas já estava começando a imaginar um Departamento da Saúde consistente e não volátil, um departamento que possa salvar as crianças e prevenir a ocorrência de epidemias. Não vou desistir, esteja certa disso!

O comitê de Martin fez representações junto ao Clube de Comércio, e durante algum tempo eles tiveram certeza de que o principal repórter do *Frontiersman* lhes garantiria apoio tão logo pudesse convencer seu editor de que não havia por que temer uma comoção geral. Contudo, a beligerância de Martin foi atenuada pela vergonha, pois ele nunca tinha dinheiro suficiente para pagar suas contas e não estava habituado a se esquivar de donos de armazém irados, a receber cartas de cobrança e discutir na porta com cobradores impertinentes. O jovem doutor, que poucos dias antes fora um personagem importante da cidade era agora obrigado a suportar ameaças: "Ou você paga agora, seu caloteiro, ou chamarei a polícia!". Quando a vergonha já havia se transformado em terror, o Dr. Bissex repentinamente reduziu em mais duzentos dólares o salário do rapaz.

Ele entrou como um furacão no gabinete do prefeito para tomar satisfações e se deparou com F. X. Jordan na companhia de Pugh. Estava evidente que ambos sabiam da segunda redução e a consideravam uma excelente piada.

Martin voltou a reunir o comitê e esbravejou:

— Vou levar isso à justiça.

— Certíssimo. — concordaram o padre Costello e o rabino Rovine — Jenkins, aquele advogado radical tratará do caso gratuitamente.

O banqueiro sagaz observou:

— Você não vai ter o que levar à justiça se eles não o demitirem por justa causa. Legalmente, Bissex tem o direito de reduzir seu salário o quanto ele desejar. A legislação da cidade só estabelece o valor do salário do diretor e dos inspetores... de ninguém mais. Você não tem o que alegar.

Martin protestou em tom melodramático:

— Acredito então que não poderei falar nada se eles destruírem o Departamento!

— Absolutamente nada, se a cidade não se importa com o fato.

— Mas eu me importo! Morro de fome, mas não renuncio!

— Você morrerá de fome se não renunciar... e sua esposa também. Ouça meu plano. — propôs o banqueiro — Você começa a clinicar como médico particular. Eu financiarei a abertura de um consultório e o que mais for necessário. E quando chegar a hora, talvez em cinco ou dez anos, nós nos juntaremos e o colocaremos no cargo de diretor.

— Dez anos de espera... em Nautilus? Não! Estou derrotado, sou um fracasso total... aos 32 anos! Vou renunciar e sair por aí. — declarou Martin.

— Sei que vou adorar Chicago — disse Leora.

IV

Martin escreveu para Angus Duer e foi nomeado patologista da Clínica Rouncefield. Em sua carta, Angus argumentou que "eles não teriam naquele momento condições de pagar um salário de 4.500 dólares por ano, mas lhe ofereciam com prazer 2.500."

Ele aceitou.

V

Quando os jornais de Nautilus anunciaram a renúncia de Martin, os bons cidadãos comentaram entre risinhos: "Renunciou? Ora, ele foi demitido... foi isso o que aconteceu". Um dos jornais publicou um singelo comentário:

É provavelmente inevitável que nós, depravadas criaturas humanas, sejamos dotados de certa dose de hipocrisia. Mas quando um funcionário público tenta posar de santo, sabendo-se que ele se entrega a todas as formas de vício, e tenta encobrir sua grossa ignorância e absoluta incompetência, por meio de manobras políticas, revelando-se incapaz de executá-las com eficiência, então, até mesmo o mais amaldiçoado de nós, canalhas que somos, começa a clamar por medidas drásticas.

De Washington, Pickerbaugh escreveu para Martin:

Lamento demais saber que você renunciou ao cargo. Não consigo sequer lhe dizer quão desapontado fiquei, depois de todos os esforços que fiz para refrear você e fazê-lo conhecedor de meus ideais. Bissex me informa que, em decorrência da crise na situação financeira da cidade, ele foi obrigado a reduzir temporariamente seu salário. Da minha parte, eu preferiria trabalhar de graça para o Departamento de Saúde Pública e ganhar meu sustento como guarda-noturno, em vez de abandonar a luta pelas causas dignas e edificantes. Lamento muito, de fato. Sempre nutri grande afeição por você, e o fato de você optar pelo abandono voluntário e consciente da batalha, pelo retorno à clínica privada em nome de meros ganhos comerciais, pela venda de sua consciência em nome daquilo que eu presumo serem vultosos emolumentos, representa um dos mais violentos golpes que já tive que suportar nos últimos tempos.

VI

Durante a viagem para Chicago, Martin deu voz aos seus pensamentos:

— Nunca imaginei que eu pudesse ser destruído dessa forma. Não quero nunca mais voltar a entrar num laboratório ou num órgão de saúde pública. Não me interesso por mais nada, exceto ganhar dinheiro.

"Suponho que essa Clínica Rouncefield não passa de uma armadilha... convencer os pobres milionários a se submeterem a toda espécie de exames e tratamentos que o empreendimento mercantil pode suportar. Tomara que seja assim! Pelo resto da vida, quero pertencer a um grupo de médicos dedicados ao lucro. Espero ser suficientemente sensato para agir assim!

"Todos os homens sábios são bandidos. Eles têm lealdade apenas para com seus amigos, e desprezam todo o resto. E por que não, se a grande massa das pessoas os despreza se eles *não agem* como bandidos? Angus Duer teve a sensatez de entender isso desde o início... desde os tempos da faculdade. Ele é provavelmente um técnico perfeito enquanto cirurgião, mas sabe que você só ganha aquilo de que se apossa. Pense em todos os anos que eu levei para aprender o que ele sempre compreendeu!

"Sabe o que vou fazer? Fincar pé na Clínica Roundefield até que eu tenha conseguido chegar a ganhar trinta mil por ano... então, vou chamar Ockford e abrir minha própria clínica, na qual serei um médico internista e chefe de toda a turma... e vou ganhar cada centavo que puder.

"Tudo bem... se o que as pessoas querem é um pouco de tratamento e muitos tapetes, pois é isso o que terão... e vão pagar para tê-lo.

"Nunca pensei que eu pudesse ser um fracasso tão grande... me tornar um mercantilista, sem a menor vontade de ser diferente. E não quero ser outra coisa, pode acreditar! Estou farto!"

CAPÍTULO 25

E assim, no decurso de todo um ano, período em que cada dia pareceu mais longo do que uma noite de insônia, um ano que passou depressa, mas sem eventos, estações ou entusiasmo, Martin foi um operário fiel naquela que era a indústria médica mais competente, asseada, ativa e carente de ideais – a Clínica Rouncefield. Ele não tinha motivos para se queixar. A clínica realizava de fato muitos exames radiológicos em mulheres das classes sociais inferiores – aquelas que precisavam ter filhos e esfregar assoalhos mais do que necessitavam de pequenas radiografias. Seus profissionais talvez encarassem amídalas com uma melancolia por demais sanguinária, mas decerto nenhuma indústria poderia ter sido mais bem equipada e ser mais gratificantemente cara, tampouco encaminhar com tal celeridade sua matéria-prima humana, por meio de tantos processos. O Martin Arrowsmith que fora desdenhoso em relação a Pickerbaugh e ao velho Dr. Winters, demonstrava por Rouncefield, Angus Duer e os outros perspicazes e organizados especialistas da clínica simplesmente o respeito do homem pobre e a incerteza diante do rico e ardiloso.

Ele admirava a firmeza de propósitos e a solidez dos hábitos de Angus. Este último fazia diariamente aulas de natação ou de esgrima. Nadava com facilidade e duelava como um demônio de rosto impassível. Recolhia-se à cama antes das 23h30, nunca tomava mais do que um drinque por dia e nunca lia ou dizia qualquer coisa que não pudesse contribuir para seu progresso como jovem cirurgião brilhante. Seus subalternos sabiam que o Dr. Duer jamais se atrasava, bem como jamais deixava de comparecer trajado com perfeição, absolutamente sóbrio, muito fleumático e aparentemente insatisfeito com qualquer enfermeira que cometesse algum erro ou esperasse dele um sorriso.

Desde que se sentisse convencido da real necessidade da intervenção, Martin se entregaria sem temor nas mãos do brilhante e ardente abdutor de amídalas da clínica, ou nas de Angus, para uma cirurgia abdominal ou, quem sabe, nas de Rouncefield, para uma operação na cabeça ou no pescoço. No entanto, nunca conseguiu compartilhar da convicção dos profissionais da clínica, de que qualquer parte do corpo sem a qual as pessoas podem concebivelmente viver, devesse ser removida sem demora.

Para Martin, o verdadeiro porém desse ano passado em Chicago era que todo o seu dia de trabalho não lhe deixava espaço para viver. Com mãos rápidas e um décimo de seu cérebro, fazia contagens sanguíneas, análises de urina, testes de Wassermanns e eventualmente alguma autópsia; e o tempo todo se sentia morto, em um sepulcro revestido de azulejos brancos. Entre os discursos de Pickerbaugh e as bisbilhotices de Wheatsylvania, ele vivera e se esforçara para criar seu ambiente. Agora não havia nada para combater.

Depois de horas de trabalho, era-lhe dado experimentar uns momentos de vida. Junto com Leora, ele descobriu o mundo das livrarias, das gráficas, dos teatros e dos concertos. Eles liam romances e livros históricos, e viajavam. Nos jantares oferecidos por Rouncefield ou Angus, conversavam com jornalistas, engenheiros, banqueiros e comerciantes. Os dois assistiam a peças russas, ouviam Mischa Elman e liam Rabelais (o escritor que Gottlieb idolatrava). Martin aprendeu a flertar sem ser pueril, e Leora foi pela primeira vez a um salão de beleza para tratar dos cabelos e das unhas, e começou a fazer aulas de francês. Em certa ocasião, ela chamara Martin de "caçador de mentiras" e "buscador de verdades". Mas agora, discutindo o assunto em seu acanhado apartamento, os dois chegaram à conclusão de que a maioria das pessoas que se autodenominam "buscadores da verdade" (pessoas que se arvoram em conversas fiadas sobre a Verdade como se isso fosse uma coisa tangível, da mesma forma que casas, sal ou pão) no fundo não desejam tanto encontrar a Verdade quanto aplacar sua gastura mental. Nos romances, esses buscadores da Verdade perseguem o "segredo da vida" em laboratórios que não parecem equipados com bicos de Bunsen ou reagentes, e viajam até os monastérios do Himalaia no desconforto de trens sufocantes, tendo como companhia serpentes indesejáveis, só para aprender com sábios infectos que o espírito pode realizar toda sorte de coisas edificantes se houver a disposição de passar trinta ou quarenta anos à base de arroz, contemplando o próprio umbigo.

Martin qualificou de "disparate" essas questões sublimes. Ele defendia a opinião de que não existe uma única Verdade, mas sim diversas verdades. Para o jovem doutor, a Verdade não era um pássaro colorido a ser caçado entre as rochas e capturado pela cauda, mas uma atitude cética em relação à vida. Ele insistia na ideia de que ninguém pode esperar ter (seja por teimosia ou sorte) mais do que o tipo de trabalho que ele exercia, nem a capacidade de adquirir maior familiaridade com os fatos desse trabalho do que consegue um trabalhador mediano.

Sua filosofia mecanicista não o ajudava a admitir que estivesse progredindo adequadamente. Quando tentava se comparar aos especialistas da clínica ou aos profissionais com quem tinha amizade, sua inquietação era ainda maior do que fora quando enfrentou o desconcertante menosprezo por parte do Dr. Hesselink, de Groningen. Nos almoços na clínica, Martin se encontrava com cirurgiões de Londres, Nova York e Boston, bem como com indivíduos que possuíam limusines e desfrutavam de privilegiada posição social e homens que exibiam, ao mesmo tempo, o dinamismo repugnante daqueles que têm inúmeros envolvimentos e a ofensiva quietude das pessoas que se divertem com seus subalternos. Eram técnicos experimentados, leitores de artigos em congressos médicos, executivos e administradores capazes de operar sem receio na presença de uma assistência de centenas de médicos ou dar ordens educadas e absolutamente terminantes aos seus subordinados. Eram capitães gerais da medicina, sempre seguros de si mesmo, excelentes sacerdotes e curandeiros, homens maduros e sábios que sabiam ser cuidadosa e persuasivamente cordiais.

Diante deles, Max Gottlieb parecia um velho impertinente, Gustaf Sondelius um charlatão e a cidade de Nautilus, indigna de uma campanha apaixonada. Envolvido pela suave cortesia desses homens, Martin se sentia um simples lacaio.

Em longas conversas com Leora, nas quais imperava um estado de franqueza e lucidez cada vez mais acentuado, ele procurava respostas para a questão "Quem é esse Martin Arrowsmith e para onde ele está se encaminhando?". Nesses momentos, o rapaz admitia que a figura dos cirurgiões famosos abalava sua antiga convicção de ser uma pessoa superior. E Leora o consolava:

— Tenho uma adorável descrição para seus malditos cirurgiões famosos. Você percebe como eles são educados e importantes e como sorriem com excessiva cautela? Muito bem, você não se lembra de certa vez ter dito que o professor Gottlieb chamava tais pessoas de "homens de alegria dissimulada?"

Martin se apossou da frase e os dois a cantaram juntos. Eles compuseram uma canção travessa e martelada:

"Homens de alegria dissimulada! Homens de alegria dissimulada! Que se danem os malditos executivos, os homens de alegria dissimulada. Que se danem os homens de sorriso forçado, os administradores de lojas. Que se dane sua alegria dissimulada, os homens de alegria dissimulada. Que se dane seu sorriso forçado!"

II

Enquanto Martin percorria um caminho acidentado para deixar de ser o garoto de Wheatsylvania e atingir a condição de homem maduro, seu relacionamento com Leora evoluía de uma aventura de adolescentes a uma duradoura solidez. Eles compartilhavam de um modo de compreensão conhecido apenas por algumas poucas pessoas casadas. Eram, a despeito de todas as diferenças, as partes de um todo indivisível, como se fossem os olhos e as mãos de um único ser. Essa identidade não significava necessariamente que eles vivessem em uma eterna bem-aventurança. Devido ao fato de ser tão profundamente aficionado à esposa e tão seguro de sua lealdade, e porque a raiva e as injustiças abrasadoras são maneiras equivalentes de se expressar a verdade, Martin ficava irritado com ela e a tratava com uma impertinência tal como jamais teria se comportado com qualquer outra mulher, nem mesmo com uma encantadora Orchid.

Vez ou outra, depois de uma briga, ele permanecia na espreita sem lhe dar resposta, e a deixava sozinha durante horas, saboreando o fato de vê-la ferida e sem companhia, vangloriando-se por saber que ela o aguardava – talvez chorando. Como amava a esposa e também lhe tinha grande afeição, Martin ficava aborrecido quando ela não se mostrava graciosa e delicada como as mulheres que frequentavam a casa de Angus Duer.

A sra. Rouncefield era uma mulher idosa e respeitável, que caminhava com passos de pata-choca – ao lado dela, Leora parecia radiante e refinada. A sra. Duer, uma mulher rica e jovem que se vestia com distinção, aparentava, no entanto, ser feita de âmbar e gelo. Sua voz tinha a melodia da falsidade aprendida nas escolas para moças. Era ambiciosa e não se perturbava diante de alguém que possuísse um coração ou um cérebro. Ela era, na verdade, tudo aquilo que a sra. Irving Watters acreditava ser.

No singelo esplendor da alta sociedade de Nautilus, a sra. Clay Tredgold era indulgente com Leora e achava graça sempre que ela aparecia usando sapatos sem fivela ou não se expressava de acordo com a norma culta; mas a sra. Duer, dos chinelos cor de ouro, estava acostumada a escarnecer da negligência com a mais educada, inofensiva e inequívoca forma de escárnio.

No momento em que saíram da residência dos Duers e retornavam de táxi para casa, Martin falou exaltado:

— Será que você não consegue aprender nada? Lembro que certa vez, em Nautilus, nós paramos na estrada e conversamos até... até a droga do amanhecer... e você se propôs a ser tão ativa! Mas aqui estamos nós outra vez, com as mesmas questões... Bom Deus! Será que você não poderia pelo menos se dar ao trabalho de notar que havia uma mancha de fuligem em seu nariz esta noite? A sra. Duer notou, está bem? Por que você é tão desleixada? Por que não toma um pouco de cuidado? Por que não faz um esforço para ter alguma coisa que falar? Você simplesmente se senta à mesa do jantar... senta com expressão cordial! Você não quer mesmo me ajudar? Com toda certeza, a sra. Duer vai ajudar Angus a se tornar dentro de vinte anos o presidente da Associação Médica Americana e, quando esse momento chegar, suponho que você me terá ajudado a assumir o posto de assistente de Hesselink em Dakota!

Leora estava aninhada nos braços do marido, embalada pelo luxo incomum de usar um táxi. Ela então endireitou o corpo, e quando falou havia perdido a despreocupada independência com que costumava encarar a vida:

— Lamento profundamente, meu querido. Eu saí na tarde de hoje e fui fazer uma massagem facial para que você me achasse atraente. Como sei que você gosta de conversas, peguei o livrinho que comprei sobre pintura moderna e o estudei com afinco, mas agora à noite não encontrei meios de introduzir o assunto da pintura moderna na conversa...

Martin falou entre soluços, com a cabeça dela encostada em seu ombro:

— Oh, minha pobre criança assustada e intimidada... tentando se portar como adulto no meio desses caçadores de dólares!

III

Depois do deslumbramento inicial diante dos ladrilhos brancos e da estonteante eficiência da Clínica Rouncefield, Martin sentiu o desejo de resolver alguns problemas pendentes de sua pesquisa sobre a estreptolisina.

Quando Angus Duer tomou conhecimento, fez insinuações:

— Olhe aqui, Martin, estou feliz em saber que você não abandonou sua ciência, mas, se eu estivesse no seu lugar, creio que não gastaria muita energia por uma simples questão de curiosidade. O Dr. Rouncefield falou sobre isso um dia desses. Nós ficaríamos muito felizes que você fizesse todas as pesquisas que deseja, mas gostaríamos que se dedicasse a alguma coisa prática... por exemplo, fazer uma tabulação da contagem sanguínea em uma centena de casos de apendicite e publicar esses dados... que resultariam em alguma coisa e... se você fizesse uma menção à clínica, todos nós receberíamos algum crédito e, quem sabe, pudéssemos então elevar seu salário para 3 mil dólares ao ano.

O efeito de tal generosidade foi o completo aniquilamento do desejo que Martin porventura sentisse de realizar qualquer tipo de pesquisa. Refletiu ele:

"Angus está certo. Ele mostrou claramente que como cientista estou acabado. Nunca mais tentarei outra vez fazer qualquer coisa original".

Nessa ocasião, quando já fazia um ano que Martin estava na clínica, a *Gazeta das Doenças Infecciosas* publicou seu artigo sobre a estreptolisina. Ele deu cópias para Rouncefield e Angus e eles fizeram comentários extremamente agradáveis, deixando patente que não haviam lido o texto. E mais uma vez, voltaram a sugerir a tabulação das contagens sanguíneas.

Martin também enviou uma cópia para Max Gottlieb, endereçada ao Instituto de Biologia McGurk.

Gottlieb respondeu em uma carta escrita com sua letra mal traçada, que mais parecia uma teia de aranha:

Caro Martin,

Foi com imenso prazer que li seu artigo. As curvas da relação entre a produção de hemolisina e a idade da cultura são iluminadoras. Falei sobre você para o Tubbs. Quando pretende vir se juntar a nós... a mim? Seu laboratório e seu criado o esperam aqui. A última coisa que desejo é ser um místico, mas senti, ao ver seu elegante papel timbrado da Clínica Rouncefield, que você deve estar cansado de tentar ser um bom cidadão e já está pronto para voltar ao trabalho. Eu e o Dr. Tubbs ficaremos felizes em recebê-lo.

Seu amigo,

M. Gottlieb

— Acho que vou adorar Nova York — falou Leora.

CAPÍTULO 26

Edifício McGurk. Uma parede diáfana, trinta andares brancos de vidro e pedra calcária, no comprimido triângulo a partir de onde Nova York domina um quarto do mundo.

A primeira visão de Nova York não chegou a impressionar Martin. Depois de um ano no coração de Chicago, Manhattan parecia não ter pressa. Porém, quando da via férrea elevada contemplou a Woolworth Tower, ficou eufórico. A arquitetura nunca tivera qualquer importância para ele. Edifícios não passavam de caixotes maiores ou menores que continham mais ou menos objetos interessantes. Seus mais apaixonados comentários sobre arquitetura limitavam-se a "Há um belo bangalô; lugar agradável para se viver". Mas agora, o rapaz ponderava consigo mesmo: "Seria bom ver aquela torre todos os dias... nuvens e tempestades por trás dela... parece que dá prazer aos sentidos".

Ele seguiu pela rua Cedar entre caminhões ruidosos que transportavam mercadorias de todo o mundo, e chegou às portas de bronze do Edifício McGurk. Atravessou um corredor de terracota exageradamente colorida, com murais dos índios andinos, piratas abrindo caminho pelos mares do Caribe, trens que transportavam ouro e as sólidas e pesadas muralhas de Cartagena. Na extremidade do corredor que dava para a rua Cedar havia uma rua particular de um quarteirão apenas, na qual estava situado o Banco dos Andes e das Antilhas (de cujo conselho Ross McGurk era o presidente). Nesse santuário incrustado de ouro, exportadores ianques redigiam minutas de contratos com Quito e funcionários seguiam no encalço de mulheres gorduchas, desfiando sua lábia em espanhol. No final da rua Liberty, havia uma placa indicando "Escritório de passageiros, Linhas Marítimas McGurk. Saídas semanais para as Antilhas e a América do Sul".

Nascido para viver nas pradarias, sempre próximo da vista dos milharais, Martin foi transportado para terras resplandecentes, um universo de empresas portentosas.

Uma das fileiras de elevadores, gradeados em bronze, ostentava os dizeres "Exclusivo do Instituto McGurk". Martin entrou cheio de orgulho, sentindo-se já uma peça daquela venerada comunidade. O elevador subiu rapidamente e ele só teve tempo de vislumbrar, por uma fração de segundo, as portas de vidro com letreiros de mineradoras, madeireiras e companhias férreas da América Central.

O Instituto McGurk era talvez a única organização do mundo dedicada à pesquisa científica cuja sede ficava em um edifício de escritórios. Ela ocupava o vigésimo nono e o trigésimo andares do Edifício McGurk, e no telhado, reservado para os viveiros de animais, existiam caminhos de ladrilho ao longo dos quais (em cima de um mundo de estenógrafos, escriturários e cavalheiros diligentes que se devotam ao ofício de vender vestimentas para os prósperos fidalgos da Argentina) perambulavam cientistas absortos, sonhando com a osmose das espirogiras.

Mais tarde, Martin viria a observar que a recepção do Instituto era menor e, no entanto, mais proibitivamente elegante, com suas cortinas brancas e cadeiras Chippendale, do que o saguão da Clínica Rouncefield. Naquele momento, porém, toda a sua atenção estava concentrada no reencontro com Max Gottlieb, depois de cinco anos, e, desse modo, a sala, a jovem atendente de poucas palavras e todo o resto passaram despercebidos.

Na porta do laboratório, ele parou e olhou ansiosamente.

Gottlieb tinha o mesmo rosto magro e sombrio de sempre, com o nariz afilado de águia e o olhar enérgico e exigente, mas os cabelos estavam mais brancos e a boca havia murchado; e a fraqueza que ele demonstrou ao se levantar sensibilizou Martin, quase o levando às lágrimas. O velho homem colocou as mãos nos ombros do rapaz e observou-o atentamente de cima a baixo, mas limitou-se a dizer:

— Ah! Isso é muito bom... seu laboratório fica três portas adiante no corredor. Tenho uma objeção quanto ao artigo que você me enviou. Você diz: "A regularidade na taxa de desaparecimento da estreptolisina sugere que é possível encontrarmos uma equação..."

— Mas é mesmo, senhor!

— Por que então você não escreveu uma equação?

— Bem... eu não sei. Minha formação matemática é insuficiente para tanto.

— Assim sendo, você não deveria ter publicado antes de conhecer melhor a matemática!

— Eu... veja, Dr. Gottlieb, o senhor pensa que eu tenho conhecimento suficiente para trabalhar aqui? Eu desejo profundamente ser bem-sucedido.

— Bem-sucedido? Já ouvi essa palavra. Ah, sim. É uma palavra que os jovens alunos usam muito na Universidade de Winnemac. Ela significa passar nos exames. Mas aqui não há exames nos quais você precise ser aprovado... Martin, sejamos claros. Você conhece algumas técnicas de laboratório; já ouviu falar sobre bacilos; não é muito bom em química e matemática... coisa terrível! Mas tem curiosidade e é teimoso. Você não aceita as regras pura e simplesmente. Portanto, penso que ou será um cientista muito bom ou muito ruim; e se for suficientemente ruim, é provável que seja popular entre as damas da alta sociedade que governam esta cidade – Nova York! E, assim, poderá dar palestras para se sustentar e até mesmo, se tiver uma boa dose de sensatez, chegar a ser diretor de faculdade. De qualquer forma, será interessante.

Meia hora mais tarde, eles estavam discutindo veementemente. Martin afirmava que o mundo todo deveria deixar de fazer guerras e comércio e também de escrever, para se dedicar apenas à observação de novos fenômenos nos laboratórios. Gottlieb defendia a ideia de que existia um número grande demais de cientistas submissos, e que a única coisa necessária era a análise matemática (e frequentemente a destruição) de fenômenos já observados.

As palavras de Gottlieb soaram belicosas e fizeram Martin se sentir feliz, com a certeza de que voltara para casa.

O laboratório no qual os dois conversaram (enquanto Gottlieb andava de um lado a outro, com os longos braços fantasticamente enroscados atrás das costas, e Martin ora ficava em pé, ora se sentava em uma das banquetas) nada tinha de extraordinário. Havia uma pia, uma bancada com estantes de tubos de ensaio numerados, um microscópio, alguns cadernos de anotações e gráficos de hidrogênio, um grotesco conjunto de garrafas conectadas entre si por tubos de vidro e de borracha e uma mesa de cozinha comum colocada no fundo da sala. À medida que falava, Martin olhava de quando em quando ao redor com expressão de reverência.

Gottlieb interrompeu a discussão dizendo:

— Que tipo de trabalho você pretende fazer aqui?

— Ora, senhor... quero ajudá-lo, se eu puder. Imagino que o senhor esteja tentando esclarecer algumas coisas em relação à síntese de anticorpos.

— Sim, acredito que posso submeter as reações de imunidade às leis de ação das massas. Mas você não irá me ajudar nisso. Você fará seu próprio trabalho. Em que deseja trabalhar? Isto aqui não é uma clínica, com uma fila de pacientes arrumadinhos!

— Eu quero encontrar uma hemolisina para a qual exista um anticorpo. Para a estreptolisina não existe. Eu gostaria de trabalhar com a estafilolisina. O senhor se importa?

— A mim pouco importa o que fizer, desde que não roube minhas culturas de estafilococos que estão na caixa de gelo. Se você parecer misterioso o tempo todo, o Dr. Tubbs, nosso Diretor, pensará que está envolvido com alguma coisa grandiosa. Então, faço apenas uma sugestão: quando você estiver enrolado com algum problema, tenho uma bela coleção de histórias de detetive em meu gabinete. Não... acho que devo falar sério pelo menos desta vez, afinal de contas você acabou de chegar.

"Talvez eu seja esquisito, Martin. Muitas pessoas me odeiam e há conspirações contra mim... se você acha que não passa de fruto de minha imaginação, terá a oportunidade de comprovar! Eu cometo muitos erros. Mas há uma coisa que mantenho sempre cristalina: a religião de um cientista.

"O trabalho de um cientista não é apenas mais um trabalho diferente. Não é mais uma opção dentro de um rol de profissões como ser explorador, vendedor de títulos, físico, rei ou fazendeiro. O ofício de um cientista envolve um emaranhado de emoções MUITO obscuras, como o misticismo ou o desejo de escrever poesias. A ciência torna suas vítimas diferentes de um homem normal, pois um homem normal não se importa muito com o que faz, exceto que deve comer, dormir e fazer amor. O cientista, por sua vez, é profundamente religioso, tão religioso que não aceita meias verdades, porque elas são um insulto à sua crença.

"Um cientista deseja que todas as coisas obedeçam a leis inexoráveis. Ele se opõe ao mesmo tempo aos capitalistas, que veem sua ganância irracional por dinheiro como um sistema, e aos liberais, que não consideram o homem um animal lutador. O cientista ignora todas as falácias, tanto dos fomentadores americanos como dos aristocratas europeus. Ignora todas elas! Ele abomina os pregadores que contam suas fábulas, e não é muito clemente com os antropólogos e os historiadores, que se limitam a fazer suposições e ainda assim se autodenominam cientistas! Ah, sim! Ele é um homem que todas as pessoas de boa índole devem naturalmente odiar!

"O cientista fala dos ridículos curandeiros e quiropráticos com um desprezo não menor do que aquele que sente por médicos que se rendem à avidez de tomar posse de nossa ciência antes que ela esteja testada e se precipitam mundo afora com a esperança de curar as pessoas, corrompendo assim todos os indícios com seus passos. E ainda mais do que homens semelhantes a porcos, mais do que imbecis que sequer ouviram falar de ciência, ele abomina os pseudocientistas, os adivinhadores (em cujo rol estão os psicanalistas). Mais do que esses cômicos cientistas sonhadores, ele odeia os homens que são admitidos em reinos virtuosos como o da biologia, conhecendo meramente o conteúdo de um livro-texto e sabendo apenas fazer palestras para conhecidos palermas! O cientista é o único verdadeiro revolucionário, o autêntico homem da ciência, porque só ele tem pleno conhecimento de quão pouco ele sabe.

"O cientista precisa ser insensível. Ele vive sob uma luz fria e límpida. Mas veja que coisa curiosa: na verdade, no ambiente privado, ele não é frio, tampouco insensível... é muito menos frio do que os otimistas profissionais. O mundo sempre foi governado pelos filantropos: doutores que se aventuram a empregar métodos terapêuticos que não conseguem compreender, soldados que procuram algo contra o que possam defender seu país, pregadores que anseiam por levar todas as pessoas a prestarem atenção ao que eles dizem, industriais benevolentes que amam seus operários, homens públicos eloquentes e autores de coração generoso... e veja a balbúrdia dos infernos que fizeram do mundo! Talvez agora tenha chegado a hora do cientista, aquele que trabalha, pesquisa e nunca sai por aí alardeando o quanto ama todos os indivíduos!

"Mas lembre-se sempre, Martin, de que nem todos os homens que trabalham com ciência são cientistas. Há poucos... muito poucos! Todo o resto são secretárias, agentes da imprensa, vivandeiros! Ser um cientista é o mesmo que ser um Goethe – é um dom natural. Algumas vezes eu penso que você nasceu com um pouco desse dom. Se isso é verdade, existe uma coisa (ou melhor, duas) que você precisa fazer: empenhar-se duas vezes mais do que se empenharia em um trabalho normal e impedir que as pessoas usem você. Eu tentarei protegê-lo do sucesso. Isso é tudo o que está ao meu alcance. Portanto... resta-me desejar que você seja muito feliz aqui. Que Koch o abençoe!"

II

Martin passou cinco minutos de êxtase no laboratório que seria dele – pequeno, mas eficiente: uma bancada com a altura correta e uma pia cujas torneiras eram acionadas por pedais. Depois que fechou a porta e deixou seu espírito se irradiar e encher aquele recinto minúsculo com sua própria essência, ele se sentiu seguro.

Nenhum Pickerbaug, nenhum Rouncefield jamais irromperia ali para arrastá-lo e obrigá-lo a dar explicações, a ser sensato e ter espírito público. Em vez de ser a toda hora chamado para fazer aquilo que os homens consideram trabalho, como tratar de empacotamentos ou ditar cartas vazias, ele teria liberdade para trabalhar.

Martin olhou através da ampla janela que ficava acima de sua bancada e viu que poderia se deleitar com a vista para a cobiçada Torre Woolworth. As mesmas paredes que lhe proporcionavam o prazer de estar no mundo da precisão, não o isolariam da vida que fluía lá fora. Ao norte ficava não apenas a Torre Woolworth, como também o Edifício Singer e a arrogante magnificência do Edifício City Investing. No lado oeste, movimentavam-se navios de grande porte e potentes rebocadores, enfim, ali passava o mundo todo. Abaixo do paredão de sua janela, as ruas fervilhavam. Repentinamente, ele percebeu em si um sentimento de amor pela humanidade, pelos docentes e os tubos de ensaio, e rezou a prece do cientista:

"Que Deus me conceda olhos lúcidos e me liberte da pressa. Que Ele crie em mim uma fúria silenciosa e implacável contra todo trabalho simulado e pretencioso, todo trabalho negligente e inacabado. Que Deus me faça experimentar um desassossego tal, que eu não consiga dormir ou aceitar louvores antes que meus resultados observados sejam iguais aos meus resultados calculados, ou que, com devota exultação, eu descubra e solucione meu erro. Que Deus me dê forças para não confiar em Deus!"

III

Martin percorreu todo o caminho até o insignificante hotel, e ao longo de todo o trajeto foi alvo de olhares por parte dos transeuntes – ele, um jovem radiante, esbelto, pálido, de olhos negros, que abria caminho entre a multidão, quase correndo e sem ver o que havia diante de si, mas, ao mesmo tempo, enxergando indistintamente todas as coisas: edifícios imponentes, ruas imundas, tráfego intenso, mercenários, indivíduos tolos, belas mulheres, lojas de frivolidades, um céu que prenunciava tempestade. Seus pés marcavam o ritmo das palavras que ele cantava para si: "Eu encontrei meu trabalho, eu encontrei meu trabalho, eu encontrei meu trabalho!".

Leora o esperava. Ela, a mulher cujo destino era sempre esperar pelo marido em quartos baratos, sentada em cadeiras de balanço que rangiam ao oscilar. Quando ele entrou saltitante, ela sorriu e todo o seu corpo magro e doce se iluminou. Antes que ele pudesse falar alguma coisa, ela bradou:

— Oh, Destemido, estou tão feliz!

Martin se pôs a caminhar de um lado a outro do quarto, fazendo uma laudatória descrição de Max Gottlieb, do Instituto McGurk, de Nova York e da fascinação da estafilolisina, mas foi interrompido por Leora, que indagou:

— Querido, quanto eles vão lhe pagar?

Ele parou de repente.

— Caramba, esqueci de perguntar!

— Ah!

— Mas olhe bem! Essa aqui não é uma Clínica Rouncefield! Eu odeio essas pessoas desprezíveis que não conseguem pensar em outra coisa senão ganhar dinheiro...

— Eu sei, Destemido. E isso pouco me importa... de verdade. Eu estava apenas imaginando em que tipo de apartamento nós teremos condições de morar... assim, eu poderia começar a procurar. Continue. O Dr. Gottlieb disse...

Só três horas mais tarde, às oito, eles saíram para jantar.

IV

Para Martin, a cidade da magia não viria a ser nem uma cidade, tampouco uma magia, mas apenas uma rotina: o apartamento, o metrô, o Instituto, um restaurante barato que eles escolheram, algumas ruas de lavanderias, lojas de iguarias finas e cinemas. Mas, naquela noite, eles mergulharam em um mundo de maravilhas. Os dois jantaram no Brevoort, sobre o qual Gustaf Sondelius havia falado. Isso aconteceu em 1916, antes de o país se tornar salutar e estéril, na ocasião em que o Brevoort era um tumulto de uniformes franceses, caviar, Louis, gravatas penduradas, *Nuits* St. Georges, ilustradores, Grand Marnier, oficiais da inteligência Britânica, negociantes, conversas e V. O. Martell.

— Aí está um belo grupo de loucos. — comentou Martin— Você percebe que agora podemos deixar de ser respeitáveis? Irving Watters não está nos observando, nem Angus! Será uma grande insanidade pedirmos uma garrafa de champanhe?

No dia seguinte, o rapaz acordou temendo que pudesse de repente se ver diante de um embuste, como ocorrera em Nautilus e em Chicago. Mas quando começou a trabalhar, sentiu-se em um mundo perfeito. O Instituto provia as instalações e todo o material necessário (animais, incubadoras, vidraria, culturas e outros recursos), além do que ele contava com a assistência de um técnico muito bem treinado, que todos no Instituto chamavam de "menino". Martin foi de fato deixado sozinho e encorajado a fazer um trabalho individual; estava verdadeiramente no meio de homens que não pensavam em termos de cartazes poéticos nem de operações de 2 mil dólares, mas sim em coloides, esporulação e elétrons, bem como nas leis e energias que os controlavam.

No seu primeiro dia, o Dr. Rippleton Holabird, chefe do departamento de Fisiologia, veio lhe dar as boas-vindas.

Embora Martin já tivesse encontrado o nome de Holabird estampado em periódicos de fisiologia, o doutor lhe pareceu jovem e atraente demais para ser chefe de um departamento – um homem alto, magro, de fácil trato, que ostentava um bigode bem aparado. Martin se formara na escola de Clif Clawson e não se dera conta, até escutar o breve cumprimento do Dr.

Holabird, que a voz de um homem pode ser encantadora, sem ser afeminada.

Holabird conduziu-o através dos dois andares do Instituto, e Martin encontrou diante de si todas as maravilhas com as quais sempre sonhara. Se, por um lado, não era tão grande, por outro, o McGurk se equiparava a Rockefeller, Pasteur, McCormick e Lister em termos de equipamentos. Martin conheceu as salas destinadas à esterilização da vidraria e preparação de culturas, bem como ao trabalho de moldagem de vidros; viu instrumentos como o polariscópio e o espectroscópio, e uma câmara de combustão fechada por paredes de cimento e aço. Ele conheceu um museu de patologia e bacteriologia, a cujo acervo pretendia somar descobertas. Havia um departamento de publicações, no qual eram emitidos relatórios do Instituto e publicada a *Revista Americana de Patologia Geográfica*, editado pelo diretor, o Dr. Tubbs. Havia também uma sala para fotografia, uma gloriosa biblioteca, um aquário utilizado pelo Departamento de Biologia Marinha e uma fileira de laboratórios que os cientistas estrangeiros visitantes eram convidados a utilizar como se fossem deles (ideia do Dr. Tubbs). Um biólogo belga e um bioquímico português estavam ocupando os laboratórios para convidados e certa vez (Martin se sobressaltou ao pensar nisso) Gustaf Sondelius estivera lá.

Martin se deparou então com a centrífuga Berkeley-Saunders.

O princípio da centrífuga é o mesmo de uma desnatadeira. Ela concentra na forma de sedimento os sólidos dispersos em um líquido, tal como bactérias em solução. A maioria das centrífugas é acionada manualmente ou através de um dispositivo hidráulico do tamanho de uma grande coqueteleira. A de McGurk, no entanto, media um metro e vinte de largura, era movida por eletricidade e instalada sobre um pilar de cimento. A vasilha central era, a exemplo de uma escotilha de submarino, blindada e fechada por alavancas.

Holabird explicou:

— Existem apenas três dessas centrífugas. Elas são fabricadas por Berkeley-Saunders, na Inglaterra. A velocidade normal, até mesmo no caso de uma boa centrífuga, gira em torno de 4 mil revoluções por minuto. Esta aqui faz 20 mil revoluções por minuto – a mais rápida do mundo!

— Meu Deus! Eles disponibilizam de fato tudo o que você precisa para trabalhar! — exclamou Martin. (Ali, ao lado de Holabird, ele falou mesmo "Meu Deus" em vez de "Caramba".)

— Sim, McGurk e Tubbs são os homens mais generosos no mundo da ciência. Creio que você vai sentir grande prazer em estar aqui, doutor.

— Eu sei que vou... com certeza. Por Deus, você é mesmo gentil demais em me levar assim para conhecer tudo.

— Você não imagina o quanto estou saboreando esta oportunidade de demonstrar meu conhecimento! Não existe outra forma de vaidade tão aprazível e tão segura como fazer o papel de cicerone. Mas ainda falta admirarmos a verdadeira maravilha do Instituto, doutor. Venha por aqui.

A verdadeira maravilha do Instituto não tinha nada a ver com a ciência. Era o Salão onde a equipe fazia as refeições e eram oferecidos alguns jantares científicos, nos quais a sra. McGurk fazia o papel de anfitriã. Martin quase perdeu o fôlego e sua cabeça caiu para trás enquanto seus olhos admirados subiam desde o assoalho brilhante até o teto negro com detalhes dourados. O salão tinha a altura de dois pavimentos do Instituto. Preso à parede altaneira, sobre a plataforma na qual almoçavam o diretor e sete chefes de departamento, havia uma galeria toda entalhada, destinada aos músicos. Presos nos painéis de carvalho que decoravam as paredes havia retratos dos pontífices da ciência, com suas capas vermelho carmim, e um enorme mural pintado por Maxfield Parrish. No alto, pendia um enorme lustre com uma centena de lâmpadas.

— Meu Deus... caramba! — exclamou Martin — Nunca imaginei que pudesse existir uma sala como esta!

Holabird foi magnânimo e não sorriu. Ele se limitou a dizer:

— Talvez o recinto seja mesmo suntuoso demais. É a criação favorita de Capitola, a sra. Ross McGurk, esposa do fundador. Ela é mesmo uma mulher incrivelmente encantadora, mas tem uma especial predileção por movimentos e associações. Terry Wickett, um dos químicos daqui, chama esta sala de "Salão da Prosperidade". O ambiente de fato é inspirador quando você chega aqui cansado e sujo para almoçar. Agora vamos fazer uma visita ao diretor. Ele pediu que eu levasse você até lá.

Depois do esplendor babilônico do Salão, Martin esperava encontrar no gabinete do Dr. A. DeWitt Tubbs uma decoração semelhante à de um banheiro romano, mas, com exceção de uma bancada de laboratório existente em uma das extremidades, em tudo o mais o recinto apresentava a mais perfeita atmosfera de escritório de negócios que ele já tivera a oportunidade de conhecer.

O Dr. Tubbs, um homem de ar grave, com suíças como um cão *terrier*, era muito erudito e, talvez, o mais poderoso expoente americano em atividades de cooperação na ciência, mas era também um homem do mundo, que se esmerava na elegância de suas botas e de seus coletes. Ele se formara em Harvard, estudara no continente, fora professor de patologia na Universidade de Minnesota, reitor da Universidade Hartford, ministro da Venezuela, editor do periódico *Semanário do Político*, presidente da Liga da Sanidade, e agora ocupava o cargo de diretor do Instituto McGurk.

O diretor fora membro da Academia Americana de Artes e Letras e da Academia da Ciência. Bispos, generais, rabinos liberais e banqueiros com apreço pela música costumavam jantar na companhia dele. O Dr. Tubbs era um dos homens distintos a quem os jornais procuravam para realização de entrevistas abalizadas sobre todos os assuntos.

Logo que se começava a ouvi-lo falar, já era possível perceber que ali estava um dos poucos líderes capazes de discorrer sobre qualquer ramo do conhecimento e ainda controlar questões práticas e conduzir a humanidade desconcertada na direção de ideais equilibrados e sensatos. Muito embora Max Gottlieb pudesse mostrar certo talento em suas pesquisas, a estreiteza e o humor ácido e grotesco que o caracterizavam impediam que ele desenvolvesse uma visão ampla a respeito de educação, política, comércio e todas as demais matérias nobres que tornavam marcante o caráter do Dr. A. DeWitt Tubbs.

Mas o Diretor recebeu o insignificante Martin Arrowsmith com grande cordialidade, como se o rapaz fosse um senador visitante. Ele o cumprimentou com um caloroso aperto de mãos e um sorriso descontraído. Sua voz de barítono adquiriu um tom afável.

— Dr. Arrowsmith, acredito que não nos basta dizer que o senhor é bem-vindo neste lugar. Creio que devemos lhe mostrar o quanto é bem-vindo! O Dr. Gottlieb me relatou que o senhor tem uma aptidão natural pela investigação solitária, mas que fez uma incursão no campo da medicina prática e da saúde pública antes de se fixar no laboratório. Não tenho palavras para lhe dizer como considero sábia essa sua experiência preliminar. Muitos supostos cientistas carecem de uma visão esclarecida que vem da coordenação de todos os domínios mentais.

Martin ficou atordoado ao descobrir que estivera fazendo um trabalho tão abrangente.

— Agora, Dr. Arrowsmith, parece-me que o senhor deseja tirar algum tempo, talvez um ano ou mais, para acertar seu passo. Não lhe pedirei relatórios. Desde que o Dr. Gottlieb sinta que o senhor está satisfeito com seu progresso, estarei satisfeito também. Se houver alguma coisa na qual eu possa orientá-lo (quem sabe a respeito de uma carreira mais longa na ciência), acredite, por favor, que ficarei encantado em lhe prestar qualquer ajuda, e tenho certeza de que o mesmo o senhor pode obter com este nosso colega, o Dr. Holabird, muito embora ele possivelmente sinta um pouco de ciúmes, porque é nosso colaborador mais jovem (eu de fato o chamo de meu *enfant terrible*). Mas o senhor, com seus 33 anos, acredito que acaba desbancando o rapaz!

Holarbird se limitou a sugerir:

— Claro que não, doutor, já fui desbancado há muito tempo. O senhor se esquece de Terry Wickett. Ele tem menos de quarenta.

— Ah, *Ele!* — murmurou o Dr. Tubbs.

Nunca antes Martin ouvira um homem se desembaraçar de uma situação com tanto veneno e tamanha educação. Ele percebeu que a figura de Terry Wickett poderia esconder uma serpente, mesmo dentro daquele paraíso.

— Agora — falou o Dr. Tubbs —, creio que o senhor queira dar uma olhada neste lugar. Eu me orgulho de manter nossos fichários e arquivos de cartas com tão pequena dose de imaginação, como se eu fosse um agente de seguros. Mas há certo toque de exotismo nesses gráficos — ele atravessou a sala para mostrar uma cômoda com inúmeras gavetas estreitas repletas de diagramas científicos.

O que aqueles gráficos representavam, o Dr. Tubbs não disse, tampouco Martin jamais veio a saber.

O diretor apontou para a bancada no fundo da sala e, rindo, confessou:

— Ali está a prova do sujeito ineficiente que eu sou. Sempre digo que abandonei todo o idílico deleite das pesquisas em patologia em nome das menos fascinantes, mas tão mais importantes e exaustivas tarefas da diretoria. No entanto, tal é a fraqueza do *genus homo*, que há ocasiões nas quais, em vez de estar ocupando meu tempo com detalhes práticos, fico obcecado com alguns conceitos patológicos provavelmente disparatados, e sou tão ridículo a ponto de não conseguir esperar, e saio apressado corredor abaixo na direção de meu laboratório usual – preciso sempre ter uma bancada à mão e algum experimento em andamento. Ah! Temo que eu não seja o homem de princípios morais que demonstro ser em público! Aqui sou casado com procedimentos executivos e ainda anseio por meu primeiro amor, Minha Senhora, a Ciência!

— Penso que é muito bom que o senhor ainda se sinta atraído por ela — aventurou-se Martin a comentar.

Ele estava tentando imaginar com quais experimentos o Dr. Tubbs estivera envolvido nos últimos tempos. A bancada parecia ter pouco uso.

— E agora, doutor, quero que o senhor conheça o verdadeiro Diretor do Instituto – minha secretária, a Srta. Pearl Robbins.

Martin já havia notado a presença da Srta. Robbins, pois seria impossível não notá-la. A moça tinha 35 anos e era uma deusa imponente e suave. Ela se levantou para apertar a mão de Martin (com firmeza e determinação) e dizer com sua gloriosa voz de contralto:

— O Dr. Tubbs é lisonjeiro assim só porque sabe que de outra maneira eu não lhe traria o chá da tarde. Gottlieb nos falou tanto a respeito de seu talento que me sinto acanhada em lhe dar as boas-vindas, Dr. Arrowsmith. Mas de fato espero que seja bem-vindo.

Em seguida, extasiado, Martin se viu sentado em seu laboratório, contemplando a Torre Woolworth. Ele estava atordoado com todas aquelas maravilhas – pertencentes a ele agora! Em Rippleton Holabird, tão jovialmente elegante e distinto, ele esperava ter um amigo. Quanto ao Dr. Tubbs, Martin considerou-o um tanto sentimental, mas ficou tocado com sua bondade e pelo reconhecimento demonstrado pela Srta. Robbins. Ele estava envolto na bruma da glória futura, quando a porta foi escancarada de súbito por um homem circunspecto, de cabelos ruivos, na casa dos 36 ou 38 anos, que vestia uma camisa de tecido macio.

— Arrowsmith? — perguntou o intruso com voz de trovão — Meu nome é Wickett, Terry Wickett. Sou químico e trabalho com Gottlieb. Bem... notei que o Corruíra Sagrado estava lhe apresentando o cativeiro.

— O Dr. Holabird?

— Ele mesmo. Bem... se o Papai Gottlieb o deixou entrar é porque você deve ser mais ou menos inteligente. Como está sendo o começo? De que tipo você será? Um dos pássaros educados que usam o Instituto como trampolim para subir na escala social e arranjar uma esposa rica, ou um dos sujeitos rústicos como eu e Gottlieb?

A fala rouca de Terry Wickett tinha o som mais irritante que Martin já ouvira. Ele respondeu em um tom curiosamente semelhante ao da voz de Rippleton Holabird:

— Creio que você não tem com o que se preocupar. Já sou casado!

— Ah, não se preocupe com isso, Arrowsmith. Os divórcios custam pouco nesta terra de homens. E então, o Corruíra Sagrado lhe apresentou Gladys, a Prostituta?

— Como?

— Gladys, a Prostituta. Também conhecida como a Centrífuga Galopante.

— Ah! Você quer dizer a Berkeley-Saunders?

— Sim, alma de minha alma! O que achou dela?

— É a centrífuga mais incrível que já vi em toda a vida. O Dr. Holabird disse...

— Inferno. Ele sempre tem que dizer alguma coisa! Ele fez o Tubbs comprar o equipamento. O Corruíra Sagrado a adora.

— E por que não? É a mais veloz...

— Sem dúvida. A centrífuga mais veloz de todo o nosso país, e fabricada com o aço da melhor qualidade. O único inconveniente é que ela sempre queima os fusíveis e esguicha os germes. Assim, para operar com ela é necessário usar uma máscara de gás... e você ficou encantado com o querido velho Tubbsy e a inigualável Pearl?

— Sim!

— Ótimo. O Tubbs pode ser um jumento analfabeto, mas, pelo menos, não tem mania de perseguição como o Gottlieb.

— Veja aqui, Wickett... Dr. Wickett?

— Humm... médico, doutor, mas também um químico de primeira linha. Não faz muita diferença.

— Muito bem, Dr. Wickett, acho bastante vergonhoso que um homem com seu talento precise se associar a idiotas como Gottlieb, Tubbs e Holabird. Acabei de sair de uma clínica em Chicago, onde todos são muito agradáveis e sensíveis. Eu teria um prazer enorme em poder recomendá-lo para assumir um cargo por lá!

— Não seria tão ruim assim. Eu ficaria livre de todas as baboseiras que se fala na hora do almoço, no Salão da Prosperidade. Sinto muito se o aborreci, Arrowsmith, mas você me pareceu boa gente.

— Obrigado!

Wickett sorriu com os dentes à mostra (cabelos ruivos, rosto circunspecto, esguio) e resmungou:

— Por falar nisso, Holabird contou a você alguma coisa sobre ter ficado ferido no primeiro mês da guerra, quando ele era marechal de campo, ordenança de hospital ou coisa que o valha no Exército Britânico?

— Não! Ele não mencionou a guerra.

— Pois falará sobre ela! Bem, caro Arrowsmith, espero ansiosamente pelos muitos, muitos anos felizes que passaremos juntos, brincando aos pés do Papai Gottlieb. Até mais. Meu laboratório fica bem aqui ao lado do seu.

"Idiota!", pensou Martin. "Posso aguentá-lo desde que eu tenha o apoio de Gottlieb e Holabird. Mas... imbecil convencido! Caramba, quer dizer então que Holabird esteve na guerra! Reformou-se, eu imagino. Mas eu vou me vingar do Wickett, só vou! 'Holabird falou para você sobre ter sido um bravo herói no final da guerra?' perguntou ele, e eu respondi em cima 'Sinto muito desapontá-lo, mas o Dr. Holabird não fez menção à guerra'. Cretino! Não vou permitir que ele me aborreça."

Quando Martin se encontrou com a equipe, na hora do almoço, Wickett foi o único que não o tratou com cortesia, apesar do cumprimento rápido que trocaram. De início, Martin não conseguia identificar quem era quem e durante alguns dias a maioria dos vinte pesquisadores permaneceu indiscernível para ele, que confundia o Dr. Yeo, chefe do Departamento de Biologia com o marceneiro que fora colocar as prateleiras.

O grupo ocupava duas longas mesas no Salão, sendo uma sobre uma plataforma e a outra na parte de baixo – pequeninos insetos sobre o pesado teto. Os prováveis Darwins, Huxleys e Pasteurs não tinham um aspecto lá muito nobre. Nenhum deles era um Platão de sobrancelhas largas. Com exceção de Rippleton Holabird e Max Gottlieb (e talvez do próprio Martin), todos pareciam merceeiros à mesa do almoço – jovens rapazes animados e comuns, velhos com espessos bigodes e homenzinhos inseguros, de colarinhos frouxos, que se escondiam por trás de seus óculos. No entanto, imperava entre eles uma calma imperturbável. Para Martin, a voz dos presentes não deixava transparecer qualquer forma de ansiedade decorrente da preocupação com o dinheiro; e eles pareciam também despidos do tipo de inquietude que é fruto da inveja e dos mexericos escandalosos. Os homens falavam sobre seu trabalho em tom solene, mas também superficial – aquela espécie de trabalho que, uma vez incorporado à cadeia de fatos descobertos, torna-se eterno, muito embora o nome do trabalhador seja esquecido.

Enquanto presenciava o debate a respeito da possibilidade de se aumentar os efeitos de todas as enzimas por meio de doses de raio-X, debate este travado entre o Dr. William T. Smith (o homem esguio de barba rala, assistente de bioquímica) e Terry Wickett (mais rude do que nunca, referindo-se a si mesmo como "o garoto da química" e falando sobre "este gaudio Instituto" e "nosso insuspeito novo irmão, Arrowsmith"), e os ouvia trocarem insultos para defender sua concepção de química celular e anunciarem solenemente que Ehrlich era o "Edison da ciência médica", Martin percebeu novos caminhos de uma pesquisa excitante. Ele se sentia como se estivesse sobre uma montanha e divisasse vales desconhecidos e trilhas escarpadas e desafiadoras abrindo-se aos seus pés.

V

Uma semana depois de chegarem a Nova York, o Dr. Rippleton Holabird e sua esposa convidaram o casal Arrowsmith para jantar.

Ao mesmo tempo em que o traje de *tweed* de Holabird fazia a elegância de Clay Tredgold parecer rude e pretensiosa, seu jantar deixara evidente que as ocupações de Angus Duer em Chicago eram maquinais, sem alegria e geradoras de certa tensão. Todas as pessoas que Martin conheceu no apartamento de Holabird eram Alguém, muito embora um Alguém de pouca expressão: um bom editor ou um etnologista em ascensão – e todos eles tinham a mesma airosa descontração do anfitrião.

O provinciano casal Arrowsmith foi pontual, ou seja, chegou quinze minutos mais cedo. Antes que os coquetéis começassem a ser servidos, em antigos cristais venezianos, Martin perguntou:

— Doutor, quais problemas o senhor está investigando agora em sua fisiologia?

Holabird se transformou em um garoto apaixonado. Depois de dizer depreciativamente "Você deseja mesmo me ouvir falar sobre isso? Não se preocupe em ser educado!", ele mergulhou em uma exposição de seus experimentos, traçando esquemas nos espaços vazios dos anúncios do jornal, bem como nas costas de um convite de casamento e no folheto de apresentação de um romance. Ele olhava para Martin como quem pede desculpas, cheio de erudição, mas sem deixar de ser jovial.

— Estamos trabalhando na localização das funções cerebrais. Eu acredito que fomos além de Bolton e Flechsig. Ah! A exploração do cérebro é uma atividade inspiradora. Veja aqui!

Com um lápis, Holabird traçou rapidamente um esboço do cérebro, que vivia e pulsava sob seus dedos.

Jogando o papel de lado, ele falou:

— Mas é uma vergonha eu estar aqui a impor a você meus passatempos. Além do mais, os outros estão chegando. Diga-me, como está indo o seu trabalho? Você se sente satisfeito no Instituto? Gosta das pessoas?

— De todos, exceto... para ser franco, tive um desagradável contato com Wickett.

O anfitrião respondeu em tom magnânimo:

— Eu sei. Wickett tem maneiras um tanto agressivas. Mas você não precisa dar-lhe atenção. Ele é de fato um bioquímico dotado de extraordinário talento. É um solteirão... abre mão de tudo em nome de seu trabalho. E, na verdade, metade das coisas rudes que ele fala são involuntárias. Eu sou um dos que o rapaz detesta. Ele fez alguma referência à minha pessoa?

— Não... não especificamente...

— Tenho a impressão de que ele sai por aí dizendo que eu falo sobre minhas experiências na guerra, o que não é totalmente verdadeiro.

Cedendo a um impulso, Martin concordou:

— Sim... fez comentários sobre isso.

— Eu preferiria que ele não o fizesse. Sinto muito ter ofendido a ele por lutar na guerra e me ferir. Lembrarei e tentarei não fazê-lo novamente! Muito barulho por um histórico de guerra tão insignificante como o meu! O que aconteceu foi o seguinte: quando eclodiu a guerra em 14, eu estava na Inglaterra, estudando sob a orientação de Sherrington. Me fiz passar por canadense e me alistei no corpo médico. Fui ferido no final da terceira semana e dispensado depois disso. E esse foi o fim de minha grandiosa carreira! Veja... alguém está chegando!

A descontraída galantaria de Holabird conquistou Martin, e Leora também foi cativada pela anfitriã. Os dois retornaram para casa tomados de profundo encantamento.

Assim brilhou para eles a luz auspiciosa da felicidade. Não se podia dizer se o júbilo de Martin era maior em seu imperturbável trabalho ou na vida fora do laboratório.

No decorrer de toda a primeira semana, ele se esqueceu de perguntar qual seria seu salário. Então, a espera pelo final do mês transformou-se em um jogo. À noite, nos restaurantes, Leora e ele especulavam sobre o assunto.

Certamente, o Instituto não pagaria menos do que os 2.500 dólares ao ano que ele recebia na Clínica Rouncefield. À noite, no entanto, abatido pelo cansaço, o rapaz costumava reduz a aposta para 1.500, e certa vez, depois de tomar um Borgonha, elevou-a para 3.500.

Quando chegou o cheque do primeiro mês, em um pequeno envelope lacrado, Martin não ousou olhá-lo, e entregou-o nas mãos de Leora. No quarto do hotel, os dois fitaram o envelope como se ele contivesse veneno. Com as mãos trêmulas, Martin o abriu. Ele examinou atentamente e sussurrou:

— Oh... essas pessoas honestas! Elas estão me pagando 420 dólares... são 5 mil ao ano!

A sra. Holabird, uma mulher muito alva, ajudou Leora a encontrar um apartamento de três quartos, com uma espaçosa sala de estar, em um velho edifício nas proximidades do Parque Gramercy. Ela também ajudou na decoração, feita com algumas boas peças de segunda mão. Quando Martin recebeu permissão para conhecer o novo lar, exclamou:

— Espero que a gente possa ficar aqui por cinquenta anos!

Essa foi a ilha grega onde os dois encontraram paz.

Naquele momento, eles tinham amigos – além de Max Gottlieb, havia um especialista em anatomia que Martin conhecera em um jantar de alunos de Winnemac, os Holabirds e o Dr. Billy Smith, o bioquímico de barba rala, que possuía um gosto apurado em matéria de música e cerveja alemã.

Gottlieb conseguira encontrar serenidade. Aos setenta anos, ele era proprietário de um pequeno apartamento sombrio que rescendia a tabaco e livros de couro. Seu filho, Robert, havia concluído o curso no City College e entrado sem perda de tempo para o mundo dos negócios. Miriam, uma garota atarracada, cujo corpo capcioso escondia um fogo sagrado, continuou a se dedicar à música, enquanto tomava conta do pai. Depois de enfrentar certa noite as dúvidas cáusticas de Gottlieb, Martin estava inspirado a ir logo para o laboratório a fim de procurar respostas para milhares de novas dúvidas acerca das leis dos micro-organismos, uma tarefa que costumava começar com a destruição de todo o trabalho que ele havia recentemente realizado – um ímpeto destruidor que também dava voz a uma infinidade de imprecações.

Até mesmo Terry Wickett se tornou mais tolerável. Martin percebeu que, em parte, a rabugice de Wickett não passava de uma concepção errônea de humor, bem ao estilo de Clif Clawson. Mas, por outro lado, expressava um ressentimento tão grande quanto o de Gottlieb em relação aos cientistas morfológicos que, em vez de analisar seus objetos de estudo, limitam-se a atribuir-lhes nomes, modificar esses nomes e identificá-los com as mais belas etiquetas. Wickett sempre trabalhava a noite toda. Era comum vê-lo em manga de camisa, com os cabelos ruivos desgrenhados, sentado durante longas horas com um cronômetro nas mãos, diante de uma cuba mantida a temperatura constante. De quando em quando, Martin encontrava um grande alívio na grosseira concentração de Wickett, ao contrário do que acontecia na companhia de Rippleton Holabird, cuja elegância exigia que o rapaz retribuísse com elegância – uma penosa contrapartida, em um momento em que ele estava mergulhado em seus experimentos e totalmente alheio aos sons do mundo ao redor.

CAPÍTULO 27

O trabalho de Martin começou de forma um tanto desajeitada. Houve dias em que, a despeito de toda a alegria, perturbava-o o temor de que Tubbs entrasse de súbito e gritasse: "O que você está fazendo aqui? Você não é o Arrowsmith que eu imaginava! Vá embora!".

Ele havia isolado vinte cepas do bacilo estafilococos e estava realizando testes para descobrir quais deles eram mais ativos na criação de um hemolítico – uma toxina que quebra os glóbulos vermelhos do sangue –, de modo que permitissem, assim, a produção de uma antitoxina.

Houve momentos pitorescos nos quais, depois de fazer a centrifugação, os organismos se aglomeraram e formaram massas turvas e espiraladas no fundo dos tubos, ou em que os corpúsculos vermelhos ficaram completamente dissolvidos, e o líquido opaco, cor de tijolo, adquiriu a tonalidade de um vinho pálido. Contudo, a maioria dos processos era excepcionalmente entediante: remover amostras de culturas a cada seis horas, elaborar suspensões salinas de corpúsculos em tubos pequenos, registrar os resultados.

Martin nunca imaginou o quão fastidioso poderia ser esse trabalho.

Tubbs entrava no laboratório de quando em quando e, encontrando-o ocupado, dava-lhe uns tapinhas nas costas, pronunciava alguma coisa que soava como francês – e podia mesmo ser francês – e dizia-lhe vagas palavras de estímulo. Quanto a Gottlieb, nunca deixou de encorajar Martin a seguir adiante e, vez ou outra, o incitava a prosseguir mostrando-lhe os próprios cadernos de anotações, cheios de figuras e abreviações que pareciam tão inúteis quanto talhes de chita, ou descrevendo seu trabalho, com um vocabulário tão idólatra quanto o de uma cerimônia tibetana:

— Arrhenius e Madsen deram sua contribuição ao manter as reações de imunidade sob efeito da lei de ação das massas, mas eu espero conseguir mostrar que as combinações antígeno/anticorpo ocorrem em proporções estequiométricas quando certas variáveis são mantidas constantes.

— Ah, sim... entendo... — concordou Martin, dizendo a si mesmo: "Acho que não entendi nadinha disso tudo! Oh, Deus, se pelo menos eles me dessem um pouco mais de tempo e não me mandassem de volta para fazer colagem de cartazes sobre difteria!".

Depois que conseguiu obter uma toxina adequada, Martin direcionou os esforços para a busca de uma antitoxina. Ele fez experimentos abrangentes sem chegar a resultado algum. Algumas vezes parecia-lhe certo que obtivera alguma coisa, mas, quando analisava novamente os experimentos, verificava que tudo não passara de mera esperança. Certa feita, correu ao laboratório de Gottlieb para anunciar que conseguira obter uma antitoxina, e lá, com muito afeto, diversas perguntas incômodas e um maço de cigarros egípcios autênticos de presente, o mestre lhe mostrou que ele deixara de considerar algumas diluições.

Apesar de todas as suas trapalhadas amadorísticas, Martin possuía uma característica sem a qual não se pode haver ciência: uma curiosidade ampla, investigativa e apaixonada, que o impelia sempre adiante.

II

Enquanto o rapaz se entretinha com a busca de uma antitoxina, naquele período inicial da Grande Guerra na Europa, o Instituto McGurk levava uma vida dinâmica a despeito de sua aparente placidez.

Martin pode não ter avançado muito a respeito da questão dos anticorpos, mas conseguiu desvendar o segredo do Instituto e descobrir que por trás de toda a sua silenciosa eficácia estava Capitola McGurk, a Grande Defensora da Moral Branca.

Capitola, a sra. Ross McGurk, posicionara-se contrária ao voto feminino – até o momento em que tomou conhecimento da garantia da conquista desse direito pelas mulheres –, mas mantinha sob absoluta fiscalização todo e qualquer outro assunto ligado a virtudes morais e sociais. O sr. Ross McGurk comprara o Instituto não apenas por uma questão de glória pessoal, mas também para entreter Capitola e manter os dedos bisbilhoteiros da esposa distante de seus negócios relacionados à navegação, mineração e madeira, que não resistiriam muito bem às investigações de uma Portentosa Fomentadora Branca.

Ross McGurk, um egresso da Universidade de Yale, contava na ocasião 54 anos de idade e fazia parte da segunda geração de homens dedicados ao negócio ferroviário na Califórnia. Era um sujeito corpulento, cortês, honrado, alegre e inescrupuloso. Em 1908, quando fundou o Instituto, ele já possuía imóveis, empregados e mantimentos em abundância, mas não tinha filhos, pois na opinião de Capitola "esse tipo de coisa é prejudicial a mulheres que assumem grandes responsabilidades". No Instituto, McGurk encontrava ano após ano cada vez mais satisfação e mais razões para estar vivo.

Quando Gottlieb chegou, McGurk subiu para conhecê-lo. De quando em quando o fundador do Instituto importunava o Dr. Tubbs, que era forçado a ir apressadamente até seu gabinete como se fosse um garoto de recados. No entanto, quando viu os olhos melancólicos de Gottlieb, McGurk mostrou-se interessado, e os dois homens – o corpulento, vaidoso, poderoso e reticente americano e o europeu sarcástico e sem afetação que tinha desprezo pelo poder – tornaram-se amigos. McGurk era capaz de abandonar uma conferência importante do ponto de vista comercial em uma ilha do Caribe para se sentar silenciosamente em um banquinho alto de laboratório e observar Gottlieb trabalhar.

— Algum dia, quando eu deixar a pressa de lado e acordar para a realidade, serei seu assistente, Max — disse McGurk, certa vez.

Ao que Gottlieb respondeu:

— Não sei... você tem ideias, Ross, mas creio que já é tarde para aprender o que é a realidade. Agora, se você não se importa de comer alguma coisa no Child, nós nos pouparemos de ir ao seu proibitivo Regal Hall e eu então poderei lhe convidar para almoçar.

Capitola, contudo, não participava dessa amistosa comunhão.

Gottlieb voltara a ser arrogante, e essa sua atitude prepotente fazia-se necessária na convivência com Capitola McGurk. Ela costumava aparecer com interessantes pequenos problemas para que os assistentes de seu marido tentassem solucionar. Certa feita entrou apressada no laboratório de Gottlieb e se pôs a falar a respeito do grande número de pessoas que morria de câncer. Em seguida lhe perguntou por que ele não deixava de lado suas pesquisas anti-qualquer-coisa e se dedicava à busca de uma cura para o câncer, o que seria proveitoso para todos eles.

Mas o fato que motivou um verdadeiro ressentimento por parte de Capitola em relação a Gottlieb ocorreu na ocasião em que, depois de Rippleton Holabird concordar em oferecer uma ceia no terraço do Instituto a um de seus jantares mais intelectualizados, ela telefonou a Gottlieb simplesmente para perguntar:

— Seria um trabalho grande demais você descer e abrir seu laboratório, para que nós todos possamos aproveitar e dar uma espiada nele?

Ao que Gottlieb respondeu:

— Seria! Boa noite!

Capitola protestou com o marido, que escutou as reclamações – ou pelo menos pareceu escutar – e depois falou:

— Cap, não me importo que você importune meus lacaios. Eles têm que suportar essas coisas. Mas se você resolver bancar a engraçadinha com o Max, eu fecharei o Instituto e você não terá mais nada sobre o que falar no Clube Colony. E, certamente, por que diabos um homem que vale 30 milhões de dólares – um sujeito que, aliás, já ganhou tudo isso – não poderia aproveitar um par de pijamas limpos? Não, não quero um criado particular! Por favor, Capitola, deixe de lado esse seu entusiasmo e permita que eu vá dormir, está bem?

Mas Capitola era intratável, especialmente em relação aos jantares mensais que ela oferecia no Instituto.

III

O primeiro dos Jantares Científicos de McGurk a que Martin e Leora compareceram foi um evento particularmente importante e esclarecedor, porque o convidado de honra era o major-general *Sir* Isaac Mallard, um cirurgião de Londres que se encontrava nos Estados Unidos para uma Missão Britânica de Guerra. Ele já havia desfilado deslumbrante pelo Instituto e era tratado como *Sir* Isaac por parte do Dr. Tubbs e de todos os pesquisadores, com exceção de Terry Wickett. O convidado ilustre se lembrou de ter encontrado com Rippleton Holabird em Londres – pelo menos, falou que se lembrava – e ficou admirado com Gladys, a Centrífuga.

O jantar começou com um contratempo, quando Terry Wickett, que até então todos confiavam que manteria uma respeitável e razoável distância, dirigiu-se à esposa de um ex-embaixador:

— Eu não poderia deixar de comparecer a este banquete sabendo que *Sir* Isaac aqui estaria. Agora me diga, se eu não lhe contasse, a senhora jamais imaginaria que meu terno é alugado, não é mesmo? A senhora notou que *Sir* Isaac está conseguindo andar sem rasgar o tapete com suas esporas? Eu me pergunto se ele ainda mata todos os seus pacientes com mastoidite...

Houve muita música e muita comida, além de cientistas constrangidos ao tentar explicar, em poucas palavras, para damas afáveis e gentis, em que atividades estavam envolvidos e o que esperavam vir a fazer nos próximos vinte anos. Essas damas, por sua vez, observavam em delicado tom de repreensão: "Mas creio que os senhores ainda não explicaram isso com todos os detalhes que deveriam". E lá estavam também os maridos dessas damas afáveis e gentis, detentores de diploma de ensino superior, manipuladores de ações de petróleo ou de leis corporativas, homens que se mostravam prontos a expressar sua opinião a quem desejasse ouvir. Diziam eles que, apesar da grande valia que as antitoxinas certamente tinham, o que se fazia verdadeiramente necessário no momento era um bom substituto para a borracha.

Lá estava também Rippleton Holabird, exibindo seu encanto.

Durante uma pausa na música, Terry Wickett subitamente surgiu dizendo a uma senhora muito importante, uma das amigas mais prestativas de Capitola: "Sim, o nome dele se soletra G-o-t-t-l-i-e-b, mas se pronuncia Gottdamn".*

---

* Terry Wickett provavelmente fez aqui um trocadilho com a expressão "God damn" ("Maldição", em inglês). (N.E.)

Contudo, forasteiros da laia de Wickett e convidados silenciosos como Martin e Leora, afora membros totalmente desatentos como Gottlieb, eram poucos, e o jantar adquiriu a importância de uma magnífica ceia de confraternização quando Dr. Tubbs e *Sir* Isaac Mallard começaram a exaltar mutuamente suas qualidades e teceram efusivos elogios a Capitola, ao sagrado solo da França, à brava Bélgica, à hospitalidade americana, ao fervor britânico em defesa da privacidade e às coisas extremamente interessantes que um jovem com senso de cooperação podia fazer pela ciência moderna.

Os convidados foram conduzidos a um passeio por todo o Instituto. Eles inspecionaram o aquário de biologia marinha, o museu de patologia e o biotério, diante do qual uma animada e jovem dama comentou com Wickett:

— Pobres porquinhos-da-índia! Que amor de coelhinhos! Mas me diga honestamente, doutor, o senhor não acha que seria muito melhor se os libertasse e trabalhasse apenas com tubos de ensaio?

Um médico conhecido, cuja clínica atendia mulheres ricas – nenhuma delas moradoras da Quinta Avenida – respondeu à jovem dama:

— Creio que a senhora está absolutamente certa. Eu nunca precisei sacrificar nenhum pobre animalzinho para fazer meu trabalho!

Com espantosa presteza, Wickett tomou seu chapéu e foi embora.

A jovem dama então falou:

— Pode-se ver que ele não ousa enfrentar uma discussão para valer. Veja, Dr. Arrowsmith, decerto eu sei o quanto o sr. Ross McGurk, o Dr. Tubbs e todos vocês são maravilhosos, mas não posso deixar de dizer que fiquei desapontada com os laboratórios do Instituto. Eu esperava que houvesse aqui destiladores divertidos, fornos elétricos e tudo o mais... porém, para ser muito honesta, não vejo nada de interessante, e penso que todos vocês, sujeitos talentosos, deveriam nos mostrar *alguma coisa*, já que nos fizeram vir até aqui. Você ou alguém mais seria capaz de gerar vida a partir de ovos de tartaruga ou qualquer coisa assim? Se puderem, façam, por favor! Não me decepcionem! Ou, pelo menos, vistam um desses atraentes aventais de dentista que vocês costumam usar.

Foi a vez de Martin deixar o local rapidamente, acompanhado por Leora. Já dentro do táxi, ela declarou furiosa que queria ter provado uma taça do champanhe que estava sendo servido pelo bufê, e acusou o marido de parecer ligeiramente idiota.

IV

Desse modo, a despeito de seu trabalho lhe proporcionar satisfação, Martin começou a duvidar da perfeição daquele seu santuário e a tentar entender por que Gottlieb precisava ser tão descortês à mesa do almoço com o delicado Dr. Sholtheis, o diligente chefe do Departamento de Epidemiologia, e por que o Dr. Sholtheis suportava tais insultos. Além dessas, havia outras perguntas para as quais o rapaz procurava respostas: por que todas vezes em que o Dr. Tubbs entrava no laboratório de alguém ele fazia questão de murmurar: "A única coisa que você deve ter em mente em relação ao seu trabalho é o ideal da cooperação", e por que um fisiologista tão entusiasta quanto Rippleton Holabird passava o dia todo conferenciando com Tubbs em vez de suar a camisa em sua bancada?

Cinco anos antes, Holabird havia desenvolvido uma pequena pesquisa que lhe estampara o nome em periódicos científicos de todo o mundo: ele estudou os efeitos da extirpação do lóbulo anterior do cérebro de um cachorro sobre a capacidade do animal de se localizar dentro do laboratório. Antes de pensar em ir trabalhar no Instituto McGurk, Martin tivera oportunidade de ler comentários a respeito dessa pesquisa e ficou emocionado ao poder ouvir o próprio Holabird discorrer sobre ela. Contudo, quando as referências a esse trabalho se tornaram um tanto repetitivas, a excitação de Martin se arrefeceu e ele passou a se perguntar se Holabird continuaria sendo por toda a vida "o homem – lembre-se bem! –, camarada que fez a grande proeza – não importa qual seja – em relação à locomoção em cachorros e coisa e tal".

As dúvidas de Martin se acentuaram ainda mais quando ele percebeu que todos os seus colegas agrupavam-se secretamente em facções.

Tubbs, Holabird e talvez a secretária de Tubbs, Pearl Robbins, formavam a casta dominante. Comentava-se à boca pequena que Holabird nutria a esperança de algum dia vir a ser diretor assistente, um cargo que seria criado exclusivamente para ele. Gottlieb, Terry Wickett e Dr. Nicholas Yeo, o rústico biólogo de bigodes longos que Martin inicialmente tomara por carpinteiro, formavam uma facção independente e, embora não gostasse do turbulento Wickett, Martin foi arrastado para esse grupo.

O Dr. William Smith, com sua barbicha e sua concepção sobre cogumelos formada em Paris, mantinha-se isolado dos demais. O Dr. Sholtheis, que nascera em uma sinagoga na Rússia, mas convertera-se em diligente bispo do alto clero na cidade de Yonkers, vivia tentando, com suas maneiras delicadas, que Gottlieb recomendasse seu trabalho científico. No Departamento de Biofísica, o chefe, de boa índole, era constantemente afrontado e invejado pelo próprio assistente. E em todo o Instituto não havia um único ser que, sob o efeito do álcool ou não, reconhecesse no trabalho de qualquer outro cientista, de qualquer lugar, uma perfeição absoluta, ou admitisse a existência de pelo menos um entre seus rivais que não lhe tivesse roubado alguma ideia. Em nenhuma cadeira de balanço nos alpendres de hotéis em pleno verão, em nenhuma reunião de atores, em tempo algum, cochichou-se mais sobre escândalos ou se sugeriu em tom mais caloroso a completa imbecilidade dos colegas do que como faziam esses insignes cientistas.

Todavia, bastava que Martin fechasse sua porta para se ver livre de tais constatações, e agora ele tinha algo a fazer, algo que lhe fechava os ouvidos para todos os mexericos que percorriam o Instituto em meio a sussurros.

V

Pela primeira vez, Gottlieb não entrou a passos lentos no laboratório de Martin, limitando-se a chamá-lo laconicamente. Em um canto do escritório do velho professor, num recanto dentro de seu laboratório, estava Terry Wickett. Ele enrolava um cigarro e lançava olhares com ar venenoso.

Gottlieb observou:

— Martin, tive o privilégio de conversar com Terry a seu respeito, e nós chegamos à conclusão de que você já se divertiu bastante e, portanto, é hora de deixar de lado o entretenimento e começar a trabalhar.

— Eu pensei que estivesse trabalhando, senhor!

Toda a ampla placidez de seus dias de descontração havia terminado. Martin se viu mais uma vez enredado em um sistema semelhante ao Pickerbaughianismo.

Wickett se intrometeu na conversa e disse:

— Não! Você não está trabalhando, apenas mostrando que é um garoto brilhante que poderia trabalhar se tivesse algum tipo de conhecimento.

Enquanto Martin se voltou para a direção de Wickett, com ar de quem pergunta "Quem diabos você pensa que é?", Gottlieb prosseguiu:

— O fato é, Martin, que você não poderá fazer coisa alguma antes de aprender um pouco de matemática. Se você não pretende ser um bacteriologista dependente de manuais, como a maioria deles, é necessário que saiba operar com alguns fundamentos da ciência. Todas as coisas vivas são máquinas físico-químicas. Desse modo, como você poderá progredir se não conhecer físico-química? E como conhecer físico-química sem saber matemática?

— É! — falou Wickett — Em vez de escavar, você está apenas aparando a grama e colhendo florzinhas.

Martin encarou os dois e respondeu:

— Com o diabo, Wickett, um homem não pode saber tudo. Eu sou um bacteriologista, não um físico. Entendo que um sujeito deve usar seu conhecimento, não apenas um conjunto de ferramentas para fazer descobertas. Um bom marinheiro consegue se localizar no oceano mesmo que não possua instrumentos, mas nem um *Lusitania* cheio dessas porcarias tem condições de transformar um idiota em bom marinheiro. O que um homem precisa é desenvolver o seu cérebro em vez de depender de ferramentas.

— Ora, mas se existissem diagramas e quadrantes! Um marinheiro que navegasse sem eles seria um grande estúpido!

No decorrer de meia hora, sem se ater às regras da boa educação, Martin se defendeu diante do brando Gottlieb e do implacável Wickett. Durante todo o tempo, ele tinha plena consciência de sua repugnante ignorância.

Os outros dois perderam o interesse pela discussão. Gottlieb se pôs a examinar seu caderno de anotações e Wickett já estava saindo, com passos pesados, para retomar o trabalho. Martin olhou para Gottlieb. O velho professor significava tanta coisa para o rapaz, que ele seria capaz de ofendê-lo com a mesma fúria com que investia contra Leora e contra si mesmo.

— Lamento que o senhor me considere um ignorante — esbravejou Martin, e saiu com uma violência de notável dramaticidade. Ele entrou em seu laboratório e bateu a porta atrás de si. A princípio, sentiu-se livre, mas, depois, miseravelmente infeliz. Em estado de profunda prostração, como se estivesse embriagado, correu para a sala de Wickett, onde entrou dando voz a seu protesto:

— Imagino que você esteja certo. Meu conhecimento de físico-química é uma nulidade, e minha matemática, uma droga. Mas o que posso fazer? O que posso fazer?

O grosseiro interlocutor murmurou constrangido:

— Poxa... em nome de Pedro, Magrelo, não fique assim tão angustiado! O velho professor e eu queremos apenas instigar você. A verdade é que ele está todo eufórico com o modo cuidadoso que você tem empregado em seu trabalho. Quanto à matemática, é bem provável que você seja muito melhor do que Tubbs e que o Corruíra Sagrado. É só uma questão de relembrar a matemática que você sempre soube... e que eles nunca souberam. Não passam de parvalhões! Em grego, o elegante idioma falado pelo povo ébrio da antiga Grécia, ciência significa conhecimento e, diante dos queixumes da maioria dos jovens cientistas – que lamentam ter que deixar de escrever pequenos artigos enfeitados com adornos verbais ou de oferecer chás de final de tarde para começar a suar a camisa em busca de algum conhecimento –, certamente eu posso me considerar um grande fomentador do progresso da raça humana. Minha matemática não é muito boa, Magrelo, mas, se você quiser, poderei vir até aqui à noite e ensiná-lo alguma coisa... de graça!

E assim teve início a amizade entre Martin Arrowsmith e Terry Wickett, inaugurando uma fase de mudança na vida de Martin, que passou a abrir mão de três a quatro horas de sono todas as noites, para queimar as pestanas sobre conteúdos que, imagina-se, todas as pessoas sabem, mas, na verdade, poucos são aqueles que de fato sabem.

Ele estudou álgebra e descobriu que havia esquecido quase tudo; amaldiçoou a competição entre o infatigável A e o indolente B que transitava de Y para Z; contratou um professor da Universidade Columbia e, ao final de seis semanas, havia terminado de estudar toda a matéria e adquirido certo interesse por equações quadráticas, enquanto Leora escutava, observava, esperava, preparava sanduíches e ria das brincadeiras do professor.

No final de seus primeiros nove meses no Instituto McGurk, Martin já havia revisado trigonometria e geometria analítica e começara a achar romântico o cálculo diferencial. No entanto, ele cometera o erro de contar a Terry Wickett o quanto sabia.

Terry resmungou:

— Não dê muito crédito à matemática, meu filho... — e deixou Martin tão confuso com as referências que fez à derivação termodinâmica da lei de ação das massas e ao potencial de oxirredução, que o rapaz mergulhou novamente em um estado de furiosa modéstia e voltou a se ver como um impostor, como um simples colegial.

Martin leu os clássicos da ciência física: Copérnico e Galileu, Lavoisier, Newton, Laplace, Descartes, Faraday; atolou-se nas "derivadas" de Newton; conversou sobre Newton com Tubbs e descobriu que o ilustre diretor não conhecia coisa alguma a respeito desse cientista. Entusiasmado com a descoberta, relatou o fato a Terry, mas acabou recebendo uma horrível reprimenda e sendo chamado de "novo aculturado" e "típico fanático convertido". Assim, retornou àquele tipo de trabalho cujo fim é gratificante pelo simples fato de não ter fim.

A vida de Martin não parecia edificante, tampouco divertida. Quando Tubbs bisbilhotava seu laboratório, encontrava sempre um jovem carente de senso de humor, que lidava com seus tubos de ensaio sem aparente aptidão para as Coisas Verdadeiramente Importantes da Ciência, que são a cooperação e a eficiência. Tubbs tentou conduzi-lo para o rumo certo, levando-o a remoer uma questão para a qual não encontrava resposta: "Você está certo de que seu trabalho segue uma linha bem definida?".

Era Leora quem suportava o verdadeiro enfado.

Ela se limitava a permanecer quieta – uma frágil criança que ansiava por um ombro amigo, uma criança ainda tão imatura quanto na ocasião de seu casamento, nove anos antes – ou cochilava inofensivamente na comprida sala de estar do apartamento em que moravam. Enquanto isso, Martin mergulhava em seus entediantes livros cheios de algarismos até uma ou duas horas da madrugada, e ela se mantinha cuidadosamente acordada e pronta para ouvir os queixumes do marido:

— E veja só, além de tudo tenho que continuar simultaneamente com minha pesquisa. Meu Deus, estou exausto!

Em março, Leora arrastou-o para um passeio clandestino de cinco dias no Cabo Cod. Ele se sentava entre as Luzes Gêmeas em Chatham e falava irritado:

— Vou voltar e dizer ao Terry e ao Gottlieb que eles podem ir para o inferno com aquela físico-química dos diabos. Já estudei o bastante e estou farto de matemática.

Leora comentava:

— Sim, você deve mesmo fazer isso. Mas... não é engraçado como o Dr. Gottlieb sempre parece estar certo?

Martin estava tão absorto em estafilolisina e em cálculos que não se deu conta de que o mundo estava prestes a se tornar um lugar mais seguro para a democracia. Ele ficou um pouco atordoado quando os Estados Unidos entraram na Guerra.

VI

Movido pelo propósito de colocar os serviços do Instituto à disposição do Departamento de Guerra do país, Dr. Tubbs foi correndo para Washington.

Com exceção de Gottlieb e outros dois que declinaram da honraria, todos os integrantes da equipe foram convertidos em oficiais e instruídos a sair e comprar uniformes elegantes.

Tubbs se tornou coronel, Rippleton Holabird, major, e Martin, Wickett e Billy Smith passaram a ser capitães. No entanto, os garotos não integravam hierarquia alguma dentro das forças armadas – qualquer que fosse ela –, e a única tarefa militar que cabia a eles executar era o polimento das botas e perneiras de couro marrom que, para deleite dos próprios uniformes ou das próprias pernas, diversos guerreiros costumavam usar. A mais beligerante de toda a equipe, a Srta. Pearl Robbins, uma mulher que na hora do chá mostrava toda a sua bravura e massacrava não apenas os alemães como também suas mulheres e filhos, foi perversamente ignorada, tendo ela mesma que confeccionar para si um uniforme.

Entre todos, o único deles que chegou mais próximo que a Rua Liberty da frente de batalha foi Terry Wickett. Ele pediu subitamente para ser dispensado do Instituto, foi transferido para a artilharia e embarcou em um navio rumo à França.

Terry se desculpou com Martin:

— Estou envergonhado por abandonar meu trabalho dessa forma, e certamente não tenho vontade de matar alemães – não mais do que tenho de matar a maioria das pessoas –, mas eu nunca conseguiria resistir à emoção de participar de um grande espetáculo. Olhe, Magrelo, cuide do Papai Gottlieb, está bem? Essa guerra o deixou muito abalado. Ele tem uma porção de sobrinhos e outros parentes no exército alemão e, por isso, alguns patriotas, como a Poderosa Pearl, poderão persegui-lo como forma de exibição de idealismo. Até mais, Magrelo. Cuide-se!

A convocação para o exército arrancou de Martin alguns vagos protestos. Para ele, a guerra significava nada mais que uma interrupção em seu trabalho, como ocorrera no período do Pickerbaughianismo ou quando procurara ganhar seu sustento em Wheatsylvania. Mas o prazer de sair todo empertigado, metido em um uniforme militar, fez com que durante diversas semanas ele se comportasse como um patriota padrão. Martin nunca parecera tão apresentável, tão bem arrumado e aprumado como naquele traje cáqui. Era sedutor ser saudado com uma continência por soldados rasos, e quase tão sedutor retribuir a saudação militar com toda a pompa respeitável e arrogante que ele compartilhava com seus companheiros de farda – outros doutores, professores, advogados, corretores de títulos, autores e antigos intelectuais socialistas.

Depois de um mês, no entanto, a satisfação de ser um herói perdeu seu encanto, e Martin começou a sonhar com camisas macias, sapatos confortáveis e roupas que tivessem bolsos razoáveis. Usar perneiras passou a ser um grande inconveniente, e colocá-las, um inferno. O colarinho apertava-lhe o pescoço e espetava seu queixo. E a necessidade de parecer simpático cada vez que fazia uma continência estava esgotando aquele homem que se entregava todos os dias até quase três da manhã à árdua tarefa de estudar cálculo.

Dentro do Instituto, sob a vigilância autoritária do coronel diretor Dr. A. DeWitt Tubbs, Martin era obrigado a usar o uniforme – ou pelo menos uma porção significativa do traje –, mas, à noite, ele retomou o hábito de vestir suas roupas comuns e, quando ia com Leora ao cinema, tinha a agradável sensação de ser um desertor, que se arriscava em cada esquina a ser preso pela Polícia do Exército e executado ao amanhecer.

Lamentavelmente, nenhum policial militar jamais havia olhado para ele. Mas, quando observava certa noite, com toda a inocência, o corpo de um pistoleiro que acabara de ser assassinado por outro pistoleiro, percebeu que o major Rippleton Holabird encontrava-se ao seu lado e o encarava. Pela primeira vez, o major deixou de ser gentil:

— Capitão, você acha que seja conveniente andar por aí vestido à paisana? Infelizmente, devido a nosso trabalho de cunho científico, não temos o privilégio de nos juntar aos homens que se colocam verdadeiramente em ação. Pelo contrário, devemos apenas cumprir ordens como se estivéssemos nas trincheiras – onde *alguns* de nós gostariam muito de estar novamente! Pois bem, capitão, acredito que você não voltará a desobedecer às ordens e andar sem uniforme novamente.

Mais tarde, Martin deu voz à sua insatisfação e reclamou com Leora:

— Já estou farto de ouvir as histórias sobre ele ter sido ferido na guerra. Não vejo nada que possa impedi-lo de voltar às trincheiras. As feridas agora já estão cicatrizadas. Quero ser patriótico, mas meu patriotismo é ir atrás de antitoxinas, é fazer meu trabalho, e não sair por aí vestindo um tipo especial de calças nem defendendo certas ideias sobre os alemães. Tudo bem, sou contra os alemães, mas acho que eles são tão perversos quanto nós. Ora, vamos voltar... vou estudar um pouco mais de cálculo. Querida, minhas noites de trabalho não a chateiam demais, não é?

Leora sabia dissimular como ninguém. Quando não conseguia se entusiasmar, ficava em silêncio, sem demonstrar irritação.

No Instituto, Martin percebeu que não era o único defensor de seu país que se sentia desconfortável em vestimentas de herói. O mais desolado dos integrantes da equipe era o Dr. Nicholas Yeo, o ianque de bigode cor de areia que respondia pela chefia do Departamento de Biologia.

Dr. Yeo usava uniforme de major, mas nunca se sentiu bem dentro dele – ele só sabia que ocupava o posto de major porque o Coronel Dr. Tubbs assim lhe informara, da mesma forma que só sabia que o uniforme que usava era de major, porque assim lhe dissera quem o vendeu. Major Yeo saiu do Edifício McGurk abatido por uma depreciativa melancolia e tendo uma das pernas de seu calção estufadas sobre as botas de cavalgar. Por mais esforço que fizesse, nunca conseguia se lembrar de abotoar a jaqueta militar sobre sua camisa estampada de flores cor violeta, camisa esta que, segundo ele próprio, era possível comprar por uma pechincha na Oitava Avenida.

No entanto, o major Yeo ostentava em seu currículo um triunfo bélico. Com sua voz rouca, ele explicou o caso para Martin no momento em que os dois se dirigiam para o inteiramente militarizado salão de jantar:

— Diga, Arrowsmith, você alguma vez ficou atrapalhado com essas saudações militares? Diabos, eu nunca consigo entender o que significam todas essas insígnias. Certa vez, tomei um tenente do Exército da Salvação por um general da ACM, ou quem sabe fosse ele um sujeito dos portos. Mas tive uma ideia agora.

Yeo encostou o dedo ao lado de seu volumoso nariz e falou em tom de sabedoria:

— Todas as vezes que eu topar com um camarada de uniforme que aparente ser mais velho do que eu, farei uma continência. Meu sobrinho Ted me ensinou, portanto agora bato continência com perfeição. Se o sujeito não responder à minha saudação, então, pensarei apenas no meu trabalho, sem me preocupar com o resto. Se você encara cientificamente essa questão, a vida militar não parece ser tão terrível e dura, afinal!

VII

Quando esteve em Paris ou em Bonn, Max Gottlieb sempre considerou os Estados Unidos um país que, com sua liberdade em relação à tradição da realeza e seu contato com a realidade dos milharais, das nevascas e dos encontros nas cidades, havia assumido uma posição antagônica ao orgulho pueril da guerra. Ele acreditava que já deixara de ser um alemão e tornara-se um conterrâneo de Lincoln.

A guerra era algo que, junto com a demissão de Winnemac, sempre abalava sua sarcástica serenidade. Ele não conseguia ver naquilo qualquer esplendor, tampouco esperança, mas apenas uma tragédia que se alastrava lentamente. O velho professor valorizava seus meses de trabalho e boas conversas na França, na Inglaterra e na Itália. Ele nutria pelos amigos franceses, ingleses e italianos uma afeição tão grande quanto a que sentia por seus antigos *Korpsbrüder* e, bem no fundo, por trás de seu sarcasmo, amava de fato aqueles alemães em cuja companhia havia trabalhado duro e se embriagado.

Os filhos de sua irmã, garotos que ele conhecera ainda bebês nas ocasiões em que aproveitara as férias para ir matar as saudades de casa, e que mais tarde os vira já meninos e jovens rapazes, vestiram-se com as cores do Kaiser em 1914. Um deles se tornou um *Oberst*, cheio de condecorações; o outro levou uma vida insignificante; e um foi morto e apodreceu durante dez dias. Gottlieb resistiu melancolicamente a tudo isso, do mesmo modo que mais tarde resistiu à partida de seu filho Robert, que, travestido de tenente americano, foi lutar contra os próprios primos. O que abalou esse homem, para quem as abstrações e as leis da ciência significavam mais do que o parentesco natural, foi a mania de ódio que derrotou um país desmilitarizado como os Estados Unidos, nação para onde ele emigrara em protesto contra o domínio da nobreza prussiana.

Sem conseguir acreditar no que ocorria em sua volta, ele ouvia mulheres declararem que todos os alemães eram assassinos de bebês, via as universidades impedindo o ensino do idioma de Heine, as orquestras proscrevendo a música de Beethoven, professores uniformizados gritando com escriturários e escriturários que nunca protestavam.

É difícil dizer o que sofria feridas mais profundas em Gottlieb, se era seu amor pela América ou seu egoísmo, que ele pensava ser tão ridículo. É curioso que o velho professor que denunciara a mecanização da educação no país pudesse assim se surpreender quando toda a nação passou tranquilamente a apoiar a velha, obsoleta e mecânica manifestação de desdém implícita em uma guerra.

Quando o Instituto se rendeu à guerra, Gottlieb se viu na condição de um suspeito alemão, e não na do grande e impessoal especialista em imunologia.

É verdade que Terry Wickett, que partiu para se juntar à artilharia, não o olhava com rispidez, mas o Major Rippleton Holabird assumia uma postura inflexível e sobranceira quando eles cruzavam no corredor. Em algumas ocasiões, na sala de refeições, Gottlieb expressava a Tubbs sua opinião:

— Estou pronto para reconhecer todas as virtudes da França. Tenho grande estima por aquele povo tão extraordinário. Mas, no caso da teoria das probabilidades, imagino que deve haver algum bom alemão entre os 60 milhões deles.

Então o coronel Dr. Tubbs fazia prevalecer sua autoridade e se pronunciava de forma terminante:

— Nestes tempos de tragédia mundial, parece-me que uma atitude de irreverência é particularmente conveniente, Dr. Gottlieb!

Nas lojas e no trem, ao ouvir seu sotaque, pessoas insignificantes, com o corpo banhado em suor e com as faces avermelhadas, encaravam-no com olhar implacável e comentavam entre si: "Eis aí um desses malditos bárbaros cheios de veneno!". E, a despeito do desprezo que pudesse sentir por elas, apesar de sua luta interior para ignorar o orgulho, essas críticas o reduziam de um arrogante cientista a um homem inseguro e retraído, atingido em seu ponto fraco.

Certa vez, quando Gottlieb cumprimentou com um "*Auf Wiedersehen*" uma senhora que em tempos passados sentira orgulho de conhecê-lo, cujo nome de solteira era Straufnabel e que havia se casado com um membro da família Rosemont – uma insigne linhagem anglicana de raízes antigas –, ela lhe respondeu rispidamente:

— Perdoe-me, Dr. Gottlieb, mas o uso desse idioma repugnante não é permitido dentro desta casa!

Ele estava quase recuperado das inquietações que o abalaram em Winnemac e na fábrica de Hunziker e começava a ser mais expansivo e a se comunicar de modo mais espontâneo com cientistas, músicos e oradores. Agora, no entanto, recolhia-se novamente dentro de si mesmo. Depois da partida de Terry, ele confiava apenas em Miriam, Martin e Ross McGurk, e seus olhos fundos, com as pálpebras tomadas pelas rugas, pareciam cada vez mais tristes.

Mas o velho professor ainda conseguia ser mordaz. Ele sugeriu que Capitola hasteasse na janela de sua casa uma bandeira oficial, com uma estrela para cada indivíduo do Instituto que vestia um uniforme.

A senhora levou a sério a sugestão e a colocou em prática.

VIII

Os deveres militares da equipe do Instituto McGurk não envolviam apenas trajar uniformes, receber continências e ouvir, na hora do almoço, as preleções do coronel Dr. Tubbs sobre "o inevitável papel dos Estados Unidos na reconstrução de uma Europa democrática".

Eles também cuidavam da preparação de soros. O assistente do Departamento de Biofísica estava construindo uma cerca elétrica. O Dr. Billy Smith, que seis meses antes andara cantando *Studentenlieder* no Lüchow, agora trabalhava no desenvolvimento de um gás venenoso para ser usado contra todos os trovadores que entoassem essa canção. Martin recebeu a atribuição de produzir lipovacina, uma suspensão em óleo contendo organismos tifoides e paratifoides finamente atenuados. A tarefa de Martin era um tanto gordurosa e fastidiosa, mas sua confiança nela era tamanha que ele dedicava a ela quase todas as manhãs, sem deixar, no entanto, de blasfemar mais do que lhe era habitual e acolher de maneira profana todos os artigos científicos nos quais as lipovacinas eram consideradas inferiores e condenadas à categoria de meras soluções salinas.

O jovem médico tinha consciência do sofrimento de Gottlieb e tentava confortá-lo.

Por outro lado, porém, possuía o lamentável defeito de não ser muito cordial com as pessoas tímidas, bem como com gente solitária e velhos aparvalhados. Martin não os tratava com crueldade, mas os ignorava e evitava-lhes a companhia, tal era sua falta de paciência com os equívocos que pudessem vir a cometer. Quando Leora o censurava por isso, ele reagia, dizendo:

— Bem... mas estou sempre muito concentrado em meu trabalho, interpretando os dados que tenho. Não posso perder tempo com sujeitos imbecis. E essa é uma coisa importante. A maioria das pessoas com capacidade um pouco maior do que a de um suíno está sempre correndo atrás de alguma forma de filantropia e nunca chega a lugar nenhum. E a maior parte de sua gente dita acanhada acaba sendo espiritualmente pobre. É muito mais fácil ser agradável, e, muitas vezes, ineficiente, e sair por aí ronronando e parabenizando os outros, do que batalhar e se manter estritamente voltado ao seu próprio trabalho, que pode conduzir de fato a algum lugar. São poucas as pessoas que têm coragem de ser respeitavelmente egoístas e exigir o direito ao trabalho, em vez de apenas responder cartas. Se esses sentimentalistas tivessem uma chance, levariam indivíduos como Newton, ou quem sabe até mesmo Cristo, a deixar de lado tudo o que fizeram em prol do mundo, para participar de encontros ou escutar queixumes de velhas donzelas doentes. Não há nada que exija mais coragem do que manter a determinação e a mente lúcida.

Martin, porém, não tinha nem mesmo essa coragem.

Os reclames de Leora o forçavam a se tornar amável (apenas por um dia ou dois) com toda sorte de mendigos errantes e assustados, para, em seguida, mergulhar novamente nas coisas que realmente absorviam sua atenção. Mas havia duas pessoas cuja infelicidade era capaz de romper esse escudo de impassibilidade: Leora e Gottlieb.

Embora estivesse mais ocupado do que imaginara que alguém pudesse estar, entregue às lipovacinas pela manhã e à físico-química à noite, paralelamente a horas de intenso trabalho para a continuação de sua pesquisa sobre a estafilolisina, Martin dedicava todo o tempo de que dispunha acalentando a vaidade de Gottlieb, emprestando ouvidos atentos às explanações do velho professor.

Então a pesquisa roubava mais uma vez o espaço que ocupavam todas as outras coisas e levava Martin a se esquecer de Gottlieb, de Leora e de todo o entusiasmo em relação aos estudos. Ele acabava descarregando sobre os outros sua sobrecarga de trabalho e, quando percebia que chegara a algum resultado digno de um Gottlieb, alguma coisa relativa à misteriosa fonte da vida, confundia a noite e o dia em uma dimensão de tempo indistinta, insana e apaixonada.

CAPÍTULO 28

O capitão Martin Arrowsmith, médico reservista, entrou em casa lastimando-se com a boa esposa, Leora:

— Estou morto de cansaço e não tenho ânimo para nada. Não consegui chegar a um maldito resultado sequer neste ano todo no McGurk. Nada que preste. E não vou aguentar estudar cálculo esta noite. Vamos ao cinema. Não vou nem mesmo me trocar e vestir uma roupa que um ser humano normal veste. Estou cansado demais!

— Tudo bem, querido. — concordou Leora — Mas vamos jantar aqui. Eu comprei um peixe delicioso esta tarde.

Durante toda a sessão de cinema, Martin opinou sobre o filme valendo-se de sua condição de capitão e doutor. Segundo ele, parecia pouco provável que uma mãe não reconhecesse a própria filha depois de uma ausência de dez anos. O rapaz estava muito inquieto e analisava a história sob um ponto de vista extremamente racional e incompatível com o de alguém disposto a se distrair em um cinema. Quando, ainda acostumando os olhos à claridade, os dois saíram daquela sala escura, iluminada apenas pela tênue luz da tela, Martin resmungou:

— Vou voltar para o laboratório. Coloco você em um táxi.

— Ora, deixe de lado essa coisa abominável por uma noite!

— Isso é injusto! Já faz três ou quatro noites que eu não trabalho até mais tarde.

— Então me leve junto com você.

— De jeito nenhum. Tenho a intuição de que vou trabalhar a noite toda.

Quando Martin passou pela Rua Liberty, tudo dormia sob suas torres. McGurk determinara que o elevador que levava ao Instituto funcionasse durante toda a noite, e, de fato, três ou quatro dos vinte membros da equipe costumavam utilizá-lo depois do horário habitual de trabalho.

Naquela manhã, Martin isolara uma nova cepa de estafilococos, que fora retirada do carbúnculo glúteo de um paciente no Hospital Lower Manhattan. Era um carbúnculo que se recuperava com uma rapidez incomum. Ele colocara uma porção do pus em um meio nutritivo e o deixara em incubação. Depois de oito horas, uma colônia de bactérias já havia se desenvolvido. Antes de retornar, exausto, para casa, o jovem recolocou a cultura de bactérias na incubadora.

Martin não estava muito interessado na questão dos estafilococos e, ainda no laboratório, tirou a jaqueta militar, observou as luzes lá em baixo sobre o rio azul enegrecido, deu umas tragadas no cigarro, pensou por que cargas d'água não tratava Leora com mais delicadeza e amaldiçoou Bert Tozer, Pickerbaugh, Tubbs e todos aqueles que lhe afloraram na memória antes de se aproximar distraidamente da incubadora e descobrir que o frasco que deveria conter uma cultura perceptivelmente turva não apresentava sinal algum das bactérias – os tais dos estafilococos.

Ele gritou: "Que coisa dos infernos! Caramba, o caldo está tão limpinho como quando eu o preparei! Imagine... Um acidente idiota como esse logo agora que eu ia começar algo novo!".

Martin saiu correndo da incubadora, que ficava em um recinto no corredor, e entrou em seu laboratório. Segurando o frasco debaixo de uma luz bem forte, certificou-se de que enxergara corretamente. Ele preparou então uma lâmina com o conteúdo do frasco e a examinou no microscópio. Foi quando descobriu que não havia nada além de sombras daquilo que haviam sido bactérias: o contorno, quase imperceptível, e a forma ainda podiam ser identificados, mas a substância intercelular desaparecera. Eram apenas esqueletos minúsculos em um campo de batalha infinitesimal.

Ele levantou a cabeça, esfregou os olhos cansados e, mergulhado em reflexões, passou a mão sobre o pescoço (havia retirado a jaqueta, o colarinho estava jogado no chão e a camisa estava aberta na garganta). Então refletiu: "Há algo estranho aqui. Essa cultura estava se desenvolvendo normalmente e, de repente... um suicídio. Nunca antes ouvi falar de um caso de bactérias que tenham feito isso. Acho que encontrei alguma coisa! O que pode ter causado esse fenômeno? Terá sido alguma alteração química? Ou algo orgânico?".

Em Martin Arrowsmith não havia espécie alguma de heroísmo meramente decorativo, de talento para aventuras amorosas, de espírito extravagante, de infortúnios virtuosamente tolerados. Ele não possuía tampouco algum tipo singular de elegância nem expressava qualquer mensagem moral. Cometia falhas ao precipitar-se e demonstrava cruel honestidade – era um jovem sempre grosseiro, sempre mal-educado. Mas tinha um dom: uma curiosidade que o levava a enxergar o lado incomum de todas as coisas. Fosse ele sensato como o Major Rippleton Holabird, teria despejado o conteúdo dentro da pia e, antes de ir embora, admitido com a mais completa modéstia: "Tolice! Cometi algum erro!". Mas Martin – sendo Martin – pôs-se a caminhar prosaicamente de um lado para o outro em seu laboratório, resmungando: "Existe uma causa para isso, e eu vou descobrir qual é".

O jovem doutor teve de fato uma ideia bastante romântica: telefonaria para Leora e lhe diria que uma maravilha estava acontecendo, para que ela, portanto, não se preocupasse com ele. Saiu então tateando pelo corredor com fósforos na mão, procurando os interruptores de luz.

À noite, todos os salões eram assombrados, até mesmo no novo e pomposo Edifício McGurk, onde um escriturário cometera suicídio. Enquanto andava às cegas, Martin sentia todo o corpo estremecer ao imaginar antigos horrores e se deixar impressionar pela sensação de que ouvia passos atrás de si e via vultos que espreitavam nas portas e logo depois desapareciam. Tomado por esse estado de consciência de perigo iminente, ele respirou extremamente aliviado quando encontrou um interruptor e se viu dentro de um outro mundo, criado pela dádiva e segurança da súbita claridade.

No painel de controle do telefone do Instituto, ele conectou os pinos onde lhe pareceu razoável. Na primeira vez, pensou que estava falando com Leora, mas acabou descobrindo que a voz assexuada e intolerante que lhe disse "Número, por favor" em uma entonação tensa e alerta não condizia com alguém tão indolente quanto Leora. Depois, uma voz perguntou em tom efusivo "É Sara quem fala?", para então completar "Não quero saber de *você*! Desligue, está bem?". Em seguida, uma garota tentou se justificar: "De verdade, Billy, eu tentei mesmo ir, mas o chefe chegou às cinco e disse...".

Quanto ao resto, tratava-se apenas um ruído: o som de 7 milhões de pessoas ávidas por sono, amor ou dinheiro.

Martin pensou: "Oh, droga! Acho que a essa hora Lee já foi deitar" e então voltou tateando para o laboratório.

Como se fosse um detetive perseguindo um assassino de bactérias, Martin permaneceu algum tempo com a cabeça inclinada para trás, coçando o queixo e vasculhando a memória na tentativa de se lembrar de casos semelhantes de micro-organismos que cometem suicídio ou são aniquilados sem uma causa aparente. Depois, subiu correndo até a biblioteca, consultou trabalhos de autoridades americanas e inglesas e, com muito esforço, também de franceses e alemães. Não encontrou coisa alguma.

Arrowsmith inquietou-se com a ideia de que talvez não houvesse estafilococos vivos no pus que ele utilizou para preparar a cultura – não haveria então nenhuma bactéria para morrer. Em uma corrida caótica, sem parar para apagar as luzes, esbarrando nos cantos e escorregando no chão de ladrilhos perfeitos, ele desceu as escadas e precipitou pelos corredores até sua sala. Lá, pegou o que restava do pus original, preparou uma lâmina e tingiu-a com violeta genciana, deixando, na agitação, pingar para fora uma gota daquela magnífica coloração. Com a lâmina nas mãos, voltou, desabalado, para o microscópio. No instante em que se curvou sobre o tubo de cobre e acertou o foco, viu surgir dentro do campo circular de tonalidade cinza-lavanda um agrupamento da estafilococos semelhante a um cacho de uvas – eram pontos cor de púrpura sobre um fundo branco.

"Eis aí os estafilococos!", bradou ele.

Então, enquanto se entregava à preparação de um experimento – seu primeiro grande experimento –, esqueceu-se de tudo: Leora, a guerra, a noite, o cansaço, o sucesso e tudo o mais. Ele caminhou freneticamente de um lado para o outro da sala, meio atordoado. Depois buscou se acalmar e sentou-se junto a uma mesa, entre anéis e espirais de fumaça de cigarro, para relacionar em pequenas folhas de papel todas as possíveis causas do suicídio das bactérias, todas as questões para as quais teria que encontrar resposta e todos os respectivos experimentos capazes de respondê-las.

Talvez um meio alcalino em um frasco inadequadamente limpo tivesse causado o perecimento da cultura. Quem sabe, existisse no pus alguma substância antiestafilococo, ou alguma coisa liberada pelos próprios estafilococos. Quiçá fosse alguma peculiaridade desse caldo em particular.

Cada uma dessas hipóteses precisava ser testada.

Martin abriu a porta do depósito de vidraria, quebrando a fechadura. Ele pegou novos frascos, limpou-os, vedou-os com chumaços de algodão e os colocou na estufa para esterilização. Buscou outros lotes de caldo – na verdade roubou-os do suprimento privado e altamente sagrado de Gottlieb, que ficava guardado no refrigerador. Em seguida, filtrou, com a ajuda de um filtro de porcelana esterilizado, uma parte da cultura purificada e adicionou-a às suas cepas regulares de estafilococos.

Descobriu então – talvez o mais importante de tudo – que seu maço de cigarro havia chegado ao fim.

Sem querer acreditar que pudesse ser verdade, vasculhou e tornou a vasculhar cada um de seus bolsos. Procurou na jaqueta militar jogada a um canto e imaginou que tivesse visto cigarros em uma gaveta. Mas não os encontrou. Então, dirigiu-se descaradamente à sala na qual ficavam pendurados os aventais e as jaquetas dos técnicos. Remexeu freneticamente os bolsos e achou uma dúzia de maravilhosos cigarros em uma caixa de papel amassada e achatada.

Para testar cada uma das quatro possíveis causas de dissipação da cultura, ele preparou uma série de frascos com a bactéria sob diferentes condições e os colocou na incubadora, submetidos a uma temperatura igual à do corpo humano. Até acabar a incubação dos frascos, sua mão estava firme, e a face, exausta, estampava calma. Martin tinha pleno controle de seus nervos e demonstrava total segurança, assim como deve ser um profissional no desempenho de suas funções.

O relógio marcava 6 horas de uma magnífica manhã de agosto e, ao concluir o trabalho que exigira dele toda a atenção, e poder relaxar a tensão de seus nervos, o rapaz olhou através da imponente janela, tomando consciência do mundo lá fora: telhados luzidios, torres triunfantes e um exuberante navio de deques altos singrando com arrogância as águas luminosas do rio.

Martin estava completamente exaurido e sentia-se – da mesma forma que um cirurgião depois de uma longa operação, ou que um repórter durante um terremoto – um pouco insano, mas, de modo algum, sonolento.

Ele amaldiçoou a demora do crescimento das bactérias – sem o que não poderia descobrir os resultados do emprego de diversas espécies de caldo e de cepas de estafilococos –, mas conteve sua impaciência.

O jovem doutor subiu a barulhenta escada de ardósia até o mundo pomposo que o esperava no terraço da cobertura. Parou para escutar ruídos na porta do biotério. Os porquinhos-da-índia estavam acordados e mordiscavam algo, produzindo um som semelhante ao de um pano molhado esfregado contra o vidro de uma janela para limpá-la. Ele bateu os pés, alvoroçando os bichinhos que, amedrontados, emitiram um som parecido com o do arrulho de pombos.

Martin marchou freneticamente de cima para baixo, estimulado pelo céu altaneiro, até que a fome chegou e serenou sua inquietação. Mais uma vez, ele partiu para a pilhagem. Encontrou um chocolate pertencente a um inocente técnico. Invadiu até mesmo o gabinete do diretor e descobriu na escrivaninha de Pearl Robbins uma chaleira e um pouco de chá – bem como um batom e uma carta de amor iniciada com "Meu pequeno Ickles". Ele preparou uma caneca de chá, cujo resultado foi desastroso, e retornou à sua mesa, para registrar cuidadosamente em um caderno de anotações sujo e quase totalmente cheio cada uma das etapas de seu experimento.

Depois das sete horas, executou a operação do painel de controle do telefone e ligou para o Hospital Lower Manhattan com o objetivo de conseguir um pouco mais de pus do mesmo carbúnculo, e praguejou ao saber que o paciente já estava curado e que, portanto, não havia mais do mesmo material.

Pensou então em aguardar a chegada de Gottlieb para comentar com ele sua descoberta, mas decidiu manter silêncio até que tivesse constatado se fora apenas um acidente ou não. Com os olhos bem abertos, agitado demais para dormir no metrô, saiu em disparada e foi contar a Leora o que se sucedera. Ele precisava contar a alguém! Ondas de medo, dúvidas e certezas iam e voltavam a todo instante. Seus ouvidos zumbiam e suas mãos estavam trêmulas.

Ele subiu correndo até o apartamento e, antes mesmo de destrancar a porta, gritou:

— Lee! Lee!

Mas ela não estava.

Martin respirou ofegante. O apartamento transmitia a sensação de vazio. Vasculhou-o novamente. Leora havia dormido ali e também tomado uma xícara de café, mas desaparecera.

Ele ficou assustado, temendo que pudesse ter ocorrido algum acidente, mas, ao mesmo tempo, estava furioso pelo fato de ela não estar em casa naquela grande ocasião. Melancolicamente, preparou seu café da manhã. É curioso que excelentes bacteriologistas e químicos façam ovos mexidos tão aguados, preparem um café tão amargo e sejam tão indiferentes em relação a colheres sujas. No momento em que terminou a bagunça, ele estava a ponto de a acreditar que Leora o havia abandonado para sempre. Então murmurou com voz hesitante: "Eu a negligenciei demais". Preguiçosamente, sentindo-se um velho, voltou para o Instituto e, na entrada do metrô, encontrou-a.

Ela reclamou com voz chorosa:

— Fiquei preocupada! Não consegui falar com você pelo telefone, então fui até o Instituto para ver o que tinha acontecido.

Martin beijou-a com muito ardor e falou entusiasmado:

— Por Deus, mulher, eu consegui! Realizei o grande experimento! Eu descobri algo! Não um produto químico que você usa e combate germes, quero dizer, mata e dissolve todos eles... Talvez seja um grande passo na direção da descoberta de algo terapêutico. Diabos! Mas não estou muito certo, pode ser apenas outro de meus exageros.

Leora tentou tranquilizá-lo, mas Martin não esperou e saiu em disparada na direção do metrô, prometendo telefonar para ela. Às dez horas, ele estava observando atentamente o interior da incubadora.

Havia um anuviamento com aparência de bactéria em todos os frascos, com exceção daquele no qual Martin usara o caldo do frasco inicial, o que suscitara toda a dúvida. Neste, o misterioso assassino de germes impedira o crescimento da nova bactéria ali introduzida.

"Fantástico!", bradou Martin.

O jovem médico recolocou os frascos na incubadora, registrou suas observações e voltou à biblioteca, onde pesquisou manuais, volumes encadernados de procedimentos de sociedades científicas e periódicos em três idiomas. Àquela altura, já adquirira uma razoável fluência na leitura de textos em francês e alemão. Não é possível saber se ele conseguiria comprar um drinque ou pedir orientações sobre o caminho para o Kursaal em qualquer um desses idiomas, mas compreendia jargões científicos helênicos e folheava livros densos, esfregando os olhos, que pareciam estar cheios de sal.

De repente, lembrou-se de que era um oficial do exército e precisava preparar lipovacinas naquela manhã. Tomou então o rumo do trabalho. No entanto, estava tão inquieto que estragou todo o lote, chamou seu resignado ajudante de idiota e, depois de cometer essa injustiça, mandou que ele fosse buscar uma dose de uísque.

Martin precisava de um confidente. Telefonou então para Leora e anunciou a ela durante um almoço que lhe custou algum dinheiro:

— Parece que ainda estou no caminho certo.

Naquela tarde, ele voltou ao Instituto de hora em hora para examinar os frascos. Nos intervalos, caminhava pelas ruas, queixando-se de tanta exaustão e bebendo café em demasia.

A cada cinco minutos a excitação voltava a assaltá-lo e ele se perguntava: "Por que não vou dormir?". Então lembrava-se do experimento e resmungava: "Não! Eu preciso acompanhar cada etapa. Não posso deixar as coisas assim, ou terei que começar tudo de novo... Mas estou com tanto sono! Por que não vou dormir?".

Antes das 18 horas, Martin conseguiu encontrar dentro de si nova dose de energia e, na análise das seis da tarde, descobriu que os frascos contendo o caldo original ainda não mostravam sinais de crescimento da bactéria, enquanto aqueles que ele havia preparado posteriormente, com o mesmo pus da primeira vez, estavam novamente limpos – a exemplo do que ocorrera no primeiro frasco – e sob efeito de um lento e progressivo ataque do assassino desconhecido, mesmo depois de terem inicialmente começado a exibir um bom crescimento da bactéria.

Martin sentou-se, deixando que a sensação de alívio tomasse todo o seu corpo. Conseguira! Na conclusão de suas primeiras anotações, registrou: "No pus obtido de uma infecção por estafilococos, observei um fenômeno que impede o crescimento de diversas cepas de estafilococos e elimina as bactérias do pus em questão. Temporariamente o nomearei de Princípio X".

Quando concluiu seu trabalho, às 19 horas, ele estava com a cabeça apoiada sobre seu caderno de anotações e dormia.

Martin despertou às 22 horas, foi para casa, alimentou-se como um selvagem, voltou a dormir e antes do amanhecer já estava de novo no laboratório. Seu próximo descanso foi de apenas uma hora, naquela tarde, esparramado sobre a mesa do laboratório, com o assistente montando guarda. O seguinte, apenas um dia e meio depois, foi em sua cama e durou oito horas, do nascer do dia até o início da tarde.

Em seus sonhos, no entanto, o jovem cientista sempre deixava tombar uma estante de tubos de ensaio ou quebrava um frasco, descobrindo um Princípio X capaz de dissolver cadeiras, mesas e seres humanos. Em um desses sonhos, ele espalhava o Princípio sobre os Bert Tozers e os doutores Bissex e os observava, com expressão demoníaca, enquanto desapareciam. Acidentalmente derrubara a solução em Leora e a vira sumir pouco a pouco. Acordou gritando e percebeu que os braços da verdadeira Leora o envolviam. Entre soluços, confessou:

— Eu não conseguiria fazer nada sem você! Nunca me abandone! Eu a amo muito, apesar desse maldito trabalho me manter refém. Fique comigo!

Martin acabou adormecendo novamente, e Leora, toda faceira em seu pijama listrado, permaneceu sentada ao lado dele na cama toda desarrumada. Três horas mais tarde, o rapaz acordou e se dirigiu apressado para o Instituto. Tinha os olhos cansados e vidrados. Ela preparou um café forte para esperar o retorno do marido e o ficou observando, toda orgulhosa, enquanto ele agitava os braços e balbuciava:

— É melhor que Gottlieb não fale mais nada sobre a importância de novas observações! A aplicação do Princípio X pode não estar limitada ao estafilococo. Talvez seja possível inoculá-lo em qualquer germe e curar qualquer doença provocada por ele. Um germe que vive em outro germe! Ou, quem sabe, um princípio químico ou uma enzima. Ora, ainda não sei. Mas vou descobrir!

Quando correu de volta para o Instituto, Martin foi embalado pela certeza de que, depois de anos aos tropeços, finalmente havia conseguido. Ele vislumbrou seu nome em periódicos e livros-texto e se viu aplaudido em encontros científicos. Até então fora um desconhecido entre os especialistas do Instituto, e agora sentia pena de todos eles. Ao chegar de volta à sua bancada, no entanto, toda sua grandiosa aspiração se desvaneceu, e ele se viu mais uma vez como um cão de caça farejador, um trabalhador anônimo. À sua frente se abriram novos caminhos em uma montanha de trabalho (a suprema felicidade de todo investigador) e dentro dele brotou uma nova energia.

II

Durante uma semana, a vida de Martin experimentou a mesma regularidade que a de um soldado fugitivo em território inimigo, com a mesma agitação e o mesmo desejo de perambular à noite. Ele passava os dias envolvido com a esterilização de frascos, com a preparação de culturas com diversas concentrações de íons de hidrogênio, com a cópia das anotações antigas em um novo livro encantadoramente rotulado como "Princípio X, Estafilococo" e com a inclusão de novas observações nesse livro. Atento às minúcias, ele preparou diversos outros frascos e muitas novas semeaduras, na tentativa de determinar se o Princípio X se reproduziria indefinidamente, se reapareceria quando transferido de um tubo para outro com novas bactérias e se ao se desenvolver espontaneamente por divisão celular era de fato uma autêntica bactéria ou uma sub-bactéria que infectava bactérias.

Em algumas ocasiões ao longo de toda a semana, Gottlieb espiou o trabalho por trás do ombro de Martin, mas o rapaz não desejava relatar seu experimento antes de obter alguma prova, dormir uma boa noite de sono e, quem sabe, até mesmo fazer a barba.

Quando teve certeza de que o Princípio X de fato se reproduzia indefinidamente, a ponto de manifestar no novo tubo em que foi semeado o mesmo efeito que produzira no primeiro, o jovem convocou solenemente a presença de Gottlieb e apresentou diante dele os resultados junto com seus planos para aprofundamento das investigações.

O velho professor bateu a ponta de seus dedos finos sobre o relatório, leu-o com toda atenção, levantou os olhos e, sem perder tempo com congratulações, despejou uma série de perguntas:

— Você fez isso? E por que razão não fez aquilo? Em que temperatura o Princípio atinge sua máxima atividade? Essa atividade se manifesta em meios sólidos de ágar?

— Esse é o plano para meu próximo trabalho, onde creio que o senhor encontrará a maior parte de suas sugestões.

Gottlieb folheou o relatório e resmungou:

— Hum! Por que você não planejou disseminar o Princípio em estafilococos mortos? Essa é a etapa mais importante de todas.

— Por quê?

O velho professor dirigiu-se por um instante até o centro da selva em que Martin havia batalhado por sua sobrevivência durante diversos dias e falou:

— Porque isso vai revelar se você está lidando com um micro-organismo vivo.

Martin se sentia humilhado, mas Gottlieb comemorou:

— Você tem aí uma coisa extraordinária. Agora, não deixe que o diretor saiba disso e se anime cedo demais. Estou muito satisfeito, Martin!

Havia algo na voz de Gottlieb que pareceu dizer a Martin que saísse rumo ao corredor e retornasse ao trabalho – e continuasse sem dormir.

Se o Princípio X era uma substância química ou um micro-organismo, ele não conseguira identificar, mas, de qualquer forma, o Princípio original se desenvolveu e podia ser reproduzido indefinidamente. Martin determinou a melhor temperatura para o processo e descobriu que o micro-organismo não se propagava em estafilococos mortos. Quando adicionou uma gota de material contendo o Princípio a uma colônia de estafilococos com formato de uma película cinza em uma superfície sólida de ágar, a gota foi sendo magnificamente cercada por manchas vazias à medida que o inimigo realizava seu ataque, de modo que o ágar adquiriu a aparência de cera de abelha comida por traças. Depois de quinze dias, no entanto, ele se viu diante de uma das dificuldades para as quais Gottlieb lhe chamara a atenção.

Ciente das centenas de bacteriologistas que se apresentariam para aniquilá-lo tão logo o artigo fosse publicado, Martin procurou se certificar de que seus resultados pudessem ser confirmados. No hospital, ele conseguiu pus de diversos furúnculos que se desenvolviam nos braços, nas pernas e nas costas dos pacientes, e procurou reproduzir os resultados que obtivera. Mas fracassou completamente. O Princípio X não apareceu no material de nenhum dos novos furúnculos, de modo que ele foi então, consternado, procurar Gottlieb.

O velho professor refletiu, fez uma ou duas perguntas, sentou-se arqueado em sua cadeira estofada e questionou:

— De que tipo era o carbúnculo original?

— Glúteo.

— Ah! Então pode ser que o Princípio X esteja presente no conteúdo intestinal. Procure em materiais obtidos em pessoas com e sem furúnculos.

Martin saiu em disparada. Depois de uma semana já tinha obtido o Princípio X a partir de conteúdo intestinal e de outros furúnculos da região glútea, descobrindo uma quantidade excepcional de furúnculos que "se curavam sozinhos". Enlevado pelo triunfo e pela admiração por Gottlieb, ele transplantou seu novo Princípio. Em seguida, estendeu a investigação a grupos de micro-organismos intestinais e encontrou algo semelhante ao Princípio X no bacilo de cólon. Também entregou certa quantidade do Princípio original a um médico do Hospital Lower Manhattan, para o tratamento de furúnculos, tendo recebido dele relatos entusiásticos de cura e perguntas ainda mais entusiásticas a respeito do mistério aí envolvido.

Com essas novas vitórias, Martin voltou a procurar Gottlieb e, subitamente, foi censurado com severidade:

— Ah, mas que coisa extraordinária, não? Como você pôde deixar um médico testar o Princípio antes de estar com sua pesquisa concluída? Você deseja que falsos relatos de cura cheguem aos jornais, sejam telegrafados por toda parte e levem todas as pessoas no mundo que têm uma pústula a despencar por aqui atrás de cura, não lhe deixando tempo para finalizar seu trabalho? O que você espera é ser um curandeiro milagroso ou um cientista? Não deseja obter resultados completos? Você sai por aí pulando como um macaco de galho em galho, se ludibriando com o bacilo de cólon antes mesmo de terminar sua pesquisa com o estafilococo, antes de começar para valer seu trabalho, antes de descobrir qual é a verdadeira *natureza* do Princípio X? Saia já do meu escritório! Você não passa de um... de um reitor de faculdade! Acho que logo vou ficar sabendo que frequenta jantares com o Tubbs e tem sua fotografia estampada nos jornais como um astuto vendedor de curas!

Martin saiu rastejando da sala de Gottlieb e no corredor cruzou com o pequeno químico Billy Smith, que lhe perguntou em meio a risadinhas:

— Está envolvido com alguma coisa fantástica? Não tenho visto você ultimamente.

Martin respondeu no tom do assistente de Doc Vickerson em Elk Mills:

— Caramba! Não... estou só dando duro por aí.

III

Com a mesma atenta vigilância com que teria observado a doença se alastrar lentamente em um porquinho-da-índia infectado – e uma neutralidade quase tão marcante –, Martin percebia que estava resvalando na direção da neurastenia, devido à loucura do excesso de trabalho. Movido por considerável dose de interesse, ele pesquisou os sintomas dessa patologia, identificou-os, um a um, em si mesmo e acabou assumindo o risco.

De uma irritabilidade que tornava impossível sua convivência com outras pessoas, ele passou para um tal estado de nervosismo por esquecer as coisas que ia buscar, que derrubava tubos de ensaio e se sobressaltava ao ouvir repentinamente passos atrás de si. A voz áspera do Dr. Yeo o inquietava como se fosse um insulto, e Martin ficava com o corpo tenso e encolhido, resmungando "Cale a boca... Cale a boca... *Cale* a boca!", quando o doutor parava do lado de fora de sua porta para conversar com alguém.

Depois, foi tomado pela mania de soletrar de trás para frente todas as palavras com que seus olhos se deparavam nos letreiros.

Enquanto se equilibrava com os braços pendurados em uma argola do metrô, ele esquadrinhava cartazes em busca de novas palavras para soletrar ao contrário. Algumas delas eram extraordinariamente palatáveis, como "Não fumar", que convertia-se em "ramufoan", mas as tentativas de inverter "murro", "saúde" e "grosseiro" o deixavam insatisfeito, enquanto "energia", que se transformava em "aigrene", ele considerava abominável.

Quando precisava retornar três vezes seguidas até o laboratório para se certificar de que tinha de fato fechado a janela, Martin sentava-se friamente, dizia para si mesmo que estava à beira de um abismo e se perguntava se a ousadia de tentar prosseguir valeria a pena. A resposta carecia de bom senso, pois ele se sentia tão glorioso com o andamento daquele trabalho que sua própria escolha não podia ser levada a sério.

Finalmente o medo o tomou de assalto.

No começo foi aquele pavor de escuro próprio da infância. Depois, ele permanecia acordado na cama temendo a presença de ladrões. Passos no corredor indicavam um degolador sorrateiro. Um rangido inexplicável na escada de incêndio significava um assassino com uma pistola em punho. Martin enxergava essas coisas de forma tão incontestável que precisava saltar da cama e espiar assustado pela janela para se certificar. E quando vislumbrava a figura de um homem qualquer parado na rua entrava em pânico.

Toda luminescência no céu era indício de fogo. Ele então ficaria preso a sua cama, sendo sufocado, e se debateria até morrer.

Martin tinha absoluta consciência do total despropósito de seus medos, mas isso não impedia que eles o dominassem por completo.

No início, ele se sentiu um pouco envergonhado ao admitir diante de Leora essa aparente covardia. Admitir que estava assustado como uma criança? Quando, no entanto, permanecia rígido na cama, quase gritando, sentindo as cordas de um assassino apertando seu pescoço e esperando que a segurança do amanhecer trouxesse de volta a estabilidade para o mundo, ele reclamava de "insônia" e, noite após noite, encolhia-se nos braços da esposa, que o protegia dos horrores, dos estranguladores e mantinha o fogo distante.

Martin elaborou uma lista com os medos mais comuns em um quadro de neurastenia: agorafobia, claustrofobia, pirofobia, antropofobia, entre outros. A lista terminava com aquele que ele afirmava ser "o termo mais tolo, ostensivo e denotador de curandeirismo em todo o florescente conjunto", conhecido como siderodromofobia, isto é, o medo mórbido de viajar de trem. Na primeira noite, conseguiu verificar a ocorrência de pirofobia, pois, em uma peça de variedades a que foi assistir com Leora, quando um dançarino acendeu um braseiro no palco, ele entrou em estado de alerta, esperando o momento em que o teatro todo pegaria fogo. Apreensivo, observou cuidadosamente a longa fileira de cadeiras (furioso consigo mesmo por fazer isso), calculando sua chance de alcançar uma saída caso algo acontecesse, e conseguiu relaxar apenas quando se viu livre na rua.

Mas só no momento em que a antropofobia se manifestou, no momento em que se sentiu perturbado pela proximidade das pessoas ao andar pelas ruas, foi que ele, depois de fazer uma prudente verificação de sua lista e constatar quantos itens já estavam marcados, permitiu-se um descanso.

O jovem fugiu para as colinas de Vermont com o intuito de perambular sozinho durante quatro dias, para poder se movimentar mais depressa.

Ele partiu no trem noturno e teve a oportunidade de fazer as mais interessantes observações sobre a siderodromofobia.

Deitado na cama da parte inferior do beliche, com o pequeno travesseiro embolado sob a cabeça, ele se sentia incomodado com o vaivém de suas roupas, que balançavam penduradas no cabide ao lado e se infiltravam pela abertura da cortina verde. A persiana da janela estava levantada cerca de quinze centímetros e deixava entrever uma faixa leitosa através da qual lampejavam luzes amarelas que se destacavam na escuridão ruidosa de sua pequena cabine. Martin estremecia de tanta ansiedade. Toda vez que tentava relaxar, via-se tomado novamente pela apreensão. Quando o trem parou entre duas estações, e a locomotiva emitiu um apito inquisitivo e impaciente, a certeza de que alguma coisa errada acontecera o aterrorizou – uma ponte caída ou um trem parado à frente, ou ainda, outro trem que vinha logo atrás e estava prestes a se chocar com eles a 100 km/h.

Ele se imaginou entre destroços e sofreu por algo ainda muito maior, pois formou uma imagem mental de uma destruição total, com desgraça por todos os lados. Uma roda devia estar quebrada bem debaixo dele... ela certamente não deveria dar tanto solavanco. Por que cargas d'água o maldito homem do martelo não havia detectado o problema na última parada importante? A roda vibrando, o vagão balançando, tombando para o lado, sendo arrastado, uma colisão, um barulho forte, o vagão todo retorcido, transformado instantaneamente em uma montanha de ferros... E ele preso no beliche retrátil, prensado entre os assentos. Gritos, gemidos de moribundos, chamas devastando tudo... O vagão virando, tombando e afundando de lado dentro do rio, ele tentando passar engatinhando através de uma janela à medida que a água chegava até seu corpo... ele, ao lado do vagão destruído, pensando se deveria ir embora e proteger seu sagrado trabalho ou voltar para ajudar a salvar as pessoas e acabar morrendo.

Tão reais eram aquelas visões que Martin não conseguiu permanecer ali parado. Procurou o interruptor da lâmpada do beliche, mas não o encontrou. Muito agitado, tirou do bolso uma caixa de fósforos, riscou um palito e acendeu uma lamparina. Deitado debaixo do lençol, ele olhou sua imagem refletida no teto polido do beliche e viu ali um corpo dentro do esquife. Saiu apressadamente da cama, vestiu a calça e o casaco sobre suas roupas de baixo (por algum motivo, ele não se sentia seguro em usar pijamas dentro de um trem) e, com os pés reclamando a falta de sapatos, dirigiu-se até o vagão de fumantes. O cabineiro estava agachado em um banquinho, lustrando uma assombrosa pilha de calçados.

Martin sentia necessidade daquela encorajadora companhia e se aventurou a dizer:

— Que noite agradável!

— Hum... — respondeu o cabineiro.

O jovem se sentou encolhido no banco de couro frio do vagão de fumantes e ficou absorto na observação de uma bacia de cobre. Ele estava consciente de que o cabineiro desaprovava sua presença ali, mas sentiu-se reconfortado ao pensar que o homem fazia esse trajeto três vezes por semana, ou seja, milhares de quilômetros por ano, e continuava vivo. Assim sendo, haveria uma chance de eles sobreviverem até raiar a luz da manhã.

Martin fumou tanto que sua língua ficou com um paladar desagradável. Tranquilizado pela calma do cabineiro, chegou a rir de toda aquela imaginária catástrofe que havia criado. Cansado e sonolento, retornou para seu beliche.

Lá chegando, foi novamente dominado pela tensão, e permaneceu acordado até o amanhecer.

Durante quatro dias, Martin caminhou, nadou nas águas frias dos riachos, dormiu debaixo de árvores, em pilhas de palha, e retornou – durante o dia – com reservas de energia suficientes para viver até que seu experimento deixasse de ser uma glória avassaladora e se convertesse em algo apenas rotineiramente interessante.

CAPÍTULO 29

Quando o trabalho com o Princípio X já durava seis semanas, a equipe do Instituto suspeitou que alguma coisa estivesse acontecendo e sugeriu a Martin que ele aceitasse ajuda. O rapaz não desejava se sentir prisioneiro de trocas de favores, muito embora algumas vezes sentisse falta da companhia de Terry Wickett, que ainda estava na França, e da rude compulsão do colega pela honestidade.

Não se sabe por que meios o diretor ficou sabendo que Martin estava envolvido com estudos cujos resultados poderiam valer ouro.

O Dr. Tubbs já se cansara de ser um coronel (existiam generais demais em Nova York) e havia duas semanas que ele não tinha alguma ideia capaz de revolucionar uma pequena parte do mundo que fosse. Certa manhã, o homem irrompeu no laboratório com os bigodes eriçados e recriminou Martin:

— O que é essa misteriosa descoberta a que você tem se dedicado, Arrowsmith? Perguntei ao Dr. Gottlieb, mas ele desconversou e me disse que você quer ter certeza dos resultados antes de torná-la pública. Preciso saber de que se trata, não apenas porque tenho amistoso interesse por seu trabalho, mas também porque, afinal de contas, sou seu diretor!

Martin sentiu como se tomassem a única ovelhinha que possuía, sem que lhe dessem meios de poder evitar. Ele pegou seus cadernos de anotações e a cultura de ágar com as manchas do bacilo de cólon. Tubbs teve um sobressalto, coçou os bigodes, refletiu por um momento e bradou:

— Você quer dizer que pensa ter descoberto uma doença bacteriana infecciosa e não me contou nada a respeito? Meu caro rapaz, não acredito que você tenha se dado conta de que pode ter encontrado uma forma extraordinária de matar bactérias patogênicas e não me contou!

— Bem, senhor... eu queria ter certeza...

— Admiro sua cautela, mas você precisa compreender, Martin, que o objetivo primordial deste Instituto é combater doenças e não fazer apenas belas investigações científicas! Você pode ter feito uma das grandes descobertas de toda uma geração, exatamente o tipo de coisa que o sr. McGurk e eu estamos procurando. Se seus resultados se confirmarem... creio que devo pedir a opinião do Dr. Gottlieb.

Tubbs sacudiu a mão de Martin umas cinco ou seis vezes e saiu como um relâmpago. No dia seguinte, chamou o jovem médico ao seu gabinete, sacudiu-lhe a mão mais algumas vezes, falou para Pearl Robbins que se sentia honrado em conhecê-lo, e então o conduziu ao topo da montanha mais alta e lhe mostrou todos os reinos do mundo.

— Martin, tenho alguns planos para você. Seu trabalho tem sido brilhante, mas sem uma visão mais abrangente da humanidade. Atualmente o Instituto tem uma estrutura organizacional mais flexível. Não existem departamentos estabelecidos, apenas unidades formadas em torno de homens excepcionais como nosso bom amigo Gottlieb. Quando qualquer novo colaborador apresenta algo realmente importante, nós disponibilizamos a ele todas as instalações, em vez de deixá-lo restrito à realização de trabalhos isolados. Fiz as mais cuidadosas observações a respeito de seus resultados, Martin, e conversei sobre eles com o Dr. Gottlieb, embora eu deva admitir que ele não compartilha do meu entusiasmo quanto à possibilidade de obtenção de resultados práticos imediatos. Decidi então submeter ao Conselho Curador um plano para a criação de um Departamento de Patologia Microbiana, do qual você será diretor! O departamento terá um assistente (um doutor com verdadeira formação), mais espaço e técnicos. Além disso, você se reportará diretamente a mim em vez de ao Dr. Gottlieb. Nós discutiremos os assuntos relacionados a sua pesquisa todos os dias. Você também será liberado, por minha ordem, dos trabalhos relativos à guerra, embora deva manter o uso de seu uniforme e de outras coisas. Seu salário, se o Sr. McGurk e os outros conselheiros concordarem, deverá passar para 10 mil dólares no lugar dos 5 mil atuais.

"Ah!... A sala mais adequada para você pode ser aquela grande no andar de cima, à direita dos elevadores. Ela está desocupada agora. E seu escritório ficará no lado oposto do corredor.

"Você terá toda a assistência necessária. E veja, meu rapaz, você não precisará mais varar as noites usando suas mãos dessa forma debilitante, mas, sim, pensar sobre problemas que possam vir a surgir e assumir possíveis extensões do trabalho, abrangendo todos os campos passíveis de serem concebidos. Nós estenderemos essa condição a todas as coisas! Teremos muitos médicos nos hospitais ajudando-nos a confirmar nossos resultados e ampliando o alcance de nossos esforços. Nós dois podemos presidir um conselho semanal do qual participariam todos os doutores e assistentes do Instituto. Se homens como Kock e Pasteur tivessem tido a oportunidade de contar com um sistema nesses moldes, quão mais abrangente poderia teria sido o *escopo* dos trabalhos que eles desenvolveram, não é mesmo? *Cooperação* universal eficiente: esse é o lema da ciência nos dias de hoje. Já se foi o tempo da tola, desconfiada e desajeitada pesquisa solitária.

"Meu rapaz, é muito provável que tenhamos chegado a uma descoberta sensacional... Outra substância como a Salvarsan! Nós publicaremos juntos e ouviremos o mundo todo comentar sobre nós! Sabe de uma coisa? Fiquei acordado a noite passada inteira pensando na magnífica oportunidade que temos diante de nós! Em poucos meses poderemos curar não apenas infecções causadas pelo estafilococo, mas também a febre tifoide e a disenteria! Na qualidade de seu colega, Martin, eu não pensei nem um só minuto em diminuir seu crédito – que é unicamente seu – nesta grande descoberta, mas devo dizer que se você tivesse se acercado mais de mim, talvez tivesse conduzido seu trabalho a testes e resultados práticos muito mais rápidos".

Martin retornou flutuando para sua sala, atordoado pela perspectiva de um departamento totalmente seu, com assistentes e um mundo de congratulações... E 10 mil dólares ao ano! Mas parecia que estavam se apropriando de seu trabalho, como se seu próprio ego não lhe pertencesse. Ele deixara de ser Martin, um discípulo de Gottlieb, e se transformara em um Homem de Felicidade Comedida, o Dr. Arrowsmith, Diretor do Departamento de Patologia Microbiana, que deveria usar colarinho rígido, fazer discursos e nunca mais proferir imprecações.

As dúvidas o desanimaram. Talvez o Princípio X só se desenvolvesse em tubos de ensaio; talvez não tivesse valor algum como remédio para seres humanos. Ele queria saber... *Saber*.

Foi então que Rippleton Holabird irrompeu em sua sala:

— Martin, meu caro rapaz, o diretor acabou de me contar sobre sua descoberta e sobre os magníficos planos que ele tem para você. Quero congratulá-lo com toda sinceridade e lhe dar as boas-vindas como companheiro de direção de departamento. E você é tão jovem... Apenas 34 anos, não é? Que futuro extraordinário! Pense, Martin — o major Holabird deixou de lado sua dignidade e se sentou escarranchado em uma cadeira —, pense no horizonte que se descortina à sua frente! Se esse trabalho realmente tiver sucesso, serão ilimitadas as honras que você receberá, seu cãozinho sortudo! Aclamado pelas sociedades da ciência, acesso a qualquer magistério que você possa almejar, prêmios, os homens de maior prestígio implorando para se consultar com você, lugar de destaque na sociedade...

"Agora escute, meu velho, talvez você já saiba quão íntimo eu sou do Dr. Tubbs, e não vejo razão alguma para que você não venha se juntar a nós na condução dos assuntos do Instituto, para que concretizemos nossos objetivos. Não foi realmente digna a prontidão do diretor em reconhecer seu trabalho e se prontificar a ajudá-lo em todos os aspectos? Tão cordial e tão prestativo! Creio que agora você o compreende de fato. E nós três... Algum dia teremos condições de erguer uma superestrutura de ciência cooperativa que controlará não apenas o McGurk, mas todos os institutos e departamentos científicos das universidades do país, e então poderemos desenvolver pesquisas verdadeiramente eficientes. Quando o Dr. Tubbs se aposentar, eu tenho – e falo com a mais completa confiança –, tenho razões para supor que o Conselho Curador me indicará para ser seu sucessor. Meu velho, se esse seu trabalho for bem-sucedido, você e eu ainda poderemos fazer muitas coisas juntos!

"Para ser muito franco, há poucos homens em nosso meio – pense no pobre velho Yeo! – que combinam uma personalidade reconhecida com conquistas de primeira grandeza. Se você superar um pouco de sua rudeza e de sua relutância em valorizar os grandes executivos e as mulheres encantadoras – porque, graças a Deus, você sabe se vestir bem quando se propõe a isso –, caramba, nós nos tornaremos os ditadores da ciência em todo o país!"

Martin só conseguiu pensar em uma resposta depois que Holabird saiu.

Ele tomou consciência da repulsa que essa coisa espetaculosa e obscena chamada sucesso provocava nele, que exigia o abandono do trabalho tranquilo para que se exibisse e fosse afagado por entusiastas de visão acanhada e aviltado por inimigos míopes.

O rapaz correu ao encontro de Gottlieb como se procurasse nele a figura sábia e amorosa de um pai, e lhe implorou que o salvasse do sucesso, dos Holabirds e A. DeWitt Tubbses e toda a horda de cientistas discursistas, autores caçadores de diplomas, oradores de púlpito, cirurgiões famosos, jornalistas lacaios, soberanos mercadores sentimentais, políticos literários, esportistas com título de nobreza, generais com aparência de estadistas, senadores interrogadores e bispos moralizadores.

Gottlieb se mostrou preocupado:

— Quando Tubbs veio discretamente me procurar, eu imaginei que ele estava atrás de algo visionário e asqueroso, mas não que tentaria transformar você em um megafone tão depressa! Vou reunir minhas forças e sair para combater as forças da publicidade!

Ele foi derrotado.

— Eu o deixei quieto até agora, Dr. Gottlieb — falou Tubbs —, mas deixe estar... Afinal *eu* sou o diretor! E devo admitir que, talvez em decorrência de minha notável estupidez, não consegui perceber os percalços que teria de enfrentar ao proporcionar a Arrowsmith condições de curar milhares de pessoas e de se tornar um homem prestigioso e influente!

Gottlieb levou a questão ao conhecimento de Ross McGurk.

— Max, eu o estimo como a um irmão, mas Tubbs é o diretor, e se ele decidiu que precisa de Arrowsmith (ele é o jovem esbelto que vejo sempre no seu laboratório?), então não cabe a mim tentar impedi-lo. Meu dever é lhe garantir todo o apoio, da mesma forma que eu faria com o comandante de um de nossos navios — declarou McGurk.

Martin só se tornaria um diretor de departamento depois que o Conselho Curador, do qual participava o próprio McGurk, o reitor da Universidade de Wilmington e três professores de ciências de outras universidades, se reunisse e desse sua aprovação. Enquanto isso, Tubbs exigia:

— Agora, Martin, você precisa se apressar e publicar seus resultados. Vá em frente, rapaz! Na verdade, você já deveria ter feito isso. Reúna todo o seu material o mais depressa possível e envie à Sociedade de Biologia e Medicina Experimental um breve resumo, para que seja publicado no próximo número.

— Mas ainda não estou pronto para publicar! Quero antes de mais nada fechar todas as brechas, e só depois anunciar o que quer que seja.

— Contrassenso! Essa atitude é antiga e obsoleta. Não estamos mais na era do provincianismo, mas, sim, na da competição, na arte e na ciência tanto quanto no comércio. Cooperação apenas dentro de seu próprio grupo, com aqueles de fora dele, competição mortal! Acerte completamente as falhas de seu trabalho mais tarde, mas não podemos permitir que alguém tome a nossa dianteira. Não se esqueça de que você tem um nome a fazer, e o caminho para isso está em trabalhar comigo, com o propósito de levar o bem para o maior número de pessoas possível.

Quando Martin começou a escrever seu artigo, pensando em renunciar, mas desistindo da ideia por achar que Tubbs pelo menos parecia melhor do que os Pickerbaughs, ele imaginou um mundo de pequenos cientistas, cada qual trabalhando em uma célula a céu aberto. Empoleirado em uma nuvem, a observá-los, estava o divino Tubbs, com seu glorioso bigode, pronto para destruir qualquer um dos homenzinhos que não se mostrasse diligente e perdesse tempo com especulações sobre qualquer coisa da qual não tivesse sido encarregado. Atrás desse emaranhado de gaiolas, fora do campo de visão do guardião Tubbs, estava a figura do gigante encurvado Gottlieb, com seu ar zombeteiro, destacada contra um horizonte que prenunciava tempestade.

Martin não tinha facilidade com a expressão literária. Ele postergou a entrega de seu artigo, deixando Tubbs irritado e sendo por ele energicamente repreendido. Os experimentos estavam encerrados e, em sua célula a céu aberto, Martin encontrava-se em um estado de absoluta penúria — ele passava o dia rabiscando e rasgando inúmeros manuscritos.

Pela primeira vez, o jovem não conseguia encontrar refúgio em Leora. Ela questionava:

— Por que não? Dez mil dólares ao ano seria magnífico, Destemido. Droga, nós sempre fomos tão pobres, e você gosta tanto de apartamentos bonitos e de coisas bem-acabadas. Além de tudo, você dirigiria seu próprio departamento... E poderia continuar pedindo conselhos ao Dr. Gottlieb. Ele é um diretor de departamento, não é? E você ainda poderia manter certa independência em relação ao Dr. Tubbs. Oh! Eu aprovo a ideia!

E assim, paulatinamente, sentindo-se alvo de demonstrações cada vez mais notórias de respeito nos almoços no Instituto, o próprio Martin passou a aprovar a ideia.

"Eu e Leora poderíamos ter um daqueles apartamentos na Park Avenue. Creio que não devem custar mais do que 3 mil dólares por ano", pensou ele. "Não seria tão mal poder receber algumas pessoas lá. Não que eu deixasse isso interferir em meu trabalho... Sim, seria muito bom!"

E foi ainda melhor, a despeito de todo o esforço requerido, ser reconhecido pela sociedade.

Capitola McGurk, que até então o tratara apenas como um objeto menos interessante do que Gladys, a Centrífuga, até lhe telefonou:

— Dr. Tubbs está tão entusiasmado, e Ross e eu ficamos muito contentes. Seria ótimo se a sra. Arrowsmith e o senhor pudessem jantar conosco na próxima quinta-feira às 20h30.

Martin aceitou a determinação real.

Ele pensava que Angus Duer e Rippleton Holabird já lhe haviam proporcionado uma visão de todo o luxo que poderia existir, e achava que conhecia jantares elegantes. Leora e Martin chegaram sem muita excitação à residência de Ross McGurk, situada em East Seventies, nas proximidades da Quinta Avenida. Já desde a rua, a casa parecia ter uma quantidade incomum de gárgulas de pedra, padieiras esculpidas e grades de bronze, mas não aparentava ser tão grande.

Na parte interna, o saguão de entrada, com sua abóbada de pedra, se abria como uma catedral. Eles se sentiram constrangidos com a presença dos serviçais, impressionados com o elevador automático e oprimidos pela decoração do saguão, cheio de livros de pergaminho e arcas italianas, e pela sala de estar repleta de aquarelas, convertida em um ambiente rústico diante do majestoso cetim branco e das pérolas de Capitola.

Estavam presentes umas oito ou dez pessoas importantes, entre homens e mulheres, pessoas estas que pareciam insignificantes, porém ostentavam nomes tão conhecidos quanto qualquer marca de sabonete.

Martin se perguntou se haveria necessidade de oferecer o braço a alguma dama desconhecida e "conduzi-la para dentro da sala de jantar", mas se alegrou ao observar que era suficiente apenas acompanhar o rebanho amavelmente guiado por McGurk.

A sala de jantar era ao mesmo tempo deslumbrante e abominável, com uma enorme profusão de couro chancelado e ouro e uma porção de serviçais que observavam a forma com que os convidados usavam os garfos de aspargos. Martin foi colocado entre Capitola McGurk e uma mulher sobre a qual a única coisa que sabia a respeito é que era irmã de uma condessa – não é possível dizer se algum dia ele soube que era o convidado de honra daquela noite.

Capitola, com todo o seu branco esplendor, inclinou-se na direção dele e perguntou:

— Agora, Dr. Arrowsmith, de que se trata mesma essa sua nova descoberta?

— Bem... é ... estou tentando compreender...

— O Dr. Tubbs nos contou que o senhor descobriu novos incríveis métodos de controle de doenças — ela pronunciava as letras *eles* como se fossem uma melodia de rios no verão, e os *erres* tinham o trinado de pássaros nos matagais. — E *o que* poderia ser mais FA-BU-LO-SO do que libertar esse velho e triste mundo do fardo das doenças? Entretanto, o que é, mais precisamente, que o senhor está pesquisando?

— Ora, ainda é demasiadamente cedo para ter certeza, mas... Veja, é algo semelhante a tomar alguns germes, como os estafilococos...

— Ah! Quão interessante é a ciência, não é mesmo? Mas também quão terrivelmente difícil de ser compreendida por pessoas leigas como eu! Somos todos tão humildes... Apenas esperamos que cientistas como o senhor tornem o mundo mais seguro e amistoso para todos nós.

Capitola voltou então toda a sua atenção para os outros cavalheiros presentes. Martin fixou os olhos diretamente à sua frente e se limitou a comer e padecer silenciosamente com sua agonia. A irmã da condessa, uma mulher muito magra, de aparência anêmica, olhava radiante para ele. O rapaz se virou, com uma triste expressão dócil e observou que ela tinha um garfo a mais do que ele, o que o fez se perguntar onde estaria o seu.

A mulher bradou:

— Disseram-me que o senhor é um cientista.

— Sim.

— O problema com os cientistas é que eles não conseguem compreender a beleza de nada. Eles todos são tão frios!

Rippleton Holabird teria feito uma jovial brincadeira, mas Martin só conseguiu responder com voz hesitante:

— Não creio que isso seja verdade. — e avaliou a conveniência de tomar outra taça de champanhe.

Quando os convidados foram conduzidos de volta à sala de estar, e atravessaram a porta de maneira um tanto arrojada, porém não menos elegante, Capitola o agarrou com suas devoradoras asas brancas:

— Caro Dr. Arrowsmith, durante o jantar não tive oportunidade de lhe perguntar exatamente *o que* o senhor está pesquisando... Oh! O senhor viu minhas queridas crianças do colégio da Rua Charles? Estou certa de que algum dia muitas delas se tornarão encantadoras cientistas. O senhor precisa ir dar uma palestra para elas.

Naquela noite, Martin resmungou para Leora:

— Vai ser duro suportar esse falatório, mas suponho que preciso aprender a lidar com isso. Claro, pense como será bom oferecermos alguns jantares, com pessoas de verdade, como Gottlieb e todo mundo, quando eu for diretor de departamento.

Na manhã seguinte, Gottlieb entrou vagarosamente na sala de Martin e permaneceu em pé ao lado da janela. Ele parecia estar evitando o olhar do rapaz. Depois de suspirar, acabou falando:

— Aconteceu uma coisa ruim... talvez não tão ruim assim.

— E o que é? Há algo que eu possa fazer?

— Não diz respeito a mim, mas a você.

Irritado, Martin pensou: "Será que ele vai começar de novo essa coisa de sucesso rápido? Já estou ficando cansado disso!".

Gottlieb caminhou na direção dele e explicou:

— É uma pena, Martin, mas você não é o descobridor do Princípio X.

— O quê!?

— Outra pessoa o fez.

— Ninguém o fez! Eu pesquisei toda a literatura e, com exceção de Twort, ninguém mais sequer sugeriu alguma coisa parecida! Ora, Dr. Gottlieb, meu senhor, isso significa que todo o meu trabalho, todas essas semanas, foram em vão, e que eu sou um tolo!

— Bem... de qualquer modo, D'Hérelle, do Instituto Pasteur, acabou de publicar um relatório no *Comptes Rendus, Académie des Sciences*. E trata-se do seu Princípio X, exatamente ele! A única diferença é que D'Hérelle o denomina "bacteriofagia". Então...

— Então eu...

Martin concluiu a frase mentalmente: "Então não serei diretor de departamento, nem famoso, nem coisa nenhuma. Estou de volta à sarjeta".

Ele sentiu toda a energia e todos os seus sonhos o abandonarem, e a luz da criação adquiriu um tom cinzento e sujo.

— Mas, certamente — continuou Gottlieb —, você pode se declarar codescobridor e passar o resto de sua vida lutando para obter reconhecimento. Ou... Ou pode simplesmente esquecer tudo, escrever uma elegante carta de congratulações para D'Hérelle e retomar seu trabalho.

Martin lastimou-se:

— Sim, voltarei para o meu trabalho. Não há mais nada a fazer. Imagino que agora Tubbs irá desistir do novo departamento, então terei tempo para terminar de fato minha pesquisa. Talvez eu tenha encontrado alguns pontos com os quais D'Hérelle não se deparou. Publicarei e corroborarei os resultados dele. Mas que se dane D'Hérelle! Onde está o relatório que ele publicou? Imagino que o senhor esteja feliz por eu ter me livrado de me tornar um Holabird.

— Eu deveria estar. É um pecado contra a minha religião que eu não esteja. Mas estou ficando velho... E você é meu amigo. Lamento muito que você não tenha tido a alegria de ser pretensioso e bem-sucedido... por enquanto. Martin, acho muito bom que você venha a corroborar os resultados de D'Hérelle. Isto é ciência: trabalhar sem se importar tanto com o fato de outra pessoa obter os créditos por algo. Devo contar a Tubbs sobre D'Hérelle ou você prefere fazê-lo?

Gottlieb afastou-se, olhando para trás com certo ar de tristeza.

Tubbs logo chegou para se lamuriar:

— Se pelo menos você tivesse publicado antes, como eu havia lhe aconselhado, Dr. Arrowsmith! Na verdade, você me colocou em uma posição bastante embaraçosa perante o Conselho Curador. Obviamente não se fala mais sobre novo departamento.

— Sim — concordou Martin sem prestar muita atenção.

O jovem cientista arquivou com todo o cuidado as páginas iniciais de seu artigo e retornou para sua bancada, onde ficou olhando fixamente para um frasco brilhante até que este o hipnotizou como uma bola de cristal. Martin pensou: "Não seria mal se Tubbs me deixasse mesmo sozinho. Maldito seja esse velho, malditos sejam esses Homens de Felicidade Comedida, esses *homens importantes*, que chegam e lhe oferecem glórias. Dinheiro, condecorações, títulos. Desejam lhe dar autoridade para torná-lo vaidoso. Honrarias! Se você as recebe, torna-se pomposo ou, quando começa a se acostumar a elas, as perde e se sente um idiota".

"Então não vou ficar rico. Pobre Leora, pobre criança. Ela não terá vestidos novos, outro apartamento e tudo o mais. Nós... Bom, agora não teremos muita diversão no velho apartamento. Ora, mas chega de choradeira!

"Eu queria que Terry estivesse aqui.

"Eu amo aquele sujeito, o Gottlieb. Ele podia ter se regozijado, mas não o fez...

"Bacteriófago. É assim que os franceses o chamam! Nome longo demais. Seria melhor apenas *fago*. É... Ele tinha que dar um nome para o meu Princípio X! Bem, de qualquer modo me diverti bastante trabalhando todas aquelas noites. Trabalhando..."

Martin já estava saindo desse estado de transe quando imaginou o frasco de seu experimento repleto de um caldo coberto por uma nuvem de estafilococos. Ele foi até o escritório de Gottlieb para pegar o periódico no qual havia sido publicado o artigo de D'Hérelle e o examinou detalhada e entusiasticamente.

— "Existe um homem, existe um cientista" – murmurou ele, com um risinho abafado.

No caminho de casa, Martin planejou utilizar o fago – nome que passou a adotar para seu Princípio X – em um experimento envolvendo o bacilo da disenteria de Shiga, e depois levar dúvidas e críticas a D'Hérelle, na esperança de que Tubbs não o dispensasse por enquanto. Ele respirou aliviado pelo fato de não ter tido que publicar aquele absurdo artigo inicial sobre o fago e poder continuar a se comportar com modos libertinos, usar colarinhos frouxos, ser despreocupado, incauto e não viver sob vigilância.

Martin deu um sorriso largo e pensou: "Aposto que o Tubbs ficou desapontado! Ele imaginava que assinaria todos os meus artigos junto comigo e obteria os créditos. Mas agora, com esse experimento com o bacilo de Shiga... Pobre Lee, acho que ela vai ter que se acostumar novamente com meu trabalho noturno".

Leora guardou para si o que pensava sobre a questão – ou, pelo menos, a maior parte do que sentia.

CAPÍTULO 30

Durante um ano, período interrompido apenas pelo retorno de Terry Wickett após o Armistício e pelas chacotas daquela tumultuosa inteligência, Martin passou seus dias mergulhado em uma rotina de trabalho enfadonha. Semana após semana, ele se empenhava na realização de complicados experimentos com o fago. O trabalho, assim como suas mãos e sua técnica, tornou-se mais aprimorado, e os dias mais invariáveis e menos agitados.

O jovem médico retomou os estudos de todas as noites, tendo passado da matemática para a físico-química, e começou finalmente a compreender a lei da ação das massas. Ele se converteu em um sujeito tão sarcástico quanto Terry no que dizia respeito àquilo que denominava "postura médica" de Tubbs e Holabird. Ademais, dedicava-se a leituras em francês e alemão, praticava canoagem no Hudson nas tardes de domingo e organizou uma devassa festa na companhia de Leora e Terry, para comemorar o dia em que o Instituto se purificou com a venda de Gladys, a Centrífuga, o grande orgulho de Holabird.

Martin suspeitava que Dr. Tubbs, que agora ostentava magnânimo a fita da Legião da Honra, só o mantivera no Instituto em virtude da intervenção de Gottlieb. Mas também podia ser que Tubbs e Holabird nutrissem esperanças de que ele pudesse novamente criar algum milagre capaz de ser convertido em publicidade, pois tratavam o rapaz com bastante cortesia no refeitório – eram polidos e faziam melancólicas repreensões, cheias de substanciais comentários acerca do quanto a prontidão tem maior valia do que a lentidão na publicação de descobertas científicas.

Mais de um ano depois de D'Hérelle ter publicado seu trabalho antecipando-se a Martin, Tubbs apareceu no laboratório do jovem cientista para fazer uma sugestão:

— Estive pensando, Arrowsmith — falou o doutor.

Martin se limitou a observar.

— A descoberta de D'Hérelle não despertou o interesse popular que eu havia imaginado. Se pelo menos ele estivesse aqui conosco, eu poderia providenciar para que recebesse a devida atenção. Praticamente nenhum jornal comentou o feito. Quem sabe ainda nos reste a chance de fazermos alguma coisa. Até onde eu sei, você continua a desenvolver o que o Dr. Gottlieb chama de "pesquisa fundamental". Creio que chegou a hora de empregar o fago para curas de fato. Quero que teste a eficácia da substância em casos de pneumonia, peste e, talvez, febre tifoide. Quando seus experimentos estiverem avançando, faça alguns testes práticos em colaboração com hospitais. Chega de tanto desperdício e tanta fatuidade. Vamos verdadeiramente *curar* alguém!

Martin não pôde deixar de sentir certo medo de ser demitido caso não obedecesse àquela determinação, e ficou comovido quando Tubbs prosseguiu:

— Arrowsmith, eu suspeito que, algumas vezes, quando insisto na obtenção de resultados práticos, você imagine que eu careça de certo senso de precisão científica. Eu, de alguma forma, não vejo este Instituto produzindo os resultados realmente nobres e transformadores que deveríamos obter com nossas instalações. Antes de deixar esta vida, quero fazer algo grandioso, meu rapaz, algo notável para o bem da pobre humanidade. Você seria capaz de me proporcionar isso? A cura da peste!

Pela primeira vez, o sorriso de Tubbs pareceu cansado e não determinado como de costume.

Naquele dia, escondendo de Gottlieb que abandonara a busca pela natureza fundamental do fago, Martin se entregou à luta contra a pneumonia, antes de começar a atacar a peste negra. Quando Gottlieb veio a saber, estava absorvido em certos problemas pessoais.

Martin conseguiu curar a pleuropneumonia em coelhos por meio de uma injeção de fago e, com isso, impediu o alastramento da pneumonia. O experimento também lhe permitiu descobrir que a imunidade produzida pelo fago podia ser tão infecciosa quanto a doença a ser curada por ele.

Ele estava satisfeito consigo mesmo e esperava que Tubbs também demonstrasse alguma satisfação. No entanto, durante semanas o doutor não lhe deu atenção, pois estava envolvido em uma nova e entusiástica atividade externa, a mais deletéria de toda a sua vida: a organização da Liga das Agências Culturais.

O objetivo do Dr. Tubbs era padronizar e coordenar todas as atividades intelectuais nos Estados Unidos através da criação de um gabinete cuja função seria dirigir, confortar, repreender com gentileza e incentivar tanto a química quanto o método batique de estampar tecidos, a poesia e a exploração do Ártico, a criação de gado e o estudo da Bíblia, o gênero musical dos negros, conhecido como *Spiritual*, e a escrita de cartas comerciais. De repente, ele se viu em conferência com regentes de orquestras sinfônicas, diretores de escolas de arte, proprietários de Chautauquas itinerantes, governadores liberais, ex-clérigos que escreviam deleitosos textos filosóficos para sindicatos de jornais... Enfim, toda a sorte de senhores da intelectualidade americana, incluindo, em especial, um milionário chamado Minnigen, que em tempos recentes se dedicara à elevação dos padrões artísticos do cinema.

Tubbs percorreu o Instituto convidando os pesquisadores a se unir a ele na Liga das Agências Culturais e a participar de suas reuniões de comitê e de seus fascinantes jantares. A maioria se limitou a resmungar "O velhote entrou em erupção novamente" e a esquecê-lo, mas um ex-major passou a sair todas as noites para deliberar com damas circunspetas que vestiam túnicas distintas, pranteavam sobre "a perda do poder espiritual e intelectual através da falta de coordenação" e voltavam para casa de limusine.

Houve rumores. Dr. Billy Smith confidenciou entre murmúrios que fora visitar Tubbs e ouvira McGurk gritando para ele "Seu trabalho é dirigir esta instituição e não trabalhar para o diabo do Pete Minnigen, aquele ladrão ostentador de terras!".

Na manhã seguinte, ao caminhar até seu laboratório, Martin se deparou com cochichos e certa agitação no corredor, e, sem acreditar nos próprios ouvidos, escutou:

— Tubbs renunciou!

— Não!

— Dizem que ele foi assumir a Liga das Agências Culturais. O tal do Minnigen investiu uma montanha de dinheiro na liga, e Tubbs vai receber um salário duas vezes maior do que o daqui!

II

Repentinamente, com exceção apenas dos fanáticos Gottlieb, Terry, Martin e do assistente de biofísica, todos no Instituto suspenderam suas pesquisas. Houve um aumento expressivo do número de facções e uma generosa e triunfante agitação entre os cientistas que desejavam assumir o cargo de novo diretor do Instituto.

Rippleton Holabird, Yeo, o biólogo com ar de carpinteiro, Gillingham, o chefe brincalhão do Departamento de Biofísica, e Aaron Sholtheis, o simpático judeu russo da Igreja Episcopal, circulavam pelo local com expressão de modesta boa vontade. A despeito da virulência manifestada nas discussões privadas, eles demonstravam afeição a todos aqueles com quem encontravam pelos corredores. Não eram poucos os forasteiros – professores e pesquisadores de outros institutos –, que julgavam necessário conferenciar com Ross McGurk acerca de questões bastante indefinidas e, portanto, vinham se somar a esse grupo.

Terry comentou com Martin:

— Provavelmente Pearl Robbins e seu ajudante já estão afiando as ferraduras para disputar a diretoria. Meu assistente só não está nessa briga, porque eu acabei de assassiná-lo. Mas eu acho que Pearl é a melhor opção. Ela foi secretária de Tubbs por tanto tempo que já conhece muito bem o quanto ele ignora as técnicas científicas.

Rippleton Holabird era o mais bajulador dos pleiteantes ao cargo, e também o mais ávido. Ao terminar a guerra, havia perdido o uniforme e a autoridade. Ele tentava persuadir Martin:

— Você sabe que eu sempre acreditei no seu talento, Martin, e sei também da sincera confiança que o velho Gottlieb deposita em você. Assim, se você pudesse convencê-lo a me apoiar, a falar com McGurk... Assumir a diretoria seria decerto para mim um grande sacrifício, pois eu teria que deixar de lado minha pesquisa, mas me proponho a fazê-lo porque sinto que alguém com tradição deve imcumbir-se do controle. Tenho o apoio de Tubbs, e se Gottlieb também me apoiasse eu com certeza tomaria providências para que ele tivesse alguma vantagem. Eu poderia dar a ele um espaço muito maior!

Dentro do Instituto, sabia-se vagamente que Capitola advogava a favor da eleição de Holabird, definindo-o como "o único cientista que é de fato um cavalheiro". Ela era vista cruzando os corredores como uma fragata seguida de perto pela corveta Holabird.

Enquanto Holabird se exibia radiante, Nicholas Yeo parecia mais discreto e satisfeito.

Todo o Instituto se agitou na tarde em que o Conselho Curador se reuniu no Salão para a eleição do novo diretor. De investigadores, os cientistas passaram a garotinhas de colégio interno. O Conselho debateu – ou fez qualquer outra coisa tão maçante quanto – durante horas a fio.

Às 16h, Terry Wickett correu até Martin e proclamou:

— Quer saber, Magrelo, ouvi dizer que eles escolheram Silva, o reitor da Escola de Medicina de Winnemac. É a sua praia, não é? Como ele é?

— É um velho legal... Não! Ele e Gottlieb se odeiam. Meu Deus! Gottlieb pedirá demissão e eu terei que ir embora. Logo agora que meu trabalho estava indo tão bem!

Às 17h, passando diante de portas cheias de olhos atentos, o Conselho Curador dirigiu-se ao laboratório de Max Gottlieb.

Soube-se que Holabird declarou com bravura:

— Se fosse comigo, eu não desistiria de minha pesquisa por causa de função administrativa alguma.

E Pearl Robbins informou a Terry:

— Sim, é verdade. Foi o próprio sr. McGurk que me contou. O Conselho elegeu o Dr. Gottlieb para o cargo de diretor.

— Então são uns idiotas... — afirmou Terry — Ele recusará com toda veemência: "Não me peçam para fazer papel de macaco em reuniões de comitês". Que coisa mais estúpida!

Depois que os integrantes do Conselho se retiraram, Martin e Terry invadiram o laboratório de Gottlieb e encontraram o velho homem em pé ao lado de sua bancada, ereto como havia anos não o viam.

— É verdade? Eles o escolheram para ser o novo diretor? — perguntou Martin com voz ofegante.

— Sim. Eles me convidaram.

— Mas o senhor recusará, não é? Não vai permitir que eles arruinem seu trabalho!

— Bem, eu disse que meu verdadeiro trabalho precisa continuar, e eles concordaram. Devo indicar um diretor assistente para cuidar dos detalhes burocráticos. Vocês percebem? Decerto, nada irá interferir em minha imunologia, e terei a chance de fazer coisas grandiosas e dar início a um instituto científico livre para vocês, rapazes. E todos aqueles idiotas de Winnemac que riram da minha ideia de uma verdadeira escola de medicina, pode ser que agora vejam... Vocês sabem quem foi meu rival na disputa pela diretoria? Você sabe quem, Martin? Foi aquele homem, o Silva! Ah!

No corredor, Terry resmungou:

— *Requiescat in pace.**

III

Ao jantar em homenagem a Gottlieb – o único jantar que já fora oferecido em sua homenagem –, compareceram não apenas os homens de negócios grandiosos e bem relacionados que costumavam comparecer a todos os jantares em honra de alguém, mas também os poucos cientistas por quem Gottlieb nutria admiração.

Ele chegou tarde, um tanto vacilante, acompanhado por Martin. Quando alcançou a mesa dos palestrantes, tentou falar, ergueu os braços compridos como se abraçasse a todos e afundou na cadeira, soluçando.

Havia cartas calorosas de Tubbs e do Reitor Silva, nas quais eles lamentavam sua impossibilidade de estar presente, além de telegramas da Europa e de diretores de faculdades. Todas essas manifestações foram lidas e receberam aplausos admirados.

Capitola murmurou:

— De qualquer modo vamos sentir a falta do querido Dr. Tubbs. Ele era tão vanguardista. Não brinque assim com o garfo, Ross.

Então Max Gottlieb assumiu a direção do Instituto de Biologia McGurk e, depois de um mês, o instituto se transformara em uma enorme bagunça.

IV

Gottlieb planejou dedicar apenas uma hora por dia aos negócios. Para o cargo de diretor assistente, ele nomeou o Dr. Aaron Sholtheis, o epidemio-

---

* "Descanse em paz", em latim. (N.E.)

logista e clérigo de Yonkers apaixonado por dálias. O velho mestre explicou a Martin que, embora Sholtheis fosse mesmo um idiota, era o único homem ali que combinava certa habilidade científica com a disposição de suportar a rotina, a ostentação e os compromissos inerentes a um cargo executivo.

Não abrindo mão do hábito de zombar de todos os atarefados administradores, Gottlieb sentia-se agora automaticamente desculpado pelo fato de ter se tornado um administrador.

Ele não conseguia limitar seu trabalho oficial ao período de uma hora por dia. Havia um número excessivo de conferências, distintos visitantes e papéis que requeriam sua assinatura. Era arrastado para jantares e longos, vagos e aduladores almoços aos quais um diretor é obrigado a comparecer – além de que os telefonemas para acertar as datas dessas torturas consumiam estressantes horas. Todos os dias suas tarefas executivas avançavam por duas ou três horas, e ele esbravejava, atrapalhava-se com as complicações de pessoal e de economia, e tornava-se cada vez mais autocrático e impertinente. E os amáveis colegas do Instituto, aqueles que foram pacificados ou oprimidos sob a harmonia superficial da era Tubbs, agora polemizavam abertamente.

Em vez de disseminar benevolência a partir do gabinete até então ocupado pelo Dr. A. DeWitt Tubbs, Gottlieb apegou-se ao seu laboratório e ao seu estreito escritório do mesmo modo que um gato se apega à sua almofada debaixo da mesa. Uma ou duas vezes ele tentou se instalar e parecer imponente no gabinete do diretor, mas logo fugiu daquele vazio imaculado e da crepitante máquina de datilografia da srta. Robbins, refugiando-se em seu covil, que não continha nenhuma virtude progressista, mas, sim, fumaça de cigarros e papéis velhos.

Acorriam ao McGurk, bem como a todos os outros institutos científicos, centenas de fazendeiros, enfermeiros práticos e açougueiros suburbanos que haviam pagado os altos preços das passagens desde Oklahoma e Oregon em busca de reconhecimento para as inquestionáveis curas que haviam descoberto: o óleo dos peixes-gato do Mississipi, que curou todos os casos de tuberculose da região, e as pastas de arsênico, garantias da cura de todos os tipos de câncer. Essa gente chegava trazendo cartas e fotografias no meio de roupas de baixo limpas e desgastadas dentro de malas maltrapilhas. Em qualquer oportunidade, tais indivíduos curvavam-se sobre suas sacolas e de lá extraíam, cheios de esperança, testemunhos de seus pastores. Eles mendigavam uma chance de curar a humanidade e, para si, pediam apenas o dinheiro que bastasse para enviar *a garota* a um conservatório musical. Eram tão seguros e suplicavam com tanto desalento que treinamento algum seria suficiente para capacitar um recepcionista a mantê-los do lado de fora.

Gottlieb deu com essa gente infiltrada em seu gabinete. Ele sentia pena de todos. Eles lhe arrebataram as horas de trabalho e abalaram sua crença de ser um sujeito insensível, pois imploraram com tal miserável timidez, que ele não conseguiu expulsá-los dali sem antes fazer promessas e mais tarde reconhecer que se tivesse sido mais cruel, sua crueldade teria sido menor.

Era com as *pessoas importantes* que ele se mostrava grosseiro.

A diretoria consumia uma dose suficiente de tempo e paz para impedir que Gottlieb levasse adiante os problemas mais recônditos de sua pesquisa acerca da natureza da especificidade, e essas pesquisas, por sua vez, o impediam de dar atenção suficiente ao Instituto e evitar sua ruína total. Ele dependia de Sholtheis e delegava a ele as decisões. Mas, já que os créditos decorrentes de uma gestão bem-sucedida seriam recebidos por Gottlieb, Sholtheis mantinha seu trabalho científico e incumbia a Srta. Pearl Robbins de tomar as decisões, de modo que o verdadeiro diretor do Instituto era a atraente e desconfiada Pearl.

Não havia em todo o mundo um diretor mais talentoso e desonesto. Pearl se deleitava com o exercício do poder. Afetuosa e reservadamente, ela assegurava a Ross McGurk os méritos de Gottlieb e sua acanhada devoção por ele, adulava Rippleton com total discrição e respondia maliciosamente à rude hostilidade de Terry Wickett, impedindo-o de obter o material necessário para seu trabalho. Por tudo isso, o Instituto acabou se perdendo em meio às intrigas.

Yeo não falava com Sholtheis. Terry ameaçava "espancar" Holabird. Gottlieb buscava constantemente os conselhos de Martin, mas nunca os colocava em prática. Joust, o biofísico vulgar – porém competente –, por carecer da afeição que impedia Martin e Terry de repreender o velho Gottlieb, chamou-o de "diretor carcomido" e lhe recomendou que renunciasse, mas foi imediatamente despachado e substituído por um imbecil.

Max Gottlieb sempre falava a Martin a respeito das "brincadeiras dos deuses". Entre essas brincadeiras, Martin jamais vira uma tão mordaz quanto o fato de que a pretensão e a exagerada carência de imaginação, que ele tanto criticara em Tubbs, pudessem ter feito dele um bom administrador, enquanto o talento fazia de Gottlieb um débil tirano, ou a constatação de que o excesso de controle e padronização, muito mais do que a falta deles, pudesse ser prejudicial a uma instituição. Outrora ele teria negado isso com veemência, mas agora rezava à noite pelo retorno de Tubbs.

Se os negócios do Instituto não se complicaram ainda mais em decorrência desses eventos, certamente sua placidez foi bastante perturbada com a chegada de Gustaf Sondelius, que, retornando da África, onde desenvolvera um estudo sobre a doença do sono, agora ocupava com todo o estardalhaço que lhe era característico um dos laboratórios de convidados.

Gustaf Sondelius, o soldado da medicina preventiva, aquele cuja palestra levara Martin de Wheatsylvania a Nautilus, ainda ocupava uma posição na galeria de heróis do jovem Dr. Arrowsmith por incorporar à riqueza de seu mordaz esplendor tão característico um pouco da capacidade de percepção de Gottlieb, somada a algo da firme amabilidade do Reitor Silva e a certa dose da inflexível honestidade de Terry – esta, todavia, isenta da comodidade proporcionada pelo menosprezo. É verdade que Sondelius não se lembrava de Martin. Depois daquela noite em Mineapolis, ele bebera, discutira e tomara pomposamente o caminho que levava a destinos repletos de vinho e de gente. Por fim, acabou se recordando, e, passada uma semana, Sondelius, Terry e Martin começaram a ser vistos perambulando e jantando juntos, ou conversando muito e tomando gim no apartamento de Martin.

O cabelo cor de palha e desalinhado de Sondelius já estava quase totalmente grisalho, mas ele ainda conservava os mesmos ombros fortes, a mesma sobrancelha larga e os mesmos planos impetuosos de livrar o mundo dos germes patogênicos – sem, contudo, deixar de lucrar com alguns dos agentes sépticos antes que eles morressem.

Depois de concluir seu relatório sobre a doença do sono, Sondelius planejava fundar uma escola de medicina tropical em Nova York.

Assim sendo, perseguiu McGurk e o rico sr. Minnigen, que era o novo patrono de Tubbs, com suas propostas. E entre idas e vindas assediou também Gottlieb.

Ele espalhou aos quatro ventos seu apreço pelo velho professor. Este, por sua vez, admirava a coragem de Sondelius e a aversão que ele tinha pelo mercantilismo, mas não conseguia suportar a presença do homem, pois a hilaridade, os cumprimentos, o saltitante otimismo, a imprecisão, a fanfarrice e a opressiva corpulência de Sondelius o deixavam constrangido. É possível que Gottlieb se ressentisse pelo fato de que, embora Sondelius fosse apenas 11 anos mais novo do que ele – 58 anos contra os 69 de Gottlieb –, parecia três décadas mais jovem e meio século mais alegre.

Quando Sondelius percebeu essa relutância da parte de Gottlieb, tentou superá-la mostrando-se mais ruidoso, lisonjeiro e entusiasta do que nunca. No aniversário de Gottlieb, ele o presenteou com um escandaloso paletó de veludo lilás e cor de cereja, e quando o visitava, o que acontecia com frequência, o velho professor era obrigado a vestir aquela coisa horrenda e se limitar a sussurrar enquanto Sondelius o atacava com ribombantes críticas à sopa e aos músicos. O que Gottlieb nunca soube é que Sondelius abria mão de sofisticados jantares para lhe fazer essas visitas.

Da mesma forma que buscava em Terry a concentração, Martin recorria a Sondelius em busca de coragem, pois eram duas necessidades de todo indivíduo que desejasse fazer seu trabalho naqueles dias em que o Instituto perdia o uso da razão.

E Martin desejava fazer seu trabalho.

V

Depois de consultar Gottlieb e ter uma angustiada conversa com Leora sobre o perigo da manipulação de germes, Martin partiu para a experimentação com o agente causador da peste bubônica, buscando encontrar formas de empregar o fago na prevenção e na cura dessa doença.

Ao ouvi-lo trocando ideias com Sondelius sobre a experiência do soldado com as epidemias da peste negra, era possível acreditar que Martin encontrava prazer naquela doença. Quem o visse inoculando o horror em ratinhos descarnados e agitados, ao mesmo tempo em que os chamava por nomes carinhosos e parecia se preocupar com os bichinhos, pensaria certamente que o jovem médico enlouquecera.

Martin descobriu que os ratos alimentados com o fago não contraíam a peste, e que após a ingestão o *Bacillus pestis* desaparecia do organismo dos ratos hospedeiros, os quais, mesmo quando não desenvolviam a doença, abrigavam e disseminavam a peste crônica. Tal descoberta indicava ao rapaz a possibilidade de cura da doença. O Dr. Arrowsmith ficou tão empolgado, feliz e nervoso quanto nos primeiros dias do Princípio X. Ele passou a trabalhar todas as noites. Ficava diante do microscópio, sob uma luz solitária, tentando isolar com uma pipeta fina como um fio de cabelo somente um único bacilo da praga.

Para se proteger da infecção transmitida pelas pulgas do rato, ele usou, durante todo o tempo em que trabalhou com os animais, luvas de borracha, botas de couro de cano alto e faixas enroladas nas mangas do avental. Essas precauções o excitavam e, para os outros no Instituto, tinham um quê da mágica esotérica dos alquimistas. Martin se tornou uma espécie de herói, e também alvo de piadas. Não menos vulneráveis que os entusiastas homens de negócio em seus escritórios, ou os exigentes idosos dos vilarejos, estão os pesquisadores à fastidiosa perversão dos comentários zombeteiros. Os químicos e os biólogos chamavam Martin de "Sr. Peste", além de se recusarem a entrar em sua sala e tentar evitá-lo quando o encontravam nos corredores do Instituto.

Enquanto realizava uma série ininterrupta de experimentos e se fascinava com os dramas da ciência, Martin nutria sua autoestima e sentia que os outros o levavam a sério. Ele publicou um artigo cauteloso sobre o uso do fago contra a peste que foi mencionado em inúmeros periódicos científicos. Até mesmo o perturbado Gottlieb teceu elogios, muito embora não pudesse lhe dar muita atenção, tampouco alguma ajuda. A reação de Terry Wickett, no entanto, foi de significativa indiferença. O entusiasmo demonstrado por ele em relação ao trabalho, de certa forma brilhante, que Martin estava desenvolvendo bastou apenas para mostrar que não sentia inveja. Wickett se limitou a perguntar se, com esses novos experimentos, o colega dava continuidade à sua busca pela natureza fundamental de todos os fagos e ao seu estudo da físico-química.

Martin passou então a contar com um assistente inusitado – ninguém menos do que Gustaf Sondelius.

Sondelius estava desanimado em relação ao seu propósito de fundar uma escola de medicina tropical. Ele procurava novos problemas. Já havia passado por diversas epidemias e encarava a peste com uma apaixonada aversão. Quando compreendeu o trabalho de Martin, declarou exultante:

— Bravo! Jesus, talvez você tenha chegado a algo melhor do que Yersin, Haffkine ou qualquer outro! Quem sabe consiga livrar o mundo todo da peste! Os pobres diabos na Índia... milhões deles! Deixe-me participar disso!

Assim, ele se tornou colaborador de Martin. Um colaborador não remunerado, incansável, não muito talentoso, mas valioso devido à sua alegre natureza. A exemplo de Martin, ele sentia prazer na irregularidade. Por princípio, nunca fazia as refeições no mesmo horário por dois dias seguidos e, por opção, trabalhava durante a noite e escrevia poesias – poesias especialmente ruins – pela manhã.

Martin fora sempre um observador solitário. Talvez a coisa que ele mais apreciava em Leora fosse a singular capacidade da esposa de se fazer alegremente inexistente mesmo quando estava presente. No início, ele se sentiu incomodado com a presença perturbadora de Sondelius, muito embora considerasse interessante o fervor do colega em relação aos ratos portadores da peste – Gustaf não nutria aversão pelos bichinhos, mas, com afetuoso cuidado, matava-os aos montes, extasiado com o uso de ratoeiras e gases venenosos. Sondelius, apesar de se mostrar turbulento nas conversas, conseguia ser quase silencioso no trabalho. Ele sabia exatamente como segurar os animais enquanto Martin administrava injeções intrapleurais e como preparar culturas do *Bacillus pestis*. Nas ocasiões em Sondelius ia embora um pouco depois da meia-noite – o ajudante gostava de Martin e tinha grande apreço pela ciência, mas não abria mão de seis horas diárias de sono e de visitar algumas vezes a esposa e os filhos no Harlem –, ele se entretinha com a esterilização da vidraria e das agulhas e subia vagarosamente até o biotério para buscar as vítimas.

A mudança que transformou Sondelius de mestre em servo de Martin foi tão inconsciente, e o soldado, a despeito de todo o seu amor Pickerbaughiano pelo sensacionalismo, atribuía tão pouco valor à superioridade ou a levar crédito em algo, que nenhum dos dois percebeu que tal mudança ocorrera. Eles emprestavam cigarros um ao outro, saíam nas horas mais improváveis para comer panqueca e tomar café nas lanchonetes abertas durante toda a noite e manipulavam juntos os tubos de ensaio carregados com o agente da morte.

CAPÍTULO 31

Dos ruidosos e coloridos bazares de Yunnan, na China, alguma coisa saía rastejando sorrateiramente, invisível sob o sol e vigilante na escuridão. Essa coisa foi se arrastando sinistra e incessantemente, cruzando as montanhas do Himalaia e descendo pelos mercados cercados de muros, atravessando o deserto ao longo das águas quentes e amareladas dos rios até alcançar um campo de missionários americanos – sempre rastejante, silenciosa e certeira. Aqui e acolá, homens que cruzavam seu caminho eram contaminados pela peste e enegreciam.

Em Bombaim, um novo guarda das docas, sem conhecimento dos acontecimentos, contava animadamente durante uma refeição com a família sobre um novo e estranho costume dos ratos.

Aqueles príncipes do esgoto, muito ágeis para correr e fugir, haviam enlouquecido. Eles agora surgiam no chão do armazém, ignorando a presença das pessoas e saltando como se tentassem voar, caindo mortos logo adiante. Assim contou o guarda alegremente, acrescentando que também tocara nos animaizinhos imóveis sobre o chão.

Três dias mais tarde esse mesmo guarda faleceu vitimado pela peste.

Antes de morrer, um navio a vapor partiu da doca onde ele trabalhava com destino a Marselha, transportando uma carga de trigo. Ao longo de todo o caminho não houve manifestação da doença na tripulação. Não havia motivo algum, então, para que o vapor não atracasse em Marselha ao lado de um navio cargueiro, tampouco para que esse cargueiro, de partida para Montevidéu com nada mais sensacional do que uma discussão entre um comissário de bordo e um segundo oficial por causa de um quinto ás num baralho, não pudesse ancorar ao lado do *S.S. Pendown Castle*, que, por sua vez, rumava em direção à ilha de Saint Hubert, onde acrescentaria cacau à sua carga de madeira.

No trajeto até Saint Hubert, um garoto goense, muito esquálido, e um criado do refeitório do *Pendown Castle* morreram acometidos por algo que o capitão diagnosticou como gripe. Outro problema, ainda maior, foi o grande número de ratos que, insatisfeitos com a madeira disponível para roer, saíram em disparada para o depósito de mantimentos e, em seguida, para o castelo de proa, e acabavam morrendo no deque sem nenhuma razão aparente. Antes de morrer, os animaizinhos dançavam de maneira muito engraçada e se deitavam nos embornais, rígidos e arrepiados.

Foram nessas condições que o *Pendown Castle* chegou a Blackwater, capital e porto de Saint Hubert.

Saint Hubert é uma ilha pequena ao sul das Antilhas que abriga 100 mil habitantes – proprietários de terras e escriturários ingleses, indianos que trabalham na construção de estradas, negros plantadores de cana-de-açúcar, comerciantes chineses. Histórias são contadas acerca das areias e dos picos dessa ilha. Lá, os piratas ancoravam seus navios, e foi nela em que o Marquês de Wimsbury, depois de ficar louco, pôs-se a serviço da restauração de relógios e ordenou que seus escravos queimassem todo o canavial.

Para lá, o namorador camponês Gaston Lopo levou Madame de Merlemont, onde viveu no luxo até o dia em que seus escravos, que ele tinha o prazer de espancar com frequência, encontraram-no fazendo a barba e derramaram seu sangue, que formou manchas grotescas sobre a espuma.

Atualmente, Saint Hubert está tomada por canaviais e automóveis Ford, laranja e banana-da-terra, vagens vermelho-amareladas do cacau, bananeiras e seringueiras, bambuzais, igrejas anglicanas e capelas destituídas de nobreza, lavadeiras negras labutando entre as raízes de paineiras, calor úmido, palmeiras-reais e perpétuas que tingem os vales com seu vermelho escarlate. Hoje, o esplendor do lugar, a monotonia dos turistas e as cotações de cana transmitidas via telégrafo imperam sob o sol implacável da ilha.

De um dos lados de Blackwater – cidade plana e abafada das casas caiadas com telhado de zinco, das estradas tórridas e brancas como ossos, dos hibiscos cor de salmão e das lojas com sacadas cujas profundezas escuras se abrem livremente desde as sufocantes ruas –, fica o porto, e do outro, o pântano. Atrás deste elevam-se as colinas de Penrith, em cujas encostas escarpadas, que as palmeiras tornam mais brandas, ergue-se o Palácio do Governo, com vistas para as velas tremulantes dos navios.

Ali vivia, em completa letargia, Sua Excelência o Governador de Saint Hubert, o coronel *Sir* Robert Fairlamb.

Sir Robert Fairlamb era um sujeito excelente, um homem que contava histórias durante as refeições e que em dias pagãos só fumava depois que o vinho tivesse completado a sétima volta na mesa. Mas, ao mesmo tempo, era um governador abominável e preocupado. O homem cuja posição social ficava próxima da sua era o honorável Cecil Eric George Twyford, um déspota descarnado, dinâmico e esnobe, que possuía mais de 4 mil hectares de plantação de cana no condado de Saint Swithin e conhecia cada um daqueles pedúnculos que se confundiam com serpentes. Chegaram até Fairlamb versões diferentes de uma afirmação atribuída a Twyford, segundo a qual Sua Excelência não passava de um "idiota excêntrico e roncador". Então, para destruí-lo completamente, a Assembleia Legislativa, entidade responsável por elaborar as leis de Saint Hubert, acabou rachada pela contenda entre Kellett, um dos Pernas Vermelhas, e George William Vertigan.

Pernas Vermelhas era uma tribo de homens brancos e pobres, de origem escocesa e irlandesa, que dois séculos antes haviam chegado a Saint Hubert na condição de trabalhadores escravos. A maioria ainda exercia o ofício de pescador e de capataz das plantações, mas um deles, Kellett, um homem ativo e colérico, de boca pequena, havia subido na escala social, passando de mensageiro a proprietário de uma companhia de navegação. Enquanto seu pai ainda lançava suas redes na praia de Point Carib, Kellett era o tormento da Assembleia Legislativa, um sujeito obstinado por economia, em especial por qualquer espécie de economia capaz de contrariar seu companheiro legislador, George William Vertigan.

George William, conhecido algumas vezes pela alcunha de "Velho Jeo Wm" e outras pela de "O rei da Ice House" – aquele bar sedutor e decadente –, nascera atrás de um pequeno santuário em Lancashire. Ele era proprietário do Bazar Blue, o mais frequentado dos bazares de Saint Herbert. O homem promovera o contrabando de tabaco para a Venezuela e era tão imprudente e fanático por música e rum quanto o Pernas Vermelhas era invejoso, honesto e apaixonado por números.

Kellett e George William dividiam a Assembleia Legislativa entre si. Qualquer pessoa de respeito não tinha dúvidas quanto ao mérito dos dois: de um lado, Kellett, o homem íntegro, determinado e partidário da vida familiar, aquele cuja ascensão servia de exemplo para a juventude, e do outro, George William, jogador, beberrão, contrabandista, mentiroso, impostor e vendedor de algodão de baixa qualidade, um indivíduo cuja única qualidade era a vulgar bonomia.

O primeiro triunfo de Kellett no tocante à economia foi a promulgação de uma portaria determinando a destituição do melancólico Cockney – um tocador de oboé –, que era o exterminador oficial de ratos em Saint Hubert.

Nos debates e, mais tarde, privadamente para *Sir* Robert Fairlamb, George William Vertigan defendeu a tese de que os ratos estragavam e contaminavam os alimentos e podiam disseminar doenças, tendo exigido que Sua Excelência vetasse aquele projeto de lei. *Sir* Robert, por sua vez, ficou incomodado com a situação e convocou o cirurgião geral, Dr. R. E. Inchcape Jones – que preferia ser chamado de senhor em vez de doutor.

Dr. Inchcape, um jovem magro, alto, impaciente e destituído de intestinos, saíra do lar paterno havia apenas dois anos e já desejava retornar para lá, mais especificamente para a parte do lar paterno representada pelos chás da tarde e pelos jogos de tênis em Surrey. Ele observou para *Sir* Robert que os ratos e suas inseparáveis pulgas de fato eram portadores de doenças – peste, icterícia infecciosa, febre decorrente da mordida do animal e, possivelmente, lepra –, mas que essas moléstias não existiam e não poderiam existir em Saint Hubert, com exceção da lepra, que era um castigo natural das raças nativas de terras estrangeiras. Inchcape Jones afirmou que, na verdade, não havia em Saint Hubert nenhuma doença além de malária, dengue e um desagradável embotamento geral, e que, se Pernas Vermelhas, a exemplo de Kellett, ansiasse se tornar uma vítima da peste ou da febre decorrente da mordida de rato, por que razão as pessoas decentes deveriam levantar objeções?

Desse modo, por decisão do poder soberano da Assembleia Legislativa de Saint Hubert e de Sua Excelência, o governador, foi extinta a função do londrino exterminador de ratos e de seu jovem e brincalhão assistente negro. O antigo exterminador de ratos se tornou chofer e passou a conduzir ao longo de trilhas nas colinas – que ele considerava mais fácil vencer com um motor de segunda mão – turistas canadenses e americanos que se demoravam um ou dois dias em Saint Hubert enquanto viajavam entre Barbados e Trinidad, e lhes dava informações equivocadas a respeito de flores. O assistente se converteu em respeitável contrabandista e regente de um coral metodista. E quanto aos ratos, estes floresciam e sentiam-se satisfeitos na nação, com cada uma de suas fêmeas produzindo de duas a dez centenas de filhotes todos os anos.

Os animaizinhos não eram costumeiramente vistos durante o dia. De acordo com afirmação de Kellett, o Pernas Vermelhas, "Os ratos não estariam aumentando, pois os gatos se incumbiriam de matá-los". Na escuridão, no entanto, os roedores davam cambalhotas nos armazéns e saíam e entravam das escunas ancoradas ao longo do cais. Eles se aventuravam na direção do campo e dividiam suas pulgas com uma espécie de esquilo da terra que existia em abundância nos povoados de Point Carib.

Quando, um ano e meio após a demissão do exterminador de ratos, o *Pendown Castle* chegou de Montevidéu e ancorou no Embarcadouro Councillor, 10 mil pequeninos e brilhantes olhos o observaram por entre as estacas de madeira.

Por mera questão de rotina – e não devido a qualquer coisa relacionada às mortes causadas pelo doença que o capitão considerou ser gripe –, a tripulação do *Pendown Castle* colocou proteção contra ratos nos cabos das âncoras, mas não retirou a prancha de desembarque durante a noite, de modo que de quando em quando um bichano descia em terra para buscar entre seus parentes de Blackwater alimentos mais apetitosos do que tábuas duras. O *Pendown* zarpou amistosamente rumo ao seu lar, e o cirurgião geral Inchcape Jones recebeu de Avonmouth um telegrama informando que a embarcação fora detida, pois outros da tripulação haviam morrido – vitimados pela peste.

No breve telegrama, essa palavra parecia estar escrita com um fogo tão abrasador que poderia queimar até os ossos.

Dois dias antes do recebimento do telegrama, um alvarengueiro de Blackwater fora acometido por uma doença desconhecida, que causava delírios e bubões muito desagradáveis. Inchcape Jones afirmou que não poderia ser a peste, porque nunca havia ocorrido um caso de peste em Saint Hubert. Seu confrade, Stokes, no entanto, rebateu dizendo que não só poderia ser a peste, como, amaldiçoadamente, *era* a peste.

Dr. Stokes, o médico oficial do condado de Saint Swithin – um homem seco, nervoso e destituído de qualquer senso de humor –, não limitou suas buscas somente à rústica região periférica de Saint Swithin, da qual era conterrâneo. Em vez disso, resolveu bisbilhotar por toda a ilha, o que deixou Inchcape Jones muito irritado. Stokes era formado em medicina pela Universidade de Edinburgh, servira na savana africana, fora acometido por malária, cólera e pela maioria de outras calamidades possíveis, chegando a Saint Hubert para restabelecer os glóbulos vermelhos de seu sangue e perturbar o infeliz Inchcape Jones. Dr. Stokes não era um homem simpático. Ele derrotara Inchcape Jones no tênis com um saque repulsivo e antiesportivo – o tipo de atitude que se poderia esperar de um americano.

E, além de um sujeito maçante e inescrupuloso, Stokes ainda imaginava-se bacteriologista amador, causando desconfortos ao circular sorrateiramente pelas docas caçando ratos e desenvolvendo culturas com as pulgas desses animais, para depois entrar nos escritórios sem ser convidado – com os cabelos cor de areia e as faces vermelhas, magro e desagradável – e insistir que os bichinhos eram vetores da peste.

— Meu caro colega, sempre existe algum *Bacillus pestis* entre os ratos — protestou Inchcape Jones, com modos cordiais, porém presunçosos.

Quando o alvarengueiro morreu, Stokes exigiu que se admitisse abertamente que a peste havia chegado a Saint Hubert.

— Mesmo que tenha sido a peste, o que ainda não é certo — afirmou Inchcape Jones —, não há razão para se provocar um alvoroço e assustar toda a população. Foi um caso isolado e não haverá nenhum outro.

Imediatamente ocorreram outros mais. No período de uma semana, três trabalhadores da orla e um pescador de Point Carib sucumbiram acometidos por algo que até mesmo Inchcape Jones embaraçosamente admitiu corresponder à descrição da peste que constava em *Doenças Tropicais*, de Patrick Manson: "Um estágio inicial caracterizado por depressão, anorexia e dor nos braços, seguido de febre, vertigem, esgotamento físico, olhos congestionados e fundos e bubões nas virilhas". Não se tratava de uma doença agradável. Inchcape Jones perdeu sua disposição à tagarelice e sua animação em relação a piqueniques, tornando-se quase tão austero quanto Stokes. Publicamente, no entanto, ele ainda negava que a peste tivesse chegado à ilha, e a população de Saint Hubert continuava na ignorância.

II

Para alcoólatras inveterados e andarilhos, o local mais agradável na monótona Blackwater dos telhados de zinco trata-se do bar e restaurante chamado Ice House.

Ele fica instalado no andar acima da Agência de Despachos Kellett e da loja na qual um chinês supostamente formado em Oxford vende cascos entalhados de tartaruga e coco com a horripilante aparência de uma cabeça submetida a processo de encolhimento por indivíduos que se dedicam à caça e decapitação de pessoas. Com exceção do terraço, onde se pode almoçar apreciando o panorama de indigentes indianos vestidos de tanga que se acocoram na rua embaixo e de crianças inglesas fantasmagoricamente pálidas como pérolas que brincam na savana, todo o Ice House fica mergulhado em uma intensa e onírica obscuridade. Dentro dele, qualquer um só consegue ter uma vaga percepção do que o lugar abriga além de si próprio: as grades mouriscas, o toque de ouro sobre as paredes pintadas de branco, o bar de mogno extraordinariamente longo, os caça-níqueis e as mesas com tampo de mármore.

Aqui, na hora do coquetel, encontram-se todos os administradores brancos de Saint Hubert, sujeitos debilitados que ostentam chapéus de sol e não pertencem à casta daqueles que frequentam o Clube Devonshire: funcionários do escritório de despachos, mercadores sem antepassados, secretários do Inchcape Jones e italianos e portugueses que entraram clandestinamente na Venezuela.

Acalmados por coquetéis de rum – ácidos e potentes aperitivos cuja absoluta perfeição só pode ser obtida quando misturados pelas coqueteleiras dos negros do bar Ice House –, os exilados encontram a paz, tomam outros drinques e readquirem a certeza daquilo que não tiveram nas últimas 24 horas que sucederam a hora do coquetel anterior, isto é, de que no ano seguinte voltarão para casa. Sim, eles se estabilizarão, farão exercícios na friagem do amanhecer, deixarão de lado a bebida, ficarão mais fortes, alcançarão o sucesso e voltarão para casa. Eles, os Comedores de Lótus que, na penumbra do Ice House, com os olhos marejados, sonham com Piccadilly ou com as colinas de Quebec, com Indiana, com a Catalunha ou com os tamancos de Lancashire. Mas que nunca conseguem voltar para casa. Todavia, até o último dia de suas vidas desfrutam de novas e reconfortantes horas do coquetel no bar do Ice House, e outros homens perdidos chegam para seus funerais e segredam uns aos outros que agora eles *estão voltando* para casa.

E agora, George William Vertigan, proprietário do Bazar Blue, era o soberano incontestável do Ice House. George era um homem forte e corado, aquele tipo de cidadão inglês que se vê no interior, um tipo que é ao mesmo tempo excessivamente inconformado e excessivamente ébrio. Mas George William não era bem um inconformado. Todos os dias encostava-se no bar desde às 17 até às 19 horas, nunca embriagado, nunca completamente sóbrio, sempre muito amável e musical. Era o único homem daquele lugar que não ansiava voltar para casa, porque não se lembrava de outra casa além do Ice House.

Quando circularam comentários de que alguém havia morrido, provavelmente vitimado pela peste, George William comentou no Ice House que, se fosse verdade, seria um justo castigo para Kellett, o Pernas Vermelhas. Contudo, todos sabiam que o clima das Antilhas era um fator que resguardava a população contra a peste.

O grupo que frequentava o local e se encontrava à beira do pânico, foi, desse modo, tranquilizado.

Duas noites depois, alastrou-se sorrateiro no Ice House o boato de que George William Vertigan estava morto.

III

Por toda parte, fosse no Clube Devonshire, no Ice House ou no parque banhado pelo mar, onde a brisa esvoaçava e os negros se reuniam após o horário de trabalho, ninguém ousava tocar no assunto, mas todos ouviam, mesmo sem querer ouvir, comentários sobre a morte do homem – daquele e de outros. Todos se recusavam a apertar as mãos, ainda que fosse de um velho amigo, e todos fugiam de todos, muito embora os ratos se mantivessem leais junto a eles. E o pânico, muito mais letal do que sua irmã, a peste, rapidamente tomou conta de toda a ilha.

No entanto, não houve quarentenas, tampouco reconhecimento da epidemia por parte das autoridades. Inchcape Jones fez declarações públicas carentes de rigor, chamando a atenção para a inadequação de grandes aglomerações, e escreveu a Londres com o intuito de solicitar informações sobre a vacina de Haffkine. Junto a *Sir* Robert Fairlamb, reclamou:

— Ocorreram apenas algumas poucas mortes e acredito honestamente que já está tudo superado. Quanto à sugestão de Stokes de que coloquemos fogo nos povoados dos índios caraíbas só porque houve alguns casos por lá... Ora, isso é uma barbaridade! E também fiquei sabendo que se nós determinarmos uma quarentena, os comerciantes tomarão medidas extremas contra a administração, e essa atitude poderia arruinar o turismo e as exportações.

Stokes, porém, escreveu secretamente de Saint Swithin para o Dr. Max Gottlieb, diretor do Instituto McGurk. Na carta, ele relatou que a peste estava prestes a adquirir proporções gigantescas e a consumir as Antilhas, e solicitou a ajuda do doutor.

CAPÍTULO 32

É possível que o sombrio coração de Max Gottlieb guardasse uma diabólica insensibilidade à divina piedade para com o sofrimento da espécie humana; é possível que fosse um mero ressentimento do doutor, para quem o valor de sua ciência residia apenas na possibilidade de divulgação do ofício de curar; é possível também que prevalecesse nele a obscura, apaixonada e inescrupulosa exigência dos gênios por privacidade. Certamente, aquele homem que vivera para estudar métodos de imunização da humanidade contra doenças tinha pouco interesse no real emprego de tais métodos. Gottlieb se assemelhava a um pintor extraordinário, tão desdenhoso do gosto popular que, após toda uma vida de criações, seria capaz de destruir tudo o que fez por medo de que suas obras pudessem ser desfiguradas e zombadas pelos olhos embotados da multidão.

A carta do Dr. Stokes não foi a única notificação que ele recebeu avisando que a peste avançava a passos largos por Saint Hubert, de modo que cedo ou tarde poderia invadir Barbados, as Ilhas Virgens e chegar a Nova York. Ross McGurk, no entanto, era um imperador dos novos tempos, um homem mais bem servido do que qualquer déspota de outrora. Seus capitães vigiavam uma centena de portos; suas estradas de ferro penetravam nas selvas; seus correspondentes lhe segredavam notícias a respeito dos mais diversos assuntos, desde a nova eleição no distrito de Colúmbia até a safra de cana em Cuba, revelando inclusive o que *Sir* Robert Fairlamb dissera ao Dr. R. E. Inchcape Jones no alpendre de seu bangalô. Ross McGurk e Max Gottlieb conheciam melhor do que os lotófagos do bar Ice House quanto a peste estava disseminada em Saint Hubert.

No entanto, Gottlieb não se mexia. Ele se limitava a refletir sobre a desconhecida estrutura química dos anticorpos, sendo interrompido apenas por questões que diziam respeito a decidir se a quantidade de canetas de Pearl Robbins era suficiente ou se seria conveniente o Dr. Holabird receber naquela tarde a missão científica de Lettish, para que o Dr. Sholtheis pudesse participar da Conferência Anglicana sobre a Reserva Eucarística.

O velho professor foi assediado por inquiridores: oficiais da saúde pública, um tal de Dr. Almus Pickerbaugh e um congressista que dizia ser conhecido em Washington, além de Gustaf Sondelius e Martin Arrowsmith. Este último não conseguia – por ser muito grande ou muito pequeno – alcançar nem mesmo a indiferença de Gottlieb.

Dizia-se à boca pequena que o Dr. Arrowsmith, do Instituto McGurk, descobrira algo que seria capaz de erradicar a peste, e então chegaram cartas exigindo alguma ação de Gottlieb: "Como pode o senhor permanecer aí, com a salvação em suas mãos, apenas olhando os milhares de seres desafortunados que morrem em Saint Hubert? E o que é pior, permitindo que a terrível peste se alastre no hemisfério ocidental? Meu caro doutor, é chegada a hora de sair dessa sua bolha científica e agir!".

Degustando então uma estimulante fatia de carne, Ross McGurk prognosticou, sem falsa modéstia, que aquela era a oportunidade para o Instituto adquirir fama mundial.

Se foi em decorrência da compulsão por fama de McGurk, das exigências de ser um espírito público, ou de sua própria imaginação que tivesse finalmente trabalhado o suficiente para que conseguisse conceber a miséria por que passavam os negros nas distantes plantações de cana, o fato é que Gottlieb chamou Martin e lhe disse:

— Fiquei sabendo que há peste pneumônica na Manchúria e peste bubônica em Saint Hubert, nas Antilhas. Se você puder, Martin, empregar o fago em metade de seus pacientes, mantendo a outra metade como controle – sob condições de higiene normais, mas sem o fago –, seria possível chegarmos a uma conclusão tão completa e absoluta a respeito da valia dessa substância quanto a que temos em relação à transmissão da febre amarela pelos mosquitos. Assim sendo, eu o mandaria para Saint Hubert. O que você acha da ideia?

Martin jurou por Jacques Loeb que observaria as condições do teste e que chegaria a uma conclusão definitiva a respeito da eficácia do fago por meio da comparação entre pacientes submetidos a um tratamento com a substância e pacientes que não a receberiam. Desse modo, esperava conseguir eliminar para sempre a peste. Ele procuraria dominar as emoções e manter os olhos bem abertos.

— Nós conseguiremos que Sondelius o acompanhe. — falou Gottlieb — Ele se encarregará da grande propaganda e obterá para nós os créditos nos jornais, o que, conforme me disseram, todo diretor precisa obter.

Sondelius não apenas concordou, como também insistiu.

Martin jamais estivera em outro país. O Canadá, onde já passara férias trabalhando como garçom num hotel, não era para ele um país estrangeiro. Ainda não lhe tinha ocorrido que estava indo para um lugar cheio de palmeiras, rostos bronzeados e lânguidas vésperas de Natal. Enquanto Sondelius providenciava ternos de linho e um novo chapéu de sol apropriado, ele se ocupava com a produção em larga escala do fago antipeste: uma centena de litros da substância, armazenados em minúsculas ampolas. O jovem se sentia o Martin de sempre, mas agora era citado em conferências e por autoridades.

Houve uma reunião do Conselho Curador com o propósito de discutir os métodos usados por Martin e Sondelius. Para tanto, o reitor da Universidade de Wilmington abriu mão de uma promissora entrevista a um ex-aluno milionário, Ross McGurk desistiu de um jogo de golfe e um dos três cientistas universitários chegou de avião. Chamado em seu laboratório, Martin, um rapaz muito jovem, vestindo uma camisa de colarinho macio e amassado, ainda tonto com os detalhes relativos a frascos de Erlenmeyer, terra com protozoários e filtros esterilizados, viu-se diante dos Homens de Felicidade Comedida, e descobriu que não estava mais oculto sob a invisibilidade da insignificância. Pelo contrário, era visto como um líder de quem se esperava não apenas que operasse milagres, mas que explicasse de antemão quão importante, maduro e miraculoso ele era.

O jovem Dr. Arrowsmith se sentiu constrangido diante da gravidade dos cinco conselheiros, de óculos, sentados na tribuna do Salão da Prosperidade, como se integrassem a Suprema Corte. Gottlieb se colocou um pouco distante, também tentando parecer grave e supremo. Sondelius, no entanto, irrompeu – apaixonado e espalhafatoso –, no salão. Repentinamente a timidez de Martin havia desaparecido e ele já não se mostrava reverente a seu antigo mestre de saúde pública.

Sondelius desejava exterminar todos os roedores de Saint Hubert, bem como obrigar a implementação de uma quarentena, empregar o soro de Yersin, a vacina de Haffkine e ministrar o fago de Martin a todos os habitantes da ilha – tudo ao mesmo tempo e com todas as pessoas.

Martin protestou. Naquele momento era como se o próprio Gottlieb estivesse ali falando.

Ele declarou com impaciência sua certeza de que sentimentos humanitários impediriam que os pobres diabos sofredores fossem usados apenas como meros objetos de experimentos, mas que precisava contar com pelo menos uns poucos casos reais de teste, pois jamais admitiria, mesmo perante os curadores, ver seu experimento difamado em virtude de múltiplos tratamentos concomitantes que não permitiriam determinar se as curas foram resultantes do uso do soro de Yersin, da vacina de Haffkine, do fago ou de nenhum deles.

Os curadores consentiram com o plano de Martin. Acima de tudo, se desejavam salvar a humanidade, não seria melhor então que a salvação viesse de um representante do Instituto McGurk, em vez de Yersin, de Haffkine ou do extravagante Sondelius?

Todos concordaram que, se Martin pudesse encontrar em Saint Hubert um distrito relativamente livre da peste, ele poderia se empenhar para estabelecer ali seus casos de teste, inoculando metade de sua amostragem de pessoas com o fago e deixando a outra metade sem tratamento. Nos distritos seriamente assolados, ele ministraria o fago a todos, e se a doença cedesse de maneira incomum, essa seria uma prova secundária.

Os curadores não sabiam, entretanto, já que o governo de Saint Hubert não havia solicitado ajuda, se Martin seria autorizado a realizar seus experimentos, e Sondelius, a desempenhar alguma autoridade policial. O cirurgião geral da região, um sujeito de nome Inchcape Jones, respondera ao telegrama enviado pelo Instituto: "Inexistência real de epidemia. Ajuda desnecessária". Mas McGurk prometeu que usaria sua influência para que as autoridades locais dessem boas-vindas à Delegação do Instituto McGurk, presidida por Martin Arrowsmith, médico e bacharel em Ciências Humanas.

Sondelius ainda argumentou que naquela crise era desumana a realização de meros experimentos, mas acatou a fúria relativamente fundamentada de Martin com o entusiasmo que aquela eterna criança tinha por qualquer coisa que soasse nova e preferencialmente verdadeira. Ao contrário de Almus Pickerbaugh, Sondelius não via a divergência de opiniões científicas como um ataque a seu caráter.

Ele cogitou continuar por conta própria, independentemente de Martin e McGurk, mas desistiu quando soube dos rumores de que os curadores, mesmo não desejando ver o prezado cientista manipulando imprudentemente o soro, disponibilizariam os instrumentos necessários para exterminar todos os ratos, assim como ele desejava.

Sondelius manifestou então sua satisfação:

— E vocês me observem bem! Sou o capitão geral dos exterminadores de ratos! Quando me virem entrar em um armazém, os ratos dirão: "Aí está o maldito velho Gustaf; estamos perdidos?" e cairão mortos com as patas para cima! Fico feliz por contar com seu apoio, porque estou falido. Comprei algumas ações do petróleo que não parecem valer muito agora... E vou precisar de boa quantidade de gás cianídrico. Ah, aqueles ratos! Eles que esperem por mim! Agora vou enviar um telegrama comunicando que não poderei manter o compromisso de dar uma palestra na próxima semana. Ufa! Uma palestra em uma faculdade para mulheres... Logo eu, que sou capaz de falar a língua dos ratos e conheço sete belos tipos de ratoeiras!

II

Martin jamais vivenciara um perigo maior do que enfrentar um aluvião no internato em um hospital. Desde o amanhecer até tarde da noite, ele estava sempre tão ocupado na preparação do fago e ouvindo conselhos não solicitados de toda a equipe do Instituto que não lhe restava tempo para pensar nos perigos de uma epidemia de peste. Mas quando ia para a cama, com seu cérebro ainda remoendo todos os planos, ele visualizava com toda nitidez a possibilidade de morrer, de forma desagradável.

Quando Leora recebeu a notícia de que o marido estava indo para uma ilha assombrada pela morte, um lugar em que havia veredas, árvores e rostos bastante inusitados, um lugar onde se falava uma língua engraçada e não havia cinema nem pasta de dente, ela se pôs secretamente a fazer conjecturas e a refletir sobre essas ideias, do mesmo modo que costumava, quando criança, roubar pequenas porções de comida de cima da mesa, escondê-las e comê-las, totalmente absorta, em estranhas horas da noite, com uma satisfeita expressão de menina má. O fato de Leora não dar voz às suas preocupações contribuiu para não aumentar ainda mais o peso da inquietação de Martin. Mas então, depois de três dias, ela falou:

— Eu vou com você.
— Não vai de jeito nenhum!
— Eu vou sim!
— Não é seguro.
— Seu tolo! Claro que é. Você pode injetar em mim seu fago milagroso e daí ficarei bem protegida. Ora, eu tenho um marido que cura doenças! Vou gastar um bom dinheiro em vestidos leves, muito embora não me pareça que Saint Hubert seja mais quente do que Dakota é em agosto.
— Escute, Lee, minha querida! Escute! Acredito que o fago realmente imunizará as pessoas contra a peste. Pode apostar que eu seria bastante valente para injetá-lo em mim, mas não sei... Mesmo que funcione perfeitamente, sempre existirão pessoas que ele não conseguirá proteger. Você não pode ir, meu amor. Agora, estou com muito sono...

Leora agarrou-o pela lapela com uma fúria tão engraçada quanto a dos golpes de um gatinho, mas a expressão em seus olhos não tinha nada de cômico, tampouco sua voz chorosa – o velho pranto das mulheres de soldados que partem para a guerra:

— Destemido, você não sabe que minha vida se resume a você? Não deveria ser assim, mas gosto de me deixar absorver por você. Sou uma pessoa indolente, inútil e ignorante. A única coisa que sei fazer é fazê-lo feliz. Se você estiver lá longe e eu não souber se está bem, ou se você morrer e outra pessoa que não eu cuidar desse seu corpo que eu tanto amo – e você sabe o quanto amo – enlouquecerei! A questão é que eu sou você e preciso ficar junto com você. E *vou* ajudá-lo! Vou preparar suas soluções e tudo o mais. Você sabe quantas vezes já o ajudei. Acho que não tenho sido tão prestativa com você aqui no McGurk, com todas essas coisas complicadas, mas já o ajudei muito em Nautilus. Ajudei, não é mesmo? E assim será em Saint Hubert — a voz de Leora era a voz de uma mulher que vivenciava o terror da meia-noite. — Talvez você não consiga encontrar lá alguém capaz de lhe dar nem mesmo a pequena ajuda que posso dar. E também vou cozinhar e fazer todas as outras coisas que você precisar...

— Querida, não torne tudo mais difícil para mim. Já vai ser duro demais de qualquer modo...

— Vá para o inferno, Destemido Arrowsmith! Não se atreva a usar aquelas velhas expressões arrogantes que os maridos há séculos empregam para engabelar as esposas! Não sou uma esposa mais do que você é um marido. E você é um marido miserável! Você me negligencia por completo. O único momento em que se lembra de mim é quando seus malditos botões caem, e como eles podem cair depois que uma pessoa os pregou eu simplesmente não consigo entender! E então você grita comigo. Mas não me importo. Prefiro ter você do que qualquer outro marido maravilhoso. E fique sabendo que, sim, eu vou.

Gottlieb se opôs, Sondelius esbravejou, e Martin tinha enorme preocupação, mas Leora acabou indo. E Gottlieb, em seu único ato de astúcia como diretor do Instituto, nomeou-a "Secretária e Técnica Assistente da Delegação do Instituto McGurk para Uso do Bacteriófago no Combate à Peste nas Pequenas Antilhas" e graciosamente lhe concedeu um modesto salário.

III

No dia que antecedeu a partida da Delegação, Martin insistiu que Sondelius tomasse sua primeira injeção de fago, mas ele recusou.

— Não, só vou tomá-la depois que você se converter em um ser humano e ministrá-la a todos em Saint Hubert. Sei que o fará! Espere até ver o sofrimento de milhares de pessoas. Você ainda não conheceu coisa semelhante. Só então esquecerá a ciência e tentará salvar toda aquela gente. Você não injetará o fago em mim antes de tê-lo injetado em todos os meus amigos negros que vivem por lá.

Naquela tarde, Gottlieb chamou Martin e lhe falou com certa hesitação:

— Você partirá para Blackwater amanhã.

— Sim, senhor.

— Hum... Você poderá ficar longe algum tempo. Eu... Martin, você é o amigo mais querido que tenho em Nova York. Você e a boa Miriam. Diga-

-me uma coisa: no início você e o Terry pensaram que eu não deveria assumir a diretoria. Você não acha que tomei uma atitude correta?

Martin olhou-o por algum tempo e depois se apressou em mentir e dizer aquilo que era agradável e esperado.

— Fico feliz que pense assim. Há muito tempo você vem acompanhando tudo o que eu tenho tentado fazer. Cometi erros, mas me parece que o Instituto finalmente conquistará uma verdadeira notoriedade científica depois da caçada à popularidade empreendida por Tubbs e Holabird. Eu me pergunto de que maneira poderei demitir Holabird, aquele lixo da ciência! Se pelo menos ele não conhecesse Capitola – socialmente, como dizem! De qualquer modo...

"Houve quem dissesse que Max Gottlieb não seria capaz de fazer o trabalho burocrático de administrar uma instituição. Ufa! Comprar cadernos, contratar mulheres que limpam o chão! Ou melhor, o chão é limpo por mulheres contratadas pelo superintendente do edifício, *nicht wahr?** De qualquer forma...

"Não fiz um estardalhaço quando você e Terry duvidaram que eu conseguiria. Sou um sujeito notável por permitir que cada um tenha sua opinião. Mas isso me alegra. Gosto muito de vocês dois... Os únicos filhos de verdade que eu tenho." Gottlieb pousou a mão enrugada no braço de Martin e continuou: "Fico feliz por você perceber que agora estou começando a criar um verdadeiro instituto de ciência – embora eu tenha inimigos. Martin, você poderia pensar que é brincadeira se eu lhe contasse da conspiração contra mim...

"Até mesmo Yeo. Pensei que ele fosse meu amigo. Pensei que fosse um biólogo de verdade. Mas ainda hoje ele veio me procurar e disse que não possui quantidade suficiente de ouriços-do-mar para seus experimentos. Como se eu tivesse capacidade de fazer ouriços-do-mar caírem do céu! Ele me acusou de não fornecer material o bastante. Logo eu! Eu, que sempre defendi a ciência! Nunca me importei com o quanto *pagam* aos cientistas, mas sempre os defendi contra o idiota do Silva e de todos os outros, meus inimigos...

"Você não sabe quantos inimigos eu tenho, Martin! Eles não ousam mostrar a cara. Sorriem para mim, mas andam por aí sussurrando pelas minhas costas. Veja o Holabird. Sempre conspira contra mim e tenta per-

---

* "Não é?", em alemão. (N.E.)

suadir Pearl Robbins, mas ela é uma boa garota e sabe que estou fazendo o melhor que posso, no entanto..."

A expressão do velho professor era de perplexidade. Ele olhou fixamente para Martin como se não o reconhecesse e implorou:

— Martin, estou envelhecendo. Não cronologicamente. É uma mentira que eu já tenha passado dos 70, e tenho minhas inquietações. Você se importa que eu lhe dê alguns conselhos, como fiz com tanta frequência em tantos anos, embora você não seja mais um estudante de Queen City? Não... foi em Winnemac. Você é um bom homem, um genuíno trabalhador. Mas...

"Certifique-se de não deixar que qualquer coisa – nem mesmo seu coração bondoso –, bote a perder seus experimentos em Saint Hubert. Hoje não faço mais chacotas sobre filantropia como costumava fazer. Algumas vezes até penso que a vulgar e beligerante raça humana pode ter tanta graça e bom gosto quanto os gatos. Mas é necessário que haja conhecimento. Existem muitos homens, Martin, que são bondosos e amistosos. No entanto, poucos contribuem para o conhecimento. E você tem agora uma grande oportunidade! Você pode vir a ser o homem que exterminou a peste, e quem sabe o velho Max Gottlieb tenha contribuído também, hein?

"Você deve ser não apenas um bom médico em Saint Hubert. É preciso que tenha piedade, muita piedade de todas as muitas gerações que ainda virão a nascer, a ponto de não se deixar sucumbir à compaixão pelos homens que morrerão diante de você.

"Morte... será a paz.

"Não permita que nada, nem a louvável compaixão nem o medo de sua própria morte, impeça que você conclua seu experimento contra a peste. E na qualidade de meu amigo, se você fizer isso, alguma coisa ainda poderá resultar de minha atuação à frente da diretoria. Se pelo menos puder sobrar alguma coisa boa que justifique..."

Quando Martin entrou angustiado em seu laboratório, Terry Wickett o esperava.

— Diga, Magrelo — disse Terry de supetão —, eu só queria me intrometer e sugerir que, pelo Santo Gottlieb, você mantenha suas anotações sobre o fago completas, atualizadas e à tinta!

— Terry, parece-me que, na sua opinião, eu tenho uma bela chance de não voltar junto com as anotações.

— Ora, o que deu em você? — protestou Terry, sem muita convicção.

IV

Tudo indicava que a epidemia em Saint Hubert tinha adquirido grandes proporções, pois um dia antes da partida da delegação do McGurk, o Dr. Inchcape Jones declarou que a ilha se encontrava em quarentena. As pessoas podiam entrar, mas ninguém tinha permissão para sair de lá. Ele tomou essa atitude apesar da irritação do governador, *Sir* Robert Fairlamb, dos protestos dos hoteleiros, que viviam do turismo, dos ex-exterminadores de ratos, que conduziam os turistas, de Kellett, o Pernas Vermelhas, que vendia passagens para eles, e de todos os outros representantes dos prósperos negócios de Saint Hubert.

V

Além de suas ampolas de fago e das seringas Luer para a aplicação das injeções, Martin também fez preparativos pessoais para enfrentar os trópicos. Em apenas 17 minutos comprou um terno de Palm Beach, duas camisas novas e, como Saint Hubert era de posse britânica e ele ouvira dizer que todos os britânicos carregavam bengalas, comprou também um bastão, que o vendedor lhe garantiu ser tão bom quanto uma autêntica bengala de Malaca.

VI

Martin, Leora e Gustaf Sondelius zarparam em uma manhã de inverno. Eles embarcaram no vapor *Saint Buryan*, da companhia McGurk, um navio de 6 mil toneladas que transportava para as Pequenas Antilhas maquinários, farinha, bacalhau e motores, e trazia de lá melaço, cacau, abacate e asfalto de Trinidad. Alguns turistas estavam fazendo a viagem de ida e volta, mas apenas alguns, e poucos lenços acenavam do cais.

O embarcadouro da Companhia McGurk ficava no Brooklyn do Sul, em um distrito de casas anônimas e amarronzadas. O céu estava desbotado acima da neve suja. Sondelius parecia bem satisfeito. Enquanto atravessavam o embarcadouro repleto de pilhas de couro cru, caixas e desolados passageiros de segunda classe, ele espiou pela janela do táxi abarrotado e declarou que a proa do *Saint Buryan* – era tudo o que podiam ver do navio

– trazia lembranças do vapor espanhol que ele tomara na viagem para as Ilhas de Cabo Verde. Mas, para Martin e Leora, que haviam lido sobre o drama das partidas, sobre comissários de bordo correndo com maços de flores, nobres e divorciados concedendo entrevistas e bandas tocando *O estandarte estrelado*, o *Saint Buryan* não tinha nada de romântico, e a casualidade que o fazia parecer uma balsa era desalentadora.

Terry foi o único que apareceu para se despedir e levou uma caixa de doces para Leora.

Nunca antes Martin viajara em uma embarcação maior do que uma lancha a motor. Ele fitou a parede negra da lateral do navio e, enquanto subiam pela ponte de embarque, teve consciência de que estava deixando para trás uma terra segura e familiar, e se sentiu constrangido com a indiferença de passageiros que pareciam mais experientes e olhavam para baixo encostados no gradil. Já a bordo, teve a impressão de que o deque da frente lembrava o quintal de um velho comerciante de ferro. Pareceu-lhe que o *Saint Buryan* se inclinava demais para um lado e, mesmo ainda no cais, balançava de forma bastante inconveniente.

O apito soou desdenhosamente e as amarras foram soltas. Terry permaneceu no cais até o momento em que Martin, Leora e Sondelius, os três com o estômago encostado contra o gradil, passassem por ele. Então foi embora abruptamente, caminhando com passos pesados.

Martin se deu conta de que partia para enfrentar o perigo do mar e da peste e que só deixaria o navio quando chegassem àquela distante ilha. O deque estreito do navio, com suas cordas de alcatrão entre as pranchas, seria enquanto isso seu único lar. Ademais, em meio à brisa que soprava sobre o porto extenso, ele sentia muito frio e pediu que Deus o ajudasse.

No momento em que o *Saint Buryan* era rebocado dentro do rio e Martin sugeria à sua Delegação: "Que tal descermos para ver se descolamos um drinque?", eles ouviram o som de um táxi desenfreado no cais e viram uma figura alta e esguia correndo, muito trêmula e fraca. Perceberam então, tratar-se de Max Gottlieb, que procurava por eles, erguendo o delicado braço em sinal de saudação e, não os tendo visto junto ao gradil, afastou-se melancolicamente.

VII

Na qualidade de representantes de Ross McGurk, de seus vários feitos e malfeitos e de suas atitudes magnânimas, eles tiveram direito a duas suítes de luxo no deque do vapor.

Sob as rajadas de neve de Sandy Hook, Martin sentiu muito frio. No Cabo Hatteras, foram os enjoos que o perturbaram, e no trajeto entre essas duas localidades, cansou-se e relaxou. Leora também passou frio e, de um modo muito refinado, enjoou, mas acabou vencida pelo cansaço. Ela tivera o cuidado de comprar um guia sobre as Antilhas e insistia em manter o marido informado a respeito do local.

Sondelius desfilou ostensivamente por todo o navio. Tomou chá com o capitão, comeu guisado de carne com legumes na companhia dos marinheiros e realizou conferências com os missionários negros da segunda classe. Não havia como deixar de ouvi-lo – sempre estava ou cantando no tombadilho, ou defendendo o bolchevismo nos debates com o contramestre, ou discutindo veementemente com o primeiro oficial, ou explicando ao garçom do bar como preparar um coquetel de gim. Ele organizou festas para as crianças no tombadilho e tomou emprestado do primeiro oficial um livro sobre navegação, a cujo estudo se dedicava entre uma festa e outra.

O velho cientista introduziu certo tempero à viagem habitualmente insossa do *Saint Buryan*, mas cometeu um erro. Ele cortejou a srta. Gwilliam e tentou entretê-la em uma aventura aparentemente solitária.

A srta. Gwilliam descendia de uma das melhores famílias do bairro em que vivia em Nova Jersey – seu pai era advogado e curador de igreja, e o avô fora um fazendeiro muito bem-sucedido. O fato de a moça, já na casa dos 33 anos, ainda permanecer solteira, devia-se inteiramente à preferência dos rapazes modernos pelas libertinas festas embaladas a jazz. Ela não era apenas uma jovem dama de delicada franqueza: era também cantora. Na verdade, estava viajando para as Antilhas com o propósito de respeitosamente preservar para a posteridade as maravilhas da arte primitiva das baladas nativas, que ela reuniria e cantaria para um encantador público – desde que conseguisse aprender a cantar melhor.

Gwilliam observou atentamente Gustaf Sondelius e viu nele uma pessoa tola e muito diferente dos cavalheirescos agentes de seguro e dos administradores com quem ela estava habituada a se encontrar no clube de campo. Para tornar a situação ainda mais desagradável, Gustaf não pedia a opinião da senhorita acerca de arte e de boas maneiras. Suas histórias sobre generais e todo aquele tipo de gente podiam ser facilmente tomadas como mentiras, pois ele se misturava com mecânicos imundos. O velho cientista fez por merecer algumas das gentis e espirituosas reprimendas da moça.

Certa feita, quando os dois se encontravam junto ao gradil do convés e ele entoava em seu caricato e monótono sotaque sueco que a noite estava muito agradável, ela observou:

— O senhor produziu hoje alguma coisa inventiva, sr. Labrego? Ou pelo menos deu a alguém a chance de falar alguma vez?

O semblante da moça adquiriu uma plácida expressão de espanto quando ele saiu pisando duro sem demonstrar espécie alguma daquela refinada reverência que qualquer mulher americana tem o direito de esperar de todos os homens, até mesmo dos estrangeiros.

Sondelius foi ter com Martin e se queixou:

— Magrelo... Posso chamá-lo assim, como o Terry? Acho que você e o Gottlieb estão certos. De nada serve salvar idiotas. É um grande erro ser compassivo. Nós deveríamos ser sempre grandíloquos como o velho Tubbs. Então teríamos o respeito até mesmo de artistas solteironas de Nova Jersey. Como é estranha a vaidade! Como é possível que eu, um sujeito que já foi injuriado por tantos homens notáveis, que já foi retirado de uma prisão turca para ser fuzilado, nunca tenha me sentido tão molestado por eles como por essa meretriz presunçosa? Ah, a vaidade! É ela nosso verdadeiro inimigo!

Mas, aparentemente, Sondelius se recuperara do desgosto causado pela srta. Gwilliam. Foi visto em discussões com o médico de bordo sobre suturas no crânio dos negros e inventou um jogo de críquete no deque. Certa noite, no entanto, ele lia no "salão social", com o corpo curvado, a boca contraída e reveladores óculos pousados sobre o nariz, quando Martin passou pela janela e viu, sem poder acreditar, que o cientista estava envelhecendo.

No momento em que se sentou em uma cadeira no deque, ao lado de Leora, o jovem estudou cuidadosamente o pálido perfil da esposa, que havia tantos anos era parte integrante de sua vida. Ele refletiu sobre ela da mesma forma que refletia sobre o fago e, pesaroso, concluiu que a negligenciara. No mesmo instante decidiu, com a mesma gravidade, que passaria a ser um bom marido.

— Agora tenho a chance de ser humano, Lee. Percebi o quanto você deve ter se sentido só em Nova York.

— Mas não me senti.

— Não seja tola! Decerto que você ficou sozinha! Bem... Quando voltarmos, reservarei um pouco de tempo todos os dias e nós iremos... iremos caminhar, ao cinema e tudo o mais. E eu vou mandar flores para você... todas as manhãs. Não é mesmo um alívio ficarmos sentados aqui? Mas eu começo a pensar e percebo que provavelmente me descuidei... Diga-me, querida, as coisas não foram terrivelmente entediantes?

— Olhe, não foram mesmo!

— Não! Quero que diga a *verdade*!

— Não tenho nada a dizer.

— Ora, deixe disso Leora. Logo agora, que tenho *de fato* a primeira oportunidade em 11 mil anos de pensar em você, ser sincero e admitir quão negligente eu tenho sido... E planejar enviar fores para você...

— Olhe aqui, Destemido Arrowsmith! Deixe de me aborrecer! Você gosta de se atormentar pensando que eu tenho sido uma pobre esposa chorona, desvalida e sonhadora. Você só está dando um jeito de poder se sentir um perfeito infeliz quando não pode curtir o prazer de ser mesmo infeliz. Quando nós voltarmos para Nova York, vai ser terrível se você de fato resolver arranjar diversões para mim. Você vai fazer isso como um obstinado e eu vou ser obrigada a me mostrar agradecida pelas flores de todos os dias – dos dias em que você não esquecer! – e também pelo jeito que você me carregar para o cinema quando eu preferia ficar em casa e tirar uma soneca.

— Diabos! De todas as coisas...

— Por favor, pare com isso! Você é muito querido e amável, mas é também autoritário demais, e acha que eu tenho obrigação de ser aquilo que você deseja, ainda que signifique estar sozinha. Talvez eu seja mesmo indolente. Eu prefiro andar por aí bisbilhotando em vez de ter que viver bem vestida, ser popular e todas essas coisas. Cuido do apartamento. Veja bem, eu gostaria de ter mandado arrumar a cozinha enquanto estamos ausentes... É uma pequena cozinha muito bonitinha. Finjo ler meus livros de francês, saio para fazer umas caminhadas, espio pelas janelas, tomo um sorvete e assim o dia passa. Destemido, amo você demais. Se eu pudesse, faria de conta que sou muito maltratada, quem sabe você sentisse prazer nisso, mas não sei dizer mentiras educadas, apenas umas mentirinhas como a que contei para você na semana passada. Eu lhe disse que não tinha comido nenhuma bala e que não estava com dor de estômago, mas na verdade eu comera além da conta e me sentia muito enjoada, prestes a vomitar. Por Deus, sei que sou uma boa esposa... Eu sou, sim!

 A cor cinzenta das águas do mar adquiriu uma tonalidade purpúrea e prateada. Na hora do crepúsculo, Martin e Leora se postaram junto ao gradil do convés, e o rapaz tomou consciência da imensidão do mar e da vida. Até então, ele sempre contemplara o mundo com os olhos de sua imaginação. Enquanto andava atarantado no meio da multidão – um jovem marido invisível que saía com o intuito de comprar rosbife frio para o jantar –, seu cérebro tinha a mesma amplidão da abóbada celeste. Em vez de ver as ruas, enxergava micro-organismos tão grandes quanto monstros e extensas fileiras de frascos cheios de colônias de bactérias. Ele dava ordens para os próprios auxiliares, e Max Gottlieb o congratulava, deslumbrado. Os sonhos sempre caminharam par a par com seu trabalho. Agora, não menos apaixonadamente, ele tomava consciência do navio, do misterioso oceano, da presença de Leora... E então, naquele crepúsculo de inverno tropical, gritou para ela:

 — Querida, esse é apenas o primeiro passo de nossa longa jornada! Se eu me sair bem em Saint Hubert, muito em breve serei respeitado no mundo da ciência e nós viajaremos para o exterior, iremos para a França, a Inglaterra, a Itália e todos os outros lugares!

 — Você acha mesmo que conseguiremos? Ah, Destemido! Conhecer *outros lugares*!

IX

Martin nunca veio a saber, mas, durante uma hora, na penumbra da cabine iluminada apenas pela luz acesa na sala de estar, Leora ficou observando-o enquanto ele dormia.

 O rapaz não era atraente. Pelo contrário, era um sujeito tão grotesco quanto um cachorrinho cochilando em uma tarde quente. Estava com os cabelos arrepiados e tinha o rosto encovado sobre o travesseiro amarrotado que ele envolvia com os dois braços. Sorrindo, com os lábios distendidos como se terminassem em uma pequena seta em cada canto da boca, Leora permaneceu ali, olhando para ele e pensando: "Eu o amo tanto quando ele está assim todo desgrenhado! Você percebe, Destemido, como fui sensata em vir junto? Você está tão exausto e pode até ficar doente. Só eu sou capaz de cuidar de você. Ninguém conhece suas maneiras esquisitas. Ninguém sabe como você detesta ameixa seca e essas coisas todas. Vou cuidar de você dia e noite. Ao menor sussurro, acordarei. E se você precisar de bolsas de gelo e outros cuidados, eu os arranjarei, nem que tenha que invadir a casa de algum milionário e roubar-lhes o gelo do uísque com soda! Ah, meu querido!".

Leora virou o ventilador de modo a direcionar o ar para Martin e, pé ante pé, andou até a compacta sala de estar. Ela continha apenas uma mesa redonda, umas poucas cadeiras, um espelho sibarítico e um armário de mogno, que eles nunca vieram a saber para que servia.

"Isso tudo é tão... Ah! Espremido! Mas acho que consigo dar um jeito melhor", imaginou Leora.

Mas ela não tinha talento para harmonizar cadeiras e quadros de modo a conferir vida a uma sala morta. Jamais, em toda a sua vida, havia dedicado três minutos que fossem à tarefa de arranjar flores. A moça pareceu hesitante, e então sorriu, apagou a luz e escapou para junto do marido.

Na languidez daquela noite tropical, ela se deitou sobre a coberta de sua cama – uma figura esguia vestida com uma frívola camisola – e pensou: "Agrada-me um quarto pequeno, porque assim o Destemido fica mais perto e eu não fico com tanto medo das coisas. Que maldito valentão é esse homem! Algum dia vou me erguer e dizer a ele 'Vá para o inferno!'. Vou mesmo! E, muito em breve, nós iremos juntos para a França. Só você e eu, não é verdade?".

E assim ela adormeceu, sorrindo. Um ser pequenino e muito delicado.

CAPÍTULO 33

Eles avistaram montanhas envoltas pelo nevoeiro. Na base das encostas havia fortificações circundadas por palmeiras – uma fortaleza erguida em tempos remotos como proteção contra piratas. Na Martinica, existiam casas de fachada branca, semelhantes às da França provinciana, e um efervescente mercado repleto de mulheres negras que traziam na cabeça lenços em tons escarlate e azul da cor do mar. Passaram pela abafada Santa Lucia e por Saba, que se resume a um vulcão solitário. Devoraram papaia, fruta-pão e abacates trazidos por nativos de pele cor de café, que se acercavam em pequenas embarcações sem estabilidade. Sentiram a languidez das ilhas e uma forte palpitação no peito antes de se aproximarem de Barbados.

Logo adiante estava Saint Hubert.

Nenhum dos turistas havia sido informado a respeito da quarentena, e todos se enraiveceram pelo fato de a companhia tê-los exposto ao perigo. No ar tépido do local, era possível sentir a presença da peste.

Em um discurso formal, o capitão os tranquilizou. Sim, eles parariam em Blackwater, o porto de Saint Hubert, mas ancorariam distante do cais e, enquanto os passageiros que rumavam para Saint Hubert teriam permissão para desembarcar por meio da lancha do médico do porto, nenhum dos habitantes de Saint Hubert receberia autorização para embarcar – porção alguma daquele buraco da peste tocaria o vapor, com exceção da correspondência oficial, que seria desinfetada pelo médico do navio.

(Nesse ínterim, o médico do navio se perguntava quais seriam os procedimentos para desinfecção de correspondências... Quem sabe enxofre queimado na presença de vapor de água!)

O capitão expusera sua oratória nas discussões com os mestres do cais, e os turistas acalmaram-se. Martin, no entanto, murmurou para sua delegação:

— Eu não havia pensado nisso. Uma vez que desembarcarmos, seremos praticamente prisioneiros até que a epidemia esteja debelada... Se algum dia for debelada. Seremos prisioneiros da peste.

— De fato — concordou Sondelius.

II

Ao entardecer, o grupo partiu de Bridgetown, o agradável porto de Barbados. Era tarde da noite e a maioria dos passageiros já estava dormindo quando chegaram a Blackwater. No momento em que Martin saiu para o úmido e solitário deque, tudo lhe pareceu irreal e desagradavelmente hostil. Do campo de batalha que se aproximava ele só conseguiu divisar umas poucas luzes na praia, bem além das águas revoltas do mar.

Ao desembarcar, sentiram no ar certo quê de temor e ilicitude. O médico do navio corria de um lado para o outro, deixando transparecer sua preocupação. O capitão resmungava na ponte de desembarque. O primeiro oficial se apressou a conferenciar com o capitão e desapareceu logo abaixo. Ademais, não havia ninguém para recebê-los. O vapor aguardou, balançando na água, enquanto parecia exalar da praia um odor quente e fétido.

— Pois é aqui que vamos desembarcar e *permanecer*! — murmurou Martin para Leora enquanto esperavam em pé ao lado de suas malas e das caixas de fago, no topo da escada de desembarque no deque negro e ondulante.

Os passageiros vieram para fora ainda em suas camisolas de dormir e falavam: "Sim, este deve ser o lugar... Ali onde estão as luzes. Deve ser difícil. *O quê?* Alguém vai descer para a praia? Ah, decerto aqueles dois médicos. Eles parecem nervosos. Eu não os invejo de jeito algum!".

Martin escutou o que diziam.

Uma luz se projetava da praia na direção do navio, contornava o casco e iluminava timidamente a base da escada de desembarque. Na bruma em torno da lanterna que um comissário de bordo segurava nos degraus de baixo da escada, Martin conseguiu avistar uma lancha sensatamente coberta e tripulada por marinheiros negros com uniforme da marinha e chapéus de palha preta lustrosa adornados por fitas. Esses marinheiros eram comandados por um homem que parecia ser escocês e trazia na cabeça uma espécie de quepe e vestia um paletó civil.

O capitão desceu desajeitadamente os degraus da escada oscilante na lateral do navio. Enquanto a lancha balançava, com sua brilhante capota de lona, ele entabulou uma longa e lamentosa conversa com o comandante da pequena embarcação e recebeu dele um maço de correspondências, a única coisa com permissão para subir a bordo.

O médico do navio pegou o pacote das mãos do capitão com ar de repugnância e resmungou para si mesmo: "E agora, onde vou encontrar um barril para desinfetar estas malditas cartas?".

Por falta de outra opção, Martin, Leora e Sondelius ficaram esperando.

Uma mulher pálida e esbelta, de mãos trêmulas, que estava vestida de preto e não tinha sido vista durante a viagem, veio se juntar ao grupo. Era um daqueles passageiros misteriosos que só são notados quando chega a hora do desembarque. Aparentemente, ela também iria deixar a embarcação.

O capitão gritou:

— Tudo certo... Tudo certo! Agora vocês já podem descer. Apressem-se, por favor. Eu preciso seguir adiante. Maldita chateação.

Martin não havia percebido que o *Saint Buryan* era grande e luxuoso. O navio parecia um castelo imperturbável na tempestade. Suas laterais formavam uma parede maciça. Ele se deu conta apenas quando descia tropegamente os degraus oscilantes, enquanto pensava "Estamos aqui para isso, é como ir pra forca. Eles nos conduzem... Não há o que fazer". E se repreendeu em seguida: "Você está deixando sua imaginação voar demais. Pare agora mesmo!". Tomado pela angústia, se perguntou: "Será que é tarde demais para fazer a Lee ficar no navio e não ir comigo? Oh, meu Deus, será que os comissários de bordo estão lidando cuidadosamente com aquele fago?". Então notou que já estava na pequena plataforma quadrada na base da escada de desembarque, com a lateral do navio se erguendo imponente ao lado dele, iluminada pelas escotilhas redondas das cabines, e alguém o ajudava a entrar na lancha.

No momento em que a desconhecida de vestido preto subiu na lancha, Martin viu, sob a luz da lanterna, quando os lábios dela se contraíram e suas faces ficaram lívidas, como alguém que vivia sob uma desesperada expectativa.

Leora apertou forte as mãos do marido quando ele a ajudou a entrar na lancha.

E enquanto o vapor apitava, murmurou para ela:

— Rápido! Você ainda pode retornar! Você deve retornar!

— E deixar para trás essa lancha adorável? Ora, Destemido! Veja só o gracioso motor que ela tem! Meu Deus, estou morrendo de medo!

Na hora em que a lancha crepitou, fez o retorno e rumou na direção das luzes tênues da praia, na hora em que a pequena embarcação baixou a proa e oscilou nas ondas, o oficial de cabelos cor de areia perguntou a Martin:

— Vocês são da delegação McGurk?

— Sim.

— Muito bom — apesar da voz fria, inquieta e sem graça, ele pareceu satisfeito.

— O senhor é o médico do porto? — indagou Sondelius.

— Não exatamente. Sou o Dr. Stokes, do condado de Saint Swithin. Hoje em dia todos nós somos um pouco de tudo. Na verdade, o médico do porto faleceu há alguns dias.

Martin resmungou, mas sua imaginação havia deixado de lhe causar agitação.

— O senhor é o Dr. Sondelius, imagino eu. Conheço seu trabalho na África e no leste da Alemanha. Eu mesmo estive lá. E o senhor é o Dr. Arrowsmith? Li seu artigo sobre o uso do fago contra a peste e fiquei muito impressionado. Agora preciso lhes dizer antes de descermos: vocês dois enfrentarão muita oposição. O cirurgião geral Inchcape Jones perdeu a cabeça. Vive por aí lancetando bubões, com medo de queimar os povoados dos índios caraíbas, onde ocorre a maioria das infecções. Eu tenho uma ideia dos experimentos que o senhor pretende realizar, Arrowsmith. Se o Inchcape quiser impedi-lo, venha ao meu condado... Se eu ainda estiver vivo.

Meu nome é Stokes. Diabos, rapaz, o que você *acha* que está fazendo? Tentando pegar a direção da Venezuela? Inchcape e H. E. têm tanto medo que nem mesmo cremam os corpos. Existe certo preconceito religioso entre os negros... os Obeah ou coisa parecida.

— Entendo — falou Martin.

— Quantos casos da peste vocês têm registrados agora? — perguntou Sondelius.

— Só Deus sabe! Talvez mil... e 10 milhões de ratos. Estou com tanto sono! Muito bem cavalheiros... — Stokes jogou os braços em sinal de resignado desespero. — Sejam bem-vindos à Ilha das Borboletas Hesperiidae!

Fora da escuridão, Blackwater oscilava diante deles com seus alojamentos frágeis e humildes sobre uma planície baixa e pantanosa que exalava um nauseante cheiro de lodo. A maior porção da cidade era bastante umbrosa e desagradavelmente quieta. Não se via rosto algum na orla sombria, só armazéns, estação de trens, hotéis miseráveis. Eles aportaram em um píer e desembarcaram sem receber atenção dos funcionários aduaneiros. Não havia carretas, e os emissários dos hotéis, que outrora costumavam importunar os turistas que desembarcavam do *Saint Buryan* a qualquer hora do dia, estavam agora mortos ou escondidos.

A esbelta mulher misteriosa logo desapareceu, cambaleante, levando sua mala. Ela não disse uma palavra sequer, e eles nunca mais voltaram a vê-la. A delegação, acompanhada de Stokes e do policial do porto que fazia parte da tripulação da lancha, carregou suas bagagens pelas ruas cheias de sulcos e varandas até o Hotel San Marino. Martin foi ziguezagueando enquanto caminhava, levando consigo a caixa que continha o fago.

Um ou dois rostos com expressão de medo nos lábios, seres desencarnados, espiavam atentamente das entradas das vielas, e quando o grupo chegou ao hotel, quando parou diante dele – uma caravana exausta ladeada por malas e caixas –, a gerente, de olhos esbugalhados, espreitou de dentro de uma janela antes de recebê-los.

Logo que entraram, Martin visualizou sob a luz de um poste os primeiros sinais de vida: uma mulher aos prantos e uma criança perplexa, que acompanhavam uma carreta aberta na qual se empilhava uma dúzia de corpos.

"Eu poderia ter salvado todos eles com o fago", murmurou o jovem doutor para si mesmo.

A testa de Martin estava gelada, mas com um suor gorduroso, quando ele balbuciou alguma coisa para a gerente do local sobre quartos e refeições, desejando que Leora não tivesse visto os seres naquela carroça ignóbil que passou por eles crepitando.

"Se eu soubesse, teria preferido sufocar Leora em vez de permitir que ela viesse para cá", pensou ele, sentindo um estremecimento lhe percorrer o corpo.

A mulher se desculpou:

— Preciso que vocês levem suas coisas para os quartos na parte de cima. Nossos criados... Bem, eles não estão mais aqui.

O que foi feito das bengalas que num lance de agradável fatuidade havia comprado em Nova York, Martin nunca veio a saber. Ele estava atarefado demais colocando em segurança as caixas de fago, enquanto pensava: "Talvez essa substância possa salvar todo mundo".

Até aquele momento, Stokes de Saint Swithin comportara-se como um homem duro e reticente, mas depois que a última bagagem foi levada para cima, ele encostou a cabeça na porta e bradou:

— Por Deus, Arrowsmith, estou tão feliz que você tenha vindo para cá! — e foi embora correndo.

Um dos negros da polícia portuária, um homem com semblante inexpressivo, que falava o inglês das Antilhas com certo sotaque de Piccadilly, perguntou:

— O senhor tem alguma ordem para mim? Se o senhor permitir, nós, os criados, vamos para casa agora. Sobre a mesa está o uísque que o Dr. Stokes pediu para que eu trouxesse.

Martin olhou fixamente para ele, mas foi Sondelius que falou:

— Muito obrigado, garotos. Eis aqui uma libra para vocês dividirem. Agora vão descansar.

Eles se despediram e foram embora.

Durante meia hora, Sondelius fez tudo o que pôde para alegrar os novatos.

Quando Martin e Leora acordaram, a manhã estava muito quente e reluzente, com tons de verde e escarlate, porém ainda assustadoramente quieta. Eles despertaram e se deram conta de que se encontravam em uma terra estranha, ainda invisível, e tinham diante de si o trabalho que na distante Nova York parecera emocionante e divertido, mas que agora rescendia a capela mortuária.

III

Uma espécie de café da manhã foi levado até eles por uma mulher negra que, antes de entrar, espiou-os por uma fresta da porta.

Sondelius, que trajava um brilhante roupão de seda, veio de seu quarto e entrou fazendo barulho. Se antes, com seus óculos e as costas curvadas, parecera velho, ele agora tinha a aparência de um jovem ruidoso.

— Ora, ora, Magrelo, acho que temos algum trabalho a fazer por aqui! Deixe que eu pegue aqueles ratos! Esse tal de Inchcape... Vou tentar domá-lo com estricnina! Uma bela bolada! Passe-me o sal, por favor. Sim, eu dormi muito bem!

Na noite anterior, Martin pouco notara de seu quarto. Agora, no entanto, alguns detalhes que ele considerou extravagantes chamaram-lhe a atenção: as paredes altas de madeira pintada de azul desvanecido, os amplos espaços sem mobília, as buganvílias na janela e, no pátio, o calor implacável e as folhas das palmeiras que faziam um ruidoso barulho metálico.

Para além das paredes do pátio ficavam os pavimentos superiores de uma loja chinesa, com varandas e uma claraboia de um azul muito intenso do Bazar Blue.

Martin sentiu que daquele mundo exótico deveria emanar certo clamor, mas na atual conjuntura pairava apenas um silêncio repreensor, e até o próprio Sondelius ficou mudo, embora tivesse seus momentos. Ele saiu e foi andando todo animado até seu quarto. Lá trocou de roupa, vestiu um traje de seda que usara pela última vez na costa oriental da África e retornou carregando consigo um chapéu de sol que comprara secretamente para Martin.

Trajando paletó de linho com um chapéu de copa alta, Martin mais parecia um habitante dos trópicos do que das campinas hostis da região norte. Contudo, seu prazer em parecer um estrangeiro foi subitamente interrompido pela chegada do magro cirurgião geral Dr. R. E. Inchcape Jones, de faces rosadas, que entrou apressadamente com ar de preocupação.

— Rapazes, vocês são muito bem-vindos, sem dúvida alguma. Na verdade, porém, devido a nossos inúmeros afazeres, temo que não teremos condições de lhes dar a atenção que indubitavelmente vocês esperam — declarou ele em tom de indignação.

Martin tentou encontrar uma resposta adequada, mas foi Sondelius quem falou a respeito de um primo inexistente, um especialista da Rua Harley, e explicou que Martin precisava apenas de um laboratório e ele, de uma chance para exterminar ratos. Isso bastava. Não foram poucas as oportunidades, tampouco as nações, em que Gustaf Sondelius bajulou pró-cônsules e persuadiu estrangeiros a se permitirem ser salvos.

Diante de Sondelius, o cirurgião geral demonstrou uma índole mais humana. Ele deu a impressão de que realmente achara Leora uma moça bonita e prometeu que se esforçaria para que Sondelius pudesse se ocupar de seus ratos. Despediu-se em seguida, dizendo que voltaria na parte da tarde para conduzi-los até Penrith Lodge, a casa isolada e segura nas colinas atrás de Blackwater que fora preparada para recebê-los. Expressou, então, fazendo uma galante reverência com o corpo, sua expectativa de que a sra. Arrowsmith considerasse agradável o alojamento, um maravilhoso bangalô com três criados bastante adequados às circunstâncias. O mordomo, embora fosse um homem de cor, era um antigo oficial graduado da polícia.

Inchcape Jones mal acabara de sair quando alguém bateu à porta. O visitante que entrou era ninguém menos do que um antigo companheiro de Martin em Winnemac, o reverendo Dr. Ira Hinkley.

Martin já não se lembrava de Ira, aquele robusto cristão que havia tentado salvá-lo durante as horas – de um modo geral agradáveis – de dissecação. As lembranças foram surgindo um tanto confusas. O reverendo, um sujeito enorme e pesado, entrou no quarto. Ele tinha os olhos arregalados e completamente enlouquecidos, e sua voz era áspera:

— Olá, Mart! Ora, sou eu, o velho Ira. Sou responsável por todas as capelas da Irmandade da Santificação deste local. Ah, Mart! Se você conhecesse a perversidade dos nativos e soubesse como eles mentem e cantam canções indecentes e cometem toda sorte de infâmias! E a Igreja da Inglaterra permite que chafurdem em seus próprios pecados! Só nós podemos salvá-los. Eu soube que você estava vindo para cá... Tenho trabalhado muito, Mart. Cuido dos pobres diabos assolados pela peste e os faço compreender como o fogo do inferno está rugindo sobre eles. Ah, Mart! Se você soubesse como meu coração sangra ao ver esses indivíduos ignorantes caminhando impenitentes para o castigo eterno! Depois de todos esses anos, sei que você não deve continuar sendo um debochador. Venho até aqui, de braços abertos, para implorar que você não se limite a confortar os sofredores, mas também arranque as almas desses infelizes das poças de enxofre em chamas, onde o Senhor dos Exércitos, em Sua eterna misericórdia, condena a permanecer todos aqueles que blasfemam contra Seu evangelho, livremente transmitido a todos.

Mais uma vez, foi Sondelius quem tomou a dianteira. Ele colocou Ira Hinkley para fora, não sem sentir certa satisfação, enquanto Martin conseguia apenas balbuciar:

— Como você acha que esse maníaco chegou aqui? Isso vai ser terrível demais!

Antes do retorno de Inchcape Jones, a delegação se aventurou a sair para ter ideia do panorama geral da cidade – uma delegação científica, muito embora o tempo todo fosse composta apenas pelo ruidoso Gustaf, pelo hesitante Martin e pela indiferente Leora.

Os cidadãos foram advertidos de que a peste bubônica, ao contrário da pneumônica, não apresentava perigo de contágio por contato direto com pessoas infectadas, desde que os vetores da doença fossem mantidos distantes. Mas eles não acreditavam. Tinham medo uns dos outros e mais ainda de pessoas estranhas. A delegação encontrou uma rua na qual todos os moradores morriam de medo. As persianas das casas permaneciam fechadas, parecendo remendos quentes sob o sol. O único veículo que por ela trafegava era um bonde vazio, cujo amedrontado motorista mantinha os olhos baixos e acelerava com receio de que alguém embarcasse. Armazéns e farmácias estavam abertos, mas os vendedores olhavam timidamente de seu sombroso interior e, no momento em que a delegação se aproximou de uma barraca de peixe, o único cliente fugiu, passando cautelosamente o mais distante possível do grupo.

Eles se depararam com uma mulher de cabelos desgrenhados que, sem explicar coisa alguma, passou correndo por entre eles gritando: "Meu garotinho!".

A delegação chegou a um mercado em que havia uma centena de barracas sob um longo telhado de ferro oxidado, com pilares de pedra que ostentavam, em sinal de leviana desconsideração pela realidade, os nomes dos delegados que o haviam construído – por meio da aprovação dos valores mobiliários para a construção. O mercado deveria estar tomado pelo burburinho de compradores e vendedores joviais, mas, em meio a todas as espalhafatosas barracas via-se apenas uma mulher negra com uma fileira de vassouras de palha e um indiano vestido de farrapos de cor cinza, agachado diante de sua fortuna – uma dúzia de vegetais. Afora isso, somente um monte de batatas podres e papéis espalhados pelo vento, todo o resto estava vazio.

Descendo por uma rua sombria com terreiros de carvão, eles encontraram uma praça pública tomada por uma quietude que não provinha da vigília, mas, sim, da morte.

A praça era circundada por melancólicas mangueiras, que bloqueavam a passagem da tímida brisa e deixavam o calor confinado – um calor mofado e sem vida, em cuja miséria o silêncio lascivo era ainda mais desolador. Através de uma fresta entre as mangueiras, o grupo avistou uma casa de estuque, na qual pendiam faixas de crepe negro.

— Está quente demais para caminharmos. Talvez seja melhor retornarmos para o hotel — sugeriu Leora.

IV

Na parte da tarde, Inchcape Jones apareceu. Ele veio em um Ford, cuja aparência familiar fazia-o parecer ainda mais grotesco naquele sinistro lugar, e os levou para Penrith Lodge, nas frescas colinas atrás de Blackwater.

Eles atravessaram uma apinhada região nativa, com casebres e oficinas de bambu que não passavam de simples cabanas sem portas nem janelas, cujas paredes sem pintura foram enegrecidas pela ação do tempo. De dentro dessas choupanas, rostos sombrios olhavam para o grupo com expressão rancorosa. Depois, na velocidade espasmódica com que o motorista dirigia o veículo, passaram por uma nova estrutura de tijolos, em frente da qual imponentes policiais negros, trajando luvas e capacete brancos e um casaco escarlate preso na cintura por um cinto também branco, marchavam carregando seus rifles sobre os ombros.

Inchcape Jones suspirou e disse:

— Uma escola. Foi transformada em abrigo da peste. Há centenas de casos lá dentro. A cada hora, mais mortes. É preciso manter guarda... Os pacientes enlouquecem e tentam fugir.

Atrás deles emanava um cheiro nauseabundo de podridão.

Martin não se sentia superior ao resto da humanidade.

V

O bangalô de Penrith Lodge, com amplas varandas e telhado baixo, ficava situado no alto de um cume, em meio a vistosos flamboaiãs e a uma radiante plantação de palmeiras, e descortinava, do outro lado da feia planície da cidade, a vista do mar. Nas janelas da casa, as gelosias de bambu produziam um som sibilante semelhante a sussurros, e mantilhas com símbolos dos índios caraíbas davam vida aos quartos do andar de cima. O bangalô pertencera ao médico do porto, que falecera três dias antes.

Inchcape Jones assegurou à vacilante Leora que em nenhum outro lugar da ilha ela estaria tão segura. A casa era à prova de ratos, e o doutor a quem ela pertencia havia contraído a peste no píer. Ele morrera sem nunca mais voltar a seu adorado bangalô, local onde ele, um solteirão convicto, realizara as mais ruidosas festas de Saint Hubert.

Martin trazia consigo equipamentos suficientes para montar um pequeno laboratório, e os instalou em um quarto em que havia gás e água corrente. Ao lado desse aposento ficava o quarto que ele compartilhava com Leora e, logo a seguir, um outro ao qual Sondelius deu imediatamente a aparência de lar, espalhando por toda parte suas roupas e a cinza de seus cachimbos.

Duas serviçais negras e um mordomo, que era ex-soldado, trabalhavam na casa como empregados. Ignorando a existência da peste, eles receberam normalmente os novos hóspedes e desfizeram suas malas.

Martin ficou perplexo com a primeira visita que receberam. Era um jovem negro, invulgarmente formoso, com olhos vivos e inteligentes. A exemplo da maioria dos americanos brancos, Martin costumava falar muito a respeito da inferioridade dos negros, mas pouco sabia sobre eles. Ele olhou com expressão interrogativa quando o rapaz falou:

— Meu nome é Oliver Marchand.
— Sim?
— Dr. Marchand. Eu me formei em Howard.
— Oh!
— Você permite que eu lhe dê as boas-vindas, doutor? E posso lhe fazer uma pergunta antes de ir embora, sem mais delongas? Tenho três casos de famílias de oficiais isoladas no sopé da colina... Ah, sim! Nesse momento de crise eles permitem que um médico negro pratique a medicina mesmo entre os brancos. Pois então... Dr. Stokes insiste que D'Hérelle e você estão certos ao considerar o bacteriófago um organismo. Mas o que você acha da argumentação de Bordet, que imagina que ele seja uma enzima?

Então, durante cerca de meia hora, o Dr. Arrowsmith e o Dr. Marchand, esquecendo-se da peste negra e também da mais cruel de todas as pragas, que é o preconceito racial, traçaram alguns diagramas.

Marchand suspirou:
— Preciso ir, doutor. Posso me oferecer para ajudá-lo naquilo que estiver ao meu alcance? É um grande privilégio conhecê-lo.

Ele se despediu silenciosamente e saiu – uma bela jovem criatura.
— Nunca imaginei que houvesse médicos negros. Eu gostaria que as pessoas não deixassem de me mostrar o quanto eu ainda não sei! — disse Martin.

VI

Enquanto o Dr. Arrowsmith preparava seu laboratório, Sondelius dedicava-se animadamente ao trabalho, procurando entender o que estava errado no método de administração de Inchcape Jones, e acabou descobrindo que havia falhas em quase todas as coisas que podiam estar erradas.

Hoje, em uma nação civilizada, a epidemia de peste não mais se reduz a gente morrendo pelas ruas e motoristas gritando "Tragam seus mortos". A luta contra a doença é realizada nos mesmos moldes das guerras modernas, usando telefones em vez de carregamentos de espuma desinfetante. O antigo horror agora ostenta a face da eficiência. Há escritórios, fichas e exames bacteriológicos de pacientes e de ratos. Existe – ou deveria existir – um único diretor com plenos poderes. Há grandes reservas monetárias, brigadas de exterminadores de ratos e uma corporação de desinfetadores, além do que o público é elucidado por meio de cartazes e jornais, e os pacientes são isolados para evitar que os vetores contaminem outras pessoas.

Na maior parte desses detalhes, Inchcape Jones fracassara. Antes de tudo, para admitir a existência da peste ele fora obrigado a lutar contra os mercadores que controlavam a Assembleia e gritavam aos quatro ventos que a quarentena iria arruiná-los. Agora se recusavam a lhe conferir poder absoluto e tentavam administrar a epidemia com uma Junta da Saúde que era tanto menos eficiente do que conduzir um navio durante um tufão por meio de um comitê.

Inchcape Jones tinha coragem suficiente, mas não sabia bajular as pessoas. Os jornais o chamavam de tirano e não ajudavam a convencer a população da necessidade de tomar precauções contra os ratos e os esquilos que vivem em cavernas abaixo do solo. Ele tentara fumigar alguns armazéns com dióxido de enxofre, mas os proprietários reclamaram que os vapores manchavam os tecidos e a pintura, e a Junta da Saúde obrigou-o a esperar – esperar algum tempo – para ver como ficavam as coisas. Jones tentara ordenar que os ratos fossem submetidos a exames, com o intuito de se descobrir quais eram os focos de infecção, mas seus únicos bacteriologistas eram o sobrecarregado Stokes e Oliver Marchand. Além do mais, ele frequentemente expunha, em refinados jantares, que não confiava na inteligência dos negros.

Jones era quase um louco. Trabalhava 20 horas por dia, assegurava a si mesmo que não tinha medo da peste e se forçava a lembrar que ganhara honestamente uma condecoração de defensor da ciência. Ele desejava ter alguém além do conselho dos comerciantes Pernas Vermelhas a lhe dar ordens, e em seu cérebro sempre alerta via com frequência as colinas de Surrey, suas irmãs caminhando pelas veredas cheias de rosas, as cadeiras de vime e a mesa do chá ao lado da quadra de tênis de seu pai.

Então chegou Sondelius, aquele ardiloso lobista que vivia mentindo, o soldado sem moral do Senhor, adquirindo ares de tirano.

Ele aterrorizou a Junta da Saúde, citou suas experiências na Mongólia e na Índia e assegurou a eles que se não deixassem de agir politicamente, a peste se estabeleceria para sempre em Saint Hubert e levaria embora, como consequência, os simpáticos dólares dos turistas e os prazeres do contrabando.

Sondelius fez ameaças e bajulações e lhes contou uma história que nunca antes, nem mesmo no bar Ice House, alguém contara. No final, conseguiu que Inchcape Jones fosse nomeado déspota de Saint Hubert.

Gustaf Sondelius então se manteve extremamente próximo, na retaguarda do ditador.

Sondelius iniciou sem demora a exterminação dos ratos. Por meio de um mandado assinado por Inchcape Jones, prendeu o proprietário de um armazém cujas declarações davam conta de que não permitiria que *suas* montanhas de cacau fossem arruinadas. Sondelius marchou até o armazém acompanhado por seus policiais – valentes homens negros treinados na Grande Guerra –, colocou-os em guarda e espargiu gás cianídrico.

Uma multidão admirada e apreensiva aglomerou-se atrás da barreira de policiais. As pessoas não conseguiam acreditar que estivesse acontecendo de fato alguma coisa, pois as rachaduras nas paredes do armazém foram adequadamente fechadas, de modo que o cheiro do gás não podia ser sentido do lado de fora. Mas a vedação do telhado deixou a desejar, e o gás escapou através dele, incolor, diabólico. Repentinamente, um urubu que voava em círculos sobre o local inclinou-se para a frente, tombou de atravessado e caiu morto no meio dos espectadores.

Um homem recolheu-o, com os olhos arregalados.

"Está morto. Não restam dúvidas", murmuraram todos. Eles olharam com expressão de reverência para Sondelius, que marchava junto com seus soldados.

Com receio de que alguém ainda estivesse no local, a equipe exterminadora de ratos vasculhou cada um dos armazéns antes de lançar o gás, mas um mendigo estava dormindo dentro do trigésimo primeiro e, quando as portas foram ansiosamente abertas depois da fumigação, não havia apenas milhares de ratos mortos, mas também o mendigo, inerte e sem vida.

— Pobre diabo... enterrem-no — falou Sondelius.

Nenhum inquérito foi aberto.

Tomando um coquetel de rum no Ice House, Sondelius comentou com Martin:

— Nem sei quantos homens já matei, Martin. Quando eu estava desinfetando navios em Antofagasta, nós acabávamos sempre encontrando depois os corpos de dois ou três passageiros clandestinos. Eles se escondiam muito bem. Pobres sujeitos.

Agindo arbitrariamente, Sondelius forçou guarda-livros e porteiros a largarem seu trabalho para perseguir ratos com veneno, ratoeiras e gás, ou encher de cimento e telas os estábulos e os armazéns, de modo a matar de fome os roedores. Ele elaborou um contundente mapa em verde e vermelho para indicar a concentração de ratos na cidade. Também desconsiderou todas as leis de propriedade privada, promovendo saques em lojas para obtenção de suprimentos e, por outro lado, ameaçou e adulou líderes da Assembleia. Visitou Kellett, contou história para os filhos dele e quase se debulhou em lágrimas ao falar sobre sua postura de bom luterano. Além disso, persistentemente – mas não na casa de Kellett – abusou da bebida.

O Ice House, um espaço obscuro e tranquilo no meio das tabernas, com mesas de mármore frio e paredes brancas com toques de ouro, não fora fechado, muito embora apenas os velhos alcoólatras e os beberrões mais jovens, privados de seus lares e angustiados pela nostalgia de Peckham ou de Walthamstow, de Peel Park ou da Cirencester High Street, estivessem suficientemente desesperados a ponto de frequentar o local. Além do mais, só um dos garçons permaneceu no estabelecimento, um jamaicano corpulento que trabalhava no bar. Por acaso, era ele, entre todos, o mais exímio preparador dos drinques favoritos dos proprietários de terras: o espumante de Nova Orleans e o coquetel de rum. Suas obras-primas eram aclamadas por Sondelius, o único que se mantinha sereno entre os clientes amedrontados, que agora entravam no local não para sonhar, mas, sim, para tomar um trago e fugir. Depois de um dia de matança de ratos e desinfecção de casas, Sondelius costumava sentar-se lá, na companhia de Martin e Leora ou de quem quer que ele conseguisse persuadir a permanecer por ali.

Gustaf Sondelius considerava duques e sapateiros igualmente extraordinários, e Martin algumas vezes sentia ciúmes quando via o amigo exibir para o empregado de um corretor de cacau o mesmo sorriso que reservava para ele. Durante horas, Sondelius falava sobre Xangai, sobre epistemologia e sobre as pinturas de Nevinson. Durante horas, entoava obscenas letras de músicas do gueto e bradava: "Sim, hoje matei muitos ratos no ancoradouro do Kellett! Não creio que um pequeno coquetel possa arruinar tantos glomérulos dos rins de um homem honesto".

Ele era um sujeito animado, mas, ao contrário de Ira Hinkley, sua animação não se traduzia em recriminação e fúria. Gustaf zombava de si próprio, bem como de Martin, Leora e do trabalho que realizavam. Em casa, na hora do jantar, nunca se importava com o que comia – embora desse grande importância ao que bebia –, uma atitude bastante desejável em Penrith Lodge, tendo-se em vista os esforços de Leora para combinar os hábitos de Wheatsylvania com os padrões dos serviçais das ilhas do Caribe e o fato de que não havia entrega diária de gêneros alimentícios. Ele falava alto, cantava e tomava precauções no trabalho com os ratos e as pulgas, dotadas de grande agilidade: usava botas de cano alto, faixas nos pulsos e um protetor de borracha para o pescoço inventado por ele próprio, que passara a ser conhecido em todas as lojas de suprimentos tropicais como Protetor de Pescoço Sondelius Contra Insetos.

Sem que Martin e Gottlieb conseguissem entender por que, ele era o guerreiro mais brilhante – bem como o menos pomposo e, portanto, o menos apreciado – na luta contra as epidemias de que o mundo já teve conhecimento.

Era assim no que dizia respeito a Sondelius. Quanto a Martin, não havia até então nada além de constrangimento, futilidade e medo do próprio medo.

CAPÍTULO 34

Persuadir os senhores lojistas de Saint Hubert a suportar, em nome de uma possível eliminação permanente da peste, um teste no qual metade deles poderia ver seus estabelecimentos fechados para sempre, era uma tarefa impossível. Martin discutiu com Inchcape Jones e com Sondelius, mas não conseguiu obter apoio. Começou então a idealizar uma campanha política da mesma forma que idealizaria um experimento.

Ele havia presenciado o sofrimento causado pela peste e, muito embora ainda resistisse à ideia, sentira-se tentado a trocar sua experimentação e a possibilidade de salvar milhões de pessoas pela imediata salvação de apenas alguns milhares delas. Inchcape Jones, agora um pouco mais tranquilo sob o confortável domínio de Sondelius e capaz de seguir uma rotina sensata, levou Martin de automóvel até o vilarejo dos Caraíbas, o qual, em decorrência de sua infestação por esquilos infectados, encontrava-se em uma situação proporcionalmente mais grave do que Blackwater.

Agonizando sob um sol escaldante, Martin e Jones saíram velozes da capital pelas estradas cobertas de cascalhos brancos. Eles deixaram para trás as favelas poeirentas da suburbana Yamtown e adentraram uma terra fresca repleta de bosques de bambu, palmitais e densas plantações de cana-de-açúcar. Do topo de uma colina, desceram meneando por uma estrada sinuosa e chegaram a uma praia na qual ondas muito altas se chocavam ruidosamente contra cavernas de calcário. Parecia impossível que a peste, a repugnante praga das vielas escuras, pudesse ameaçar essa praia transbordante de vida.

O veículo abriu caminho através do vento alísio que zumbia e contava sobre velas brancas de embarcações e homens desdenhosos. Eles passaram velozmente por onde a espuma se emplumava embaixo de Point Carib, em que, ao redor de uma solitária palmeira real hasteada sobre o promontório, soprava um vento forte. Adentraram um vale quente e chegaram ao povoado dos índios caraíbas, devastado pelo horror.

Se peste fora terrível em Blackwater, em Point Carib tinha sido o fim de todas as coisas. As pulgas dos ratos haviam encontrado lares aconchegantes nos esquilos, que se entocavam em todos os quintais do vilarejo. Em Blackwater, os doentes foram isolados desde o início, mas ali, em Point Carib, a morte habitava todas as casas, e o vilarejo encontrava-se cercado por soldados com baionetas que não permitiam a entrada e a saída de ninguém, salvo os médicos.

Martin foi conduzido pelas fétidas ruas de cabanas com telhado de folhas de palmeira e paredes feitas por sarrafos de bambu, cobertos de esterco de vaca. Os habitantes dessas cabanas compartilhavam-nas com galos e cabras. Ele ouviu gritos de homens em delírio. Uma dúzia de vezes esteve diante da face do terror característica da Morte Negra – olhos cor de sangue e encovados, rosto deformado, boca aberta. E viu uma estranha menininha em coma, à beira da morte. Sua língua era preta e ela estava envolta em um desagradável odor de sepulcro.

Martin e Inchcape Jones fugiram para Point Carib, na direção em que soprava o vento alísio. Jones questionou:

— Diante dessa espécie de calamidade você consegue ainda falar sobre fazer experimentos?

Martin balançou a cabeça em sinal de negação, enquanto tentava trazer à memória o anseio de Gottlieb e todos os pequenos planos que haviam traçado juntos: "Ministrar o fago à metade da população e negá-lo implacavelmente à outra".

O jovem doutor se deu conta de que Gottlieb, em sua reservada inocência, não havia imaginado o que significava conseguir obter permissão para a realização de experimentos em meio à histeria de uma epidemia.

Martin foi para o Ice House, tomou um drinque na companhia de um amedrontado escriturário de Derbyshire, vislumbrou novamente em sua lembrança a imagem dos olhos fundos e exigentes de Gottlieb, e jurou que não se renderia a uma compaixão que, no fim das contas, acabaria por tornar fúteis todas as formas de compaixão.

Se Inchcape Jones não conseguia compreender a necessidade dos experimentos, ele visitaria o Coronel *Sir* Robert Fairlamb, o Governador.

II

Embora o Palácio do Governo fosse oficialmente a mais importante residência em Saint Hubert, não passava de um bangalô coberto com folhas de palmeira, um pouco maior do que aquele que Martin ocupava em Penrith Lodge. Ao avistá-lo, o jovem rapaz se sentiu mais à vontade. Eram nove horas da noite quando ele subiu os amplos degraus do lugar como se fizesse uma visita a um vizinho em Wheatsylvania.

Foi parado por um empregado jamaicano de espantosa cortesia.

Martin se apresentou como Dr. Arrowsmith, chefe da delegação McGurk, e, entre pedidos de desculpa, disse que precisava ver *Sir* Robert imediatamente.

O empregado sugeriu, em seus modos muito amenos e irritantes, que o doutor faria melhor se fosse procurar o chefe da Saúde Pública. Nesse instante, um rosto largo e vermelho projetou-se sobre a balaustrada da varanda e ordenou com voz forte e exaltada:

— Mande-o subir, Jackson, e não seja idiota!

Sir Robert e a sra. Fairlamb estavam terminando seu jantar na varanda, sentados a uma pequena mesa circular iluminada por candelabros, sobre a qual havia licores e café. Ela era uma mulher insignificante, frágil e nervosa. Ele, um tanto empolado, muito corado, indubitavelmente corajoso e completamente apático. Vestia uma camisa limpa e reluzente, o que chamava a atenção naquelas circunstâncias em que nenhuma lavadeira ousava ir a qualquer parte.

Martin trajava seu agora adorado terno de linho, com uma camisa macia e amarrotada que Leora fizera menções de lavar.

O rapaz explicou o que pretendia fazer – o que *precisava* fazer – para que houvesse alguma perspectiva de livrar o mundo daquele estado absurdo que era a peste.

Sir Robert escutou com tanta amabilidade que Martin teve a impressão de que ele compreendia todos os seus argumentos. Por fim, porém, o homem disse com voz de trovão:

— Meu jovem, se eu estivesse comandando uma divisão no fronte, onde se desenvolvesse um espetáculo malogrado e terrível, e um oficial de guerra me pedisse para colocar em risco toda a operação e experimentar alguma pequena invenção preciosa criada por ele, você seria capaz de imaginar a minha resposta? Não há muito que eu possa fazer agora. Esses tais doutores Johnnies tiraram tudo das minhas mãos, mas, na medida do possível, eu certamente impedirei que vocês Ianques vivisseccionistas entrem aqui e nos usem como se fôssemos apenas um amontoado de cadáveres sangrentos – desculpe-me Evelyn. Boa noite, senhor!

III

Graças ao astuto assédio de Sondelius, Martin conseguiu apresentar seu plano a um Conselho Especial do qual faziam parte o governador, o chefe da Saúde Pública, Inchcape Jones e diversos membros da Assembleia – além da temporariamente suspensa Junta da Saúde e do próprio Sondelius, munido da oficiosa perícia que, ao redor do mundo, lhe fora profícua para mascarar seu alegre estilo tirano. Sondelius compareceu acompanhado do médico negro Oliver Marchand, que lá estava não por ser a pessoa mais inteligente da ilha – o que, por acaso, motivara Sondelius –, mas porque ele era um "representante dos trabalhadores das plantações".

Tanto quanto Fairlamb, Sondelius também se opunha aos inflexíveis experimentos de Martin. Ele acreditava que todo experimento deveria ser, por meio de expedientes que não lhe eram inteiramente claros, realizados em laboratório, sem perturbar o desenrolar de convenientes epidemias, mas jamais foi capaz de resistir a dramas nos moldes da inocente reunião do Conselho Especial.

A reunião foi marcada para uma semana depois, e um considerável número de mortes ocorria todos os dias. Enquanto esperava pelo encontro, Martin aumentou sua produção de fago e ajudou Sondelius a matar ratos. Leora escutava o debate noturno dos dois homens e tentava fazê-los admitir que ela ter ido junto com eles fora providencial. Inchcape Jones ofereceu a Martin o cargo de bacteriologista do governo, posição que ele recusou por receio de ser levado a se afastar de seus objetivos.

O Conselho Especial se reuniu na Casa do Parlamento, e todos os seus membros tentaram passar a impressão de serem juízes, e não simples e inofensivos indivíduos que de fato eram. Junto com eles, compareceram também médicos da ilha que conseguiram arranjar tempo para tal.

Enquanto Leora escutava tudo da parte de trás da sala, Martin se dirigiu aos membros do conselho, consciente da importância que o pequeno Mart Arrowsmith de Elk Mills adquiria ao ser levado a sério pelos governantes de uma ilha tropical comandada por um tal *Sir* Qualquer Coisa. Ao lado dele estava Max Gottlieb, e foi com a energia de seu velho professor que o rapaz procurou explicar, respeitosamente, que muitas vezes a humanidade havia renunciado a uma eventual grandeza devido a eventos que em certo momento pareceram convincentes – tais como uma crise, uma guerra, uma eleição ou até mesmo a lealdade a um messias –, mas que apenas atravancaram a paciente busca da verdade. O jovem doutor procurou esclarecer que talvez pudesse salvar metade de um determinado distrito, mas que a comprovação da eficácia do fago exigia que a substância não fosse ministrada à outra metade, o que não significava – afirmou enfaticamente – que essa metade desafortunada deixaria de receber todo o cuidado e atenção que até então vinha recebendo.

A maior parte do Conselho ouvira dizer que Martin possuía uma cura mágica para a peste, uma cura que, por razões desconhecidas e provavelmente vergonhosas, ele estava retendo em seu poder. Mas o grupo não permitiria que assim continuasse. Houve uma série de discussões bastante desconectadas daquilo que Arrowsmith dissera, e então foi possível concluir que todos, com exceção de Stokes e Oliver Marchand, estavam contra o jovem médico. Kellett se mostrou irado com o americano; *Sir* Robert Fairlamb desaprovou-o com veemência, e Sondelius admitiu que, embora Martin fosse um jovem muito digno, era também um fanático.

Muito furioso, Ira Hinkley, o missionário da Irmandade da Santificação, intrometeu-se na discussão.

Martin não o vira mais desde a primeira manhã em Blackwater, e prendeu a respiração quando ouviu a argumentação do missionário:

— Cavalheiros, sei que quase todos os senhores fazem parte da Igreja Anglicana, mas eu lhes imploro que escutem o que eu tenho a dizer, não na qualidade de religioso, mas na de médico. A ira de Deus caiu sobre vocês, mas o que quero lhes contar é o seguinte: fui colega de classe de Arrowsmith nos Estados Unidos. Eu o conheço muito bem! Ele fracassou tão estrepitosamente que foi expulso da Escola de Medicina. Um cientista! E seu chefe, seu companheiro Gottlieb, foi demitido da Universidade de Winnemac por incompetência! Eu os conheço! Dois mentirosos e idiotas! Sujeitos que costumam debochar da retidão! Quem mais, além do próprio Arrowsmith, garantiu aos senhores que ele é um cientista qualificado?

A curiosidade até então estampada na face de Sondelius se converteu numa impassível ira escandinava. Ele se levantou e gritou:

— *Sir* Robert, esse homem é um louco! O Dr. Gottlieb é um dos sete cientistas vivos mais renomados, e o Dr. Arrowsmith está aqui na condição de seu representante! Eu declaro minha total aprovação a ele. Como os senhores podem ter percebido de meu trabalho, sou totalmente independente do Dr. Arrowsmith e estou inteiramente a serviço dos senhores, mas conheço a reputação do rapaz e, com muita humildade, reconheço que sou seu seguidor.

Norteados pela mais desprezível das razões, isto é, pelo fato de que em Saint Hubert os brancos não compartilhavam do sagrado êxtase dos negros nas capelas da Irmandade da Santificação, o Conselho Especial convenceu Ira Hinkley a se retirar. No entanto, enquanto homens ainda morriam em grande quantidade todos os dias, e na Manchúria, assim como em Saint Hubert, rezava-se para que aquele antigo martírio desse uma trégua, os membros do Conselho decidiram em votação que apenas "dedicariam especial atenção ao assunto".

Do lado de fora, enquanto os membros do Conselho Especial se afastavam caminhando penosamente, Sondelius proclamou em voz alta para Martin e para a indignada Leora:

— Uau! Que bela disputa!

Ao que Martin respondeu:

— Gustaf, você agora está do meu lado. E, pra começar, venha tomar uma injeção de fago.

— Não, Magrelo! Eu já disse que não vou tomar o seu fago enquanto ele não tiver sido aplicado em todas as pessoas. É isso mesmo. E não importa quanto eu despreze o Conselho.

No momento em que eles estavam em pé diante do Parlamento, um veículo pequeno, dotado de tudo exceto de conforto e potência, aproximou-se do trio movendo-se aos solavancos. De dentro dele se elevou um homem magro como Gottlieb e com a mesma aparência inglesa de Inchcape Jones.

— O senhor é o Dr. Arrowsmith? Meu nome é Twyford, Cecil Twyford, do Condado de Saint Swithin. Tentei chegar para a reunião do Conselho Especial, mas meu imprestável capataz resolveu tirar a tarde de folga e morreu de peste. Stokes me falou sobre seus planos. Concordo com eles. É um contrassenso permitir que a peste continue. O Conselho recusou sua proposta? Sinto muito. Talvez possamos fazer alguma coisa em Saint Swithin. Tenha um bom dia!

Martin e Sondelius conversaram durante toda a noite, e o jovem doutor foi para a cama ansiando pela possibilidade de trabalhar ao longo da noite e saquear cigarros ao amanhecer. Mas não conseguiu pegar no sono, porque um certo Ira Hinkley imaginário investia sobre ele a todo instante.

Quatro dias mais tarde, Martin ficou sabendo que Ira estava morto.

Até o momento em que entrou em coma, Ira cuidou de sua gente e abençoou seus fiéis – aquela humilde assembleia negra que se reunia na abafada capela convertida, agora, em abrigo contra a peste. Ele cambaleava de catre em catre sob os textos bíblicos que escrevera nas paredes caiadas. Em certo momento, deu um grito alto e caiu ao lado do púlpito de pinho sobre o qual desfrutara da alegria de fazer de suas pregações.

IV

Martin de fato teve uma chance. No povoado dos Caraíba, onde um em cada três homens estava acometido pela peste e havia apenas um médico para atender a toda a população, ele ministrou o fago a todo o vilarejo. Foi um longo esforço, ainda mais estafante pela consciência de que uma garbosa pulga que saltasse de qualquer paciente poderia contaminá-lo com a doença.

O assombro do medo somente foi esquecido quando Martin começou a perceber e a registrar, com minuciosa precisão, um enfraquecimento da epidemia, observado apenas no povoado dos Caraíba.

Delirante de satisfação, o jovem foi correndo contar a Leora:

— Eu vou mostrar pra eles! Então vão me deixar testar em condições controladas e, quando a epidemia estiver debelada, voltaremos depressa pra casa. Será muito bom sentir frio novamente! Eu gostaria de saber se Holabird e Sholtheis estão mais amigáveis agora. Vai ser incrível voltar pro nosso pequeno apartamento, não é?

— Sim, demais! — concordou Leora. — Que pena que eu não pensei em mandar pintar nossa cozinha enquanto estamos fora... Acho que vou colocar aquela cadeira azul no quarto.

A despeito da redução na disseminação da epidemia no povoado dos Caraíba, Sondelius mostrava-se preocupado, porque ali, mais do que em toda a ilha, existia a maior concentração de esquilos infectados. Ele então tomou rapidamente uma decisão. Certa noite, explicou determinadas coisas para Inchcape Jones e Martin, desconsiderou as dúvidas dos dois e resmungou:

— A única possibilidade de desinfecção daquele lugar é o fogo. Temos que queimar tudo. Vamos agir de manhã, antes que alguém possa nos impedir.

Com Martin na posição de lugar-tenente, Sondelius reuniu sua tropa de exterminadores de ratos – homens durões, com botas de cano alto, casacos com mangas abotoadas e ébanos semblantes de pirata. Eles roubaram comida dos armazéns, surrupiaram barracas, cobertores, fogões de campanha dos depósitos militares do governo e amontoaram seus despojos de guerra em caminhões. Com determinação e entusiasmo, uma fileira de grandes veículos tomou o caminho do povoado dos Caraíba, levando os caçadores de ratos sentados no alto, entoando hinos piedosos.

O grupo entrou no vilarejo, retirou as pessoas saudáveis usando os caminhões, carregou os doentes em liteiras, instalando-os em barracas armadas em pastagens no alto do vale e, no meio da noite, ateou fogo ao povoado.

Empunhando fantásticas tochas, as tropas se movimentaram entre as cabanas do vilarejo e as colocaram em chamas. Dos telhados de folhas de palmeira desprendia-se uma densa fumaça branca que subia letargicamente, misturada a uma sinistra corrente negra da qual irrompiam, de súbito, línguas de fogo. A silhueta dos palmitais se destacava em meio ao intenso clarão. As cabanas aparentemente sólidas se reduziram, em questão de instantes, a estruturas de bambu – finas linhas de sarrafo preto sobre as quais caía a palha em forma de fagulhas. Todo o vale ficou iluminado pelas chamas e tomado pelo grasnido dos pássaros, que voavam apavorados, e a espuma da rebentação de Point Carib adquiriu cor de sangue.

Contando com o apoio dos nativos que possuíam dose suficiente de força e sensatez, as tropas de Sondelius fizeram um círculo em torno do vilarejo em chamas, gritando desesperadamente à medida que golpeavam com porretes os ratos e os esquilos que tentavam fugir. No calor da devastação, Sondelius parecia um demônio que esmagava com uma clava os desnorteados ratos, atirando neles em suas tentativas de fuga e cantando o tempo todo para si mesmo o obsceno canto de Bill, o marujo. Ao amanhecer, Sondelius estava cuidando dos doentes no novo e radiante vilarejo de cabanas de lona, mostrando às mamães como usar os fogões de campanha e discutindo, complacentemente, métodos de envenenamento de esquilos em suas próprias tocas.

Sondelius retornou a Blackwater, mas Martin permaneceu ainda dois dias na nova vila de cabanas, ministrando o fago para a população, fazendo anotações e orientando os enfermeiros amadores. Ele voltou a Blackwater no meio da tarde de seu terceiro dia no vilarejo, então procurou o gabinete do chefe da Saúde Pública – ou melhor, o que havia sido o gabinete do chefe da Saúde Pública antes de Sondelius se apossar do local.

Lá encontrou Sondelius sentado à mesa de Inchcape Jones. Pela primeira vez, não o viu ocupado. Ele estava afundado em uma cadeira e tinha os olhos muito vermelhos.

— Ei! Nos divertimos muito com os ratos dos Caraíba, não é? Como está minha nova vila de barracas? — Sondelius soltou um riso abafado, mas sua voz estava fraca e ele se desiquilibrou ao levantar.

— O que houve? O que houve?

— Acho... Acho que ela me pegou. Alguma pulga me pegou. Sim... — ele falou com a voz trêmula, mas demonstrando firmeza. — Fui um tolo em pensar que iria ficar em quarentena. Estou com febre e adenite. Minhas forças... Ai, ai, ai! Já tenho quase sessenta anos, mas nenhum marinheiro já conseguiu me bater no levantamento de peso. E eu era capaz de lutar cinco assaltos! Oh, meu Deus! Estou tão fraco, Martin! Mas não sinto medo... Não sinto!

Se não fossem os braços de Martin, Sondelius teria desmoronado.

O velho cientista se recusou a retornar a Penrith Lodge e aos cuidados de Leora.

— Logo eu, que já isolei tanta gente! Agora é minha vez... — lamentou-se ele.

Martin e Inchcape Jones encontraram para Sondelius um chalé simples e limpo. Todos os membros da família que habitava o lugar haviam morrido ali, mas o ambiente fora fumigado. Os dois homens procuraram uma enfermeira e o próprio Martin assumiu os cuidados do enfermo, tentando lembrar que já tinha sido um médico que conhecia bem bolsas de gelo e métodos lenitivos. Não se pôde arranjar uma cortina, e essa foi a única coisa de que Sondelius reclamou.

Martin se inclinava sobre o doente e sofria ao perceber quanto estava quente a pele do companheiro, bem como a face e a língua inchadas, além da voz fraca quando balbuciava:

— Gottlieb está certo sobre as brincadeiras de Deus. Sim! A melhor delas foi a criação dos trópicos. Deus deu a eles tanta beleza: as flores, o mar, as montanhas... Fez frutas que crescem tanto a ponto de o homem não precisar trabalhar. E depois, Ele deu uma risada e colocou os vulcões e as cobras, o calor úmido e a senilidade precoce, a peste e a malária. Contudo, a peça mais repugnante que Ele pregou no homem foi ter criado a pulga.

Seus lábios intumescidos se abriram, e de sua garganta saiu um som rouco. Martin percebeu que ele estava tentando rir.

O homem começou a delirar e, entre espasmos, murmurou, tomado por intensa dor e com lágrimas nos olhos em virtude da consciência da própria fraqueza:

— Eu quero que você veja como um agnóstico pode morrer!

"Não estou com medo, mas gostaria, só mais uma vez, de ver Estocolmo e a Quinta Avenida no dia em que cai a primeira neve do ano. E também a Semana Santa em Sevilha. E tomar um belo drinque de despedida! Sinto-me em paz, Magrelo. A vida machuca alguns, mas foi um bom jogo pra mim. E eu sou... sou um agnóstico piedoso. Oh, Martin! Dê o fago pra minha gente! Salve todos eles. Meu Deus, não pensei que pudessem me causar tanto sofrimento!"

O coração de Sondelius parou de bater. Ele estava imóvel sobre seu humilde catre.

V

Martin era movido por um orgulho perturbador, pois, a despeito de todo o seu amor por Gustaf Sondelius, ainda conseguia manter a cabeça lúcida, capaz de resistir à exigência de Inchcape Jones de que ministrasse o fago a todos, encontrando disposição para cumprir o objetivo da viagem que o levara àquele lugar.

"Não sou um sentimentalista; sou um cientista", vangloriava-se ele.

Nas ruas, as pessoas o agrediam com palavras rosnadas por entre os dentes. Os garotinhos o insultavam e lhe atiravam pedras. Dizia-se que ele estava deliberadamente privando-os da salvação. Os cidadãos se reuniam em comitês e iam procurá-lo para implorar que salvasse seus filhos. Nessas ocasiões, Martin sentia-se abatido e precisava recorrer à imagem de Gottlieb para conseguir se manter inabalável.

O pânico aumentava dia após dia. Os membro da delegação McGurk, que no início foram capazes de assistir a tudo impassíveis, já não conseguiam suportar o esforço de acordar durante a noite e ver pelas janelas a incandescência gerada pelas pilhas de lenha que queimavam em Admiral Knob, o crematório onde Gustaf Sondelius, com suas mechas de cabelo grisalho e encaracolado, fora atirado ao fogo junto com um garoto negro aleijado e um mendigo indiano.

Sir Robert Fairlamb era um herói desastrado que exasperava os doentes enquanto tentava cuidar deles. Stokes continuava sendo a Rocha dos Tempos – dormia apenas três horas por noite, mas nunca deixava de praticar seus costumeiros 15 minutos de exercícios ao acordar. E Leora dedicava seus dias em Penrith Lodge à tarefa de ajudar Martin no preparo do fago.

O chefe da Saúde Pública entregou os pontos.

Já não mais podendo contar com o tão desprezado Sondelius, Inchcape Jones acabou se afundando novamente em uma insana desorganização.

Ele gritava quando pensava estar falando baixo demais, e o cigarro, sempre a postos entre seus dedos finos, tremia, descrevendo uma vacilante espiral.

Certa noite, enquanto fazia sua ronda, foi dar em uma pequena embarcação na qual uma dúzia de Pernas Vermelhas fugiam para Barbados. Subitamente Jones se viu entre eles, subornando-os para que o levassem junto.

Quando a embarcação zarpou do porto de Blackwater, ele estendeu os braços na direção de suas irmãs e da paz das colinas de Surrey. No momento em que as tímidas luzes da cidade iam se perdendo, compreendeu sua covardia e, com a esguia cabeça erguida, despertou do entorpecimento da loucura que o havia tomado.

O chefe da Saúde Pública ordenou que invertessem o rumo da embarcação e o levassem de volta, mas todos se recusaram a obedecê-lo, protestando aos berros e o trancando na cabine. Todos se acalmaram. Isso aconteceu dois dias antes de aportarem em Barbados, quando o mundo saberia então que ele havia desertado.

Com o semblante absolutamente inexpressivo, Inchcape Jones foi andando do desembarcadouro até um hotel na orla de Barbados e permaneceu um longo tempo em um quarto que transparecia desleixo e recendia a balde de despejos. Ele não voltaria a ver as irmãs nem as colinas de ar fresco. Com o revólver que costumava levar consigo para forçar os pacientes apavorados a retornar às alas de isolamento, o mesmo revólver que carregara em Arras, Jones se matou.

VI

Desse modo, Martin conseguiu colocar em prática seu experimento. Stokes foi designado chefe da Saúde Pública em substituição a Inchcape Jones e nomeou ilegalmente o jovem rapaz para o cargo de médico oficial do condado de Saint Swithin, delegando a ele plenos poderes. Esse fato, aliado à cooperação de Cecil Twyford, viabilizou a realização do experimento.

Martin foi convidado a permanecer na residência de Twyford. Sua única preocupação era com a segurança de Leora. Ele não sabia o que iria encontrar em Saint Swithin, enquanto Penrith Lodge era tão seguro quanto qualquer outro lugar na ilha. Mas a esposa insistiu que durante o experimento aquela coisa fria que havia silenciado o riso de Sondelius poderia acometê-lo, e ele iria precisar da presença dela. Martin tentou convencê-la do contrário, mas acabou prometendo que mandaria buscá-la se houvesse um lugar para ela em Saint Swithin.

Naturalmente ele estava mentindo.

E jurou para si mesmo: "Já foi muito difícil ver Gustaf ir embora. Por nada neste mundo vou deixar que ela corra algum risco".

Ele a deixou protegida pelas empregadas e pelo mordomo. Sempre que possível, o Dr. Oliver Marchand passava por lá para supervisionar.

VII

No condado de Saint Parish, as plantações de cacau, os bosques de bambu e as colinas íngremes do sul de Saint Hubert deram lugar a extensos canaviais. Naquele local, Cecil Twyford, um homem esguio e descortês, interpretava as leis a seu modo e as impunha sobre todo o território.

Sua residência, Frangipani Court, era um refúgio naquela planície silenciosa. A casa, velha e humilde, tinha paredes grossas erguidas com tijolo e argamassa. Os quartos, apainelados, eram decorados com porcelanas, retratos e espadas, que passavam de uma geração a outra dos Twyfords havia 300 anos. Entre as duas alas da edificação ficava um deslumbrante jardim de hibiscos cercado por muros.

Twyford conduziu Martin por um frio corredor de teto baixo e o apresentou a seus ótimos cinco filhos e à sua mãe. Esta, desde o falecimento da esposa do filho, havia dez anos, assumira o papel de dona da casa.

— Aceita um chá? — perguntou Twyford. — Nossa hóspede americana descerá em alguns instantes.

Isso não estava nos planos de Martin, mas já que ao longo de várias gerações os Twyfords mantiveram a tradição da hora do chá, ele imaginou que nenhuma situação de pânico os impediria de honrar o costume naquele momento.

Quando Martin chegou ao jardim e vislumbrou a velha prataria sobre uma mesa de vime e escutou vozes tranquilas, pareceu-lhe que a peste fora subjugada. Compreendeu então que a pouco mais de seis quilômetros ao sul do Cabo Lizard ele estaria na Inglaterra.

Estavam todos sentados, prazerosa, mas não confortavelmente, quando a hóspede americana chegou. Postada na porta, fitou Martin de um modo tão estranho quanto o que ele também a fitou.

Diante do rapaz estava uma mulher que poderia ser sua irmã. Ela tinha provavelmente cerca de 30 anos em comparação aos 37 de Martin, mas a graciosidade, a palidez, as sobrancelhas escuras e os cabelos negros faziam com que parecesse sua irmã gêmea. Ela era seu eu encantado.

Martin ouviu a própria voz balbuciando:

— Mas você é minha irmã!

Ela moveu os lábios, mas os dois mantiveram silêncio quando se cumprimentaram, fazendo uma reverência com o corpo, ao serem apresentados. No momento em que a moça se sentou, Martin percebeu que jamais a presença de uma mulher o perturbara tanto.

Antes do anoitecer, ele soube que a visitante se chamava Joyce Lanyon e era viúva de Roger Lanyon, de Nova York. Ela viera para Saint Hubert com o propósito de verificar suas plantações, mas fora impedida de seguir viagem por causa da quarentena na região. Martin lembrou-se vagamente de ter ouvido comentários sobre a morte do marido de Joyce, um jovem de família rica, e de ter visto na revista *Vanity Fair* uma fotografia dos Lanyons em Palm Beach.

A moça se limitou a falar sobre o tempo e sobre as flores, e sua alegria contagiante perturbou até mesmo o austero Cecil Twyford. No meio dos amáveis insultos que ela dirigiu até mesmo ao mais prodigioso dos homens prodigiosos, Martin lhe falou:

— Você é minha irmã!

— Obviamente. Quer dizer, já que você é um cientista. Você é um bom cientista?

— Muito bom.

— Conheci a sra. McGurk e o Dr. Rippleton Holabird. Eu os encontrei em Hessian Hook. Você conhece Hessian Hook, não é?

— Não, eu... Bem, já ouvi falar.

— É aquela área renovada da parte velha do Brooklyn, onde escritores, economistas e todo esse tipo de gente – alguns deles quase tão bons quanto os melhores – convive com pessoas que são quase tão requintadas quanto os mais requintados. Sabe como é, não? Um lugar onde todos vestem trajes elegantes para o jantar e já ouviram falar de James Joyce. O Dr. Holabird é extraordinariamente encantador, você não acha?

— Sim...

— Diga-me. Quero mesmo saber. Cecil me explicou os experimentos que você planeja realizar. Será que posso ajudá-lo? Cuidando dos doentes, cozinhando ou fazendo qualquer outra coisa? Ou eu atrapalharia seu trabalho?

— Ainda não sei. Se eu viesse a utilizar de seus serviços, creio que estaria sendo bastante inescrupuloso.

— Ora, não seja cuidadoso como Cecil e o Dr. Stokes! Eles sempre levam tudo muito a sério. Você gosta daquele homem, o Stokes? Cecil tem por ele veneração, e eu o vejo apenas como um sujeito cheio de virtudes, mas muito entediante, limitado e desagradável. Você não acha que ele deveria ser um pouco mais alegre?

Martin abriu mão de todas as chances de conhecê-la melhor quando disse com veemência:

— Olhe aqui! Você disse que acha Holabird um homem "encantador"... Pois eu gosto do Stokes. É um sujeito durão – graças a Deus! –, e talvez seja rude. Por que não? Ele está lutando contra um mundo que clama por encantos forjados. Nenhum cientista consegue passar pelo esmeril desse homem sem sair um pouco rude do outro lado. E digo-lhe mais, Stokes nasceu pesquisador. Quem me dera se nós o tivéssemos no McGurk. Rude? Pois você deveria vê-lo sendo rude comigo!

Enquanto Martin tentava furiosamente explicar sua opinião a respeito do bárbaro, devoto e desdenhoso acólito da ciência, Twyford parecia um pouco hesitante; a mãe dele, delicadamente chocada, e os cinco filhos obesos não tinham expressão alguma. Os olhos encantadores de Joyce Lanyon, porém, eram ternos, e quando ela retomou a palavra havia perdido algo dos modos excessivamente cosmopolitas próprios dos indivíduos em trajes de noite:

— Sim. Imagino que seja essa a diferença entre mim, tentando ser uma proprietária de lavouras, e Cecil.

Depois do jantar, Martin caminhou pelo jardim na companhia de Joyce, procurando se defender de alguma coisa que ele não sabia muito bem o que era. Ela insinuou:

— Meu caro, você se desculpa demais por nunca se desculpar! Se deseja realmente ser meu irmão gêmeo, faça-me o favor de me mandar pro inferno sempre que tiver vontade. Eu não me importo. Agora quanto a Gottlieb, que parece ser uma verdadeira obsessão pra você...

— Obsessão! Diabos! Ele...

Uma hora depois, os dois se separaram.

A última coisa que Martin desejava naquele momento era viver outra turbulência ilícita, pueril e nervosa como a que experimentara ao lado de Orchid Pickerbaugh. No entanto, quando deitou em uma cama com dossel em um quarto decorado com velhas pinturas, sentiu-se perturbado pela consciência da presença de Joyce Lanyon em alguma parte daquela casa.

Levantou-se aterrorizado diante da verdade. Iria ele se apaixonar por aquela jovem cobiçada e inútil? (Como estavam encantadores aqueles ombros à mostra acima do cetim negro do traje que vestia na hora do jantar! Ela possuía a dádiva de uma pele radiante, o que fazia com que, perto dela, todas as mulheres, mesmo a frágil Leora, parecessem grosseiras e viscosas. Através da pele dela brotava um rubor, como se fosse emitido por uma luz interior.)

Desejaria ele de fato que Leora estivesse ali, na mesma casa que Joyce Lanyon? (Querida Leora, que era a fonte da vida! Estaria ela agora, em Penrith Lodge, sentindo a falta dele e, por isso, sem conseguir dormir?)

Como podia Martin, mesmo no momento decisivo de uma epidemia, pedir que os convencionais Twyfords convidassem Leora? (Até que ponto estava sendo honesto? Naquela tarde, havia tido uma mostra do código rígido, embora afetuoso, dos Twyfords. Mas não poderia ele deixar isso de lado e agir francamente como um Forasteiro?)

Repentinamente, quando Martin deu por si, estava fora da cama, ajoelhado e rezando por Leora.

CAPÍTULO 35

A peste apenas começara a invadir Saint Swithin, mas indubitavelmente estava chegando com tudo, e Martin, investido do poder de médico oficial do condado, estava incubido da tarefa de traçar planos. Ele dividiu a população em duas metades iguais. Uma delas, sob a condução de Twyford, recebeu a injeção do fago, e a outra não.

O jovem doutor começou a sentir a proximidade do sucesso. Ele imaginava a longínqua Índia, onde a peste já havia causado cerca de 400 mil mortes, sendo salva pelo fruto de seu trabalho, e podia escutar as palavras de Max Gottlieb: "Martin, você conseguiu realizar seu experimento. Estou muito feliz!".

A metade da população do condado que não recebeu o fago foi acometida pela doença com intensidade muito maior do que a que recebeu. Aconteceu de fato um ou dois casos da peste entre aqueles que foram tratados com a substância. Entre os outros, porém, esse número oscilou de 10 a 30 vítimas por dia. Dentro desse universo de doentes desafortunados, Martin ministrou o fago alternadamente, aplicando-o em apenas alguns dos pacientes, mantidos em uma espécie de abrigo do condado – uma choupana deplorável de paredes caiadas que se destacava contra um fundo abobadado formado por figueiras da Índia e árvores de fruta-pão.

Martin jamais chegou a compreender muito bem Cecil Twyford, um homem que, embora tratasse seus empregados como escravos e, do alto de sua eminente posição de barão, tivesse legado a eles apenas aqueles abrigos sombrios, agora arriscava sua vida ao prestar assistência aos miseráveis.

Apesar de o jovem rapaz não tê-la incentivado a nada, a srta. Lanyon apresentou-se para ajudar como cozinheira – função na qual se revelou excelente. Ela também fazia as camas e demonstrava uma perspicácia bem maior do que a dos homens de Twyford em relação aos procedimentos de desinfecção. E, enquanto se movimentava, agitada, de um lado para o outro naquela cozinha bolorenta, vestindo uma túnica de algodão que tomara emprestada de uma empregada, causou em Martin tal perturbação que ele até se absteve de tratá-la com aspereza.

II

À noite, enquanto retornavam a Frangipani Court no pequeno e estridente automóvel de Twyford, a Srta. Lanyon conversava com Martin como se fosse apenas uma colega de trabalho, mas quando ele a via banhada, empoada e bem-vestida, falava com ela como alguém de quem sentia receio. O elo que os unia era o fato de parecerem irmãos. Eles chegaram à conclusão, não sem certa irritação, de que tinham uma assombrosa semelhança. As únicas diferenças ficavam por conta dos cabelos, no caso dela mais acetinados, e das sobrancelhas, que ela tinha mais levantadas e impertinentes.

Martin costumava visitar os abrigos no final da noite para ver seus pacientes, mas, algumas vezes, buscando se ver livre não apenas da estolidez da família Twyford, mas também da imagem de doentes ardendo em febre, ele fugia junto com a Srta, Lanyon para as margens de uma lagoa rochosa que ficava a certa distância do mar.

Certa noite, os dois se sentaram em uma falésia na qual ecoava o som das ondas quebrando na areia. A mente de Martin estava tumultuada pela lembrança dos diagramas colocados sobre as largas tábuas caiadas do abrigo, das rachaduras causadas pelo Sol sobre as paredes, das faces negras e intumescidas de pacientes apavorados, do calor irritante na enfermaria, além do espanto de não compreender como os filhos de Twyford haviam conseguido quebrar uma ampola de fago. Toda essa agitação era, no entanto, aquietada pela brisa refrescante que vinha da lagoa e pelo sereno murmúrio das ondas. Ele notou que a túnica branca da Srta. Lanyon esvoaçava e lhe roçava os joelhos, e compreendeu que ela também estava magoada e inerte. Então voltou-se melancolicamente na direção da moça, e ela deu voz a toda a sua angústia:

— Estou tão assustada e tão sozinha! Os Twyfords são magnânimos, mas parecem rochas. Eu me sinto completamente só!

Martin beijou-a, e Joyce descansou a cabeça nos ombros dele. O tecido macio da manga do vestido que ela usava ficou roçando sobre as mãos do rapaz. Ela interrompeu aquele momento especial e se queixou:

— Não! Você não se importa nem um pouco comigo. Tudo não passa de mera curiosidade. Talvez seja uma boa coisa pra mim... Esta noite.

Martin tentou assegurar a ela e a si próprio que se importava, sim, com muito ardor, mas a letargia o abatera. Entre ele e a fragrância do perfume dela pairavam os catres do hospital, uma grande fadiga e a face imóvel de Leora. Os dois permaneceram em silêncio, juntos, e quando as mãos dele deslizaram sutilmente sobre as dela, eles ficaram sentados ali, desapaixonados, compreensivos, sentindo-se livres para falar do que quisessem.

Depois que retornaram para casa, ele parou do lado de fora da porta do quarto dela e imaginou-a movimentando-se suavemente lá dentro. Esbravejou consigo mesmo: "Não posso! Joyce... Mulheres como ela... Uma das milhares de coisas de que abri mão pelo trabalho, por Lee. Muito bem. E isso é tudo agora. Mas se eu estivesse aqui há duas semanas... Idiota! Ela ficaria furiosa se você batesse na porta! Mas...".

Martin estava consciente do facho de luz que atravessava por baixo da porta; e ainda mais consciente quando virou as costas e retornou com passos firmes para seu quarto.

III

O serviço telefônico em Saint Hubert era o recurso mais canhestro da ilha. Não havia telefone em Penrith Lodge, e o médico do porto precisava recorrer gentilmente aos vizinhos para fazer ligações. O funcionamento da central estava tão deteriorado pela peste que, depois de tentar durante duas horas falar com Leora, Martin acabou desistindo.

Mas, mesmo assim, acabou triunfando. Em três ou quatro dias iria de carro para Penrith Lodge. Atendendo a uma sugestão de Martin, Twyford concordara em convidar Leora para ficar hospedada em sua casa. Se ela e

Joyce Lanyon se tornassem amigas, Joyce nunca mais precisaria da companhia dele para não se sentir sozinha... Era tudo o que o jovem desejava, com muita ânsia.

IV

Depois de Martin deixar Leora na melancolia verdejante de Penrith Hills, ela passou a sentir muito a ausência dele. Desde que os dois se encontraram pela primeira vez naquele dia em que ela estava limpando o chão de um quarto de hospital em Zenith, poucas vezes eles estiveram separados por tanto tempo.

Agora, as tardes pareciam não ter fim. Cada vez que escutava um rangido, Leora se entusiasmava com a esperança de que fossem os passos do marido, mas logo caía em si e lembrava que ele não viria. As horas do anoitecer eram vazias, e as noites, terríveis. Martin não estava ali em parte alguma. Ela não podia ouvir sua voz nem sentir o toque de suas mãos.

A hora do jantar era desoladora. Quando Martin estava no Instituto, Leora jantara sozinha diversas vezes, mas sabia que ele retornaria em algum momento antes do amanhecer – provavelmente –, e nessas ocasiões ela comia um sanduíche sentada ao canto da mesa, pensativa, lendo as páginas de passatempo do jornal da noite. Agora, no entanto, o que lhe restava era lidar com o mordomo, que a servia como se servisse um jantar para vinte pessoas.

Ela se sentou na varanda e ficou contemplando a imprecisão dos contornos dos telhados da Blackwater que se estendia abaixo, embalada pela certeza de que sentia um "miasma" subir se contorcendo através do bafo quente da escuridão.

Leora sabia que o condado de Saint Swithin ficava além do discreto clarão das luzes das choupanas cobertas de palha que serpenteavam nas encostas das colinas. Olhando fixamente nessa direção, alimentou a esperança de que, por alguma espécie de mágica, pudesse receber um sinal de Martin, mas não conseguiu sentir que os olhos dele estivessem correspondendo seu olhar. Sentou-se então em silêncio. Não tinha nada para fazer.

Ela passou a noite em claro. Tentou ler à luz de uma pequena luminária, deitada dentro da pequena e sombria cabana formada pela tela de mosquitos que cercava sua cama. Havia porém, uma fenda na tela, e os mosquitos entravam furtivamente. Leora desligou a luz e permaneceu tensa sobre a cama, incapaz de se entregar ao sono, incapaz de se abandonar à tranquilidade. Diante de seus olhos embaçados, as pregas indistintas da tela de mosquitos pareciam resvalar em torno de seu corpo. Nesse momento, tentou lembrar se esse tipo de mosquito poderia ser transmissor dos patógenos da peste. Então se deu conta do quanto dependia de Martin para aprender esse tipo de coisa, bem como filosofia, e relembrou quão irritado ele ficara por ela não conseguir recordar se o mosquito da febre amarela denominava-se *Anopheles* ou *Stegomyia*, ou quem sabe *Aedes*. Repentinamente soltou uma risada.

Algo a fez evocar a lembrança de que ele havia orientado que ela tomasse outra injeção do fago.

"Diabos, eu esqueci. Não posso me esquecer de tomá-la amanhã."

"Amanhã? Amanhã?", zumbiu dentro de seu cérebro um irritante e implacável refrão, enquanto ela, pairando sobre o sono, tinha plena consciência do quanto desejava estar nos braços de Martin.

Na manhã seguinte, sem que tivesse se lembrado de tomar outra injeção, deparou-se com os empregados muito agitados, e seus esforços para acalmá-los trouxeram à tona a informação de que Oliver Marchand, o doutor de quem eles dependiam, estava morto.

Na parte da tarde, o mordomo recebeu a notícia de que sua irmã fora levada para a enfermaria de isolamento. Ele desceu para Blackwater com o intuito de tomar providências quanto à situação de seus sobrinhos, mas não retornou. Ninguém jamais soube de seu paradeiro.

Quando se aproximava a hora do crepúsculo, Leora teve a sensação de que um batalhão fechava o cerco em torno dela, então correu para o laboratório de Martin. O recinto parecia tomado pela estranha e transbordante presença do rapaz. Ela ficou distante dos tubos de ensaio com os patógenos da peste, mas pegou um toco de cigarro descartado, porque sabia ser dele, e acendeu-o.

Nos lábios da moça havia, contudo, uma fina rachadura. E, naquela manhã, ao limpar a poeira daquele laboratório que deveria ser, supostamente, uma fortaleza contra a doença, uma empregada derrubara um dos tubos de ensaio, que trincou. O cigarro parecia seco e inofensivo, mas em seu interior havia uma quantidade de patógenos da peste suficiente para matar todo um regimento.

Duas noites mais tarde, num momento em que se sentia tão desesperadamente sozinha a ponto de pensar em caminhar até Blackwater, encontrar um automóvel e fugir ao encontro de Martin, Leora acordou com febre, dor de cabeça e com os membros gelados. Na manhã seguinte, quando as empregadas a encontraram no quarto, fugiram da casa. Nos próximos dias, em que um estado de fraqueza física e mental a dominava, ela foi abandonada à própria sorte naquela casa solitária, sem ter ao menos um telefone.

Dias e noites se passaram e, deitada em sua cama, com a garganta totalmente seca e sedenta, a jovem ansiava pela ajuda de alguém. A certa altura, chegou a se arrastar até a cozinha em busca de água. O chão do quarto parecia um mar revolto e sem fim; o corredor, uma passagem serpentiforme e obscura. Ao chegar finalmente à porta da cozinha, caiu e ali ficou durante uma hora, gemendo: "Eu preciso... preciso... Não consigo lembrar o que é". A voz lhe saía como um apelo ao confuso cérebro.

Sentindo muita dor, com a qual tentava lutar, Leora se levantou com grande esforço, enrolou-se em uma capa esfarrapada que uma das empregadas abandonara na fuga e saiu cambaleante pela escuridão em busca de ajuda. Ao alcançar a rodovia, perdeu o equilíbrio e ficou deitada, imóvel, debaixo de uma cerca, como um animal ferido. Depois conseguiu engatinhar de volta para a casa e, de tempos em tempos, quando o torpor lhe toldava o cérebro, quase podia esquecer a dor, tal era a intensidade da ânsia que sentia pela presença de Martin.

Ela estava aturdida, sozinha e não tinha coragem de começar sua longa viagem sem ter as mãos dele para confortá-la. Limitava-se a escutar, só escutar, esperando em estado de grande tensão a chegada de Martin.

Soluçando, repetia para si mesma: "Você virá! Eu sei que você virá pra me ajudar! Eu sei. Você virá, Martin! Destemido! *Destemido!*".

Então mergulhou num clemente estado de coma. A dor se dissipara e todo o ambiente sombroso da casa foi tomado pelo silêncio. Só se ouvia sua respiração rouca e difícil.

V

A exemplo de Sondelius, Joyce Lanyon também tentou persuadir Martin a ministrar o fago a toda a população.

— Preciso ser justo, mas também inflexível com todos vocês atrás de mim. Assim como Gottlieb. Nada me fará agir como vocês querem, nem se tentarem me linchar — vangloriou-se ele.

Nas conversas com Joyce, Martin havia falado sobre Leora.

— Não sei se vocês duas gostarão uma da outra. Você é tão diferente dela... É tão incrivelmente articulada e gosta tanto dessa "gente sofisticada" sobre quem está sempre falando. Ela não liga a mínima pra essas pessoas. Limita-se a observar... Oh, não perde um detalhe, mas nunca fala muita coisa. No entanto, é a pessoa mais honesta que já conheci. Espero que vocês se entendam bem. Tive medo de permitir que ela viesse pra cá. Eu não sabia o que ia encontrar... Mas hoje mesmo vou correr até Penrith e trazê-la comigo.

Ele tomou emprestado o automóvel de Twyford, dirigiu até Blackwater e de lá pegou o caminho para Penrith. Estava com um excelente estado de espírito. A despeito das circunstâncias decorrentes da peste, passariam momentos animados durante as noites. Um dos filhos de Twyford não era tão circunspecto. Ele e Joyce, junto com Martin e Leora poderiam dar uma escapadinha para fazer um piquenique noturno na lagoa... E até mesmo cantar.

O rapaz chegou berrando em Penrith Lodge:

— Lee! Leora! Venha cá! Cheguei!

À medida que subia pela varanda, via que estava coberta de folhas e empoeirada. A porta da frente, aberta, batia sob a ação do vento. Sua voz ecoou em um silêncio desesperador. Dominado por um forte sentimento de apreensão, entrou correndo e, não encontrando ninguém na sala de estar nem na cozinha, precipitou-se na direção do quarto.

Em cima da cama, atravessado sobre as pregas da tela de mosquitos rasgada, estava o corpo de Leora, muito frágil, imóvel. Ele gritou o nome dela, sacudiu-a e sentou-se ali ao lado, chorando.

Com a voz deixando transparecer seu estado de desvario, Martin falou com Leora, tentando fazê-la compreender que ele a amava muito e que só a deixara para que ela ficasse segura.

Havia uma garrafa de rum na cozinha, e ele tragou vários copos cheios da bebida. O álcool, porém, não produziu efeito algum sobre seu espírito.

Chegada a noite, Martin andou até o jardim – aquele jardim elevado e exposto ao vento –, diante do qual se descortinava a vista do mar e se abria um profundo precipício. Ele levantou nos braços o corpo leve e inerte de Leora, beijou-o e deixou-o ser engolido pelo abismo. Depois, vagou durante toda a noite. Quando voltou a entrar na casa e vislumbrou os vestidos delicados com as marcas do corpo dela, mergulhou em profundo tormento.

Em seguida, desmoronou.

Ele foi embora de Penrith Lodge, abandonou a casa dos Twyfords e mudou-se para um quarto atrás do gabinete do chefe da Saúde Pública. Ao lado de seu catre havia sempre uma garrafa de bebida.

Inconformado com a morte, que pela primeira vez chegara realmente perto dele, Martin esbravejava furiosamente: "Malditos experimentos!". E, apesar do desalento de Stokes, passou a ministrar o fago a todos que lhe pediam.

Em Saint Swithin, onde seu experimento tivera um excelente começo, algum fragmento de honra que ainda resistia o impediu de distribuir o fago a toda a população. Contudo, transferiu a Stokes a responsabilidade pela condução dos testes.

Stokes percebeu certos sinais de loucura no comportamento de Martin, mas apenas uma única vez, quando o escutou se questionar com muita irritação: "De que me importa a sua ciência?", tentou fazer com que ele não abandonasse os testes.

E foi próprio Stokes, junto com Twyford, quem levou adiante o experimento e continuou a fazer as anotações que Martin teria feito. Todos os dias, ao cair da noite, depois de trabalhar cerca de 15 horas desde o amanhecer, Stokes dirigia-se apressado a Saint Swithin, ao volante de uma motocicleta – ele detestava as sacudidelas e a falta de dignidade desse tipo de veículo, além de considerar um tanto perigoso enfrentar as curvas da estrada da colina a mais de 90 km/h, mas esse era o meio de locomoção mais rápido. Em Saint Swithin, conferenciava com Twyford até a meia-noite, dava-lhe as recomendações para o dia seguinte, organizava suas anotações canhestras e admirava-se com a sombria docilidade do colega.

Enquanto isso, Martin trabalhava ao longo de todo o dia no gabinete do chefe da Saúde Pública, em Blackwater, aplicando injeções em uma sucessão de cidadãos amedrontados. Stokes lhe suplicava que pelo menos delegasse o trabalho a outro médico e procurasse encontrar algo que o interessasse em Saint Swithin, mas o rapaz sentia uma amarga satisfação em se aviltar e contribuir para o aniquilamento de todos os seus objetivos.

Ele se manteve no gabinete, desprovido de recursos, tendo apenas uma enfermeira como assistente. Uma multidão de indivíduos agitados – brancos, negros, indianos – formava extensas filas ao redor do quarteirão do lugar, aguardando silenciosamente ser atendida, como se esperasse a morte. Eles se aproximavam timidamente da enfermeira postada ao lado de Martin e, constrangidos, expunham seu braço. Ela lhes esfregava o membro com água e sabão e o desinfetava com álcool antes encaminhá-los aos cuidados de Martin. Sem olhá-los no rosto, ele beliscava bruscamente uma porção da pele na parte superior do braço e cravava ali a agulha da seringa, dizendo imprecações quando alguém se mexia. Na saída, muito alvoroçados, todos expressavam sua gratidão: "Deus o abençoe, doutor!", mas Martin não escutava.

Algumas vezes Stokes também estava presente e se mostrava ansioso, em especial quando identificava na fila algum empregado das plantações de Saint Swithin, uma vez que estes deveriam permanecer no condado, sob estrito controle, para que fosse possível a avaliação da eficácia do fago. Outras vezes, *Sir* Robert Fairlamb descia. Ele sorria, murmurava alguma coisa e oferecia ajuda. A sra. Fairlamb havia sido a primeira a receber a injeção. Depois dela, uma maltrapilha ajudante de cozinha que não parava de exclamar aleluia.

Depois de 15 dias, quando já estava enfastiado de todo aquele drama, Martin delegou a quatro médicos a tarefa de aplicar as injeções e passou a se dedicar à produção do fago.

À noite, todavia, sentava-se sozinho, com a aparência desgrenhada, e bebia sem parar. Vivia à base de uísque e ódio, libertando sua alma e dissipando seu corpo em rancor, da mesma forma que em tempos passados os eremitas dissiparam o deles em êxtase. Sua vida era tão irreal quanto as noites de um velho ébrio. Ele, que já estivera ao lado de tantos mortos, que conversava com Leora e Sondelius, com Ira Hinkley e Oliver Marchand, com Inchcape Jones e uma indistinta multidão de homens negros que erguia as mãos em súplica, tinha sobre o restante da humanidade a vantagem de não se importar se iria viver ou morrer.

Após a morte de Leora, Martin retornou uma única vez à residência de Twyford, e foi apenas para pegar sua bagagem. Nessa oportunidade, não chegou a ver Joyce Lanyon. Ele a odiava, mas repetia a si mesmo que não fora a presença dela o que o impedira de retornar mais cedo ao encontro de Leora. No fundo, porém, perturbava-o a consciência de que enquanto conversava com Joyce, Leora estava morrendo.

"Maldita alpinista social de fala fácil! Graças a Deus não a verei *nunca* mais!"

Martin se sentou na beirada de seu catre – naquele quarto apertado e sem ventilação –, com o cabelo desgrenhado, os olhos congestionados. Sobre o travesseiro dormia um gatinho de rua, que naquele momento o jovem sentia como se fosse seu único amigo. Alguém bateu à porta, e ele sussurrou:

— Não posso falar com Stokes agora. Ele que faça os experimentos. Estou farto de experimentos!

Mas, emburrado, acabou dizendo:

— Entre.

A porta se abriu e lá estava postada Joyce Lanyon – fria, enfeitada, segura.

— O que você deseja? — resmungou Martin.

Ela olhou para o rapaz, fechou a porta e silenciosamente recolheu os restos de comida, os papéis e os instrumentos que estavam espalhados sobre a mesa. Depois despachou o indignado gatinho para o tapete, ajeitou o travesseiro e sentou-se ao lado de Martin no catre desarrumado. Então pediu:

— Por favor, me escute! Eu sei o que aconteceu. Cecil vai ficar na cidade por uma hora e eu quis vir... Você se sentiria mais reconfortado se soubesse o quanto nós o estimamos? Posso lhe oferecer minha amizade?

— Não quero a amizade de ninguém. Não tenho amigos!

Martin ficou calado, com a mão de Joyce sobre a sua. Depois que ela foi embora, sentiu um leve frêmito de coragem lhe percorrer o corpo.

Ele não conseguia se livrar da dependência do uísque e não via como interromper a aplicação das injeções de fago em todos aqueles que chegavam implorando, então transferiu a outros a responsabilidade de ministrar as injeções e produzir a substância. Assim, retomou a rigorosa observação de seu experimento em Saint Swithin, muito embora àquela altura os testes estivessem prejudicados pelo fato de a parte da população que não deveria ser imunizada com o fago tivesse ido a Blackwater e recebido a substância.

Martin não se encontrou com Joyce. Ele ficou vivendo no abrigo e na maior parte das noites conseguia se manter sóbrio.

VI

O evangelho da exterminação de ratos se propagara por toda a ilha. Não havia uma só pessoa, desde crianças de cinco anos de idade até mulheres idosas com dificuldade de locomoção, que não saísse atirando em ratos e esquilos. Não se sabe se por obra do fago, da matança de ratos e esquilos ou da providência divina, o fato é que a epidemia foi contida e, seis meses depois da chegada de Martin, quando as Antilhas ardiam sob o calor de maio e a estação dos furacões se anunciava, a peste havia quase desaparecido e a quarentena pôde ser revogada.

A população de Saint Hubert se sentia segura novamente em suas cozinhas e lojas. Em meio à vibrante primavera, a ilha se rejubilava, do mesmo modo que um doente, ao se ver livre da dor, se rejubila pela simples razão de estar vivo e em paz.

As negociações podiam voltar a se desenvolver violentas e ruidosas no mercado público, os amantes a perambular alheios a todos exceto a eles mesmos, os ociosos a contar histórias e a tomar longos drinques no Ice House, os homens idosos a se acocorar sobre as mangueiras e a jogar conversa fora, as congregações a entoar juntas os cânticos ao Senhor – tudo o que havia deixado de fazer parte do curso normal da vida de todos, mas que era natural, e agora parecia um êxtase do paraíso.

Os cidadãos comemoraram com festa a partida do primeiro vapor após o fim da quarentena. Brancos, negros, indianos, chineses e caraíbas se aglomeraram no embarcadouro, gritando, agitando lenços e tentando conter as lágrimas diante do débil som daquilo que restara da aclamada Banda de Blackwater. Enquanto o vapor *Saint Ia*, da Companhia McGurk, era rebocado, e o capitão, ereto, junto ao gradil do convés, saudava orgulhosamente o povo – com os olhos tão úmidos que mal lhe permitiam ver o porto –, todos tomaram consciência de que não eram mais doentes enjaulados, mas, sim, parte do mundo livre novamente.

Joyce Lanyon embarcou naquele navio. Martin disse-lhe adeus no embarcadouro.

Com mãos firmes e quase tão alta quanto o rapaz, ela o olhou sem excitação e expressou contentamento:

— Você conseguiu. E eu também. Nós agimos como dois loucos encarcerados aqui daquela maneira. Não acredito que eu de fato tenha lhe ajudado, mas tentei. Sabe, na realidade, eu não tinha sido treinada pra nada disso. Você me treinou. Adeus.

— Posso ir visitá-la em Nova York?

— Se você realmente quiser.

Joyce partiu. No entanto, nunca esteve tão próxima de Martin quanto no decorrer daquela hora monótona em que o vapor desaparecia no horizonte como uma fina linha cor de prata. Naquela noite, tomado pelo pânico, Martin fugiu para Penrith Lodge e afundou o rosto no solo úmido embaixo do qual repousava Leora, para quem nunca precisara dar explicações, de quem nunca precisara se defender, para quem nunca precisara perguntar: "Posso ir visitar você?".

Mas ela, rígida em seu derradeiro leito, não respondeu, tampouco o consolou.

VII

Antes de ir embora, Martin precisava reunir todas as anotações de seu experimento com o fago e também acrescentar as observações feitas por Stokes e Twyford a seus primeiros resultados precisos.

Na condição de ministrante do fago a milhares de habitantes da ilha, ele havia se tornado um dignitário. Na primeira edição do jornal *Blackwater Guardian* publicada depois da quarentena, o jovem médico foi chamado de "salvador de nossas vidas". Ele era um herói universal. Se Sondelius havia ajudado na desinfestação de vetores da peste, não teria sido na qualidade de delegado de Martin? Se o sucesso da delegação fosse devido à intervenção do Senhor, como insistia o velho negro fervoroso que substituíra Ira Hinkley nas capelas da Irmandade da Santificação, não teria certamente sido o Senhor quem enviara o rapaz?

Ninguém havia dado atenção a um irônico médico escocês que durante a epidemia mostrara-se diligente, mas não atribuíra à doença, contudo, o mesmo caráter dramático que todos. Ele sugeria existirem evidências de que as pestes eram passíveis de enfraquecer e desaparecer sem o fago.

Quando Martin estava concluindo suas anotações, recebeu uma carta do Instituto McGurk, assinada por Rippleton Holabird.

Holabird contava que Gottlieb "sentia-se fatigado", que havia renunciado ao cargo de diretor, suspendido a realização de seus experimentos e, desde então, estava em casa, descansando. O próprio Holabird fora nomeado Diretor Interino do Instituto, e foi na condição de ocupante desse cargo que ele discorreu:

Os relatos a respeito de seu trabalho expostos nas cartas dos agentes do McGurk que as autoridades responsáveis pela quarentena permitiram chegar até nós informam-nos mais do que seu modesto relatório sobre o estrondoso sucesso de sua empreitada. Você fez o que pouquíssimos homens vivos poderiam fazer, tanto estabelecendo, por meio de testes em larga escala, o valor do bacteriófago no combate à peste, como salvando a maioria da desafortunada população por ela acometida. O Conselho Curador e eu temos o devido apreço pela glória que você somou ao nome do Instituto McGurk, que será ainda maior quando seu relatório for publicado. Nós agora estamos considerando, já que durante alguns meses não poderemos contar com o seu diretor titular, o Dr. Gottlieb, a ideia de criar um departamento à parte, do qual você será o diretor.

"Estabelecer o valor... Droga! Fiz os testes pela metade... Departamento! Já dei muitas ordens por aqui. Estou farto de dar ordens. Quero voltar pro meu laboratório e começar tudo outra vez", reclamou Martin consigo mesmo.

Ele ficara sabendo, então, que talvez viesse a ganhar 10 mil por ano... Leora poderia enfim usufruir de um pequeno jantar extravagante.

Muito embora tivesse acompanhado de perto a decadência de Gottlieb, causou-lhe grande choque saber que o velho professor estava tão mal a ponto de abandonar seu trabalho, mesmo que por uns poucos meses.

Martin esqueceu-se de si mesmo quando se deu conta de que ao deixar de lado seu experimento para desempenhar o papel de herói, traíra Gottlieb e tudo o que o professor representava. Ao retornar a Nova York, teria que visitar o velho cientista e admitir diante dele – e daqueles olhos fundos e implacáveis – que não obtivera uma prova cabal do valor científico do fago.

Se ao menos pudesse correr para Leora com seus 10 mil dólares por ano...

VIII

Martin partiu de Saint Hubert três semanas depois de Joyce Lanyon.

Na noite anterior à partida do jovem doutor foi oferecido um grande jantar a ele e a Stokes, presidido por *Sir* Robert Fairlamb. Enquanto *Sir* Robert fazia elogios com modos grosseiros, Kellett tentava explicar coisas, e todos, em pé, depois de propor um brinde ao Rei, beberam em homenagem a Martin, que foi sentar-se sozinho pensando no dia seguinte, em que deixaria para trás todos aqueles olhares confiantes e enfrentaria as duras exigências de Gottlieb e de Terry Wickett.

Quanto mais cantavam sua glória, mais o jovem doutor pensava sobre o que diriam desconhecidos e competentes cientistas, dentro de laboratórios distantes, sobre um homem que tivera sua grande chance e a desperdiçara. Quanto mais todos o chamavam de "agente promotor da vida", mais ele se sentia desonrado e traidor. E, ao olhar para Stokes, viu em seu semblante uma expressão de piedade pior do que qualquer condenação.

CAPÍTULO 36

Martin retornou a Nova York no mesmo vapor em que viera, o *Saint Buryan*. O navio lhe parecia assombrado pelo fantasma de Leora, que, durante a viagem de ida até Blackwater, passara o tempo todo sonhando, e pelo de Sondelius, que fora gritando na ponte de comando.

Também estava voltando no *Saint Buryan* aquela frequentadora de clubes campestres que havia insultado Sondelius, a srta. Gwilliam.

Envolta em uma aura de autoridade, ela passara o inverno fazendo apontamentos sobre a música nativa de Trinidad e de Caracas – ou, pelo menos, planejando fazer apontamentos. Ela viu Martin embarcar em Blackwater e observou com ar insolente os amigos que vieram se despedir dele: dois ingleses – um balofo e um pernalta – e um escocês de aparência austera.

— Todos os seus amigos parecem britânicos — declarou a senhorita quando saudou Martin como se fosse um velho amigo.

— Sim.

— Você passou o inverno aqui?

— Sim.

— Má sorte ser pego pela quarentena. Eu *disse* que você era um louco de desembarcar neste lugar! Imagino que deva ter ao menos conseguido fazer algum dinheiro cuidando das pessoas. Mas deve ter sido de fato muito desagradável.

— Sim. Acho que foi.

— Eu lhe *disse* que seria! Você deveria ter ido pra Trinidad. Que ilha fascinante! Mas diga-me, como está o Labrego?

— Quem?

— Ora, você sabe, aquele sueco engraçado que estava sempre dançando e coisa e tal.

— Ele morreu.

— Oh, sinto muito. Na verdade, a despeito do que os outros falavam, nunca o considerei assim tão mau. Tenho certeza de que quando ele não estava metido em orgias por aí devia ser um sujeito culto. Sua esposa não está com você, não é?

— Não, ela não está comigo. Desculpe, preciso descer e desfazer a mala.

A srta. Gwilliam olhou para ele com uma expressão na qual podia-se ler que as pessoas deveriam, no mínimo, aprender um pouco mais sobre boas maneiras.

II

Devido ao calor e à ameaça de furacões, havia poucos passageiros de primeira classe no *Saint Buryan*, e a maioria deles não era levada em conta, porque não se tratava de turistas ianques bem dispostos e respeitáveis, mas, sim, de apenas alguns sul-americanos. Como costumam fazer os turistas ao retornarem a Nova Jersey ou a Wisconsin com a mente aberta e enriquecida pela viagem e investidos da boa reputação por terem passado seis meses inteiros nas Antilhas ou na América do Sul, os respeitáveis sobreviventes estudavam-se uns aos outros minuciosamente e observavam aquele homem magro, pálido e tão inquieto, que andava pelo deque o dia todo e depois da meia-noite era visto sozinho encostado na grade do convés.

— Aquele rapaz me parece estar terrivelmente desassossegado! — comentou o sr. S. Sanborn Hibble, de Detroit, com a encantadora sra. Dawson, de Memphis. Ao que ela respondeu com toda a sagacidade que a tornava tão popular onde quer que estivesse:

— Sim, é mesmo. Imagino que ele deva estar apaixonado!

— Oh, eu o conheço! — comentou a srta. Gwilliam. — Ele e a esposa estavam no *Saint Buryan* quando fiz a viagem de vinda. Ela está em Nova York agora. Ele é uma espécie de médico. Não muito bem-sucedido, imagino. Cá entre nós, não faço bom juízo de nenhum dos dois. Durante toda a viagem de vinda eles ficaram sempre quietos num canto, com jeito de patetas.

III

Martin não conseguia controlar a ansiedade de voltar a colocar as mãos em seus tubos de ensaio. Ele concluiu, assim como já havia imaginado desde o princípio, que abominava a administração e os *grandes negócios*.

Enquanto andava pelo deque, sua cabeça foi se desanuviando e ele voltou a se sentir ele mesmo. Tomado pela raiva, vislumbrou os críticos que logo estariam apontando defeitos em seu relatório final, qualquer que fosse o teor de seus apontamentos. Durante algum tempo sentiu ódio das críticas que fariam os companheiros que queimavam as pestanas no laboratório, da mesma forma que odiava a competição entre eles. O ódio da necessidade de ter que estar permanentemente atento à presença de interesseiros às suas costas também ocupou espaço no coração do rapaz. Certa noite, porém, depois de ficar parado junto ao gradil por algumas horas, admitiu que, na verdade, tinha medo das críticas que provavelmente teria que ouvir, e que esse medo era decorrente da consciência das muitas brechas que existiam em seu experimento. Ele lançou ao mar todos os argumentos com os quais se protegera até então: "Homens que nunca vivenciaram a experiência de estar no meio de uma epidemia e ter que manter a calma e as condições experimentais não compreendem, na segurança de seus laboratórios, com o que de fato se tem que lidar em situações assim".

Era bom que houvesse críticas, desde que não fossem maldosas, invejosas, irrelevantes...

Não! Mesmo essas podiam ser boas! Afinal, alguns homens tinham que ser aquilo que certos trabalhadores chamavam de "perversos". Para eles, a satisfação em criticar o quase bem-sucedido era mais natural do que o processo criativo. Por que deveria um excelente demolidor de prédios, capaz de desobstruir e limpar o solo como ninguém, ser colocado para assentar tijolos?

"Tudo bem", alegrou-se ele, por fim. "Que venham! Quem sabe eu não me antecipe e publique antes uma crítica a meu próprio trabalho? Apesar de ter deixado as coisas correrem soltas por um tempo, consegui alguns bons resultados com os testes em Saint Swithin. Vou levar minhas tabelas a um bioestatístico. Ele pode esmiuçá-las. Muito bom! O que eu conseguir a partir disso, publicarei."

Martin foi para a cama sentindo que conseguiria olhar Gottlieb e Terry nos olhos. Pela primeira vez depois de semanas ele dormiu sem ser assombrado pelo medo.

IV

No píer do Brooklin, para grande surpresa e ligeira indignação da Srta. Gwilliam, do sr. S. Sanborn Hibble e da Sra. Dawson, Martin foi recebido por repórteres que, demonstrando um vago interesse, desejavam saber quais tinham sido extraordinárias descobertas que ele estivera fazendo em relação a certas doenças em alguma ilha ou onde quer que fosse.

O rapaz foi resgatado por Rippleton Holabird, que irrompeu no meio deles com as mãos para cima e gritando:

— Oh, meu caro amigo! Nós sabemos de tudo o que aconteceu. Lamentamos muito por você, mas ficamos felizes em saber que foi poupado e está de volta.

A despeito do que, sob a influência de Max Gottlieb, Martin tivesse dito sobre Holabird, o fato é que, naquele momento, ele lhe apertou as mãos e murmurou:

— É bom estar em casa.

Holabird, que estava vestindo uma camisa azul com colarinho engomado e também azul, à semelhança de um ator, não pôde esperar até que a bagagem de Martin passasse pela alfândega, pois precisava retornar a sua função de diretor interino do Instituto. Esperou apenas para relatar que o Conselho Curador nomearia o jovem rapaz diretor, e que, certamente, ele tomaria as providências para que Martin recebesse as recompensas e os créditos que lhe eram devidos.

Depois que Holabird saiu, dirigindo seu esmerado cupê – ele costumava explicar que sua esposa e ele podiam pagar um chofer, mas preferiam gastar o dinheiro em outras coisas –, Martin notou a presença de Terry Wickett, que estava encostado em um pilar de madeira todo corroído do armazém do cais, como se já estivesse lá havia várias horas.

Terry foi andando indolentemente até ele e resmungou:

— Olá, Magrelo! Como vai? Vamos liberar suas coisas na alfândega. Que prazer ver você e o diretor se cumprimentando tão calorosamente!

Enquanto caminhavam pelas ruas do Brooklin, onde as paredes escondiam o sol do verão, Martin perguntou:

— Como o Holabird está se saindo na função de diretor? E como está o Gottlieb?

— Oh, o Corruíra Sagrado não é pior do que o Tubbs. É até mais polido e mais ignorante... Olhe, qualquer dia desses vou embora pro bosque. Consegui uma cabana em Vermont... Vou trabalhar por lá sem ter que apresentar resultados ao diretor! Eles me enfiaram no Departamento de Bioquímica. E Gottlieb... — a voz de Terry ficou um tanto ansiosa. — Acho que está um pouco abalado. Eles o demitiram e lhe deram uma pensão. Agora, veja, Magrelo: ouvi dizer que você será um brilhante diretor de departamento, e eu nunca serei nada mais do que um membro associado. Você vai me acompanhar até o bosque ou prefere se converter em um dos bichinhos de estimação do Corruíra Sagrado? Um cientista herói?

— Estou com você Terry, seu velho resmungão — Martin deixou de lado a ironia que sempre permeara suas discussões com Terry. — Não tenho mais ninguém. Leora e Gustaf se foram e talvez agora Gottlieb também. Nós dois precisamos ficar juntos!

— Está decidido!

Eles trocaram um aperto de mãos, pigarrearam e falaram sobre chapéus de palha.

V

Quando Martin chegou ao Instituto, os colegas vieram apressados cumprimentá-lo e recebê-lo com exclamações. Se os elogios eram enervantes demais, não importava, pois não há momento em que alguém possa suportar com mais boa vontade tais manifestações quanto ao chegar de volta em casa depois de uma longa viagem.

Sir Robert Fairlamb havia escrito uma carta para o Instituto glorificando o jovem médico. A carta chegou no mesmo barco que Martin e, no dia seguinte, Holabird entregou-a à imprensa.

Os repórteres, que haviam demonstrado pouco interesse quando Martin desembarcou, acorreram em busca de entrevistas e, enquanto o rapaz se mostrava seco e mal-humorado, Holabird assumiu o controle da situação, de modo a garantir que os jornais divulgassem que os Estados Unidos, país que estava sempre salvando o mundo de uma coisa ou outra, haviam empreendido mais uma bem-sucedida operação de salvamento. Foi publicado pela imprensa que o Dr. Martin Arrowsmith não era apenas um poderoso médico-feiticeiro, e talvez um grande profissional dos laboratórios, mas também um feroz exterminador de ratos, queimador de vilas, porta-voz do Conselho Especial e extirpador da morte. Naquela época, pairava em alguns lugares uma dúvida quanto a real benevolência dos Estados Unidos em relação a seus Irmãos Menores – México, Cuba, Haiti, Nicarágua – de forma que, assim, editores e políticos ficaram gratos a Martin por essa prova genuína de sacrífico e de cautelosa vigilância demonstrados pelo país.

Ele recebeu cartas enviadas pelo serviço de Saúde Pública, por uma empreendedora faculdade do meio oeste, que desejava torná-lo doutor em Direito Civil, e de escolas de medicina e sociedades médicas, que almejavam tê-lo como palestrante. Seu trabalho foi comentado em editoriais de periódicos médicos e de jornais, e o congressista Almus Pickerbaugh enviou-lhe de Washington um telegrama no qual se lia o que ele presumivelmente considerava um verso poético: "Eles precisam andar muito para tomar a dianteira de companheiros que saíram da velha Nautilus". Martin recebeu também um convite para jantar na residência dos McGurks, convite que partiu não de Capitola, mas, sim, do próprio Ross McGurk, cujo nome nunca antes tivera tanto lustro.

Martin recusou todos os convites para palestras, e as solícitas organizações que o haviam convidado manifestaram por meio de dóceis respostas que compreendiam quão atarefado o Dr. Arrowsmith devia estar naquele momento, mas que se algum dia ele tivesse tempo elas ficariam muito honradas em recebê-lo.

Rippleton Holabird foi eleito diretor, ocupando o lugar deixado por Gottlieb, e se dedicou à tarefa de exibir Martin como o galardão do Instituto McGurk. Ele convidava todos os dignitários visitantes e todos os Homens de Felicidade Comedida chegados do estrangeiro para conversar com o rapaz, o que parecia deixá-los muito satisfeitos e estimulá-los a inventar perguntas a fazer. Martin foi então nomeado diretor do Departamento de Microbiologia, recebendo o dobro do salário que ganhava antes.

Ele nunca havia compreendido qual era a diferença entre microbiologia e bacteriologia, mas não conseguiu se opor a nenhum desses atos de glorificação, pois estava atordoado demais. E ficou ainda pior depois que se encontrou com Max Gottlieb.

VI

Na manhã seguinte ao seu retorno, Martin telefonara para o apartamento de Gottlieb, falara com Miriam e recebera permissão para fazer uma visita no final da tarde.

Ao longo de todo o caminho até a cidade, a voz de Gottlieb não lhe saiu da cabeça. O velho professor dizia: "Você era como um filho pra mim! Eu lhe ensinei todas as coisas que eu sabia sobre verdade e honra, e você me traiu. Suma da minha frente!".

Miriam recebeu Martin no vestíbulo e lhe confidenciou, temerosa:

— Eu não sei se deveria ter permitido que você viesse, doutor.

— Por quê? Ele não está bem, não está podendo receber as pessoas?

— Não é isso. Na verdade, com exceção da fraqueza, ele nem parece adoentado... Mas não reconhece ninguém. Os médicos dizem que se trata de uma demência senil. Sua memória se foi. Subitamente esqueceu todo o inglês e só consegue falar alemão... E eu não sei falar quase nada em alemão. Quem dera eu tivesse estudado isso em vez de música! Mas talvez seja bom pra ele ver você aqui... Ele gostava tanto de você! Não se cansava de falar sobre você e seu magnífico experimento em Saint Hubert.

— Bem, eu... — Martin não conseguia encontrar as palavras.

Miriam o conduziu até um quarto cujas paredes eram escuras devido à grande quantidade de livros. Gottlieb estava afundado em uma cadeira velha, com as mãos frouxas pousadas sobre os braços.

— Professor, sou eu, Arrowsmith. Acabei de retornar! — Martin balbuciou.

O velho professor olhou para ele com expressão de quem sabia de alguma coisa e perscrutou-o, para em seguida sacudir a cabeça e falar em tom de lamúria:

— *Versteh' nicht** — seus olhos arrogantes estavam toldados por incontroláveis lágrimas que escorriam vagarosamente por seu rosto.

O jovem doutor compreendeu que nunca receberia a merecida punição para conseguir expiar seus erros. Gottlieb havia mergulhado na escuridão ainda confiando nele.

VII

Martin fechou rapidamente seu apartamento – o apartamento deles – possuído por uma fria raiva, com medo de sucumbir à miséria ao encontrar entre os pertences de Leora milhares de fragmentos de lembranças capazes de reavivá-la em sua memória: o vestido que ela usara no jantar de Capitola McGurk, uma barra velha de chocolate que ela escondera para mastigar secretamente à noite, um bilhete com o lembrete: "Comprar amêndoas pro Destemido". Ele então alugou um quarto sombrio e impessoal em um hotel e se entregou ao trabalho. Não lhe restava mais nada além do trabalho e da rude amizade de Terry Wickett.

Sua primeira ocupação foi verificar as estatísticas dos tratamentos realizados em Saint Swithin e os novos dados que ainda chegavam de Stokes. Alguns deles eram incertos, e outros sugeriam que a eficácia do fago certamente fora confirmada. Contudo, não havia nada conclusivo. Martin levou seus dados para Raymond Pearl, um especialista em biometria, que deu ainda menos valor a eles do que o próprio Martin.

O jovem já havia encaminhado ao diretor e ao Conselho Curador do Instituto um relatório sobre seu trabalho, que não apresentava qualquer conclusão exceto a de que "os resultados ainda dependem de análise estatística e não devem ser publicados antes que ela esteja devidamente concluída". Mas Holabird estava enlouquecido. Os jornais haviam divulgado maravilhas sobre o fago e, de toda parte, choviam pedidos para que Martin enviasse amostras, perguntas a respeito da existência de uma substância semelhante para tratamento da tuberculose e da sífilis e propostas para que ele assumisse o combate a essa ou aquela epidemia.

---

* "Não entendo", em alemão. (N.E.)

Pearl ressaltara que os resultados favoráveis da primeira administração de fago em todo o povoado dos Caraíba deviam ser questionados, porque havia a possibilidade de que no início do processo a curva da doença já tivesse ultrapassado seu pico. Em vistas dessa e de outras complicações – e encarando seu árduo trabalho em Saint Hubert tão friamente quanto se fosse fruto da vaidade de um homem que ele nunca conhecera –, Martin concluiu que não havia conseguido provas adequadas da eficiência do fago e encaminhou-se para a sala do diretor.

Holabird foi cortês e afável, mas alegou que se essa conclusão fosse publicada, ele teria que retirar tudo o que dissera sobre o trabalho magnânimo realizado por Martin, presumivelmente sob seu comando. A despeito de toda a cortesia e boa disposição, o diretor foi peremptório: o jovem doutor deveria suprimir – Holabird não disse explicitamente suprimir, mas, sim, "deixar por minha conta" – os resultados estatísticos verdadeiros e emitir o relatório com um sumário ambíguo.

Martin ficou furioso, e Holabird continuou delicadamente implacável. Martin correu ao encontro de Terry e declarou que iria renunciar, denunciar, expor... Sim, iria fazer tudo isso! Ele não tinha mais que sustentar Leora... Trabalharia como atendente em uma farmácia ou o que fosse, mas voltaria imediatamente e diria ao Corruíra Sagrado que...

— Escute aqui, Magrelo! Espere aí! Controle-se! — advertiu Terry. — Leve adiante as coisas com o Sagrado por um tempo, até que nós descubramos algo para fazermos juntos e conquistemos nossa independência. Enquanto isso, você tem seu laboratório e ainda precisa aprender um pouco mais de físico-química! Ora, Magrelo, eu não falei nada sobre suas atitudes em Saint Hubert, mas nós dois sabemos que você procedeu muito mal. Você teria condições de comparecer diante de um tribunal com as mãos limpas, se pretende acusar o Corruíra Sagrado? Além de ser inescrupuloso, mentiroso, alpinista social, ardiloso e hipócrita com sede de poder, devo admitir que, neste caso, ele está certo. Aguente aí. Nós descobriremos algo. Ora, meu amigo, nós estamos ainda descobrindo nossa ciência... Estamos só começando a trabalhar.

Então, com a chancela do Instituto, Holabird publicou o relatório original que Martin enviara aos curadores, introduzindo algumas alterações singulares, como a troca de "os resultados devem ser submetidos a análise" por "embora possa parecer desejável a realização de análises estatísticas, fica evidente que esse novo tratamento alcançou todos os objetivos esperados".

Mais uma vez, Martin ficou furioso e, mais uma vez, Terry o conteve. Com uma fúria obstinada, muito diferente da avidez daqueles dias em que sabia que Leora estava esperando por ele, o rapaz retomou os estudos de físico-química.

Martin compreendeu os mistérios envolvidos na determinação do ponto de congelamento e da pressão osmótica e tentou aplicar ao estudo do fago as generalizações que Northrop aplicou às enzimas.

Ele passou a se ocupar inteiramente das leis matemáticas que previam de forma surpreendente os fenômenos naturais. Seu mundo era frio, exato, rigidamente materialista e implacável para aqueles que pautavam sua lógica na subjetividade das impressões. Dia a dia ele se tornava mais desdenhoso em relação aos contadores de paralelepípedos, aos reclassificadores de espécies e aos compiladores de dados irrelevantes. Mergulhado em suas reflexões, não notava nem a prazerosa mudança das estações.

Certa feita, ao erguer a cabeça, ficou atônito ao se dar conta de que já era primavera. Em outra ocasião, Terry e ele andaram mais de 300 quilômetros por entre as colinas da Pensilvânia e pelas estradas ensolaradas de verão, mas, para Martin, parecia que apenas um dia havia se passado desde então até a chegada do Natal, em que Holabird vagava com espírito natalino, sempre satisfeito, pelo Instituto.

A ausência de Gottlieb foi, de certa forma, benéfica para Martin, pois ele já não mais podia procurar o mestre para resolver questões difíceis. Quando aceitou o desafio de entender as questões relativas à difusão, começou a desenvolver métodos próprios e, quer tenha sido fruto de ingenuidade inata ou simplesmente de uma ânsia frenética pelo trabalho, foi tão competente na realização do que se propôs que ganhou de Terry um elogio avassalador: "Caramba, isso até que não está assim tão mau, Magrelo!".

Aos poucos, depois de muitos tropeços, Martin acabou adquirindo a segurança com a qual Max Gottlieb parecia ter nascido. Ele buscava atingir a perfeição na técnica usada para buscar fatos absolutos e prováveis. Tão arduamente quanto qualquer herói, desejava "acender uma chama de brilho tão intenso quanto o de uma pedra preciosa" e ansiava também não gozar de qualquer tranquilidade, tampouco de crédito no mercado, mas, sim, manter-se livre dessas tolices, pois temia que pudessem confundi-lo e desviá-lo de seus objetivos.

Holabird ficou tão perplexo ao ter conhecimento disso quanto Tubbs ao saber das ramificações do trabalho de Martin. Perguntou-se o diretor, o que o jovem pensava ser: um bacteriologista ou um biofísico? Mas Holabird foi vencido pela acolhida que o primeiro artigo importante de Martin, a respeito dos efeitos dos raios X, raios gama e raios beta sobre o fago anti-Shiga, teve no mundo científico. O trabalho foi elogiado em Paris, Bruxelas, Cambridge e Nova York, graças aos seus dados esclarecedores e também, conforme justificativa do Professor Berkeley Wurtz, à "lucidez e talvez ao entusiasmo anticientífico, ao puro deleite e ao estilo de sua apresentação". Isso pode ser ilustrado pela reprodução do primeiro parágrafo do artigo:

> Em uma publicação preliminar, relatei um marcante efeito qualitativo destrutivo das radiações produzidas por emanações do rádio sobre o bacteriófago anti-Shiga. No presente artigo, demonstro que os raios X, gama e beta produzem idêntico efeito de inativação nesse bacteriófago. Ademais, é possível demonstrar uma relação quantitativa entre essa inativação e as radiações que a produzem. Os resultados obtidos a partir desse estudo quantitativo permitem afirmar que o percentual de inativação medido por meio da determinação das unidades de bacteriófago remanescentes depois da irradiação por raios gama e beta de uma suspensão de virulência pré-estabelecida é uma função das duas variáveis, do número de unidades de atividade radioativa, medida em milicuries, e da quantidade de horas. A seguinte equação representa quantitativamente os resultados experimentais obtidos:

$$K = \frac{\lambda \log \frac{\mu_0}{\mu}}{E_0(\varepsilon - \lambda t_1)}$$

Quando o diretor Holabird teve acesso ao relatório – Yeo era maldoso o bastante para se dar ao trabalho de levar o documento até Holabird e pedir sua opinião –, declarou: "Magnífico, ou melhor, simplesmente magnífico! Acabei de folheá-lo, meu velho, e sem dúvida alguma o lerei cuidadosamente na primeira oportunidade em que tiver tempo disponível".

CAPÍTULO 37

Após seu retorno a Nova York, Martin passou diversas semanas sem encontrar com Joyce Lanyon. Uma vez ela o convidou para jantar, mas ele não pôde ir. Depois disso não voltou a ter notícias dela.

Quando se sentava à noite em seu aprumado quarto de hotel e deixava de ser o Dr. Arrowsmith para se tornar apenas um homem solitário que não tinha com quem conversar, todo o seu envolvimento com a determinação da pressão osmótica deixava de bastar para satisfazê-lo. Naquele dia, voltaram-lhe à memória os momentos passados junto com Joyce à beira da lagoa sob a tépida luz do crepúsculo, e ele então ligou para a moça perguntando se poderia aparecer para o chá.

Embora ela nada tivesse dito, Martin sabia que Joyce era rica. Contudo, depois de vê-la em um simples vestido de algodão, preparando comida na cozinha do abrigo de Saint Swithin, ele ficou em dúvida sobre a posição social da moça. No momento, porém, em que chegou todo sujo da poeira do laboratório à grande casa em que ela morava e a encontrou dando ordens a diversos serviçais com sua doce voz, sentiu-se muito embaraçado. A casa parecia um palácio, e todos os palácios, sejam eles pequenos como o de Joyce, com seus 18 quartos, ou enormes como Buckingham ou Fontainebleau, são semelhantes: transbordam toda a superfluidade da pompa; contêm tal profusão de ornamentos que ninguém consegue se lembrar dos pequenos detalhes; são indistinguíveis no comum sentimento de refinada e desassossegada grandeza. Entretanto, todos são totalmente entediantes.

Joyce, porém, não parecia se sentir nem um pouco entediada em meio a todo o ostensivo esplendor que Roger Lanyon lhe deixara. Poderia-se até suspeitar que a moça, ao exibir com ostentação tantos empregados e variadas espécies de sanduíches, desfrutaria do prazer de mostrar a Martin quem ela realmente era, vangloriando-se ao dizer: "Oh, eu nunca sei o que vão servir na hora do chá". Mas ela apenas lhe dera boas-vindas e logo exclamou:

— Você me parece muito melhor. Fico extremamente feliz com isso. Você ainda é meu irmão gêmeo? Fui uma boa cozinheira no abrigo, não é mesmo?

Tivesse Martin agido com brandura e astúcia, certamente ela não se mostraria tão interessada por ele. Joyce conhecia incontáveis homens inteligentes e bem-educados, polidos como marfim e competentes o bastante para ajudá-la a administrar seu fardo de 4 ou 5 milhões de dólares. No entanto, Martin era um estudioso que conseguia se interessar pela determinação da pressão osmótica e, ao mesmo tempo, um homem diligente e tenso que ela, em sua fantasia, conseguia imaginar correndo ou fazendo amor, além de um jovem solitário capaz de acreditar inocentemente que, naquela tranquila segurança, ela era ainda a mesma garota que se sentara junto dele à beira da lagoa, a mesma mulher corajosa que o encontrara embriagado em um quarto em Blackwater.

Joyce Lanyon sabia como fazer os homens falarem. Graças a ela, muito mais do que à sua própria capacidade de articulação, Martin contou sobre o Instituto, seus membros, as disputas em que estavam envolvidos e sobre o drama de seguir na esteira de uma descoberta.

A existência tranquila de que agora desfrutava lhe parecia insípida depois dos riscos que enfrentara em Saint Hubert, e Joyce encontrou motivo de alegria no menosprezo do rapaz pelo sossego e pelas recompensas decorrentes de seu trabalho.

Martin passou a visitá-la de quando em quando na hora do chá ou do jantar. Começou a conhecer os costumes da casa, os empregados e os amigos de Joyce que demonstravam um pouco mais de inteligência. Ele gostava de alguns desses amigos, os quais possivelmente também gostavam dele. Com um deles, no entanto, um sujeito de nome Lathan Ireland, Martin vivia em estado de guerra não declarada. Lathan, um homem na casa dos 50 anos, sempre elegantemente vestido, era um competente advogado que demonstrava prazer em se postar diante de uma lareira e parecer comedidamente inteligente, e costumava deixar Joyce deslumbrada ao lhe dizer que ela era sutil e depois lhe explicar em relação a que ela estava sendo sutil.

Martin detestava esse homem.

No meio do verão, o jovem doutor foi convidado para um final de semana na casa de campo de Joyce em Greenwich, uma casa enorme e escondida entre flores. A moça parecia querer se desculpar pelo extremo luxo do local e não conseguia esconder sua infelicidade.

O esforço de escolher o que vestir, de sair para comprar calças brancas quando o que desejava mesmo era estar observando seus tubos de ensaio mantidos sob temperatura constante, de tentar parecer à vontade dentro da limusine que foi buscá-lo na estação e de decidir a quais empregados dar gorjeta, bem como quanto e quando, era desalentador para um homem comum como ele. Martin se sentiu rude no momento em que disse bruscamente:

— Espere um momento enquanto eu subo e desfaço minha mala.

Ao que ela respondeu com toda a delicadeza:

— Oh, alguém já deve ter feito isso pra você.

Naquela primeira noite, Martin descobriu que um camareiro havia colocado sobre a cama todo o pequeno sortimento de roupas de baixo que ele trouxera e deixado sua escova de dentes pronta para uso, com uma quantidade de creme dental já colocada.

Ele se sentou na beirada da cama, lamentando: "Isso tudo é opulento demais pra mim!".

Martin odiava e temia aquele camareiro que pegava suas roupas, colocava-as em lugares onde não podiam ser facilmente encontradas e aparecia de repente quando ele estava vasculhando o enorme quarto para tentar encontrá-las.

O principal motivo de sua infelicidade, no entanto, era a absoluta falta do que fazer. Ele não tinha familiaridade com outro esporte além do tênis, e se sentia enferrujado demais para jogá-lo com aquela gente tagarela e desconhecida que lotava a casa e que aparentemente tinha a mais perfeita disposição para jogar golfe ou cartas a qualquer momento. Martin conhecia apenas alguns dos amigos sobre quem todos falavam, mas sempre perguntavam:

— Você conhece nosso querido R. G.?

E ele respondia:

— Oh, sim — sem jamais ter conhecido o querido R. G..

Joyce se mostrava tão diligentemente amável quanto nos momentos em que os dois tomavam chá a sós. Ela encontrou para Martin um parceiro de tênis petulante e magricela que jogava pior do que ele. Joyce, porém, tinha 20 hóspedes aos quais precisava dar atenção – para o almoço de domingo eram 40 –, e o rapaz acabou desistindo da aprazível ideia de caminhar junto com ela pelas veredas cheias de sombra e, depois de dizer algumas coisas, talvez beijá-la. Houve um momento em que os dois se encontraram sozinhos e, quando ele começou a se afastar, ela ordenou:

— Venha aqui, Martin!

E, puxando-o de lado, perguntou:

— Você não está se divertindo aqui, não é?

— Ora, decerto eu...

— Decerto não está! Você despreza todos nós e talvez tenha certa razão. Eu de fato aprecio pessoas bonitas, maneiras graciosas e bons jogos, mas creio que tudo isso deva parecer insignificante depois de noites passadas em um laboratório.

— Não! Eu gosto dessas coisas também... de certo modo. Gosto de olhar pra mulheres bonitas... Olhar pra você! Mas... Droga, eu não estou à altura disso, Joyce. Sempre fui pobre e sempre trabalhei muito. Não aprendi os jogos que vocês praticam...

— Mas, Martin... Você pode aprender. Com a mesma determinação com que se entrega a tudo.

— Até mesmo à bebida, em Backwater!

— E espero que em Nova York também! Assim como nosso querido Roger! Ele sempre encontrou tanto prazer embriagando-se inocentemente em jantares elegantes... Mas o que quero dizer, Martin, é que se você frequentasse esses lugares, poderia jogar cartas e golfe e conversar melhor do que qualquer um deles. Se você ao menos soubesse como é recente a maior parte da alta classe nos Estados Unidos! Veja, Martin... Não seria bom pra você? Seu trabalho não fluiria melhor se você se afastasse de vez em quando de suas tabelas de logaritmos? Você acredita mesmo que exista alguma coisa que esteja além de sua capacidade de realização?

— Não, eu...

— Você quer jantar comigo na terça-feira? Só nós dois? Então poderemos tratar dessas coisas.

— Com prazer.

Ao longo de todo o trajeto de trem até a casa de férias de Terry Wickett nas colinas de Vermont, Martin estava convencido de que amava Joyce Lanyon e de que se entregaria de corpo e alma à tarefa de aprender a ser divertido, da mesma forma que se entregara de corpo e alma à físico-química. Com muito entusiasmo e certa dose de mau humor, ele se sentou ereto no duro banco de um trem Pullman, com os pés sobre sua mala, e se imaginou usando uma gravata das cores de um clube – supostamente depois de adquirir a gravata e se associar a um clube –, jogando golfe com os trajes característicos, dizendo coisas divertidas sobre o velho e querido R. G. e mostrando-se incrivelmente espirituoso em relação ao Rolls-Royce antigo do velho Lathan Ireland.

Esqueceu-se, contudo, de todas essas ambições logo que chegou à cabana de Terry, situada entre carvalhos e aceráceas junto a um lago – da qual o amigo se mostrava um orgulhoso proprietário –, e escutou suas genuínas teorias acerca da decomposição dos derivados do quinino.

Sendo talvez o menos sentimental de todos os seres humanos, Terry adotara para seu recanto o nome de "Retiro dos Pássaros". O lugar possuía cerca de dois hectares de mata e ficava a pouco mais de três quilômetros da estação ferroviária. A cabana, feita de madeira, tinha dois quartos. Um estrado servia de cama, e a mesa era coberta com um linóleo.

— Isso aqui é tudo, Magrelo — falou Terry. — Qualquer dia vou arranjar um jeito de construir um laboratório aqui e viver dele, produzindo algum soro ou coisa assim. Então erguerei mais um par de barracos na planície junto ao lago e terei um lugar absolutamente independente para a ciência: duas horas por dia dedicadas aos afazeres comerciais e, digamos, seis pra dormir e algumas outras pra comer e contar histórias obscenas. Assim restam... Dois mais seis mais dois é igual a dez – se tenho alguma noção de matemática avançada... Restam 14 horas por dia para as pesquisas – exceto quando houver alguma coisa especial em andamento. Sem diretores, patronos de sociedades e curadores a quem se é obrigado a satisfazer elaborando relatórios estúpidos. Certamente não haverá jantares científicos com damas em vestidos semelhantes a caixas de bombons, mas acredito que poderemos ter muita carne de porco defumada e cachimbo de espiga de milho. E a sua cama será arrumada todos os dias com perfeição... Se você a arrumar, tá bem? Agora vamos dar um mergulho.

Martin voltou para Nova York com dois planos absolutamente inconciliáveis: o de se transformar no jogador de golfe mais bem vestido de Greenwich e o de preparar guisado de carne junto com Terry no Retiro dos Pássaros.

O primeiro desses planos, no entanto, era uma grande novidade para ele.

II

Joyce Lanyon estava conversando. Suas experiências em Saint Hubert e sua volubilidade natural provocavam nela certa insatisfação com o grupo de amigos de Roger que desfrutava de corridas de automóvel.

Ela se deixou seduzir então pelas diversas causas das Senhoras Mecenas de seu círculo social e passou a se divertir com elas da mesma forma que se divertira com seu trabalho ativo e inteiramente sem utilidade na guerra em 1917, pois Joyce Lanyon era, até certo ponto, uma *organizadora* – epíteto inventado por Terry Wickett para Capitola McGurk.

Joyce era uma organizadora – e também uma renovadora –, mas estava longe de ser uma Capitola. Ela não se abanava com um leque de plumas nem falava espalhafatosamente, tampouco demonstrava a mesma paixão pela oratória. Joyce era elegante e, em certas ocasiões, deslumbrante. Possuía uma tigresa interior, muito embora estivesse tão distante dos budoares perfumados e do fervor das lingeries negras quanto estava do frio ranço de Capitola. Próprios dela eram apenas a seda branca e pura e uma pele primorosa.

Por trás de todas as suas razões para valorizar Martin, escondia-se o fato de que a única vez em toda a vida em que ela se sentira verdadeiramente útil e independente fora no período durante o qual desempenhara a função de cozinheira no abrigo.

Não fosse pela interferência de Lathan Ireland, o advogado e amante diletante, Joyce poderia, desde o início, ter se deixado levar ao sabor do vento por aquele mundo de gente errante.

— Joy — observou ele —, parece haver por aí um número impressionante de homens parecidos com aquele Dr. Arrowsmith. Como seu afável tio...

— Lathan, meu querido, eu até concordo que Martin é agressivo demais, bastante grosseiro, muito egocêntrico, um tanto esnobe e bastante pedante, além do que suas camisas são abomináveis. Mas prefiro acreditar que devo me casar com ele. Quase chego a acreditar que o amo!

— Cianeto não seria uma forma mais simples de se cometer suicídio? —perguntou Lathan Ireland.

III

O que Martin sentia por Joyce era aquilo que qualquer viúvo de 38 anos poderia sentir por uma mulher jovem, bonita e articulada que demonstrasse interesse por sua bagagem de conhecimentos. Quanto à fortuna da moça, não havia qualquer problema. Ele não era um sujeito pobre disposto a se casar por dinheiro e, afinal de contas, estava ganhando 10 mil dólares por ano, oito mil a mais do que precisava para viver!

Algumas vezes o rapaz não conseguia entender a dependência de Joyce em relação ao luxo. Com muita habilidade, ele pediu que, em vez de jantarem no salão jacobiano da mansão dela, eles partilhassem daquilo que ele tinha a oferecer. Ela aceitou, entusiasmada. Com a mesma disposição, os dois percorreram os restaurantes de Greenwich Village, estabelecimentos que exibiam uma profusão de velas e garçons elegantes, mas nenhuma comida, e também as espeluncas de Chinatown, que ofereciam comida e nada mais. Ele chegou a insistir que voltassem de metrô, mas, depois do jantar, deixou de lado sua conduta espartana e pediu um táxi. Joyce aceitou tudo sem demonstrar excesso de entusiasmo ou de desagrado.

Ela jogou tênis com Martin na quadra de sua casa e ensinou-o a jogar cartas. Ele, por sua vez, devido à sua alta capacidade de concentração e à sua excelente memória, logo começou a jogar melhor do que ela e a sentir enorme prazer no jogo. Joyce também conseguiu convencê-lo de que ele tinha pernas que ficariam bem com as indumentárias do golfe.

Em uma serena noite de outono, ele foi buscá-la para jantar. O táxi ficou esperando.

— Por que não vamos de metrô? — perguntou ela.

Os dois estavam parados nos degraus de entrada da casa dela, em uma rua opulenta, desinteressante e carente de romantismo, a certa distância da Quinta Avenida.

— Tanto quanto você, minha cara, eu odeio aquele metrô miserável! Cotoveladas no meu estômago nunca me ajudaram a planejar experimentos. Espero que depois de casados eu possa usufruir da sua limusine.

— Isso é um pedido? Não estou de maneira alguma certa de que me casarei com você. Não estou *mesmo*! Você não faz a menor ideia do que seja tranquilidade!

No mês de janeiro seguinte, Martin e Joyce se casaram na Igreja Saint George. As flores, o bispo, os parentes de voz estridente e a cartola que Joyce exigiu que ele usasse causaram-lhe um tormento quase tão intenso quanto o que experimentara quando Rippleton Holabird apertou sua mão e o olhou com uma expressão que poderia ser traduzida em: "Finalmente, meu velho, você abandonou a selvageria e se tornou um de nós".

Martin convidara Terry para padrinho, honra que o amigo recusou com a justificativa de que só compareceria à cerimônia se fosse obrigado. O padrinho foi então o Dr. William Smith, que aparou a barba para a ocasião e vestiu um fraque deplorável e uma cartola que comprara em Londres onze anos antes. Ambos, no entanto, estavam seguros sob os cuidados de um primo de Joyce que sabidamente sempre carregava consigo lenços extras e conhecia de cor a Marcha Nupcial. Ele entendera que Martin era egresso de Groton e Harvard, e quando descobriu que na verdade ele saíra apenas de Winnemac, mostrou-se ressabiado.

Na cabine do navio em que embarcaram para a lua de mel, Joyce murmurou:

— Querido, você foi incrível! Eu não sabia que aquele meu primo era um sujeito tão imbecil. Beije-me!

Daí em diante, com exceção de um momento terrível em que Leora pairou entre os dois, com os olhos fechados e as mãos cruzadas sobre o peito frio, eles foram felizes e encontraram, um no outro, novos e venturosos caminhos.

IV

O casal viajou pela Europa durante três meses.

No primeiro dia, Joyce dissera:

— Vamos resolver de uma vez por todas esse assunto abominável que é o dinheiro. Eu devo pensar que você é o menos mercenário dos homens, então depositei 10 mil dólares para você em Londres... E 50 mil em Nova York. Assim, se você quiser, quando tiver que fazer coisas pra mim, eu ficaria feliz que fizesse uso dessas quantias. Não! Espere! Percebe como eu quero tornar as coisas fáceis e razoáveis para nós? Você não me magoaria pra poupar seu amor-próprio, não é?

V

O casal deveria provavelmente ter desfrutado da companhia da Principessa del Oltraggio – outrora Srta. Lucy Deemy Bessy, de Dayton –, de Madame des Basses Loges – Srta. Brown, de São Francisco – e da Condessa de Marizon – que, além de outras coisas, fora casada com o Sr, Arthur Snaipe, de Albany –, mas, na verdade, Joyce preferira acompanhar Martin em visitas aos grandes laboratórios de Londres, Paris e Copenhague. Ela não conseguiu esconder seu orgulho, ao ver a deferência que notáveis ganhadores do prêmio Nobel dispensavam a *seu marido*. Todos eles o conheciam, desejavam debater com ele questões relativas ao fago e lhe apresentar os trabalhos que haviam desenvolvido ao longo de anos. Joyce considerou alguns desses cientistas um tanto precipitados e insípidos. Quanto a seu marido, era o mais belo de todos, e se ela conseguisse ser paciente com ele, poderia ajudá-lo a adquirir habilidade no polo e a aprimorar o estilo de suas roupas e de suas conversas... Não deixando, sem dúvida, de levar adiante sua ciência. Uma pena que o rapaz não fosse um fidalgo como um ou outro dos cientistas britânicos que eles haviam conhecido. No entanto, nos Estados Unidos também existiam graus de honorabilidade.

Enquanto Joyce descobria e assimilava a ciência, Martin descobria as mulheres.

VI

Depois de ter se relacionado apenas com Madeline Fox e Orchid Pickerbaugh, que eram encantadoras garotas americanas, com damas da noite logo esquecidas e com Leora, que, dada sua indolência e toda a sua indiferença em relação à vaidade e boa reputação, não era mulher nem esposa, mas somente ela própria, Martin não conhecia coisa alguma a respeito das mulheres. Ele sempre alimentou a expectativa de que Leora o esperasse, atendesse a seus desejos e que o compreendesse sem que ele tivesse necessidade de falar todas as palavras lisonjeiras que havia planejado falar. Martin era mimado, e Joyce não receava dizer-lhe isso.

Ela não se obrigava a ficar sentada e muda enquanto Martin e seus companheiros pesquisadores colocavam ordem no mundo. Depois de muitos sobressaltos, ele percebeu que, mesmo fora do quarto, precisava ver nas instabilidades de sua esposa uma mulher e, algumas vezes, uma mulher rica.

Era perturbador descobrir que onde Leora exigia lealdade sexual e se mostrava indiferente à forma pela qual ele lhe dizia bom dia, Joyce não se importava em saber quantas mulheres ele acariciara – desde que não a desrespeitasse e fizesse amor com elas na sua frente – e exigia que ele lhe dissesse bom dia como se expressasse de fato um sentimento verdadeiro. Era perturbador descobrir com que precisão ela conseguia diferenciar o modo como ele a acariciava quando estava interessado nela, do interesse fugaz dos momentos em que desejava apenas dormir. Joyce dizia que seria capaz de matar um homem que a considerasse uma mera peça conveniente de seu mobiliário, e enfatizava de modo bastante desagradável a palavra *matar*.

Ela esperava que Martin se lembrasse de seu aniversário, de seus vinhos preferidos, de suas flores prediletas e de sua objeção a presenciar o ato de fazer a barba. Joyce queria ter um quarto só para ela, exigia que o marido batesse na porta antes de entrar e desejava que ele admirasse seus chapéus.

No dia em que, absorto na leitura do trabalho do Instituto Pasteur, Martin pediu que um assistente telefonasse para sua esposa e comunicasse que ele não poderia encontrá-la para o jantar, ela mordeu os lábios de tanta raiva.

"Ora, você devia ter previsto isso", pensou ele, sentindo que estava sendo diplomata, paciente e perspicaz.

Algumas vezes Martin se aborrecia com o fato de Joyce sempre se demorar tanto quando iam sair para fazer uma caminhada juntos. Independentemente de quão breve fosse ser o passeio, ela sempre precisava ir até o quarto buscar as luvas brancas... E não saía de lá sem antes tê-las calçado. Em Londres, ela obrigou o marido a comprar polainas... E a usá-las.

Joyce não era apenas uma organizadora, era também uma legalista. A exemplo da maioria dos cosmopolitas americanos, reverenciava a aristocracia britânica, adotava todos os padrões e todas as crenças definidos pelos indivíduos dessa classe social – ou o que ela considerava serem seus padrões e suas crenças – e valorizava ao extremo os encontros com eles. Três anos e meio depois da Grande Guerra entre 1914 e 1918, ela ainda dizia abominar todos os alemães e, quando da estada dos dois em Berlim e Viena, o desejo de Martin de visitar os laboratórios germânicos motivou uma briga sem igual.

Contudo, a despeito de todas as diferenças, aquela foi uma viagem romântica. Eles se amaram sem medo, caminhando pelas montanhas e retornando para se divertir em enormes banheiros e se deliciar com jantares elaborados com arte. Demorando-se nos cafés e, exceto nos momentos em que ele ficava em silêncio, absorto na lembrança de quanto Leora desejara sentar-se nos cafés na França, revelando um ao outro todo o entusiasmo que lhes agitava a mente.

Com mãos generosas, Joyce ofereceu a Martin a sua Europa, aquela Europa que ela, havia tempos, conhecia e amava, e ele, que sempre fora sensível a cores reconfortantes e gestos delicados – quando não estava freneticamente envolvido com o trabalho –, mostrou-se grato e maravilhado como um garoto. O rapaz acreditava que estava aprendendo a encarar a vida com despreocupação e prazer, e criticava – apenas para si mesmo – o provincialismo de Terry Wickett. E assim, embalados por um ócio feliz, os dois retornaram aos Estados Unidos e às proibições, aos políticos que faziam do ataque um mecanismo de proteção do Monopólio do Aço contra os comunistas, às conversas sobre jogo de cartas e automóveis e à determinação da pressão osmótica.

CAPÍTULO 38

O diretor Rippleton Holabird também havia desposado o dinheiro, e sempre que os colegas davam a entender que depois de seu primeiro trabalho entusiástico sobre fisiologia ele não produzira mais nada, exceto arranjar em cima das mesas talhadas por outros homens umas flores delicadamente selecionadas, causava-lhe satisfação observar que todos aqueles miseráveis usavam o metrô como meio de transporte para chegar ao Instituto, enquanto ele dirigia elegantemente seu cupê. Agora, no entanto, Arrowsmith, outrora o mais pobre de todos eles, chegava de limusine, dirigida por um chofer que lhe fazia reverência, e Holabird sentia na boca o gosto amargo do despeito.

Martin era um rapaz simples, mas não se pode dizer que ele não sentia prazer quando Holabird olhava para o chofer com sofreguidão.

Mas o triunfo de Martin sobre Holabird não se igualava à satisfação do rapaz em poder receber a visita de Angus Duer e de sua esposa, chegados de Chicago, apresentá-los ao diretor Holabird, a Salamon, o rei dos cirurgiões, e a um baronete médico, além de ouvir Angus disparar elogios como: "Mart, você nos permite dizer que estamos extremamente orgulhosos de você? Um dia desses Rouncefield comentou comigo, 'Pode parecer presunção', disse ele, 'mas sinto de fato que o treinamento que tentamos dar ao Dr. Arrowsmith aqui na Clínica contribuiu de certa maneira para o magnífico trabalho que ele realizou nas Antilhas e no McGurk'. E como é encantadora sua esposa, meu velho! Você acha que ela poderia dizer à sra. Duer onde comprou aquele vestido?".

Martin ouvira falar a respeito da supremacia da pobreza sobre o luxo, mas depois do restaurante de Mohalis, depois de 12 anos ajudando Leora a cuidar da roupa suja e tendo que se preocupar com o preço da carne, depois de uma vida inteira esperando ônibus na lama da neve derretida, era muito reconfortante ter um camareiro para arrumar suas camisas sem que fosse necessário pedir. E ainda mais reconfortante desfrutar de refeições sempre interessantes e poder recostar discretamente a cabeça dolorida na maciez do interior de seu automóvel, sentindo o prazer de se saber um homem talentoso.

— Veja... O fato de ter outras pessoas pra fazer as coisas corriqueiras em seu lugar, poupa-lhe energia para aquelas que só você pode fazer — explicou Joyce.

Martin concordou e, em seguida, dirigiu-se a Westchester para ter uma aula de golfe.

Uma semana depois de retornarem da Europa, Joyce o acompanhou em uma visita a Gottlieb. Martin teve a impressão de que o velho professor, por um momento, emergira de seu estado de profunda meditação e sorrira para eles.

— Apesar de tudo — falou Martin —, Gottlieb apreciava as coisas belas. Se ele tivesse tido a chance, talvez tivesse gostado de ser dono de uma grande Organização.

Terry mostrou-se surpreendentemente complacente.

— Se você quer saber, Magrelo, vou lhe dizer uma coisa. Eu, particularmente, odiaria viver cercado de empregados. Mas estou ficando velho e mais sábio. Penso que sujeitos diferentes gostam de coisas diferentes e que pouquíssimos se dariam ao trabalho de vir me perguntar como deveriam viver. Pra ser muito honesto, Magrelo, acho que não vou ao jantar. Eu saí, comprei um terno – *comprei!* – e o trouxe pro meu quarto... A maldita da proprietária está sempre enchendo-o de naftalina... Mas, enfim, acredito que não vou conseguir suportar ficar ouvindo o Lathan Ireland querendo parecer inteligente.

Era, no entanto, a atitude de Rippleton Holabird que mais incomodava Martin, pois Holabird não o deixava esquecer que, a menos que pretendesse continuar sonhando acordado e se contentasse em ser simplesmente o marido de uma mulher rica, ele deveria lembrar muito bem quem era o *diretor* de onde trabalhava.

Junto com as maneiras afetuosas que reservava para Ross McGurk, Holabird adotara com seus subordinados o distanciamento e a tranquila e rude cortesia do comum homem de negócios, de modo a cortesmente colocar em seu devido lugar quem o imaginasse distante de seus dias de júbilo. No momento em que ele percebera a necessidade de reprimir uma insubordinação, Arrowsmith apareceu em uma limusine. Durante uma semana depois do retorno a Nova York, o diretor permitiu que o jovem se deleitasse com a pompa de seu veículo e, então, como quem não quer nada, foi lhe fazer uma visita no laboratório.

— Martin — disse Holabird em tom de lamento —, penso que nosso amigo Ross McGurk está insatisfeito com os resultado práticos que o Instituto tem produzido. Temo, portanto, que não me reste outra alternativa senão pedir a você que dê menos ênfase ao bacteriófago neste momento e assuma o caso da gripe. O Instituto Rockefeller sabe como agir. Eles empregaram as melhores mentes e investiram um montante expressivo de dinheiro em questões como a pneumonia, a meningite e o câncer – e já conseguiram abrandar o horror da meningite e da pneumonia. Ademais, a febre amarela está em vias de total irradicação devido ao trabalho de Noguchi. Acredito verdadeiramente que o hospital mantido pelo Rockefeller, com seus recursos colossais e com suas magníficas mentes que trabalham em regime de cooperação, será também o primeiro a encontrar algo capaz de mitigar o diabetes. Sei que agora estão empenhados em descobrir a causa da gripe e não permitirão que ocorra uma nova epidemia dessa doença. Sendo assim, caro colega, cabe a nós derrotá-los nesta corrida contra a gripe, e escolhi você para liderar essa empreitada.

Martin estava estudando um método de reproduzir o fago em bactérias mortas, mas não podia se recusar a colaborar e correr o risco de ser demitido. Ele era tão rico! Martin, o renegado estudante de medicina, podia passar por dificuldades e trabalhar até como garçom, mas se o marido de Joyce Lanyon se permitisse tal insanidade, repórteres e fotógrafos o seguiriam para pegá-lo em flagrante no ato de servir bebidas. Mais imponderável ainda era a possibilidade de ele vir a se tornar o chupim de Joyce Lanyon – um mordomo do budoar.

Ele então concordou com Holabird, mas não muito amavelmente.

Com uma dedicação parcial e quase sublime, Martin começou a trabalhar na identificação do agente causador da gripe. Os hospitais lhe forneciam culturas obtidas a partir de casos que tanto podiam ser de gripe como de um resfriado muito forte – ninguém tinha certeza sobre os corretos sintomas da gripe; nada estava bem definido. A maior parte do trabalho ficava a cargo dos assistentes e, vez ou outra, Martin lhes dava orientações sarcásticas, do tipo "preparem outros cem tubos da cultura A... Diabos, preparem outros mil!". Quando percebia que estavam fazendo as coisas a seu bel prazer, não agia com justiça nem lhes fazia reprimendas. Se não afastava as mãos do arado sentindo culpa, era simplesmente porque nunca chegara a tocar o arado. Outrora seu pequeno laboratório fora tão minuciosamente organizado quanto uma cozinha de New Hampshire. Agora, no entanto, as diversas salas sob sua responsabilidade eram um retrato da degradação, com extensas estantes de tubos de ensaio abandonados – alguns cheios até a metade de bolor e nenhum deles adequadamente rotulado.

Então, em certa ocasião, ele se convenceu de que os pesquisadores do Rockefeller haviam descoberto o agente causador da gripe. Precipitou-se até sala de Holabird e lhe falou de sua convicção, comunicando que retomaria sua pesquisa sobre a verdadeira natureza do fago.

Holabird se contrapôs à ideia de Martin, argumentando que ele deveria estar enganado. Para que o Instituto McGurk – e seu diretor – recebesse os créditos pela identificação do agente causador da gripe, não era admissível permitir que o Rockefeller se mantivesse na dianteira dessa corrida. Ele também falou coisas importantes sobre o fago e destacou que sua natureza essencial era uma questão de interesse meramente acadêmico.

Na opinião de Holabird, Martin ainda era um cientista diletante demais. Em vista disso, desistiu temporariamente de dissuadi-lo e se retirou para seu refúgio – pelo menos era no que acreditava Martin –, pensando em outras maneiras de convencê-lo. Assim, durante algum tempo, Martin ficou livre para se deleitar novamente com seu trabalho.

Ele descobriu uma forma de empregar um processo bastante complexo e delicado de utilização de um equilíbrio parcial entre as tensões de oxigênio e dióxido de carbono – tão delicado quanto moldar camafeus, tão improvável quanto encontrar o peso de uma estrela – para reproduzir o fago em bactérias mortas. O relatório que Martin elaborou sobre essa descoberta causou agitação no mundo da ciência e, por toda parte – em Tóquio, Amsterdã, Winnemac – os entusiastas acreditavam que ele havia demonstrado que o fago era um organismo vivo. Outros entusiastas, por sua vez, afirmavam, em uma linguagem esotérica com formulação matemática, que ele não passava de um mentiroso e de um perfeito idiota.

Foi nessa ocasião, quando deveria ter se transformado finalmente num *grande homem*, que Martin decidiu abandonar a maior parte de seu trabalho, e também algumas das obrigações de marido de Joyce Lanyon, para seguir Terry Wickett – uma atitude que evidenciou sua falta de bom senso, pois Terry era ainda um assistente, enquanto ele chefiava um departamento.

Terry descobrira que, quando introduzidos no corpo de um animal, determinados derivados do quinino decompunham-se vagarosamente em produtos que são altamente tóxicos para as bactérias, mas apenas levemente tóxicos para o animal. Esse trabalho apontava na direção de um novo mundo de terapias. Terry explicou a descoberta para Martin e o convidou a colaborar no trabalho. Estimulados pelas grandes perspectivas desse experimento, os dois se desvencilharam de Holabird e Joyce e, apesar do inverno, foram se refugiar no Retiro dos Pássaros, nas colinas de Vermont. Nos momentos em que caminhavam sobre a neve e atiravam em coelhos, bem como nas longas noites escuras durante as quais ficavam deitados de bruços diante da lareira, os dois discutiram e traçaram planos sobre como deveriam proceder.

O conforto proporcionado pelas sedas ainda não havia cativado Martin a ponto de impedir que ele se deleitasse com fartas porções de porco defumado depois de enfrentar o vento do noroeste e a neve. Era prazeroso sentir-se livre da obrigação de pensar em novos elogios para Joyce.

Ele e Terry concordavam que tinham diante de si uma questão a ser respondida: agiriam os derivados do quinino ligando-se à bactéria ou modificando o fluido corporal? Tratava-se de uma questão simples, clara e precisa, que, para ser respondida, exigia apenas o mais profundo conhecimento de química e biologia, além de algumas centenas de animais nos quais realizar os testes e cerca de dez, vinte ou talvez milhões de anos de tentativas e insucessos.

Martin e Terry decidiram trabalhar com o pneumococos e com o animal que desenvolvesse uma forma de pneumonia o mais semelhante possível à pneumonia humana, o que significava utilizar macacos para esse fim. No entanto, matar macacos era uma tarefa não apenas cruel, mas também de elevado custo. Holabird, na qualidade de diretor, poderia suprir essa necessidade, mas eles acreditavam que, ao tomar conhecimento do experimento, exigiria resultados imediatos.

Terry pensou:

— Você se lembra, Magrelo, de um desses ganhadores do prêmio Nobel, um fanático que, em vez de torrar o dinheiro do prêmio, investiu toda a quantia em chipanzés e outros macacos e conseguiu, unindo-se a um desses barbados astutos, esquivar-se de processos de antivivisseccionistas e resolver o problema da transmissão da sífilis a animais inferiores? Então, só que nós não ganhamos um prêmio Nobel, sinto dizer isso... E não me parece que...

— Terry, vou fazer uma coisa, se for preciso! Até hoje nunca fui um parasita da Joyce, mas serei se o Corruíra Sagrado se recusar a nos ajudar.

II

Amuados e parecendo um tanto ingênuos, os dois foram procurar Holabird em seu gabinete e exigiram que ele investisse pelo menos 10 mil dólares em macacos. Explicaram que desejavam iniciar uma pesquisa cuja provável duração seria de dois anos, sem aparente perspectiva de resultados imediatos – sem resultado algum, possivelmente. Dessa forma, Terry deveria ser transferido para o departamento de Martin na condição de codiretor, e a soma de seus salários seria dividida em partes iguais entre eles.

Prepararam-se então para lutar.

Holabird encarou os dois, coçou o bigode, esqueceu-se de sua postura de diretor diligente e falou:

— Esperem um minuto, por favor, rapazes. Se entendi bem, vocês estão me explicando que, de quando em quando é necessário reservar tempo para a realização de um novo experimento. Na verdade, preciso lhes contar que outrora fui pesquisador de um Instituto chamado McGurk e aprendi diversas dessas coisas por mim mesmo. Vá pro inferno, Terry! E você, Mart, não seja tão egocêntrico! Vocês não são os únicos cientistas que gostam de trabalhar sem ser interrompidos! Se vocês, pobres incompetentes, soubessem quanto eu almejo me livrar da obrigação de ficar assinando cartas e poder colocar de novo minhas mãos no tambor de um quimógrafo! Aquelas horas maravilhosas de busca da verdade! E se soubessem o quanto eu lutei contra os curadores para tentar deixar vocês dois livres! Tudo bem! Pois terão seus macacos. Providenciem o departamento conjunto que atenda às suas necessidades e dirijam o trabalho como lhes parecer melhor. Duvido que no mundo da ciência existam duas pessoas em quem se possa confiar tanto quanto em vocês, seus sujeitos arrogantes!

Holabird se levantou, aprumou o corpo e estendeu-lhes a mão com elegância e cordialidade. Eles a apertaram, muito encabulados, e saíram de mansinho. Terry resmungou:

— Ele estragou todo o meu dia! Não me deixou chance alguma pra protestar! Onde está a armação, Magrelo? Pode acreditar que existe uma... Sempre existe!

Em um ano sublime de pesquisas, nenhuma armação apareceu. Eles conseguiram os macacos de que precisavam, bem como os laboratórios, os ajudantes e não serem interrompidos. Deram início ao trabalho mais excitante de que já haviam participado, mas também o mais tenso. Macacos são animais que extrapolam os limites da razão. Eles desenvolvem tuberculose sem que seja necessário induzi-la e, no cativeiro, apresentam uma disposição especial para as epidemias. Além disso, ainda fazem cenas, agredindo seus mestres com palavras injuriosas em sete dialetos diferentes.

— Nossa! Como são engenhosos e alertas! — observou Terry em tom de lamento. — Tenho vontade de libertá-los e de me refugiar no Retiro dos Pássaros pra cultivar batatas. Por que razão nós devemos sacrificar animais ativos como esses pra salvar da pneumonia um bando de humanos gorduchos com cara de pastel?

A primeira tarefa de Martin e Terry foi determinar com precisão, a partir de incontáveis medições da quantidade de açúcar e ureia no sangue, a dose tolerável do derivado de quinino nos macacos, avaliando seus efeitos nos órgãos de audição e de visão, bem como nos rins. Enquanto Martin aplicava as injeções, observava os efeitos nos macacos e mergulhava na química, Terry labutava incessantemente – a noite toda, o dia seguinte inteiro, com parada apenas para um drinque e uma soneca de qualquer jeito, e a noite toda novamente – sobre novos métodos de sintetização do derivado de quinino.

Esse foi o período mais difícil da vida de Martin.

Trabalhar cambaleando de sono durante toda a noite, tirar apenas uma soneca em uma mesa qualquer ao amanhecer e tomar café da manhã no balcão engordurado de uma lanchonete eram coisas naturais e divertidas. Contudo, explicar para Joyce por que havia perdido o jantar que ela oferecera a uma escultora e a um advogado cujo pai fora General Confederado tratava-se de uma tarefa impossível. Ele conseguira conquistar certa tolerância temporária ao assegurar à esposa que tinha ansiado por lhe dar um beijo de boa noite, que apreciara muito a cesta de sanduíches que ela lhe enviara e que ele estava prestes a livrar a raça humana da pneumonia – afirmação na qual, em sã consciência, ele de fato não acreditava.

No entanto, depois de perder quatro jantares sucessivos, depois de Joyce esbravejar, "Você consegue imaginar como foi terrível para a sra. Thorn a falta de um homem no último momento?", depois de ela se lamuriar, "Não me importei muito com sua grosseria nas outras noites, mas nesta, quando eu não tinha nada que fazer e fiquei em casa *sozinha* esperando por você...", ele ficou deveras angustiado.

Martin e Terry começaram a inocular a pneumonia nos macacos e a tratar dos animais. Foram bem-sucedidos, o que os fez dançar valsa solenemente pelos corredores do Instituto. Sempre que começavam a tratar dos macacos logo no primeiro dia da infecção, conseguiam invariavelmente curá-los. Quando o tratamento era ministrado no segundo ou terceiro dia, a cura não era total, mas beneficiava a maioria.

Os resultados foram complicados pelo fato de que alguns macacos recuperaram-se por si só, o que os dois amigos puderam identificar por meio de uma análise de números aparentemente simples, mas que exigiram deles dias de trabalho duro, debruçados sobre papéis – um sujeito de colarinho aberto e cabelo desgrenhado sentado junto a uma mesa, enquanto o outro andava por entre fétidas gaiolas de macacos, cacarejando para os animais, chamando-os de Bess e Rover, resmungando placidamente, "Você devia me morder, não é mesmo, meu docinho?", e o tempo todo injetando-lhes, delicada mas impiedosamente, a mortal pneumonia.

Martin e Terry atingiram um ponto decisivo no qual os resultados se revelaram parcos e adversos. Eles estudaram nos tubos de ensaio os produtos gerados pela quebra do pneumococo – e fracassaram. Produziram cuidadosa, árdua e inadequadamente, fluidos corporais artificiais, testaram o efeito dos derivados do quinino em germes colocados em contato com esse sangue artificial – e fracassaram.

Então Holabird foi informado do sucesso anterior dos rapazes e partiu para cima deles com coroas de louros e muito fervor.

Ele disse saber que os dois tinham encontrado a cura para a pneumonia. Muito bem! O Instituto poderia beneficiar-se dos créditos decorrentes desse método de tratamento daquela doença indesejável, e Terry e Martin deveriam ter a bondade de publicar suas descobertas imediatamente, sem deixar de fazer menção ao McGurk.

— Não vamos fazer isso! Olhe aqui, Holabird — rosnou Terry —, pensei que você não fosse nos interromper!

— E não interrompi! Durante quase um ano! Até que vocês concluíssem sua pesquisa. E agora ela está terminada. É tempo, então, de comunicar ao mundo o que vocês estão fazendo.

— Se eu fizer o que me pede, o mundo todo saberá que ainda não sabemos nada! Nada feito, chefe. Talvez dentro de um ano possamos publicar alguma coisa.

— Vocês vão publicar agora, senão...

— Tudo bem, Sagrado. O abençoado momento chegou. Estou fora! E sou tão cavalheiro que lhe comunico isso sem dizer o que penso de você!

Desse modo, Terry Wickett foi demitido do Instituto McGurk. Ele patenteou o processo de sintetização de seu derivado do quinino e foi se refugiar no Retiro dos Pássaros, onde pretendia construir um laboratório com suas poucas economias e levar a vida como pesquisador independente, sustentado apenas pela venda restrita do soro e da droga que viria a produzir.

Para Terry, que não tinha esposa nem criados, essa decisão foi bastante fácil; para Martin, no entanto, as complicações eram muitas.

III

Martin decidiu que iria renunciar seu cargo e explicou sua decisão a Joyce. De que modo poderia tornar compatíveis uma casa no campo e uma mansão em Greenwich com um trabalho em camisas de flanela no Retiro dos Pássaros ele ainda não havia planejado, mas não pretendia ser desleal com o amigo.

— Pode apostar! O Corruíra Sagrado despediu o Terry, mas não ousa mexer comigo! Esperei apenas porque queria ver Holabird se remoendo pra saber o que eu faria. E agora...

Martin deu essa explicação enquanto ele e a esposa retornavam, no automóvel deles – ou melhor, dela –, de um jantar no qual ele fora tão jovialmente encantador no trato com uma distinta viúva que levara Joyce a sussurrar para a mulher: "Que tolo foi Lathan Ireland em dizer que Martin não sabia ser educado!".

— Sou livre! Graças a Deus finalmente sou livre! Porque me esforcei pra fazer alguma coisa pela qual vale a pena ser livre! — proclamou Martin com exultação.

Joyce pousou sua mão delicada sobre a dele e pediu:

— Espere! Preciso pensar. Fique quieto um instante, por favor!

Depois, retomou:

— Mart, se você continuar trabalhando com o sr. Wickett, terá que me deixar constantemente sozinha.

— Bem...

— Na verdade, não acho que será muito agradável... Especialmente agora, porque acho que vou ter um bebê.

Surpreso, Martin balbuciou algo incompreensível.

— Oh, não vou fazer papel de mãe chorona. E não sei se estou feliz ou furiosa, muito embora eu acredite que realmente gostaria de ter um bebê. Mas isso complica as coisas, você entende? Eu, particularmente, deveria lamentar se você deixasse o Instituto, que lhe garante uma posição estável em prol de uma vida distante dos olhares do mundo. Querido, tenho sido boazinha, não tenho? Você bem sabe que eu gosto verdadeiramente de você! Não quero que me abandone, mas fará isso se for embora pra esse lugar horrendo em Vermont.

— Não poderíamos então comprar uma casinha por aqueles lados e passar uma parte do ano lá?

— Pos-si-vel-men-te. Mas devemos esperar até que esse processo desagradável de dar à luz a um "pequenino amado" esteja terminado. Depois pensaremos a respeito.

Martin não pediu demissão do Instituto, e Joyce não pensou sobre a possibilidade de adquirir uma casa nas proximidades do Retiro dos Pássaros.

CAPÍTULO 39

Com a partida de Terry Wickett, Martin retomou as pesquisas com o fago. Como ainda não estava bem preparado, fez o pior trabalho de sua vida. Ele havia perdido a serenidade, além do que a penosa experiência de ter uma vida social em seu meio profissional pesava com muita força em sua consciência, e ele não conseguia compreender o fenômeno esotérico dos grandes jantares – o penoso entretenimento junto a pessoas que não se aprecia nem se acha interessante.

Enquanto podia encontrar refúgio nas conversas com Terry, as nulidades bem vestidas não chegavam a irritá-lo tanto e, durante algum tempo, ele conseguiu até mesmo sentir prazer no jogo dramático de fazer com que as *pessoas finas* o aceitassem. Agora, no entanto, essas coisas o perturbavam muito.

Clif Clawson foi quem lhe mostrou quão confusa sua vida havia se tornado.

Na primeira vez em que chegou a Nova York, Martin havia procurado Clif, pois a ruidosa agitação do amigo significara para ele, em tempos passados, um lenitivo na convivência com os Angus Duers e Irving Watters da faculdade de medicina. O rapaz, no entanto, não conseguiu encontrá-lo nem na agência de automóveis para a qual já havia trabalhado, nem em qualquer outro lugar em Automobile Row. Já havia 14 anos que Martin não via Clif Clawson.

Então, recebeu em seu laboratório, no Instituto McGurk, um cartão vermelho e preto, no qual se lia:

CLIFFORD L. CLAWSON
(Clif)
INVESTIMENTOS DE PRIMEIRA LINHA EM PETRÓLEO

Higham Block

Butte

Martin ficou exultante: "Clif! Meu velho Clif! O melhor amigo que um homem pode ter! Não esqueci daquela vez que você me emprestou dinheiro pra ir buscar Leora! Velho Clif! Meu Deus, eu preciso muito de alguém como você, agora que Terry está longe e esses maníacos por chá não me dão folga!".

Ele se precipitou para fora e parou abruptamente ao se deparar com um homem que falava, em tom pouco delicado, para a garota da recepção:

— Ora, irmã, vocês, pássaros da ciência, certamente sabem se esquivar do sofrimento! Nunca estive em um espaço mais elegante do que este aqui, com exceção de escritórios de investimentos desonestos... E nunca vi, em lugar algum, uma belezura mais atraente do que você. Que tal um jantarzinho numa noites dessas? Espero poder falar bastante com você a partir de agora. Sou um grande amigo de Doc Arrowsmith. Também sou médico... Sou mesmo... Um médico de verdade, cursei uma faculdade de medicina e todas essas coisas. Ah! *Eis aqui* o garoto!

Martin se surpreendeu com a transformação operada no amigo ao longo daqueles 14 anos. Ele ficou chocado.

Clif Clawson, agora com 40 anos, havia engordado. Seu rosto pálido estava inchado e banhado de suor, e sua voz era áspera. Ele tinha predileção por casacos xadrez estilo Norfolk, apertados nos ombros largos e nos quadris carnudos.

Enquanto batia com força nas costas de Martin, ele bradou:

— Muito bem, muito bem, muito bem! Velho Mart! Caramba, seu velho filho duma égua! Caramba, seu velho filho duma égua! Caramba, seu maldito ladrão de galinhas! Veja, seu Magrelo, quero ser um maldito filho duma égua se você estiver parecendo um dia mais velho do que na última vez que o vi, em Zenith!

Martin tinha consciência do olhar malicioso da recepcionista, que até então mostrara-se muito humilde. Então disse:

— Por Deus, é muito bom ver você, Clif! — e se apressou a levá-lo até a privacidade de seu gabinete.

— Você parece muito bem — mentiu Martin quando já se encontravam a sós. — O que anda fazendo? Leora e eu fizemos de tudo pra encontrá-lo na primeira vez em que estivemos em Nova York. Você soube o que aconteceu?

— Poxa, eu li sobre a morte dela. Que desgraça! Soube também de seu magnífico trabalho nas Antilhas... Onde fica? Acho que você se tornou um grande homem agora. Famoso combatente da peste e todas essas coisas... Um cientista de renome mundial. Não acredito que ainda se lembre dos velhos amigos.

— Ora, não seja idiota! É muito bom ver você.

— Fico feliz em ver que o *capitus enlargatus* não o atingiu, Mart. Meu Deus, eu disse a mim mesmo: "Se eu aparecer e o velho Mart me esnobar, juro que vou dizer umas verdades a ele!". Depois de todos os elogios que tem escutado das damas da sociedade, fico feliz em ver que você não mudou. Pensei em escrever pra você lá de Butte... Andei vendendo por lá algumas ações de petróleo vagabundas e me mandei depressa antes que os inspetores fossem examinar meus livros. Então pensei: "Muito bem, vou me sentar e escrever uma carta pr'aquele velhaco de cara de trigo e mostrar como me alegrei com seu belo trabalho". Mas você sabe como são as coisas... O tempo passa e a gente não percebe. Bem... Mas isso é *excellentus*! Agora vamos ter a chance de nos ver bastante. Vou entrar em um negócio de investimentos com um camarada aqui em Nova York. Bela colheita, meu velho! Um dia desses vamos sair juntos e eu vou lhe mostrar como se faz um pedido em um restaurante de verdade. Conte então o que você tem feito desde que voltou das Antilhas. Imagino que esteja fazendo planos pra virar um chefe, presidente ou seja lá o nome que dão pra isso neste renomado Instituto.

— Não! Eu... Eu não gostaria muito de ser diretor do Instituto. Prefiro continuar no meu laboratório. Eu... Talvez você queira conhecer meu trabalho com o fago.

Exultante por ter descoberto algo sobre o que pudesse falar, Martin traçou um panorama geral de seus experimentos.

Clif deu uma palmadinha na testa com sua mão carnuda e bradou:

— Espere aí! Tenho uma ideia... E você pode pôr em prática agora mesmo. Pelo que percebi, o velho e respeitável público está começando a tomar conhecimento do tal do bac... Como se chama essa coisa? Bacteriófago. Veja! Você se lembra daquele velho salafrário, o Benoni Carr, que eu apresentei como grande farmacologista naquele jantar da escola de medicina? Jantei com o sujeito na noite passada. Está administrando um sanatório em Long Island... Ideia engenhosa. Digamos que ele é... um contrabandista de bebidas. Ele leva pro sanatório um bando de apostadores perdulários e permite que bebam à vontade – tudo à base de prescrições legais, feito às claras! É uma esbórnia danada, com damas e tudo o mais! Acredite em mim... Tio Clif também vai pro sanatório de Carr pra se curar com o remédio dele! Mas agora preste atenção: suponha que a gente consiga que ele ou qualquer outro invente um novo tipo de cura – por exemplo, fagoterapia! Ora, Tio Clif sabe inventar nomes que atraem dólares em abundância! Os pacientes ficam em uma cabine de vapor e comem tabletes feitos de fago com uma pequenina dose de estricnina pra animar seus corações! Inédito! Vale milhões! O que parece?

A resposta de Martin soou débil e desalentada:

— Não. Eu não concordo com essa ideia.

— Por quê?

— Bem, eu... Pra ser muito sincero Clif, se você não consegue entender uma conduta científica, não sei como posso explicá-la. Você sabe... É assim que Gottlieb costumava chamar – conduta científica. E como eu sou um cientista, pelo menos assim espero, não poderia... não poderia tomar parte de uma coisa dessas.

— Mas você, seu pobre velhaco... Você pensa que eu não entendo uma conduta científica? Droga, eu conheci uma sala de dissecção! Ora, seu cabeça-dura, decerto não espero que seu nome esteja associado a essas coisas! Você ficaria só na retaguarda. É só uma questão de escorregar a droga pra nós e alcançar uma grande publicidade pro fago. Assim, nossos *queridos cidadãos* cairiam como patinhos... O trabalho pesado ficaria por nossa conta.

— Espero... Espero que você esteja brincando, Clif. Se não for uma brincadeira, preciso lhe dizer que se qualquer pessoa tentasse fazer uma coisa dessas, eu revelaria a farsa e colocaria todos atrás das grades, independentemente de quem fosse!

— Bem... Droga, se você pensa assim...

Clif observava atentamente, e seus olhos pareciam apoiados sobre papadas de gordura. Ele falou com certa hesitação:

— Imagino que você tem o direito de impedir que outros sujeitos se apossem de suas descobertas. Tudo bem, Mart. Tenho que aceitar. Mas vou dizer o que você *poderia* fazer, se isso não ferir também sua delicada consciência: poderia convidar o velho Clif aqui pra jantar na sua casa, pra conhecer sua nova esposinha, sobre quem li outro dia nas gazetas da sociedade. Não esqueça, meu velho, que houve um tempo em que você ficava muito satisfeito de aceitar um pouco de comida e um lugar pra dormir arranjados pelo pobre Clif!

— Sim, eu me lembro. Pode apostar que sim. Ninguém jamais foi tão generoso comigo. Ninguém. Olhe, onde você está hospedado? Vou ver com minha esposa que compromissos nós temos pela frente e telefonarei pra você amanhã de manhã.

— Quer dizer então que você deixa a agenda por conta da mulherzinha? Certo... Nunca me meto nos negócios de ninguém. Estou hospedado no Hotel Berrington, quarto 617. Lembre-se, 617. Tente me telefonar amanhã antes das 10 horas. E você tem uma belezura ali fora, hein? Diga-me, o velho Tio Clif tem alguma chance de levá-la pra jantar e dar umas voltas por aí?

No mesmo tom formal dos mais velhos e sensatos cientistas do Instituto, Martin objetou:

— Ora, ela pertence a uma família muito respeitável. Não, eu não tentaria. Na verdade, prefiro que você nem tente.

O olhar de Clif era cortante, a despeito de toda a sua papada de gordura. Ele observou:

— É melhor você voltar ao trabalho e pôr um pouco de sal no caldo de um par de bactérias.

Aceitando de bom grado a sugestão, Martin o conduziu até o elevador com excessiva cordialidade, cuidando para que ele passasse pela recepção sem importunar a recepcionista.

Depois, ficou um longo tempo sentado em seu escritório, sentindo-se muito infeliz.

Durante vários anos, Martin havia imaginado Clif Clawson como outro Terry Wickett. Mas viu que Clif era tão diferente de Terry quanto de Rippleton Holabird. Terry era rude, rabugento, expressava-se com linguagem coloquial, desprezava muitas das coisas finas e elegantes e ofendia muitas das pessoas finas e elegantes. Esse rigor, porém, constituía a grosseira capa com a qual ele defendia sua devoção a seu sagrado trabalho, como jamais nenhum monge encapuzado soube fazer tão bem. Mas Clif...

Martin resmungou para si mesmo: "Eu devia fazer um favor pro mundo e matar esse sujeito! Fagoterapia no sanatório de um criminoso! Eu aguento esse indivíduo só porque sou covarde demais pra arriscar que ele saia por aí dizendo que quando conquistei o sucesso virei as costas pros velhos amigos. Sucesso... Dar duro! Jantares! Conversar com mulheres idiotas! Ficar furioso por não ser convidado pro jantar do ministro português!".

Voltaram a sua memória lembranças da lealdade de Clif nos velhos tempos de necessidades e da alegria do amigo em dividir com ele todo e qualquer ganho por menor que fosse.

"Por que razão Clif deveria entender meu sentimento em relação ao fago? Por acaso o negócio dele é pior do que o de um monte de empresas farmacêuticas conceituadas? Até que ponto eu fiquei de fato ofendido e até onde me magoei porque ele não soube reconhecer a elevada posição social do rico Dr. Arrowsmith?"

Martin deixou de lado essa questão, foi embora para casa, explicou a Joyce com uma sinceridade quase absoluta qual era sua verossímil opinião sobre Clif e concluiu que o velho amigo deveria ser convidado para um jantar do qual tomassem parte apenas os três.

— Meu querido Mart — disse Joyce —, por que você me insulta sugerindo que sou uma pessoa tão esnobe a ponto de me ofender com gírias picantes e com a ética de negócios muito semelhante àquela do avô do querido Roger? Você imagina que eu nunca me aventurei a sair da sala de estar? Acho que deveria me ver fora daquelas paredes! Provavelmente eu gostarei muito da pessoa desse Clawson.

Um dia depois de receber o convite de Martin, Clif telefonou para Joyce:

— Falo com a sra. Arrowsmith? Bem, aqui é o velho Clif.

— Acho que não entendi direito.

— Clif! O velho Clif!

— Lamento muitíssimo, mas... Parece que a ligação está ruim.

— Ora, é o sr. Clawson, aquele que vai jantar com vocês...

— Oh, sim. Sinto muito.

— Veja! Eu gostaria de saber se vai ser apenas um jantarzinho caseiro ou um verdadeiro *soirée*. Melhor dizendo, querida, devo usar uma roupa informal ou um rabo de peixe? Eu tenho tudo... O rabo de peixe e todos os seus apetrechos!

— Eu... O senhor quer saber se deve usar traje de noite? Acho que talvez sim.

— É isso aí, garota! Estarei lá, todo empetecado, pronto pra festa. Vou mostrar a vocês, rapazes, o mais mimoso e precioso par de abotoaduras em que jamais pousaram os olhos. Bem, foi um grande prazer falar com a esposa de Mart. Vamos encerrar cantando "Até mais ver" ou "*Au Revoir*".

Quando Martin chegou em casa, foi logo confrontado com a decisão de Joyce:

— Querido, não posso fazer isso! O sujeito deve ser louco. Verdade, querido... Você se incumbe dele e me deixa ir pra cama, sim? Além do mais, vocês dois não vão precisar de mim... Vão querer conversar sobre os velhos tempos, e eu só iria atrapalhar. E também, faltando apenas dois meses pro nascimento do bebê, é melhor que eu me deite cedo.

— Oh, Joy, o Clif vai ficar muito ofendido. Ele foi sempre tão legal comigo, e você sempre me pergunta sobre meus tempos de estudante. Então? Não quer mesmo saber como foi?

— Muito bem, querido, tentarei parecer animada, mas já vou avisando que não sei se vou conseguir.

Eles se convenceram de que Clif iria falar muito alto, beber em demasia e dar tapas nas costas de Joyce, mas, quando ele chegou para o jantar, mostrou-se angustiantemente polido e empolado... Até ficar um pouco embriagado. Quando Martin maldizia algo ou alguém, Clif o repreendia dizendo:

— Sem dúvida não passo de um matuto, mas acho que uma dama como essa princesa aqui não deve gostar de ouvir você fazer imprecações.

Depois, ele ainda continuou:

— Nunca imaginei que um caipira como o jovem Mart pudesse se casar com alguém da alta sociedade.

E mais:

— Acho que não deve ter custado muito pra mobiliar esta sala de jantar... Não mesmo!

E completou:

— Champanhe, ê, ê! Vocês estão de fato deixando o pobre Clif orgulhoso. Sua majestade, tenha a bondade de solicitar a esse nobre imbecil que peça a seu criado pra dizer a minha secretária o endereço de seu contrabandista, OK?

Sob o efeito da bebida, embora mantivesse firmemente o nível moral e o emprego de um vocabulário elegante, Clif relatou uma brincadeira de vender poços de petróleo secos e fugir antes de ser pego pela lei. Falou da astúcia de frequentar igrejas com o único objetivo de vender ações para seus membros e da edificante experiência de ajudar o Dr. Benoni Carr a arrastar para seu sanatório uma viúva rica e senil, mediante a promessa de proporcionar consultas médicas com o mundo dos espíritos.

Joyce escutou tudo sem dizer uma única palavra, e mostrou-se tão elegantemente educada que causou um enorme constrangimento.

Martin se esforçou para estabelecer um ponto de convergência entre eles e não enalteceu a singularidade de um homem que se vangloriava da própria desonestidade, mas ficou furioso quando Clif falou, inadvertidamente:

— Você disse que o velho Gotlieb está passando por maus momentos.

— Sim, ele não anda muito bem.

— Pobre velho esquisitão. Mas imagino que agora você percebeu sua idiotice quando idolatrava o sujeito. É sério, Madame Arrowsmith, esse garoto costumava pensar que Papai Gottlieb era um cara muito do supimpa – com o perdão da gíria.

— O que você quer dizer? — perguntou Martin.

— Oh, sei quem é Gottlieb. E acho que você sabe tanto quanto eu que ele sempre fez uma grande propaganda de si mesmo. Sempre alardeando pro mundo todo que cientista rigoroso ele era, defendendo seus dogmas, fazendo comentários sagazes sobre filosofia e acusando os médicos comuns de serem arrogantes. Pior do que isso... Em San Diego cruzei com um camarada que foi professor de botânica em Winnemac, e ele me contou que Gottlieb nunca deu os devidos créditos dessa coisa toda dos anticorpos a quem deveria – que era um russo que descobriu tudo isso muito antes. Papai Gottlieb roubou-lhe os resultados.

O reconhecimento de um fundo de verdade nessa agressão contra Gottlieb e a consciência de que até mesmo o grande deus carecia algumas vezes de generosidade serviram apenas para aumentar a raiva com que Martin cerrava os punhos sobre o colo.

Três anos antes, teria atirado e quebrado alguma coisa, mas agora era uma pessoa flexível. Havia se rendido à educação de Joyce, mantendo-se em silêncio em vez de protestar ruidosamente. Seu único comentário foi:

— Acho que você está enganado, Clif. Gottlieb levou o trabalho com os anticorpos muito além do que todos os outros.

Antes da chegada do café e dos licores, já na sala de estar, Joyce lançou mão de todo o seu encanto e perguntou:

— Sr. Clawson, o senhor se importaria muito se eu me retirasse? Fiquei terrivelmente feliz por ter tido a oportunidade de conhecer um dos velhos amigos de meu marido, mas não estou me sentindo muito bem e creio que é mais recomendável que eu repouse um pouco.

— Eu notei mesmo que a sra. Princesa está com a aparência taciturna.

— Bom... Boa noite!

Martin e Clif sentaram-se em poltronas espaçosas na sala de estar e tentaram desempenhar o papel de velhos amigos que estavam felizes por se reencontrar. No entanto, nem ao menos se olhavam.

Depois de Clif praguejar um pouco e contar três histórias incontestavelmente obscenas para mostrar que continuava o mesmo e que só se portara com elegância para agradar Joyce, ele disparou:

— Ufa! Então é assim, como dizem os ingleses. Bem... Percebei que sua velha senhora não gostou muito de mim. Ela foi tão amistosa quanto um iceberg. Mas... Pouco me importa. Sei que vai ter um bebê, e todas as mulheres ficam mesmo esquisitas quando estão nesse estado. Porém...

Sua fala foi interrompida por um soluço. Em seguida, ele olhou com ar circunspecto e tragou seu quinto conhaque.

— Mas o que eu nunca consegui imaginar... Entenda que não estou criticando a velha senhora, ela é tão arrogante quanto os outros a imaginam. Mas o que não posso entender é como depois de viver com Leora, que era uma pessoa especial, você consegue tolerar uma mulherzinha tão presunçosa como Joyce!

Martin não se conteve. A amargura de não conseguir trabalhar desde a partida de Terry o atormentava.

— Olhe aqui, Clif. Não admito que você fale assim de minha esposa. Lamento muito se ela não o agradou, mas creio que nesse aspecto particular...

Clif havia se levantado e, apesar de não parecer muito firme, seus olhos e sua voz demonstravam determinação.

— Tudo bem. Imaginei que você fosse me esnobar. Decerto eu não tenho uma esposa rica pra me dar dinheiro. Não passo de um perfeito vagabundo... Não moro em um lugar como este e não sou suficientemente educado pra ser mordomo de alguém. Mas você é. Tudo bem... Desejo-lhe sorte. No mais, meu jovem amigo, vá pro inferno!

Martin não o acompanhou até a saída.

Sentado ali sozinho, suspirou: "Graças a Deus, essa questão está encerrada!".

Ele disse a si mesmo que Clif era um sujeito trapaceiro, um idiota, um obeso esbanjador, um misantropo ignorante, um beberrão sem elegância, um filantropo cuja generosidade prestava-se unicamente a lhe alimentar a vaidade. Mas essas admiráveis verdades não impediam que a situação doesse menos do que doeria a remoção de um apêndice com a justificativa de se tratar de um órgão doente, sem vigor ou valia.

Outrora, Martin nutrira por Clif um sincero sentimento de apreço – ele o estimara e estimaria para sempre. Mas não tornaria a vê-lo. Nunca mais!

Como fora atrevido aquele patife gorducho ao zombar de Gottlieb! Com toda aquela tremenda descortesia! A vida era breve demais para...

"Mas pare com isso... Clif é rude, mas eu também sou. Ele é um salafrário, mas não fui eu também um salafrário quando falsifiquei os resultados do fago em Saint Hubert? E, pior ainda, quando recebi elogios pelo feito?"

Ele subiu rapidamente até o quarto de Joyce, que estava lendo *Peter Whiffle*, deitada em sua imensa cama com dossel.

— Querido, que sujeito desagradável, não é mesmo? — falou ela. — Ele já foi embora?

— Sim, já foi. Eu praticamente expulsei daqui o melhor amigo que já tive na vida. Deixei que fosse embora... Deixei que saísse sentindo-se um mau caráter, um fracassado. Teria sido mais honesto se eu o tivesse matado. Por que você não se mostrou mais simples e agradável? Você foi tão desconcertantemente educada! Clif se sentiu apreensivo e estranho e acabou parecendo pior do que de fato é. Ele não é mais grosseiro do que... Ora, é muito melhor do que os financistas que escondem sua boçalidade por trás de uma postura delicada... Pobre diabo! Aposto que neste exato momento Clif está caminhando na chuva pensando, "O único homem que eu já estimei e tentei ajudar voltou-se contra mim. Agora ele é... Agora ele tem uma esposa amável. De que serve ser honesto?". Por que você não pode agir como uma mulher simples e deixar de lado esses seus modos presunçosos, de uma vez por todas?

— Olhe aqui! Você o desaprovou tanto quanto eu. Não vou permitir que coloque a culpa em mim. Você apenas evoluiu mais do que ele... Logo você, que vive alardeando a *verdade*... Será que não consegue encará-la? Pelo menos desta vez a culpa não é minha. Você deve talvez se lembrar, meu reizinho, que tive o bom senso de sugerir que seria melhor que eu ficasse no quarto e simplesmente não o encontrasse.

— Sim... Sim, está bem... Diabos! Mas eu supus... Bem, de qualquer forma, já acabou e isso é tudo.

— Querido, posso compreender como você se sente. Mas agora já acabou, não está bom assim? Dê-me um beijo de boa noite.

"Mas", Martin disse para si mesmo, sentindo-se nu, perdido e desabrigado dentro de um robe de seda preta com libélulas douradas que Joyce comprara para ele em Paris. "Se fosse Leora em vez de Joyce... Leora saberia que Clif é um grosseiro e teria aceitado isso como um fato – sempre os fatos de sua vida! Ela jamais se colocaria na posição de juiz, jamais diria: 'É diferente de mim, portanto está errado'. Ela diria: 'É diferente de mim, portanto é interessante'. Ah, Leora! ..."

Martin se viu acossado pela imagem terrível e lancinante do corpo de Leora deitado debaixo do húmus em um jardim nas colinas de Penrith.

Ele voltou a si e resmungou, "O que foi mesmo que Clif disse? 'Você não é marido dela... Você é o mordomo... Você é muito amável! ...' Ele está certo! A grande questão é a seguinte: não tenho ao menos permissão pra ver quem eu gostaria de ver. Fui tão esperto que me transformei em escravo de Joyce e do Sagrado Holabird".

Depois desse dia, Martin se propôs várias vezes a procurar Clif Clawson, mas nunca o fez.

II

Pelo fato de John ser o nome do avô paterno de Joyce e também do de Martin, o filho dos dois chamou-se John Arrowsmith. Eles não sabiam, mas um certo John Arrowsmith, marinheiro de Bideford, morrera em luta contra a Invencível Armada, levando com ele cinco valorosos cavalheiros.

Joyce sofreu demais no parto e fez reacender todo o amor de Martin por ela – ele de fato amava compassivamente aquela garota esbelta e brilhante.

— A morte é um jogo melhor do que as cartas... Você não tem parceiros pra ajudá-lo! — afirmou ela no momento em que se encontrava grotescamente esticada em uma cadeira de tortura e indignidade; no momento em que, antes de receber a anestesia, a agonia tornava lívidas suas faces.

John Arrowsmith tinha o corpo perfeito e pesava 4,5 kg ao nascer. Logo que deixou de ser uma lagarta nua e enrugada para se transformar em um lindo menininho, seus olhos passaram a exibir sinais de alegria. Joyce o adorava, e Martin o temia, porque percebia que esse pequenino aristocrata, essa criança nascida para ser aprovada pelos ricos, algum dia ainda iria menosprezá-lo.

Três meses depois do parto, Joyce se mostrava mais ativa do que nunca, dedicada aos jogos de golfe e tênis, aos chapéus e aos emigrantes russos.

III

Ela tinha pela ciência um profundo respeito, porém, era nulo seu entendimento sobre esse ramo do conhecimento. Muitas vezes pedia a Martin que lhe explicasse seu trabalho, mas, no momento em que ele, entusiasmado, traçava diagramas com a unha do polegar sobre a toalha da mesa, ela interrompia, polidamente, dizendo:

— Querido, você se importa? Um minutinho só... Plinder, acabou todo o vinho?

Quando se voltava para o marido novamente, embora exibisse ternura no olhar, o entusiasmo dele já se apagara.

Joyce entrava no laboratório de Martin, pedia para ver os frascos e os tubos e lhe rogava que a fizesse compreender tudo aquilo. Contudo, não conseguia ficar observando em silêncio por mais de algumas poucas horas.

Repentinamente, batalhando no atoleiro de dificuldades em seu laboratório, ele finalmente pisou em terra firme: deparou-se com o efeito do fago na mutação de espécies de bactérias – muito bonito, muito delicado. E depois de trabalhar duro durante meses, período em que se portara como um cidadão sensato, um marido razoável, um excelente jogador de cartas e um péssimo trabalhador, conhecia outra vez a felicidade de uma alegria sem limites.

Ele sentia necessidade de trabalhar durante a noite – todas as noites. No tempo em que apenas tateara sem inspiração, nada conseguia prendê-lo no Instituto depois das 17 horas, e Joyce acostumara-se a tê-lo sempre de volta para ela. Agora, passara a demonstrar uma inconveniente capacidade de ignorar os compromissos, de perder a paciência com hóspedes encantadores que lhe pediam para explicar tudo sobre ciência e de esquecer não só a esposa como também o bebê.

— *Preciso* trabalhar durante as noites! — declarou ele. — Não consigo tratar meu trabalho de forma natural e despreocupada quando me vejo envolvido em um grande experimento... Não mais do que você conseguia agir com naturalidade, despreocupação e cortesia quando estava gestando o bebê.

— Sei disso, mas... Querido, você fica tão nervoso quando está trabalhando desse jeito! Por Deus, não me importo com o quanto você ofende as pessoas ao esquecer os compromissos... Bem... eu desejo não me importar, mas também sei que isso é inevitável. E não sei se quando você se mostra assim tão fatigado e arredio está de fato conseguindo avançar. É apenas por sua causa. Está bem, entendi! Espere! Você vai ver a cientista que eu sou! Não... Não vou explicar... Ainda não!

Joyce possuía bens e muita energia. Uma semana mais tarde, excitada, elegante, destemida e cheia de júbilo, ela disse para ele depois do jantar:

— Tenho uma surpresa pra você!

Ela o conduziu até um quarto desocupado que ficava em cima da garagem, na parte posterior da casa. Naquela semana, empregando diversos trabalhadores da mais impecável e cuidadosa casa de suprimentos científicos do país, Joyce construiu para Martin o melhor laboratório de bacteriologia que ele jamais vira em toda a vida – assoalho de lajotas brancas, paredes de tijolo esmaltado, geladeira e incubadora, vidraria, corantes e microscópio, uma cuba com dispositivo para manutenção de temperatura constante e também um técnico. O profissional, para quem fora providenciada uma cama na parte de trás do laboratório, era formado no Lister e no Rockefeller e anunciou sua prontidão para servir dia e noite o Dr. Arrowsmith.

— Eis aí! — celebrou Joyce. — Agora, sempre que precisar passar as noites trabalhando, você não vai ter que ir à Rua Liberty. Basta duplicar suas culturas, ou seja lá o nome que você dá a isso. Se estiver entediado no jantar, tudo bem! É só depois fugir pra cá e trabalhar até a hora que você bem entender. Está tudo certo, querido? Fiz tudo corretamente? Foi tão difícil... Procurei os melhores homens que pude...

Com os lábios colados aos da esposa, Martin pensou com seus botões: "Ela fez tudo isso pra mim! Tão dócil! E agora... Droga... *Nunca mais* poderei ficar sozinho!"

Joyce incitou-o com tamanha satisfação a procurar alguma falha, que, para proporcionar a ela o prazer singular de se mostrar submissa, ele indicou que a centrífuga era inadequada.

— Espere pra ver, meu marido! — vangloriou-se ela.

Duas noites depois, ao retornarem de uma ópera, ela o levou até a garagem de chão de cimento embaixo do novo laboratório e, encostada em um canto, pronta para ser instalada, estava uma centrífuga – de segunda mão, porém adequada –, o mais magistral equipamento do gênero, uma obra-prima da empresa Berkeley-Saunders. Na verdade, nada menos do que Gladys, a centrífuga cuja retirada forçada do Instituto McGurk devido a seu funcionamento caótico havia motivado uma bebedeira em Martin e Terry.

Dessa vez, foi mais difícil mostrar-se agradecido, mas ele se esforçou.

IV

Tanto entre aqueles do grupo de Joyce que pertenciam à classe econômico-literária como também entre os amantes de Rolls-Royces corria o rumor de que uma nova diversão em um mundo já tão exaurido: ir ao laboratório de Martin e, silenciosa e reverentemente, observá-lo trabalhar. Nesses momentos, o silêncio só era quebrado quando Joyce murmurava, "Não é adorável ver como ele ensina suas queridas bactérias a dizer 'Belo

Polly!'", ou quando Lathan Ireland agitava o ambiente argumentando que os cientistas não têm senso de humor, ou ainda quando Sammy de Lembre irrompia em sua maravilhosa paródia de jazz:

> Oh, senhor Ba-ci-lo, não sorri pra mim;
> Tu, maldição microbiológica, conheço-te bem.
> Quando o sr. Dr. Arrowsmith encontrar os vestígios,
> Tu sentarás em uma gaiola cantando o Bactéria Blues.

Enquanto Martin tentava se concentrar, o primo de Joyce que morava na Geórgia falava entusiasmado:

— Mart é tão engraçadinho com todos esses vasinhos. Mas fica sempre tão irritado quando a gente fala que o problema dele é não ser um frequentador assíduo da igreja!

O bando afluía da casa ao seu laboratório apenas uma vez na semana, o que não chegava de fato a perturbar aquele homem determinado – era apenas suficiente para mantê-lo em permanente estado de espera.

Quando Martin tentava serenamente explicar a Joyce isso ou aquilo, ela argumentava:

— Nós perturbamos você esta noite? Mas todos eles o admiram tanto! Ele se limitava a dizer:

— Tudo bem — e ia para a cama.

V

Dentro de seu automóvel, depois de sair da mansão Arrowsmith-Lanyon, R. A. Hopburn, o eminente advogado de patentes, queixou-se com a esposa:

— Não me importo que um anfitrião atire em mim uma garrafa de vinho do porto se ele me considerar um idiota, mas não suporto que se mostre entediado quando ouso expressar minha opinião sobre algo ou seja lá o que for. Ele não parecia um pateta naquele laboratório estúpido? Por que diabos você acha que a Joyce resolveu se casar com esse sujeito?

— Não consigo imaginar.

— Só me ocorre uma razão. Sem dúvida, ela...

— Ora, não seja sórdido, por favor!

— De qualquer modo... Bem, logo ela que poderia ter agarrado muitos homens bem-educados, agradáveis e inteligentes... Faço questão de *frisar* a palavra inteligente, porque esse tal de Arrowsmith pode conhecer tudo sobre germes, mas não consegue entender a diferença entre sinfonia e eufonia... Não acho que eu seja uma pessoa difícil de agradar, mas não consigo entender por que devemos ir a uma casa cujo anfitrião parece se deleitar em contradizer peremptoriamente seus convidados... Pobre diabo! Tenho mesmo pena dele... É bem provável que ele nem sequer perceba que está sendo grosseiro.

— Não. Talvez. O que chateia é pensar no velho Roger... Tão alegre, tão saudável, um verdadeiro cavalheiro... E ver esse interiorano rude sentado na cadeira dele! Um sujeito incapaz de apreciar a elegância de um Roger! Não sei o que Joyce pode ter visto nele, apesar dos belos olhos e das mãos fortes...

VI

A agitação de Joyce, o tempo todo envolvida com tarefas aparentemente insignificantes, mexia com os nervos de Martin. Era difícil compreender como ela conseguia estar sempre tão ocupada, pois contava com os serviços de uma governanta excelente e de um imponente mordomo, além de duas enfermeiras que cuidavam do bebê. No entanto, ela vivia reclamando que não conseguia se dedicar à única coisa que realmente a agradava: sentar-se e ler.

Certa feita, Terry chamou-a de A Organizadora e, embora na ocasião Martin tenha se ofendido, agora quando escutava o telefone tocar, resmungava: "Oh Deus, lá vem A Organizadora... Deve estar me esperando pra tomar chá com alguma bisbilhoteira magnânima".

Sempre que procurava fazê-la entender que ele precisava ficar longe de confusões, ela se rebelava:

— Você é um *homenzinho* assim tão impotente e inseguro, que precisa fugir pra poder se concentrar? Você não se sente embaraçado diante dos grandes homens, que são capazes de fazer um trabalho notável e ainda conseguem descansar e se divertir?

Martin tinha predisposição a reagir com ofensas, em especial frente às referências de Joyce aos *grandes homens*. Nesses momentos em que ele se comportava de maneira ardente e vulgar, ela assumia o papel da *grande dama*, fazendo-o se sentir um criado insolente e se mostrar ainda mais vulgar.

Mas ele a temia nessas horas. Imaginava-se então fugindo ao encontro de Leora, e os dois, criaturinhas assustadas, consolando-se mutuamente e se escondendo de Joyce em cantinhos acolhedores.

Todavia, quase sempre encontrava em Joyce uma companheira. Ela vivia procurando surpreendê-lo com novas formas de entretenimento, e o orgulho que os dois sentiam do filho era um vínculo que os unia. Martin ficava observando o pequeno John e se enchia de júbilo com o vigor do menino.

No início do inverno, depois que Joyce viajou em estilo majestoso, levando o bebê para passar 15 dias no sul, Martin fugiu e foi ficar uma semana com Terry no Retiro dos Pássaros.

Depois de vários meses trabalhando ali em absoluta solidão, Terry pareceu-lhe cansado e um pouco mal-humorado. Ele havia erguido ao lado de sua modesta casa uma choupana para servir de laboratório e um estábulo rudimentar para os cavalos – animais que usava na preparação do soro. Ao contrário do que teria feito em épocas passadas, Terry não desandou a contar detalhes de sua pesquisa e, só à noite, quando os dois ficaram fumando diante da rústica lareira da cabana, recostados em cadeiras feitas de tambores recobertos com pele de alce, Martin conseguiu fazê-lo falar desenfreadamente.

Ele fora obrigado a dedicar grande parte de seu tempo ao simples trabalho doméstico e à produção do soro, que lhe garantia o sustento. Queixou-se:

— Se pelo menos você estivesse comigo, eu teria conseguido alguma coisa!

Contudo, sua pesquisa com o derivado do quinino continuava firme, e ele não se arrependia de ter deixado o Instituto McGurk. O trabalho com macacos revelara-se impossível, pois os animais custavam caro demais e se mostravam muito frágeis para suportar o inverno de Vermont. Mas encontrara um método para utilização de ratos infectados com o pneumococo e...

— Ora, pra que estou lhe contando essas coisas, Magrelo? Você não está interessado nelas. Se estivesse, já teria vindo há muito tempo trabalhar aqui comigo. Você fez sua escolha entre mim e Joyce. Tudo bem, não dá pra ter os dois.

Martin respondeu com certa irritação:

— Lamento muito ter me intrometido aqui, Wickett — e saiu da cabana batendo a porta atrás de si. Cambaleando sobre a neve e tropeçando em pedaços de tronco na escuridão, ele se deu conta da agonia de sua derradeira hora, a hora do fracasso.

"Agora também perdi Terry... Mas eu não podia suportar sua insolência! Perdi todas as pessoas, e nunca tive Joyce pra valer. Estou completamente sozinho. E só consigo fazer metade do meu trabalho! Estou acabado! Eles jamais me deixarão trabalhar novamente!"

Subitamente, sem procurar entender por que, ele tomou consciência de que não iria desistir.

Aos tropeços, voltou então para a cabana de Terry e entrou bruscamente, bradando:

— Seu velho resmungão, temos que ficar juntos!

Terry ficou tão emocionado quanto Martin, e nenhum dos dois conseguiu conter as lágrimas. Enquanto um batia com força no ombro do outro, os dois resmungavam: "Belo par de idiotas... Brigando só porque estão cansados!".

— Vou arranjar um jeito de vir trabalhar com você! — prometeu Martin. — Vou tirar uma licença de seis meses no Instituto e trazer Joyce pra ficar em algum hotel aqui perto, ou fazer alguma coisa do tipo. Caramba! De volta pra um trabalho de verdade... *Um Trabalho*! Agora me diga: quando eu vier, o que você acha que nós...

Os dois conversaram até o amanhecer.

CAPÍTULO 40

O Dr. Rippleton Holabird e sua esposa haviam convidado Joyce e Martin para jantar. Holabird exibia o lado mais fascinante de seu ser. Ele elogiou as pérolas de Joyce e, quando foram servidas as aves implumes, voltou-se para Martin e falou com amistosa veemência:

— Agora, Martin, eu gostaria que você e Joyce pudessem me conceder um pouco de sua especial atenção. Estão acontecendo alguns fatos, Martin, e eu quero – não, a Ciência quer! – que você assuma seu papel perante eles. A propósito, não preciso dizer que isso é absolutamente confidencial. O Dr. Tubbs e sua Liga das Agências Culturais estão começando a realizar maravilhas, e o Coronel Minnigen tem sido extraordinariamente liberal.

"Eles estão trabalhando na Liga com o mesmo nível de profundidade e ausência de precipitação em que você e o velho e querido Gottlieb sempre insistiram. Há quatro anos, eles vêm elaborando planos. Fiquei sabendo, por acaso, que o Dr. Tubbs e o conselho da Liga realizaram as mais fantásticas conferências com diretores de faculdades, com editores de grandes veículos, com mulheres que têm participação ativa em clubes, com especialistas em eficiência e líderes sindicais – os sensatos e confiáveis, evidentemente –, com ministros e homens da propaganda que estão na vanguarda de seu tempo e com todos os outros líderes da opinião pública.

"Traçaram diagramas minuciosos que classificam todas as ocupações e todos os interesses de cunho intelectual por meio de métodos, materiais, instrumentos e, em especial, objetivos – as metas, os ideais e os propósitos morais – apropriados a cada um deles. Um trabalho verdadeiramente fabuloso! Um músico ou um engenheiro, por exemplo, pode analisar esse diagrama e determinar com toda precisão se sua evolução está ocorrendo com a velocidade adequada e, caso não esteja, tem condições de identificar onde reside o problema e qual é a solução. Pautada nesse recurso, a Liga está pronta para sair a campo e estimular todos aqueles que desenvolvem trabalhos intelectuais a se afiliar.

"Ao Instituto McGurk cabe assumir a coordenação desse que eu ouso reputar como o maior avanço do pensamento, um progresso até aqui jamais observado. Nós vamos finalmente fazer com que as outrora caóticas atividades intelectuais desenvolvidas dentro dos Estados Unidos sejam de fato compatíveis com o ideal americano. Vamos tornar essas atividades tão práticas e importantes quanto a fabricação de caixas registradoras! Tenho razões para acreditar que conseguirei reunir Ross McGurk e Minnigen – agora que os interesses dos dois já não se chocarão mais – e, assim sendo, provavelmente deixarei o Instituto e irei ajudar Tubbs a conduzir a Liga das Agências Culturais. Nesse caso, precisaremos que um novo diretor assuma o McGurk e trabalhe conosco no sentido de colaborar para que a ciência saia de seu isolamento e venha servir à humanidade."

A essa altura, Martin já ficara sabendo tudo a respeito da Liga, exceto o que ela estava de fato tentando fazer.

Holabird continuou:

— Eu sei, Martin, que você sempre manifestou ostensivo menosprezo pelas ações de caráter prático, mas confio em você. Também sei que Wickett o influenciou muito, mas agora que ele se foi e você conheceu um pouco mais da vida e do círculo social a que Joyce e eu pertencemos, acredito que posso persuadi-lo a ampliar seu espectro de visão – obviamente sem negligenciar de forma alguma o rigor de seu trabalho no laboratório.

"Estou autorizado a indicar um diretor assistente e tenho segurança em afirmar que ele poderá me suceder no cargo de diretor efetivo em breve. Sholtheis deseja o lugar e, além dele, Yeo e o Dr. Smith também o assumiriam sem titubear, mas ainda não consigo identificar neles, e em nenhum outro, o perfil de alguém que seja de fato da *nossa espécie*. Portanto, ofereço a posição a você! Atrevo-me a dizer que em um ou dois anos você será o novo diretor do Instituto McGurk!"

Holabird sentia-se engrandecido, como alguém que prestasse um favor real. A sra. Holabird, com uma expressão muito grave, parecia estar vivendo um momento histórico, e Joyce não conseguia esconder seu êxtase diante da honra concedida a seu marido.

Martin gaguejou:

— Po-o-xa... Preciso pensar. Não esperava...

Durante todo o restante da noite, Holabird entregou-se com tal embevecimento ao deleite de projetar a ideia de uma era na qual Tubbs, Martin e ele próprio poderiam controlar, coordenar e padronizar – além de colocar a serviço do homem toda a inteligência do mundo – desde a concepção de calças até a poesia, que não se ofendeu com o silêncio de Martin. Na hora da despedida, ele entoou:

— Converse com Joyce e me informe sua decisão amanhã. A propósito, acredito que nos livraremos de Pearl Robbins... Ela foi útil até aqui, só que agora passou a se considerar indispensável. Mas isso é apenas um detalhe... Confio muito em você, meu velho Martin! Neste último ano, você amadureceu, ficou mais sereno... E ampliou bastante o rol de seus interesses.

A caminho de casa, dentro daquele ambulante recinto fechado com cortinas, sob a abóbada de luzes de cristal, Joyce disse-lhe, exultante:

— Tudo isso não é mesmo maravilhoso, Mart? Acredito sinceramente que Rippleton vai conseguir. Imagine só, você como diretor, chefe de todo aquele notável Instituto! Apenas alguns anos atrás você não passava de um mero neófito lá dentro! Mas eu contribuí um pouco para tudo isso, não é?

Repentinamente, Martin sentiu ódio daquele veludo azul e dourado do automóvel, da caixa dourada de cigarros engenhosamente escondida, de toda aquela prisão amena e sufocante. Ele queria estar do lado de fora, junto com o invisível chofer. Entregue a sua própria sorte... Enfrentar o inverno... Tentou parecer absorto em seus pensamentos, reverente e agradecido, mas tal atitude não passava de mera covardia, pois era apenas relutância em começar a pôr para fora sua ira. Com docilidade, falou:

— Você gostaria mesmo de me ver no cargo de diretor?

— É evidente! Tudo aquilo... Ora, você sabe. Não me refiro apenas à projeção e ao respeito, mas também à capacidade de realizar o bem.

— Você gostaria de me ver ditando cartas, concedendo entrevistas, comprando linóleo, almoçando com idiotas ilustres e dando conselhos a homens sobre cujo trabalho eu não conheço absolutamente nada?

— Ora, não banque o superior! Alguém precisa fazer essas coisas, e elas representam apenas uma pequena parcela de tudo. Pense na oportunidade de incentivar jovens que desejam ter a chance de desenvolver uma ciência fabulosa!

— E abrir mão de minha própria chance?

— Por que você precisaria? Será o chefe de seu próprio departamento... Não faz diferença alguma. E mesmo que abra mão... Você é tão cabeça-dura! Isso é falta de imaginação. Você acha que só porque se iniciou em um pequeno ramo da atividade intelectual o mundo não tem mais nada a oferecer. Foi o mesmo quando eu o convenci de que sair de seu fétido laboratório uma vez ou outra por semana e dedicar seu poderoso intelecto a um jogo de golfe não faria o mundo da ciência parar! Falta de imaginação! Seu comportamento é exatamente igual ao desses homens de negócio que você vive amaldiçoando porque não conseguem ver coisa alguma além de suas fábricas de sabão ou de seus bancos!

— Então você realmente deseja que eu desista do meu trabalho...

Martin se deu conta de que, a despeito de toda a sua ardente complacência, Joyce nunca compreendera de fato o que ele estava disposto a fazer. Nunca entendera uma palavra sequer do assassino efeito que o exercício da diretoria tivera sobre Gottlieb.

Ele mergulhou no silêncio outra vez. Antes de chegarem em casa, ela se limitou a falar:

— Você sabe que eu sou a última pessoa a falar em dinheiro. Na verdade, é você que frequentemente tem comentado que detesta ser dependente de mim e, como diretor, iria ganhar muito mais... Perdoe-me!

Joyce entrou apressada no elevador automático de seu palácio, deixando Martin para trás.

Ele subiu as escadas, resmungando: "Sim, esta é a primeira chance que tenho de contribuir com as despesas daqui. É verdade! Não dá pra ficar querendo usar o dinheiro dela sem fazer nada em troca e chamar isso de 'devoção à ciência'! Bem... Preciso tomar uma decisão agora mesmo".

Sem mergulhar no turbilhão de uma análise de prós e contras que precede toda importante tomada de decisão, Martin partiu direto para a resolução final. Ele irrompeu no quarto de Joyce, irritado pelo esnobismo das cores discretas do recinto. Freou momentaneamente seu ímpeto ao se deparar com a figura da esposa sentada, pensativa, na beirada de seu divã, mas logo disparou:

— Não vou fazer isso, mesmo que eu seja obrigado a deixar o Instituto! De qualquer modo, mais cedo ou mais tarde Holabird me fará sair. Não vou me soterrar nessa hipocrisia arrogante de dar ordens e...

— Escute, Mart! Você não quer que seu filho sinta orgulho de você?

— Bem... *Não*! Não se pra isso eu precisar ser um sujeito empolado, um propagandista insignificante.

— Ora, não seja tão vulgar, por favor!

— Por que não? Afinal de contas, eu não tenho sido bastante vulgar ultimamente? O que devo fazer é ir agora mesmo pro Retiro dos Pássaros e trabalhar com o Terry.

— Eu queria ter alguma forma de mostrar a você... Ora, um "cientista" que se preze não deveria ter uma visão tão limitada! Quem me dera conseguir fazer você ver quão fútil e ineficaz é tudo isso. O agreste! A vida simples! Sempre essa velha discussão. Não passa de um absurdo, de uma atitude covarde desses intelectuais cansados que fogem furtivamente pra alguma *colônia esotérica* e pensam que estão reunindo forças pra se apoderarem da vida, quando na verdade estão apenas fugindo dela.

— Não! Terry tem sua casa no campo só porque lá ele pode viver sem gastar muito. Se nós... Se ele tivesse condições, provavelmente moraria aqui na cidade e teria mordomo e todas essas coisas, como o McGurk, mas com certeza sem um diretor Holabird e sem um diretor Arrowsmith!

— Pois seria pura e simplesmente um diretor Terry Wickett praguejador, mal-educado e egoísta!

— Joyce, em nome de Deus, escute uma coisa...

— Martin, você precisa sempre incluir um "em nome de Deus" em todas as suas sentenças pra enfatizar seus argumentos... Seu vocabulário altamente científico não conhece outras expressões?

— Bem... Tenho vocabulário suficiente pra expressar a ideia de que estou pensando em me unir a Terry.

— Olhe aqui, Mart! Você se sente tão virtuoso ao considerar ir embora, usar uma camisa de flanela, ser independente e muito, muito autêntico. Imagine que todas as pessoas pensassem desse modo. Suponha que todos os pais abandonassem os filhos toda vez que sua alma assim desejasse. O que seria do mundo? Imagine que eu fosse pobre e você me deixasse, e eu tivesse que lavar roupa pra sustentar o pequeno John...

— Provavelmente isso seria muito bom pra você, mas muito ruim pras roupas! Desculpe-me, não é isso! Falei sem pensar. Mas... Imagino que seja exatamente esse argumento que tem permitido, ao longo dos séculos, que as pessoas se tornem máquinas de assimilação, divulgação e obediência. A questão é que muito poucos de fato se propõem a trocar, sob quaisquer condições, uma cama macia por um beliche em uma choupana, pra serem autênticos – como você muito apropriadamente disse – e aqueles de nós que são pioneiros... Ora, essa discussão poderia se prolongar pra sempre! Nós poderíamos provar que eu sou um herói, um tolo, um desertor ou o que quer que lhe agrade, mas a verdade é que me dei conta de que preciso ir! Quero liberdade pra trabalhar, quero parar de viver lamentando, quero assumir meu projeto de vida. Você foi generosa comigo e sou-lhe muito grato. Mas você nunca foi minha. Adeus.

— Querido, querido... Vamos voltar a falar sobre isso pela manhã, quando você estiver menos exaltado... Há apenas uma hora eu estava tão orgulhosa de você!

— Tudo bem, boa noite.

Antes do amanhecer, no entanto, Martin pegou duas malas e uma sacola com suas roupas mais rústicas. Antes de ir embora para um hotel barato em uma rua vicinal, deixou para Joyce um bilhete terno no qual escreveu as coisas mais duras que jamais escrevera e beijou o filho, murmurando-lhe no ouvido: "Venha me encontrar quando você crescer, meu velho". Ao se esticar na precária cama de ferro do hotel, chorou pela saudade que sentiria deles. Antes do meio-dia, ele já tinha ido ao Instituto, assinado sua demissão, reunido alguns de seus instrumentos, livros, cadernos de anotação e demais materiais, recusado a responder a um telefonema de Joyce e tomado um trem com destino a Vermont.

Apertado em um banco forrado com pelúcia vermelha do trem diurno – ele, que nos últimos tempos acostumara-se a viajar em automóveis particulares com assentos revestidos de seda –, sorriu estimulado pela satisfação de estar livre da obrigação de frequentar jantares.

Martin foi para o Retiro dos Pássaros dirigindo um trenó. Ao chegar lá, Terry estava cortando lenha, no meio de uma miscelânea de neve e lascas de madeira.

— Olá, Terry. Vim pra ficar.

— Legal, Magrelo. Olhe... Na cabana tem um monte de pratos que precisam ser lavados.

II

Martin havia aprendido a viver no conforto. Trocar de roupa naquela cabana fria e tomar banho de água gelada eram para ele sinônimos de tortura. Caminhar durante três horas sobre a neve fofa deixava-o exausto, mas o êxtase de poder trabalhar 24 horas por dia sem ser obrigado a deixar de lado um experimento em seu momento mais interessante para ir jantar em casa, de poder mergulhar com Terry em discussões tão enigmáticas quanto a teologia e tão arrebatadoras quanto a indignação de um homem embriagado, ajudaram-no a seguir em frente, e ele sentiu que se tornava cada vez mais resistente. Com muita frequência, pensava em render-se a Joyce até obter dela um laboratório melhor e acomodações mais convenientes para ele e Terry. Com apenas um empregado, ou no máximo dois, e um banheiro simples e adequado...

Joyce, porém, escrevera dizendo: "Seu comportamento foi totalmente abominável. Qualquer tentativa de reconciliação, se for possível a essa altura – o que eu duvido muito –, deve partir de você".

Em sua resposta, Martin descreveu o inverno gelado nos bosques e não fez qualquer menção à palavra reconciliação.

III

Terry e Martin desejavam estudar ainda mais minuciosamente o exato mecanismo da ação dos derivados de quinino. Era uma tarefa difícil de ser realizada com os ratos que, devido ao menor tamanho, Terry decidira utilizar em substituição aos macacos. Martin levara consigo cepas do *Ba-*

cillus lepisepticus, o agente causador da pleuropneumonia em coelhos, e o primeiro trabalho dos dois foi procurar descobrir se o composto original era eficaz contra esse bacilo, bem como contra o pneumococo. Proferindo blasfêmias, eles chegaram à conclusão de que não era. Em meio a uma torrente de imprecações e com muita paciência, entregaram-se a uma busca infinitamente complicada por um composto que apresentasse tal propriedade.

Eles ganhavam a vida por meio do soro que preparavam e vendiam com muita má vontade a médicos em cuja honestidade confiavam. No entanto, recusavam-se rudemente a vender para os comerciantes populares de remédios. Com essa atividade, recebiam somas de dinheiro surpreendentemente vultosas e eram vistos entre todas as pessoas inteligentes como sujeitos cuja recatada sagacidade depunha contra sua sinceridade.

Martin se afligia não apenas com aquilo que considerava ter sido uma traição a Clif Clawson, mas também com o fato de ter abandonado Joyce e John. Toda essa aflição, porém, só o perturbava nos momentos em que não conseguia dormir. Todos os dias, às três da manhã, ele se propunha a trazer Joyce e Clif para o Retiro dos Pássaros, mas, todos os dias, às seis horas, quando estava fritando bacon, esquecia-se dos dois.

Terry, o bárbaro, uma vez livre do riso tenso e das garras de Holabird, era um parceiro agradável. Dormir na cama de cima ou na de baixo não fazia a menor diferença para ele e, enquanto aguardava que Martin se acostumasse com o frio e a fadiga, assumiu também parte do que cabia ao amigo no corte de lenha e nos serviços domésticos, além do que, cantando, lavava com muita competência as roupas de ambos.

Ele teve perspicácia suficiente para perceber que os dois, trancados ali sozinhos, meses após meses, acabariam brigando. Planejou então com Martin, que o projeto do laboratório deveria ser ampliado para abrigar oito - nunca mais que isso! – pesquisadores rebeldes e não domesticáveis – assim como eles –, os quais contribuiriam com as despesas do Retiro produzindo soro, sem deixar de realizar paralelamente seu trabalho, fosse relativo à estrutura do átomo ou a uma refutação dos resultados dos doutores Wickett e Arrowsmith. Dois desses rebeldes chegariam no próximo outono: um químico, que agora trabalhava em uma fábrica de remédios, e um professor universitário.

— É quase que um retorno miserável aos monastérios — resmungou Terry —, a não ser pelo fato de que não estamos tentando resolver coisa alguma pra ninguém, exceto pra nós mesmos, dois idiotas. Lembre-se! Quando esse lugar se tornar um santuário e um montão de excêntricos começar a se intrometer por aqui, você e eu teremos que dar um basta, Magrelo. Nós nos embrenharemos ainda mais no bosque ou, se nos sentirmos velhos demais pra isso, faremos outra tentativa no magistério... Quem sabe com Dawson Hunziker ou até mesmo com o Reverendo Dr. Holabird.

Pela primeira vez, o trabalho de Martin começou definitivamente a experimentar um avanço maior do que o de Terry.

Ele agora, tanto quanto Terry, dominava a matemática e a físico-química, nutria enorme indiferença pela publicidade e pelos homens empolados e tinha desmedido apreço pelo empenho na realização de seus trabalhos. Sua engenhosidade para conceber novos instrumentos era, no mínimo, comparável à do companheiro, e sua imaginação, muito mais ligeira. Mostrava-se menos sereno, mas muito mais entusiasmado, e lançava hipóteses como centelhas. Com certa dose de ceticismo, começou a compreender o sentido de sua liberdade. Faltava-lhe ainda determinar a natureza essencial do fago e, à medida que adquiriu mais firmeza e segurança – e indubitavelmente perdeu muito de sua índole humana –, viu se descortinar diante de si inúmeras questões sobre quimioterapia e imunologia, uma aventura suficiente para mantê-lo ocupado por décadas.

Para Martin, parecia que essa era a primeira primavera que lhe fora permitido conhecer e desfrutar. Ele aprendeu a mergulhar no lago, muito embora o primeiro mergulho fosse sempre um enorme sofrimento em virtude do frio implacável. Os dois pescavam antes do desjejum, ceavam em uma mesa debaixo dos carvalhos, depois andavam mais de 30 quilômetros, mantinham gaios azuis e esquilos para os vizinhos interessados e, quando trabalhavam durante toda a noite, saíam para contemplar a serena luz do alvorecer erguendo-se do outro lado do lago adormecido.

Martin deixava-se banhar pelo sol, enchia o peito com o ar puro e vivia cantarolando.

Certo dia, espreitando por baixo de seus novos e já meio envelhecidos óculos de aro de osso, viu um automóvel enorme serpenteando pelas estradas do bosque. Do interior do veículo, desceu Joyce, alegre, dentro de um bem-comportado traje de *tweed*.

O rapaz desejou fugir pela porta de trás do humilde laboratório. Com certa relutância, porém, adiantou-se para recebê-la.

— É mesmo um lugar muito encantador! — disse ela antes de beijá-lo gentilmente. — Vamos caminhar até o lago?

Em um lugar rústico, cercado de galhos de vidoeiro, onde reverberava o murmúrio das ondas, Martin sentiu-se emocionado e passou o braço em volta dos ombros de Joyce.

Ela falou:

— Querido, senti *muito* sua falta! Você está errado em relação a muitas coisas, mas está certo quanto a este lugar. Você precisa trabalhar sem ser perturbado por um monte de pessoas tolas. Meu traje de *tweed* lhe agradou? Não parece adequado para a natureza? Veja, eu vim pra ficar! Vou construir uma casa aqui perto... Talvez do outro lado do lago. Sim! Acho que aquela espécie de platô do lado de lá será um local encantador, se eu conseguir adquirir a terra... Talvez seja propriedade de um velho fazendeiro horrendo e muquirana. Você consegue *imaginá-la*? Uma casa térrea, muito ampla, com enormes varandas e toldo vermelho...

— E você receberá visitas?

— Penso que sim... Algumas vezes. Por quê?

O tom de voz de Martin revelava certo desespero:

— Joyce, eu amo você... De verdade. Neste momento desejo terrivelmente beijá-la pra valer. Mas não vou aceitar que traga um monte de gente pra cá. O barulho infernal de motores... Fazer de nosso laboratório uma recreação. Uma estalagem. Uma nova sensação. Caramba, o Terry enlouqueceria! Você é adorável! Mas deseja um companheiro para suas diversões, e eu quero trabalhar. Lamento, mas creio que não poderá ficar. Não.

— E nosso filho ficará sem o carinho do pai?

— Ele... Ele teria meu carinho se eu morresse? É um garoto adorável também! Desejo que não venha a ser um *homem rico*! Talvez daqui a dez anos ele possa vir ficar neste lugar comigo.

— E viver *desse jeito*?

— Certamente... A não ser que eu esteja quebrado. Se for assim, ele não viverá tão bem. Mas hoje temos carne quase todos os dias!

— Sei. E suponha que seu querido Terry Wickett se case com uma garçonete ou com alguma camponesa estúpida! Do que você me contou, deduzo que ele aprecia bastante esse tipo de garota!

— Bem... Ou ele e eu a domaremos juntos ou essa será a única coisa capaz de me vencer.

— Martin, será que você não está sendo um tanto insensato?

— Não... De forma alguma! Você não imagina como eu gosto disso aqui! Olhe só... Alegria! Podemos ser insensatos, mas não doentes! Ontem um "curandeiro esotérico" veio aqui, pensando que se tratava de uma colônia livre. Terry levou-o para uma caminhada de mais de 30 quilômetros e acredito que o atirou no lago. Não! Por Deus! Deixe-me pensar — ele coçou o queixo. — Não creio que somos insensatos. Somos fazendeiros.

— Martin, é muito engraçado descobrir que você está se tornando um fanático que passa o tempo todo tentando mostrar que não é um fanático. Você se afastou do bom senso. *Eu* sou o bom senso. Pelo menos acredito em tomar banho! Adeus!

— Olhe aqui! Por Deus...

Ela se foi, sensata e triunfante.

Enquanto o chofer manobrava por entre os tocos de madeira na clareira, Joyce olhou pela janela do automóvel por alguns instantes, e os dois se encararam, com os olhos cheios de lágrimas. Nunca antes eles haviam sido tão sinceros, tão comoventes, como nesse olhar desarmado que trazia à memória todas as brincadeiras, todos os atos de ternura e todos os crepúsculos que haviam compartilhado. Mas o veículo seguiu seu caminho, e ele se lembrou de que estava no meio de um experimento...

IV

Em certa noite do mês de maio, o congressista Almus Pickerbaugh estava jantando com o presidente dos Estados Unidos.

— Quando a campanha estiver encerrada, doutor — falou o presidente —, espero vê-lo na posição de membro do gabinete: o primeiro secretário da Saúde e da Eugenia em todo o país!

Nessa noite, o Dr. Rippleton Holabird era palestrante em um encontro de pensadores notáveis, reunidos pela Liga das Agências Culturais. Entre os Homens de Felicidade Comedida presentes no evento estavam o Dr. Aaron Sholtheis, novo diretor do Instituto McGurk, e o Dr. Angus Duer, chefe da Clínica Duer e professor de cirurgia do Dearborn Medical College.

O histórico discurso do Dr. Holabird foi transmitido via rádio para 1 milhão de apaixonados amantes da ciência.

Nessa noite, Bert Tozer, de Wheatsylvania, na Dakota do Norte, participava do encontro de orações das quartas-feiras. Seu novo Buick sedan o aguardava do lado de fora e, com modesta satisfação, ele escutou o ministro declarar em tom de regozijo:

— Os honrados, os Filhos da Luz, receberão uma grande recompensa, e seus pés caminharão sobre a felicidade, disse o Senhor dos Exércitos. Os sarcásticos, por sua vez, bem como os Filhos do Demônio, logo serão exterminados e arremessados à escuridão e ao fracasso, para cair no esquecimento.

Nessa noite, Max Gottlieb sentou-se imóvel e sozinho em um pequeno quarto escuro sobre uma rua barulhenta da cidade. Apenas seus olhos permaneciam vivos.

Nessa noite, uma brisa quente tocava com languidez o espinhaço coberto por palmeiras tremulantes onde as cinzas de Gustaf Sondelius haviam se perdido no meio do carvão e onde uma depressão no jardim marcava a sepultura de Leora.

Nessa noite, depois de um jantar incomumente alegre com Lathan Ireland, Joyce admitiu:

— Sim, me divorcio dele e devo me casar com você... Sei disso. Ele nunca conseguirá entender quanto é egoísta ao considerar-se o único homem vivente que sempre está certo!

Nessa noite, Martin Arrowsmith e Terry Wickett refestelaram-se em um barco desajeitado, extraordinariamente carente de conforto, e se lançaram lago adentro.

— Agora sinto como se estivesse de fato começando a trabalhar — declarou Martin. — Esse novo derivado do quinino pode se mostrar valioso. Vamos lidar com ele por dois ou três anos e talvez consigamos chegar a algo definitivo... E provavelmente fracassaremos!

Este livro – composto em Esperanto
no corpo 10,8/15 – foi impresso sobre
papel Pólen soft 80 g/m² pela Edelbra,
em Erechim – RS, Brasil.